**RENÉ ANOUR** lebt in Wien. Dort studierte er auch Veterinärmedizin, wobei ihn ein Forschungsaufenthalt bis an die Harvard Medical School führte. Er arbeitet inzwischen bei der österreichischen Agentur für Gesundheit und Ernährungssicherheit und ist als Experte für neu entwickelte Medikamente für die European Medicines Agency tätig. Sein historischer Roman «Im Schatten des Turms» beleuchtet einen faszinierenden Aspekt der Medizingeschichte: den Narrenturm, die erste psychiatrische Heilanstalt der Welt.

René Anour

# IM SCHATTEN DES TURMS

Ein Wien-Roman

Rowohlt Taschenbuch Verlag

2. Auflage Mai 2020
Originalausgabe
Veröffentlicht im Rowohlt Taschenbuch Verlag,
Hamburg, November 2019
Copyright © 2019 by Rowohlt Verlag GmbH, Hamburg
Zitat Seite 102 / 103 frei übersetzt aus Ovid, Metamorphosen, Philipp Reclam
jun. Verlag GmbH, Stuttgart 2010
Zitat Seite 148 und 639 aus Friedrich Schiller, Gedichte, hrsg. von Norbert
Oellers, Philipp Reclam jun. Verlag GmbH, Stuttgart 2009
Nachweis Abbildung Innenteil © De Agostini Picture Library / Getty Images
Covergestaltung any.way, Barbara Hanke / Cordula Schmidt
Coverabbildung akg-images / Erich Lessing, akg-images
Satz aus der Adobe Jenson Pro
bei hanseatenSatz-bremen, Bremen
Druck und Bindung CPI books GmbH, Leck, Germany
ISBN 978-3-499-27670-5

# *Personenverzeichnis*

Alfred Wagener, Medizinstudent
Komtesse Helene Amalia von Weydrich,
    Erbin eines bedeutenden Adelsgeschlechts

**IM NARRENTURM**
Ein Namenloser, Insasse
Dr. Clemens Ofczarek, Irrenarzt
Wolfgang, Wärter
Josef, Wärter
Konrad, Insasse
Ein stummes Mädchen, Insassin
Karli, Insasse
Weitere Insassen: der lustige Ferdl, Madeleine, August,
    der Muselmann

**AN DER UNIVERSITÄT**
Prof. Leopold Auenbrugger, Erfinder der Perkussion
    (hist. belegt)
Aigner und Mayerhofer, Alfreds Kommilitonen
Professor Joseph Quarin, Direktor des Allgemeinen
    Krankenhauses (hist. belegt)
Rupert, sein Assistent
Ravnicek, arbeitet im Waschhaus

## AUF SCHLOSS WEYDRICH
Graf Georg von Weydrich, einflussreicher Adliger
Frantisek, Haushofmeister, ein Böhme
Adelheid, Helenes Gouvernante
Gertraud, eine Zofe aus Mähren
Hannerl, eine junge Zofe
Wolfgang, ein junger Page
Karl, Gärtnerssohn
Kathie, eine Küchenmagd
Johann, ein Kutscher

## DER ADEL
Joseph II. von Habsburg-Lothringen, Kaiser des
    Hl. Römischen Reichs, Erzherzog von Österreich
    (hist. belegt)
Erzherzog Franz von Habsburg-Lothringen, sein Neffe
    und Thronfolger (hist. belegt)
Gräfin Grazia von Karschka-Weydrich, Helenes Tante
    väterlicherseits
Heinrich, ihr Haushofmeister
Graf Severin von Auring, ein hochbegehrter Junggeselle
Graf Franz von Walsegg, ein Mann vieler Geheimnisse
    (hist. belegt)
Graf von Khevenhüller, Herr von Schloss Kammer
    am Attersee (hist. belegt)
Eugénie von Maybach, Helenes Freundin

## DIE VÖGLEIN
Aurelian alias «Der Pirol»
Feldwebel Stephan Jägerstedt alias «Die Elster»
Der Adler

Der Kuckuck, ein ausländischer Agent
Weitere: der Sperber, der Neuntöter, die Dohle und
 die Möwe

**DIE JÄGER**
Jägersmann Gerwald Piruwetz
Major von Klippfels, Befehlshaber des Jägerregiments

**WEITERE**
Maître LeBrus, Tanz- und Benimmlehrer
Direktor Maximilian Hell, Leiter der Wiener Sternwarte
 (hist. belegt)
Andreas, ein Linieninfanterist
Wolfgang Amadeus Mozart, Komponist (hist. belegt)
Giacomo Casanova, ältlicher Autor und Frauenheld
 (hist. belegt)

# *Prolog*

## 1788

Blut strömte über seine Finger und tropfte auf die Erde. Er stand inmitten toter Soldaten, in einem Meer aus leeren Mienen und grotesk verrenkten Gliedmaßen.

Eine Frauenstimme rief seinen Namen. Als er sich in ihre Richtung wandte, sah er sie zwischen den Toten stehen, in einem tiefroten Kleid, mit wehendem Haar und traurigen Augen. Sie schien etwas sagen zu wollen, doch in diesem Moment sprossen Federn aus ihrer Haut, und ihre Stimme verwandelte sich in ein Zwitschern. Eine Nachtigall spreizte ihre Schwingen und erhob sich in den Himmel.

«Komm zurück!», brüllte er ihr nach.

Unter ihm bewegte sich etwas. Die toten Soldaten hatten begonnen, auf ihn zuzukriechen. Ihre blutigen Mienen starrten ihn unverwandt an, während sie mit eiserner Kraft nach ihm griffen. Er wollte sich wehren, aber ihre schiere Masse drückte ihn nieder. Klamme Finger tasteten nach seinem Hals – und drückten zu.

Er erwachte mit dem Gefühl zu ersticken. Der Versuch zu schreien verkümmerte zu einem heiseren Krächzen. Für einen Moment schnappte er nach Luft, doch dann löste sich der quälende Druck von seiner Kehle, und er konnte wieder frei atmen.

Heftig keuchend sah er sich um. Es war dunkel, und die Luft roch nach feuchtem Stein. Er spürte die Kälte des Bodens durch sein dünnes Gewand hindurch. Sein Gesicht brannte, als hätte er auf Brennnesseln geschlafen, und dort, wo seine Arme sein sollten, fühlte er nur das taube Echo von Schmerz.

Die Umrisse eines gemauerten Raums zeichneten sich im Dämmerlicht ab. Ihm gegenüber befand sich eine Tür mit einem Guckloch, der einzigen Lichtquelle.

Wo war er, und warum war er hier? Er versuchte, sich an irgendetwas zu erinnern, aber es fühlte sich an, als wäre sein Verstand von einem dichten Nebel durchdrungen.

«Wie heiß ich?», murmelte er verwirrt. Zumindest der Klang seiner Stimme war ihm vertraut. Er strengte sich an, wollte nach seinem Namen greifen, doch er schien ihm immer wieder zu entgleiten.

Er stieß ein verzweifeltes Knurren aus. Was war man denn, ohne Namen? Ein Niemand, nichts.

Ein seltsames Gefühl auf seiner Wange riss ihn aus seinen Gedanken. Als würde sich dort etwas bewegen ...

Er versuchte, sich ins Gesicht zu greifen, aber sein Arm wurde mit einem lauten Klirren zurückgerissen. Kaltes Metall glitt über die Haut auf seinem Hals. Er keuchte erschrocken auf.

Angekettet, wie in einer Kerkerzelle ... Deshalb fühlten sich seine Arme so taub an. Verzweifelt stemmte er sich gegen die Ketten, um sie aus der Verankerung zu reißen.

«Ist da jemand?», brüllte er aus Leibeskräften. Was, wenn man ihn an diesem Ort zurückgelassen hatte, damit er qualvoll verendete?

Mit einem Mal glaubte er, Stimmen hinter der Tür zu hören. Sofort hörte er auf zu toben.

«Viecherl ansaugen ... ans Ketterl ... Schwarze Galle ausdünsten.»

«Hallo!», brüllte er und schlug mit den Ketten gegen die Mauer, um sich bemerkbar zu machen.

Stille ... Hatte er sich die Stimmen vielleicht nur eingebildet?

Ein Schatten verdunkelte das Guckloch. Dann klickte es im Schloss, und die Tür schwang nach innen auf. Das hereinfallende Licht schmerzte in seinen Augen. Als er blinzelte, erkannte er den Umriss einer Gestalt in der Tür. Die Miene des Fremden blieb dunkel gegen das Licht, nur ein Monokel blitzte auf, als er ihm den Kopf entgegenneigte.

«Bitte, wer immer Ihr auch seid, helft mir!», hauchte er verzweifelt. Wieder fühlte er, wie sich etwas Glitschiges auf seiner Wange bewegte, und nicht nur dort, auf seiner Stirn, an seinem Hals ... als würden Nacktschnecken über seine Haut kriechen.

«Aber wir helfen dir doch, armer Junge», erwiderte der Monokelträger. Sein Umriss verriet edle Kleidung, ein Justaucorps und Kniebundhosen. Der Hauch eines Colognes mischte sich mit dem modrigen Geruch der Zelle. Zumindest schien das kein Kerkermeister zu sein. Der Mann wandte sich ab und sprach mit jemandem außerhalb seines Sichtfeldes. «Leider noch immer tobend. Morgen noch einmal ans Ketterl, bitte ...» Der Monokelträger verschwand. An seiner Stelle betraten zwei breitschultrige Gestalten – möglicherweise Wächter – die Zelle und kamen auf ihn zu. Ihre gleichgültigen Gesichter beugten sich zu ihm herab.

Einer griff nach seiner Wange ... ein kurzer Schmerz durchzuckte ihn, dann sah er zwischen Zeigefinger und Daumen des Mannes ein schwarz glänzendes Ding zappeln.

«Hat sich an dir satt gefressen», murmelte der Wächter und hielt ihm das Ding direkt vors Gesicht. «Soll er dir das Aug auslutschen?» Er lachte und schleuderte den Blutegel achtlos zu Boden. Der andere Mann zupfte ihm zwei weitere Blutegel von der Haut und zertrat sie.

Einer der Wächter schloss die Ketten um seine Handgelenke auf, ehe sie ihn gemeinsam unter den Schultern packten. Sofort breitete sich ein schmerzhaftes Kribbeln in seinen Armen aus, das ihm bis in die Fingerspitzen fuhr.

Die Wächter zerrten ihn hinaus in einen lichtdurchfluteten Gang. Sofort drang eine Kakophonie von Stimmen auf ihn ein. Manche schrien, andere murmelten nur vor sich hin oder stöhnten.

Ein kahlköpfiger Junge in fleckigem Leinengewand torkelte auf sie zu. Er schielte so stark, dass man nicht sagen konnte, wohin er blickte. Der Junge bellte ihm so heftig ins Gesicht, dass er von seinem Speichel getroffen wurde. Einer der Wächter stieß den Jungen grob gegen die Mauer. Sein klägliches Wimmern folgte ihnen noch eine Weile. Der Gang schien nie zu enden, als würden sie ewig im Kreis laufen. Seine Kleidung ... jetzt im Licht erkannte er, dass er die gleichen Fetzen trug wie der schielende Junge. Sie schleiften ihn eine Treppe hinunter. Irgendwo schrie eine Frau nach der heiligen Gertrud.

Der Wächter zu seiner Linken stieß geräuschvoll auf. Scharfer Knoblauchgestank stieg ihm in die Nase und bereitete ihm Übelkeit. Wo war er hier nur? War das die Hölle?

Am Treppenabsatz rempelten sie einen am Boden hockenden Greis an. Dieser reagierte überhaupt nicht, sondern schlug seinen Kopf gegen die Wand, immer und immer wieder ... Man hatte ihm ein kleines Kissen auf die Stirn gebunden, aber es war ihm an einer Seite über das Auge gerutscht, sodass seine blanke Stirn von den vielen Stößen blauschwarz angelaufen war.

«Da muss wieder jemand den Muselmann reparieren», stöhnte der Wächter zu seiner Rechten.

«Ich sicher nicht», erwiderte der andere.

Hinter einer offenen Zellentür sah er eine Frau mit rotem Haar. Sie stöhnte etwas auf Ungarisch, während sie von zwei bärtigen Männern festgehalten wurde. Einer ihrer Bändiger stieß ein Grunzen aus. «Schau ma mal, ob du da unten auch so schön rot …»

Eine Welle der Wut durchzuckte ihn. Er drehte sich um, wollte der Frau helfen, aber die beiden Wächter schleiften ihn weiter. Auf der anderen Seite des Gangs zogen schmale Fenster an ihm vorbei, aber draußen war es zu trüb, um mehr erkennen zu können als ein paar kahle Äste.

Einer seiner Träger stieß eine hölzerne Zellentür und ein dahinterliegendes Gitter auf. Fauliger Geruch schlug ihm entgegen. Wieder versuchte er, sich zu wehren, doch sie zerrten ihn in den Raum hinein und ließen ihn achtlos auf eine Strohmatratze fallen. Im nächsten Moment hörte er, wie die Tür wieder geschlossen und ein Schlüssel im Schloss herumgedreht wurde.

Das Stöhnen und Schreien der anderen Insassen drang wie ein fernes Echo an sein Ohr.

Er presste stöhnend die Hände auf die Augen.

*Wo bin ich?*

*Wer bin ich?*

Der Nebel um seinen Verstand schien sich etwas gelichtet zu haben, aber seine Erinnerungen wirbelten durcheinander wie ein Haufen Daunen nach einem Windstoß.

«Bist du Soldat, mein Freund?», hörte er eine Stimme sagen.

Panik durchzuckte ihn. *Er sah blutige Finger, die nach seiner Kehle griffen, leere Augen ...* Er presste sich an die Wand hinter ihm, aber der Anblick vor ihm war nicht allzu bedrohlich. In ein paar Schritten Entfernung lag noch eine weitere Strohmatratze, auf der sich eine Gestalt abzeichnete. Es war ein Mann, der die gleichen Leinenfetzen trug wie er selbst. Der Mann hatte sich auf seinem Lager aufgestützt und sah aus glänzenden Augen zu ihm herüber. Obwohl er jung aussah, schimmerte ihm ein schlohweißer Haarschopf entgegen.

«Mein Name ist Konrad.» Die Stimme des Weißhaarigen klang angenehm, als würde jemand eine Samtdecke über seine wunde Seele breiten. «Ich habe gesehen, wie sie dich hergebracht haben. Du trugst eine Offiziersuniform ...»

Sein Atem beschleunigte sich. Kalter Schweiß brach ihm aus den Poren. Er erkannte sie ganz deutlich: *Soldaten, unzählige von ihnen ... Alle tot! Und er lag zwischen ihren klaffenden Wunden, in einem Haufen von Leichen, erstickte fast an ihrem Gestank ...*

«Wo bin ich?», stieß er gepresst hervor.

«Vor den Toren Wiens!», erklärte der Mann namens Konrad und richtete sich ein wenig weiter auf.

«Wien ...», wiederholte er und blinzelte. In seinen Gedanken sah er glitzernde Kuppeln im Sonnenlicht, hörte Hufklappern auf Kopfsteinpflaster, roch Lindenblüten und Pferdemist auf den Straßen ... «Was ist das für ein Ort?», fragte er.

Sein Zellennachbar antwortete nur zögernd. «Man bringt Menschen hierher ... und *behandelt* sie.»

«Das hier ist der Narrenturm», stellte er fest, ohne sich erklären zu können, woher er das wusste.

«Kennst du diesen Ort?» Neugier klang aus Konrads Worten heraus.

Vor seinem inneren Auge sah er ein wuchtiges, rundes Gebäude emporragen, hörte eine Stimme, eine wütende Stimme: *«Was passiert hinter diesen Mauern?»* Er richtete sich kerzengerade auf und fasste sich mit den Fingern an den Hals. «Ich will hier raus!»

«Das wollen wir alle», erwiderte Konrad ruhig.

Er seufzte resigniert und legte den Kopf in den Nacken. Der Raum war hoch. An der Wand hing eine erloschene Öllampe. Die Rußspuren am Mauerwerk darüber erinnerten ihn an einen schwarzen Heiligenschein. Das einzige Fenster war mit Brettern zugenagelt, die Tür war verschlossen.

«Bist du schon einmal hier drin gewesen?», fragte sein Mitinsasse weiter.

«Ich weiß es nicht ...», hauchte er mit rauer Stimme. «Aber ich habe mich eben an jemanden erinnert. Er ... er hat sich für die Irren eingesetzt, glaube ich.»

Konrad lachte bitter. «Diesem Jemand bin ich hier noch nich begegnet.»

Er lächelte Konrad vorsichtig an, obwohl es das Brennen auf seiner linken Gesichtshälfte verschlimmerte. «Hörst dich nicht an wie ein Wiener, Konrad ... eher wie ein Preuß.»

«Ich komme aus Mainz», erwiderte Konrad. «Unser Schutzherr ist der Kaiser des Heiligen Römischen Reichs. Dein Herrscher ist – so wie du redest – der Erzherzog von Österreich. Und das ist dieser Tage ein und derselbe Mann.»

Kaiser ... Erzherzog von Österreich ...

*Mit einem Mal sah er sich in einem Wald aus endlos hohen Bäumen. Ein Mann in prächtiger Uniform kauerte über einem Baumstumpf und richtete eine Pistole auf ihn ...* Er schüttelte die Erinnerung ab. Was hatte er getan? Verdiente er es vielleicht sogar, hier eingesperrt zu sein?

«Hast du auch einen Namen?», fragte Konrad.

«Ich weiß es nicht», erwiderte er kopfschüttelnd. Wie erbärmlich, nicht einmal das über sich zu wissen ...

«Ich kann mir vorstellen, wie es dir geht», erklärte Konrad. «Du bist nicht der einzige Soldat hier drin. Jeden Tag kommen bemitleidenswerte Seelen an, deren Verstand in Scherben liegt. Die Erinnerung kommt wieder ... meist kein Grund zur Freude.»

«Herrgott, wieso fällt mir nichts ein?», zischte er und schlug mit der Faust gegen die Mauer.

«Quäl dich nicht, das erledigen hier ohnehin die anderen ...»

Konrad hatte recht, es würde nichts ändern, wenn er herumtobte wie ein ... Der Gedanke ließ ihn bitter lächeln, was erneut ein heftiges Brennen zur Folge hatte. Vorsichtig berührte er die Haut in seinem Gesicht und ertastete eine verschorfte Wunde, die sich vom Haaransatz seiner linken Schläfe über die Wange bis zum Kinn zog.

«Was haben die mit meinem Gesicht gemacht?», fragte er alarmiert.

Konrad runzelte mitfühlend die Stirn. «Du warst schon so übel zugerichtet, als sie dich hergebracht haben.»

«Wie lange ist das her?», murmelte er.

«Vor drei Tagen hab ich gesehen, wie sie dich über den Gang geschleppt haben», meinte Konrad.

«So lange schon», erwiderte er nachdenklich.

«Du hast gesagt, du kennst jemanden, der sich für die Irren eingesetzt hat», meinte Konrad vorsichtig. «Wenn er hier ist, könnte er dir weiterhelfen.»

«Vielleicht.» Er setzte die löchrigen Schuhe, in denen seine Füße steckten, auf den Boden, stützte sich an der feuchten Steinmauer ab und stand auf. Seine Beine fühlten sich zittrig an, aber sie trugen ihn. Er wankte ein paar Schritte an der Mauer entlang, hielt inne, ging wieder zurück. Die Bewegung half ihm, die Erinnerung heraufzubeschwören.

«Ich weiß, wie er aussah ... Ein junger Mann mit dunklen Locken. Und ...» Er verharrte abrupt. «Da war noch jemand ...» Er runzelte die Stirn. Es gelang ihm nicht, die Erinnerung an die zweite Person zu greifen, nur manchmal blitzte ein Gesicht auf ... das Gesicht einer Frau mit grünen Augen.

«Weißt du, wer er ist?», fragte Konrad neugierig.

Er stützte sich mit beiden Händen an der feuchten Steinmauer ab. Das Echo von Schreien drang an sein Ohr, für einen Moment war er nicht sicher, ob sie aus dem Narrenturm oder seiner Erinnerung stammten.

Das Bild des dunkelhaarigen Mannes und der grünäugigen Frau zeichnete sich deutlich vor seinem inneren Auge ab.

Es löste etwas in ihm aus, einen tiefen Schmerz, Trauer um etwas, das unwiederbringlich verloren war.

«Dieser Mann ...» Er schüttelte den Kopf und drängte die Tränen zurück. «Ich glaube, ich habe ihn getötet.»

# 1. Kapitel

*Wien, 1787*
*Etwa ein Jahr zuvor …*

Das morgendliche Sonnenlicht ließ das Herbstlaub der Linden und Kastanien aufleuchten, die in den Höfen des Allgemeinen Krankenhauses wuchsen. Ein Lindenblatt löste sich von einem Zweig, schwebte kurz durch die Luft und blieb auf der Brust der Kaiserstatue haften, die man in der Mitte des Hofs errichtet hatte. Alfred verharrte für einen Moment und musterte das erhabene Antlitz der Statue, ehe er sich mit einem verächtlichen Schnauben abwandte.

«Nicht trödeln, junger Wagener», rief Professor Auenbrugger. Alfred beeilte sich aufzuholen. Wieder einmal zu spät … Seine Studentengruppe hatte bereits den Torbogen erreicht, der aus den Krankenhaushöfen herausführte. Über ihnen auf der Mauer prangte ein riesiger Schriftzug: *Saluti et solatio aegrorum*. Zum Heil und Trost der Kranken. Wie oft hatte Alfred früher dort gestanden und davon geträumt, selbst jemand zu sein, der den Kranken Heil und Trost spendete, ein großer Mediziner zu werden …

«Aaaachtung, da Engerlwagen!», hörte er eine Stimme schreien.

Alfred sprang zur Seite und ließ eine Kutsche passieren,

die von einem mächtigen Kaltblüter gezogen wurde. Der Kutscher nickte ihm kurz zu und trieb das Ross durch den Torbogen hinaus auf die Straße. Neben dem Pferdegeruch stieg Alfred ein Hauch von Verwesung in die Nase. Auf der Ladefläche waren Dutzende Jutesäcke übereinandergestapelt. Aus einem der Säcke ragten ein paar blutunterlaufene Finger hervor, aus einem anderen eine blasse Stirn und ein grauer Haarschopf. Der *Engerlwagen* fuhr die im Krankenhaus Verstorbenen ein- bis zweimal am Tag zu den Friedhöfen der Vorstadt, wo sie in Massengräber geworfen wurden.

«Wagener, wo bleibst du denn?», rief ihm sein Kollege Aigner ungeduldig gestikulierend zu. Die anderen hatten den Torbogen noch vor der Kutsche passiert.

Alfred holte rasch auf und marschierte mit den anderen Studenten einen gepflasterten Weg entlang, der von herbstlich bunten Büschen und Bäumen bewachsen war. Nach einer Weile hob Professor Auenbrugger die Hand und ließ seine Studenten anhalten. «So, werte Kollegen.» Sein Mund verzog sich zu einem verschwörerischen Lächeln. «Die heutige Stunde verbringen wir in der Irrenklinik.»

Ein aufgeregtes Raunen ging durch die Gruppe, gefolgt von vereinzeltem Gekicher.

Alfred riss überrascht die Augen auf. Er spürte, wie sein Herz schneller zu schlagen begann. Der Narrenturm … Normalerweise hatten Studenten keinen Zutritt. Er ließ seinen Blick über den Scheitel von Auenbruggers Perücke schweifen und fixierte das wuchtige Gebäude, das in etwa hundert Schritten Entfernung in den Himmel ragte. Es sah eigentlich nicht aus, wie Alfred sich einen Turm vorstellte, sondern breiter, als hätte man einen riesigen Topf mit nassem Sand gefüllt und dann umgestülpt.

«Seine Kaiserliche Majestät höchstpersönlich hat die Klinik errichten lassen. Es ist die erste ihrer Art weltweit, gedacht für die Wahnwitzigen, die aus den Augen der Menschen entfernt werden müssen.» Auenbrugger ließ seinen Blick prüfend über die Mienen seiner Studenten wandern. «Bevor hier aber zu große Euphorie aufkeimt, nein, ihr werdet heute nicht die Pioniere sein, die erstmals den Irrsinn heilen ...»

Enttäuschtes Murren wurde laut, das Auenbrugger mit einer gebieterischen Handbewegung abstellte. «Für euch, meine ach so grünen Buben, gibt's dort eine Patientin, an der ihr das richtige Untersuchen üben werdet.»

«Na, hoffentlich beißt sie nicht», kicherte Aigner und schnappte unvermittelt in Richtung seines Nachbarn, der erschrocken zusammenzuckte.

Professor Auenbrugger stöhnte indigniert, während Alfred ein Augenrollen unterdrückte. «Gehen wir!»

Schon nach ein paar Schritten bergauf hatte man eine großartige Aussicht auf das Glacis, den breiten Grünstreifen, der die Vorstädte, wo auch das Krankenhaus und der Narrenturm lagen, von der eigentlichen Stadt Wien trennte. Hinter den Wiesen und Bäumen erhoben sich die mächtigen Stadtmauern mit ihren Basteien. Die im Sonnenlicht funkelnden Kuppeln und Kirchtürme Wiens drängten sich so dicht an die Mauer, als wollte die Stadt einen zu eng gewordenen Gürtel sprengen.

Alfred wandte sich wieder dem Narrenturm zu. Wie ein verbannter König thronte er auf einem kleinen Hügel vor der Stadt. Auf der Wien zugewandten Seite war er von Bäumen umgeben, wohl um ihn vor ungewollten Blicken zu schützen. Auf der anderen Seite, vor dem Tor des Turms, erstreckte sich eine sanft abfallende Wiese, die irgendwann an die gepflasterten Wege und Straßen grenzte, die in die Vorstädte führten.

«Schau dir das an», raunte Aigner ihm zu. «Da haben ein paar Freigang.»

Alfreds Blick folgte Aigners ausgestrecktem Arm. Auf der Wiese vor dem Turm standen zwei kräftig aussehende Wärter. Sie plauderten entspannt miteinander. Jeder von ihnen hielt eine Kette in der einen und einen schulterlangen Stock in der anderen Hand. Vor ihnen im Gras, am anderen Ende der Ketten, hockten zwei junge Männer in fleckigen Leinengewändern.

Der etwas beleibtere der beiden Patienten ließ seinen Kopf unablässig kreisen und klatschte sich immer wieder mit der Hand gegen die Stirn, sodass man den eisernen Ring um sein Handgelenk erkennen konnte. Der zweite saß aufrecht da und spähte zu den Studenten herüber. Für einen Moment trafen sich ihre Blicke. Alfred erstarrte. Wie wach dieser Blick war, es schien kein Anzeichen von Irrsinn in der Miene des Manns zu liegen. Doch dann verzerrte sich dessen Gesicht mit einem Mal.

«Freches Gesindel, Hurenbastard!», brüllte der Irre zu ihnen herüber. Professor Auenbrugger hob verwirrt den Kopf, während die Studenten loslachten. «Grindsau, Franzosengfries, Fetzenschädl, Schweinef...»

«Oho, bettelt da einer um Satisfaktion?», lachte Aigner.

«Halt dich zurück», zischte Alfred, während er die Miene des schimpfenden Anstaltsinsassen fixierte. Sie wirkte gequält, als versuche der Mann mit aller Macht, die Beschimpfungen abzuwürgen, die sich seiner Kehle entrangen.

Einer der Wärter, ein Mann mit dichtem Vollbart und

Spitzbauch, grinste breit und wandte sich an seinen Kameraden.

«Grindsau, das g'fällt mir. Von dem lern ich immer was Neues, hast immer die besten Ideen, gell, Hansi!» Er zog so fest an der Kette, dass der schimpfende Irre nach hinten gerissen wurde und abrupt verstummte.

Alfred zuckte unwillkürlich zusammen. Weiter unten auf den Wegen hatten ein paar Spaziergänger angehalten und sahen zum Narrenturm hinauf. Ein Vater beugte sich zu seinen beiden Kindern hinunter und deutete amüsiert in Richtung der beiden Irren.

«Na geh, Karli», meinte einer der Wärter zu dem dickeren Mann, der gerade wieder gegen seine Stirn klatschte, «sei doch ein bisserl lustig für die Leute, komm!» Er stieß den Irren vor ihm mit seinem Stock in die Seite, bis dieser begann, eine Melodie zu grölen, die Alfred nur zu gut kannte, die *Spittelbergmarie*\*, ein derbes Wienerlied über eine Dirne. Alfreds Kommilitonen gaben es gerne in der Wirtsstube zum Besten.

*«O meine Spittelbergmarie, hör meinen Liebesschwur.*
*A Herz wia a Mastochs – was für a Hur'.*
*A Mund wia zwei Weichseln – zwei wunderbare Brüst.*
*Die hat selbst der Kaiser Joseph schon mit Wonn' geküsst.*
*O meine Spittelbergmarie ...»*

Aus der Kehle des Mannes hörte sich das heitere Lied seltsam traurig an. Die Spaziergänger klatschten begeistert in die Hände, während der Wärter so tat, als würde er den Gesang dirigieren.

---

\* Am Ende des Romans findet sich ein Glossar.

«Kommt weiter, Kollegen», rief Auenbrugger, «wir sind ja schließlich keine dummen Gaffer, nicht wahr?» Er bedachte Aigner mit einem scharfen Blick.

Alfred nickte und wandte sich ab. War es wirklich das, was der Kaiser unter *Heil und Trost* verstand? In Wahrheit war das Volk selbst vielleicht auch nicht viel besser dran als dieser Irre. Unter dem Deckmantel des eigenen Wohls wurde es so lange mit dem Stock geschlagen, bis es das Lied sang, das die hohen Herren hören wollten.

Alfred schüttelte den Gedanken ab und ließ seinen Blick über die Fassade des Turms nach oben gleiten. Was war …? Für einen kurzen Augenblick meinte er, etwas Dunkles auf dem Dach des Narrenturms zu erkennen. Alfred blinzelte, konnte aber nichts mehr entdecken. *Wie eine Gestalt, die zu uns herabschaut, hat es ausgesehen …*

Er folgte seinen Kollegen durch das Tor ins Innere des Turms. Sofort wurde es dunkel … und laut. Ein Chor aus Stöhnen und Schreien ließ Alfred zusammenfahren.

«Es ist bald Visite, da geht's immer besonders zu!», erklärte die Wache am Eingang entschuldigend. Alfred sah sich neugierig um. Schon ein paar Schritte weiter trennte ein Gittertor den Eingangsbereich vom Rest des Turms und damit von seinen Insassen.

«Dr. Ofczarek ist von mir höchstpersönlich angewiesen worden, uns eine Patientin bereitzustellen», erklärte Auenbrugger. Irrte sich Alfred, oder bemerkte er in der sonst so selbstsicheren Stimme des Professors einen Hauch von Unbehagen?

Die Wache nickte in Richtung einer Holztür mit einem rechteckigen Gucklochl, die gleich schräg gegenüber vom Eingang lag. «Die Studenten haben keinen Zutritt zu den anderen Bereichen des Turms. Anweisung von Dr. Ofczarek.»

«Den brauchen wir auch nicht», erklärte Auenbrugger verschnupft und ließ sich die Tür von der Wache öffnen.

Alfred und seine Kollegen strömten in eine enge Kammer, in der es nach Schweiß und fauligem Stroh roch. In der Mitte stand ein einfaches Bett, auf dem eine ausgemergelte Gestalt lag. Es war eine junge Frau mit dunklem Haar, das so kurz geschnitten war, dass Alfred sie im ersten Moment für einen Jungen gehalten hatte. Obwohl sie sehr schwach wirkte, hatte man sie mit Hanfseilen an den Bettrahmen gebunden. Die Frau sagte nichts, als die Studenten um sie herum Aufstellung nahmen, aber aus ihrer Kehle drangen langgezogene, heisere Laute, die die Angst unterstrichen, die sich in ihrer Miene beim Anblick der vielen Fremden ausbreitete.

Auenbrugger bedachte den erbärmlichen Zustand der Patientin mit einem Stirnrunzeln, wandte sich aber sofort wieder den Studenten zu. «So, werte Kollegen. Unsere heutige Patientin ist, wie man unschwer erkennt, Insassin des Turms.»

«Sind Sie sicher, dass das ein Weib ist, Professor?», fragte einer von Alfreds Kollegen, ein stämmiger Kerl mit roten Locken. Er griff nach der kleinen Brust der Frau und drückte sie zwischen drei Fingern zusammen. «Schauen S', wie winzig!»

Das Mädchen stieß ein klägliches Heulen aus. Irgendjemand kicherte.

«Contenance, Mayerhofer, ich *bin* sicher!», erwiderte Auenbrugger. «Das Mädel ist für euch das ideale Untersuchungsobjekt. Warum? Das arme Ding ist stumm von Geburt an und kann sich kaum verständlich machen. Ein wahrer Diagnostiker findet die Krankheit, auch ohne dass der Patient sie ihm nennt. Hier und jetzt wird sich also zeigen, wer von euch *wirklich* imstande ist zu untersuchen.» Professor Auenbrugger wippte aufgeregt auf und ab und blickte erwartungsvoll in die Runde. «Na, wer traut sich? Wer will mir sagen, woran die Patientin leidet?»

Für einen Moment konnte man nur die klagenden Laute der Frau und das etwas leisere Schreien der anderen Patienten hören. Die eben noch ausgelassenen Studenten wichen dem Blick des Professors aus. Auenbrugger war einer der angesehensten Mediziner im Habsburgerreich, ein begnadeter Diagnostiker. Niemand wollte sich vor seinen Augen blamieren. «Und? So still auf einmal, Aigner und Mayerhofer?», fragte Auenbrugger deutlich ernster.

«Darf ich es versuchen, Professor?», bat Alfred und trat einen Schritt vor.

«Ah, Wagener», meinte Auenbrugger erfreut, «bitte.»

Alfred trat näher an das Bett heran und sah zu der Frau herab. Sie wandte ihm das Gesicht zu und sah ihn an. Ihre heiseren Laute klangen mit einem Mal etwas höher.

«Ich tu dir nichts», flüsterte er. Dann legte er den Handrücken auf die Stirn des Mädchens, während er den anderen auf seine eigene legte. Ihre Haut fühlte sich feuchter an – und wärmer.

«Leichtes Fieber», murmelte Alfred. Er hob eine Hautfalte auf der Hand des Mädchens und runzelte die Stirn, als sie nicht verstrich. *Sie muss lange nichts getrunken haben ...*

Er wandte sich Auenbrugger zu. «Ich kann keinen korrekten Untersuchungsgang durchführen, wenn die Patientin ans Bett gefesselt ist.»

«Ganz richtig, mein Junge», bestätigte der Professor, «aber wie so oft müssen wir mit dem arbeiten, was wir haben.»

Alfred nickte abwesend und wandte sich wieder dem Mädchen zu. Behutsam tastete er ihren Körper ab. Als er bemerkte, wie sich ihre Gestalt unter seinen Händen verkrampfte, hörte er sofort auf. *Abgemagert, ausgedörrt, Fieber. Kein Krebsgeschwür, das ich tasten kann, und niemand in der Nähe, den ich fragen könnte, ob sie isst, ob sie Stuhlgang hat oder ob sie Schmerzen leidet ...*

«Lässt du mich in deinen Mund schauen?», fragte er sanft.

Der Atem des Mädchens beschleunigte sich, während Alfred seine Hände nach ihrem Kinn ausstreckte.

«In Ordnung», beschwichtigte sie Alfred und ließ seine Hände sinken. «Wir machen es anders ... Sieh her!»

Er streckte seine Hand aus und klopfte sich mit den Fingern der anderen Hand auf das letzte Fingerglied des Mittelfingers. «So werde ich dich abklopfen. Es tut nicht weh ...»

«Verschwende nicht deine Zeit, die Frau hat keinen Verstand», brummte Mayerhofer ungeduldig.

«Lass ihn, der Wagener macht ihr gerade Avancen», unterbrach ihn Aigner. Auenbrugger brachte die beiden mit einem lauten Räuspern zum Schweigen.

Die Frau starrte Alfred ängstlich an, aber als er seine Handfläche auf ihren Brustkorb legte, versuchte sie nicht auszuweichen.

«Vergiss nicht, Wagener», flüsterte Auenbrugger, «die Perkussion funktioniert, als würde man dem Klang von Instrumenten lauschen. Den hellen und den dumpfen, den lauten und den leisen Tönen. Du weißt, wie sie klingen müssen, jetzt such das Verstimmte!»

Alfred lächelte verstohlen. Auenbrugger hatte nicht nur die Perkussion als neue Untersuchungsmethode entdeckt, er hatte vor einigen Jahren – wie er nicht müde wurde, in seine Vorlesungen einzustreuen – das Libretto einer Salieri-Oper geschrieben.

Alfred atmete aus und schloss die Augen. Dann begann er, die Frau abzuklopfen, zuerst ihren Brustkorb, dann ihren Bauch. Er tat nichts anderes, als dem Klopfgeräusch zu lauschen, seiner Dämpfung über Herz und Leber, seinem hellen Laut über der Lunge und einem fast schon hallenden Klang über dem leeren Magen der Frau. Über einer Stelle verharrte Alfred und klopfte immer wieder darüber ...

«Das klingt doch alles gleich! So ein Humbug», flüsterte jemand hinter ihm, aber Alfred ließ sich nicht beirren. Immer wieder klopfte er über die gleiche Stelle. Plötzlich begann die junge Frau, wild zu husten. Ihr Körper verkrampfte sich, während sie verzweifelt nach Luft rang und immer wieder ausspucken musste.

Alfred richtete sich auf und wartete, bis die Frau sich beruhigt hatte, dann wandte er sich zu Auenbrugger und seinen Kollegen um. «Sie leidet unter einer Inflammatio, einer Entzündung der Bronchien, die sich im unteren linken Lungenflügel eingenistet hat. Sie ist so ausgetrocknet, dass sie nicht mehr husten konnte. Durch die Perkussion hat sich ein wenig gelöst, aber sie muss trinken, *viel trinken*, dann kann sie das gestaute Sekret abhusten.»

Auenbrugger starrte ihn aus großen Augen an, dann breitete sich ein Grinsen auf seiner Miene aus. «Exzellente Diagnose, Herr Kollege.» Er klopfte Alfred auf die Schulter, während seine Kollegen anerkennend applaudierten. Alfred spürte, wie ihm die Schamesröte ins Gesicht stieg.

«Ohren wie ein Luchs», konstatierte Auenbrugger begeistert.

Die Tür wurde ruckartig aufgerissen, und ein Wärter mit pockennarbigem Gesicht betrat die Kammer. «Verzeihung, Doktor», erklärte er mit böhmischem Akzent. «Der Dr. Ofczarek braucht die Patientin oben für die Visite.»

Alfred sah, wie Auenbrugger die Lippen schürzte. Für einen Moment war Alfred sich sicher, er würde den Wärter anschreien.

«Sagen Sie dem Herrn Doktor, er soll gefälligst darauf achten, dass seine Patientin ausreichend trinkt – und mehr essen könnte sie auch», erklärte er mühsam beherrscht. Er wandte sich halb den Studenten zu. «Ich werde ihm die empfohlene Therapie für die Patientin übermitteln: Thymianauszug und eine Campher-Einreibung dreimal täglich.» Er seufzte. «Kommt!»

Die Studenten strömten schweigend aus der Kammer hinaus. Alfred drehte sich noch einmal kurz nach der Patientin auf dem Bett um. War sie wirklich so wahnsinnig, dass man sie festbinden musste? Würde sie sich sonst verletzen? Oder vielleicht jemand anderen? Vor allem Letzteres schien Alfred schwer vorstellbar.

Er seufzte und wandte sich ab. Doch als er einen Schritt Richtung Ausgang machte, griff die Frau nach seinen Fingern.

Alfred fuhr erschrocken herum. Die Patientin umklammerte seine Hand. Ihre dunklen Augen schienen ihn anzuflehen. Ein kaum hörbares Wimmern drang aus ihrer Kehle.

«Keine Sorge, dir wird jetzt gehol...» Alfred runzelte die Stirn. Der Ärmel der Frau war heruntergerutscht und entblößte ihre weiße Haut ... und ein paar seltsame Wunden auf ihrem Handgelenk. Ihre Nasenflügel blähten sich, als sie Alfred ansah. Die Wunden bestanden aus nässenden Blasen, fast wie eine ...

«Jetzt raus da», maulte der Wärter und zog ihn von dem Bett weg. Alfred riss sich los und funkelte den Wärter an.

«Ihr werdet sie anständig behandeln, verstanden», erklärte er mit eisiger Stimme.

«Ja, ja, Burschi», meinte der Böhme und schob Alfred aus der Kammer. Für einen winzigen Moment sah er noch das Gesicht der jungen Frau, wie sich ihr Mund öffnete, als wollte sie ihm hinterherrufen ...

☙

«Auf ein Wort, Professor», bat Alfred, sobald sie wieder die Höfe des Allgemeinen Krankenhauses erreicht und seine Kollegen sich in Richtung der Studiensäle verabschiedet hatten. «Ich mache mir Sorgen um unsere Patientin. Ich glaube, sie wird im Narrenturm nicht anständig behandelt. Ihre Arme waren ...»

«Wagener», unterbrach ihn Auenbrugger. «Um die Frau wird man sich kümmern. Du solltest dir lieber um deinetwillen Sorgen machen!»

«Um meinetwillen, Professor?», fragte Alfred überrascht.

Auenbrugger bedachte ihn mit einem strengen Blick. «Du hast Potenzial, Bursche, da schmerzt es mich umso mehr, dass du so vielen Lektionen unentschuldigt fernbleibst.»

Alfred presste für einen Moment die Lippen zusammen. Wie hatte Auenbrugger bloß davon erfahren? «Ich besuche die wichtigsten», erwiderte er. «Ich war in jeder einzelnen Ihrer ...»

«Die wichtigsten?» Auenbrugger schüttelte den Kopf. «Ein Medizinstudium ist kein Marktstand, von dem man sich aussucht, worauf man gerade Lust hat. Begreifst du den

Ernst deiner Lage nicht? Man wird dich exmatrikulieren, Junge, wenn du dein Verhalten nicht änderst.»

Alfred reckte trotzig das Kinn vor. «Ich lerne mehr als alle anderen, ich bestehe jede Prüfung mit Bravour. Es ist ungerecht, wenn jemand behauptet, dass ich ...»

«Es reicht.» Auenbruggers Miene schien mit einem Mal ungewohnt streng. «Noch bist du kein Arzt, und wenn du so weitermachst, wirst du auch keiner werden.» Damit wandte sich Auenbrugger ab und verschwand kurz darauf in Richtung des Geburtensaals.

Alfred ballte die Fäuste so fest zusammen, dass ihm die Nägel in die Handflächen schnitten.

«He, Wagener!» Aigner und ein paar andere warteten am Ende des Hofs auf ihn. «Komm endlich!» Seine Taschenuhr glitzerte im Sonnenlicht, als er auf das Ziffernblatt tippte. «Unsere Lektion zur Säftelehre beginnt gleich!»

«Geht nur, der Blödsinn interessiert mich eh nicht», rief er zurück. Gott sei Dank standen sie zu weit weg, um zu sehen, wie ihm Tränen der Wut in die Augen stiegen.

Aigner winkte lachend ab und schüttelte den Kopf über Alfreds Verwegenheit. Alfred wartete noch, bis sie im Klinikgebäude verschwunden waren, dann machte er kehrt und rannte los, so schnell er konnte.

❦

«Spät bist», kommentierte Ravnicek, der Oberwart des zum Krankenhaus gehörenden Waschhauses und kratzte sich am Bauch, während Alfred sich seinen schmierigen Arbeitskittel überwarf. «Wenn das noch mal vorkommt, hol ich mir irgendeinen von der Straße, der die Arbeit besser macht als du.»

Alfred hatte gelernt, nicht einzuatmen, wenn Ravnicek direkt mit ihm sprach. Sein fauliger Atem verursachte ihm Übelkeit, und das, obwohl Alfred beileibe einiges gewohnt war.

«Was ist zu machen?», fragte er nüchtern.

«Die Bettpfannen haben sich noch nicht selbst gereinigt. Stehen schon seit zwei Stunden da und verseuchen mir die Luft. Wennst fertig bist, hilfst den Schwestern mit den Instrumenten.»

Alfred nickte und ging wortlos an Ravnicek vorbei. Der Gestank im Spülraum ließ ihn kurz innehalten. In den ersten Wochen hatte er sich mehrfach übergeben müssen. Mittlerweile konnte er wenigstens das vermeiden, allerdings ohne den Gestank erträglicher zu finden. Die vollen Bettpfannen stapelten sich auf einem hölzernen Karren, direkt neben einer Wasserpumpe und dem großen Waschzuber. Alfred leerte die erste Schüssel in einen Bottich und begann, sie im grauen Wasser des Zubers zu schrubben. Von den vielen Arbeiten, die Alfred schon gemacht hatte, war diese mit Abstand die schlimmste – aber so war er wenigstens immer in der Nähe des Krankenhauses und verpasste weniger Lektionen, als es bei jeder anderen Stelle der Fall gewesen wäre. Offensichtlich leider immer noch zu viel.

*Noch bist du kein Arzt, und wenn du so weitermachst, wirst du auch keiner werden ...* Die Erinnerung an Auenbruggers Worte ließen Alfred so kräftig schrubben, dass seine Knöchel weiß hervortraten.

## 2. Kapitel

Die feindlichen Armeen sind in Stellung gebracht und halten dich in eiserner Umarmung. Deine Truppen sind in der Minderzahl, wurden in den Wirren der Schlacht aufgerieben. Jeder Schritt, den du jetzt tust, entscheidet über Sieg oder Niederlage, über Tod und Leben. Was wirst du tun? Was tust du, Helene?»

Helene hob den Kopf und sah in die süffisante Miene ihres Vaters. Seine hellen Augen musterten sie aufmerksam, während sie sich wieder dem Schachbrett vor ihr zuwandte. Ihre Finger streichelten gedankenverloren durch das sonnenwarme Fell ihres Drahthaarrüden Raubart, der seinen Kopf auf ihren Schoß gebettet hatte.

Es war schwer, sich an so einem prachtvollen Tag mit Leib und Seele in die Schachpartie zu vertiefen. Die Buchen der Wienerwaldhügel und die herbstlichen Weingärten leuchteten mit der weißen Fassade von Schloss Weydrich um die Wette, und die Stadt unter ihnen schien heute so nah, als könnte man direkt in die kaiserlichen Appartements der Hofburg blicken.

«Du konzentrierst dich nicht», zog ihr Vater sie auf.

Helene ignorierte ihn und atmete tief durch. Ihre Lage war ziemlich trostlos. Sie war schon seit fünf Zügen nur noch damit beschäftigt, sich gegen seine Angriffe zu verteidigen – und das mehr schlecht als recht. Neben dem Spielfeld standen bereits ihr weißer Springer, ein Turm, ein Läufer und vier Bauern, während sie ihm bis jetzt nur seine zwei Läufer und einen mageren schwarzen Bauern abgeluchst hatte.

*Ich muss etwas Unerwartetes tun. Er wird damit rechnen, dass ich mich auf eine sichere Position zurückziehe ...* Ihr Blick glitt forschend über das Brett. Ja ... das sah gut aus ... Warum war ihr das nicht früher aufgefallen?

Helene griff entschlossen nach ihrer Dame und zog vier Felder vor.

«Schach!», erklärte sie triumphierend.

«Oh.» Ihr Vater runzelte die Stirn, während Helene sich zufrieden lächelnd zurücklehnte. «Da hast du mich tatsächlich für einen Moment in Schwierigkeiten gebracht ...»

Er griff zielsicher nach seiner schwarzen Dame, zog schräg über das Spielfeld und schlug Helenes Dame.

«Schachmatt!»

«Was?» Raubart hob alarmiert den Kopf und wuffte leise. Helene starrte mit aufgerissenen Augen ihre umgeworfene Dame an. «Das ist nicht ... das ist ...»

«*Schachmatt*», wiederholte ihr Vater mit einem spöttischen Gesichtsausdruck.

Helene knurrte und schubste ihren eigenen König um, da ihr Vater dummerweise recht hatte. Dann vergrub sie das Gesicht in ihren Handflächen.

«Kränk dich nicht», meinte ihr Vater. «Du hast zwei Runden länger durchgehalten als der Kaiser bei unserer letzten Partie. Und du wirst von Mal zu Mal raffinierter.»

«Es macht keinen Spaß, gegen dich zu spielen, Papa», seufzte sie und ließ die Hände wieder sinken.

Die dichten Brauen ihres Vaters zogen sich zusammen. Die Grübchen in seinen Mundwinkeln vertieften sich, als könnte er sich nur mühsam das Lachen verkneifen. «Schach ist wie das Leben, Kind. Man verliert ... so lange, bis man gewinnt.»

«Leicht zu sagen, wenn man *immer* gewinnt.» Sie streckte sich und blinzelte ins Sonnenlicht.

«Wie überaus ... *komtessenhaft*», lachte ihr Vater.

«Eine wohlerzogene Komtesse würde sich wohl kaum im Schachspiel mit ihrem Vater messen», kommentierte Helene und strich sich eine honigfarbene Haarsträhne aus dem Gesicht.

«Aha. Aber lernt die junge Komtesse etwas aus ihrer Niederlage, oder läuft sie zu ihren Pferden und macht das nächste Mal genau den gleichen Fehler?» Ihr Vater lachte auf.

«Sie lernt», erwiderte Helene augenrollend. «Und ich bin nicht jung, ich werde in ein paar Wochen siebzehn.»

«Na dann! Schauen wir doch mal, was ich dir noch beibringen kann. Zeig mir deine mächtigste Figur!»

Helene dachte kurz nach, dann griff sie nach ihrer geschlagenen Dame und hielt ihm die weiße Elfenbeinfigur unter die Nase.

«Ausgezeichnet! Für die Macht der Dame gibt es kaum Grenzen. Du hast nur einen einzigen Fehler gemacht, Kind.» Ihr Vater nahm ihr die Dame aus der Hand und stellte sie wieder auf ihre letzte Position – weit vor ihre anderen Figuren.

«Du hast sie zu früh entblößt und sie dadurch angreifbar gemacht. Siehst du, wo meine Dame stand?» Ihr Vater stellte die schwarze Dame wieder auf die Position, von der aus sie zugeschlagen hatte, in der hintersten Reihe, neben dem König.

«Die Dame nutzt ihre Macht am besten im Verborgenen, aus dem Schutz ihrer Verbündeten heraus zieht sie die Fäden. Erst wenn sie den Todesstoß versetzt», ihr Vater wiederholte seinen letzten Zug, «offenbart sie sich und zeigt ihre wahre Macht.» Ihr Vater hob die weiße und die schwarze Dame neben sein sonnengebräuntes Gesicht. «Begreifst du jetzt, wie man gewinnt?»

Helene lächelte. Sie nahm ihrem Vater die schwarze Dame aus der Hand und drehte sie nachdenklich zwischen ihren Fingern. «Findest du das nicht komisch, Papa? Ein Spiel, in dem die Dame die mächtigste Figur ist, während die meisten Frauen im wahren Leben nicht mehr tun, als zu heiraten und Nachkommen zu gebären ...»

«Ah ja. So wie Maria Theresia, meinst du?»

«Wenn deine Erzählungen über sie stimmen, war das Herrschen eher ein Zeitvertreib *neben* dem Gebären.»

Ihr Vater runzelte die Stirn. «Deine Leutseligkeit ist gefährlich, Kind», erklärte er. «Außerhalb von Schloss Weydrich kann eine *lustige* Bemerkung wie diese dich schnell in Schwierigkeiten bringen. Wer die Gunst der Habsburger verwirkt, dem nutzt ein adliger Name nicht mehr als das Papier, auf dem er geschrieben steht.»

«Ich dachte, du bist ein Freund des Kaisers, Papa.»

Ihr Vater lächelte schief. «Joseph hat keine Freunde, lediglich Menschen, die er respektiert.»

Helene wusste, dass ihr Vater im bayrischen Erbfolgekrieg für den Kaiser gekämpft hatte. Doch während er sonst das meiste mit ihr besprach, schwieg er sich über dieses Thema beharrlich aus. Helene betrachtete ihn nachdenklich, sein gefurchtes Gesicht, das dunkelgraue Haar, das er im Nacken mit einem Samtband zusammengebunden hatte ...

Ihre Gouvernante, Adelheid, sagte, dass sie von ihrem Vater nur die Mundpartie geerbt habe, Lippen, die von Grübchen begrenzt wurden, als würde sie stets ein kleines Lächeln tragen. Bei ihrem Vater hatte sie gelernt, trotzdem zu erkennen, wenn er ernsteren Gedanken nachhing – so wie jetzt.

«Spazierst du ein wenig mit mir?», fragte er.

Helene nickte. Sie zupfte ein paar Ahornsamen von ihrem weißen Spitzenkleid und erhob sich. Raubart kam unter dem Tisch hervor und trottete neben ihnen her.

Als sie die Kieswege im Schlossgarten entlangspazierten, entdeckte Helene Karl, den Sohn des Gärtners. Er begann gerade damit, die Rosenstöcke einzuwintern. Er schnitt die letzten Blüten ab und zog einen Jutesack über die Pflanze vor ihm.

«Karl, lass die Rosen doch, sie blühen noch so schön!»

«Im Oktober ist der Nachtfrost nicht mehr weit, Komtesse.»

«Lass dich nicht stören, Karl», rief ihr Vater zu ihm herüber.

«S'recht, Herr Graf!»

Helene betrachtete die ausladende Rosenlaube hinter dem Schlossteich, der das Zentrum des Gartens bildete, und seufzte. Sie liebte es, unter den sattroten Blüten zu sitzen und zu lesen. Damit würde es jetzt wohl für einige Monate vorbei sein.

Ein Stockentenpaar schwamm auf dem Teich und gründelte nach Wasserpflanzen.

Helene reagierte einen Wimpernschlag zu spät. «Raubart, nein!»

Doch der Drahthaarrüde jagte bereits auf den Teich zu,

stieß sich ab und landete mit einem lauten Platschen im Wasser.

Seine Zähne schnappten nach den Enten, die lärmend aufflogen. Ihr vorwurfsvolles Quaken war noch in der Ferne zu hören, als Raubart schon ans Ufer gepaddelt war und sich heftig geschüttelt hatte. Mit immer noch triefendem Fell trottete er zu ihnen zurück.

Ihr Vater bedachte sie mit einem strengen Blick.

«Er ist ein Jagdhund», meinte Helene entschuldigend.

«Ein *verhätschelter* Jagdhund. Dass er in deinem Zimmer schläft und nicht bei den anderen im Zwinger, bekommt ihm nicht. Wie alt ist er jetzt?», fragte ihr Vater.

«Fünf», erwiderte sie.

«Schon fünf», wiederholte der Vater gedankenverloren. Er hatte ihn ihr geschenkt, als Spielgefährten, damit Helene nicht so einsam war, wenn er verreiste. Kaum zu glauben, dass der kräftige Rüde damals nur ein kleiner Welpe gewesen war, der ständig über seine zu großen Pfoten zu stolpern schien.

«Ich habe darüber nachgedacht, was du gesagt hast, Kind, über das Heiraten und das Gebären. Deine Mama und ich haben uns bei deiner Geburt versprochen, alles für dein Glück zu tun, egal, welches Opfer wir dafür bringen müssen. Ich vermisse sie! Sie liebte unseren Garten genau wie du …»

Helene hängte sich bei ihrem Vater ein und schmiegte den Kopf an seine Schulter. Sie konnte sich kaum an ihre Mutter erinnern, aber der Schmerz ihres Verlusts war etwas, das sie mit ihrem Vater teilte.

Eine Weile flanierten sie schweigend nebeneinanderher, entlang eines Wegs, der von violett blühenden Astern gesäumt wurde, und sahen auf das im Sonnenlicht funkelnde Wien hinunter.

«Du bist wie sie, weißt du? Dein Verstand ist zu scharf für dein eigenes Wohl. Ich will nicht, dass du zu einer dieser dressierten Puppen verkommst, die bei Hofe artig den Kotillon tanzen, um einem hohlen Jüngling schöne Augen zu machen.»

«Du hast gesagt, irgendwann muss ich mich bei Hofe zeigen ...»

«Das stimmt. Aber in diese Schlangengrube nehme ich dich so spät wie nur möglich mit», erwiderte ihr Vater kühl. «Vorher will ich, dass du dich mit anderen Dingen beschäftigst. Du bekommst einen Lehrer, der dich in den Naturwissenschaften ausbilden soll. Und in Latein.»

«Latein?», entfuhr es Helene entgeistert.

«Ganz genau! Meine Tochter soll mit jedem Gelehrten auf Augenhöhe sprechen können.»

«Papa, du weißt, ich liebe die Naturwissenschaften, aber Latein ist doch nun wirklich nicht ...»

«Keine Widerrede, Helene.» Er hüstelte, als hätte er einen Frosch im Hals. «Ich habe auch schon einen geeigneten Lehrer für dich ausgesucht, einen treuen Freund, der mir selbst in deinem Alter schon Unterricht gegeben hat.»

*Bestimmt irgendein verstaubter Uhu*, dachte sie, aber diesmal verbiss sie sich den Widerspruch.

«Ich werde dir das Rüstzeug geben, dein Leben nach deinen Vorstellungen zu gestalten. Mehr steht nicht in meiner Macht.»

Helene schloss die Augen und lächelte. Der Unterricht war ein kostbares Geschenk – dafür waren die Lateinlektionen ein kleiner Preis.

«Danke, Papa!» Sie küsste ihn auf die Wange. Sie flanierten wieder zurück in Richtung Rosengarten, als sich die Grübchen um Helenes Lippen vertieften.

«Du möchtest also, dass ich selbstbestimmt werde, so wie ... *die Tante?*»

Ihr Vater hob die Augenbrauen. «Wenn du dich je entscheiden solltest, in ihre Fußstapfen zu treten, enterbe ich dich auf der Stelle.»

Helene kicherte. Ihr Vater sprach nicht oft über seine Schwester, die allein eine riesige Grafschaft im östlichen Mähren unterhielt und nur den Winter in Wien verbrachte.

Bei ihrem letzten Besuch war Helene noch ein kleines Mädchen gewesen. Trotzdem konnte sie sich noch deutlich an die schwarzhaarige Schönheit mit den tiefgrünen Augen erinnern. Die Tante hatte damals nicht viel mit ihr gesprochen, aber Helene immer wieder genau beobachtet. Bevor sie in ihre von zwei Friesenpferden gezogene Kutsche gestiegen war, hatte sie sich noch einmal zu Helene heruntergebeugt und ihr etwas zugeflüstert: «Glaub kein Wort von dem, was sie dir versprechen, mein Täubchen. Sie lügen alle!»

Jedenfalls hatten sich ihr Vater und die Tante seither immer weiter auseinandergelebt, und Helene war nicht sicher, ob sich die Kluft zwischen den beiden je wieder schließen würde.

Sie bekam mit, wie ihren Vater die Gerüchte, die ihm über die Tante zu Ohren kamen, verärgerten – und manchmal besorgten. So wie einmal, als der Baron Maybach ihn aufgesucht und Helene hinter der Salontür den ein oder anderen Wortfetzen aufgeschnappt hatte: ... *brach nach Mähren auf, um Eure Schwester zu interrogieren ... Auf dem Rückweg verschwunden ...*

«Ich habe Adelheid gesagt, sie soll dir für morgen deine Jagdkleider vorbereiten», unterbrach ihr Vater ihre Gedanken. «So viele Haselhühner und Fasane haben wir im Revier schon lang nicht gehabt. Liegt wohl daran, dass ich den Vorstadtburschen eine Belohnung für jedes tote Raubzeug gegeben habe.»

«Hast du gehört, Raubart?», fragte Helene und tätschelte den nassen Kopf des Drahthaars, der merklich die Ohren gespitzt hatte. «Aber wirst du damit leben können, dass ich mehr Fasane schieße als du, Papa?»

«Spätestens, wenn sie auf meinem Teller liegen.» Das Lachen ihres Vaters ging in ein Husten über, das er im Ärmel seines schwarz-goldenen Gehrocks erstickte.

«Dann muss ich noch einen der Burschen bitten, die Büchsen vorzubereiten», erwiderte Helene.

«Der Frantisek kümmert sich schon drum, dass sie's erledigen. Die neuen Pagen brauchen die Übung wie ein Hungernder einen Bissen Brot, sie sind noch recht schlampig. Wie wär's ...» Ihr Vater hustete erneut und räusperte sich. «Wie wär's, wenn wir ausreiten? Ich war vorhin hinten bei den Ställen, dein Eugenio braucht frische ...»

Helene runzelte die Stirn. Es sah aus, als wäre ihr Vater mitten im Reden zu Eis erstarrt.

«Papa?», fragte sie mit hochgezogenen Augenbrauen. «Treibst du einen Scherz mit mir?»

Seine Miene sah plötzlich aus, als hätte sie jemand mit Mehl angestaubt.

«Papa, ist alles in Ordnung?»

Ein Pfeifen drang aus seinem leicht geöffneten Mund, das Helene an das Geräusch des kleinen Blasebalgs erinnerte, mit dem Adelheid das Kaminfeuer anfachte.

«Sag doch was!», rief sie und packte ihren Vater an der Schulter. Ihr Vater schien atmen zu wollen, aber es gelang ihm kaum. Für einen Moment schwankte er. Helene sah seine Gestalt erschlaffen, und dann brach er zusammen. Geistesgegenwärtig versuchte sie, ihn aufzufangen, und kippte selbst nach hinten in die Blumenbeete. Ihr Kleid verfing sich in den Rosensträuchern. Dornen bohrten sich in ihre Haut und hinterließen Blutflecken auf dem weißen Stoff.

«Papa, was ist mit dir?»

Seine Hand klammerte sich so fest um ihre, dass es schmerzte.

«*Frantisek, Adelheid, helft mir!*», brüllte Helene. Was würde ein Arzt in so einer Situation tun? Sie fächelte ihrem Vater mit der freien Hand Luft zu, während sie zusah, wie seine Miene auch den letzten Rest an Farbe verlor.

«Sag was», wimmerte sie.

Aber ihr Vater antwortete nicht – und vielleicht zum ersten Mal in ihrem Leben fühlte Helene sich hilflos ... und allein.

# 3. Kapitel

«Kommst du noch mit ins Nussgartl, Wagener? Die haben einen neuen Wein ... *und* eine neue Servierdame.» Aigner verdeutlichte die Vorzüge der neuen Kellnerin mit seinen Händen.

Alfred wäre gern mitgegangen. Er wusste nicht mal mehr, wann er zuletzt Zeit gehabt hatte, einfach ein Glas Wein zu genießen. Der Waschdienst am Vortag hatte ihn so ermüdet, dass er heute während der Anatomielektion fast eingeschlafen wäre. Lange würde er das nicht mehr durchhalten. Vielleicht sollte er den absurden Traum, ein großer Medikus zu werden, lieber heute als morgen begraben und zu seiner Mutter nach Prag ziehen. Sein Stiefvater konnte bestimmt Hilfe in seinem Krämerladen gebrauchen.

«Tut mir leid!» Alfred wedelte entschuldigend mit einem Brief. «Ich habe noch eine Verabredung in der Stadt.»

«Ah ...» Aigner beäugte den Brief neugierig. «Ein geheimes *Tête-à-Tête* mit einem edlen Fräulein?»

Alfred lächelte und hob die Augenbrauen. «Warum nicht gleich mit mehreren?»

Aigner lachte auf. «So wie dir die Weibsbilder hinterherschauen, könnt man's glauben. Bloß scheint dir keine recht zu sein. Was war denn mit dieser Advokatentochter?» Aigner schnippte mit den Fingern. «Wie hieß sie noch? Genau, Marie ...»

*Marie hat bei unserem einzigen Treffen über nichts anderes gesprochen als über ein Kleid, das sie in einer Auslage der Kärntner Straße gesehen hat. Und ihr Vater wollte mich nach diesem Treffen zu meinen Vermögensverhältnissen befragen.*

«War nichts für mich», erwiderte Alfred schlicht. «Also dann ...»

«Grüß dich», meinte Aigner, hob die Hand und verschwand zwischen den herbstlichen Linden des Krankenhaushofs.

Auch Alfred verließ das Krankenhaus kurz darauf und nahm einen Wagen in Richtung Stadt. Die Kutsche rumpelte die Alser Straße hinunter über das Glacis. Der Grünstreifen zwischen Wien und den Vorstädten hatte lange als Exerzierplatz gedient, doch der Kaiser hatte vor ein paar Jahren Bäume pflanzen und Laternen aufstellen lassen und das Glacis in einen riesigen Park verwandelt, den die Wiener gerne zum Lustwandeln nutzten. Nur ein kleiner Platz vor der weitläufigen Josefstadtkaserne, die direkt neben dem Krankenhaus lag, wurde noch zum Exerzieren verwendet. Ein gutes Zeichen, wenn Soldaten nur noch für Paraden und Ehrengeleite gebraucht wurden. Vielleicht war das Bündnis, das der Kaiser mit Katharina der Großen geschlossen hatte, entgegen allen Erwartungen eine kluge Entscheidung gewesen. Seit Österreich sich auf Russlands Seite geschlagen hatte, verhielten sich die Franzosen und Preußen auffällig ruhig.

Alfred besah sich den Brief in seiner Hand. Wenn *er* ihn einlud, konnte Alfred nicht ablehnen. Er wusste, wie beschäftigt Alfred war, und würde ihm die Zeit nur dann stehlen, wenn es um etwas Wichtiges ginge. Lächelnd las er die letzte Zeile ...

*Und nimm dir einen Wagen, um Himmels willen, ich weiß, dass du sonst immer rennst. Ich lade dich ein!*

Alfred faltete den Brief wieder zusammen und verwahrte ihn in der Tasche seines Rocks. Das Rütteln der Kutsche und das monotone Hufgeklapper ließen seine Gedanken abschweifen. Das Mädchen im Narrenturm wollte ihm nicht mehr aus dem Kopf gehen. Immer wenn er sich gerade nicht konzentrierte, tauchte ihre verzweifelte Miene vor seinem inneren Auge auf. Die Wunden, die auf ihren blassen Armen aufgeblitzt waren ... Hatte sie sie sich selbst zugefügt? Wollte sie ihn wirklich um Hilfe bitten, als sie ihn festgehalten hatte, oder krallte sie sich in ihrem Wahn an jedem fest, der sie freundlich behandelte?

*Ich könnte hingehen und nach ihr fragen ... Schließlich habe ich ihre Krankheit diagnostiziert. Ich könnte sagen, dass Auenbrugger mich schickt.* Der Gedanke beruhigte Alfred etwas. Warum machte er sich überhaupt Sorgen? Ein Mädchen wie sie würde in der rauen Welt hier draußen kaum überleben. In der Irrenklinik hatte sie wenigstens ein Dach über dem Kopf, und es gab Menschen, die sich um sie kümmerten. Hatte sie im Grunde genommen nicht sogar Glück, wenn man an die Heerscharen von Bettlern und Landstreichern dachte, die man in der Stadt sah?

Ein Brüllen ließ Alfred die Stirn runzeln. «Kompanie! Im Schritt – marsch!»

Alfred sah aus dem Kutschenfenster. Auf der Grünfläche des Glacis marschierte eine Abordnung Hunderter Soldaten hinter ein paar Trommlern her, die ihnen den Takt vorgaben.

Das schien weder eine Übung zu sein noch ein Ehrengeleit. Die Soldaten trugen neben Säbel und Bajonett voll bepackte Ranzen auf dem Rücken. Fünf Pferdefuhrwerke, die mit Fässern und Kisten beladen waren, folgten dem Zug. Auf einem der Wagen erkannte Alfred eine Kanone. Es sah aus, als würde die ganze Josefstadtkaserne ausrücken.

«He, Kutscher», fragte Alfred und klopfte an den Rahmen der Kutsche. «Weißt du, wohin die marschieren?»

Der Kutscher zügelte die beiden Schimmel, die das Trommeln nervös zu machen schien, und ließ sie im Schritt gehen.

«Wenn ich das wüsst», erwiderte er ungehalten. «Überall in Wien leeren s' die Kasernen aus. Nirgends kann man mehr hinfahren, ohne dass sie einem vor die Kutsche rennen.»

Alfred sah den Soldaten hinterher, bis das Trommeln verklang.

«Bestimmt zündelt der Türk wieder irgendwo und braucht eine Abreibung», brummte der Kutscher, als sie endlich auf die breite Promenade bogen, die zum Schottentor führte, dem mächtigsten der Wiener Stadttore.

Hier war von Soldaten nichts mehr zu sehen. Edel gekleidete Spaziergänger aus der Stadt genossen das milde Herbstwetter und besahen sich die Waren fahrender Händler, die entlang der Promenade tagsüber Quartier bezogen.

Alfred starrte abwesend aus dem Fenster, während sie die Mauer und die mächtige Bastei passierten und in die eigentliche Stadt eintauchten. In dem Getümmel aus Reitern, Fußgängern und anderen Kutschen kam Alfreds Fiaker nur mühsam voran, doch der Kutscher steuerte den Wagen immer wieder geschickt in ruhigere Gassen, wo er seine Schimmel antraben lassen konnte.

Am hohen Markt herrschte reges Treiben. Karren voller Kürbisse, Äpfel und Rüben wurden gerade von den umliegenden Feldern angeliefert und die Preise so laut herausgerufen, dass sie von den kunstvoll verschnörkelten Häuserfronten widerhallten.

Neben dem wuchtigen Jesuitenkolleg ließ Alfred den Kutscher anhalten und bezahlte ihn mit den Münzen, die dem Brief beigelegen hatten.

Alfred lief am Kolleg vorbei auf den Universitätsplatz. Das neue Universitätsgebäude wirkte neben den weitläufigen Klosteranlagen geradezu freundlich mit seiner verspielten Fassade. Er atmete tief durch. Es fühlte sich gut an, wieder hier zu sein, als wäre seither keine Zeit vergangen ...

Alfred nickte dem Portier am Eingang zu, verschwendete keinen Blick an die prachtvollen Deckenfresken der Halle und stieg die Marmortreppen empor. Im letzten Stockwerk öffnete er eine Tür aus schwerem Eichenholz. Ein kühler Windhauch schlug ihm entgegen. Alfred stieg eine hölzerne Wendeltreppe dahinter hinauf, bis er einen weitläufigen Dachboden erreichte. Hier oben gab es keine Tür, aber er hatte sich angewöhnt, einfach an den Holzbalken über dem Treppenabsatz zu klopfen.

«Junge, schön, dass du die Zeit gefunden hast.»

Ein schmales Gesicht tauchte hinter einem Stapel Bücher auf.

Alfred deutete eine Verbeugung an. «Herr Direktor ...»

«Lass die Förmlichkeiten, nimm Platz. Willst ein Schluckerl Kaffee, oder kann ich dir sonst was anbieten?»

Alfred sah sich um. Von der Pracht des Gebäudes war hier oben wenig zu erkennen. Es war deutlich kühler und roch nach Holz. Trotzdem war Alfred von dem schmucklosen Kuppeldach immer schon beeindruckter gewesen als von der marmornen Pracht der Eingangshalle. Überall stapelten sich Bücher und Schriftrollen. Alfreds Finger glitten liebevoll über das riesige Messingteleskop, das den Raum beherrschte.

«Nein, danke», erwiderte er lächelnd. Er durchquerte den Raum und setzte sich dem Mönch gegenüber, der seinen Schreibtisch in der hintersten Ecke der Sternwarte eingerichtet hatte.

Direktor Hell war ein mageres Männlein, das Alfred mit seinen übergroßen Augen schon immer an eine Eule erinnert hatte. Heute trug er schwarze Ordenstracht und ein Birett auf seinem ergrauten Haupt. Alfred war nie daraus schlau geworden, warum er sich an manchen Tagen weltlich und an anderen in Jesuitenhabit kleidete. Vielleicht war es Ausdruck für seinen ständigen Balanceakt zwischen Naturwissenschaft und Glauben – oder einfach abhängig von seiner morgendlichen Laune.

«Ihr meintet, Ihr hättet wichtige Neuigkeiten ...»

Direktor Hell lächelte, was man mehr an seinen Eulenaugen als seinem Mund erkennen konnte. «Immer gleich zur Sache kommen, gell, Alfred?» Er hob tadelnd den Zeigefinger. «Ich habe dir geschrieben, weil ich eine Anstellung für dich habe. Gute Arbeit, nicht diese ... Frondienste, die du sonst annimmst.»

Alfred runzelte die Stirn.

«Was? Glaubst du, ich weiß nicht, wie's um dich steht? Du brauchst ein Auskommen, bis du ein Arzt bist, oder wovon willst du leben?»

«Ich komme über die Runden ...»

«Du vielleicht ... aber dein Rock hat ein Loch an der Schulter. Und an den Ellenbogen ist er schon ganz abgewetzt. Kann es sein, dass du nur einen besitzt?»

Alfred schwieg und verdeckte die abgewetzten Stellen mit

den Händen. Genaue Beobachtung war das tägliche Brot seines ehemaligen Arbeitgebers. Vermutlich bestand gar nicht so viel Unterschied darin, ob man den Himmel oder einen Menschen studierte.

Direktor Hell seufzte. «Ein alter Freund hat mir geschrieben, niemand anderer als der Graf von Weydrich, einer der einflussreichsten Männer Wiens. Als er noch ein Jüngling war, habe ich ihn unterrichtet, in den Naturwissenschaften und Latein. Der Graf ist ein Humanist und glaubt an den Fortschritt. Er hat eine Tochter, sein einziges Kind, und will ihr dieselbe Bildung angedeihen lassen, die ihm selbst zuteilwurde. Deshalb hat er mich gebeten, sie zu unterrichten.»

«Ich gratuliere», erwiderte Alfred trocken.

«Ich habe abgelehnt!» Direktor Hell schob einen Stapel Schriften beiseite, der ihm die Sicht einschränkte, und beugte sich vor. «*Du* wirst sie unterrichten, Alfred!»

Alfred starrte den Jesuiten an und suchte vergeblich nach einem schalkhaften Blitzen in dessen Augen. «Ich habe für Euch zwei Jahre lang Linsen poliert und Texte kopiert. Das qualifiziert mich kaum für eine Stelle als Lehrmeister.»

«Unsinn!» Der Jesuit trommelte mit seinen spitzen Fingernägeln auf sein Eichenpult. «Dein Beitrag zu meinem Artikel über den Planeten Herschel war nicht unwesentlich. Du bist allemal geeignet, diese Stelle anzunehmen.»

«Danke», erwiderte Alfred schlicht. «Aber ich werde dieses Mädchen nicht unterrichten.»

Hell starrte Alfred ungläubig an und ließ sich zurück in seinen Stuhl sinken.

«Der Graf zahlt *zehn Gulden* die Stunde. Und die Arbeit lässt dir genug Zeit zum Studieren.»

Alfred wich seinem Blick aus. «Ich lehne trotzdem ab.»

Eine Weile schwiegen sie beide. «Ah ...», erwiderte der Mönch schließlich und hob eine Augenbraue. «Dein alter Groll, nicht wahr?»

Alfred starrte stur geradeaus.

«Du kannst nicht alle Adligen für das verantwortlich machen, was dir als Kind passiert ist.»

«Wollt Ihr sie in Schutz nehmen?» Alfred sprang auf und funkelte den Jesuiten wütend an. «Für die meisten von ihnen sind wir von Geburt an Menschen zweiter Klasse! Und wir lassen uns von ihnen rumschieben, auf dem Schachbrett ihrer Beliebigkeiten! Wir buckeln vor ihren Schlössern, wir sterben in ihren Kriegen, und alles, was wir ersehnen, ist von ihrer Gnade abhängig ...»

Alfred verstummte. Für eine Weile konnte man nur das Gurren der Tauben auf dem Dach hören. Irgendwo in der Ferne hämmerte jemand.

«Alfred, bitte», erwiderte Direktor Hell schließlich ruhig. Er stand auf und kam zu ihm hinüber. «Mit deiner Wut zerstörst du nichts und niemanden – nur dich selbst.»

Er fasste Alfred bei den Schultern. «Wenn du es nicht für dich tun willst, vielleicht überwindest du dich ja für einen lächerlichen, alten Mann, der ... der sich um dich sorgt.»

«Ihr seid nicht lächerlich», räumte Alfred ein, «höchstens sentimental.»

«Oh, na, das ist ja wesentlich besser», meinte Hell, während sich die unzähligen Lachfältchen in seinem Gesicht vertieften. «Als ich in deinem Alter war, bin ich ins Kloster gegangen. Meine einzige Chance zu studieren. Manchmal müssen wir unseren Stolz vergessen, um zu überleben.»

Alfred sah ihn lange an, dann senkte er den Blick und

schüttelte den Kopf. «Erwartet aber nicht, dass ich freundlich zu dem Gör bin.»

«Das will ich hoffen», erwiderte Direktor Hell. «Du tätest gut daran, dich zu erinnern, dass ihr aus zwei unterschiedlichen Welten kommt, deren Bahnen sich nur flüchtig berühren – nur für den Fall, dass sie dir doch nicht so zuwider ist, wie du glaubst.»

«Ihr verbringt zu viel Zeit vor dem Teleskop», lachte Alfred.

«Das mag sein», erwiderte der Direktor heiter. «Also, wie wäre es jetzt mit einem Tässchen Kaffee?»

## 4. Kapitel

Helene schlang die Arme um ihren Körper und blickte aus den französischen Fenstern ihres Zimmers im ersten Stock von Schloss Weydrich. Der erste Winternebel lag in der Luft. Sie konnte kaum bis zum Schlossteich blicken, geschweige denn bis zur Stadt. So starr der Nebel wirkte, wenn man direkt hineinsah, an seinen Rändern konnte man erkennen, wie die Schwaden über Büsche und die Köpfe der vertrockneten Sonnenblumen hinwegwogten wie ein Bergfluss über Steine. Der Gärtner ließ die Sonnenblumen als Winternahrung für die Vögel stehen, aber die einzigen, die Helene ausmachen konnte, waren Saatkrähen. Ein ganzer Schwarm war im Schlossgarten eingefallen. Ihr heiseres Krächzen drang gedämpft an ihr Ohr. So wie sie dahockten, wirkte es beinahe, als würden sie auf etwas warten...

Helene verscheuchte den Gedanken und wandte sich vom Fenster ab. Was sollte nur werden, ohne ihren Vater? Sie hatte nie darüber nachgedacht, er war immer die Konstante in ihrem Leben gewesen, eine wohlwollende Gegebenheit. Doch jetzt...

Es klopfte an der Tür. Raubart, der neben ihr auf dem Parkett gelegen hatte, sprang auf und wedelte mit dem Schwanz.

«Herein», meinte Helene abwesend.

Die Tür öffnete sich, und die lächelnde Miene ihres Vaters tauchte dahinter auf. Er trug seinen prachtvollen schwarzgoldenen Gehrock, der jedoch den kränklichen Teint seines Trägers eher noch unterstrich. Helene lief lächelnd auf ihn zu und gab ihm einen Kuss auf die Wange.

«Wie geht es dir, Papa?», fragte sie. Die Frage kam automatisch. Sie hatte sie ihm in den drei Wochen nach seinem Erstickungsanfall viel zu oft stellen müssen. Es hatte so furchtbar lange gedauert, bis er wieder hatte atmen können ... und für einen Moment hatte Helene geglaubt, ihn verloren zu haben.

«Geht schon, geht schon!», meinte er abwinkend. «Beim Stiegensteigen bin ich noch ein wenig kurzatmig.»

«Die Kur in Baden wird dir bestimmt guttun», erwiderte Helene.

«Baden», meinte er abfällig. «Wie soll ich das aushalten, lauter alte Männer und gelangweilte Witwen.»

«Wenn du dort bist, Papa, werden die Witwen bestimmt nicht gelangweilt sein.»

Sein Lachen war nur ein heiserer Abklatsch von früher. Wie alles an ihm war es nach seinem Anfall irgendwie weniger geworden.

«Ist alles für deine Abfahrt vorbereitet?», fragte Helene.

«Mhm!», grummelte der Graf. «Dabei hätte ich so viel Wichtigeres zu tun. Joseph wollte mich sehen. Russland ist auf der Krim einmarschiert. Es heißt, Katharina die Große lässt dort einen Triumphzug nach dem anderen abhalten. Das gefällt mir gar nicht, es kann nur neuen Krieg bedeuten.» Er seufzte.

«Das Einzige, was zählt, ist, dass du wieder gesund wirst, Papa», meinte Helene sanft. Konnte er ihr ihre Sorge ansehen? Sie hoffte nicht.

Ihr Vater schüttelte leicht den Kopf. «Also ...», erklärte er, «der Frantisek weiß, worum er sich kümmern muss. Er überwacht die Waldarbeiter und das Keltern. Du musst dich um nichts sorgen. Außer wenn dir auffällt, dass die Dienerschaft im Haushalt, im Garten oder bei den Pferden schlampig arbeitet, dann sag's dem Frantisek – oder der Adelheid, wenn's die Zofen betrifft. Für gewöhnlich sind sie aber ohnedies fleißig. Wenn dir fad ist, schreib den Maybachs in Döbling. Du kannst dich ja mit der Eugénie zum Tee verabreden, wenn du magst.»

«O ja, Eugénie von Maybach ist bestimmt das richtige Heilmittel gegen Langeweile», meinte Helene mit hochgezogenen Augenbrauen. «Raubart ist ein spannenderer Gesprächspartner als sie.»

«Du musst ja nicht», erwiderte ihr Vater schulterzuckend. Er griff in seine Rocktasche und förderte eine silberne Taschenuhr zutage. «In einer Viertelstund soll dein neuer Lehrer kommen. Den will ich mir noch ansehen, danach breche ich auf.»

«Ich dachte, du wirst erst abends in Baden erwartet?»

«Ich habe vorher noch eine wichtige Verabredung.»

«In der Hofburg?», fragte Helene und wies in Richtung der Fenster, wo hinter den Nebeln die Stadt lag.

«Nein!» Ihr Vater strich mit dem Mittelfinger über das Siegel eines silbernen Rings an seiner linken Hand. «An einem Ort, der mir sogar noch unangenehmer ist.»

Helene kniff die Augen zusammen. Das war doch nicht der Siegelring mit dem Familienwappen der Weydrichs, den er sonst immer trug. Dieser Ring war viel schlichter, und das Siegel zeigte nur einen Zirkel über einem Dreieck ... oder war es ein Winkelmaß?

Ihr Vater bemerkte ihren Blick und verbarg den Ring hinter seinem Rücken. «Ich habe ganz vergessen, es dir zu erzählen: Leider kann mein alter Freund, der Meister Hell, dich nicht unterrichten. Die Fahrt zu uns heraus ist ihm in seinem Alter zu beschwerlich.»

«Und wer kommt stattdessen?»

«Ein Magister Wager ... oder Wagener, den er mir empfohlen hat.»

Helene zwang sich zu einem Lächeln und streckte ihrem Vater die Hand entgegen.

«Gehen wir in den Salon. Die Kathi soll uns noch einen Tee servieren, bevor du fährst, die englische Mischung, wer weiß, ob du die in Baden bekommst. Der Herr Magister kann sich ja zu uns gesellen, wenn er kommt.»

«Eine hervorragende Idee, Kind, heißen wir ihn richtig in unserem Haus willkommen!»

Sie hängte sich bei ihm ein. Gemeinsam stiegen sie die Stufen hinunter ins Erdgeschoss. Ein leises Keuchen drang aus der Kehle des Grafen, obwohl sie sich sehr vorsichtig bewegten.

༄

Es hatte zu graupeln begonnen, als sie den Salon betraten. Helene empfand das Prasseln an der gläsernen Terrassentür als beruhigend und ließ sich auf die blutrote Chaiselongue sinken, die das Zentrum des hell erleuchteten Salons bildete. Raubart wollte zu ihr hinaufspringen, aber sie drückte ihn kopfschüttelnd zurück auf den Boden.

Ihr Vater klingelte nach dem Küchenmädchen und wies sie an, den Tee zu brauen. Helene ließ ihren Blick indes über die Gemälde im Salon gleiten. Das größte zeigte eine Familienszene mit Helenes Großeltern und ihren beiden Kinder im Garten. Ihr Vater als etwa zwölfjähriger Junge. Seine Lockenperücke und der grellrote Rock wirkten ein wenig affig, aber vermutlich hatte man sich nach der damaligen Mode gerichtet. Gar nicht affig fand Helene hingegen seinen Gesichtsausdruck. Es war das zuversichtliche, wissende Lächeln, das sie so an ihm mochte. Ein dunkelhaariges Mädchen, vielleicht vier Jahre alt, klammerte sich an seine Hand und sah dem Betrachter aus scheuen Katzenaugen entgegen.

«Herr Graf?»

Helene wandte sich dem Saloneingang zu. Ihr Haushofmeister Frantisek war in der Tür aufgetaucht und lüftete seinen Dreispitz. «Komtesse.» Er lächelte ihr aus seiner rotbackigen Miene entgegen. «Ein Magister Wagener ist da», erklärte er dann mit seinem so vertraut klingenden Akzent.

«Führen Sie ihn herein, Frantisek!» Ihr Vater bedachte Helene mit einem amüsierten Seitenblick. «Pünktlich, ein gutes Zeichen.»

Helene sah Frantisek hinterher, während er in die Empfangshalle hinaushumpelte. Lahm war sein Bein schon gewesen, als ihr Vater ihn als jungen Mann angestellt hatte, eine Kriegsverletzung, die nie richtig geheilt war. Im Alter schien sie von Jahr zu Jahr schlimmer zu werden, aber er erfüllte seine Aufgaben mit solcher Gewissenhaftigkeit, als hätte er vier gesunde Beine und nicht nur eins.

Helene begann, mit ihrer Rubinhalskette zu spielen. Was, wenn sie ihren Lehrer nicht mochte, was, wenn er *sie* nicht mochte? Bis ihr Vater aus Baden zurückkehrte, würde sich das Arrangement nicht lösen lassen.

Es dauerte eine halbe Ewigkeit, bis Frantisek wieder im

Eingang auftauchte. Sein Dienstbotenrock war von einer Graupelschicht bedeckt, und Wassertropfen hingen in dem ergrauten Haar.

Nun ... wenn man nur humpeln konnte, dauerte der Weg von der Kutsche zum Haupteingang des Schlosses bei diesem Wetter eindeutig zu lange.

Helene musste innerlich grinsen. Die Vorstellung, dass ihr neuer Lehrer bei diesen Graupelschauern Frantisek im Schneckentempo folgen musste, amüsierte sie.

«Herr Graf, Komtesse ...» Helene erkannte einen dunklen Umriss hinter Frantisek. «... der Herr Magister Wagener!»

Frantisek verbeugte sich und entfernte sich, so rasch er konnte, wahrscheinlich um seine Kleidung zu trocknen.

Der Mann, der hinter ihm gewartet hatte, machte einen zögerlichen Schritt in den Salon hinein.

Für einen Moment dachte Helene, es müsse sich bei diesem Mann um den Assistenten oder Diener ihres Lehrers handeln, so jung sah er aus, aber niemand anderes wartete hinter ihm.

Seine dunklen Augen schienen den Salon abzusuchen, ehe sie auf ihrem Vater verharrten und dann, für einen Moment, auf ihr ... Seine Lippen öffneten sich einen Deut.

Raubart brach in lautes Gebell aus und lief auf den Unbekannten los.

«Raubart!», rief Helene, doch ihr Hund dachte nicht dran zurückzukommen.

Wagener zuckte zusammen. Helene sah ihn schon davonlaufen und Raubart hintendrein – und ihr Vater würde Raubart zu den anderen Jagdhunden in den Zwinger sperren, und sie würde in seiner Abwesenheit noch einsamer sein.

Der junge Magister verharrte jedoch und musterte den

bellenden Hund neugierig. Raubart wirkte verwirrt. Er blieb eine Armlänge von Wagener entfernt stehen und bellte weiter, als wollte er ihn zur Flucht ermuntern, aber Wagener tat ihm den Gefallen nicht.

Raubart stieß ein unwirsches Wuffen aus, dann begann er zu Helenes Überraschung, mit dem Schwanz zu wedeln.

Ein kleines Lächeln huschte über die Miene des Mannes, er wollte gerade seine Hand nach Raubart ausstrecken, ehe er sich besann.

«Graf Weydrich», sagte er mit sonorer Stimme und verbeugte sich rasch. «Direktor Hell hat mir Euer Angebot unterbreitet. Es ist mir eine Ehre.»

*Als hätte er die Worte auswendig gelernt*, dachte Helene.

Er richtete sich wieder auf. Obwohl er sein schwarzes Haar im Nacken zusammengebunden hatte, fielen ihm ein paar nasse Strähnen in die Stirn.

«Ha», meinte ihr Vater amüsiert. «Der Herr Direktor hat wohlweislich verschwiegen, dass er mir einen grünen Buben empfohlen hat.»

Er stand auf. Für einen winzigen Moment sah Helene ihn schwanken, ehe er sich mit zwei Fingern an der Lehne seines Fauteuils abstützte. Wagener runzelte kurz die Stirn, sagte aber nichts.

«Kommt nur», meinte ihr Vater mit einer einladenden Geste. «Mögt Ihr Tee, Magister? Meine Köchin bereitet gerade eine Kanne für uns vor. Eine englische Mischung, was ganz anderes als der scheußliche Türkentrank, den sie in diesen neumodischen Kaffeehäusern ausschenken. Oder was meint Ihr?»

Helene musterte den jungen Mann neugierig. Sein rotbrauner Rock war ihm etwas zu groß, als wäre er für jemand anderes gemacht worden. Für einen Gelehrten wirkte er kräftig. Von der Statur her hätte er einer der jungen Holzknechte sein können, die gerade bei ihnen im Wald Bäume fällten. Sein Blick wirkte intensiv, ein Eindruck, der durch seine kräftigen Augenbrauen unterstrichen wurde.

«Dem Kaffee sagt man eine wachmachende Wirkung nach», erklärte Wagener. «Selbiges ist auch vom schwarzen Tee bekannt. Am Ende ist es eine Frage des Geschmacks.»

«Wie wahr, wie wahr. Aber auch der Kultur, das dürfen wir nicht vergessen», sinnierte der Graf. «Wäre doch eine Schande, wenn eine prachtvolle Stadt wie Wien für den Genuss dieses scheußlichen Kaffeegebräus berüchtigt würde. Bitte ...» Er wies auf einen freien Stuhl. «Setzt Euch. Es würde uns freuen, wenn Ihr mit uns ein Tässchen trinkt.»

Der Magister betrachtete den Stuhl wie ein giftiges Tier. Es war offensichtlich, dass er ablehnen wollte, aber keine höfliche Ausrede finden konnte.

«Vielen Dank», murmelte er. Langsam trat er weiter in den Salon herein, wartete, bis sich der Graf wieder gesetzt hatte, und nahm dann ebenfalls Platz.

*Er wirkt so angespannt,* wunderte sich Helene, *als hätte ihn eine Räuberbande zum Tee geladen.* Dadurch fühlte sie sich seltsamerweise selbst etwas befangen.

«Ihr habt euch wahrscheinlich schon gedacht, dass es sich bei dieser jungen Dame um meine Tochter Helene handelt, die Ihr unterrichten sollt.»

Wagener hob den Kopf und sah sie an. Es fühlte sich an, als würde sein Blick sie in die Lehne der Chaiselongue pressen.

«Es ist mir eine Ehre, Komtesse», murmelte er, ohne dass sich etwas in seiner Miene regte.

Kathi, die Küchenmagd, kam herein und servierte den Tee in einer reichverzierten Porzellankanne, auf der eine Winterlandschaft mit bunten Vögeln abgebildet war. Vorsichtig deckte Kathi drei filigrane Tassen auf und goss den dampfenden Tee hinein.

Ihr Vater lächelte und griff nach seiner Tasse. «Erlaubt mir die Neugier, Magister. Meine Tochter ist recht weit in ihrer Ausbildung – und Ihr nur ein paar Sommer älter als sie. Seid Ihr sicher, dass Ihr über die Erfahrung verfügt, sie zu unterrichten?»

Helene sah, wie Wageners Finger sich kurz zu einer Faust schlossen.

«Ich verstehe Eure Sorge, Herr Graf. Zumal Direktor Hell im Lob meiner Fähigkeiten zur Übertreibung neigt. Ich kann nur mein Bestes tun und es Eurem Urteil überlassen, ob meine Lektionen Früchte tragen oder nicht.»

Helenes Vater nippte an seinem eigentlich noch zu heißen Tee. «Ich kenne Maximilian schon ewig, aber übertrieben hat er in meiner Gegenwart noch kein einziges Mal ...» Er maß den jungen Magister mit einem interessierten Blick. «*Verus amicus est tamquam alter idem.*»

«Papa», zischte Helene. Wagener fühlte sich sowieso schon unwohl, musste er ihn da auch noch testen?

Doch ihr Vater ignorierte sie. «Würdet Ihr das auch so sehen, junger Wagener?»

Wagener wich seinem Blick aus. Helene sah, wie seine Finger sich in den Stoff seines Fauteuils krallten.

«Nun?», fragte der Graf mit bestimmter Freundlichkeit.

Wagener atmete tief durch. «Ja, ich würde es genauso sehen wie Cicero. Ein wahrer Freund ist wie ein zweites Selbst.»

Der Graf hob anerkennend die Teetasse, als wäre sie ein Weinglas. «Ausgezeichnet.»

Wagener griff jetzt ebenfalls nach seiner Teetasse und wagte es, einen kleinen Schluck zu nehmen. Raubart hockte vor ihm und schien nicht zu verstehen, warum er nicht am Kopf gekrault wurde.

«Raubart, komm!», murmelte Helene und tätschelte den wild aussehenden Rüden, als er zu ihr trottete. «Er mag normalerweise keine Fremden, aber Euch scheint er gut leiden zu können.»

Wagener würdigte sie keines Blickes.

«Ich denke, wir werden das versuchen», meinte ihr Vater gutgelaunt. «Plaudern wir noch ein wenig, Wagener. Ihr studiert die Medizin, wie ich höre!»

«Ja, Herr Graf.»

«Ich selbst reise demnächst nach Baden zur Kur, um meine Lungen zu kurieren. Was habt Ihr von den Kurärzten dort gehört? Denkt Ihr, sie sind fähig?»

«Ich kenne keinen der dort Praktizierenden ...» Wagener schien für einen Moment zu zögern. «Darf ich fragen, was Euch fehlt, Herr Graf?»

«Erstickungsanfälle», erwiderte Helene, bevor sie sich zurückhalten konnte. Sie war sich sicher, ihr Vater hätte sein Leiden sonst harmloser dargestellt.

Jetzt wandte Wagener sich ihr doch zu. Sein Blick fühlte sich an, als wollte er ihre tiefsten Gedanken erforschen. «Kommen diese Anfälle plötzlich?», fragte Wagener im nächsten Moment ihren Vater.

Dieser nickte, mit einem Mal ernster.

«Verzeiht mir meine Impertinenz, aber ... vielleicht lasst Ihr Euch in Baden doch den ein oder anderen Kaffee servieren. Er weitet die Bronchien, die Gefäße, die die Luft zur Lunge führen, und das Atmen fällt dadurch ein wenig leichter.»

«Unter keinen Umständen werde ich ...»

«Du wirst», unterbrach ihn Helene und warf ihrem Vater einen strengen Blick zu.

«Nun, wir werden sehen», erwiderte er wieder freundlicher und ließ sich zurück in seinen Fauteuil sinken. «Seltsam, dass keiner meiner Ärzte mir das empfohlen hat. Ihr seid ein bemerkenswerter Mann, Wagener, ich denke, Ihr könntet meiner Tochter viel beibringen. Seid in jedem Fall nicht zurückhaltend, sie zu tadeln. Helenes Verstand ist scharf, doch in Themengebieten, die sie nicht interessieren, wird sie gern nachlässig.»

Helene hätte am liebsten ihre Tasse nach ihm geworfen. Er ließ sie ja aussehen wie ein kleines Mädchen.

Wagener antwortete nur mit einem angedeuteten Nicken.

Ihr Vater stellte ihm noch einige Fragen zu seinem Medizinstudium, die dieser mit so wenigen Worten wie möglich beantwortete.

Als sie ihre Tassen geleert hatten, erhob sich ihr Vater und klingelte mit seiner Keramikglocke nach der Küchenmagd. Helene und Wagener standen ebenfalls auf.

«Die Kathi bringt Euch nach oben ins Studierzimmer.»

Wieder dieses leise Keuchen, nur weil er aufgestanden war. Helene konnte sehen, dass es auch Wagener nicht entgangen war. «Ihr könnt Euch dort oben schon für die heutige Lektion einrichten. Ich schicke Euch meine Tochter in ein paar Minuten.»

Wagener deutete eine Verbeugung an. Ihr Vater instruierte die Küchenmagd, die in der Tür auftauchte, woraufhin der Magister gemeinsam mit ihr den Salon verließ.

Helene sah ihren Vater abwartend an. Sie musste sich nicht lange gedulden.

«Und? Wie findest du ihn?»

«Unerwartet», antwortete Helene wahrheitsgemäß.

«Allerdings», erwiderte der Graf nachdenklich. «Ich glaube, das ist etwas Gutes. Du sollst ja das Neue lernen, das Spannende, das Unglaubliche ...»

*So wie Latein!* Helene rollte mit den Augen.

«Vielleicht braucht es dazu einen unkonventionellen Lehrer. Bist du mit ihm einverstanden?»

Helene nickte. Sie wusste noch nicht, ob das, was der Magister ihr beibringen wollte, sie neugierig machen würde, er selbst tat es aber auf jeden Fall.

«Na dann.»

Sie schlenderten Arm in Arm in die Eingangshalle. Einer der Pagen half ihrem Vater in seinen Mantel.

Jetzt, wo der Abschied auf einmal so unmittelbar bevorstand, trieb er Helene die Tränen in die Augen. Ihr Vater war oft unterwegs gewesen, aber nie, weil es ihm schlecht ging.

«Wirst du es mit dem Kaffee zumindest probieren? Versprich es mir!», flüsterte Helene und legte ihrem Vater die Hand auf die Wange.

«Ich versprech's dir, Kind.» Er umarmte sie fest. «Und du ...» Er tätschelte den aufmerksam schauenden Raubart am Kopf. «Du bewachst sie mit deinem Leben, verstanden? Sonst schläfst du im Zwinger, wenn ich wiederkomme.»

«Papa!» Helene schüttelte lächelnd den Kopf, dann folgte sie ihm hinaus. Der Graupel war in ein sanftes Schneien übergegangen. Sie spazierten den Kiesweg hinunter, der vom Eingang des Schlosses ein Stück entlang des Gartens hinunter zum gepflasterten Kutschenplatz führte. Sie gingen bewusst langsam, einerseits, weil Helene nicht wollte, dass ihr Vater außer Atem geriet, und andererseits, weil sie wusste, dass es für lange Zeit die letzten Momente sein würden, die sie teilten.

Frantisek hatte eine ihrer drei Kutschen bereits reisefertig gemacht und das Gepäck des Vaters verladen. Gemeinsam mit dem Fahrer schirrte er gerade Ajax und Argos, zwei ihrer fuchsfarbenen Kutschpferde, an.

«Wir sind so weit, Herr Graf», rief Frantisek und kam zu ihnen gehumpelt.

«Wir sehen uns bald», murmelte ihr Vater und küsste Helene auf die Wange, dann stieg er in die Kutsche, deren Tür Frantisek für ihn aufhielt.

Die Tür fiel zu.

Helene hörte das Zungenschnalzen des Kutschers und das Klackern der antrabenden Pferdehufe auf dem Kopfsteinpflaster. Für einen Moment streckte ihr Vater noch seine behandschuhte Hand aus dem Fenster, dann fuhr die Kutsche durch das schmiedeeiserne Tor und verschwand kurz darauf zwischen den Buchen des Wienerwalds.

Helene blieb noch eine Weile stehen, die Finger in Raubarts drahtigem Fell vergraben.

«Bitte, gehen Sie hinein, Komtesse, Ihr tragt keinen Mantel, und es ist viel zu kalt», meinte Frantisek und führte sie behutsam zurück ins Haus. Sie war so in Gedanken versunken, dass sie beinahe im ersten Stock in ihr Zimmer abgebogen wäre, dabei befand sich das Studierzimmer des Vaters im zweiten Stock, und dort wartete nun schon seit geraumer Zeit ihr neuer Lehrer auf sie.

Helene eilte die große Treppe empor, dicht gefolgt von Raubart. Im zweiten Stock befanden sich im Ostflügel das

Schlafgemach ihres Vaters, ein Raucherzimmer mit einem Billardtisch, der kaum jemals benutzt wurde, und das große Studierzimmer. Im Westflügel lagen nur noch die Dienstbotengemächer, durch eine massive Holztür von den anderen Räumlichkeiten getrennt.

Helene klopfte, öffnete die mit goldenem Stuck verzierte Tür des Studierzimmers einen Spaltbreit und zwängte sich hindurch. Sofort schloss sie die Tür wieder, damit Raubart ihr nicht folgen konnte, und wandte sich um. Das Studierzimmer mit seinen großen Fenstern war einer der hellsten Räume auf Schloss Weydrich. Selbst bei diesem Wetter wirkte es freundlich – ganz im Gegensatz zur Miene ihres Lehrers, der sie streng betrachtete.

Er hatte eine Klapptafel aufgestellt, die er wohl selbst mitgebracht hatte, und stand neben dem Pult ihres Vaters am Fenster.

Anscheinend hatte einer der Kammerdiener bereits einen hölzernen Stuhl und einen Tisch für sie vorbereitet. Ein kleiner Kachelofen sorgte für angenehme Wärme.

«Entschuldigung», wisperte sie ein wenig eingeschüchtert.

Wagener streckte seine Hand aus und wies auf den leeren Holzstuhl. Helene huschte weiter in den Raum hinein, raffte ihr blassrosa Kleid und nahm Platz.

«Ich habe mich von meinem Vater verabschiedet. Deshalb hat es ein wenig gedauert … und ich …»

«Wo ist Euer Schreibzeug?», unterbrach sie Wagener.

«Bitte?»

«Oder denkt Ihr, Ihr könnt alles im Kopf behalten, ohne Euch Notizen zu machen?»

«Natürlich», Helene spürte, wie ihr die Schamesröte ins Gesicht stieg, «ich gehe es holen …»

«Schon gut, für heute ist es noch nicht nötig. Denkt das nächste Mal daran!»

Helene kniff die Augen zusammen. So sprach niemand sonst mit ihr, und es gefiel ihr nicht.

«Ich muss wissen, wo Ihr steht, wenn ich Euch unterrichten soll.»

«Was wollt Ihr wissen?»

«Alles», erwiderte Wagener. «Könnt Ihr schreiben?»

Helene hätte am liebsten gelacht, stattdessen erhob sie sich, schritt mit erhobenem Haupt zu der kleinen Tafel hinüber und schrieb ein übergroßes VIELLEICHT darauf.

Helene drehte sich um und lächelte, aber ihr Lehrer schien den Scherz nicht lustig zu finden, sondern folgte ihr mit eisigem Blick, bis sie sich wieder hingesetzt hatte.

*Ob er wohl jemals lacht? Oder ist er nur in meiner Gegenwart so ernst?*

«Verzeiht», meinte sie beschwichtigend. «Natürlich kann ich lesen und schreiben, auch mit Zahlen kann ich umgehen. Ich spreche Französisch und ein wenig Englisch. Vater hat mir darüber hinaus immer viel zu lesen aufgetragen, über Biologie, Botanik, über die Planeten. Auch über Politik haben wir viel gesprochen und die Fortschritte in der Wissenschaft.»

Wagener verschränkte die Arme und starrte aus dem Fenster. Helene hätte nur zu gern gewusst, was er dachte. Hatte er unten nicht erzählt, dass er Medizin studierte?

«Vater hat mir zum Beispiel erzählt, der Kaiser hat eine eigene Klinik für die Geisteskranken bauen lassen. Das würde mich interessieren. Wie heilt man etwas wie den Irrsinn?»

Wagener wandte sich ihr ruckartig zu. «Das ist nichts, worüber eine höhere Tochter beim Tee nachdenken sollte.»

«Habt ihr eine Ahnung, wie viel Irrsinn verbreitet wird, wenn sich *höhere Töchter* zum Tee treffen?», erwiderte Helene.

Hatte sie sich getäuscht, oder war ihm gerade ein kleines Lächeln entkommen? So abweisend, wie seine Miene jetzt wieder wirkte, musste sie es sich wohl eingebildet haben ...

Dabei hatte sie es ernst gemeint. Sie kannte so wenige Menschen, mit denen sie sich wirklich unterhalten konnte. Im Grunde nur ihren Vater. Und jetzt behandelte sie der zweite Mensch, mit dem sie über faszinierende Dinge sprechen könnte, wie ein dummes Gänschen.

«Ich mag albern auf Euch wirken», platzte es aus Helene heraus. «Aber *ich* kann mich nicht nach Belieben mit den klügsten Köpfen auf dem Erdenrund unterhalten, so wie Ihr. Das letzte Mal, als ich mit einer Freundin Tee getrunken habe, hat sie den ganzen Nachmittag nur von dem Kleid geschwärmt, das sie auf ihrem ersten Hofball tragen wird. Könnt Ihr Euch das vorstellen? Da liegt eine Welt voller Wunder dort draußen, und alles, woran sie denken kann, ist», sie rang verzweifelt mit den Händen, «*ein lächerliches Kleid!*»

Helenes keuchte, so sehr hatte sie sich in Rage geredet.

Wageners Augenbrauen hoben sich. Für einen Moment wirkte sein Gesicht etwas weicher. Er holte Luft, wie um etwas zu sagen, doch dann schüttelte er nur den Kopf. Er drehte sich um und trat zur Tafel. «Beginnen wir mit Latein. Wie weit seid Ihr mit der Grammatik vertraut, Komtesse?»

## 5. Kapitel

Alfred berührte das faltige Oberlid des Mannes mit dem Zeigefinger, sein Unterlid mit dem Daumen, dann spreizte er die Finger so weit, dass es aussah, als würde der Patient mit einem Auge gerade den Leibhaftigen erblicken, während das andere weiterhin schläfrig vor sich hinstierte. Die Bindehaut war leicht gerötet, die Linse selbst vom Alter trübe.

Für einen Moment tauchte ein grünes Augenpaar in Alfreds Geist auf, das ihn aus unschuldiger Miene anstrahlte. Etwas in seinem Inneren wurde warm, und unwillkürlich musste er lächeln.

Alfred schüttelte die Erinnerung ab. «Öffnet den Mund, bitte», bat er den Patienten.

Der alte Mann tat, wie ihm geheißen. Alfred nahm den metallenen Spatel zur Hand und drückte den Zungengrund des Patienten nach unten. Er hielt den Atem an, als ihm ein fauliger Hauch aus dem Rachen entgegenströmte. Von den Zähnen waren nur mehr bräunliche Ruinen zu erkennen. Wo sie an das gerötete Zahnfleisch grenzten, erkannte Alfred hie und da das Aufblitzen gelblichen Eiters. «Die Zähne müssen gezogen werden», murmelte er und wandte für einen Moment das Gesicht ab, um wieder zu atmen, «und zwar alle!»

Er zog den Zungenspatel heraus und sah dem Mann ins Gesicht. «Ihr werdet Schwierigkeiten beim Kauen haben, aber das ist besser als die Schmerzen, der Brand, der in Eurem Mund schwelt, und das Fieber. Sonst kann ich nichts entdecken. Ihr habt Glück. Gegen Euer Leid kann etwas getan werden.»

Der Mann nickte langsam.

Alfred richtete sich von dem Krankenbett auf und streckte sich ein wenig. Der dritte Patient heute Morgen – und bei jedem merkte er, wie er sicherer im Untersuchen wurde.

Er ließ seinen Blick über den Krankensaal schweifen. Sonne fiel durch die Fenster herein und ließ den kahlen Raum freundlicher wirken, als er war. Etwa zwanzig Patienten hatte man hergebracht, um sie von ihm und seinen Kollegen, die emsig zwischen den Krankenbetten herumwuselten, untersuchen zu lassen. Irgendwo stöhnte jemand vor Schmerz, ansonsten hörte er nur die Stimmen seiner Kollegen, die ihre Patienten mit Fragen bestürmten.

Auenbrugger hatte bei der Klinik angefragt, und trotz Zweifeln ob ihrer Befähigung war man schlussendlich froh gewesen, den Krankenhausärzten ein wenig Arbeit ersparen zu können. Studenten im ersten Jahr würde man normalerweise nie eine derartige Verantwortung übertragen. Ihr Alltag bestand großteils aus Lektionen der Anatomie, der Pharmakologie und der Physiologie. Aber neben Auenbruggers Versicherung, seine Studenten zu beaufsichtigen, hatte gewiss auch die Tatsache, dass es sich bei den Patienten nicht um die Crème de la Crème der Wiener Gesellschaft handelte, die Krankenhausleitung dazu bewogen zuzustimmen.

Alfred lächelte. Das musste man Auenbrugger lassen: Er fand immer einen Weg, sie aufs Neue herauszufordern.

Er wandte sich wieder seinem weißhaarigen Patienten zu. Der altersschwache Mann starrte betreten ins Leere. Alfred schloss die Augen und seufzte. «Ihr könnt Euch das Taggeld nicht leisten, nicht wahr?»

Der Mann schien noch ein wenig mehr in sich zu verfallen. Das Krankenhaus verlangte nichts für die Untersuchung und nur einen geringen Betrag für die Behandlung, abhängig von deren Schwere. Doch für manche war selbst das zu viel.

«Geht ins Waschhaus!», flüsterte Alfred. «Fragt nach Slahuschek. Er sieht aus wie ein Grobian, aber wenn Ihr ihm sagt, dass Euch der Wagener schickt, zieht er Euch die Zähne für einen Krug Bier. Er macht's nicht schlechter als jeder Arzt.»

Ein überraschter Ausdruck trat in die getrübten Augen des Mannes.

«Auf ein Wort, Wagener.» Alfred wandte sich ruckartig um und fand sich Auenbrugger gegenüber, wie immer in einen dunklen Gehrock gekleidet und mit einer gepuderten Perücke auf dem Kopf.

«Professor ...»

«Wie ist es dir denn in der Anatomieprüfung ergangen?»

«Gut, ich denke, Professor Winkler war zufrieden.»

Auenbruggers breiter Mund verzog sich in einem zufriedenen Ausdruck. «Ausgezeichnet. Meine Kollegen berichten, dass du endlich aufgehört hast, ihre Lektionen zu schwänzen. Entweder hat meine Standpauke anderntags geholfen ... oder du hast neuerdings ein Mädel zu Hause, das dir den Marsch bläst.» Auenbrugger lachte, während Alfred sich ein gequältes Lächeln abrang.

*Das einzige Mädchen in meinem Leben raubt mir noch den*

*letzten Nerv.* Für einen Moment blitzte erneut die unschuldige Miene der Komtesse Weydrich vor seinen Augen auf.

«Und? Hast Spaß am Diagnosestellen, Junge?»

Alfred nickte. «Ginge es nach mir, ich hätte gern jeden Tag die Möglichkeit zu üben.»

Auenbrugger runzelte die Stirn. «Manchen Wunsch sollte man nicht zu laut äußern. Der Leiter der Universitätsklinik, Rektor Quarin, erhielt vom Kaiser persönlich die Order, die Ausbildung zu beschleunigen. Es scheint, als brauche das Reich Ärzte.»

«Für einen Krieg?», fragte Alfred.

«Für die vielen Soldaten», erwiderte Auenbrugger besorgt und wollte sich abwenden.

«Professor, auf ein Wort», rief Alfred. «Ich ... war sehr beeindruckt von unserem Besuch in der Irrenklinik.»

Auenbruggers Augenbrauen schoben sich ein wenig zusammen. «Wirklich?»

«Ich habe mich gefragt, was aus dem Mädchen geworden ist, das ich untersucht habe.»

Auenbrugger schüttelte den Kopf. «Wie alle Patienten dort steht sie unter Dr. Ofczareks Aufsicht, und er lässt sich nur ungern ins Handwerk pfuschen.»

«Meint Ihr, ich könnte dort ... volontieren?»

Die Furchen auf Auenbruggers Stirn vertieften sich noch ein wenig mehr. «Mein lieber Junge, die Irrenheilkunde ist nichts für einen Studenten, nicht einmal für dich. Der ganze Zweig ist völlig neu und in höchstem Maße experimentell. Wenn du glaubst, dass die Medizin uns manchmal im Trüben fischen lässt, dann hast du keine Vorstellung davon, wie wenig wir über die Ursachen des Irrsinns wissen, geschweige denn, wie man diese behandelt.»

«Vielleicht sperren wir sie deshalb ein», murmelte Alfred. «Weil wir keine Ahnung haben, was wir sonst mit ihnen tun sollen.»

«Was für ein Unsinn», meinte Auenbrugger ungehalten. «Die Irrenheilkunde ist vorerst einer kleinen Gruppe von Spezialisten vorbehalten ...»

Ein lautes Kichern erscholl auf der anderen Seite des Saals.

«Ich fürchte, ich muss zusehen, dass deine Kollegen keinen Unfug treiben. *Mayerhofer!*»

Er marschierte davon. Alfred sah ihm noch kurz nach. Als er sich seinem Patienten zuwenden wollte, sah er, dass der Mann sich unbemerkt davongestohlen hatte.

Vielleicht konnte man nicht immer nach den Regeln spielen ...

❦

Alfred schlenderte nachdenklich über den Krankenhaushof und wich einer Gruppe Klosterschwestern aus, die vermutlich gekommen waren, um für irgendeinen höheren Herren am Krankenbett zu beten.

Ungewöhnlich ... der Adel ließ sich sonst eher auf seinen Anwesen behandeln. Wenn einer von ihnen hier war, dann vermutlich, weil ihm auf Reisen etwas zugestoßen war, ansonsten würde man sich niemals zum Pöbel dazulegen.

Alfred hatte noch etwas Zeit, bis er nach Schloss Weydrich hinausfahren musste. Dass der Graf sich nicht daran gestört hatte, den Unterricht am Nachmittag abzuhalten, war ein unglaublicher Glücksfall für ihn gewesen. Einen guten Monat schon genoss er die Vorzüge seiner neuen Lebenssituation.

Die Aussicht auf die nächste Stunde sandte einen freudigen Schauer durch seinen Körper. *Hör auf! Reiß dich zusammen!* Und trotzdem ... Alfred hatte noch nie das Gefühl gehabt, jemanden stundenlang ansehen zu können und allein deswegen glücklich zu sein.

*Sei nicht albern! Sie ist eine von* denen, *ein verwöhnter Fratz, der sich nur die Zeit mit dir vertreibt. Vergiss nicht, was damals passiert ist! Egal, wie aufgeklärt sie sich geben, am Ende zählt nur der Erhalt ihrer Privilegien. Du bist für sie nur der Nutzen, den du ihnen bieten kannst.*

Alfred seufzte. Seine Schritte hatten ihn hinaus aus den Höfen geführt. Er sollte sich glücklich schätzen. Man bezahlte ihn gut, sodass er sich um die Miete seiner Dachkammer in der Josefstadt keine Gedanken mehr machen musste, und jeder auf Schloss Weydrich behandelte ihn mit Anstand. Mit Frantisek, dem Haushofmeister, hatte er sich sogar ein wenig angefreundet, als er nach einer Unterrichtsstunde noch ein wenig mit ihm über sein lahmes Bein geplaudert und ihm eine durchblutungsfördernde Einreibung in der Dorfapotheke in Währing hatte mischen lassen. Zum Dank hatte er Alfred auf ein Glas Wein in der nächsten Buschenschank eingeladen.

«Niemand sonst würd mich anstellen», hatte er ihm dort anvertraut. «Aber der Herr Graf vertraut mir sogar das Leben seiner Tochter an.»

Alfred verharrte draußen auf der Straße und starrte den wuchtigen Turm an, der sich in einiger Entfernung vor ihm erhob. Eigentlich wollte er umdrehen, doch irgendetwas an dem Anblick hielt ihn gefangen.

Er hatte das hier hinausgeschoben, sich immer wieder gesagt, dass es nicht notwendig sei, besonders jetzt, da es für ihn endlich aufwärtszugehen schien. Aber sein Gewissen ließ ihm keine Ruhe.

Ein kalter Wind ließ ihn frösteln. Alfred marschierte los, den Pflasterweg hinauf auf die kleine Anhöhe, auf der der Narrenturm thronte.

Heute hatten keine Irren Freigang auf der Wiese, vermutlich war es dazu mittlerweile zu kalt geworden.

Alfred erinnerte sich an seinen Eindruck vom letzten Mal, dem Schatten auf dem Dach des Turms ...

Diesmal konnte er nichts erkennen.

Die Wache am Eingang musterte ihn aufmerksam, als er sich näherte. Vom Inneren des Turms drang wie von fern das Stöhnen der Insassen an sein Ohr.

«Mein Name ist Alfred Wagener. Professor Auenbrugger schickt mich. Ich hätte gern mit Dr. Ofczarek gesprochen.»

Die Augen des Wachmanns verengten sich etwas. «Ich hab Euch hier schon einmal gesehen. Ihr seid einer der Studenten, die mit dem Auenbrugger hier waren.»

Alfred nickte. Ihm fiel auf, wie schwer die Wache bewaffnet war. Ein Bajonett und ein Säbel ... als würde er in den Krieg ziehen.

«Der Doktor war nicht begeistert darüber, wie Ihr Euch aufgeführt habt.»

Alfred war nicht sicher, was der Wachmann damit meinte. Er war doch gar nicht dabei gewesen, also konnte er Aigners Späße nicht gehört haben. Oder ging es um etwas anderes?

«Verzeihung», versuchte Alfred einen Schuss ins Blaue. «Unser Benehmen war in der Tat unangebracht!»

Der Wachmann maß ihn mit einem langen Blick. «Wartet hier!»

Er verschwand im Inneren des Turms und bog um die Ecke, sodass Alfred ihn nicht mehr sehen konnte.

Leise Stimmen erklangen, wahrscheinlich sprach er gerade mit einem der Wärter.

*Was tust du hier, Alfred? Wenn Ofczarek Auenbrugger erzählt, dass du gelogen hast, dann ...*

Der Schritt schwerer Stiefel verriet ihm, dass die Wache zurückkehrte.

«Der Doktor kommt gleich herunter», erklärte er, warf Alfred noch einmal einen skeptischen Blick zu und wandte sich dann mit einem Seufzen wieder dem Gelände vor dem Turm zu, als wäre Alfred gar nicht da.

Nach einer Weile hörte Alfred das Geräusch klackernder Absätze. Und noch bevor er jemanden sah, stieg ihm der Geruch eines Colognes in die Nase.

«Herr Doktor.» Der Wachmann machte einen Schritt zur Seite und gab den Blick auf einen edel gekleideten Herrn frei.

Als er nach draußen trat, wurde Alfred kurz vom Licht geblendet, das von seinem Monokel reflektiert wurde.

«Wen haben wir denn hier?», fragte Ofczarek freundlich und fixierte Alfred mit seinem Blick.

«Verzeihung, Herr Doktor.» Alfred deutete eine kleine Verbeugung an. «Ich war mit Professor Auenbruggers Gruppe hier.»

«Ah ...» Die ohnedies schon kleinen Augen von Dr. Ofczarek verengten sich noch ein wenig.

Er sah aus, wie man sich einen freundlichen Onkel vorstellte, ein rundliches Gesicht mit rosigen Wangen, wie gemacht für ein Lächeln. Nur der Wert, den Ofczarek offenbar auf sein Auftreten legte, wollte nicht recht zu diesem Bild passen. Der schwarze Gehrock war mit feinen Mustern bestickt, und goldene Knöpfe schlossen sich über seinem Bäuchlein. Seine behandschuhten Finger spielten mit der Kette einer goldenen Taschenuhr. Hätte Alfred es nicht besser gewusst, er hätte sich einem Baron gegenüber geglaubt.

Alfred besann sich. «Das Mädchen, das Ihr uns bereitgestellt habt, die Irre. Ich bin derjenige, der sie untersucht hat, deshalb wollte ich mich nach ihr erkundigen. Hat die Therapie Früchte getragen?»

Für einen Moment schien Ofczarek nicht zu wissen, von wem er sprach.

«Ein junges Mädchen, kurzes Haar, sehr mager ...»

Ofczareks Miene hellte sich plötzlich auf. «Ah ja, selbstverständlich.» Er griff Alfred an der Schulter und spazierte mit ihm ein paar Schritte weg vom Turm. «Das ist lieb von Ihnen, dass Sie sich so um das arme Mädel bemühen. Da seh ich einen ganz tüchtigen Herrn Doktor heranreifen!»

«Geht es ihr also gut?», fragte Alfred, den Ofczareks unterwartet freundliche Art etwas aus dem Tritt gebracht hatte.

«Ja, ja, natürlich. Sie ist in fürsorglicher Behandlung und bekommt die Therapie, die ihr der Auenbrugger aufg'schrieben hat. Sie hat sogar schon ein bisserl zugelegt. Bei einem Weibsbild muss der Arzt ja meist eher darauf achten, dass sie nicht *zu* viel wird, nicht wahr?»

Ofczarek lachte und klopfte Alfred auf die Schulter. Er geriet beinahe ins Schwanken, von der Parfümwolke des Doktors war er schon ganz benebelt.

«Als ich das Mädchen untersucht habe, habe ich seltsame Wunden an ihren Handgelenken entdeckt. Sie sahen aus wie riesige Brandblasen. Wisst Ihr, woher sie stammen könnten?»

Ofczarek seufzte. «Ja, eine leidige Geschichte, das. Wir stellen allen Irren einen Ofen in ihre Kammer. Der Kaiser hat den Turm zwar mit einer komplizierten Heizanlage ausgestattet, aber unter uns gesagt: Funktioniert hat das Werkel noch nie. Und jetzt im Winter würden meine armen Schäfchen ohne Ofen frieren. Nur ist das Mädel dermaßen derangiert, sie will jedes Mal in die Glut greifen, wenn die Wärter nachlegen – wahrscheinlich, weil sie so schön orange glüht. Wie ein Kind eben. Beim ersten Mal hat's der Wärter noch nicht gewusst, und justament hat sie sich verbrannt. Mittlerweile passen wir ein bisserl besser auf, und es hält sie einer, während der andere Kohle nachschaufelt.»

Alfred nickte. Der Umgang mit Patienten, die über keine Vernunft verfügten, musste auf viele Art herausfordernd sein.

«Vielen Dank, Herr Doktor.» Er wandte sich noch einmal nach dem Narrenturm um. «Sie scheint in guten Händen zu sein.»

«Man tut, was man kann.»

Alfred verbeugte sich kurz und wandte sich ab.

Mit jedem Schritt, den er sich vom Narrenturm entfernte, fühlte er sich leichter. Er hatte seine Schuldigkeit getan. Dem Mädchen ging es besser, nun konnte er mit ruhigem Gewissen die heutige Stunde mit Helene vorbereiten. Helene ... die verwöhnte Komtesse, die trotzdem so erstaunlich ähnlich über das Leben dachte wie er ...

*Niemals!* Alfred schüttelte energisch den Kopf. Es durfte nicht sein.

# 6. Kapitel

Über Nacht hatte strenger Frost die dünne Schneeschicht des Wienerwalds ausgehärtet. Helene ritt auf ihrem Wallach Eugenio zwischen den alten Buchen und Eichen hindurch und betrachtete die von Eiskristallen überzogenen Zweige. Raubart trottete neben ihnen her, bog hier und da vom Weg ab, um im Laub nach Waldtieren zu schnüffeln. Eugenios Schnauben ließ Dampfwolken emporsteigen.

Helene hatte gehofft, dass die frische Luft sie wachmachen würde. Gestern Abend hatte sie nach längerer Zeit wieder Nachricht von ihrem Vater erhalten. Seine Worte hatten sie schlecht schlafen lassen.

*Geliebte Tochter,*

*es wurmt mich immer noch, dass mein Zustand es nicht erlaubte, die Kur zu unterbrechen und zum Weihnachtsfeste heimzukommen. Meiner bestehenden Krankheit hat der Winterwind noch einen abscheulichen Husten hinzugefügt. Drei Schritte, und ich fühle mich, als hätte ich einen Berg bestiegen. Aber ich will dir nichts vorjammern, spätestens mit der Rückkehr des Frühlings wird es mir besser gehen. Du fehlst mir, Töchterlein.*

*Du schreibst mir, dass alles auf Schloss Weydrich in Ordnung ist, und der Frantisek bestätigt es mir in seinen Briefen. Auch schreibt er, wie eifrig du lernst, was mich besonders stolz macht. Wie wunderbar wäre es, wenn ich wiederkäme und du könntest mir aus Ovids Metamorphosen rezitieren. Gewiss hast du beim Lesen dieses Satzes verächtlich geschnaubt, und die Vorstellung daran lässt mich lächeln. Ich habe dir als verfrühtes Neujahrsgeschenk einen kleinen Glücksbringer ins Kuvert gelegt. Sicherlich erinnerst du dich seiner Bedeutung und vertraust auch weiterhin auf deinen Verstand.*
*Schreib mir bitte, wie es um die Pferde steht, ob du Maybachs inzwischen einen Besuch abgestattet hast und ob Schnee in unserem Garten liegt. Es sind diese Dinge, die mir meinen Aufenthalt versüßen und mich glauben lassen, ich wäre selbst daheim.*

*In Liebe*

*dein Papa!*

*PS: Richte dem Wagener aus, der abscheuliche Kaffee lindert meine Beschwerden etwas.*

Helene löste eine Hand vom Zügel und vergrub sie in der Tasche ihres Wintermantels, wo sich ihre Finger um die elfenbeinerne Schachfigur schlossen, die in dem Kuvert gelegen hatte.
*Seine schwarze Dame ...*
«Alles in Ordnung, Komtesse?»
Helene blies die Luft durch die Nase aus. Seit sie nicht

mehr mit ihrem Vater ausreiten konnte, wurde sie ständig von zwei Stallburschen begleitet.

«Alles bestens. Es ist schön hier draußen, nicht?»

Sie hatten die Kuppe einer Anhöhe erreicht und trabten auf eine weite Wiese hinaus. Beißender Wind blies Helene ins Gesicht, während sie Eugenio zügelte und anhalten ließ. Sie sah auf ein Meer von Wald hinunter und auf die Stadt, in der unzählige Herdfeuer glommen.

Wie eng dort unten alles aussah im Vergleich zu hier oben, trotzdem waren die Menschen, die dort lebten, so viel freier in ihren Ideen, als Helene es sich trauen durfte ... zumindest außerhalb des Studierzimmers. Helene lächelte.

«Reiten wir zurück!»

Bevor die Burschen etwas erwidern konnten, trieb sie Eugenio an und galoppierte über die Wiese. Der Schnee stob unter seinen Hufen empor und hüllte sie in eine glitzernde Wolke.

*Heute, mein lieber Wagener, werdet Ihr Euch wundern!*

Bei den Stallungen angekommen, ließ Helene sich vom Pferd helfen.

«Und was haben die Herren noch an diesem Dezemberabend vor? Gewiss wollt ihr ihn in einer Buschenschank drüben in Währing begießen, hab ich recht?»

Die Burschen grinsten betreten.

«Wieso die Scham? Ihr seid fleißig und arbeitet hart, da soll auch das Feiern nicht zu kurz kommen! Wenn die Pferde versorgt sind, habt ihr für heute frei.»

«Danke, Komtesse!»

Sie wandte sich ab und schritt durch den Bogengang, der die Stallungen mit dem Haupttrakt des Schlosses verband.

Hinter sich hörte sie, wie die Burschen beim Trockenreiben der Pferde miteinander scherzten. Helene ließ sich unauffällig hinter eine der Säulen gleiten und wartete. Für ihren Plan brauchte es ein bisschen Geduld.

*Vielleicht kommt er nach der heutigen Stunde nie wieder zurück. Aber ich muss es versuchen!*

Gute sechs Wochen waren seit dem Aufbruch ihres Vaters vergangen, und ihr junger Lehrer war immer am frühen Abend gekommen, um sie zu unterrichten. Mit jedem Mal hatte er sie mehr fasziniert. Seine Art, wenig zu sagen, während es in seinem Inneren zu toben schien. Dieser intensive Blick, der die alte Ordnung in Brand stecken wollte. Seine elegant wirkenden Finger, die seinem Auftreten etwas Weiches verliehen, wenn er mit ihnen über den Schreibtisch ihres Vaters strich.

Helene brauchte ihn nur anzusehen, und alles in ihrem Inneren schien aufzuleuchten. Wenn er mit Leidenschaft über ein Thema sprach, kam es ihr vor, als hätte er eine größere Welt mit sich nach Schloss Weydrich gebracht, eine Welt, die voller Abenteuer und Möglichkeiten war. Die Bahn des Planeten Herschel, der Aufbau des menschlichen Herzens, die Metamorphosen des Ovid ...

Es gab nur ein Problem: Wagener schien sie von ganzem Herzen zu verachten. Helene tat alles, um ihm zu zeigen, dass sie seine Leidenschaft für die Wissenschaften teilte, wollte ihn durch ihren Humor für sich gewinnen. Als das nicht gefruchtet hatte, hatte sie sogar versucht, sich wider ihre Natur ernsthaft und zurückhaltend zu geben, jedoch ohne Erfolg. Zum ersten Mal in ihrem Leben machte sie sich über Kleider Gedanken. Als sie vor einer Woche tatsächlich im himmelblauen Ballkleid ihrer Mutter erschienen war, hatte Wagener sie für einen

Moment entgeistert angeblickt, dann jedoch geschnaubt und weiter an die Tafel gezeichnet, als wäre sie gar nicht da.

«Warum kann er mich nicht ausstehen?», hatte sie ihre Gouvernante Adelheid beim Zubettgehen gefragt.

«Aber, aber, Kind.» Adelheids Wangen, die Helene immer an zwei reife Pfirsiche erinnerten, rundeten sich durch ein wissendes Lächeln nur noch mehr. Sie hatte Helenes Haar so lange gebürstet, bis es glänzte wie ein honigfarbener Wasserfall. «Der junge Magister weiß einfach, dass es unziemlich wäre, Euch gegenüber Zuneigung zu zeigen.» Sie betrachtete Helene einen Moment lang. «Ihm ist aber gewiss aufgefallen, was für ein reizendes Ding Ihr seid.»

«Darum geht es nicht», hatte Helene kopfschüttelnd erwidert. «Es ist, als würde er mir an etwas die Schuld geben … nur dass ich nicht weiß, an was.»

Dabei war es nicht so, dass Wagener nicht leutselig wäre. Sie hatte schon öfter gesehen, wie Frantisek und er sich lachend begrüßten und sogar gemeinsam in der Kutsche davonfuhren.

Nachdem sie das beobachtet hatte, leistete sie Frantisek am nächsten Tag beim Begehen der Ställe Gesellschaft. «Weißt du, Frantisek», hatte sie nach einer kurzen Plauderei geseufzt. «Der Unterricht hilft, dass mir der Papa nicht so fehlt … Ich habe nur das Gefühl, ich habe dem Magister Wagener irgendein Unrecht getan, weil er immer so distanziert ist. Wenn mir doch nur jemand sagen könnte, was es ist, dann könnt ich die Sache vielleicht aus der Welt schaffen.»

Frantisek starrte sie entgeistert an. Seine buschigen Augenbrauen zogen sich mitfühlend zusammen. «Nein, Komtesse», meinte er energisch. «Nein, Ihr habt niemandem ein Unrecht getan, Ihr könntet es gar nicht. Das mit dem Wagener hat nix mit Euch zu tun, nur mit seinem ...»

«Was?», fragte Helene neugierig.

Frantisek lächelte verlegen. «Macht Euch keine Sorgen, Komtesse, der Wagener ist nicht grantig auf Euch. Jemand anderer ist früher einmal ungerecht zu ihm gewesen.»

Helene hatte nicht weiter gebohrt, da sie Frantisek nicht aushorchen wollte, aber zumindest glaubte sie jetzt zu wissen, was das Problem sein könnte.

Helene beobachtete, wie die beiden Stallburschen die Pferde in ihre Boxen führten und danach in der Sattelkammer verschwanden. Sie löste ihre behandschuhten Hände von der Marmorsäule und rieb sich die Handflächen. Ein wenig plagte sie das schlechte Gewissen, weil sie die Burschen für ihre Zwecke missbrauchte, aber im Grunde hatte sie ihnen nichts getan – außer ihnen eine Stunde früher frei zu geben.

ↄ

Helene stand am Fenster in ihrem Zimmer und beobachtete die Ankunft ihres Lehrers. Sie hörte ihn mit Frantisek plaudern, als er über den Kiesweg zum Schlosseingang marschierte. Obwohl sie die Worte durch das geschlossene Fenster nicht verstehen konnte, klang seine Stimme unbeschwerter, als wenn er mit ihr sprach. Aber vielleicht würde sich das bald ändern – oder er würde nie wiederkommen.

Helene atmete tief durch und wartete.

Das Ritual war immer das gleiche: Wagener wurde in Papas Studierzimmer geführt, um sich einzurichten, und Helene dann von Adelheid gerufen. Helene setzte sich aufs

Bett und trommelte mit den Fingern auf ihr kunstvoll gearbeitetes Nachttischchen, auf dem ein paar Bücher lagen, die Wagener für ihr Studium ausgewählt hatte.

*Kunde der Arzneipflanzen* von einem Mönch namens Thulasius. Darunter lagen ein Buch mit einer Briefsammlung von Voltaire, ein paar lateinische Texte und ein Artikel eines Dänen namens Huygens. Helene hatte ihn einmal gefragt, woher er eigentlich die vielen Bücher hatte. Wagener hatte sie als ein Geschenk seines Mentors bezeichnet.

Helene hörte Schritte auf dem Gang und spürte, wie ihr Herz schneller schlug. Sie stand auf und bezog vor der Tür ihres Zimmers Position. Zögern würde Adelheid die Gelegenheit geben einzugreifen, und das durfte sie nicht zulassen.

Es klopfte.

«Herein!», rief Helene.

Die Tür öffnete sich, und Adelheid streckte gutgelaunt ihren Kopf herein. Als sie Helene erblickte, schienen ihre Augen fast überzuquellen. Ihr Mund öffnete sich mehrmals lautlos.

Helene drängte sich wieselflink an ihr vorbei. «Wir wünschen nicht gestört zu werden, Adelheid!», rief sie über die Schulter zurück.

«Komtesse!», hörte sie ihre Gouvernante entgeistert rufen, als sie schon längst die Treppe erreicht hatte.

Oben angekommen, klopfte sie energisch an die Tür zum Studierzimmer und riss sie auf, ohne auf eine Antwort zu warten.

Wagener stand mit dem Rücken zu ihr an seiner Tafel und schrieb gerade ein paar lateinische Worte darauf.

«Ihr seid spät», bemerkte er, ohne sich umzudrehen.

Sie blieb einen Moment stehen, bis sie wieder zu Atem kam, dann marschierte sie schnellen Schrittes nach vorn und ließ sich geräuschvoll an ihrem Schreibtisch nieder.

Zu Helenes Unmut drehte sich Wagener noch immer nicht um. Seine Hand schien zu zittern, während er schrieb, etwas, das Helene noch nie an ihm beobachtet hatte.

Erst als er fertig war, wandte er sich zu ihr um – und erstarrte.

Sie wusste, was er sah, während seine dunklen Augen größer und größer wurden. Mittlerweile musste ihn die Wolke aus Pferdemist und Schweiß erreicht haben, die sie verströmte. Tatsächlich fand sie das Stallburschengewand, das sie trug, verstörend bequem, außer dass es ihr viel zu weit war. Das Haar hatte sie sich hochgesteckt, damit es unter eine löchrige Mütze passte.

«Ist alles in Ordnung?», fragte sie unschuldig.

Sie bemerkte zufrieden, wie seine Lippen versuchten, ein Wort zu formen, aber nur ein leises *Bah* aus seiner Kehle drang.

«Der Pferdegeruch stört Euch doch nicht?» Sie streckte sich undamenhaft und gähnte. «Ich dachte, er ist Euch vielleicht lieber als Veilchenwasser.»

«Ich ...» Seine Augen verengten sich. «Also gut, was soll das?»

Helene sprang auf. «Sagt Ihr es mir! Wenn Ihr mich in meiner normalen Kleidung anseht, habt Ihr nur Verachtung für mich. Und dann wieder ...» Sie schüttelte den Kopf. «Ich will wissen, ob Ihr wirklich *mich* hasst. Oder nur meinen Namen.»

«Wieso sollte es jemanden wie *Euch* kümmern, was jemand wie *ich* über Euch denkt», erwiderte er und machte ein paar Schritte auf sie zu.

«Weil ... weil ...» Helene fühlte sich durch seine Nähe auf einmal aus dem Tritt gebracht.

«Glaubt Ihr, dass ich einen Menschen nur nach seiner Kleidung beurteile? Dass ich Euch höher schätze, wenn Ihr Stallburschengewand statt einen Eurer feinen Fetzen tragt?» Er schüttelte den Kopf. «Das zeigt nur, wie sehr Ihr Euch über allen anderen wähnt.»

«Das ist nicht wahr!», rief Helene. «Ihr haltet Euch doch selbst für etwas Besseres, in Eurer Wut auf die Welt. Ihr schert alle Adeligen über einen Kamm!»

«Ihr wisst nicht, wovon Ihr sprecht», fuhr Wagener sie an und ballte die Fäuste.

«Ich glaube doch», erwiderte Helene. «Jemand meines Stands hat Euch gedemütigt, und jedes Mal, wenn Ihr mich anseht, erinnere ich Euch daran. Ich wollte Euch nur dazu bringen, mich anders zu sehen ...»

Wagener schien förmlich zu beben, sein Gesicht war so nah vor ihrem, dass sie ein Staubkorn in seinen Augenbrauen sehen konnte.

«Das ist Euch nicht gelungen», flüsterte er und wandte sich ab. Er begann, hastig seine Bücher zusammenzupacken.

Helene legte sich die Hand auf die Brust und spürte ihren heftigen Herzschlag. «Ich wollte Euch nicht verletzen», murmelte sie.

«Das könnt Ihr nicht», erklärte er mit zitternder Stimme. «Ich denke, ein anderer Lehrer wird Euch besser dienen ...»

Helene biss sich auf die Unterlippe. Alles verloren. Sie blickte auf die Tafel, auf die der Magister bei ihrem Eintreffen lateinische Worte geschrieben hatte. Offensichtlich hatte er sie heute mit ihrem Lieblingsfach quälen wollen.

Helene runzelte die Stirn.

«*Amor caecus est, at omnia vincit*», las sie laut vor.

Wagener erstarrte.

«Die Liebe ist blind», übersetzte Helene. «Aber ... alle siegen?»

Wagener atmete tief durch und legte den Kopf in den Nacken.

Er wandte sich langsam zu ihr um. «Die Liebe ist blind», erklärte er. «Aber *sie besiegt alles*.»

«Wieso?», flüsterte Helene. «Wieso habt Ihr das aufgeschrieben?»

Wagener machte ein paar Schritte auf sie zu, bis er wieder vor ihr stand. «Es ist besser für Euch, wenn ich jetzt gehe.» Auch er flüsterte.

«Warum?»

«Weil ich sonst Dinge sagen und tun werde, die uns beide ins Unglück stürzen.»

«Zum Beispiel?», fragte Helene. Vielleicht sollte sie Unbehagen wegen seiner Nähe empfinden oder Angst ... doch sie empfand nur Aufregung. Sie wünschte sich, dass er ihr noch näher käme, und fürchtete nur den Moment, da er sich von ihr abwandte.

«Zum Beispiel, dass Ihr mich verrückt macht, dass meine Gedanken immer wieder zu Euch zurückkehren, als wärt Ihr ein Magnet, der sie anzieht, während ich studieren, schlafen oder essen sollte. Dass mir egal ist, woher Ihr kommt, dass Ihr ...»

«... dass Ihr in meine Welt hereingebrochen seid wie ein Gewitter», unterbrach ihn Helene, «und sie blühend und bunter gemacht habt, dass Ihr ...»

Seine Lippen auf ihren erstickten ihre Worte. Sie hatte

das Gefühl zu fallen, aber er hielt sie. Seine Lippen auf ihren, so warm, so weich …

Es dauerte nur ein paar süße Momente, dann löste er sich von ihr und sah sie an.

Ein schiefes Grinsen erschien auf seinen Lippen. «Ihr duftet nach Pferd, Komtesse!»

# 7. Kapitel

Alfred schloss seine Finger um die heiße Tasse und genoss den Duft nach Nelken und Zimt, den der Glühwein verströmte.

Das *Nussgartl* war gesteckt voll, mehrere Kaminfeuer prasselten in der Wirtsstube, und ein paar Musiker mit einer Harfe, Zither und zwei Geigen hatten gerade unter lautem Mitgrölen der Gäste die *Spittelbergmarie* zu Ende gespielt.

«Bravo!», rief Aigner, der neben Alfred am Tisch saß, und klatschte in die Hände. «Stell dir vor», er biss von seinem Schnittlauchbrot ab und wies auf Mayerhofer, der – schon ziemlich beschwipst – von zwei anderen Kommilitonen gestützt an die frische Luft ging. «Der Mayerhofer hat sich verlobt. Eine Freifrau von Berlach, kannst du dir sein Glück vorstellen? Weil seine Eltern recht wohlhabend sind, hat ihre Familie über seinen Mangel an Stand hinweggesehen. Mit so einer Verbindung und einer guten Stelle als Arzt wird er sicher selbst irgendwann geadelt.»

«Mhm», erwiderte Alfred mit steinerner Miene. «Wie, glaubst du, wäre die Sache ausgegangen, wenn diese Frau von Berlach dem Hochadel angehören würde, als Tochter eines einflussreichen Grafen zum Beispiel?»

Aigner lachte und schüttelte den Kopf. «Normalerweise

fragst du mich schlauere Sachen, Wagener, aber sei's drum. Abgesehen davon, dass unsereiner so einem Mädel nicht mal nahekäme, würde ihre Familie diese Liaison zu verhindern wissen. Die Tochter und alle ihre Nachkommen würden sämtliche Vorrechte verlieren. Sie wäre für immer geschmäht ...»

«Und wenn sie bereit wäre, dieses Opfer zu bringen? Wenn sie sich gegen den Willen der Eltern vermählte?»

Aigner lachte erneut. «Die Mächtigen sind nicht umsonst mächtig, Wagener. Wehe dem, der ihnen im Weg steht.»

Alfred umfasste seine Tasse etwas fester und starrte finster vor sich hin.

«Aber was soll's», führte Aigner aus. «Für reiche Bürgerssöhne wie uns gab's noch nie so viele Möglichkeiten. Das Gesetz macht keinen Unterschied mehr zwischen uns und denen. Kannst dir vorstellen, wie dem Adel *das* geschmeckt hat, als der Kaiser es proklamiert hat. Und wenn man's so geschickt einfädelt wie der Mayerhofer, wird man vielleicht sogar ...»

Alfreds Gedanken schweiften ab. Nervös wippte er mit seinem rechten Bein auf und ab. Aigners Taschenuhr, die er auf dem Tisch liegen hatte, zeigte fünf vor halb sechs. Es war eine närrische Idee gewesen, viel zu gefährlich ...

Am Nachbartisch las ein Pfeife rauchender Mann eine Extraausgabe des *Wienerischen Diariums*.

*Zwischen dem Türk und den mit uns verbündeten Russen herrscht Krieg!*, las Alfred. Offensichtlich kam es schon seit dem Herbst zu Kämpfen. *Der Kaiser stationiert Truppen vom Dnister bis zur Adria, um die Erblande zu schützen ...*

Alfred schüttelte den Kopf. Also stimmte es. Warum musste der Kaiser sich in die Angelegenheiten der Russen einmischen? Soweit Alfred es mitbekommen hatte, hatten diese die Krim annektiert und die Hohe Pforte damit provoziert.

Alfreds Blick glitt zum nächsten Artikel. *Mann bei Experiment mit Leidener Flaschen tödlich verunglückt. Die Apparatur verletzte eine ganze Menschenkette.*

Leidener Flaschen? Waren das nicht …

«Hast du nicht gemeint, du willst uns heute jemanden vorstellen?», unterbrach Aigner seine Gedanken.

Alfred fuhr zusammen. Wie hatte er nur auf diese närrische Idee kommen können? Eine rammelvolle Gaststube in der Vorstadt, in der Lieder über Dirnen zum Besten gegeben wurden. Er musste los, er musste die Sache abblasen, bevor …

Die Tür zur Gaststube wurde geöffnet. Alfred sah auf … und dachte, er müsse sterben.

Sie stand in der Tür – und beide Welten, zwischen denen Alfred sich bewegte, schienen zu einem seltsamen Traum zu verschmelzen. Helenes schüchterne Blicke ließen sie wie eine verirrte Waldnymphe wirken, die in die Gaststube gestolpert war.

«Fräulein …» Sofort nahm ihr ein Herr ihren Wintermantel ab. Darunter trug sie ein cremefarbenes Kleid mit simplen rosa Schleifen an Schultern und über der Brust.

Die Herren in der Gaststube wandten sich ihr zu, betrachteten sie, als wäre sie ein Kaninchen, das auf eine Wiese voller Krähen gehoppelt kam. Alfred fragte sich für einen Moment, ob sie jemand hier drin erkennen würde, aber natürlich war das Unsinn. Mit ihrem offenen Haar, das nur durch zwei geflochtene Zöpfchen verziert wurde, der teuren, aber nicht übertriebenen Kleidung, würde man sie sicher für eine Bürgerstochter halten.

Alfred sprang auf und lief zu ihr hin. Er fühlte einen freudigen Stich in seiner Brust, als sich ihre Miene bei seinem Anblick aufhellte. Sofort schloss er sie in die Arme.

«Du hast es geschafft», flüsterte er und spürte ihre seidige Haut an seiner Wange.

Ihre Nähe, ihr weicher Körper in seinen Armen, ließ ihn beinahe vergessen, wo sie sich befanden. Seit jenem verhängnisvollen Tag, an dem er zum ersten Mal ihre Lippen gespürt hatte, war es Alfred immer schwerer gefallen, seine Leidenschaft Helene gegenüber zu bezähmen. Jede noch so unschuldige Berührung, jeder Kuss befeuerte den Drang nach mehr in seinem Inneren.

«Was hast du denn gedacht?» Die Grübchen um ihre Lippen vertieften sich, als sie lächelte.

Alfred schüttelte den Kopf. «Ich hätte nicht zustimmen dürfen. Das hier ist nichts für …»

«Doch, ist es», unterbrach sie ihn. «Es ist Teil deiner Welt, und damit ist es auch etwas für mich. Im Übrigen vergehe ich im Schloss vor Langeweile.»

Alfred konnte nicht umhin, ihr Lächeln zu erwidern. «Komm.» Er führte sie durch das Gedränge in der Stube zu seinem Tisch.

Aigners Augen quollen fast über, als er Helene erblickte. «Holla, Wagener, wo hast du denn diesen Schatz versteckt gehalten!» Vorsichtig ergriff er Helenes Finger. «Küss die Hand, Fräulein. Friedrich Aigner, Kollege Ihres werten Herrn Wageners.»

«Noch ein künftiger Medikus», erwiderte Helene offenherzig und tauschte einen verschmitzten Blick mit Alfred aus. «Gottes Geschenke an die Menschheit.»

Alfred prustete los. Er hatte ihr schon öfter davon erzählt, wie manche seiner Kollegen sich als den Mittelpunkt des Universums betrachteten.

Aigner blinzelte, dann fächelte er sich demonstrativ Luft zu. «Dein Mädel hat Humor, das gefällt mir», grinste er. «Wie war der werte Name?»

«Daphne Herschel, hocherfreut!»

Alfred verdrehte die Augen. Er hatte ihr im Unterricht vom Planeten Herschel erzählt, und Ovids Daphne hatten sie kürzlich übersetzt ... oder eher: er ihr vorgelesen.

«Wie schön, Fräulein Herschel, dass Sie sich zu uns gesellen!», erwiderte Aigner und machte Helene Platz auf der wuchtigen Holzbank.

Alfred verspürte den plötzlichen Drang, die Bank und den Tisch abzuwischen, bevor Helene darauf Platz nahm, aber sie schien sich weder an den Weinspritzern noch an den Bröseln darauf zu stören und nahm Platz.

Alfred spürte, wie sich seine Aufregung langsam legte. Das hier fühlte sich so wunderbar natürlich an, als wenn Helene ein Mädchen seines Standes wäre und nicht jedes ihrer Treffen von der Angst, entdeckt zu werden, überschattet würde.

So schön könnte es also sein zwischen ihnen ...

«Was darf's sein, Fräulein?», fragte Anatol, der Ober.

Alfred war sicher, selbst noch nie so schnell bedient worden zu sein.

Er wollte gerade für Helene antworten, die bestimmt von der Situation überfordert war, doch sie kam ihm zuvor.

«Könnt Ihr mir einen Wein empfehlen?»

«Der Grüne Veltliner schmeckt besonders frisch!»

«Kann ich nur empfehlen!», erklärte Aigner und hob sein eigenes Weinglas.

«Dann hätte ich auch gerne ein Glas!»

Der Ober entfernte sich rasch.

«Ich bin noch nie in einer Gastwirtschaft gewesen», wisperte Helene und sah sich mit vor Aufregung geröteten Wangen um. «So viele Menschen!»

«Manche meinen, zu viele», erwiderte Alfred, entzückt über ihre Begeisterung. Er hatte Helenes Vorschlag nur widerwillig zugestimmt. Zu viel hätte schiefgehen können. Was, wenn sie in Begleitung einiger Diener hier aufgekreuzt wäre? Wenn sie der Geruch nach Wein, Bier und Menschen angeekelt hätte? Und sie danach nie wieder etwas von ihm hätte wissen wollen?

«Und, Fräulein? Wo ist Ihre Familie zu Hause? Gewiss an einer der besten Adressen Wiens, wie ich annehme!», fragte Aigner.

Alfred schluckte. Helene kam nicht oft in die Stadt. Ihr Vater hatte sie, wie sie Alfred erzählt hatte, tunlichst von den Ränkespielen des Hofs ferngehalten. Sie besuchte zwar ab und zu ein paar adlige Bekannte, kannte sich aber naturgemäß schlecht in Wien und den Vorstädten aus.

«In der ... am ... *am Spittelberg!*», rief Helene triumphierend.

Alfred vergrub das Gesicht zwischen den Händen und beobachtete zwischen seinen Fingern hindurch, wie Aigners Augen größer und größer wurden.

Dann beeilte er sich, die Situation zu retten. «Ha, mein Schatz, Vorsicht, der Aigner kennt dich noch nicht gut genug, um zu wissen, wann du Scherze treibst!» Er wandte sich Aigner zu. «Ihre Familie residiert am Graben und nicht», er drehte sich wieder zu Helene und konnte sich ein schiefes Grinsen nicht verkneifen, «an einem Ort, wo ein anständiges Mädel nichts verloren hat.»

«Selbstverständlich nicht», erwiderte Helene rasch. Alfred konnte sehen, wie sie rot anlief.

«Ein trefflicher Humor, fürwahr», erwiderte Aigner erleichtert kichernd. «Dein Mädel macht mir noch Konkurrenz, Wagener.»

Sie wurden unterbrochen, als der Ober mit seiner schwieligen Hand das Weinglas auf den Tisch stellte.

«Also dann», erklärte Aigner und hob sein Weinglas. «Auf einen magischen Abend!»

«Auf einen magischen Abend», wiederholten Helene und Alfred und warfen einander einen verschwörerischen Blick zu.

Aigner nahm einen tiefen Schluck und knallte sein Glas zurück auf den Tisch. «Ich hoffe, die Herrschaften entschuldigen mich einen Moment!» Er stand auf und drängte sich zwischen den Tischen hindurch, vermutlich, um sich draußen zu erleichtern.

«Wie hast du's geschafft, dich davonzuschleichen?», flüsterte Alfred kopfschüttelnd.

Helene grinste. «Ich habe mich bei Eugénie, der Komtesse Maybach, eingeladen. Adelheid hab ich gesagt, die Maybachs würden einen Wagen schicken, dabei habe ich einen der Burschen beauftragt, eine Kutsche zu bestellen. Der Kutscher hat mich zu ihr hinausgefahren und danach hierher zu dir! Die Maybachs dachten, es sei einer von unseren Wagen.»

«Du bist unglaublich», flüsterte Alfred und ergriff ihre Hand. Sie fühlte sich warm an und so zart im Vergleich zu seiner.

«Ich habe dir gesagt, ich werde einen Weg finden», erklärte sie stolz.

Einen Moment sahen sie einander einfach nur an, ihre

Hand in seiner ruhend, die Nähe, die Berührung genießend, dann schlug sie die Augen nieder.

«Spittelberg», grinste Alfred und schüttelte den Kopf, «von allen möglichen Adressen, suchst du dir die verruchteste aus.»

«Es war die einzige, die mir einfiel. Ich habe die Stallburschen darüber reden hören!»

«Ich frage mich, ob du auch den Rest von dem gehört hast, was sie besprochen haben.»

Er hob die Hand und strich ihr die widerspenstige Locke aus der Stirn, die sich immer wieder aus ihrer Frisur löste. Seine Berührung ließ sie erneut ein wenig erröten.

Das Aufspielen einer Geige ließ Alfred die Hand senken. Kurz darauf setzten eine Zither und eine Harfe mit ruhigen Klängen ein. Die Aufmerksamkeit der Gäste wandte sich den Musikern zu, die auf der freien Fläche vor der Küche Aufstellung genommen hatten.

«*Ein Soldat traf eine Näherin*», sprach der Harfist zu der einsetzenden Musik. «*Sie gab sich ihm zum Kusse hin!*»

Die Zuhörer grölten begeistert und hoben ihre Gläser.

«*Doch da ward dem Mädchen angst und bang!*» Die Zither gab eine bebende Melodie von sich. «*Friedrich, zügle deinen Drang!*»

Die Gäste lachten los und klatschten in die Hände. «*Friedrich, ein Mann von Toleranz, sprach: Wenn's sein muss, ich bitt dich um diesen Tanz!*»

Alfred sah Helene schmunzeln, während die Gäste jubelten.

Die Musiker spielten eine flotte Weise auf. Die Holztische wurden von den Kellnern rasch ein Stück zurückgeschoben, bis sich eine ordentliche Tanzfläche gebildet hatte.

«Komm», flüsterte Alfred und nahm Helene an der Hand.

«Ich hab noch nicht gelernt zu tanzen», wehrte sie ab. «Papa hat gemeint ...»

«Das hier ist nicht Schönbrunn», erwiderte Alfred lächelnd und zog Helene zu sich in die Höhe. «Man spürt die Melodie. Hör darauf, was dein Körper aus ihr machen will, und dann lässt du ihn.»

Alfred wartete Helenes Antwort nicht ab, sondern zog sie mit sich auf die Tanzfläche.

Helene sah ihn aus großen Augen an, während er auch ihre zweite Hand ergriff. Er grinste, dann wirbelte er mit ihr so rasch durch den Raum, dass sie ein überraschtes Keuchen ausstieß. Schon nach der ersten Runde hatte sie ihre Unsicherheit abgelegt und stieß ein befreites Lachen aus, während Alfred sie in wildem Tanz zwischen den anderen Paaren hindurchmanövrierte.

Er stieß sie von sich, ließ sie sich drehen, so schnell, dass sich ihr helles Kleid und ihr Haar für einen Moment in wirbelndes Gold zu verwandeln schienen.

Helene jauchzte, taumelte zu Alfred zurück und schlang ihre Hände um seinen Hals, um das Gleichgewicht zu halten. Vorsichtig legte er seine Arme um ihre Hüfte.

Sie war so weich unter seinen Händen, dass er sie am liebsten an sich gedrückt und nie wieder losgelassen hätte. Er stellte sich vor, seine Finger über jede Stelle ihres Körpers streichen zu lassen, ihr nahe sein, jetzt, hier vor allen Leuten, draußen in der Laube, ganz gleich wo ...

Er sah, wie das übermütige Lachen aus ihrem Gesicht wich und etwas anderem Platz machte. Hatte sie den Gedanken in seinen Augen gesehen?

*«Schön macht sich auch der Liebesang!*

*Zwei Herzen folgen seinem Klang!»*

Sie legte ihm eine Hand an die Wange, während die anderen Paare um sie herumwirbelten wie die Brandung um einen Felsen.

«Alfred», flüsterte sie, dann stahl sich ein Lächeln auf ihre Miene. «Wehe, du küsst mich jetzt nicht!»

Er beugte sich gerade zu ihr, da ertönte ein lautes Lachen. Eine Gruppe junger Männer wankte in die Gaststube, sie stießen gegen mehrere Tische und rempelten die Gäste an, die ihnen in den Weg kamen.

Helene verkrampfte sich plötzlich, ihre Finger krallten sich in seinen Rock. «Da sind ein paar von unseren Stallburschen dabei ...»

Sofort drehte Alfred sich mit Helene so, dass er sie gegen die Blicke der Neuankömmlinge abschirmte. Vorsichtig sah er über die Schulter.

Ein Kerl mit zerrupftem, aschblondem Haar starrte zu ihnen herüber. Alfred war nicht sicher, ob er sie erkannt hatte.

«Keine Angst, ich bring dich nach draußen», flüsterte er ihr zu.

Alfred schunkelte mit Helene langsam im Takt, während er ununterbrochen den Ausgang im Auge behielt. Die jungen Männer ließen sich gerade an dem Tisch vor der Tür nieder und verlangten lautstark nach einem Kellner. So würden sie nie unbemerkt vorbeikommen.

Wenn sie Helene erkannten, war es aus. Der Gedanke ließ ihn sie ein wenig fester an sich drücken.

Alfred hielt den Ober auf, der gerade an ihnen vorbeihasten wollte. «Bitte bring meiner Dame ihren Mantel, Anatol, waldgrün ist er, mit einem Pelzkragen. Und ...», er drückte dem Kellner ein paar Münzen in die Hand, «... spendiere den Herren dort drüben eine Runde Zweigelt, aber trag ihn an dem Tisch dort im Eck auf und sag den Herrn, ihr Spender will, dass sie ihn dort genießen, wo's gemütlich ist, nicht da, wo's zieht.»

Anatol runzelte die Stirn, aber die Münzen in seiner Hand waren überzeugend genug, dass er die seltsame Anweisung nicht hinterfragte. «S'recht!»

Während Alfred und Helene aneinandergeschmiegt hin und her schunkelten, um nicht zu viel Aufsehen zu erregen, brachte Anatol ihnen Helenes Mantel. Alfred half ihr möglichst unauffällig hinein. Währenddessen stellte Anatol hinten im Eck den Wein bereit und marschierte dann zu den Betrunkenen hinüber.

Alfred wagte es nicht, sich zu ihnen umzudrehen, schließlich konnte er nicht ausschließen, dass sie auch ihn durch seine Besuche auf Schloss Weydrich kannten. Er hörte plötzlich ein Lachen und ein Jubeln, dann das Rücken von Bänken, als die Burschen offenbar aufstanden.

«Wer ist denn der edle Spender?», lallte einer von ihnen überlaut. Was Anatol ihm antwortete, konnte Alfred nicht verstehen. Vorsichtig riskierte er einen Blick über die Schulter. Die Burschen stolperten gerade in den hinteren Bereich der Gaststube und hatten ihnen momentan den Rücken zugekehrt.

«Jetzt», flüsterte Alfred. Er legte den Arm um Helene und führte sie rasch Richtung Ausgang.

Er riss die Tür auf, schob Helene hindurch und wollte ihr gerade folgen, als ihn jemand am Ärmel festhielt.

«Ich weiß, wer du bist!» Es war der Kerl mit dem aschblonden Haar, der zu ihnen hinübergestarrt hatte.

«Und?», fragte Alfred.

«Hab dich bei uns im Schloss gesehen», erklärte der Stallbursche.

Alfred versteifte sich.

«Du hast uns den Wein spendiert, nicht wahr? Danke, Freund!» Er zog Alfred in eine betrunkene Umarmung. «Komm, trink noch mit uns!», lallte er ihm ins Ohr.

«Beim nächsten Mal gerne», erwiderte Alfred und grinste erleichtert. Der Kerl hatte Helene offensichtlich nicht gesehen. «Ich muss mein Mädel heimbringen.»

«Dein Mädel», meinte der Bursch stirnrunzelnd. «Die Blonde, mit der du getanzt hast? Die erinnert mich …»

«Schau!» Alfred nickte in Richtung seiner Kumpane. «Deine Freunde trinken den ganzen Wein aus!»

Der Kerl wandte sich um. «He! He!», brüllte er und taumelte zu ihnen hinüber.

Alfred nutzte den Moment und glitt aus der Tür hinaus.

Kühle Nachtluft umfing ihn. Trotzdem lag bereits ein Versprechen von Frühling in der Luft. An die Mauern des steinernen Gasthofs gedrängt, blühten ein paar Schneeglöckchen und Veilchen.

Er entdeckte Helene, die ein paar Schritte weiter mit dem Rücken zu ihm wartete, und erinnerte sich an ihren entschlossenen Gesichtsausdruck, gestern, während ihrer gemeinsamen Stunde am Schloss. *«Ich will ein Stückchen deiner Welt kennenlernen.»*

«Es tut mir leid», flüsterte Alfred. «Ich hätte das niemals erlauben dürfen. Du weißt gar nicht, was du alles aufs Spiel gesetzt hast …»

Helene wandte sich zu ihm um und winkte ihn zu sich heran. Entweder hatte sie seine Worte nicht gehört, oder sie ignorierte sie. «Der Abendstern, Alfred.»

Er trat an ihre Seite, sah zum Himmel und betrachtete den hell leuchtenden Stern, nein, Planeten, die Venus, aber ... Wie konnte Helene jetzt nur an Sterne denken? Hatte ihr das, was gerade passiert war, nicht Angst gemacht?

«Er ist schön, oder?», flüsterte sie.

Alfred schloss für einen Moment die Augen. In der alten Linde vor dem Gasthof stimmte eine Amsel ihr zögerliches Lied an.

«Ja ...», flüsterte er und legte den Arm um sie. «Wunderschön.»

*Es hätte furchtbar ausgehen können*, dachte er, während er sie an sich drückte und küsste. Trotzdem, sosehr er sich dagegen wehrte, er konnte sich an keinen anderen Abend erinnern, der so honigsüß und voller Leben gewesen wäre. Und für diesen Moment waren alle Ängste, alle Aussichtslosigkeit fortgewischt.

# 8. Kapitel

«Gehen wir im Garten spazieren», schlug Helene vor und fasste Alfred an den Händen. «Das Narzissenbeet ist in voller Blüte. Wir sprechen über Botanik, da schöpft niemand Verdacht.»

Sonnenlicht schien durch die französischen Fenster des Studierzimmers herein und beleuchtete seine skeptische Miene. Selbst durch das Glas hindurch konnte man von draußen das Schmettern der Buchfinken hören. Mehr als ein Monat war ins Land gezogen seit dem Abend im *Nussgartl*. Ein Monat, in dem jede einzelne Unterrichtsstunde zur Probe für ihre Beherrschung geworden war.

Sie sah, wie er mit sich zu ringen schien. «Dein Vater kommt heute heim. Er hat geschrieben, er will dich Ovid übersetzen sehen. Du weißt, wie es bei dir mit Latein steht. Wenn er mit deinen Fortschritten nicht zufrieden ist, wird er ...»

«Ich habe bereits eine Stelle gewählt», meinte Helene. «Wenn du mit meiner Übersetzung zufrieden bist, gehen wir hinaus, ja?»

«Von mir aus!», knurrte Alfred. «Das kann ja heiter werden ...»

Helene ging mit selbstzufriedener Miene zum Schreibpult

ihres Vaters hinüber und nahm Ovids Metamorphosen vom Stapel, den Alfreds Bücher bildeten.

«Welche Stelle hast du dir ausgesucht?», fragte Alfred, der jeder ihrer Bewegungen mit Argusaugen folgte.

Helene setzte sich auf die Ecke des Schreibtischs und schlug das Buch auf. «Pyramus und Thisbe», erklärte sie selbstbewusst. Alfred reagierte, wie sie es erwartet hatte.

«Aber das habe ich dir noch gar nicht vorgelesen ...»

«Ich hatte Lust auf etwas Neues», erwiderte sie freimütig und begann, in den vergilbten Seiten des Buchs zu blättern.

Es klopfte. Helene ließ sich in einer fließenden Bewegung vom Tisch heruntergleiten, sodass sie aufrecht vor Alfred stand, als würde er sie gerade abtestieren.

Adelheid betrat das Studierzimmer mit einem Tablett.

«Ich habe Euch eine heiße Schokolade machen lassen, Komtesse», erklärte sie strahlend und stellte das Tablett auf einen Beistelltisch. «Und einen Tee für Euch, Herr Magister!»

«Danke, Adelheid», erwiderte Helene verwundert. In letzter Zeit unterbrach Adelheid ihre Stunden öfter. Helene war sicher, dass sie Alfred mochte, dennoch schien sie es als ihre Pflicht anzusehen sicherzustellen, dass es beim Unterrichten blieb.

«Komtesse, die Übersetzung», erklärte Alfred streng. Helene sah, wie er sich das Grinsen verbiss.

*«Pyramus und Thisbe, er der schönste unter den Jünglingen, sie außergewöhnlich unter den Mädchen des Orients.»*

Helene beobachtete Alfred aus den Augenwinkeln. Seine dunklen Augen fixierten sie, während sie die Geschichte des babylonischen Liebespaars erzählte. Irgendwann konnte sie sich seinem Blick nicht mehr entziehen, sah nicht mehr auf die Seiten des Buches, sondern nur noch ihn.

Adelheid hatte indes die Nase gerümpft und beschlossen, dass ihnen ein wenig Frischluft guttun würde, und begann umständlich, eines der französischen Fenster zu öffnen.

*«Ihre Liebe wuchs mit der Zeit. Sie hätten sich trauen lassen, doch die Väter verboten es. Doch eines konnten sie ihnen nicht verbieten: Nachdem die Liebe beider Sinn erfasst hatte, brannten sie in gleichem Maße füreinander. Keiner kannte ihr Geheimnis. Durch Zeichen und Nicken sprachen sie miteinander ...»*

Helene nickte ihm zu. Der Hauch eines Lächelns schien über Alfreds Miene zu huschen.

*«Doch je mehr sie das Feuer zu verbergen suchten ...»*, Helenes Blick bohrte sich in Alfreds, *«... desto stärker loderte es.»*

Helene sah, wie Alfreds rechte Hand sich an der Kante des Pults festkrallte, als hätte er Angst, was passieren würde, wenn er losließ. Adelheid lächelte ihnen noch einmal zu, dann verließ sie das Studierzimmer und schloss die Tür.

Helene verstummte. «War es nicht gut?», fragte sie dann unsicher, da Alfred sie immer noch schweigend anstarrte. «Du bist so ...»

Alfred packte sie, presste sie gegen den Schreibtisch und küsste sie so lange, dass es sich anfühlte, als könnte sie sich für immer in dieser süßen Verschmelzung verlieren. Alles in ihr schrie nach mehr. Sie wollte ihm noch näher sein, so nah wie nur möglich.

*Was, wenn Adelheid zurückkommt?*, schoss es ihr durch den Kopf.

«Warte», zwang sie sich zu hauchen, obwohl es eigentlich das Letzte war, was sie wollte.

Es schien Alfred schwerzufallen, aber sie spürte, wie sich seine Lippen von ihrem Hals zurückzogen, und sah, wie er sie besorgt anschaute.

«Es tut mir leid», flüsterte er mit seinem schiefen Lächeln, «aber ... du warst unglaublich.»

Sie strahlte ihn an und strich ihm über die Wange. «Ich wünschte, wir wären irgendwo anders», flüsterte sie. «Wo uns niemand kennt ...»

Alfred richtete sich auf, ließ sie los. «Wie hast du das geschafft? Noch vor einer Woche hättest du nie so gut übersetzen können.»

Helene lächelte schüchtern und dachte an die letzten Tage, die sie im Garten mit ihren Lateinbüchern verbracht hatte.

«Auch wenn du gedacht hast, ich langweile mich, ich habe dir zugehört, wie du mir von Daphne und dem liebestollen Apoll erzählt hast oder von Narziss und Echo. Inzwischen liebe ich diese Geschichten. Und um sie lesen zu können, musste ich eben lernen. Ich habe es mir zu einem Spiel gemacht, etwas, das Spaß macht. Ich ... ich wollte dich damit überraschen.»

Er nahm ihr Gesicht sanft zwischen seine Hände. «Das hast du!» Alfred löste sich wieder von ihr. «Na, wie wäre es jetzt mit einer botanischen Exkursion, Komtesse?»

☙

Die beiden flanierten entlang der Kieswege durch den Schlossgarten. Schwerer Fliederduft lag in der Luft. Sie hatten kaum einen Fuß vor die Tür gesetzt, da war Adelheid ihnen aufgeregt hinterhergedackelt und hatte Helene einen breitkrempigen Hut aufgesetzt, damit sie nicht zu viel Sonne abbekam. Helenes Haut nahm von Natur aus leicht einen hellen Karamellton an, und Adelheid schien stets besorgt, dass man sie für eine Bauerstochter halten könnte, wenn sie nicht aufpasste.

Es fühlte sich seltsam an, mit Alfred durch den Garten zu spazieren, während Raubart um die beiden herumscharwenzelte. Er versuchte, sich förmlich zu geben, da sie hier ungeschützt den Blicken der Bediensteten ausgesetzt waren, aber für sie schien in jeder Geste, in jedem Wort durchzuscheinen, was sie füreinander empfanden.

Wie bei Pyramus und Thisbe, dachte Helene und lächelte.

«Seht Ihr die Kräuter, die hier austreiben?» Alfred bückte sich zu dem Beet und strich über einen Strauch, der nahe am Boden wuchs. «Mit alkoholischen Auszügen vom Thymian behandeln wir Husten, und das hier ...» Er deutete auf eine Pflanze mit langen pelzigen Blättern. «Mit Salbeiextrakten behandeln wir Entzündungen des Halses und des Zahnfleischs.»

Raubart trottete zu ihm und schnüffelte am Salbei, bis Alfred ihn mit einem Lächeln wegdrückte.

Helene betrachtete die Kräuter neugierig. Sie waren ihr bisher wegen ihres unscheinbaren Aussehens im Vergleich zur Blumenpracht der anderen Beete nie aufgefallen.

«Schade, dass noch nicht Sommer ist, dort im Nachbarbeet blüht dann der Blaue Eisenhut.»

Alfred erhob sich und grinste. «Eine sehr interessante Pflanze, die Ihr da erwähnt. In einer Schrift eines Dr. Störck habe ich gelesen, dass ihr Saft gegen Nervenschmerzen helfen soll, aber es scheint, als würde er in mehr Fällen töten, als er heilt. Eisenhut ist die giftigste Pflanze, die bei uns wächst. Schon ein winziger Schluck seines Safts lähmt die Atmung und führt zum Tode.»

«Oh», meinte Helene. «Ich muss den Stallburschen sagen, dass sie mit den Pferden aufpassen müssen.»

Helene wandte sich ab und ging zwischen den austreibenden Rosenstöcken hindurch, bis sie das überbordende Narzissenbeet erreicht hatte. «Und?», lachte sie und fuhr mit beiden Händen über das Meer an gelben Blütenköpfen. «Noch mehr todbringende Blumen, oder sind die hier so unschuldig, wie sie aussehen?»

Alfred sah sie an, als sei sie selbst eine besondere Blume. «Ich finde, Ihr ...» Ein schrilles Wiehern übertönte Alfreds Worte.

Helene fuhr herum. Sie sah Frantisek das gusseiserne Tor öffnen, durch das kaum einen Moment später ein Reiter auf einem schweißnassen Braunen trabte.

Der Reiter zügelte den Wallach, so gut es ging. Es gelang ihm jedoch erst, als Frantisek hinzugehumpelt kam und die Zügel des Braunen ergriff. Der Reiter schwang ab. Er wirkte jung, aber sein dunkler Umhang verlieh ihm ein ernstes Aussehen. Er redete mit leisen Worten auf den Haushofmeister ein. Helene konnte sehen, wie Frantiseks Augen größer wurden, wie er ungläubig den Kopf schüttelte.

«Wer ist das?», fragte Alfred, der an ihre Seite gekommen war.

«Ein Bote», erwiderte Helene abwesend. «Vielleicht ... vielleicht weiß er, wann Papa heute ankommt.»

Sie lief zu Frantisek und dem Reiter hinüber.

Die Miene des Mannes richtete sich auf sie und maß sie von Kopf bis Fuß. Sie sah einen Brief mit dem Siegel ihres Vaters in seiner schwarz behandschuhten Hand.

«Ein Brief von Papa», rief sie erfreut und riss ihn dem Boten aus der Hand.

«Komtesse», flüsterte der Bote. «Ich ...»

«Wartet bitte, ich will erst lesen, was er schreibt! Er müsste doch schon längst hier sein.»

Helene hörte Alfreds Schritte herankommen. Wie schön wäre es gewesen, wenn er einfach seinen Arm um sie hätte legen können, so blieb er starr neben ihr stehen. Helene öffnete den Brief und wies den Boten mit einer herrischen Geste an zu schweigen, als er noch einmal versuchte, sie zu unterbrechen. Dann las sie die elegant geschwungenen Buchstaben ihres Vaters.

*Mein liebes Kind,*

*sosehr mich die Krankheit auch schwächt und obwohl jeder tiefere Atemzug in einem Hustenanfall endet, ich bin zum ersten Mal seit Wochen froh. Die Ärzte sind nichts als Pfuscher und kommen jede Woche mit einer neuen Therapie daher. Ich weiß jetzt, dass ich hier nichts mehr verloren habe. Die Diener packen bereits die Sachen für meine Abreise. Durch das Fenster scheint die Sonne herein und wärmt meine kalten Glieder. Ich kann schon den ersten Flieder riechen, der mich an die Hecke an der Rückseite des Schlosses erinnert. Ich weiß, wieder zu Hause bei dir zu sein, wird mich endlich genesen lassen, zu sehen, wie du in den letzten Monaten erblüht bist, all die spannenden Dinge, von denen du geschrieben hast, aus deinem Mund zu hören. Du kannst dir nicht vorstellen, wie froh es mich macht zu wissen, dass Schloss Weydrich von deinem klugen Geist gelenkt wird, bis ich wieder bei Kräften bin. Ich kann mir keine wunderbarere Tochter, keine wunderbarere Erbin vorstellen als dich. Ich werde diesen Brief mit einem Boten auf den Weg schicken, der gleichzeitig mit mir von Baden aufbricht und nie weit vorausreiten darf. Wenn du das hier also liest, lauf*

*zum Tor vor, denn meine Kutsche wird jeden Moment um die Ecke biegen.*
*Verzeih mir diesen kleinen Schabernack. Gleich werde ich dir aus der Kutsche heraus winken, und dann werden wir uns in die Arme schließen.*

*In Liebe,*

*dein Papa!*

«Er ist da», lachte Helene und stürmte zwischen Frantisek und dem Boten hindurch. Der Braune tänzelte nervös zur Seite, als sie vorbeilief, aus dem offenen Tor hinaus, wo zu beiden Seiten der Straße das zarte Grün des Waldes emporwucherte.

Helene blieb stehen und folgte mit ihrem Blick der weißen Schotterstraße bis zur nächsten Biegung. Gleich würde er kommen, gleich.

Sie lauschte, ob sie schon das Klappern der Pferdehufe hören konnte, die seine Kutsche zogen, aber sie vernahm nur das Schmettern der Buchfinken und irgendwo im Dickicht das melancholische Flöten einer Nachtigall.

«Wie weit seid Ihr denn vorausgeritten?», rief sie dem Boten fröhlich zu.

Sie hörte, wie sich die Schritte des Boten näherten. Alfred und Frantisek wechselten ein paar Worte, aber es war zu leise, als dass sie sie hätte verstehen können.

«Komtesse», meinte der Bote, als er neben ihr angelangt war. Sie betrachtete den Jungen verwirrt. Er war wirklich jung, wirkte auf den zweiten Blick aber gar nicht so ernst, eher unsicher.

«Den Brief, den Ihr gerade gelesen habt ... Wir fanden ihn heute Morgen im Gemach Eures Vaters ... neben ihm. Er scheint ihn gerade noch versiegelt zu haben, bevor er ... Verzeiht, Komtesse, ich hätte anders beginnen müssen. Es tut mir leid, Euch mitzuteilen, dass Euer Vater, der Graf von Weydrich, heute kurz vor seiner Abreise aus der Kuranstalt einen Anfall erlitt und seinem schweren Leiden erlegen ist.»

Helene starrte den Boten an. Bis auf das Zwitschern der Vögel war es still.

Sie wandte sich ruckartig ab und sah wieder zum Ende der Straße.

«Das ist ein Scherz», hauchte sie. «Er ... er hat Euch dazu angestiftet und kommt gleich um die Kurve, um mein erschrockenes Gesicht zu sehen.»

Sie starrte zum Ende der Straße und klammerte sich an die Hoffnung, dass jeden Moment eine prachtvolle Kutsche um die Ecke biegen würde.

Der Bote trat unruhig von einem Bein auf das andere. «In diesem Beutel befinden sich die Wertgegenstände, die er am Leibe trug. Der Rest seines Eigentums wird gemeinsam mit ihm nach Schloss Weydrich überstellt.»

Helene spürte, wie ihr ein Lederbeutel in die Hand gedrückt wurde. «Seid Euch meines Beileids versichert.»

Der Bote wandte sich ab und ließ Helene allein zurück.

«Aber er kommt gleich», meinte sie mit einem unsicheren Lachen und wandte sich noch einmal der Straße zu. «Er ist fast zu Hause ... Papa?»

Sie taumelte einen Schritt nach vorn.

«Papa!», brüllte sie aus voller Brust. Sie stolperte, ging zu Boden, spürte den rauen Schotter unter ihren Handflächen. Ein heiseres Schluchzen entrang sich ihrer Kehle.

Sofort war Adelheid bei ihr, half ihr hoch und schloss sie fest in den Arm. «O Kind, was für ein Unglück, was für ein Unglück», weinte sie, während Helene ein gepresstes Wehklagen ausstieß.

Ihre mütterliche Umarmung, der Geruch nach dem Kuchen, den sie gerade backte, hüllten sie ein. Das konnte doch nicht wahr sein. Er war nicht tot. Er durfte nicht ... Sie sah Frantiseks kreidebleiche Miene und Alfred, der fieberhaft nachzudenken schien, wie er ihr Trost spenden konnte – und doch nichts tun durfte.

*Nimm mich in den Arm. Führ mich einfach fort von hier*, hätte sie ihm so gerne zugeflüstert, aber nur ein verzweifeltes Wimmern drang aus ihrer Kehle.

«Ich glaub, du gehst besser, Wagener», murmelte Frantisek Alfred zu.

Helene hob ihre Hand und streckte sie nach Alfred aus.

Alfred wollte einen Schritt auf sie zumachen, aber Frantisek nahm ihn bei den Schultern.

«Lass mich nicht allein», wisperte Helene.

«Dein Vater wollte dich nicht allein lassen, Kind, niemals», beschwichtigte sie Adelheid.

«Geh jetzt!», murmelte Frantisek erneut.

Alfred schien widersprechen zu wollen, doch dann wandte er sich ruckartig ab und marschierte davon.

«Komm zurück!», krächzte Helene. «Komm zurück», schluchzte sie in Adelheids Ärmel hinein.

# 9. Kapitel

Alfred tastete den abnorm geschwollenen Hals seiner Patientin ab. Die Schwellung war so groß, es sah aus, als würde ihr ein zweites Paar Brüste aus dem Hals wachsen. Im Gegensatz zu einer weiblichen Brust fühlte sich das Gewebe allerdings kalt und hart an, als hätte ihr Körper vom Hals ausgehend beschlossen zu versteinern. Was immer dort passierte, es hatte auch schon ihr Wesen erfasst. Teilnahmslos schaute sie vor sich hin, und auf Alfreds Fragen zu antworten, schien sie große Anstrengungen zu kosten.

Die Patientin war im fünfunddreißigsten Lebensjahr, eine Bürgersfrau aus der Steiermark. Ihr Mann gab an, sie sei früher zierlich gewesen, doch die Frau, die jetzt vor ihm saß, erinnerte Alfred ein wenig an ein Kaltblutpferd. Ihre Haut wirkte teigig, und ihr helles Haar war brüchig wie Stroh. *Hoffentlich bringen sie sie nicht in den Narrenturm*, dachte Alfred bei sich. *Für den Mann wäre es eine elegante Art, sich ihrer zu entledigen.*

«Und?», fragte Professor Auenbrugger, der unbemerkt herangekommen war.

«Sie leidet am harten Kropf, Professor», murmelte Alfred und richtete sich auf. «Die Krankheit ist sehr weit fortgeschritten. Ihr Puls ist langsam und schwach, ihre Haut voller Ödeme. Ich habe darüber gelesen, anscheinend ist die

Krankheit sehr verbreitet, dort, wo sie lebt. Angeblich wird es bei manchen besser, wenn man die Patienten auf Kur woandershin schickt.»

Auenbrugger nickte. «Glück hat, wer sich das leisten kann», meinte er. «Deine Patientin ist eine der Glücklichen. Ich rede mit ihrem Mann.»

Er klopfte Alfred anerkennend auf die Schulter und ging zum nächsten Krankenbett weiter.

Alfred starrte die Patientin vor sich an. Vielleicht saß Helene gerade genauso wie diese Frau auf ihrem Bett, ihre grünen Augen ins Leere blickend ... Es machte ihn halb wahnsinnig, dass er gerade nicht für sie da sein konnte.

Fransisek hatte ihm einen Brief in seiner krakeligen Schrift zukommen lassen. In der kleinen Kapelle des Schlosses wurde gerade die Totenwache für den Grafen gehalten. Die Komtesse könne deshalb noch keinem Unterricht beiwohnen. Sie habe sich gewünscht, dass Alfred zum Begräbnis komme, aber Fransisek hatte ihr schonend beigebracht, dass das nicht angemessen sei. Der Graf war ein bedeutender Mann gewesen, und sein Begräbnis war dem Hochadel vorbehalten. Vielleicht würden gar Mitglieder der kaiserlichen Familie dort auftauchen.

*Komm in zwei Tagen zur Seelenmesse nach St. Gertrud. Dort kannst du sie sehen.*

Vermutete Fransisek etwas? Manchmal, in ihren Gesprächen, hatte Alfred sich dieses Eindrucks nicht erwehren können, Fransiseks Lächeln, wenn Alfred betont zurückhaltend von Helene erzählte. Wahrscheinlich war es leicht vorstellbar, dass man einer lebensfrohen Kreatur wie seiner Komtesse verfiel. Wenn er etwas vermutete, schien er es jedenfalls für sich zu behalten.

Alfred verabschiedete sich von der Patientin, die kaum merklich nickte, und ging zum nächsten Krankenbett weiter, wo ein Mann mit einem apfelgroßen Abszess auf der Stirn hockte. Er seufzte innerlich. Er würde den Abszess eröffnen müssen, damit der Eiter abfließen konnte. Das würde dem Mann höllische Schmerzen bereiten.

Hinter ihm eilte eine Gruppe schwätzender Krankenschwestern vorbei.

«Wieso schaust denn gar so müd aus der Wäsch'?», meinte eine der Schwestern zu der Frau neben ihr.

«Ich kann nichts dafür», erwiderte die. «Die ganze Nacht dieses flackernde Licht in meiner Kammer.»

«Licht?»

«Oben am Narrenturm haben sie wieder Fackeln aufgestellt. Irgendwie war's mir unheimlich und hat mich wach gehalten.»

«Vielleicht haben die Narren einen Ball gefeiert», kicherte eine dritte.

Alfred drehte sich ruckartig zu den Schwestern um, was die jungen Frauen sofort zum Schweigen brachte.

«Ich brauche ein Skalpell, eine Schale und ein Fläschchen gebrannten Wein ...»

Die Schwestern sahen ihn aus großen Augen an.

«Rasch!», erklärte Alfred.

Die Schwestern nickten. Eine von ihnen murmelte ein leises «Ja, Herr Doktor». Sie begannen sofort wieder zu tuscheln, als sie sich entfernten. «... genauso fesch wie der Gehilfe, der im Waschhaus immer die Leibschüsseln sauber gemacht hat.»

«Herr Doktor», wiederholte Alfred und schüttelte lächelnd

den Kopf. Wie großartig wäre das, wenn es nur schon so weit wäre. Wer wusste, ob er sich die nächsten Jahre finanziell über Wasser halten konnte. So einfach wie in den letzten Monaten würde es wohl nicht bleiben. Helenes Vater war tot ... damit lag nicht nur Helenes, sondern auch Alfreds Zukunft völlig im Dunkeln. Konnten sie wirklich so weitermachen wie bisher? Er als ihr Lehrer? Helene sprach nicht viel über ihre Verwandten, aber Alfred konnte sich vorstellen, dass diese sie nach dem Tod des Grafen möglichst rasch zu einer Hochzeit drängen würden. Einer *standesgemäßen* Hochzeit.

Alfred musste sich zwingen, diesen Gedanken nicht weiterzudenken. Sein Verstand sagte ihm, dass es vielleicht so kommen würde, aber allein die Vorstellung fühlte sich an, als würde er in Stücke gerissen.

*Ohne das Geld für den Unterricht könnte ich überleben. Ich würde wieder im Waschhaus arbeiten und sehen, wie lang ich durchhalte. Aber ohne sie ...* Seine Hand begann zu zittern, als er den Puls des Patienten am Handgelenk suchte.

Wie hatte das nur passieren können? Wie hatte er sich nur erlauben können, sich mit jedem einzelnen Blutstropfen in Helene zu verlieben? Er hatte doch gewusst, dass es aussichtslos war, von Anfang an. Sie hatten nie eine echte Chance gehabt ...

*Eins nach dem anderen. Eins nach dem anderen, Alfred*, versuchte er, sich einzureden. Immerhin konnte man Helene zu nichts zwingen, oder? Was wusste Alfred schon, wie unabhängig eine Frau in diesen Kreisen agieren durfte. Dort funktionierte alles so anders als bei den Bürgerlichen, alles war dem Machterhalt untergeordnet.

*Selbst wenn sie sich frei entscheiden könnte, glaubst du wirklich, sie würde dich wählen, wenn es hart auf hart kommt?*

Gott, Alfred wusste nicht mal, ob es *legal* wäre, sie zu heiraten.

«Ihr Skalpell, Herr Doktor.» Eine der Schwestern hatte ein Tablett mit den von Alfred geforderten Utensilien auf einen kleinen Holztisch neben das Bett gestellt.

«Danke!»

Alfred zögerte kurz. Sollte er Auenbrugger zu Rate ziehen, bevor er den Abszess eröffnete? Der Mann würde schreien, vielleicht sogar toben und ihm das Skalpell aus der Hand schlagen. Er hatte so etwas noch nie zuvor getan.

«*Ein guter Medikus*», hatte Auenbrugger in seiner letzten Vorlesung gesagt, «*agiert entschieden, wenn er weiß, was zu tun ist, und hinterfragt sich, wenn er es nicht weiß. Die hohe Kunst ist also, unseren eigenen Wissensstand einschätzen zu können.*»

In diesem Fall bin ich mir sicher, dachte Alfred und ergriff das Skalpell. *Und ich muss entschieden handeln, auch wenn es am Ende schmerzhaft wird.*

Er betrachtete den Patienten, der das Skalpell in seiner Hand mit großen Augen betrachtete.

«Es tut mir leid», sagte Alfred und erklärte dem Mann ruhig, was nun passieren musste.

Als er den ersten Schnitt setzte und Alfred dickflüssiger Eiter entgegensprudelte, brüllte der Patient so laut auf, dass sich sämtliche Köpfe im Saal in ihre Richtung drehten.

☙

«He, Wagener! Wie geht's mit deinem Mädel?», fragte Aigner.

Alfred hatte sich gerade den Eiter und das Blut von den Fingern gewaschen und war auf den Krankenhaushof hinausgetreten. Heute war er ausnahmsweise froh, dass der Praxis-Unterricht vorbei war.

«Nicht viel», erwiderte Alfred wahrheitsgetreu.

«Bist ein beneidenswerter Kerl, mein Freund», erklärte Aigner. «Ich hoffe, daher nimmst du's mir nicht übel, dass ich ...»

Alfred wandte sich ihm zu und runzelte die Stirn.

Aigner spielte nervös mit der Kette seiner Taschenuhr. «Ich ... ich wollte sie dir nicht wegfischen, mein Freund ... aber du hast dir ja eine andere ausgesucht. Gestern habe ich bei Maries Vater um ihre Hand angehalten. Wir sind verlobt.»

*Marie?* Für einen Moment begriff Alfred nicht, worum es ging, doch dann fiel es ihm ein. Marie, das langweilige Mädchen, mit dem er sich vor ein paar Monaten verabredet hatte, für deren Vater er zu arm gewesen war. Das Vermögen von Aigners Familie schien mehr nach seinem Geschmack zu sein.

Alfred lächelte. «Ich wünsch euch alles Glück dieser Welt, mein Freund. Liebst du sie?»

Aigner schien für einen Moment rot zu werden. «Ich glaub, ja», meinte er lächelnd.

«Dann umso mehr.» Er klopfte Aigner auf die Schulter.

«Du, etwas anderes», meinte Aigner und schnippte mit den Fingern, «kannst du mir deine *Anatomia topographica* leihen? Die hat die besten Abbildungen.»

«Sicher, behalt sie, solang du willst.» Alfred griff in seine Ledertasche und förderte ein Buch mit abgegriffenem Ledereinband zutage. Aigner nahm es dankend entgegen und bog in Richtung der Bibliothek ab.

Alfred blickte ihm kopfschüttelnd nach. Aigner mochte oft überheblich wirken, aber zwischendurch blitzte manchmal eine durchaus sympathische Seite auf.

Wenigstens einer, der sein Glück gefunden hatte.

«Aachtung, da Engerlwagen!»

Alfred sprang instinktiv zur Seite, während der Kaltblüter, der den Leichenwagen zog, an ihm vorbeitrottete. Der Kutscher lüftete kurz den Hut und trieb sein Pferd weiter.

Alfred wollte sich schon abwenden, als er in seinen Augenwinkeln etwas wahrnahm. Aus einem der Leichensäcke auf der Ladefläche ragte eine Hand.

Alfred kniff die Augen zusammen. Eine dünne, weiße Hand ...

«Anhalten!», rief Alfred und schwang sich auf die Ladefläche des Engerlwagens. Der Kaltblüter scheute kurz, sodass Alfred fast sofort wieder heruntergestürzt wäre.

«Kruzitürken!», fluchte der Kutscher und zügelte das Pferd.

Alfred ignorierte ihn. Eine Wolke von Leichengeruch hüllte ihn ein. Er wälzte einen Leichensack zur Seite, um an die Hand zu kommen, die er darunter aus einem anderen Sack ragen sah. Er hockte sich hin und ergriff sie vorsichtig.

«Was machen S' da, runter oder ich hol den Wachmann!»

Alfred konnte nicht antworten, er hielt die steif gewordene Hand in seiner. Mit der anderen öffnete er das Band des Leichensacks und zog ihn Stück für Stück zurück. Zuerst kam ihr streichholzkurzes Haar zum Vorschein, dann das Gesicht, das Alfred aus erstarrter Miene anzublicken schien. Niemand hatte es für wert befunden, ihre dunklen Augen zu schließen.

Alfred presste seine Lider zusammen und strich dem Mädchen sanft über das Gesicht.

Es war diese Hand gewesen, die sich damals an ihm festgekrallt hatte, als er das Mädchen im Narrenturm untersucht hatte. Auf ihrem Handgelenk befand sich, genau wie damals, eine frisch aussehende Wunde, kaum verkrustet. Nur deshalb hatte er sie erkannt.

Alfred erinnerte sich an Dr. Ofczareks Worte im Narrenturm. Das Mädchen sei so verrückt, dass es ständig in die Glut greife. In der letzten Woche war es warm für die Jahreszeit gewesen. Niemand hätte ihr einen Ofen in die Kammer gestellt. Alfred zog den Sack weiter von ihrem Körper, obwohl ihm vor dem graute, was er sehen würde.

Das Mädchen war genauso furchtbar abgemagert wie zum Zeitpunkt seiner Untersuchung. Alfred erkannte mehrere große Blutergüsse auf ihrem Bauch und noch zwei weitere Wunden wie die an ihren Handgelenken und neben ihren Brüsten. Zwischen ihren Beinen ... Der Anblick trieb Alfred die Tränen in die Augen. Überall Blut. Er zog den Sack wieder hinauf, als wollte er dem Mädchen die Scham ersparen. Behutsam schloss er ihn und drückte ein letztes Mal sanft ihre Hand.

«Es tut mir leid», flüsterte er.

Sie hatte es ihm sagen wollen, sie hatte ihm zeigen wollen, welche Qualen sie litt, und er war einfach gegangen, hatte sich von Ofczareks Lügen einlullen lassen. Vielleicht, weil es einfach angenehmer gewesen war, sie zu glauben.

Und jetzt war sie tot.

«Machen S', dass Sie da runterkommen!», rief eine strenge Stimme.

Alfred wandte sich um. Ein Wachmann in schwarzer Uniform stand vor der Ladefläche des Engerlwagens. In der Hand hielt er einen schwarz glänzenden Knüppel.

Alfred funkelte ihn an. Am liebsten wäre er dem Wachmann in diesem Moment an die Kehle gegangen. Mit einem

Satz sprang er von der Ladefläche und marschierte davon, ohne sich umzudrehen.

Sein Blick fiel auf die Schrift über dem Torbogen. *Zum Heil und Trost der Kranken.* Was immer im Narrenturm geschah, es entsprach ganz und gar nicht diesem Wahlspruch. Und wenn Alfred selbst ein großer Medikus werden wollte, durfte er diesem Treiben nicht weiter tatenlos zusehen.

## 10. Kapitel

Ein warmer Frühlingsregen hatte gegen die Fenster der Kirche getrommelt, während der Bischof seine Predigt gehalten hatte. Für jemanden, der ihrem Vater nie begegnet war, hatte er ausreichend freundliche Worte gefunden, dachte Helene, vor allem für seine Verdienste im Bayrischen Krieg. Trotzdem schien es ihr, als hätte der Bischof über jemand Fremden gesprochen. Niemand, der ihren Vater näher gekannt hatte, würde bei seinem Begräbnis über den Krieg sprechen, über den er selbst nie gern gesprochen hatte. Hätte man sie gefragt, sie hätte ganz andere Dinge gesagt, nämlich, wie ungezwungen man mit ihm hatte lachen können, wie sehr er ihr nicht nur Vater, sondern auch Freund gewesen war, dass er jeden Menschen, egal wie gering dessen Herkunft war, mit Anstand behandelt hatte.

Sie hatte während der ganzen Messe die blasse Miene ihres Vaters im offenen Sarg angestarrt. Durch die vorherige Totenwache in der Schlosskapelle war der Anblick beinahe zur Gewohnheit geworden. Dieser leblose Körper hatte für sie kaum etwas mit dem Menschen, den sie gekannt hatte, gemein. Der war fort. Helene fragte sich, was das bedeutete. Hatte er sich einfach in nichts aufgelöst oder war er jetzt irgendwo anders und lächelte gerade freundlich auf sie herab?

Helene blinzelte, als der Sarg geschlossen wurde und man ihr die Sicht auf ihren Vater nahm. Kurz darauf folgte sie den Sargträgern nach draußen. Der Regen hatte nachgelassen, und die Luft war warm und feucht. Sie beobachtete teilnahmslos, wie die Männer den Sarg in die Erde hinunterließen. Angeblich war es heutzutage etwas Besonderes, wenn ein Toter seinen eigenen Sarg bekam. Der Kaiser war kein Freund prunkvoller Begräbnisse. Er hatte Klappsärge eingeführt, bei denen sich einfach der Boden öffnete und der Leichnam in das Grab kippte.

Zum ersten Mal riskierte Helene Blicke in die Mienen der schwarz gekleideten Begräbnisgäste und stellte fest, dass sie die meisten von ihnen nicht kannte. Nur Eugénie von Maybach nickte ihr schüchtern zu.

*Das sind also die Menschen, von denen Papa mich ferngehalten hat.*

Niemand der anderen Gäste schien sie direkt anzusehen, außer einem schlanken Mann mit elegantem Rock, der sie ziemlich unverhohlen anstarrte. Irrte sie sich, oder lächelte er? Die Art, wie er seine Habichtsnase nach oben reckte, verlieh seiner Miene einen arroganten Ausdruck.

«Verzeiht!»

Helene wandte sich verwirrt um. Ein schmalschultriger junger Mann, kaum größer als Helene selbst, war neben ihr aufgetaucht und sah sie erwartungsvoll an.

Es dauerte einen Moment zu lange, bis Helene seine Schärpe mit den Farben der Erblande und den prachtvollen Wappenring mit dem Löwen von Haus Habsburg erkannte.

*Kaiserliches Blut!*

Helene rettete sich in die Andeutung eines Hofknickses.

«Majestät …»

*Helene, du dummes Ding, das kann nicht der Kaiser sein. Der da ist viel zu jung. Das muss sein Neffe Franz sein. Papa hat ihn «den Kaiserlehrling» genannt, weil er einmal seinem Onkel nachfolgen soll.*

Der Thronfolger betrachtete sie mit belustigter Miene, als sie sich wieder erhob.

«Seine Majestät, der Kaiser, richtet Euch sein Beileid und seinen Gruß aus. Er schätzte und respektierte Euren Vater. Leider verhindern seine Pflichten ein Kommen, deswegen hat er mich zu seiner Vertretung entsandt.»

«Ich danke Euch», erwiderte Helene schlicht. Je weniger sie sagte, desto weniger konnte sie falsch machen.

Franz musterte sie ein bisschen zu lange, dann wandte er sich ab und wurde von einer Gruppe Leibdienern von der Gesellschaft weggeleitet. Der Rest der Trauergesellschaft hatte inzwischen eine Reihe gebildet, um Helene zu kondolieren. Sie fasste sich, rückte ihr Trauerkleid zurecht und ließ die ausschweifenden Beileidsbekundungen der Gäste über sich ergehen.

Der Mann, der sie angelächelt hatte, kam als Letzter zu ihr.

«Mein Beileid», wünschte er schlicht und verbeugte sich kurz. Helene glaubte, ein spöttisches Blitzen in seinen Augen zu erkennen. Gerade als sie etwas erwidern wollte, beugte er sich unvermittelt zu ihr.

«Willkommen bei den Krähen, Komtesse», flüsterte er ihr ins Ohr, dann richtete er sich wieder auf und ging mit raschem Schritt davon. «Zu Hause wartet eine Überraschung auf Euch», meinte er, ohne sich nach ihr umzudrehen.

Helene sah ihm verwirrt hinterher.

Die Kutsche wackelte heftig, als sie über die Schotterstraße nach Schloss Weydrich hinaufrumpelte. Der ausdauernde Regen hatte die Straße aufgeweicht und uneben werden lassen. Helene hielt sich am Fensterrand fest, um nicht von der Sitzbank zu rutschen. Abwesend ließ sie den Blick über den weißen Blütenteppich schweifen, in den der Bärlauch den Waldboden verwandelt hatte. Sie war erleichtert, endlich nach Hause fahren zu dürfen. All diese Menschen, die sie weder kannte noch mochte, schienen den Tod ihres Vaters als gesellschaftliches Ereignis zu betrachten, während ihr das Gefühl des Verlusts die Luft abschnürte.

Es war von ihr erwartet worden, nach dem Begräbnis noch eine Trauerfeier in der Stadt auszurichten, die Frantisek dankenswerterweise für sie organisiert hatte. Die Gesellschaft hatte im Stadtpalais von Freunden der Familie munter auf den Verstorbenen angestoßen und sich amüsiert, derweil Helene die meiste Zeit allein in einer Ecke gestanden hatte und sich wie der schwarze Fleck auf einem ansonsten makellosen Teppich fühlte, dem niemand zu nahe kommen wollte.

*Ich werde Zeit brauchen, Zeit, wieder ganz zu werden ...*

Helene war so tief in Gedanken versunken, dass sie kaum bemerkte, wie die Kutsche durch das gusseiserne Tor fuhr und vor dem Schloss anhielt. Sie spürte ein Wackeln, als der Kutscher absprang, um die Pferde zu versorgen. Normalerweise gehörte es zu den Aufgaben eines Kutschers, den reisenden Herrschaften die Tür zu öffnen, doch Frantisek ließ es sich niemals nehmen, sie willkommen zu heißen, wenn sie nach Hause kam. Helene wartete ein paar Momente, dann seufzte sie und öffnete selbst die Tür.

«Frantisek?», rief sie verwirrt, während sie in den Regen hinaustrat.

Ein Schnauben ließ sie herumfahren. Vor ihrer Kutsche stand eine weitere. Sie war größer als Helenes Gefährt, mit goldenen Armaturen und aufwendigen Blumenmustern auf den Türen.

Zwei majestätisch wirkende Friesenpferde waren noch immer angeschirrt. Eines von ihnen hatte sich nach Helene umgedreht und beäugte sie neugierig.

«Verzeiht, Komtesse», meinte der Kutscher, als er bemerkte, dass Frantisek noch immer nicht aufgetaucht war. «Soll ich Euch ...»

Helene brachte ihn mit einer Handbewegung zum Schweigen. «Frantisek?», rief sie erneut, aber niemand antwortete ihr.

Sie sah sich verwirrt um. Der ganze Garten wirkte seltsam verwaist. Kurzentschlossen marschierte sie Richtung Schlosseingang.

Irgendjemand war gekommen, um sie zu besuchen ... aber wer?

Beide Flügel der Eingangstür standen weit offen wie das Maul eines Ungeheuers. Rasch trat sie ein. Wann immer man im Schloss war, bemerkte man irgendein Zeichen von Betriebsamkeit – sei es das Klappern von Geschirr aus dem Küchentrakt, das Rumpeln, wenn die Dienstmädchen Möbel verrückten, um auszufegen, oder die vielen knarzenden Schritte auf dem Parkett. Doch nun war es geradezu totenstill. In der Mitte der Eingangshalle stapelten sich schwere Holztruhen und Kisten. Ganz zuoberst stand ein Vogelkäfig mit zwei Kanarienvögeln. Helene unterdrückte einen Schauder, als sie erkannte, dass die Vögel ausgestopft waren.

«Frantisek? Adelheid? Ich bin wieder da!» Ihre Worte hallten durch die Halle. Eine Weile passierte nichts, dann hörte sie das Geräusch von Schritten, die sich ihr näherten.

Helene beobachtete, wie ein hagerer Mann aus dem großen Salon kam. Er trug eine sorgsam gepflegte Perücke, und sein Äußeres machte den Eindruck, als würde er sonst nur an Königshöfen verkehren. Sein veilchenfarbener Samtrock schien für sein faltiges Gesicht ein wenig zu modern. Eine Wolke Maiglöckchenduft umgab ihn.

«Komtesse Weydrich?», fragte er mit weicher Stimme.

«Wer seid Ihr?», erwiderte Helene misstrauisch. «Was macht Ihr in meinem Haus? *Frantisek! Adelheid!* Wo seid ihr denn, zum Kuckuck!»

Der Mann zeigte ein kleines Lächeln und verbeugte sich. «Mit Verlaub, Komtesse, sie sind ... nicht mehr hier.»

«Nicht mehr hier? Was soll das heißen?»

«Zerbrecht Euch darüber nicht den Kopf, Komtesse, es ...»

«Ich will wissen, was hier los ist», fauchte Helene. «Sagt endlich, wer Ihr seid, oder ich lasse Euch abführen!»

Der ältliche Herr ließ sich von ihrer Drohung nicht im mindesten aus der Ruhe bringen.

«Ihr missversteht meine Absichten, Komtesse. Mein Name ist Heinrich. Ich diene der Herrin dieses Schlosses, der Gräfin Weydrich ...»

«Was redet Ihr da!», fuhr Helene ihn an. «Es gibt keine *Gräfin* Weydrich, meine Mutter ist seit Jahren tot!»

«Grazia, Gräfin zu Karschka, geborene Weydrich», säuselte Heinrich. Sein Blick glitt an ihr vorbei zur Haupttreppe hinter ihr.

Es dauerte einen Moment, ehe Helene begriff, dass sie nicht mehr allein waren. Sie fuhr wutentbrannt herum, um herauszufinden, wer sich auf ihrem Anwesen breitgemacht hatte wie eine fette Spinne. Sie würde diese Person und diesen Heinrich von Frantisek fortjagen lassen, und dann ...

Helene erschrak. Dort auf der Treppe ... Ganz kurz hatte sie das Gefühl gehabt, in ein seltsames Spiegelbild zu blicken, dann verflog der Eindruck. Die Frau war bedeutend älter als sie selbst. Wo ihr eigenes Haar honigfarben war, war das der Frau tiefschwarz und zu einer komplizierten Frisur verflochten. Ihr marmorweißes Gesicht wirkte fein geschnitten, fast zerbrechlich schön, während Helenes Gesicht eher natürlich gesund aussah. Es waren die Augen, die ihr so vertraut vorkamen. *Ihre* Augen ...

«Tante?», hauchte sie.

Für einen Moment betrachteten sich die beiden Frauen, dann rauschte die Gräfin in ihrer nachtblauen Robe auf Helene zu und schloss sie fest in ihre Arme. Eine Woge ihres Dufts schlug über Helene zusammen. Sie roch wie ein Strauß Frühlingsblumen, so stark, dass es Helene in der Nase kitzelte. «Mein Täubchen», hauchte sie. «Mein armes, armes Täubchen!»

Helene erwiderte ihre Umarmung zögernd.

«Du musst in den letzten Tagen so einsam gewesen sein, aber keine Angst, jetzt bin ich ja da.»

Sie löste sich von Helene, bevor diese etwas erwidern konnte, und hielt sie an den Händen.

«Komm, komm, lass uns etwas Heißes trinken. Ich lasse uns einen Kaffee brauen.»

«Wir haben keinen im Haus, Vater meinte, er schwächt die Nerven», erwiderte Helene hölzern.

Die Gräfin lächelte leise. «Ja, so war Georg. Gott sei Dank habe ich ein paar Säcke mitgebracht», erklärte sie und führte Helene in den Salon.

Sie wies ihr den Platz auf der Chaiselongue zu, als wäre sie die Gastgeberin und nicht umgekehrt. Helene hatte kaum ihre Gedanken geordnet, da betrat ein fremdes Dienstmädchen den Raum, trug Kaffee und eine große Auswahl an süßen Köstlichkeiten auf und schenkte ihnen ein.

Helene beugte sich über ihre dampfende Kaffeetasse. Sie hatte noch nie Kaffee getrunken. Irgendwie hatte der Duft etwas Behagliches.

Die Tante schien ihren Argwohn bezüglich des unbekannten Getränks zu bemerken. «In Wien», erklärte sie süßlich, «trinkt man den Kaffee so ...» Sie nahm den Henkel eines filigranen Kännchens zwischen Daumen und Zeigefinger und füllte Helenes Tasse mit Milch auf.

Helene hatte dieses Geschirr noch nie gesehen, es war mit Szenen eines tanzenden Paares bemalt. Die Tante musste es aus Karschka, ihrer Grafschaft in Mähren, mitgebracht haben.

Die Gräfin lächelte verschwörerisch, dann nahm sie eine Schüssel zur Hand und versah Helenes Kaffee mit einer großzügigen Haube aus Schlagsahne. Jede ihrer Bewegungen wirkte so flüssig und elegant, als hätte sie sie sorgfältig einstudiert.

Auf den auffordernden Blick der Gräfin hin nahm Helene einen vorsichtigen Schluck. Im Vergleich zum Tee, den sie gewohnt war, schmeckte der Kaffee viel sämiger. Sein herbes Aroma klang auf ihrer Zunge nur zart durch die milchige Süße der Sahne hindurch.

«In Preußen sagt man, dass die Wiener selbst das Fegefeuer in einen Ort des Genusses verwandeln könnten», meinte die Gräfin.

Helenes Blick glitt hinter sie, zum Familienporträt der Weydrichs, dem scheuen Mädchen, das sich an die Hand seines Bruders klammerte. Die Erscheinung, die ihr gegenüber auf dem Fauteuil thronte, schien im Gegensatz dazu nichts und niemanden zu brauchen.

«Also ... wie war das Begräbnis?»

Helene wischte sich verlegen die Schlagsahne von den Lippen. «Ich dachte, du würdest vielleicht kommen?», meinte sie, obwohl sie ehrlich gesagt keinen Moment damit gerechnet hatte. Warum besuchte die Tante sie ausgerechnet jetzt? Die Truhen in der Eingangshalle, das eigene Geschirr, ihr Haushofmeister ... All das schrie nach einem längeren Aufenthalt. Sie musste eingetroffen sein, kurz nachdem Helene nach Sankt Gertrud zum Begräbnis aufgebrochen war. Trotzdem war sie dort nicht erschienen.

«Unglücklicherweise kam ich zu spät. Aufgeweichte Straßen bei Bad Teplitz haben meine Reise verzögert, was für ein Drama!» Die Gräfin fächelte sich Luft mit einem Fächer aus Pfauenfedern zu. «Und ich konnte auch auf die Begräbnisgesellschaft verzichten. Du kennst sie nicht so, wie ich sie kenne, mein Täubchen, wie ein Schwarm Krähen sind sie.»

*Willkommen bei den Krähen* ... Helene schüttelte die Erinnerung an den seltsamen Mann auf dem Begräbnis ab.

«Erscheint man gar nicht, ist die weite Entfernung Entschuldigung genug. Kommt man zu spät, noch dazu in Anwesenheit des Kaisers, zerreißen sie sich monatelang den Mund über dich.»

«Er war nicht dort», erwiderte Helene, «der Kaiser, meine ich. Er hat seinen Neffen geschickt, um sein Beileid zu bekunden.»

Die Gräfin stieß ein helles Lachen aus. «Und das für einen seiner treuesten Gefolgsleute!» Sie schüttelte den Kopf und seufzte. «Ich wünschte, ich hätte mich von Georg verabschieden können. Wir waren nicht immer einer Meinung, zwei Sturköpfe eben, aber wir waren doch eine Familie.»

Die Gräfin nahm einen Schluck Kaffee, ohne Helene aus den Augen zu lassen.

«Planst du, länger in Wien zu bleiben, Tante? Im Schloss herrscht wegen der Begräbnisvorbereitungen immer noch ein heilloses Durcheinander. Wir können dir wohl nicht den Komfort bieten, den du verdienst.»

Die Gräfin stellte die Tasse behutsam zurück auf den Tisch und sog hörbar die Luft ein. «Dein Vater», erklärte sie, «schrieb mir während seiner Kur. Er war in Sorge, was mit dir passieren würde, sollte ihm etwas zustoßen. Ich habe ihm versichert, ich würde dich nicht allein den Krähen überlassen, immerhin bist du noch nicht mündig. Ich musste ihm versprechen, im Fall seines Todes deine Vormundschaft zu übernehmen – um der Familie willen. Ich werde mich ab jetzt für dich um die Führung des Anwesens kümmern und alle damit verbundenen Geschäfte übernehmen. Gott sei Dank hat dein Vater das vor seinem Ableben noch in seinem Testament festgehalten, sonst wärst du nun ganz auf dich gestellt.»

Helene hatte das Gefühl, der Boden unter der Chaiselongue würde sich in einen gähnenden Abgrund verwandeln und sie in die Tiefe saugen. Wenn das stimmte, war die Tante nun die rechtmäßige Erbin von Schloss Weydrich und Helene in allen Belangen von ihr abhängig.

«Meine Advokaten haben bereits all den langweiligen Firlefanz in der Stadt erledigt. Du darfst dich freuen, mein Täubchen, wir werden uns großartig verstehen!»

«Papa hat mir nichts davon erzählt. Er hat doch geglaubt, er würde wieder nach Hause kommen», wisperte Helene.

Die Gräfin nickte verständnisvoll, dann nahm sie Helenes

Hand und legte den Kopf schräg. «So war Georg. Er wollte nicht, dass du dir Sorgen machst. Mit jeder Faser seines Herzens hat er sich gewünscht, dass du dich sicher fühlst.»

Helene hätte ihre Hand gern zurückgezogen. In ihrem Kopf herrschte so ein Durcheinander, dass sie am liebsten allein gewesen wäre, um ihre Gedanken zu ordnen.

Ihr altes Leben hatte sich so rasch verabschiedet, dass sie es kaum mehr wiedererkannte. Konnte stimmen, was die Tante erzählte? Es hätte ihrem Vater ähnlich gesehen, sie um jeden Preis beschützen zu wollen.

«Wo ist Frantisek?» Das war jetzt erst mal das Wichtigste. «Und wo ist Adelheid? Mein Haushofmeister und meine Gouvernante. Ich will mit ihnen sprechen!»

«Heinrich ist der neue Haushofmeister von Schloss Weydrich, Täubchen», erklärte die Tante und schloss ihren Fächer mit einem hörbaren Klackern. «Auch er war hier früher zu Hause, wusstest du das? Er hat deinem Vater und mir schon gedient, als wir noch Kinder waren. Du wirst ihn schnell schätzen lernen.»

Helenes Augen verengten sich etwas. «Frantisek hat hier schon gearbeitet, als *ich* noch klein war. Das hier ist sein Zuhause. Zumal er mit seinem lahmen Bein kaum woanders Arbeit finden ...»

«Ah! Ah! Ah!», unterbrach sie die Tante und schüttelte den geschlossenen Fächer wie einen langen Zeigefinger. «Das ist jetzt meine Angelegenheit. Euer alter Haushofmeister bekommt eine großzügige Apanage und muss keine neue Stellung mehr annehmen. Es ging ihm zwar etwas schnell, aber nach dem ersten Schock war er geradezu erleichtert, in den Ruhestand entlassen zu werden ...» Die Gräfin hielt inne. Offensichtlich spiegelten sich Helenes finstere Gedanken zu deutlich auf ihrer Miene wider. «Mein Täubchen, es gibt etwas, das kannst du nicht früh genug lernen, wenn du einmal selbst die Herrin eines großen Anwesens sein möchtest.»

Sie spießte ein Stückchen Apfelstrudel auf ihre Gabel und führte es genüsslich zum Mund. Während sie kaute, betrachtete Helene die verführerische Auswahl frischer Süßspeisen auf dem Silbertablett vor ihr und wunderte sich, wie die Tante diese ganzen Köstlichkeiten so schnell aufgetrieben hatte. Da stapelten sich Nusskipferl, Mohnzelten, Himbeerküchlein, Apfelstrudel und vieles mehr.

Die Gräfin schluckte leise.

«Menschen von niederem Stand haben nie gelernt, was es heißt, Verantwortung für Besitz zu übernehmen. Sie sind anders als wir, auf gewisse Art wie kleine Kinder. Würde man ihnen ein Vermögen schenken, sie würden es noch am selben Tag verjubeln. Umso wichtiger ist es, dass sie von uns mit freundlicher, aber strenger Hand angeleitet werden. Dein Vater, Gott hab ihn selig, hat aus seiner Menschenliebe heraus eurem Personal zu viele Freiheiten gewährt. Ich habe so etwas in den verschiedensten Adelshäusern immer wieder erlebt. Irgendwann beginnen sie, sich dir gleichgestellt zu fühlen, als wäre dieses Schloss und seine Ländereien genauso ihr Besitz wie deiner. Wenn es einmal so weit gekommen ist, hilft nichts mehr, außer sie aus dem Dienst zu entlassen.»

«Aber keiner von ihnen ...», fuhr Helene auf.

«Vertrau mir in dieser Sache, Kind», meinte die Tante beschwichtigend und drückte Helenes Hand. «Es ehrt dich zwar, dass du dich um sie sorgst, aber so ist der Lebensstil der kleinen Leute, sie arbeiten mal hier, mal dort. Ihr Leben ist flatterhaft wie das kleiner Vöglein. Sie sind auch nicht zu langem Kummer geboren. Bald arbeiten sie woanders und blicken nicht mehr zurück. Wenn es dich tröstet, werde ich bei meinen mährischen Bekannten fragen, ob sie ein paar von ihnen einstellen.»

«Aber Adelheid ist mir wie eine ...»

«Du bist *siebzehn*, mein Kind», meinte die Gräfin freundlich, «viel zu alt für eine Gouvernante. Selbstverständlich bekommst du in den nächsten Tagen eine Kammerzofe in deinem Alter zur Seite gestellt, die dir Gesellschaft leistet.»

Helene krallte die Finger in den Stoff der Chaiselongue. Am liebsten hätte sie der Tante ins Gesicht geschrien, dass sie sich nicht in ihr Leben einzumischen hatte, dass sie ihre Kleider, ihr Geschirr, ihre Süßspeisen und ihr Personal einpacken und zurück nach Mähren reisen sollte. Aber eine warnende Stimme hielt sie davon ab. Ihr Anspruch auf Schloss Weydrich und auch Helenes Vormundschaft war offenbar durch ihren Vater abgesichert. Wer sagte, dass sie ihr nicht noch mehr wegnehmen würde, wenn sie sich aufsässig verhielt? Wie ... *Alfred*. Helene wurde mit einem Mal übel.

«Danke, dass du dich um alles kümmerst, Tante», erwiderte sie leise. «Verzeih meinen Mangel an Herzlichkeit, aber Vaters Verlust wiegt einfach zu schwer.»

Die Tränen, die Helene in die Augen stiegen, waren alles andere als gespielt.

Die Gräfin tätschelte ihre Hand. «Natürlich, mein Kind, natürlich. Aber du wirst sehen, wir werden uns gegenseitig über diesen großen Verlust hinwegtrösten.»

Helene zwang sich zu einem halbherzigen Lächeln.

«Nun, erzähle mir von dir, mein Täubchen. Als wir uns das letzte Mal sahen, warst du noch ein kleines Mädchen, inzwischen bist du zu einer jungen Dame erblüht. Womit vertreibst du dir die Zeit?»

Helene zögerte. Sie war sicher, dass es auf diese Frage eine richtige Antwort gab, die sie aber nicht kannte.

«An den Vormittagen übe ich mich im Reiten und manchmal nimmt ... *nahm* Vater mich mit auf die Jagd. An den Nachmittagen lerne ich oder habe Unterricht.»

Die Gräfin nickte aufmerksam, aber Helene hatte bemerkt, dass sie beim Wort *Jagd* leicht die Lippen geschürzt hatte.

«In was wirst du denn unterrichtet?»

Helene rutschte ein wenig auf ihrem Stuhl herum. «In den Naturwissenschaften», erwiderte sie, «aber auch in Latein und Geographie. Medizin ist auch dabei.»

Die Gräfin blickte sie erwartungsvoll an.

«Und ein wenig Französisch», erfand Helene aus dem Blauen heraus. Sie musste der Tante klarmachen, dass Alfreds Unterricht wichtig war. Sie hatte zwar keine Ahnung, welche Art von Bildung die Gräfin für lohnenswert hielt, aber ihr Vater hatte ihr einmal erzählt, wie albern er es fand, dass die Leute einen für umso wohlgeborener hielten, je mehr französische Ausdrücke man verwendete.

«Bestimmt weißt du auch, wie man Klavier spielt», meinte die Gräfin gönnerhaft und nickte in Richtung des glänzenden Flügels, der weiter hinten im großen Salon stand. «Männer von Stand lieben es, mit Musik unterhalten zu werden.»

«Ich habe es versucht, als ich noch klein war, aber Vater bemerkte, dass es mir keine Freude bereitet, daher ...»

Die Gräfin hob die Hand, um sie zu unterbrechen. «Ich verstehe. Wie steht es mit Gesang, mit Tanz, höfischer Etikette?»

Helene starrte sie aus großen Augen an und schüttelte stumm den Kopf. Es schien ihr seltsam, dass man so belanglosen Zeitvertreib mit dem *echten* Unterricht, den sie erhielt, vergleichen konnte.

«Wir werden deinen Unterricht bald etwas anpassen, Kind. Du darfst dich freuen, noch diesen Frühling wirst du in die Gesellschaft eingeführt. Es ist ohnedies höchste Zeit dafür.» Die Gräfin lächelte, als Helene nichts darauf erwiderte. «Für Freude wiegt die Trauer natürlich noch zu schwer, mein Täubchen, das verstehe ich.»

Helene nickte und nahm einen Schluck Kaffee, während sie fieberhaft überlegte. «Der Unterricht hilft mir, mich abzulenken. Ich glaube, wenn ich ihn nicht hätte, würde mich Vaters Verlust um den Verstand bringen.»

Die Gräfin schenkte sich etwas Kaffee nach. «Ich denke, für den Moment ist nichts verkehrt daran, wenn du damit fortfährst», meinte sie, «doch wir werden vormittags das Reiten durch einen Unterricht der etwas anderen Art ersetzen, sobald es dein Zustand zulässt.»

Der Hauch eines erleichterten Lächelns breitete sich auf Helenes Miene aus, sie konnte es nicht unterdrücken.

«Wie heißt denn dein Lehrer?»

«Der Herr Magister Wagener, Tante.»

«Und wie ist er so, der Herr Magister Wagener?», fragte die Gräfin beiläufig.

Helene erstarrte. Aber sie überspielte es, indem sie so tat, als würde sie über die Frage nachdenken. «Streng», erwiderte sie schließlich. «Er legt großen Wert auf Disziplin und Benimm.»

Die Antwort schien der Gräfin zu gefallen. Zumindest irgendetwas hatte sie richtig gemacht.

«Wenn er das nächste Mal kommt, dieser Magister Wagener, will ich sofort mit ihm sprechen.»

## 11. Kapitel

Alfred hatte in den vergangenen Nächten kaum Schlaf gefunden. Ständig sah er den leeren Blick des Mädchens vor sich, spürte, wie sich ihre kalte Hand an ihn krallen wollte. Zwischen ihren blauen Lippen drang nur ein heiseres Krächzen hervor, dann lösten sich ihre Züge auf, und statt des Mädchens starrte ihn Helene aus toten Augen an.

Das war meistens der Moment, in dem Alfred schweißgebadet in seiner kleinen Dachkammer aufwachte. Und nicht einmal der Regen, der in einem hypnotischen Rhythmus auf das Dach über Alfred trommelte und durch die ein oder andere undichte Stelle in eine aufgestellte Blechschale tropfte, half, ihn wieder in den Schlaf zu wiegen.

Alfreds Schlaflosigkeit lag allerdings auch nicht nur an den Träumen, die ihn heimsuchten, seit er die Leiche des Mädchens auf dem Engerlwagen gefunden hatte. Er war gleich darauf schnurstracks zur Krankenhausleitung marschiert und hatte lautstark nach einem Termin mit Prof. Quarin, dem Universitätsleiter höchstpersönlich, verlangt. Ein schnöseliger Assistent hatte ihn daraufhin scharf zurechtgewiesen. Er habe nicht das geringste Anrecht darauf, mit dem Rektor zu reden, der ja nicht dazu war, um mit «Buberln» wie Alfred zu konferieren, sondern «nebenbei» sogar der Leibarzt des Kaisers war. Alfred hatte seine Wut zurückgedrängt und mit all der gezwungenen Höflichkeit, die er aufbringen konnte, erwirkt, dass er einen zehnminütigen Termin mit dem Professor bekam, in etwas mehr als einer Woche.

*Er wird mir nicht zuhören*, dachte Alfred, *und ich werde jemanden verärgern, der mich mit einem Fingerschnippen meiner Zukunft berauben kann.*

Der Narrenturm war eines der ehrgeizigsten Projekte des Kaisers, um Wien zur fortschrittlichsten Stadt Europas zu machen. Was würde passieren, wenn er diesen *Leuchtturm der Moderne* als das bloßstellte, was er war, ein Ort, an dem unaussprechliche Gräuel passierten?

Alfred wünschte sich beinahe, er hätte sich nach seiner furchtbaren Entdeckung die Zeit genommen, zur Ruhe zu kommen, nachzudenken ... Jetzt stand der Termin, und ihn abzusagen würde diesen vielbeschäftigten Mann vielleicht ebenso verärgern wie das, was er ihm zu sagen hatte.

Nein ... es war richtig. Es war das, was ein rechtschaffener Arzt tun würde.

Und zu all diesen Gedanken, die in Alfreds Kopf unablässig kreisten, hatte sich auch noch die Sorge um Helene gesellt: Irgendetwas Seltsames ging auf Schloss Weydrich vor. Gestern hatte die Seelenmesse für den toten Grafen stattgefunden, und wie verabredet war Alfred gekommen, hatte dort aber weder Helene noch Frantisek, noch sonst irgendjemanden der Schlossbediensteten zu Gesicht bekommen. Die lange Trennung von ihr machte Alfred ohnedies schon zu schaffen, aber so komplett ohne Nachricht zu sein, das konnte nichts Gutes bedeuten. Auch Frantisek hatte ihm nicht geschrieben, was vielleicht sogar noch seltsamer war, da es für den Haushofmeister keinen Grund gab, die Korrespondenz mit ihm zu fürchten.

*Vielleicht ist es einfach vorbei*, dachte Alfred. Vielleicht hatte Helene sich seiner entledigt. Vielleicht war es unter den wohlgeborenen Damen üblich, dass sie vor ihrer Heirat kleine Amouren mit Männern von geringerem Stand unterhielten. Unbedeutendes Getändel eben, das ihnen den Alltag versüßte, nichts, was ihren Ruf dauerhaft beschädigte.

Alfred war schon drauf und dran gewesen, nach Schloss Weydrich zu fahren, um herauszufinden, woran er war. Kurz bevor er aufgebrochen war, hatte ihn dann doch ein Brief erreicht, der allerdings nur noch zu seiner Beunruhigung beitrug.

*An Herrn Magister Wagener,*

*die Gräfin von Weydrich ist einer Verlängerung Eures Dienstverhältnisses nicht abgeneigt und wünscht, dass Ihr morgen Nachmittag zur gewohnten Zeit Euren Unterricht wieder aufnehmt. Ihr seid jedoch angehalten, Euch zuvor bei der Gräfin zur persönlichen Evaluierung einzufinden. Zu diesem Zwecke sollt Ihr Art und Inhalt des von euch gestalteten Unterrichts genauestens darlegen.*

Der Brief war nicht persönlich unterzeichnet, sondern nur mit dem Siegel der Familie Weydrich abgestempelt. Alfred hatte ihn in Händen gehalten und wieder und wieder gelesen, ohne daraus schlau zu werden. Soweit er wusste, gab es überhaupt keine Gräfin Weydrich. Oder nannte Helene selbst sich neuerdings so? Wieso dann dieser förmliche Ton? Die Handschrift war jedenfalls nicht Helenes – und auch nicht Franciseks. Die

Buchstaben waren so fein geschwungen und exakt gezogen, dass es beinahe aussah, als wären sie gedruckt. Helenes Schrift wirkte im Vergleich dazu so überschwänglich, als würde sie sich beim Schreiben am liebsten selbst überholen.

Am nächsten Morgen ließ er die Vorlesungen schlaftrunken über sich ergehen und nahm sich, früher, als es hätte sein müssen, einen Wagen nach Schloss Weydrich. Üblicherweise genoss Alfred die Kutschfahrt durch die Vorstädte, vor allem das letzte Stück über die Schotterstraße durch den Wienerwald. Doch diesmal fiel es ihm ungewöhnlich schwer, sich beim Anblick der grünenden Bäume zu entspannen. Der intensive Geruch des sprießenden Bärlauchs stieg ihm in die Nase.

Der Kutscher hielt wie gewohnt vor dem schmiedeeisernen Tor, das in den Schlossgarten führte. Es dauerte ungewöhnlich lange, bis das Tor aufschwang. Als Alfred aus dem Fenster der Kutsche guckte, erkannte er einen Jungen in Pagenuniform, der sich gehetzt am Riegel des Tors zu schaffen machte.

Die Pferde schnaubten und zogen die Kutsche hinein. Die Schlossgärten machten einen verwaisten Eindruck auf Alfred. Sein Blick fand nur den Pagen, der gerade das Tor geöffnet hatte und der Kutsche hinterherhastete. Einen Moment später öffnete er Alfred die Tür.

Alfred stieg aus und sah sich um. Nachdem er Frantisek, der ihn normalerweise abholte, nirgends sehen konnte, wollte er sich direkt auf den Weg zum Haupteingang machen, doch da spürte er, wie der Junge ihn vorsichtig am Rock zupfte.

«Mein Herr», piepste er, «ich habe Anweisung, hier mit Euch zu warten, bis Ihr abgeholt werdet.»

«Danke, aber ich finde den Weg allein», erwiderte Alfred.

Der Junge schüttelte den Kopf. «Es tut mir leid, mein

Herr. Ihr seid eine Viertelstund' zu früh. Deshalb sollt Ihr noch draußen warten.»

Alfred öffnete schon den Mund, um den Jungen anzufahren, beherrschte sich aber im letzten Moment. Dieser Page führte nur Befehle aus. Fragte sich nur, wessen Befehle ...

Die Sonne kam zwischen den Wolken hervor und ließ den ohnehin milden Tag noch wärmer werden. Alfred lehnte sich gegen die Kutschentüre und fächelte sich mit seinem Dreispitz Luft zu.

Nach einer gefühlten Ewigkeit hörte er Schritte auf dem Kiesweg und richtete sich hastig auf.

Ein dünner Mann in einem veilchenfarbenen Rock und gepuderter Perücke näherte sich ihm ohne jedes Zeichen von Eile. Ein Lächeln lag auf seinen Lippen, während seine Augen Alfred mit Interesse musterten.

«Herr Magister Wagener, Ihr werdet jetzt empfangen», meinte er in süßlichem Tonfall. «Folgt mir, bitte!»

Alfred widerstand der Versuchung, den Mann mit Fragen zu bestürmen. Egal, was passierte, er durfte sein Engagement hier nicht gefährden, wenn er Helene weiterhin sehen wollte.

Angenehme Kühle umfing ihn, als er die dämmrige Eingangshalle betrat. Der Mann führte ihn weiter in Richtung des großen Salons, wo Alfred damals dem Grafen vorgestellt worden war. Die Luft im Salon roch nach frischen Frühlingsblumen und irgendwie fruchtig, doch in so einer Intensität, dass Alfred ein Niesen unterdrücken musste.

«Der Herr Magister Wagener», säuselte der Mann in dem veilchenfarbenen Rock und entfernte sich.

Alfreds Blick saugte sich an der Gestalt fest, die auf der blutroten Chaiselongue residierte. Neben ihr auf einem Kästchen stand eine kleine Lampe, als wollte sie, dass deren warmes Licht ihre Erscheinung richtig zur Geltung brachte. Ein schneeweißer Arm ruhte auf der Lehne des Möbelstücks. Der Saum eines waldgrünen Kleides wogte über die Chaiselongue und endete ein winziges Stück über dem Boden. Die Frau hatte ihr rabenschwarzes Haar zu einer beeindruckend voluminösen Frisur hochgesteckt, die Alfred zweifeln ließ, ob alles daran echt war.

Sie sah ihm nicht direkt ins Gesicht und fächelte sich mit einem Fächer aus Pfauenfedern betont langsam Luft zu. Alfred konnte nicht anders, als ihre feinen Gesichtszüge zu bewundern – und ihr üppiges Dekolleté. Ihre gesamte Erscheinung war so perfekt orchestriert, dass sie ein großartiges Gemälde abgegeben hätte. Die Dame sog deutlich hörbar die Luft ein. Alfred konnte sehen, wie ein Anflug von Missbilligung über ihre Miene glitt.

Er besann sich. Wen hatte er hier eigentlich vor sich? Sollte er das wissen? Wieso stellte die Frau sich nicht einfach vor? Einen Herzschlag später erkannte er, was die Dame irritierte. *Sie muss adelig sein und erwartet, dass ich mich vor ihr verbeuge.*

Alfred spürte, wie sein Kopf heiß vor Wut wurde, und verbeugte sich widerwillig. «Es ist mir eine Ehre», erklärte er mechanisch. «Verzeiht, dass ich ...»

Die Dame brachte ihn mit einer raschen Handbewegung zum Schweigen und schaute ihm endlich direkt ins Gesicht. Ein herzliches Lächeln erschien auf ihren blutrot geschminkten Lippen, aber es war nicht ihr Mund, der Alfred in seinen Bann zog.

*Die Augen! Helenes Augen ...*

«Wie schön, dass Ihr uns beehrt, mein lieber Magister. Meine Nichte ist voll des Lobes für Euch.»

Trotz ihrer fraulichen Erscheinung klang die Stimme der Dame beinahe mädchenhaft.

Alfreds Gedanken wirbelten durcheinander. *Nichte?* Das bedeutete, diese *Gräfin Weydrich* war Helenes Tante. Hatte sie die Herrschaft über Schloss Weydrich übernommen?

«Das freut mich», erwiderte er. «Sie ist eine gewissenhafte Schülerin.»

Die Gräfin neigte den Kopf zur Seite. «Mir gefällt Eure Stimme, Wagener. Findet Ihr nicht auch, dass nichts mehr über einen Menschen verrät? Eure scheint den ganzen Salon in Schwingung zu versetzen – und *alles* darin. Kein Wunder, dass Helene Euch gerne zuhört.»

Alfred wusste für einen Moment nicht, was er auf diese Bemerkung erwidern sollte. Er senkte den Blick. «Ich bin sicher, dass nicht der Klang, sondern der Sinn meiner Worte für die Komtesse von Interesse ist.»

«Gewiss.» Die Gräfin nahm ein Glas Rotwein vom Tisch und trank einen Schluck, ohne Alfred aus den Augen zu lassen.

«Erzählt mir von Eurem Unterricht. Was bringt Ihr Helene bei?»

Alfred atmete tief durch. «Ihr Vater legte großen Wert darauf, seine Tochter zu einer aufgeklärten Dame zu erziehen und …»

«*Aufgeklärt*, was bedeutet das?», unterbrach ihn die Gräfin rasch. Sie war weder laut noch unfreundlich geworden, trotzdem hatte Alfred das Gefühl, etwas Gefährliches gesagt zu haben.

Alfred zögerte für einen Moment. «Ihr das Wissen unserer Zeit zu vermitteln.»

Die Gräfin wandte sich ein wenig von ihm ab und betrachtete ihr Weinglas. «Der moderne Schnickschnack, von dem die Bürgerlichen so leidenschaftlich auf den Straßen tratschen, wird Helene nicht dabei helfen, den Wohlstand ihres Hauses zu erhalten und zu mehren.»

Alfred hörte Aigners Worte in seinem Inneren widerhallen. *Die Mächtigen sind nicht umsonst mächtig, Wagener. Wehe dem, der ihnen im Weg steht.*

«Nicht unbedingt, Gräfin. Ist nicht derjenige, der die Zeichen der Zeit erkennt, den anderen immer einen Schritt voraus?»

Die Gräfin stellte das Weinglas neben sich auf den Tisch und machte eine gönnerhafte Handbewegung. «Bitte, Herr Magister, klärt *mich* auf. Was wären denn diese *Zeichen der Zeit?*»

Alfred fühlte es in sich brodeln. Am liebsten hätte er ihr ins Gesicht gebrüllt, dass die Zeit eitler Kreaturen, wie sie eine war, gezählt war. Dass jeder Mensch, egal welchen Standes, mit gleichen Rechten geboren und mit dem reinen Licht der Vernunft ausgestattet war. Sie betrachtete ihn aus ihren grünen Augen, als könne sie seine Gedanken lesen.

«Verzeiht, dass sich dies nicht in einer kurzen Ausführung abhandeln lässt, da jeder Wissensbereich, die Landwirtschaft, die Technik und vor allem die Medizin, einem konstanten Wandel unterworfen sind.»

«Ihr haltet Irre in einen Turm zu sperren für einen großen Fortschritt?»

Die Bemerkung traf ihn so unvermittelt, dass es Alfred fröstelte. *Wie kommt sie ausgerechnet darauf?*

Die Gräfin schüttelte unmerklich den Kopf. «Seltsam, auf welche Ideen der Mensch kommt.»

Alfred räusperte sich. «Ich ... ich bin überrascht, dass Ihr von der Irrenklinik gehört habt.»

«Ich tendiere dazu, viel zu hören», meinte sie lächelnd. «Leider kann ich meine Ohren nicht vor dem Tratsch verschließen, der unter meinen Bediensteten wie eine Seuche grassiert. Verzeiht meine Impertinenz, aber demnach traf man Euch unlängst in Begleitung einer Bürgerstochter von ausnehmendem Charme. Werdet Ihr Euch bald vermählen?»

Alfred konnte seine Wut kaum noch bezähmen. Wer war diese Frau, dass sie es wagte, sich so in sein Leben einzumischen? Und die Sache mit dem Narrenturm. War ihre Bemerkung reiner Zufall gewesen? Es musste so sein. Von seinen Erlebnissen dort und seinen Schlussfolgerungen konnte sie unmöglich wissen.

«Ich schließe es nicht aus», erklärte Alfred und funkelte sie an.

«Welch eine Freude», erklärte die Gräfin milde. «Ich würde sehr gern zu solch einer Feier geladen werden, wenn Ihr Euch nicht an meiner Anwesenheit stoßt!»

«Gewiss nicht», knurrte Alfred.

«Wie überaus charmant von Euch», antwortete die Gräfin.

«Würdet Ihr an einer so *einfachen* Feier denn Spaß haben, Gräfin?» Alfred hätte sich die Worte am liebsten zurück in den Hals gerammt. Warum fiel es ihm nur so schwer, in Gegenwart dieser Frau die Beherrschung zu wahren?

Sie bedachte ihn mit einem kühlen Blick, dann breitete sich ein amüsiertes Lächeln auf ihren Zügen aus. Sie nahm ein kleines Porzellanglöckchen vom Tisch und klingelte. Kurz darauf stand der Mann mit dem Veilchenrock neben Alfred und verbeugte sich vor der Gräfin. Trotz seines feinen Gehörs hatte Alfred ihn nicht kommen hören.

«Heinrich, reich dem Herrn Magister die neuen Stundenpläne!»

«Sehr wohl, Gräfin!» Er übergab Alfred einen ledernen Umschlag mit seinen dünnen Fingern.

«Die Komtesse wird von jetzt an nur noch anhand dieses Plans unterrichtet. Ihre höfische Erziehung ist bisher sträflich vernachlässigt worden. Die Bildung, die Ihr ihr angedeihen lasst, muss dergestalt sein, dass sie diesen Mangel kaschiert.»

Ihr Blick wanderte zu dem ledernen Umschlag, als würde sie erwarten, dass Alfred ihn öffnete, aber er tat ihr den Gefallen nicht, sondern verbeugte sich schweigend.

Die Gräfin schnaubte kaum hörbar und streckte ihre mit einem Spitzenhandschuh bedeckte Hand aus.

Alfred brauchte einen Moment, um zu begreifen, was die Geste bedeutete. Sie hatte ihm die Hand zum Kuss hingestreckt, allerdings ohne aufzustehen und so niedrig, dass Alfred sich hinknien müsste, um … Er sog scharf die Luft ein. Wenn er jetzt ginge, dann bräuchte er nicht wiederzukommen.

Er schritt rasch nach vorne, ging kurz in die Knie und küsste ihre Hand. Sein Gesicht brannte, als er sich abwandte.

«Wie schön, dass wir uns einig werden konnten», meinte die Gräfin. «Es ist immer erfrischend zu sehen, dass jemand seinen Platz kennt.»

Alfred verharrte kurz, presste die Lippen zusammen, dann folgte er Heinrich, der bereits vorausgegangen war.

☙

Alfred hörte, wie der Haushofmeister hinter ihm die Tür schloss, und atmete erleichtert auf. Helene hatte ihm den Rücken zugewandt. Sie saß an ihrem kleinen Schreibtisch in einem üppigen, cremefarbenen Seidenkleid, das um den Stuhl wogte. Rote Rosen zierten den Stoff in einem auffälligen Muster. Helene hatte auch zuvor ein Korsett getragen, aber so fest eingeschnürt, wie sie heute war, hatte er sie noch nie gesehen. Konnte sie darin überhaupt atmen? Ihr Haar, das sie normalerweise zu einer schlichten Frisur hochgesteckt oder gar offen trug, hatte man aufgetürmt und mit kleinen Keramikblümchen verziert. Über jede Schulter fiel ihr eine lange goldene Locke. Sie wandte sich zu ihm um. Ihre Augen waren gerötet, als hätte sie geweint. Alfred wollte etwas sagen, aber Helene schüttelte den Kopf und hob einen zitternden Zeigefinger an ihre Lippen.

Alfred nickte unmerklich und ging nach vorne zum Schreibtisch ihres Vaters, setzte sich und öffnete den ledernen Umschlag, den Heinrich ihm gegeben hatte.

Auf einem Blatt Papier stand eine simple Liste …

*1. Konversationsfranzösisch*
*2. Das Auswendiglernen und Rezitieren von Sonetten französischer und deutscher Sprache*
*3. Adelshäuser Europas, deren Wappen, Geschichte und Herrschaftsgebiete*

*Solltet Ihr unerwarteterweise selbst Kenntnis in den folgenden Bereichen besitzen, so mögen diese ebenfalls Gegenstand Eures Unterrichts sein:*

*Höfischer Benimm*
*Gesang*
*Klavierspiel*
*Der Cotillon und das Menuett (in der Theorie)*

Alfred sah auf und blickte in Helenes bebende Miene. Er wollte sie so vieles fragen. Was war mit dem Personal geschehen? Mit Frantisek und ihrer tüchtigen Gouvernante? Und mit Raubart? Ihn hatte Alfred ebenfalls nicht zu Gesicht bekommen. Doch vor allem wollte er sie in den Arm nehmen, sie vergessen lassen, was sie durchgemacht hatte. Aber ihre Warnung war eindeutig gewesen.

«Wir beginnen heute mit Französisch, Komtesse», meinte Alfred und versuchte dabei, nüchtern zu klingen. «Um zu sehen, wo wir stehen, schreibt bitte die Ereignisse des heutigen Tags nieder.»

«Ja, Magister!»

Alfred nahm aus seiner Schreibmappe zwei Blatt Papier, stand auf und reichte sie Helene. «Füllt mir dieses Blatt», erklärte er, legte beide Blätter hin und blinzelte Helene zu.

Er setzte sich zurück ans Pult und wartete, während Helene schrieb. Er sah, wie sie den Kopf neigte und dabei ihren Hals entblößte. Der Drang, ihr nahe zu sein, wurde beinahe übermächtig. Dabei war es eine absurde Regung, in Anbetracht all der Unsicherheit ...

Alfred hatte keine Ahnung, wie gut Helene Französisch sprach, vermutlich besser als er. Er hatte es seit dem Gymnasium nicht mehr gebraucht. Aber manche Adligen benutzten Französisch als Alltagssprache untereinander, nur um sich dadurch vom Pöbel abzuheben. Der Kaiser hatte erst in den letzten Jahren begonnen, die Stellung des Deutschen zu fördern.

«Ich bin fertig», murmelte Helene und brachte ihm beide Blätter.

«Ausgezeichnet.» Er reichte ihr einen Gedichtband von Friedrich Schiller, einem hierzulande recht unbekanntem Dichter, den Alfred jedoch verehrte. Schiller war ein Militärarzt, dem sein Dienstherr, der Herzog von Württemberg, das Verfassen nicht medizinischer Schriften verboten hatte. Schiller floh daraufhin aus seinem Dienst und schrieb seither, was er wollte. Seine Gedichte dürften zudem passend sein für das Ohr der Gräfin – keine brennenden Paläste, keine unstandesgemäßen Ehen –, und trotzdem konnte er ihr so einen Revoluzzer unterjubeln. Er bat Helene, ein Gedicht auszuwählen und ihm später vorzutragen.

Aufmerksam las er Helenes französischen Tagesbericht. Soweit Alfred erkennen konnte, war ihr Französisch astrein. Sie beschrieb sachlich, wie sie am Morgen das *petit déjeuner* mit ihrer Tante im Salon eingenommen hatte, mit Milchkaffee, Semmeln und böhmischen Golatschen, gefüllt mit Topfen und Rosinen.

Alfred erinnerte sich missmutig an die dünne Biersuppe, die er selbst gefrühstückt hatte, und schüttelte den Kopf. Nach dem Frühstück war Helene nach Schlosshof an der March gefahren war, um Benimm- und Tanzunterricht zu erhalten. Nach ihrer Rückkehr hatte sie eine Erfrischung eingenommen und auf seine Ankunft gewartet.

Alfred schob das erste Blatt zur Seite und las, was Helene auf das zweite geschrieben hatte.

*Sie hat mir an einem einzigen Tag mein Leben gestohlen. Alle, die ich kannte, sind verschwunden. Raubart ist im Zwinger. Heinrich dafür überall. Du wirst der Nächste sein. Hilf mir! Ich muss fort, weit fort, wo mich niemand kennt.*

Alfred sah erschrocken auf. Helene erwiderte seinen Blick. Ihr Atem ging schnell – vielleicht bekam sie wirklich zu wenig Luft –, aber in ihrer Miene spiegelte sich Entschlossenheit.

Sie hob die Hand, deutete auf ihre Brust und auf seine. *Gemeinsam.*

Alfred hätte nicht einmal gewusst, was er sagen sollte, wenn er frei hätte sprechen können. Wusste Helene, was sie da vorschlug? So eine Tat würde sie ihrer Zukunft berauben. Und ihn selbst zum Entführer einer Adeligen machen. Überhaupt, wo sollten sie denn hin? Sicher, sie könnten sich eine Weile bei seiner Mutter in Prag verstecken, aber auch dort würde man sie aufspüren. Helene hatte doch gar keine Ahnung, was ein Leben in Armut und auf der Flucht bedeutete.

«Eine ausgezeichnete Arbeit, Komtesse. Habt Ihr ein Gedicht ausgesucht?»

Helene nickte und senkte den Blick.

«Kolumbus», las sie vor. «Steure, mutiger Segler! Es mag der Witz dich verhöhnen,

Und der Schiffer am Steur senken die lässige Hand.

Immer, immer nach West! Dort *muss* die Küste sich zeigen,

Liegt sie doch deutlich und liegt schimmernd vor deinem Verstand…»

Alfred schloss die Augen. Er hatte noch nie das Meer gesehen, doch mit einem Mal war es ihm, als hörte er das Rauschen seiner mächtigen Wellen und sähe jenseits von ihnen ein grünes Land, das sich aus grauen Wassern erhob.

Helene hatte geendet.

«Ich bitt' Euch, lernt es bis zu unserer nächsten Stunde», erklärte Alfred. «Ich denke, für heute sind wir fertig. Beim nächsten Mal ...» Er erhob seine Stimme etwas. «Werdet Ihr etwas über die großen Geschlechter der Erblande lernen und deren heutigen Einfluss.»

Er packte seine Bücher zusammen. Als er an Helene vorbeischritt, schob er ihr unauffällig ihren Zettel zu und verließ den Raum. Wie zufällig kam Heinrich gerade um die Ecke, neigte lächelnd das Haupt und geleitete ihn hinaus.

Als die Kutschpferde antrabten, hörte er Raubarts klägliches Heulen.

## 12. Kapitel

*M. b. Rochade, dort, worüber feine Damen beim Tee nicht sprechen sollten, immer wenn Venus scheint, um der Sonne zu folgen. Du musst sehen, was du dir wünschst. Zerreiß den Zettel!*

Helene lag auf ihrem Bett. Sie hatte die französischen Fenster weit aufgerissen und spürte die milde Frühlingsluft auf ihren nackten Armen. Sie hatte die Worte so viele Male gelesen und darüber nachgedacht, was Alfred meinen könnte. Es war eine Einladung, darüber war sie sich schon beim ersten Lesen im Klaren gewesen.

Beim Treffpunkt war sie sich inzwischen recht sicher. Ein Ort über den feine Damen beim Tee nicht sprachen. Das musste der Narrenturm sein! Helene hatte Alfred in ihrer allerersten Stunde nach ihm gefragt, und Alfred hatte ihr diesen Satz zur Antwort gegeben.

Die Zeit war schon schwieriger. Immer wenn die Venus schien, um der Sonne zu folgen? Er hatte sie gelehrt, die Venus würde sich nie weit von der Sonne entfernen. Sie folgte ihr in der Nacht und ging ihr am Morgen voraus. Hieß das, Alfred würde jeden Abend nach Sonnenuntergang am Narrenturm auf sie warten? Es erschien ihr logisch. Dort würden sie mit Sicherheit niemandem über den Weg laufen, den sie kannten, so wie im *Nussgartl*.

Aber was bedeutete *M. b. Rouchade?*

Helene legte den Zettel neben sich auf ihr Bett und hob den Kopf. M. b. wie … wie *Maybach*? Wollte Alfred, dass sie dasselbe Manöver wie damals durchführte, sprich, eine fremde Kutsche bestellen, um ihre Freundin Eugénie zu besuchen und danach einfach zu Alfred zu fahren? Aber wie sollte sie das anstellen? Die Tante würde sie sicher nur in ihrer prunkvollen Friesenkutsche zu Maybachs fahren lassen, vermutlich sogar in ihrer Begleitung.

Es sei denn, die Tante wäre selbst woanders unterwegs – die auf Schloss Weydrich angestellten Kutscher hatte sie ja bei ihrer Ankunft entlassen. Erst heute Morgen beim Kaffee hatte sie geprahlt, dass sie diese Woche dem Ball des Fürsten Liechtenstein in seinem riesigen Palais beiwohnen würde. Es schien, als wäre dies ein günstiger Zeitpunkt, um Eugénie zu besuchen.

Helene richtete sich auf. Seit zehn Tagen fühlte sie sich wie eine Gefangene in ihrem eigenen Zuhause. Allein die Aussicht, dieser bedrückenden Situation für kurze Zeit entfliehen zu können, ließ es in ihrer Brust kribbeln …

Aber war sie wirklich bereit, wegzulaufen, nie wieder heimzukommen, jemand anderer zu sein, in einem fremden Land? Und Alfred? Sie konnte doch nicht von ihm verlangen, sein Leben hier aufzugeben, die Universität, seine Karriere. Wenn sie wirklich fliehen wollte, musste sie es dann nicht allein tun? Schon die Vorstellung schnürte ihr die Kehle zu. Sie hatte doch keine Ahnung, wie man dort draußen überlebte.

Helene stand auf, um ein bisschen frische Luft zu schnappen. Kurz darauf flanierte sie durch das Gewölbe zu den

Stallungen. Das Tschilpen der Spatzen, die zwischen den Boxen herumhüpften, um Hafer aus den Pferdeäpfeln zu picken, hallte von den Steinbögen wider. Pferdegeruch stieg ihr in die Nase und beruhigte sie ein wenig. Ihr Wallach Eugenio tänzelte rastlos in seinem Stall auf und ab, weil er so lange nicht bewegt worden war, aber als Helene ihn rief, streckte er seinen Kopf zur Stalltür heraus und ließ sich von ihr die Nüstern streicheln. Schwalben schossen durch die Stalltür hinaus und hinein und bezogen ihre Lehmnester aus dem Vorjahr.

Nicht einmal jetzt konnte Helene abstreiten, wie schön sie es auf Schloss Weydrich hatte. Aber diese Schönheit war in den letzten Tagen zu einem Albtraum geraten, der von Tag zu Tag beklemmender wurde. Zu allem Überfluss hatte die Gräfin sie zum Benimm- und Tanzunterricht auf Schlosshof eintragen lassen, wo ihr Lehrer, Maître LeBrus, jede zu burschikose Bewegung, jedes zu direkte Wort mit einem Rutenschlag auf den Handrücken ahndete.

Bald würde man sie irgendwohin wegverheiraten, an einen spitzbäuchigen Adelsspross, der nichts anderes sein musste als reich und von hohem Stand. Und die Gräfin? Die würde wahrscheinlich selbst hier wohnen bleiben.

Seltsam eigentlich, Helenes Vater hatte ihr erzählt, dass die mährischen Ländereien der Tante riesig waren und dass sie die nach dem Tod ihres Gatten in eine ertragreiche Landwirtschaft verwandelt hatte. Konnte man da einfach so lange fortbleiben? Offenbar war ihr die Übernahme ihres Geburtshauses wichtiger gewesen.

Helene hätte gern mehr über sie gewusst, aber die Tante, obwohl durchaus gesprächig, schwieg sich beharrlich über ihr bisheriges Leben in Mähren aus.

Eugenio schien durch Helenes Berührung etwas besänftigt. Sie strich noch einmal über seine Blesse, dann wandte sie sich ab und spazierte um die weitläufigen Stallgebäude herum zu den Hundezwingern. Sobald sie sich näherte, brach ein ohrenbetäubendes Gekläff los, und ein Rudel Jagdhunde lief auf den Zaun zu, schlanke Vorstehhunde mit seidig weichem Fell, die hervorragend zur Vogel-, aber auch ganz brauchbar zur Treibjagd in der Meute waren. Helene ließ zu, dass sie ihr durch die schmiedeeisernen Zaunlatten die Hände leckten, während sie nach Raubart Ausschau hielt. Sie fand ihn einige Schritte entfernt unter einem hölzernen Unterstand im Schlamm liegend. Seine Größe, sein drahtiges Fell und sein wildes Aussehen ließen ihn nicht zum Rest der Meute passen.

*So wie ich nicht in dieses neue Leben passe.*

Sie dachte daran, wie die Gräfin sie bereits am ersten Tag gezwungen hatte, engere Korsette zu tragen. Sie hatte sie so fest schnüren lassen, dass sie unter Atemnot litt, sobald sie sich auch nur ein bisschen aufregte. Sie durfte seither nur noch Kleider nach französischem Schnitt tragen, mit einer weiten Posche, die so voluminös war, dass sie sich kaum bewegen konnte. Die ganze erste Woche lang hatte sie kein einziges Mal das Schloss verlassen dürfen, nur damit ihr Teint endlich *vornehmer* wirkte.

Auch der neue Unterricht in Schlosshof hatte ihr einen Vorgeschmack auf ihr künftiges Leben gegeben. Dabei hatte sie den ehemaligen Landsitz des legendären Prinz Eugen zunächst paradiesisch schön gefunden, mit seinen prunkvollen, sonnendurchfluteten Räumen – und vor allem seinen Gärten. Helene hatte niemals Gärten wie diese gesehen, sie erstreckten sich über sechs Terrassen, von denen man unendlich weit in die sanfte Landschaft Niederösterreichs sehen konnte. Statuen aus weißem Marmor flankierten Wege und Treppen. Sogenannte *parterre de broderie*, Flächen und Linien aus Buchsbaum, Blumen und buntem Kies formten Muster, die von oben an blühende Teppiche erinnerten. Dann gab es ruhigere Plätze, wo das Plätschern der vielen Brunnen hörbar war. Man konnte durch Linden- oder Kastanienalleen flanieren und in einem der hölzernen Lusthäuser, den Orangerien oder dem Irrgarten Zerstreuung finden.

Das hieß, wenn man sich dort frei bewegen durfte – und das erlaubte man ihr nicht.

Helene wurde nach ihrer Ankunft auf dem schnellsten Weg in den Tanzsaal gescheucht, um ihr ja keine Gelegenheit zu geben, diesen Ort zu genießen.

Maître LeBrus, der mehr Schminke im Gesicht trug, als Helene in ihrem ganzen Leben verwendet hatte, erwartete sie schon ungeduldig mit einer Gruppe deutlich jüngerer Adelssprösslinge.

«Oh, *regardez*, meine Kinder, wer 'ier 'eraufgestampft kommt, la *Paysannesse*!»

Die adeligen Mädchen lachten pflichtbeflissen, als er ihr diesen Spitznamen verpasste, eine Kombination aus Komtesse und *Paysanne*, dem französischen Wort für Bäuerin. Sie reichten Helene kaum bis zur Brust – und doch hatte man die Mädchen, die in jeder Hinsicht noch Kind waren, in enge Korsette geschnürt und sie in überdimensionale Kleider, die sogenannten *robes françaises*, gesteckt. Ihre Frisuren waren größer als ihr Kopf und ihre Gesichter zu filigranen Porzellanmasken geschminkt. Helene war nicht sicher, ob das Entzücken, mit dem Maître LeBrus über die rosigen Wangen seiner Püppchen strich, tatsächlich immer rein beruflicher Natur war.

Danach begann der den Verstand betäubende Unterricht: Rezitieren von Benimmregeln, Formen der höfischen Konversation, die Schrittfolge des Kotillons und des Menuetts – wo jeder Fehler einen Hieb auf den Handrücken mit dem schlanken Taktstab bedeutete, und nicht selten weitere Häme: «*Madame, Ihr trampelt 'erum, comme un cheval ... wie ein 'ferd!*»

Helene atmete tief durch, um die Erinnerung zu verscheuchen – zumindest versuchte sie es. Sie spürte, wie ihr Korsett ihr den Brustkorb zuschnürte. Sie hielt sich am Geländer des Hundezwingers fest und schnappte nach Luft. Ihr Leben mochte in einem betörend schönen Gefängnis stattfinden, aber trotz alledem in einem Gefängnis. Sie würde eingehen, wie ein Enzian in einem Rosenbeet. Spätestens wenn sie ihr Alfred wegnahmen, was nur eine Frage der Zeit war, hätte sie niemanden mehr, dann wäre sie völlig allein.

Sie pfiff nach Raubart, wie sie es gerne beim Ausreiten tat, um ihn bei sich zu halten. Raubart hob träge den Kopf.

Als er sie erblickte, kam Leben in seinen riesigen Körper, er sprang mit einem gewaltigen Satz zwischen die kleineren Vorstehhunde, die erschrocken auseinanderstoben, und bellte auffordernd.

«Ich kann dich nicht rauslassen», versuchte Helene, sein Gebell zu übertönen. Es brauchte einige Minuten, ehe Raubart begriff, dass er nicht zu ihr durfte, sich an das Gitter setzte und zuließ, dass Helene sein drahtiges Fell kraulte.

*Ich muss ihn mitnehmen*, dachte Helene bei sich. *Wenn ich weg bin, hat sie keinen Grund, ihn weiter zu füttern.*

☙

Die Sonne ging bereits unter, als die Kutsche durch die Vorstadt Währing mit ihren Weinschenken in Richtung Stadt ratterte. Eine kühle Abendbrise verwehte Helenes Haar, während sie sich aus dem Fenster lehnte. Sie ließ sich wieder zurück auf den Sitz sinken und strich sich die Strähnen aus dem Gesicht. Sie trug ihr Haar wieder offen mit nur zwei kleinen zusammengebundenen Zöpfen wie an dem Abend im *Nussgartl*. Auch das helle Kleid mit den rosa Schleifen, mit dem sie schon einmal als Bürgerliche durchgegangen war, schien ihr eine gute Wahl zu sein.

*Alfred liebt, wie ich darin aussehe. So wie er mich an diesem Abend angesehen hat ...*

Es war nicht einfach gewesen, *die Maybachrochade* zu planen, ohne sich verdächtig zu machen. Helene hatte an Eugénie geschrieben, um ein Treffen zu vereinbaren. Tatsächlich war am nächsten Tag eine Einladung eingetrudelt. Eugénie konnte es offensichtlich nicht abwarten, ihr von ihrem ersten Ball im Palais Kaunitz zu erzählen. Helene hatte die Einladung vorerst für sich behalten, da sie der Tante nicht zu viel Zeit geben wollte, Vorkehrungen zu treffen, sondern war erst damit herausgerückt, als die Gräfin mitten in den langwierigen Vorbereitungen für die Ballnacht beim Fürsten Liechtenstein steckte. Helene erwischte sie gegen Mittag, als ihr Lieblingscoiffeur, Ferencz, den sich die Gräfin nahezu täglich aus der Stadt kommen ließ, ihre Frisur gerade mit filigranen Glasrosen verzierte, die er geschickt mit Draht befestigte. Er hatte ihr rabenschwarzes Haar leicht angepudert, was ihre Frisur wie einen vom ersten Schnee angezuckerten Berg aussehen ließ. Helene wusste, dass die Damen bei Hof den Puder nicht nur verwendeten, weil er als *chic* galt. Man verhinderte dadurch, dass man die unterschiedliche Farbe künstlicher Haarteile erkannte.

Das Gesicht der Gräfin, der Hals und die Schultern waren bereits mit dem *blanc*, der weißen Schminke, bedeckt, die Lippen jedoch noch nicht rot gefärbt, sodass sie Helene an eine gruselige Winterfee erinnerte.

Auf dem Spiegeltisch stand eine Puppe, deren turmartige Frisur der der Tante ähnelte. Die Gräfin hatte ihr erklärt, dass immer, wenn Marie-Antoinette in Versailles etwas an ihrem Haar oder ihrer Kleidung änderte, Puppen nach ganz Europa geschickt wurden, damit edle Damen überall den neuen Stil der Dauphine übernehmen konnten.

Jedenfalls war die Gräfin tatsächlich zu beschäftigt, ihren eigenen Auftritt zu perfektionieren, um mit ihr zu diskutieren.

«Selbstverständlich, Täubchen, du weißt doch, dass ich dir nichts abschlagen kann. Die Maybachs gehören zwar nicht zum Hochadel, aber solange ich dir noch keinen besseren Umgang vorgestellt habe ... Sag doch dem Heinrich, er soll nach einem Wagen schicken.»

«Madame», stöhnte der Coiffeur, «wenn ich hier Wunder wirken soll, *muss* ich Euch bitten stillzuhalten.»

«Du hast den Maître gehört», meinte die Gräfin und wedelte ungeduldig mit der Hand.

Wenig später war Helene in eine Kutsche gestiegen und losgefahren. Bei Eugénie angekommen, hatte sie nach kurzer Zeit ein heftiges Unwohlsein vorgetäuscht. Eugénie schien zwar nicht ganz zu verstehen, warum man die Geschichte ihres ersten Balls nicht auch mit Unterleibsschmerzen hören wollte, ließ Helene aber ziehen.

Sie sah aus dem Fenster und lächelte, als sie die weitläufigen Gebäude des Allgemeinen Krankenhauses erkannte. Hier studierte er also ... Im Vergleich zu den verspielten Fassaden von Schloss Weydrich oder den noblen Stadtpalais mit ihren *rocailles*, muschelförmig anmutenden Ornamenten, wirkten diese Gebäude geradezu schlicht und zweckmäßig.

Sie spähte durch einen Torbogen und erkannte trotz der späten Stunde geschäftiges Treiben. Männer, die Kranke auf Bahren herumtrugen, Frauen in taubenblauen Kleidern, die zwischen den Gebäuden umherhasteten, und ein paar Herren in feinen Röcken, die von Trauben junger Studenten umringt wurden. Bevor Helene mehr sehen konnte, war die Kutsche schon weitergerumpelt.

Es fühlte sich an, als hätte sie einen winzigen Blick in eine modernere Zukunft getan.

*Wäre es nicht schön, ein Mann zu sein? Ich dürfte Teil dieser neuen Welt sein, mich für alles interessieren, alles lernen, was mir in den Sinn kommt, und niemand würde sich darüber wundern ...*

«Weiter darf man nicht fahren, Madame», meinte der Kutscher, als er den Wagen unter ein paar Bäumen zum Stehen brachte. «Ein Stückerl müssen S' noch den Weg vorspazieren, dann sehn S' ihn schon, den *Gugelhupf* vom Kaiser. Aber wenn S' mich fragen, s'ist kein Ort für eine Dame, schon gar nicht nachts. Für überhaupt niemanden ist das ein Ort, eigentlich ...»

«Ich frag dich aber nicht», erwiderte Helene herrisch und ließ sich von ihm die Tür öffnen. «Ich geh außerdem nicht allein hin.»

«Ah, wirklich?», kicherte der Kutscher und lüftete seinen Hut. «Na hoffentlich pflanzt man Ihnen bei dem ... *Spaziergang* nicht was unters Herzerl.»

Helene bedachte ihn mit einem wütenden Blick. «Besser, man pflanzt was unters Herz, als man säuft sich die Leber hart!»

«Pfff», zischte der Kutscher und griff sich an seinen Bierbauch. «Und ich hab gedacht, Sie wären eine Dame!»

«Bin ich auch», erwiderte Helene zuckersüß und marschierte davon.

Die Kühle des Frühlingsabends ließ sie die Arme um den Körper schlingen. Sie hätte eine Weste oder ein *manteau* anziehen sollen, doch das hatte sie in all der Aufregung vergessen. Die letzte Laterne blieb schon nach wenigen Schritten hinter ihr zurück, der Weg vor ihr schien zwischen zwei Lindenbäumen in völlige Dunkelheit zu führen.

Für einen Moment blieb sie stehen und starrte in die Finsternis. Schwerer Blütenduft stieg ihr in die Nase, Jasmin und Heckenrose. Eine Nachtigall flötete im Gebüsch. Helene suchte in ihrem Inneren nach Angst, konnte aber keine finden. Ganz im Gegenteil. Etwas zog sie nach vorn, als wenn sich dort im Dunkeln ein süßes Geheimnis verbergen würde.

Sie ging weiter, ließ sich von der Nacht verschlucken. Zwischen den Bäumen tauchte der Schatten eines wuchtigen Gebäudes auf wie ein auf einem Hügel kauerndes Ungeheuer. Die schmalen Fensterschlitze, aus denen Feuerschein hervordrang, erinnerten an glühende Augen, die zu ihr herabstarrten. Leise Stimmen begannen, an ihr Ohr zu dringen. Zuerst dachte Helene, sie würde sie sich einbilden, aber mit jedem Schritt hörte sie sie deutlicher. Unheimliche Stimmen.

Helene begann, leise zu singen, um die Angst zu vertreiben, die sich jetzt doch in ihr ausbreitete.

*«Mein Vöglein mit dem Ringlein rot singt
Leide, Leide, Leide: es singt dem Täubelein seinen Tod,
singt Leide, Lei – zicküth, zicküth, zicküth.»*

Die Nachtigall im Gebüsch antwortete ihr nach dem letzten Zicküth. Es war, als würde sie die Strophe fortsetzen.

«Was für ein seltsames Lied ist das denn?», fragte eine tiefe Stimme.

Helene atmete erleichtert auf. Sie erkannte einen menschlichen Umriss, gegen den Baum einer alten Linde gelehnt.

«Du hast gewartet», flüsterte sie.

Er war mit ein paar Schritten bei ihr und nahm sie in den Arm. Helene presste ihren Kopf an seine Brust.

«Alfred», murmelte sie. «Sie hat alles ...»

Alfred legte ihr sanft den Finger auf die Lippen. «Das hier ist unser Abend, nicht ihrer.»

Helene erwiderte sein Lächeln, und eng aneinandergeschmiegt setzten sie sich in Bewegung, flanierten den Weg entlang durch die Dunkelheit.

Etwas knackte im Gebüsch und ließ Helene zusammenfahren. «Bestimmt nur ein Marder, den dein Gesang verstört hat», meinte er.

Sie warf Alfred einen missbilligenden Blick zu. Dass sie keinen Ton zu halten vermochte, hatte schon ihren Vater amüsiert. «Genau deshalb singe ich auch nur, wenn ich allein bin. Keine Ahnung, warum mir ausgerechnet dieses Lied eingefallen ist. Adelheid hat es mir als Kind beim Einschlafen vorgesungen, es ist eigentlich ein Gedicht aus dem Märchen von *Jorinde und Joringel.*»

«Jorinde und Joringel?», fragte Alfred mit hochgezogener Augenbraue.

Helene nickte.

«Erzählst du mir die Geschichte?»

Es war so lange her. Sie wünschte sich, sie könnte Adelheid fragen, aber das war unmöglich, weil ... Helene drängte den Gedanken zurück. Nun gut. Sie würde es einfach versuchen.

«Es war einmal ... ein Schloss in einem tiefen Wald. Dort lebte eine alte Zauberin. Tagsüber verwandelte sie sich in eine Eule mit roten Augen. Nachts erschien sie in menschlicher Gestalt. Wer immer ihrem Schloss zu nahe kam, wurde starr wie Stein und konnte nicht mehr fliehen. Jorinde und Joringel waren ein junges Paar, das sich einander versprochen hatte. Um unter sich zu sein, wandelten sie durch den Wald. Da befiel sie plötzlich eine große Angst und Traurigkeit. Sie waren zu nahe an die Mauern des Schlosses gekommen und konnten nicht mehr fort. Jorinde begann zu singen: ‹Mein Vöglein mit dem Ringlein rot ...› Während sie sang, verwandelte sie sich in eine Nachtigall, die weiter ihr wehmütiges Lied sang. Zicküth, zicküth. Da erschien eine Eule, landete vor ihnen und nahm die Gestalt der Zauberin an. Sie sperrte die Nachtigall in einen Käfig. Joringel flehte die Zauberin an, seine Geliebte freizulassen, aber die Zauberin lachte nur und sagte ihm, dass er sie nie wiederhaben werde. Sie nahm die Nachtigall mit sich in ihr Schloss ...»

Helene runzelte die Stirn und versuchte, sich zu erinnern. «Weiter weiß ich es nicht mehr ...»

«Wie bitte?» Alfred neigte seinen Kopf. «Du lässt es für die beiden so enden?»

Helene blinzelte. «Ich glaube, Joringel hat danach vergeblich versucht, wieder zum Schloss zu gelangen, und ging in die Fremde, wo er Schäfer wurde. Aber das war nicht das

Ende, es war ...» Helene schüttelte den Kopf. «Ich weiß es wirklich nicht mehr.»

«Märchen sollten ein schönes Ende haben, findest du nicht?», meinte Alfred. «Sie helfen uns, die Wirklichkeit besser zu ertragen.»

«*Die Teufel schleichen durchs Gebüsch!*», zischte eine Stimme.

Helene zuckte erschrocken zusammen. Alfred verstärkte den Griff um ihre Schulter und sah nach oben.

«Du musst keine Angst haben.» Seine Miene wirkte mit einem Mal ernst. «Nicht vor denen.»

Sie hatten die rückseitige Mauer des Turms erreicht und waren davor stehen geblieben.

«*Die Teufel!*», zischte die Stimme aus dem Inneren des Turms. Helene konnte jetzt auch andere, leisere Stimmen hören. Manche schienen sinnloses Zeug zu murmeln, andere stöhnten einfach vor sich hin.

«Dieser Ort ist mir unheimlich», flüsterte sie.

«Mir auch», erwiderte Alfred, «aber nicht die armen Seelen, die darin behandelt werden, machen mir Angst, sondern das, was wir ihnen antun. Sie leben in einem Kerker, ohne ein Verbrechen begangen zu haben, und hinter diesen Mauern geschehen unaussprechliche Dinge.»

«Wieso behandelt man ihren Irrsinn nicht?», fragte Helene.

«Niemand weiß, wie», erwiderte Alfred. «Ich glaube, dieser Turm dient eher dazu, die wegzusperren, die wir nicht sehen wollen. Ich muss etwas tun, dafür sorgen, dass sich etwas ändert. Bevor wir ...» Alfred brach ab und lächelte gezwungen. «Es ist spät genug. Wir können uns jetzt auch woanders hinwagen.»

Alfred nahm sie an der Hand und führte sie durch das

hohe Gras am Rand der Mauer, bis sie auf einen gepflasterten Weg stießen, der vom Irrenturm wegführte.

Er verhielt sich so seltsam, als würden all die Dinge, die ihr Leben auf furchtbare Weise zu verändern drohten, überhaupt nicht existieren. Dabei war es normalerweise Alfred, der sich jedem Problem mit wütender Entschlossenheit entgegenwarf und sich dabei schon mal zu einer unbedachten Äußerung hinreißen ließ. Sollten sie nicht lieber bereden, was sie tun sollten? Sie betrachtete seine lächelnde Miene von der Seite. Vielleicht hatte er recht. Vielleicht war es in Ordnung, all das für einen Moment einfach zu vergessen.

Eine Weile gingen sie schweigend nebeneinander.

«Du siehst ... wunderschön aus», meinte Alfred mit gesenktem Blick. «In diesem einfachen Kleid besonders. Wenn sie dich in eine dieser edlen Roben stecken und dich schminken ... Es ist, als würde man dir etwas wegnehmen, dich verstecken.»

Helene spürte, wie sie rot wurde, und war dankbar, dass Alfred es im Mondlicht nicht sehen konnte. Alfred war kein Mann großer Komplimente. Es waren Blicke und Gesten, die seine Gefühle verrieten. Helene konnte sich nicht erinnern, dass er ihr schon jemals gesagt hätte, dass er sie schön fand. *Schön*. Wollte nicht jedes Mädchen vor allem *schön* sein? Dabei war es ein lächerliches Kompliment, viel weniger wert, als wenn man ihren Scharfsinn, ihren Witz oder ihre Klugheit lobte. Doch dieses Kompliment, dieses *schön* ... das bedeutete etwas.

Alfred brach einen Zweig von einem Jasminstrauch ab und steckte ihr die weißen Blüten ins Haar.

«Ich wäre so gern wie du, Alfred», flüsterte sie. «Du bist so frei, du gehörst niemandem, du kannst werden, was immer du willst. Alles an deinem Leben gehört dir ...»

Er schenkte ihr sein schiefes Lächeln. «Aber auch das gehört mir nicht mehr allein, nicht wahr?»

Sie bogen auf einen belebten Boulevard, der das Glacis schnurgerade durchschnitt und in einigen hundert Schritten an den wuchtigen Stadtmauern und dem Schottentor endete.

Es waren immer noch viele Leute unterwegs. Von Maultieren gezogene Karren strömten aus der Stadt in Richtung der Vorstädte. Kutschen ruckelten über das Kopfsteinpflaster. Der Geruch nach Fisch, reifem Obst und Pferdemist mischte sich mit dem Duft der Linden. Drehorgelmusik drang aus der Ferne an ihr Ohr. Helene betrachtete erstaunt, wie ein Wagen an ihnen vorbeifuhr, der leibhaftige Wasserungeheuer geladen hatte. Das größte von ihnen maß zweieinhalb Mannslängen, hatte glitschige Haut, spitze Knochenschilde und armlange Flossen.

«Störe», erklärte Alfred. «Sie wandern jeden Frühling die Donau hinauf, um zu laichen. Es gibt sogar noch größere. Als ich einmal mit der Fähre nach Jedlesee übergesetzt bin, habe ich zwei gesehen, die jeder schwerer als ein Pferd gewesen sein müssen – aber sie schwammen friedlich ihrer Wege.»

Helene blieb stehen und schlang die Hände um seinen Hals. «Durchkreuzt du mit mir auch einmal die *ungeheuerdurchseuchte* See?»

Alfred zuckte mit den Schultern. «In Jedlesee gibt's ein feines Kaffeehaus!»

Helene lachte laut auf. Alfred nahm sie an den Hüften und drehte sie im Kreis, dann zog er sie weiter, zwischen den Leuten und Karren hindurch, bis sie den Drehorgelspieler erreicht hatten.

Es war ein älterer Mann mit rotem Säufergesicht, der sich gerade räusperte. Im nächsten Moment stimmte er ein Lied an und drehte die Orgel dazu, während ein schwarz-weißes Äffchen umhersprang und Münzen einsammelte. Ein kleines Mädchen lachte, als der Affe mit seinen Pfoten ihr Haar durchsuchte.

«Ein echter Affe!», hauchte Helene. «Papa sagte, der Kaiser hat in Schönbrunn einen Tiergarten, in dem er sogar Elefanten hält.»

«*O du lieber Augustin, alles ist hin*», sang der Drehorgelspieler.

*«Rock ist weg, Stock ist weg*
*Augustin liegt im Dreck,*
*O du lieber Augustin, alles ist hin.»*

«Pass auf», grinste Alfred und steckte einen Heller in ihr Haar. Ehe Helene etwas erwidern konnte, spürte sie, wie kleine Hände nach ihrem Kleid griffen und sich daran emporzogen, und ehe sie begriff, was geschah, hockte das Äffchen auf ihrer Schulter und fischte die Münze aus ihrem Haar. Der Drehorgelspieler lüftete lächelnd den Hut, während das Äffchen wieder von ihrer Schulter sprang und den Heller in den Hut des Musikers legte.

Helene kicherte und hielt sich die Hand vor den Mund. Ihr Blick fiel auf einen Jungen, der am Straßenrand hockte und mit einem Messer ein paar Kohlestifte spitzte. Er trug ein einfaches Leinenhemd. Aschblondes Haar hing ihm tief ins Gesicht. Auf einer hölzernen Staffelei hatte er ein paar Bilder ausgestellt, die er offensichtlich selbst gemalt hatte. Es waren keine prunkvollen Gemälde wie die, die im großen

Salon von Schloss Weydrich hingen. Sie zeigten ein Mädchen mit einem Federhut, einen Händler, der gerade einen Sack Äpfel verkaufte. Einen Jungen, der den Hals eines abgemagerten Gauls streichelte. Helene zog Alfred weg von dem Drehorgelspieler zu dem Maler hin und besah sich die Bilder aus der Nähe.

«Er malt einfach, was er sieht», murmelte Helene verwundert, «nicht für eine Kirche, nicht für irgendwelche Herrschaften.»

«Wie Kunst sein sollte», erwiderte Alfred. Er löste sich von Helene und lief an der Reihe der Bilder entlang zu dem Jungen. Alfred besprach irgendetwas mit ihm, zu leise, als dass Helene es hätte verstehen können, und drückte ihm ein paar Münzen in die Hand.

Der Junge zückte ein großes Blatt Papier und spannte es auf eine hölzerne Unterlage. Er nahm seine gespitzten Kohlestifte, dann hob er für einen Moment den Blick und betrachtete Helene aus dunklen Augen, wandte sich Alfred zu und betrachtete ihn ebenso genau.

Sie spürte, wie Alfreds Finger sich um ihre schlossen, während der Junge die braunen und schwarzen Kohlestifte in ein kleines Fässchen tauchte und sie dann mit raschen Strichen über das Papier zog.

«Er taucht die Kohle vorher in Öl», raunte Alfred ihr zu. «Dadurch ist das Bild, das er malt, sofort fixiert. Man darf sich dabei nur keinen Fehler erlauben. Er könnte ihn nicht mehr korrigieren.»

«Malt er uns?», fragte Helene aufgeregt.

«Ja und nein», meinte Alfred geheimnisvoll. Die beiden setzten sich in die Wiese am Straßenrand. Sie betrachtete Alfred von der Seite. So närrisch dieser Gedanke auch war, aber in seiner Nähe schien es ihr unmöglich, dass irgendjemand es wagen könnte, sie jemals von ihm wegzuholen.

Es fühlte sich so natürlich an, bei ihm zu sein, als wäre sie genau dort, wo sie sein sollte.

Der Junge betrachtete sein Werk skeptisch, dann förderte er aus seinem Bündel eine kleine Farbpalette zutage, auf der er rasch aus einem Pulver und etwas Öl einen blutroten Farbton anmischte. Schließlich tauchte er seine Zeigefinger in die Farbe und berührte das Papier an zwei Stellen flüchtig. Schließlich hob er den Blick und nickte Alfred zu.

Alfred nahm das Bild entgegen und rollte es vorsichtig zusammen.

«Komm», meinte Alfred ernst. «Ich muss dir jetzt etwas zeigen.»

«Darf ich das Bild nicht sehen?», fragte Helene mit hochgezogenen Augenbrauen.

«Hab ein bisschen Geduld», meinte Alfred und führte sie weg von der Stadt, wieder in Richtung der Vororte.

## *13. Kapitel*

Alfred sprach kaum ein Wort und antwortete auf Helenes Fragen nur einsilbig, bis sie die Josefstadt erreicht hatten. Er führte sie in ein enges Gässchen, in dem es übel vom Kanal herauf roch. Vor einem baufälligen Haus mit einem Holzaufbau verharrte er.

«Hab keine Angst», meinte er, dann öffnete er das Haustor und betrat ein enges Treppenhaus. Helene folgte ihm zögernd. Sie konnte sich nicht erinnern, je an einem so schäbigen Ort gewesen zu sein. Es roch modrig. Graue Schimmelflecken überzogen die feuchte Steinmauer.

Er ließ sie vorangehen, eine schmale Holztreppe empor, die unter Helenes Schritten bedrohlich ächzte, bis zu einer schmalen Holztür. Alfred drängte sich an ihre Seite, zückte einen rostigen Schlüssel und sperrte die Tür auf.

Helene trat in eine dunkle Kammer, die wohl direkt unter dem Dachstuhl liegen musste, da ihr Holzgeruch in die Nase stieg.

«Warte», flüsterte Alfred. Er balancierte an ihr vorbei zwischen zwei Bücherstapeln hindurch. Kurz darauf entzündete sich eine Öllampe und erhellte die Kammer.

Der Raum maß etwa ein Viertel der Speisekammer von Schloss Weydrich. Ein hölzernes Bett nahm den meisten

Platz ein. Ein paar Kleidungsstücke waren notdürftig über ein paar schräg verlaufende Dachbalken zum Trocknen gehängt. Ein einfacher Holzstuhl stand vor einem kleinen Tisch, auf dem sich ein paar Schriften und Bücher stapelten. Das Einzige, das es im Überfluss zu geben schien, waren Bücher. Sie stapelten sich in jeder freien Ecke.

Der warme Schein der Öllampe lag auf Alfreds Miene, während er ihr zusah, wie sie die Kammer musterte.

«Ist das dein …» Helene suchte nach dem richtigen Wort. Es Appartement zu nennen, hätte Alfred als Spott auffassen können. «Dein Zuhause?»

«Ja», erwiderte Alfred, «aber ich lebe hier nur zur Miete. Meiner Familie hat noch nie irgendetwas gehört.»

Etwas in Helene zog sich zusammen, als sie die jähe Verwundbarkeit in seiner Miene erkannte. Alfred schämte sich vor ihr. Bis heute, egal in welcher Situation, hatte sie ihn immer nur stolz erlebt, aber jetzt, da sich seine Armut so offenkundig vor ihr ausbreitete, konnte er ihr kaum ins Gesicht blicken.

«Es ist besser als das letzte Loch, wo ich gewohnt habe, drüben in Hernals», meinte er zögerlich. «Da waren wir zu dritt, und die Kammer war auch nicht viel größer. Mein Mitbewohner, der Schniebitz, hat in der Nacht gearbeitet, also haben wir uns ein Bett geteilt. Er hatte es am Tag, ich in der Nacht.»

Alfred machte einen Schritt vom Bett zu einem kleinen Fenster und öffnete es, als würde er fürchten, dass Helene die Luft in seinem Zuhause schlecht bekommen könnte.

«Du hast vorhin beim Turm gemeint, ich wäre frei, aber mein Leben war immer nur ein Kampf. Jemand aus meinen Verhältnissen geht normalerweise nicht auf die Universität. Er schleppt Säcke, arbeitet im Waschhaus oder schreibt Briefe für andere, wenn er das Glück hat, schreiben zu können. Ich bewege mich jeden Tag unter denen, die aus *gutem Hause* sind, die mit der Selbstverständlichkeit aufwachsen, dass ihnen im Leben nichts passieren kann. Egal, was sie tun, sie werden immer ein Haus, etwas zu essen und Kleidung im Überfluss besitzen. Ich kann froh sein, wenn ich genug für die Miete und das Essen aufbringe, und muss trotzdem jeden Tag so tun, als wäre ich einer von ihnen. Das mag etwas einfacher geworden sein, seit ich dich unterrichte, aber ich mache mir nichts vor. Die Gunst der Obrigkeiten kann so flüchtig sein wie Sonnenschein im April.»

Alfred strich mit den Fingern über den Stoff seines Rocks.

«Dieser Rock hat nicht immer so abgewetzt ausgesehen. Ich hab ihn von meinem Vater, der war Hofdiener in der Stadt bei Baron Langenfels. Ich weiß nicht, ob dein Vater mit dem Baron bekannt war, jedenfalls war es lange eine gute Stelle, und wir konnten uns glücklich schätzen. Wir hatten ein Dach überm Kopf, und das Geld reichte, damit ich zur Schule gehen konnte. Mein Vater spazierte mit mir sonntags nach der Messe im Stephansdom oft an der Universität vorbei. *Die schärfste Waffe, die jemand ohne Stand besitzen kann, ist Wissen. Ich werde dafür sorgen, dass du sie zu schwingen weißt.* Das sagte er damals immer zu mir. *Selbst die mächtigsten Männer werden dich brauchen, wenn du etwas weißt, das sie nicht wissen.*» Alfred lächelte und rieb sich die Stirn. «Ich war ein Junge, den man nicht erst zum Lernen ermuntern musste. Das hat Papa immer stolz gemacht. Er wusste nicht, dass ich mich oft ins Studierzimmer des Barons schlich, um mir Bücher auszuleihen, die er ohnedies nie in die Hand nahm. Der Baron war ein Lebemann, der mit der Zeit immer mehr der Trunksucht verfiel. Eines Tages ertappte er mich in seinem Studierzimmer, als ich eines seiner Bücher zurückbrachte. Es war früh am Morgen, er kam gerade von einer durchzechten Nacht zurück und stank nach Alkohol und Pisse. Ich hatte Angst und wusste nicht, was ich sagen sollte. *Undankbarer Bengel,* lallte der Baron, *den frechen Blick treib ich dir aus.* Er packte mich und schlug mich mit seiner Reitgerte, dabei war er so betrunken, dass die meisten Hiebe mich nur streiften.»

Alfred atmete einmal tief durch, dann erzählte er weiter.

«Ich schluchzte und bat ihn, mich gehen zu lassen. *Dir werd ich's zeigen, mit deinem frechen Blick. Das wirst du nie vergessen, Bengel.* Er drückte mich mit einer Hand auf den Boden und begann, sich mit der anderen an seiner Hose zu schaffen zu machen. Ich verstand damals nicht, was er vorhatte, aber ich weiß noch, dass ich Todesangst verspürte. Aber bevor etwas passierte, stürmte Papa in den Raum. Er brüllte mich an, was mir einfalle, so frech zum Herrn Baron zu sein, und entschuldigte sich untertänig für mein Verhalten. Bevor der Baron etwas sagen konnte, hatte er mich gepackt und aus dem Studierzimmer gezerrt. Draußen hörte er sofort auf, mich anzubrüllen, tröstete mich, und versprach, dass alles gut werden würde.»

Alfred ballte seine Fäuste und blickte zu Boden.

Helene merkte, dass sie zu zittern begonnen hatte. «Was für ein verabscheuungswürdiger Mann.» Sie spürte, wie ihr Tränen in die Augen stiegen.

«Später erfuhr ich, dass dem Baron gar nicht aufgefallen war, dass ich eins seiner Bücher genommen hatte. Er hatte in dieser Nacht ein halbes Vermögen beim Kartenspiel verloren. Die Dinge gingen danach einfach ihren gewohnten

Gang, außer dass Papa mich gewissenhaft aus dem Blickfeld des Barons hielt. Er sagte, etwa ein Jahr müsse er noch im Dienst des Barons bleiben, dann habe er das Recht, sich einen anderen Dienstherrn zu suchen. Aber ein paar Monate danach...»

Alfred schluckte.

«Ich kam gerade aus der Schule zurück. An diesem Tag hatte man mich wegen meiner guten Zensuren in ein Gymnasium aufgenommen, und ich wollte Papa davon erzählen. Da hörte ich die Schreie meiner Mutter aus dem Garten des Palais. Als ich hinzugelaufen kam, galoppierte der Rappe des Barons ohne Reiter an mir vorbei. Ich sah meine Mutter auf dem Boden kauern, über der Gestalt meines Vaters. Ein paar Schritte weiter kam der Baron gerade auf die Füße und torkelte auf die beiden zu. Ich werde nie vergessen, wie mein Vater ausgesehen hat. Das Pferd hatte ihn niedergetrampelt. Seine Arme und Beine waren gebrochen und standen in widernatürlichem Winkel vom Körper ab. Und sein Gesicht... Seine Züge waren kaum noch zu erkennen. Überall war Blut. Meine Mutter schrie nach Hilfe, nach einem Arzt. Der Baron fluchte irgendetwas, als er meinen Vater sah, und torkelte davon. Ich half, Vater in den Gesindetrakt zu tragen. Er lebte noch und hatte furchtbare Schmerzen.»

Alfreds Blick war glasig, er schien verloren in dieser furchtbaren Erinnerung. Helene wollte zu ihm hinlaufen, ihn an sich drücken, doch sie wagte es nicht. Sie war eine von ihnen. Sie gehörte zu denen, die ihm das angetan hatten, und obwohl es eine absurde Regung war, fühlte es sich so an, als hätte sie selbst Alfred dieses Leid bereitet. Der Gedanke zerriss sie innerlich.

«Das Allgemeine Krankenhaus war noch nicht erbaut,

und einen Arzt konnten wir uns nicht leisten, also schickte meine Mutter nach einem Wundarzt, das sind meist Soldaten, die ein paar Kniffe der Wundbehandlung kennen. Es war ein guter Mann, er versuchte sein Bestes, repositionierte die Knochen und versuchte, die Blutung der tiefen Wunden an seinem Kopf zu stillen. Aber ... es war nicht genug. Mein Vater brauchte eine Woche, um zu sterben. Eine Woche, in der er schrie, bis er keine Stimme mehr hatte. Ich saß die meiste Zeit an seinem Bett und hielt seine Hand. Manchmal drückte er sie, als wüsste er, dass ich da war. Irgendwann wurden seine Finger schlaff und glitten mir aus der Hand.» Nun sah Alfred auf, suchte Helenes Blick. «Du hast mich einmal gefragt, warum ich den Adel so verachte. Diese verabscheuungswürdige Kreatur hat meinen Vater getötet, nachdem der versuchte, ihn davon abzuhalten, betrunken jagen zu gehen. Das Pferd ging durch, als der Baron in die Luft schoss. Er war schuld, aber er weigerte sich, einen Arzt zu bezahlen. Er machte einfach weiter, als wäre nichts geschehen. Weil er es konnte. Zwei Jahre später entließ er meine Mutter und mich, als er sich endgültig in den Ruin getrieben hatte.»

«Nein», wisperte Helene und schüttelte den Kopf. Auch sie mochte ihren Vater verloren haben, durch eine Krankheit, höhere Gewalt. Aber das, diese schreckliche Gleichgültigkeit gegenüber dem Leid anderer ... kein Wunder, dass Alfred so viel Wut in sich trug, dass er die bestehende Ordnung niederbrennen wollte, um in einer gerechteren Welt zu leben.

«An dem Tag, an dem mein Vater starb, beschloss ich, jemand zu werden, der nie von der Gunst der anderen abhängig sein würde. Ein großer Medikus, der auch die behandelt, die in Not sind, nicht nur die, die zahlen können.» Alfreds finstere Miene schien sich etwas zu erweichen, als er

Helene betrachtete. «Ich musste dich heute hierherbringen, um dir dieses Zimmer zu zeigen.» Ein trauriges Lächeln erschien auf seinen Zügen. «Du hast die Chance auf ein besseres Leben als *das*.» Er wies mit der Hand auf die Kammer. «Denn so würde unser Leben aussehen. Daran ist nichts *romantisch*. Du würdest es bereuen, vielleicht nicht gleich, aber irgendwann doch. Dein Leben auf Weydrich mag dir eng und trostlos erscheinen, aber du wirst bald heiraten, und dann wirst du woanders leben. Vielleicht findest du einen guten Mann, jemanden wie deinen Vater. Wenn du aber mit mir fortgehst, dann bedeutet das ... das hier.» Er deutete um sich.

Helene öffnete leicht den Mund, schmeckte den salzigen Geschmack ihrer eigenen Tränen. Sie wollte etwas sagen, aber all die furchtbaren Dinge, die Alfred erzählt hatte, sein ganzer Schmerz, schienen ihr den Brustkorb einzuengen.

Alfred nickte, als würde er verstehen. «Ich weiß. Du musst nichts sagen. Das hier *sollte* dich erschrecken. Ich rufe dir eine Kutsche. Fahr nach Hause, Helene. Fahr nach Hause und sei so glücklich, wie du kannst. Niemand hätte es mehr verdient als ...»

Alfred hielt inne und beäugte sie verwirrt, als sie um das Bett schritt und direkt vor ihm stehen blieb. Durch das offene Fenster wehte die Abendbrise winzige Holunderblüten hinein, die in ihrem Haar und auf ihren Armen hängen blieben. Sie streckte die Hand aus und legte sie auf Alfreds Wange.

«Ich bin dein», flüsterte sie. «Und wenn es bedeuten würde, mit dir im Fegefeuer zu leben.»

«Fegefeuer?», murmelte Alfred und umschloss ihre Hand mit seiner. «Jemand wie du hätte dort keinen Platz!»

«Dann werde ich mir den Zutritt verdienen müssen ...»

Sein Atem ging schnell, dann waren ihre Lippen auf seinen. Sie roch seinen Duft, das Cologne, das er nur manchmal trug, weil er sparsam damit umgehen musste. Rau und holzig roch es, als hätte man Alfreds Persönlichkeit in einen Duft gegossen.

Er legte seine Hände auf ihre Schultern und streichelte vorsichtig am Rückenausschnitt des Kleides entlang, für einen Moment zog er sich wieder zurück, betrachtete sie forschend.

Wenn Helene jetzt keinen Schritt zurück machte oder etwas sagte, würden sie nicht mehr aufhören können, dessen war sie sich sicher. Aber allein die Vorstellung, sich von ihm zu lösen, schien ihr in diesem Moment unmöglich, wo alle Süße des Lebens in seiner warmen Umarmung lag.

Noch einmal küsste sie ihn. Vorsichtig tasteten ihre Lippen nach seinen, berührten sie sanft. Sie tastete sich weiter vor und hieß Alfreds Berührung willkommen, als seine Finger sich zuerst an den Ösen und Bändern zu schaffen machten, die ihr Kleid zusammenhielten, und dann ihr weißes Korsett aufknöpften. Helene atmete befreit auf, senkte ihre Arme und spürte, wie der Stoff hinabglitt und raschelnd auf den Holzboden der Kammer fiel. Einen Moment später folgte ihr Unterrock.

Alfreds Hände auf ihrem nackten Rücken zu spüren, ließ sie aufseufzen. Sie hatte gedacht, sie würde sich in ihrer Entblößtheit unbehaglich fühlen, schließlich war sie so gut wie niemals nackt, und nur sehr selten hatte sie beim morgendlichen Ankleiden mit Adelheid einen verstohlenen Blick in den Spiegel riskiert. Doch jetzt schämte sie sich nicht. Alfreds Berührung, der Wind auf ihrer Haut, das Gefühl von Verletzlichkeit und der süße Wunsch nach Nähe ... Jede Empfindung schien ihr noch tiefer als sonst.

Alfred befreite sich nun ebenfalls Stück für Stück aus seiner Kleidung. Helenes Wangen wurden warm, als ihr das Blut ins Gesicht schoss. Sie hatte bisher nie einen nackten Mann gesehen. Sein Körper war so anders beschaffen als ihrer. Natürlich hatte sie bei jeder ihrer Umarmungen seine Festigkeit und seine Kraft gespürt, aber sie zu sehen, war etwas völlig anderes. Neugierig ließ sie ihre Finger mit dem Haar auf seiner Brust spielen. Strich etwas fester über seine Brust, seinen Bauch.

Alfred hielt bei dieser Erkundung die Luft an. Als er sie wieder ausstieß, hob er sie behutsam und legte sie auf sein Bett.

Es fühlte sich an, als würde sie in den Laken versinken, aber er war über ihr, hielt sie.

Seine warmen Fingerkuppen strichen über ihre Brust. Gänsehaut breitete sich über ihren ganzen Körper aus, sodass sie aufseufzte. Sie spürte seine warmen Lippen auf ihrer Brustwarze, das Kitzeln seiner Zungenspitze.

Helene stieß ein Keuchen aus.

Er ließ sein Gewicht auf sie sinken, nahm ihre Oberschenkel zwischen seine. Noch einmal hielt er inne und betrachtete sie aus seinen dunklen Augen.

«Hör nicht auf», flüsterte sie. «Ich sterbe, wenn du aufhörst!»

## 14. Kapitel

Alfred lag im Bett und hörte, wie im Morgengrauen die ersten Vögel ihren Gesang über den Dächern der noch ruhigen Vorstadt erklingen ließen.

«Was hast du getan?», flüsterte er in die Dunkelheit seiner Kammer hinein.

Helene gestern Nacht sachte von sich wegzudrücken und sie nicht an seine Brust geschmiegt schlafen zu lassen, hatte sich so falsch angefühlt, trotzdem hatte er sie zurückschicken müssen. Noch ein letztes Mal. Eine Flucht musste erst organisiert werden. Wenn sie bei ihm geblieben wäre, hätten am nächsten Tag die Männer der Gräfin vor der Tür gestanden und sie zurückgeholt, ohne Chance, sie jemals wiederzusehen.

Er hatte beobachtet, wie die Kutsche mit Helene davongerumpelt war.

«Wer immer auch fragt», hatte er dem Kutscher eingeschärft und ihm ein dickes Trinkgeld in die Hand gedrückt, «Ihr habt die Dame in Neustift abgeholt, wo ihre Kutsche einen Achsenbruch erlitten hat.»

Der Kutscher hatte grimmig genickt und die Pferde angetrieben. Helene hatte sich aus dem Fenster gelehnt und ihm zugelächelt ...

Alfred seufzte und versuchte, die Erinnerung an die letzte

Nacht beiseitezuschieben. Ganz gelang es ihm jedoch nicht. Der Gedanke an Helenes zarte Brüste unter seiner Hand, das Gefühl ihres Körpers unter seinem, ihre Augen, die ihn festzuhalten schienen ... In seinen Lenden regte sich ein fast schon schmerzhafter Drang.

Alfred knurrte und rieb sich das Gesicht. Als hätte man ihm ein gieriges Untier in den Geist gesetzt, das sich nicht kontrollieren ließ. So reizvoll es sein mochte, beim Anblick einer hübschen Frau so berauscht zu werden, es war alles andere als hilfreich. Manchmal fragte er sich, ob nur Männer mit dieser Art von innerem Dämon zu kämpfen hatten. Manchmal war er sich nicht sicher.

So wunderbar süß es auch gewesen war, er hätte sich in Geduld üben müssen. Sich letzten Abend am Narrenturm zu treffen, war schon ein gefährliches Spiel gewesen. Alles, was darauf gefolgt war, war Wahnsinn gewesen, *himmlischer Wahnsinn* zwar, aber nicht minder dumm.

Alfred entdeckte den Jasminzweig, den er in Helenes Haar gesteckt hatte, auf seiner Matratze. Er war zwar zerdrückt, roch aber immer noch lieblich. Er legte ihn vorsichtig auf den Hocker, der neben dem Bett stand.

Es half nichts, jetzt mussten sie hoffen, dass alles gut ausging. Wenigstens mussten sie dieses Spiel nicht mehr lange durchhalten.

«In genau einer Woche», hatte er ihr zugeflüstert. «Zur selben Zeit, am Narrenturm. Wir fahren noch in der Nacht nach Pressbaum, wo wir in die Morgenpostkutsche nach Salzburg steigen.»

Das Erzbistum Salzburg gehörte nicht mehr zum Reich, dort sollten sie erst einmal in Sicherheit sein. Sie würden drei Tage lang unterwegs sein, wenn alles gut ging. *Bis sie merken, dass du fehlst, sind wir schon lange fort*, hatte er ihr ins Ohr geraunt.

Und dann? In Salzburg konnten sie unmöglich bleiben. Irgendwann würde man sie auch dort aufspüren. Alfred hatte einen vagen Plan ... und der hieß Straßburg. Er hatte in der Zeitung gelesen, dass sich dort viele frei denkende Geister sammelten, die dem rigiden Ständesystem, das in Frankreich herrschte, zu entkommen suchten. Ein guter Ort, um mit Helene neu anzufangen, weit genug von Wien und dem Einfluss der Gräfin entfernt. Er würde Auenbrugger unter einem Vorwand um eine Empfehlung für die dortige Universität bitten, wenn sich die Gelegenheit ergab, dann musste er seinen Traum, Arzt zu werden, vielleicht nicht begraben. Aber wie sollte er Helene dort versorgen? Sein Erspartes würde gerade mal so für die Flucht reichen, wenn überhaupt. Er würde schnell eine Hilfsarbeit annehmen müssen, wenn er nicht wollte, dass sie verhungerten. Ob dort für zwei reichen würde, was hier in Wien kaum für einen gereicht hatte, darüber wollte Alfred gar nicht nachdenken.

Kein Wunder, dass er nicht einen Moment geschlafen hatte angesichts solcher Gedanken ...

Eins nach dem anderen, heute Morgen stand erst einmal der Termin mit Rektor Quarin an, dem Leiter der Universität und des Algemeinen Krankenhauses. Alfred durfte Wien nicht verlassen, ohne etwas gegen die furchtbaren Zustände im Narrenturm zu tun, das schuldete er dem toten Mädchen.

Alfred beschloss aufzustehen. Er würde ohnehin nicht mehr einschlafen, wem machte er etwas vor.

Vor der Abfahrt hatte er die Zeichnung des Straßenkünstlers noch rasch in einen Lederumschlag gelegt und sie Helene in die Hand gedrückt.

*Wenn du dich verloren fühlst*, hatte er ihr zugeflüstert.

Vermutlich hätte er das Geld dafür sparen sollen, sie hätten dafür zwei Laibe Brot bekommen, aber er hatte nicht widerstehen können, ihr dieses Geschenk zu machen. Und zu dem Zeitpunkt hatte er auch noch gedacht, es wäre ein Abschiedsgeschenk.

Er hatte dem Maler von Helenes Lied *Das Vöglein mit dem Ringlein rot* erzählt. Er hatte daraufhin zwei fliegende Singvögel auf das Papier gezaubert, mitten in eine von Blumen umrahmte Lichtung. Die Vögel wirkten so echt, als würden sie einem jeden Moment entgegenflattern. Ein blutroter Halsring leuchtete aus ihrem bräunlichen Gefieder. Die Schnäbel der beiden Vögel schienen sich gerade so zu berühren, wie zu einem flüchtigen Kuss ...

Irgendwann, wenn sie in Sicherheit wären und all die Sorgen sich nur noch wie ein ferner Albtraum anfühlten, würde Alfred es rahmen lassen und an die Wand ihres neuen Heims hängen.

Als er sich fertig angekleidet hatte, stieg er die Treppen hinunter und trat auf die Gasse hinaus. Ein paar Pferdekarren mit Waren für die Wiener Märkte rumpelten an ihm vorbei, sonst war es noch ruhig.

*Ich frage mich, was aus Frantisek geworden ist*, überlegte Alfred. Nach dem letzten Unterricht bei Helene hatte er in der Währinger Buschenschank vorbeigeschaut, in der der alte Hofmeister gerne seine Feierabende verbracht hatte, aber dort hatte man ihn seit der Ankunft der Gräfin nicht mehr gesehen. Genau genommen hatte er auch keinen Grund mehr, dort hinauszufahren, nachdem er seine Kammer auf Schloss Weydrich hatte räumen müssen. Vermutlich hatte er sich irgendwo in der Stadt einquartiert und fühlte sich dort etwas verloren. Frantisek hatte seine Arbeit immer mit großem Stolz verrichtet. Alfred konnte sich nicht vorstellen, was es für ihn bedeutete, dass man ihm das genommen hatte. Vielleicht hätte er sie sogar bei ihrem Vorhaben unterstützt, aber es war wohl besser, dass er gar nicht erst in Versuchung kam, um Hilfe zu bitten.

Den Wagen nach Pressbaum zu organisieren, war nicht weiter schwierig. Der Ort lag nicht weit von der Stadt entfernt, man brauchte mit der Kutsche kaum mehr als eine Stunde dorthin.

Der Fahrer bedachte Alfred mit einem schiefen Blick, als er ihm erklärte, von wo und wann er abzureisen gedachte, nahm den Auftrag aber dankend entgegen. Anschließend suchte Alfred die nächste Poststation auf und kontrollierte die Fahrpläne der Postkutschen, die an das Tor geschlagen waren. Sie würden ein paar Stunden in Pressbaum warten müssen, ehe die Postkutsche dort ankam, aber das war besser, als die Nacht über in Wien zu bleiben, falls man doch schon frühzeitig nach Helene suchen würde.

*Wenn sie dich erwischen, geht's ins Zuchthaus.*

Alfred verscheuchte den Gedanken und konzentrierte sich wieder auf die Tafel. Ein leises Pfeifen ließ ihn zusammenfahren. «Ganz schön teuer, so eine Reise.»

Trotz seines feinen Gehörs hatte Alfred den Jungen nicht kommen hören, der neben ihm aufgetaucht war und ebenfalls den Fahrplan studierte. Er war nur ein wenig kleiner als Alfred, hatte aber ein mädchenhaft glattes Gesicht, ohne eine einzige Bartstoppel. Große, blaue Augen richteten sich auf ihn. «Da bleibt man lieber daheim, nicht wahr, *mon ami?*»

Alfred runzelte die Stirn. Der Junge war edel gekleidet, in

einen kecken, silbrig glänzenden Rock. Trotz seines jugendlichen Aussehens war Alfred nicht sicher, ob er wirklich noch so jung war.

«Sicher», brummte Alfred.

«Außerdem weiß man nie, was alles passiert. Man übernachtet bei einem unehrlichen Wirt, der einem die Börse abnimmt. Man ordert ein Bier und bekommt stattdessen ein Messer an die Kehle. Und nicht zu vergessen, all die Pestilenzen, die einen befallen können, manche aus *heiterem* Himmel, manche nach *heiterer* Damengesellschaft, die ...»

«Ihr habt eine zu dramatische Vorstellung von einer Postkutschenfahrt», unterbrach ihn Alfred.

Der Junge lächelte. Alles an seiner Erscheinung wirkte wohlgefällig. Das zurückfrisierte, rostbraune Haar, das unter seinem Dreispitz verschwand, seine zierliche Figur, das schelmische Lächeln. Nur ein längliches Muttermal, das sich wie eine Träne über seine Wange zog, störte dieses Bild ein wenig.

«Das Leben ist ein flüchtiges Geschenk, mit dem man nicht leichtfertig umgehen sollte. Meint Ihr nicht?»

«Es gibt Dinge, die ein Risiko lohnen», erwiderte Alfred abweisend.

«Wenn Ihr es sagt», antwortete der Junge beinahe enttäuscht. «Aber was könnte das sein? Der Kaiser, das Vaterland», er gähnte übertrieben, «oder ...», unvermittelt wurde seine Miene wieder aufmerksam, «oder gar doch etwas weniger Blutleeres?»

Alfred musterte den Jungen. Seine Neugier ging ihm ein wenig zu weit, dafür, dass er nicht einmal seinen Namen kannte.

«Verzeiht meine Indiskretion», lachte der Junge, als er

Alfreds Blick bemerkte. Er deutete eine Verbeugung an und wandte sich ab. Im Weggehen drehte er sich noch einmal nach Alfred um. «Übrigens», meinte er, «Ihr habt ein wahrhaft außergewöhnliches Gesicht, *mon ami*.»

Alfred schüttelte den Kopf. Um ihn herum war morgendliche Betriebsamkeit ausgebrochen. Pferde wurden angeschirrt, Pakete wurden verladen, und Reisende stiegen in die abfahrbereiten Kutschen. Es wurde Zeit, er musste zurück zur Universität. Ein ungutes Gefühl beschlich ihn, aber er zwang sich, es zurückzudrängen. Es würde schon alles gutgehen.

☙

Ein paar Kommilitonen begrüßten ihn, als er durch die Höfe des Allgemeinen Krankenhauses marschierte. Das hier würde ihm fehlen, die Universität, die Arbeit mit den Patienten, ja selbst seine albernen, selbstgefälligen Kollegen.

Als Alfred die Treppen zu Rektor Quarins Räumlichkeiten hinaufstieg, spürte er Nervosität in sich aufsteigen. Er hatte den Direktor immer nur von ferne gesehen, in Begleitung irgendwelcher hoher Herrschaften, die er durch das Krankenhaus führte, um ihnen dessen Größe und Modernität zu zeigen. Quarin war nicht nur der Leiter hier und der Rektor der medizinischen Fakultät, er war auch Leibarzt der kaiserlichen Familie. Schon Maria Theresia hatte ihn dazu ernannt, und er füllte die Rolle immer noch aus. Kaiser Joseph hatte ihm bei der Errichtung des Krankenhauses einen Großteil der Planung überlassen. Seine Schrift *Quarinisches Dispensatorium* war die vollständigste Beschreibung von Arzneimitteln, die Alfred kannte. Kurzum, obwohl er außer dem Kaiser vermutlich schon lange keinen Patienten mehr gesehen hatte, war er wohl mit Abstand der einflussreichste Mediziner des Reichs.

Der schnöselige Assistent mit der gepuderten Perücke, bei dem Alfred letzte Woche um ein Treffen mit Quarin ersucht hatte, sah von seinen Papieren auf, als Alfred ihm entgegenkam. Ein enerviertes Seufzen entrang sich seiner Kehle, als hätte er gerade gemerkt, dass sich eine Straßentaube in das Gebäude verflogen hatte, die man nun irgendwie wieder hinausscheuchen musste.

«Guten Morgen, mein Name ist Alfred Wagener. Ich habe einen Termin beim Rektor.»

«Ah. Die Magnifizenz ist noch mit ... mit den *morgendlichen Ritualien* beschäftigt.»

Alfred hob eine Augenbraue. «Wird es lange dauern?»

Der Assistent trommelte mit den Fingern auf seinen Tisch. «So lange es eben dauert! Und danach steht bereits der nächste Termin an! Heute kann ich es wohl nicht mehr einrichten.» Er wandte sich demonstrativ ab, dippte seine Feder in das Tintenfass und begann wieder zu schreiben.

«Wann wird es wieder gehen?»

«Ich bin nicht sicher ... wahrscheinlich erst in einem Monat, die Magnifizenz ist sehr beschäftigt», erwiderte der Assistent, ohne aufzublicken.

Alfred atmete tief durch.

*In einem Monat bin ich nicht mehr hier ...*

Mit entschlossenem Schritt stürmte Alfred an dem Assistenten vorbei, der das zu spät bemerkte, um ihn noch aufzuhalten. Er drückte die Klinke der mit Stuck verzierten Tür nach unten. Der Assistent stieß ein entrüstetes Keuchen aus, aber Alfred hatte die Tür bereits aufgerissen und war ins Büro des Rektors gestürzt.

Es war ein heller Raum, weniger prunkvoll, als Alfred erwartet hatte. Bücherregale verdeckten das Gros der Wände. Ein Porträt des Kaisers in rotgoldenem Rock und rot-weiß-roter Schärpe hing direkt gegenüber der Tür.

Quarin saß an einem kunstvoll gearbeiteten Schreibtisch aus Ebenholz und schien Alfred zunächst gar nicht zu bemerken. Sein Gesicht war im Dekolleté einer jungen Frau in einem violetten Kleid vergraben, die breitbeinig auf seinem Schoß hockte, während Quarins Hände ihre entblößten Brüste kneteten. Er prustete gerade in ihren Ausschnitt hinein, was sie hell auflachen ließ.

Alfred erstarrte und wollte gerade kehrtmachen, als Quarin den Kopf hob und ihn anstarrte. In seinem roten Gesicht breitete sich zuerst Unglauben und dann Ärger aus.

«Verzeihung», murmelte Alfred und senkte den Blick.

«Geh dich frisch machen, Mizzerl», murmelte Quarin und schob die Frau von seinem Schoß herunter. Die schien Alfred erst jetzt zu bemerken und stieß ein erstauntes «Oh!» aus.

«Ich komm später zu dir.» Quarin gab ihr einen Klaps auf den Hintern. Sie kicherte und trippelte mit gerafftem Kleid zu einer Seitentür, hinter der sie rasch verschwand.

Alfred wartete, während Quarin sich langsam sein Hemd zuknöpfte und seinen Rock überwarf.

«Ja?», blaffte er schließlich.

Alfred verbeugte sich kurz. «Magnifizenz. Alfred Wagener, *Candidatus Medicinae*. Ich hatte um einen Termin bei Euch ersucht.»

Die Tür hinter Alfred öffnete sich, und der völlig aufgelöste Assistent kam in den Raum. Sicher wusste er, worin die *morgendlichen Ritualien* bestanden, und hatte deshalb gezögert, dem Eindringling zu folgen.

«Magnifizenz, dieser impertinente Kerl ist einfach ...»

Quarin hob die Hand und scheuchte den Assistenten mit einer beiläufigen Geste aus dem Raum. Der schnappte nach Luft und warf Alfred im Gehen einen vernichtenden Blick zu.

Quarin stieß verächtlich die Luft aus und goss sich ein Glas Wein aus einer am Schreibtisch stehenden Karaffe ein. Er war ein rundlicher Mann mit einem starken Bartschatten, der verriet, dass er wohl täglich einen Barbier brauchte. Bis auf ein paar Schlampigkeiten in seiner Kleidung und der etwas zerrauften Perücke zeugte inzwischen nichts mehr von dem kleinen Intermezzo von eben.

«Weiter! Was wollt Ihr?»

Alfred versuchte, seine Verwirrung beiseitezuschieben und sich wieder auf den Grund seines Hierseins zu konzentrieren.

Mit möglichst nüchternen Worten erzählte er Quarin von seinem ersten Besuch im Narrenturm mit Professor Auenbrugger, dann von seinem Zusammentreffen mit Dr. Ofczarek und wie er das Mädchen tot im Engerlwagen entdeckt hatte. Er beschrieb ihre Verletzungen ... und mit zitternder Stimme auch die Beweise, dass man sie vor oder nach ihrem Ableben geschändet hatte.

Quarin nippte an seinem Wein und lehnte sich zurück. Ein fast belustigtes Lächeln umspielte seine Lippen.

«Und was wollt Ihr nun von mir?»

«Magnifizenz!» Alfred atmete tief durch. «Ich glaube, der Narrenturm wurde mit den besten Absichten erbaut, aber dort passieren Dinge, die ...»

Rektor Quarin brachte ihn mit einer bestimmten Handbewegung zum Schweigen. «Meint Ihr, ich habe Zeit für so einen Unsinn? Wo ich heute noch ins Ungarische aufbreche, um den Kaiser persönlich zu treffen?»

Alfred suchte für einen Moment vergeblich nach Worten. «M-magnifizenz ... diese Menschen ...»

«Darf ich fragen, wer Euer Vater ist?», unterbrach ihn Quarin.

Alfred blinzelte verwirrt und schüttelte den Kopf.

«Nun los.» Quarin nippte an seinem Wein und wedelte auffordernd mit der Hand. «Wer ist Euer Vater?»

«Mein Vater war der Hofdiener des Barons von Langenfels, bevor er ...»

Quarin unterbrach ihn erneut. «Ich verstehe!» Noch ein Schluck Wein. «Ich habe in all der Zeit in Wien viele wie Euch kennengelernt, und ich muss leider sagen, aus dieser modernen Vermischung der Stände entsteht nichts Gutes.» Er stellte sein Weinglas ab und verschränkte die Hände. «Wäre es nicht schöner für Euch gewesen zu bleiben, wo Ihr hingehört, und in die Fußstapfen Eures braven Vaters zu folgen? Ein tüchtiger Hofdiener, das wäre doch was? Eine respektable Stelle ...»

«Wie bitte?», hauchte Alfred.

«*Mein* Vater», erklärte Quarin, «war auch schon ein berühmter Medikus. Es lag mir einfach im Blut. Als ich in Eurem Alter war», er wies auf Alfred, «habe ich schon jahrelang praktiziert und mir schnell die Achtung des Königshauses verdient. Euch, pardon, liegen einfach andere Eigenschaften im Blut. Ich bin sicher, wenn Ihr Euch mit Euren angeborenen Gaben arrangiert hättet, wärt Ihr heute schon ein ganz passabler Domestik an einem Fürstenhof.»

Alfred spürte, wie sich seine Muskeln spannten. Sein Atem beschleunigte sich. Er musste hier raus, weil er sonst für das, was geschah, keine Verantwortung übernehmen konnte ...

Vor seinem inneren Auge erschien das tote Gesicht des Mädchens. Nein. Er konnte sie nicht so einfach im Stich lassen.

«Mit Verlaub, ich bin nicht wegen meiner Berufswahl hier. Die Patienten im Turm verdienen den gleichen Respekt wie andere Kranke. Ich hege den begründeten Verdacht, dass sie auf eine Art behandelt werden, die nicht mit der Menschenwürde vereinbar ist. Ihr seid der Rektor der Universität, dieses Krankenhauses und auch der Irrenklinik. Ihr seid für die Zustände dort verantwortlich. Wollt Ihr weiterhin wegschauen? Oder, noch schlimmer, wisst Ihr, was dort vor sich geht, und es ist Euch gleich?»

Quarins Augen verengten sich ein wenig. «Die Irrenklinik ist die modernste Spitalseinrichtung der bekannten Welt! Jedes Eurer Worte zeugt davon, dass Ihr besser im Narrenturm als an einer Universität aufgehoben wärt. Wir werden dort die Ersten sein, die den Irrsinn heilen. Man stelle sich vor, was das bedeutet, eine neue Ära der Medizin! Und Ihr meint, wir würden den Irren Böses tun.» Quarin lachte und schüttelte den Kopf. «Was glaubt Ihr denn, wie es den Irren woanders ginge? Bei ihren Familien? Die meisten wissen nicht, wohin mit ihnen, und setzen sie aus. Die schweren Fälle werden im Kindesalter oft erschlagen.»

«Das ist keine Rechtfertigung dafür, sie zu misshandeln, es ist ...»

«Still jetzt, es ist genug!» Quarin stand auf. «Wisst Ihr, was der Kaiser braucht?» Er musterte Alfred, während er hinter seinem Tisch hervorkam. «Nein? Das dachte ich mir», erklärte er, als Alfred nicht antwortete. «Es herrscht *Krieg*.» Quarin schüttelte die Faust. «Seine Majestät braucht Ärzte, tüchtige Ärzte, die Soldaten behandeln und Seuchen im

Zaum halten. Er braucht Ärzte *allerhöchsten* Niveaus!» Er streckte seinen Arm hoch über seinen Kopf und maß Alfred mit hochgezogenen Augenbrauen. «Aber sehen wir uns mal an, wo Ihr Euch hier einordnet.»

Quarin ging zu Alfreds Erstaunen vor ihm zu Boden. Er legte sich flach auf den Bauch und spreizte die Gliedmaßen von sich wie eine sonnenbadende Sumpfschildkröte. Mit hochrotem Kopf sah er zu Alfred auf. «Jetzt habe ich mich auf Euer Niveau herabbegeben.»

Alfred brachte kein Wort hervor, während Quarin sich wieder aufrappelte. «Ein Versäumnis meinerseits», keuchte er und wischte sich den Schweiß von der Stirn. «Man hätte sich Euch schon bei Eurer *Inscriptio* – wann, letztes Jahr? – genauer ansehen müssen, dann wäre dieser Fauxpas gewiss nicht passiert.»

«*Fauxpas?*», meinte Alfred mit bebender Stimme. «Niemand hatte bessere Referenzen als ich ...»

Quarin schien ihn gar nicht gehört zu haben. «Dabei hatte man damals ohnedies die Qual der Wahl. Kennt Ihr den Mayerhofer? Ein Prachtbursche, der Vater ein Diagnostiker erster Güte, der schon am bayrischen Hof gedient hat.»

«Ich werde jetzt gehen», murmelte Alfred und wandte sich ab.

«Moment noch!» Quarin seufzte und schüttelte den Kopf. «Ich bin ja kein Unmensch. Wenn Ihr wollt, frag ich bei einem befreundeten Baron, ob er in seinem Hausstand noch einen Hofdiener gebrauchen kann. Ihr seid zwar schon etwas alt, um erst zu beginnen, aber ...»

Es war zu spät. Die Welle, die Alfred bisher mit all seiner Selbstbeherrschung zurückgehalten hatte, brach über ihm zusammen und riss das letzte bisschen Vernunft mit sich.

Er stürmte zu Quarin, packte ihn an seinem Gewand und nagelte ihn mit einem dumpfen Krachen gegen die Wand.

Der Rektor schien gar nicht mitbekommen zu haben, was mit ihm geschah, erst der Blick in Alfreds Miene direkt vor seiner machte ihm seine Lage bewusst. Alfred sah zu, wie sich die Röte in Quarins Gesicht verflüchtigte und erschrockener Blässe wich. Die Tür zum Hinterzimmer öffnete sich, und die Dirne von vorhin keuchte erschrocken auf.

«Als Arzt hattet Ihr meinen Respekt», zischte Alfred. «Aber als Mensch seid Ihr die niederste Kreatur, der ich je begegnet bin. Toleriert Leid zu Eurem Ruhm, beurteilt Menschen nur nach ihrer Herkunft, weil Ihr Euch dann über ihnen wähnen könnt.»

«W-wie könnt Ihr es wagen», wisperte Quarin.

«Dabei seid Ihr doch selbst nur Spielzeug des Hochadels. Und auch noch stolz darauf.»

Für einen Moment sah es aus, als würde der Rektor um Hilfe schreien, aber Alfred verstärkte seinen Druck, was Quarin aufstöhnen ließ.

«Niemand», erklärte er mit bebender Stimme, «*niemand* sagt mir, was ich sein oder nicht sein kann!»

Alfred ließ abrupt los. Quarin sank mit einem überraschten Schrei zu Boden. Alfred wandte sich ab und marschierte Richtung Ausgang.

«Verdammter Straßenköter, was bildest du dir ein», brüllte Quarin völlig außer sich. «Ich lass dich in den Kerker werfen. *Rupert!* Ruf sofort den Wachposten, der soll ihm Benimm einprügeln!»

Alfred riss die Tür auf und traf davor auf Quarins Assistenten, der sich gerade von seinem Schreibtisch erhoben hatte.

Alfred beschleunigte seinen Schritt. «Renn nur!», keifte Quarin, der hinter ihm aus dem Zimmer gestolpert kam. «Renn nur recht weit weg, Medikus wirst du nirgends auf der Welt, dafür sorg ich!»

Quarin schimpfte weiter, aber Alfred konnte die Worte nicht mehr verstehen. Er hatte zu laufen begonnen. Tränen schossen ihm in die Augen. Er wollte sie zurückhalten, aber es gelang ihm nicht. Mit einem Sprung brachte er die letzten Stufen hinter sich und stürmte in den Krankenhaushof hinaus – und stieß mit einem edel gekleideten Mann zusammen.

«Wagener?»

Professor Auenbrugger betrachtete Alfred entgeistert, während dieser sich erschrocken von ihm löste. «Pass doch auf, wo du ...» Er runzelte die Stirn, als er Alfreds aufgewühlte Miene bemerkte. «Alles in Ordnung mit dir?»

Für einen Moment wollte Alfred Auenbrugger alles erklären, als wäre er seine letzte Hoffnung, als könnte er alles wieder ins Lot bringen ...

Das Geräusch von wütenden Stimmen und von schnellen Schritten erklang und wurde rasch lauter.

Alfred schüttelte den Kopf. «Es tut mir leid, Professor! Ich ... ich hatte nie wirklich eine Chance.»

Alfred drängte sich an ihm vorbei.

«Warte doch», rief Auenbrugger ihm hinterher, aber Alfred blieb nicht stehen, drängte sich zwischen ein paar Studenten hindurch und rannte aus dem Krankenhaushof hinaus.

Er hielt erst an, als er die Holztreppe zu seiner Kammer hinaufgehastet war und die Tür hinter sich geschlossen hatte.

Für einen Moment stand er nur da und versuchte, sich zu beruhigen.

Alles vorbei ... Alles, wofür er so lange gekämpft hatte. Alfred vergrub sein Gesicht in den Händen, obwohl niemand da war, der ihn hätte weinen sehen können.

*Du wirst sowieso bald nicht mehr hier sein,* versuchte er, sich selbst zu trösten. *Quarins Arm wird nicht bis nach Straßburg reichen. Oder doch?*

Alfred war sich nicht sicher. Mit einer Empfehlung aus Wien konnte er jedenfalls nicht mehr rechnen, und wenn jemand dort an seine Alma Mater schreiben würde ...

Alfred ließ sich zu Boden gleiten und schlang die Arme um seine Knie.

Als er seinen Fuß bewegte, raschelte etwas. Verwundert zog Alfred ein verknittertes Kuvert unter seinem Stiefel hervor. Es trug das Siegel der Weydrichs. Jemand musste es in seiner Abwesenheit unter der Tür durchgeschoben haben.

*Ihre gräfliche Exzellenz wünscht Euch heute Nachmittag um drei Uhr zu empfangen.*

Alfreds Hand begann zu zittern. Die Schrift war die gleiche wie bei der letzten Einladung, musste wohl die des Haushofmeisters Heinrich sein. Alfred las die wenigen Zeilen wieder und wieder, aber ihm fiel kein Grund ein, warum die Gräfin ihn treffen wollte.

*Sie weiß etwas,* schoss es ihm durch den Kopf. *Sie hat Helenes Geschichte nicht geglaubt ...*

Alfred versuchte, die Kraft zu finden, sich zu erheben, aber es gelang ihm nicht gleich. Am liebsten wäre er davongelaufen, so weit, bis niemand mehr seinen Namen kannte, aber um Helenes willen durfte er es nicht.

*Ich bring uns hier raus,* sagte er sich, *weg von der Gräfin, weg von Quarin, weg vom Irrenturm. Irgendwo gibt es ein anderes Leben für uns, irgendwo …*

Alfred stand auf, schleppte sich zu seinem kleinen Schreibtisch hinüber und steckte die Feder in das Tintenfass darauf. Für einen Moment zögerte er, dann riss er ein handtellergroßes Stück aus einem Papierbogen, nahm die Feder wieder zur Hand und schrieb in winziger Schrift ein einziges Wort darauf, dann faltete er das Papier zweimal und verwahrte es in der Innentasche seines Rocks.

☙

Alfred hatte kaum Zeit gefunden, sein Erscheinungsbild zu ordnen, ehe er wieder auf die Straße trat und zum Vorplatz der Piaristenkirche hastete, wo eine einzige Kutsche auf Kundschaft wartete.

Die beiden Pferde dösten in der mittäglichen Hitze, während der Fahrer sich gerade hinter dem Kutschrad erleichterte. Alfred war dankbar, als er nach kurzer Verhandlung mit dem Kutscher in den Schatten des Wagens eintauchte, obwohl es darin noch heißer war als draußen. Er wollte nicht gesehen werden, von niemandem. Die Vorstellung, einem seiner Kollegen erklären zu müssen, was heute passiert war, ließ seine Eingeweide zusammenkrampfen.

Alfred atmete erleichtert auf, als die beiden Braunen endlich lostrabten und die Kutsche über das Kopfsteinpflaster ruckelte. Er musste das jetzt so schnell wie möglich beiseiteschieben und konzentriert bleiben. Es ging um Helenes und seine Zukunft, und wenn die Gräfin auch nur den geringsten Verdacht geschöpft hatte, würde er sie nie wiedersehen.

*Was sage ich, wenn sie fragt, wo ich gestern war?*

Alfred überlegte fieberhaft, während sich immer mehr Grün zwischen die Häuser der Vorstadt mischte und die Kutsche schließlich entlang von Weingärten und baumbedeckten Hängen fuhr.

*Die Stallburschen haben ihr neulich gesteckt, dass ich im Nussgartl war ...*

Wenn er also eine Schenke nannte, barg das immer das Risiko, dass jemand in den Diensten der Gräfin dort gewesen war und seine Lüge entlarven konnte.

Alfred brütete noch immer über der geschicktesten Antwort, als sie in den Schatten des Wienerwalds eintauchten und bald das Tor zum Schlossgarten vor ihnen auftauchte.

Als die Kutsche hielt und Alfred ausstieg, fand er sich dem wie eh und je in einen fliederfarbenen Rock gekleideten Heinrich gegenüber.

«Magister Wagener.» Er lächelte süßlich und verbeugte sich. «Ihr werdet bereits erwartet.»

Alfred folgte Heinrich entlang des Kieswegs. Die weißen Mauern von Schloss Weydrich strahlten so hell in der Sonne, dass ihn ihr Anblick blendete. Zu seiner Überraschung stolzierte Heinrich am Schlosseingang vorbei in Richtung des Gartens.

«Gehen wir nicht hinein?»

«Ihr werdet heute andernorts empfangen», erwiderte Heinrich freundlich, aber ohne sich nach Alfred umzudrehen.

Er führte ihn durch den Garten in Richtung Schlossteich. Die Kletterrosen, die Helene so liebte, standen in voller Blütenpracht und überwucherten die Gartenlaube, an der sie sich emporrankten. Helene hatte ihm früher erzählt, dass sie die Laube in der warmen Jahreszeit gerne zum Lesen nutzte, weil es sich anfühlte, als sitze man in einer aus Rosenblüten gebauten Höhle.

Als Alfred näher kam, erkannte er, dass die Rosenlaube nicht leer war. Jemand hatte einen Tisch davor aufgebaut, auf dem sich neben ein paar Flaschen und zwei länglichen Gläsern auch ein Tablett mit kunstfertig verzierten, kaum münzgroßen Süßigkeiten befand. Etwas weiter dahinter, im Schutz der überbordenden Rosen, stand die Chaiselongue aus dem großen Salon, auf der die Gräfin saß. Sie trug ein blutrotes Kleid, das sie, zusammen mit ihren rot geschminkten Lippen und Wangen, selbst wie eine Rosenblüte aussehen ließ.

Natürlich saß sie im Schatten, um ihren blassen Teint zu schonen, aber ein paar verirrte Sonnenstrahlen drangen zwischen den Dornranken hindurch und ließen ihr schwarzes Haar glänzen. Alfred fühlte ein Prickeln auf seiner Haut, als sie ihn ansah.

*Reiß dich zusammen, Alfred, das sind nicht Helenes Augen!*

«Der Herr Magister Wagener», erklärte Heinrich mit seinem ewigen Lächeln und verbeugte sich. Dann verschwand er so leise, dass Alfred sich fragte, wie er sich in seinem Alter so katzenhaft bewegen konnte.

Die Gräfin sah ihn schweigend an. Alfred besann sich und verbeugte sich kurz. «Gräfin …»

Er durfte ihr keinen Grund liefern, daran zu zweifeln, dass er wusste, *wo sein Platz war*.

Die Gräfin schenkte ihm ein gnädiges Lächeln und wies auf das freie Ende der Chaiselongue.

Alfred nahm zögernd Platz. So nah bei ihr zu sitzen ließ ihn sich unbehaglich fühlen … gerade so, als könnte sie ihn auf diese Weise leichter durchschauen.

«Wärt Ihr so freundlich, mir ein Gläschen vom Johannisbeerlikör einzuschenken? Und bitte, nehmt Euch auch gleich eines.»

Alfred ergriff eine der Flaschen und füllte die beiden Gläser mit der dunkelroten Flüssigkeit. Vorsichtig reichte er der Gräfin ihr Glas, die es mit einer eleganten Bewegung entgegennahm.

«Santé», meinte die Gräfin und hob ihr Glas.

«Santé», murmelte Alfred.

Die Gräfin beobachtete ihn, während er trank. Der Likör schmeckte süß und fruchtig. Alfred konnte sich nicht erinnern, je etwas so Erlesenes vorgesetzt bekommen zu haben. Die Gräfin leerte ihr Glas ebenfalls, dann schnippte sie mit den Fingern, woraufhin ein Page, den Alfred noch nie zuvor auf Weydrich gesehen hatte, hinter der Laube hervortrat und ihre Gläser erneut füllte. Für einen Moment wunderte sich Alfred, warum der Page ihnen nicht auch eben eingeschenkt hatte. Wie bei ihrem ersten Treffen hatte er das Gefühl, in ein lebendes Gemälde einzutauchen, in dem alles, was geschah, perfekt orchestriert war.

«Vermutlich fragt Ihr Euch, warum ich Euch ohne Angabe von Gründen zu mir eingeladen habe.» Die Gräfin schlug die Augen nieder, als wäre sie ein schüchternes Mädchen.

«Das gebe ich zu», erwiderte Alfred, tat ihr aber nicht den Gefallen, ihr seine Annahmen darzulegen.

Die Gräfin lächelte und nippte an ihrem Likör. Der Rosenduft und das sanfte Summen der Bienen und Hummeln hatten etwas Beruhigendes. Unter anderen Umständen hätte Alfred sich am liebsten zurückgelehnt und die Augen geschlossen.

«Unser erstes Zusammentreffen war von der fürchterlichen Förmlichkeit geprägt, die ein Dienstverhältnis zwischen den Ständen nun einmal mit sich bringt.» Sie ergriff eine der kleinen Süßigkeiten auf dem Tablett. Bei näherem Hinsehen erinnerte Alfred deren runde Marzipanform mit jeweils einem gerösteten Pinienkern darauf an kleine Frauenbrüste.

«Ich sage, das Leben ist zu reich an Wonnen, die genossen werden wollen, um sich zu lange in Förmlichkeiten zu ergehen.» Sie schob sich die Süßigkeit in den Mund und schloss die Augen. «Mhmm ... Ich kann Euch nicht sagen, wie sehr mir das in Mähren gefehlt hat. Wien ist in vielerlei Hinsicht ein Fest für die Sinne, aber besonders für den Gaumen.»

«Wünscht Ihr den Stundenplan der Komtesse zu besprechen?», fragte Alfred, obwohl er Helene eigentlich nur erwähnen wollte, wenn er nach ihr gefragt wurde.

«Die Komtesse weilt in Schlosshof an der March, wo sie im Gesellschaftstanz unterwiesen wird», meinte die Gräfin abwinkend. «Sie wird erst am Abend zurückkehren, was bedeutet, dass wir alle Zeit der Welt haben.» Sie betrachtete Alfred von der Seite. «Fühlt Euch also wie zu Hause!»

Alfred runzelte die Stirn, aber die Gräfin erörterte ihre Bemerkung nicht weiter, hob nur ihr Glas und ließ Alfred gleich wieder nachschenken, sobald er getrunken hatte.

«Ich danke Euch für die Einladung, aber ich bin nicht sicher ...»

Die Gräfin legte Alfred einen Finger auf die Lippen. «Was haltet Ihr vom Kartenspiel, Wagener?»

Alfred starrte sie an, während sie ihren Zeigefinger sanft über seine Lippen gleiten ließ, ehe sie ihn zurückzog. In was war er hier hereingeraten? Eine Art Spiel, dessen Regeln er nicht kannte.

«Ich verbringe meine Zeit lieber mit Sinnvollerem», erwiderte Alfred. «Mir gefällt der Gedanke nicht, von purem Glück abhängig zu sein.»

Die Gräfin neigte den Kopf zur Seite. «Seltsam, dabei hätte ich Euch für einen Glücksritter gehalten, einen, der alles auf eine Karte setzt, solange nur der Gewinn reizvoll genug scheint.»

Alfred krallte seine Finger in die Polster der Chaiselongue und leerte noch ein Gläschen Johannisbeerlikör. «Meine Aufmerksamkeit gilt dem Greifbaren, dem Erreichbaren.»

Die Gräfin lächelte, als würde ihr diese Antwort gefallen. «Das Leben ähnelt einem Kartenspiel mehr, als wir wahrhaben wollen. Wir können nicht ändern, was für ein Blatt wir zugeteilt bekommen.» Sie beugte sich verschwörerisch zu Alfred hinüber. «Aber wie wir es spielen, liegt ganz bei uns.» Sie lehnte sich wieder zurück.

«Und was wäre Euer Blatt, Gräfin?»

«Ich lasse mir niemals in die Karten sehen», erwiderte sie. «Genauso wenig wie Ihr, Wagener, und das gefällt mir an Euch. Aber begeht nicht den Fehler, Euch für undurchschaubar zu halten. Dazu enthüllt Ihr viel zu viel in dem, was Ihr nicht sagt.» Sie rückte etwas näher an ihn heran. «Und mit Euren Blicken verratet Ihr Euch ebenso.»

Alfred blinzelte. Ihr üppiges Dekolleté war plötzlich so dicht vor ihm, dass ihm ein winziger Leberfleck auf ihrer rechten Brust ins Auge sprang.

Einer ihrer Finger spielte gedankenverloren mit Alfreds Haaren und strich über seine Schläfe. «Ich gebe Euch die Chance, Euren größten Trumpf zu spielen, Alfred Wagener, Sohn eines Hofdieners.»

Alfred bekam eine Gänsehaut, als sie ihm ins Ohr hauchte, seine Hose fühlte sich mit einem Mal viel zu eng an. Irgendwo wunderte er sich, wieso sie von seiner Herkunft wusste, aber der Rosenduft, der Alkohol, der Geruch ihrer Haut vernebelten ihm die Sinne. Er wollte aufspringen, aber gleichzeitig hielt ihn etwas auf dem Sitz, etwas, das im Moment noch stillhielt, aber jeden Augenblick über die Gräfin herfallen würde.

«Ich kann nicht ...», flüsterte er gepresst.

«Ich habe von *Wonnen* gesprochen, nicht von Zwängen», flüsterte die Gräfin ihm ins Ohr, während sie ihre Wange an seine presste. «Lasst es geschehen. Ich spüre doch, wie sehr es in Euch brodelt. Ihr habt das seltene Glück, mich zu faszinieren, und wer zu meinen Freunden gehört, dem stehen *alle* Türen offen, der kann alles haben, *alles*. Ruhm als Arzt, einen Adelstitel, selbst meine Nichte ...»

Alfred zuckte unwillkürlich zusammen.

«Ist sie erst verheiratet, wird sie gewiss nicht abgeneigt sein, sich ihr Leben mit einer Liaison zu versüßen.» Ihre Lippen glitten über Alfreds Wange, suchten nach den seinen. «Kommt an meine Seite, wenn ich Euch rufe, werdet eins meiner Vöglein. Ich brauche dieses Feuer in Euch ...»

Für einen elektrisierenden Moment schlossen sich ihre Lippen über den seinen. Seine Hände zuckten, um sie an sich zu ziehen. Er wollte ... er ...

Keuchend machte er sich von ihr los und sprang auf.

«Nein», hauchte er und griff sich an den Kopf. «Nein, ich ... niemals. Ich gehöre Euch nicht!» Dann straffte er sich und suchte ganz bewusst ihren Blick. «Niemals», wiederholte er mit fester Stimme. «Wenn Ihr denkt, Euer Stand gestattet Euch, Menschen zu besitzen, dann täuscht Ihr Euch. Meine Liebe gehört einer Frau, die Euch in jeder Hinsicht übertrifft. Und es gibt nichts, was Ihr tun könntet, um das zu ändern.»

Die Gräfin sah zu ihm empor. Für einen Moment glaubte Alfred, einen verletzten Ausdruck in ihren grünen Augen zu erkennen, doch einen Moment später war der Eindruck verschwunden. Sie stand ebenfalls auf, während ein herablassendes Lächeln auf ihren Lippen erschien.

«Wie Ihr wünscht», erwiderte sie zuckersüß.

«Wir sehen uns nicht wieder», erklärte Alfred und wandte sich ab, ohne sich zu verbeugen, wie es die Etikette geboten hätte.

Die frische Luft in seinem Gesicht half ihm beim Denken, während er den Kiesweg entlangstapfte. Jetzt gab es kein Zurück mehr. Alfred bückte sich rasch und hob einen kleinen Stein auf. Dann wickelte er den Papierfetzen, den er von zu Hause mitgenommen hatte, um den Kiesel herum. Ein Blick nach oben verriet, dass die französischen Fenster zu Helenes Gemach geöffnet waren. Wenigstens ein bisschen Glück...

Alfred sah sich verstohlen um, dann holte er aus und warf den Kiesel mit einer gezielten Bewegung in das Zimmer hinein. Er hörte ihn auf dem Parkett aufschlagen. Helene würde ihn finden, wenn sie vom Tanzunterricht zurückkehrte. Sie würde ihn aufheben und die Botschaft lesen, die darauf stand. Und verstehen...

◈

Die Gräfin nippte gedankenverloren an ihrem Glas, als Heinrich so lautlos wie eh und je neben ihr auftauchte.

«Der Herr Magister Wagener ist abgereist», berichtete er.

«Ich weiß», erwiderte die Gräfin, ohne ihn anzusehen. «Es ist Zeit, Heinrich. Schick nach Aurelian! Es muss jetzt schnell gehen.»

Heinrich starrte sie ein paar Momente schweigend an. «Sehr wohl.» Er verbeugte sich und verschwand genauso lautlos, wie er gekommen war.

«Schlecht gespielt», wisperte sie, nahm noch eine der Marzipanbrüstchen vom Silbertablett und schob sie sich in den Mund. «Wie bedauerlich.»

## 15. Kapitel

Eine drückende Stille lag über dem Schlossgarten, als Helenes Kutsche zurückkehrte. Es war schwül, und hinter der Silhouette der Stadt, dort, wo die Donau durch ihre wilden Auwälder mäanderte, türmten sich dunkle Wolkenberge auf, die ein abendliches Frühlingsgewitter verhießen.

Helene ließ sich die Tür öffnen und stieg aus. Ein Page in einer nachtblauen Livree kam herbeigelaufen und bezahlte den Kutscher. Helene war aufgefallen, dass das Gros der täglich anwachsenden Dienerschaft jetzt diese Uniform trug. Der nachtblaue Stoff mit den goldenen Verzierungen entsprach den Wappenfarben der Weydrichs. Ihr Vater hatte nie viel auf dieses Getue gegeben. Eigentlich passte es eher zu großen Fürstenhöfen, doch genau dieses Bild schien die Tante ihren Besuchern auf Schloss Weydrich vermitteln zu wollen.

Helene war noch immer aufgewühlt von den Geschehnissen der letzten Nacht. Glücklicherweise war ihre Rückkehr nach Schloss Weydrich ohne Verhöre vonstattengegangen. Es war zwar sehr spät gewesen, fast schon elf, aber die Tante war selbst noch nicht von ihrem Ball im Palais Liechtenstein zurückgekehrt. Nur Heinrich hatte offensichtlich schon länger auf ihre Rückkehr gewartet. Helene hatte es vorgezogen, möglichst wenig zu sagen, und versucht, höchst verärgert zu wirken, wie man es nach einer Kutschenpanne und endlos langer Wartezeit erwarten konnte. Sie hatte die Geschichte den Kutscher erzählen lassen. Heinrich hatte sich alles angehört und leichten Unmut darüber geäußert, dass man die Komtesse so lange auf der Straße hatte warten lassen. Helene hatte daraufhin erklärt, wie sehr sie die heutigen Strapazen ermüdet hatten, und war zu Bett gegangen.

Schlaf hatte sie allerdings keinen gefunden. Es war, als hätten Alfreds Berührungen ein Echo auf ihrer Haut hinterlassen, als könnte sie ihn immer noch spüren. Wie gerne wäre sie einfach in seinen Armen liegen geblieben und nie wieder nach Hause zurückgekehrt. Stattdessen hatte sie fast bis zum Morgengrauen das Bild des Straßenmalers betrachtet, das Alfred ihr geschenkt hatte. Zwei Vögel mit blutroten Halsringen, die sich im Flug trafen. Alfred und sie, verborgen in einem Märchen.

*Vielleicht hätten wir gleich abreisen sollen, ohne nachzudenken, ohne Planung, einfach weg ...*

Helene wusste, dass es ein närrischer Gedanke war. Alfred musste ihre Flucht vorbereiten, wenn sie eine Chance haben wollten, nicht erwischt zu werden.

Helene hatte im Stillen bereits selbst überlegt, was sie beitragen könnte. Leider war ihr Zugang zu dem, was ihnen am meisten helfen würde, eingeschränkt – nämlich Geld. Sie mochte die Erbin eines einflussreichen Adelshauses sein, doch dieser Reichtum steckte großteils in Ländereien und dem Schloss selbst. Keins von beiden konnte Helene einfach in ihre Taschen stecken. Ihr Vater hatte ihr gegenüber zwar erwähnt, bei welchen Banken das Geld der Weydrichs angelegt war, aber Helene wusste nicht, wie man an diese Konten gelangen konnte. Mit der Erbschaft waren diese ohnehin in den Besitz der Tante übergegangen.

Das Einzige, was sie beisteuern konnte, war ihr Schmuck. Helene besaß ein paar wunderschöne Stücke von ihrer Mutter, wie die Rubinhalskette, die sie so gern trug. Außerdem hatte ihr Vater sie immer wieder mit Schmuck verwöhnt, und so stand in ihrem Gemach eine kleine, fein gearbeitete Truhe, die angefüllt war mit Broschen, Halsketten, Kameen und Ringen. Gewiss würde ihnen das eine Zeitlang weiterhelfen.

Was die Tante anbelangte, hatten sich Helenes Befürchtungen über eine Befragung auch am nächsten Tag nicht bestätigt. Helene hatte tief in der Nacht mitbekommen, wie sie heimgekehrt war. Sie hatte sie mit jemandem sprechen gehört, hatte die Stimme aber nicht erkennen können.

Am nächsten Morgen war sie überrascht gewesen, die Tante trotz ihrer späten Rückkehr beim Frühstück anzutreffen. Offensichtlich hatte Heinrich ihr bereits von der Panne erzählt, und Helene hatte bloß ein paar Mitleidsbekundungen ertragen müssen, dann war die Sache erledigt gewesen. Helene hatte sich darüber zwar ein wenig gewundert, immerhin schien die Gräfin sonst doch so scharfsinnig, aber anscheinend kreisten ihre Gedanken gerade um andere Themen.

Um ihr Glück nicht zu strapazieren, hatte sie auch nicht widersprochen, als die Tante sie schon vormittags nach Schlosshof zum Tanzunterricht geschickt hatte. Selbst den in einem Nachsatz dahingeworfenen Beschluss der Tante, dass Helene von nun an viermal die Woche dort unterrichtet würde, nahm sie nur nickend zur Kenntnis. Sie würde ohnehin nicht mehr lange hier sein.

Es war erstaunlich ruhig, als sie allein die Eingangshalle

betrat. Heinrich war wohl zu beschäftigt gewesen, um sie an der Kutsche zu empfangen, dabei war er doch sonst so überkorrekt.

Helene seufzte. Frantisek – wie sie ihn vermisste. Über seine Begrüßung hatte sie sich immer gefreut, bei Heinrich konnte sie das nicht behaupten. Obwohl er Helene gegenüber stets höflich auftrat, war ihr der ältere Mann irgendwie unheimlich.

*Frantisek, Adelheid ... es tut mir so leid, dass ich nicht verhindern konnte, dass man euch weggeschickt hat. Ihr müsst denken, dass ich euch vergessen habe, dabei seid ihr neben Alfred die einzigen Menschen, die mir noch etwas bedeuten.*

«Tante?», fragte Helene in die Weite der Eingangshalle hinein.

«Oh, Ihr seid zurück!» Heinrichs lächelnde Miene tauchte aus dem Salon auf. «Die Gräfin hat wichtige Angelegenheiten in der Stadt zu regeln. Darf ich das Souper auftragen lassen?»

«Ja, gern», erwiderte Helene. Lieber jetzt allein als später mit der Gräfin, der vielleicht doch noch einfiel, ihr wegen gestern auf den Zahn zu fühlen.

Im Speisezimmer ließ sie sich von einem neu eingestellten Küchenmädchen eine Rinderbouillon mit Frittaten servieren und aß ein paar Löffel der kräftigen Brühe mit den fein geschnittenen Pfannkuchenstreifen. Beim Hauptgang stocherte sie lustlos auf ihrem Teller herum, obwohl der Tafelspitz mit Röstkartoffeln und Apfelkren verführerisch duftete. Sie wollte hier raus und wieder bei Alfred sein. Was tat sie noch hier? Sie nahm schließlich doch ein paar Bissen zu sich, dann schob sie den Teller weg und stieg in ihr Gemach hinauf.

Die französischen Fenster standen weit offen. Eine warme Brise trug die gewitterschwangere Luft ins Zimmer. Helene streckte sich und gähnte.

*Wenn ich heute schon nicht zu Alfred kann, will ich mir wenigstens das Bild ansehen.*

Sie nahm ihr Kopfkissen und fischte aus dem Bezug einen kleinen Messingschlüssel hervor, der die oberste Lade ihres Nachttischchens öffnete. Als sie sie aufzog, stutzte sie ... und dann überkam sie die Angst.

Zitternd zog sie das viel zu kleine Papierstück aus der Lade und besah es sich im Licht der untergehenden Sonne. Das Bild, das heute Morgen noch ganz gewesen war, hatte jemand in der Mitte zerrissen. Und nun war nur noch ein Stück da. Der Riss war zwar ein wenig gezackt, aber insgesamt so sauber, dass es nicht durch ein Unglück geschehen sein konnte. Er zog sich genau entlang der Stelle, wo sich die Schnäbel der beiden Vögel berührt hatten. Helene durchsuchte die Lade fieberhaft, aber die andere Hälfte des Bilds blieb verschwunden.

Ihr wurde mit einem Mal eiskalt. Jemand hatte das getan, in voller Absicht ... und dieser Jemand hatte keinen Grund, einen Teil des Bilds zu stehlen, es sei denn, er wusste von Alfred und ihr.

Helene sank auf ihr Bett. Was hatte das zu bedeuten? Ihr Atem beschleunigte sich. Sie konnte niemanden fragen, jede Frage würde sie nur noch verdächtiger machen ... Und wer immer das Bild zerrissen und den zweiten Teil gestohlen hatte, sandte ihr eine klare Botschaft: *Ich weiß, was du getan hast, und ich werde es beenden!*

Helene schlang die Arme um den Körper. Sie wollte zu Alfred.

Vielleicht war es gar nicht so dramatisch, vielleicht hatte eins der Dienstmädchen in ihren Dingen gestöbert und das Bild versehentlich beschädigt. In einer panischen Reaktion könnte sie sich dazu hinreißen lassen haben, das Bild säuberlich zu teilen und dadurch ihr Missgeschick vermeintlich zu verbergen.

Helene wusste nicht, was sie glauben sollte. Die Angst blieb. Am Horizont ertönte Donnergrollen. Sie stand auf, um die französischen Fenster zu schließen. Unter ihrem Schuh knarzte etwas. Helene zog den Fuß zurück.

Ein Stein? Verwundert beugte sie sich hinunter. Jemand hatte ein Stück Papier um den Stein geknüllt, auf den sie gerade getreten war. Helene entfaltete es vorsichtig. Jemand hatte ein einziges Wort darauf gekritzelt. Helene kannte die Schrift. Sie hatte sie unzählige Male auf der Tafel im Studierzimmer gesehen.

*Heute!*

Helene wandte sich ruckartig um. Für einen Moment war noch ein schmaler Streifen Licht zwischen dem Horizont und den Gewitterwolken zu erkennen, dann war die Sonne untergegangen.

Keine Kutsche ... Wie sollte sie in die Stadt und zum Irrenturm gelangen? Sie würde laufen müssen. Heinrich geisterte unten im Erdgeschoss herum und würde sie gewiss aufhalten. Sie musste sich etwas anderes überlegen, um an ihm vorbeizukommen.

Hätte sie doch mehr von dem Tafelspitz gegessen. Wer wusste, ob sie je wieder einen bekommen würde.

☙

«Euer Haar ist widerspenstig heute», meinte die neue Zofe, ein immer ängstlich aussehendes Mädchen, an dem selbst das schmalgeschnittene, schokoladenbraune Dienstbotenkleid mit der weißen Schürze schlotterte. Sie hatte die Nadeln und die kleinen Keramikblüten aus Helenes Haar entfernt und versuchte mit zitternden Händen, die Locken auszufrisieren. Ihre hastigen Bürstenstriche trieben Helene die Tränen in die Augen.

«Lass gut sein ... entschuldige, wie heißt du noch mal?»

«Hannerl!»

«Lass gut sein, Hannerl. Ich bin müde!»

«Aber Eure Tante hat für Morgen den Maître Ferencz nach Schloss Weydrich bestellt. Wenn Euer Haar voller Knoten ist, kann er seine Kunst nicht wirken.»

«Zum Kämmen bleibt morgen noch genug Zeit. Geh jetzt bitte und lass das Licht an, ich lösche es später selbst.»

Die Zofe wünschte ihr eine gute Nacht und verließ das Zimmer.

Helene wartete geduldig, bis sich Hannerls Schritte entfernt hatten. Dann entledigte sie sich hastig ihres seidenen Nachtkleids. Alles musste jetzt schnell gehen. Was sollte sie anziehen? Sie entschied sich für ihren dunkelblauen Reiserock und das dazugehörende *manteau* derselben Farbe. Fertig angekleidet, holte sie ihr Schmuckkästchen aus dem Nachttisch hervor. Die Juwelen in der Schatulle glitzerten im Schein der brennenden Öllampe. Helene zögerte nicht, sondern streifte sich ihre vier Halsketten über, die Rubinkette ihrer Mutter zuerst, dann legte sie ihre fünf Armbänder, vier Ringe und zu guter Letzt die Broschen an. Der große Rubin an ihrem Hals funkelte im Licht der Öllampe fast wie ein pulsierendes Herz.

Wie viel Brot würden Alfred und sie sich davon kaufen können?

Helene verscheuchte den Gedanken und zog sich einen mit schwarzer Wolle gefütterten Mantel an, der den Großteil ihres Schmucks vor neugierigen Blicken verbarg. Eigentlich war es zu warm, aber sie würde ihn brauchen, wenn der Winter kam. Sie lief zurück zu ihrem Nachttischchen und holte die Hälfte von Alfreds Bild aus der Lade.

Für einen Moment bedachte sie die Malerei mit einem liebevollen Blick, dann rollte sie sie zusammen und verwahrte sie in der Innenseite ihres Mantels. Als sie das Licht gelöscht hatte, schritt sie auf das französische Fenster zu und öffnete es.

Kühle Abendluft strömte ihr entgegen und der Duft von tausend Blüten, die im Schlossgarten wuchsen. Das Gewitter war noch nicht angekommen, aber der Wind verriet, dass es nicht mehr weit sein konnte. Immer wieder flackerte Licht am Horizont auf. Helenes Blick wanderte nach unten. Es war ziemlich hoch, zwei Mannshöhen, wenn nicht drei.

Helene warf ihre Stiefel hinunter ins Gras. Mit diesen Absätzen würde sie sich bei der Landung den Hals brechen. Aber wenn sie gesund unten ankam, war das der sicherste Weg, um nicht erwischt zu werden.

Mit ihren nackten Füßen stieg sie auf die Brüstung und hielt sich am Rahmen des Fensters fest.

*Wir werden nichts haben. Aber wir werden frei sein.*

War sie wirklich bereit dazu? Was wusste sie denn von der Welt? Sie hatte nie Not leiden müssen. Hunger und Armut waren für sie nicht mehr als abstrakte Begriffe, die sie kaum nachempfinden konnte. Jetzt würde sie sie vielleicht am eigenen Leib zu spüren bekommen.

*Du kannst noch zurück,* flüsterte eine Stimme in ihren Gedanken, *er würde es verstehen. Er wollte nie, dass du dich in Gefahr bringst.*

Helene atmete tief durch, dann schloss sie die Augen und sprang in die Nacht hinaus.

## 16. Kapitel

Alfred saß auf seinem Bett und starrte aus dem Fenster. Er besaß keine Uhr, also war er auf das Läuten der Kirchenglocken angewiesen, um zu wissen, wie spät es war. Draußen dämmerte es bereits. Die Amseln hatten auf den Dächern längst ihr melancholisches Lied angestimmt.

*Heute Nacht entscheidet sich alles, entweder beginnt ein neues Leben, oder ...* Sein Verstand weigerte sich, über die Alternative nachzudenken.

Als er das Fenster öffnete, schlug ihm warme Luft entgegen, die nach einer Mischung aus Pferdedung und Lindenblüten roch. Unten auf der Gasse herrschte noch reges Treiben. Alfred würde sich noch ein wenig gedulden müssen. So schnell konnte Helene es nicht schaffen. Die Gräfin hatte gesagt, dass sie erst abends aus Schlosshof zurückkehren würde. Hoffentlich fand sie seine Botschaft und erinnerte sich an den Plan, den er ersonnen hatte, während sie gemeinsam im Bett lagen: *Wir treffen uns wieder am Irrenturm, wo nachts niemand ist. Die Kutsche, die uns fortbringt, wird an der nächsten Straße warten ...*

Er ließ sich zurück auf das Bett sinken, auf dem seine wenigen Habseligkeiten zu einem Bündel zusammengebunden lagen.

*Mein ganzes Leben, in einem einzigen Bündel ... Niemand hier wird je erfahren, was mit mir passiert ist.*

Sein Blick glitt über all die Bücher, die er zurücklassen würde. Es fühlte sich beinahe an, als würde er guten Freunden Lebwohl sagen. Nur zwei seiner Lieblingsmedizinbücher und eine kleine Ausgabe von Ovids Metamorphosen, die ihm Direktor Hell einmal zum Weihnachtsfest geschenkt hatte, würde er mitnehmen.

Ein Klopfen riss ihn aus seinen Gedanken. Alfred versteckte das Bündel unter dem Bett und lief zur Tür.

«Grüß dich, Wagener!» Aigner lächelte. «Verzeih den überraschenden Besuch. Marie hat mir deine Adresse verraten!» Sein blondes Haar war im Nacken mit einer samtenen Schleife zusammengebunden. Im Vergleich zu Alfreds Kleidung schien der leuchtend grüne Rock seines Gasts förmlich zu strahlen.

«Was treibt dich hierher?»

Aigner reckte neugierig den Kopf, um einen besseren Blick auf Alfreds Kammer zu erhaschen.

«*Hier* wohnst du, Wagener? Ich dachte, ein großer Genius wie du residiert bestimmt in einem feinen Appartement.»

«Kann ich dir behilflich sein?»

«Nein, verzeih.» Aigner schien sich zu besinnen. «Ich war in der Gegend und wollte dir dein Buch zurückgeben, die *Anatomia topographica*.» Aigner förderte einen dicken Wälzer aus seiner Ledertasche zutage.

«Weißt du, was? Behalt sie.»

Aigner starrte ihn ungläubig an. «Wirklich? Du brauchst es nicht mehr?»

Alfred schüttelte nur den Kopf.

«Dank dir.» Aigner steckte das Buch behutsam zurück in

seine Tasche. «Alles ... alles in Ordnung mit dir, Wagener? Siehst aus, als hätt ich dir eine Todesnachricht überbracht.»

«Alles in Ordnung.» Alfred zwang sich zu einem Lächeln. «Sonst noch was?»

«Das war alles. Wir sehen uns morgen im Studiersaal, Kollege.» Er klopfte Alfred zum Abschied auf die Schulter und stieg die enge Wendeltreppe hinunter.

«Nein», wisperte Alfred, als Aigner außer Hörweite war, und schloss die Tür.

☙

Matt leuchtende Laternen erhellten die größeren Straßen und das dahinterliegende Glacis. Vor Alfred tauchten die riesigen Höfe der Kasernen und des Allgemeinen Krankenhauses auf. Während im Krankenhaus nur wenige Lichter brannten, herrschte in den Kasernen rege Betriebsamkeit. Alfred hörte von fern gebrüllte Befehle und das Wiehern von Pferden. Wahrscheinlich wurden noch mehr Soldaten fortgeschickt, um den nach Norden ziehenden Türken entgegenzureiten.

Er tauchte in die ausgestorbenen Höfe des Krankenhauses ein, lief an der Statue des Kaisers vorbei, der Alfred mit strengem Blick zu mustern schien.

Der kreisrunde Umriss des Irrenturms zeichnete sich schattenhaft im Mondlicht ab. Leises Stöhnen klang durch die Nacht und jagte Alfred Schauer über den Rücken. An diesen Ort würde er sich wohl nie gewöhnen.

Er vermied den auch nachts bewachten Haupteingang an der Vorderseite, umrundete den Turm ein Stück, ehe er sich durch ein paar Büsche schlug und sich schließlich gegen die kühle Mauer des Gebäudes presste.

Das Stöhnen der Insassen war hier viel deutlicher zu vernehmen. Irgendjemand weinte, und ein anderer zischte immer wieder: «*Die Teufel kommen dich holen!*»

Manche der Stimmen schienen ihm beinahe vertraut, als würde er diese Menschen kennen. Es tat ihm leid, sie nun ihrem Schicksal zu überlassen.

«*Die Teufel ...*» Die Worte klangen dumpf aus dem Inneren der Mauern.

Alfred fragte sich, ob der Kutscher an der vereinbarten Ecke auf Helene und ihn warten würde. Sonst könnten sie heute nicht mehr hier wegkommen. Man würde Helene schon sehr bald suchen, und Alfred hatte keinen Zweifel, dass man zuallererst an seine Tür klopfen würde.

Sein Herz schlug ihm bis zum Hals. Um sich ein wenig zu beruhigen, kramte er den Ovid aus seinem Bündel und versuchte, im Mondlicht den ein oder anderen Vers zu entziffern. Die ihm so vertrauten Worte beruhigten ihn ein wenig. In der Ferne hörte er die Uhr des Stephansdoms elf Mal schlagen.

Alfred senkte den Blick und presste die Lippen zusammen. Helene müsste mittlerweile hier sein, wenn sich eine Gelegenheit zur Flucht ergeben hätte. Wahrscheinlich hatte die Gräfin nach Alfreds Besuch ein noch strengeres Auge auf sie gehabt als davor – oder sie hatte es sich einfach anders überlegt.

Alfred seufzte. Er konnte es ihr nicht mal übel nehmen. Schließlich war sie ...

«Ich grüße dich, *mon ami!*»

Erschrocken ließ Alfred sein Buch fallen und wandte sich um. Keine drei Schritte von ihm entfernt stand eine elegant gekleidete Gestalt mit einer brennenden Laterne in der Hand. Das Licht warf bedrohliche Schatten auf das Gesicht des Fremden – und das tränenförmige Mal auf seiner Wange.

«Ich kenne Euch», meinte Alfred verwirrt. «Ihr wart heute auf der Poststation.»

Der Junge lächelte. «Wie charmant, dass Ihr Euch erinnert. Aber leider bleibt keine Zeit für Höflichkeiten.»

Alfreds Verwunderung wandelte sich in Misstrauen. Verfolgte der Junge ihn? «Was tut Ihr hier?»

Das Lächeln seines Gegenübers verblasste ein wenig. «Ich reise auf Amors Flügeln und bringe Nachricht von der Frau, die Ihr liebt. Sie schwebt in großer Gefahr.»

«Was?» Alfred schüttelte ungläubig den Kopf. Hatte wirklich Helene diesen seltsamen Kerl geschickt?

«Wer könnte Euch verdenken, mir nicht zu vertrauen», meinte der Junge. «Glücklicherweise habe ich etwas in meinem Besitz, ein Pfand, das Euch überzeugen soll.»

Mit einer Hand fasste er in die Innentasche seines Rocks und zog ein zusammengerolltes Stück Papier daraus hervor, öffnete es behutsam und hielt es Alfred hin.

Es war eine Hälfte des Bilds, das er Helene geschenkt hatte. Jemand hatte es in der Mitte auseinandergerissen. Das Licht der Laterne flackerte über den lebensecht wirkenden Vogel.

Nein. Nie und nimmer hätte Helene das Bild zerrissen. «Was habt Ihr mit ihr gemacht?», knurrte Alfred und machte einen Schritt auf den Jungen zu.

«Ich? Gar nichts», meinte der unschuldig. Er ließ zu, dass Alfred ihm die Malerei aus der Hand riss und hastig in seine eigene Rocktasche steckte.

«Woher habt Ihr das?», zischte er. «Sprecht, oder …»

«Wenn Ihr so schreit, werden die Wächter des Turms uns hören!»

«Ich habe nichts mehr zu verlieren.» Alfred machte einen weiteren Schritt auf den Jungen zu. «Wo ist sie?»

«Ich kann Euch zu ihr bringen.» Die Augen des Jungen glänzten vor Aufregung.

«Wieso sollte ich Euch glauben? Wer seid Ihr überhaupt?»

«Ein Freund», erwiderte der Junge. «Eure Geliebte hat mich zu Euch geschickt. Sie war in Gefahr, sie haben sie ...»

«Ich glaube Euch nicht!», fuhr Alfred ihn an.

Der Junge rollte mit den Augen, dann räusperte er sich.

*Mein Vöglein mit dem Ringlein rot singt leide leide leide.*

Alfred erstarrte innerlich zu Eis.

«Nein», wisperte er.

*«Es singt dem Täublein seinen Tod, singt leide, lei...»* Der Junge hüstelte und klopfte sich auf die Brust. «Verzeiht, Singen ist nicht gerade meine Stärke.»

«Wurde sie entführt?», fragte Alfred zitternd. «Geht es ihr gut?»

Der Junge schüttelte traurig den Kopf. «Sie versuchte hierherzugelangen, als *die* sie geschnappt haben. Ich war einst ein Vertrauter ihres Vaters und habe ihr bei der Flucht geholfen, aber da sind diese Kerle über uns hergefallen. Ihr müsst mit mir kommen, vielleicht können wir sie noch abfangen. Sie werden ihr nichts tun, es geht ihnen ums Geld.»

«Gut», hauchte Alfred. «Wohin?»

Der Junge antwortete nicht, stellte seine Laterne an die Mauer und bedeutete Alfred, ihm zu folgen. Er führte ihn vom Irrenturm weg auf das Glacis hinaus.

Alfred konnte kaum einen klaren Gedanken fassen. Was war Helene zugestoßen? Hatte sie dem Jungen noch schnell das Bild zustecken können, bevor man sie weggeschleppt hatte? Unzählige Szenarien, eines schlimmer als das andere, formierten sich in seinem Geist.

Sie liefen durch die nächtliche Parklandschaft zurück in Richtung der großen Kaserne. Kurz vor deren wuchtiger Mauer bog der Junge ab und schlug sich durch ein dichtes Gestrüpp aus Heckenrosen und Flieder. Alfred folgte ihm gebückt.

«Wer ist da?», zischte eine Stimme vor ihnen.

«Nur ich», erwiderte der Junge gelassen, trat auf eine kleine Lichtung innerhalb des Gestrüpps hinaus und winkte Alfred heran. Die nächtlichen Gewitterwolken hatten sich inzwischen verzogen, und der Mond tauchte die Lichtung in seinen matten Schein.

«Hast du ihn mitgebracht?», flüsterte die Stimme.

«Was denkst du denn?» Der Junge klopfte die Blütenreste von seinem edlen Rock.

Alfred kniff die Augen zusammen. Im Dunkel des Gestrüpps glaubte er, drei weitere Schatten auszumachen. Sein Herz begann, heftig zu klopfen. Waren das Helenes Entführer?

«Habt ihr den anderen?», fragte der Junge scharf.

Die Gestalten vor dem Jungen antworteten nicht.

«Also?»

Ein leises Lachen erscholl, dann griffen zwei der Männer hinter sich und warfen dem Jungen einen reglosen Körper vor die Füße.

«Bitte sehr, *Monsieur*!»

Der Junge stöhnte frustriert. «Das ist nicht, was wir vereinbart haben.»

Alfred wurde übel. Ein widerwärtig süßlicher Geruch kitzelte ihn in der Nase. Er kannte diesen Gestank, so rochen die Leichen auf dem Engerlwagen ... aber das hier roch irgendwie frischer. Die Gestalt am Boden ... Alles in ihm sträubte sich dagegen, genauer hinzusehen, trotzdem konnte er sich selbst nicht daran hindern. Sein Blick fiel auf ein blasses Gesicht, das ihm im Mondlicht entgegenschimmerte. Reglose Augen starrten in den Himmel. Der Mund war geöffnet, ein stummer, endloser Schrei. Das Gesicht des Todes. Ein bekanntes Gesicht.

«Frantisek», krächzte Alfred. Über Frantiseks Hals zog sich ein breiter, mit schwarzem Blut verschmierter Schnitt.

«Würdet ihr ihn festhalten, um Himmels willen!», befahl der Junge entnervt.

Die Schatten vor ihm im Gebüsch erwachten blitzschnell zum Leben. Alfred keuchte auf, als plötzlich eine Klinge im Mondlicht aufblitzte und nach seiner Kehle stieß.

Er sprang erschrocken zur Seite und schlug mit dem Ellenbogen dorthin, wo er glaubte, den Kopf seines Angreifers zu erkennen. Ein heftiger Schmerz in seinem Arm und das Grunzen seines Angreifers verrieten ihm, dass er getroffen hatte. Alfred sah den Mann neben Frantiseks Leiche in die Knie brechen. War das, was er trug, ein Soldatenrock?

Alfred hatte keine Zeit, genauer hinzusehen. Schon drangen die anderen beiden auf ihn ein. Das Schicksal ihres Kumpans schien ihnen eine Lehre zu sein. Sie hielten respektvollen Abstand zu Alfred und stachen immer wieder mit blitzenden Jagdmessern nach ihm, denen er nur mit Mühe ausweichen konnte.

«Schluss damit!», fuhr der Junge sie an. «Ich sagte *festhalten*, nicht *aufschlitzen*, ihr Hohlköpfe! Wer soll denn das alles wegräumen? Etwa ihr?»

Alfreds Angreifer erstarrten und zogen sich ein wenig zurück. An den beiden käme er kaum vorbei, aber auf der anderen Seite versperrte ihm nur dieser Bengel den Weg.

«Alles muss man heutzutage selber machen», meinte er kopfschüttelnd, während er sich dunkle Handschuhe über seine manikürten Finger zog.

Alfred stürmte auf ihn zu. Er würde dieses schmächtige Kerlchen über den Haufen rennen, bevor der auch noch irgendeine Waffe zückte. Kurz bevor er den Jungen erreichte, warf dieser sich mit einer katzenartigen Bewegung nach vorn. Zu seinem Erstaunen sah Alfred ihn auf seinen Händen landen. Plötzlich befanden sich seine Beine auf Höhe von Alfreds Gesicht und wirbelten so schnell herum, dass Alfred den Hieb nicht kommen sah, der ihn unter dem Kinn traf und zurücktaumeln ließ. Während er noch um sein Gleichgewicht rang, schlug ihm etwas die Beine unter dem Körper weg. Alfred schrie auf und stürzte zu Boden. Sofort spürte er, wie ihn kräftige Hände an den Armen packten und hochzogen. Im nächsten Moment wurde eine kühle Klinge an seine Kehle gedrückt.

Der Junge richtete sich mit einer katzenartigen Bewegung wieder auf.

Alfred knurrte. Der Griff der Männer verstärkte sich noch.

«Wir sollten ihn gleich abstechen», raunte eine Stimme hinter ihm.

«Ts! Ts! Ts!» Der Junge wackelte mahnend mit dem Zeigefinger. «Haltet euch an die Vereinbarung! Ihr habt mir schon genug Scherereien mit *dem hier* gemacht.» Er wies auf Franziseks Leiche. «In Wien ist das Morden nicht mehr so einfach wie früher. Die Leute stellen Fragen, und das wollen wir doch nicht.»

«Mörder», krächzte Alfred, «elendes Pack. Wo ist Helene? Was habt ihr mit ihr gemacht?»

Der Junge kam ihm ganz nah, seine Finger fuhren durch Alfreds Haar, streichelten über sein Haupt. «Nichts», flüsterte er. «Und wenn sie brav bleibt, werde ich das auch nicht. Sie hat das Schloss gar nicht erst verlassen. Heute Morgen habe ich versucht, dich zu warnen, *mon ami*. Aber du wolltest nicht hören. Es gibt Menschen, denen stellt man sich nicht in den Weg. Der da wollte auch nicht hören, hat immer wieder versucht, aufs Schloss zurückzukehren, um seine Komtesse zu schützen. Er redete gefährlichen Unsinn, dass sie die rechtmäßige Erbin von Schloss Weydrich sei. Irgendwann hat es gereicht.»

«Genug geredet», zischte eine Stimme hinter ihm.

Der Mann, den er niedergeschlagen hatte, hatte sich wieder aufgerappelt. Bei diesen Worten zog er eine Pistole und kam auf ihn zu.

«Bitte», flüsterte Alfred dem Jungen zu. «Sag ihr wenigstens ...»

Der Mann schlug den Griff der Pistole mit voller Wucht gegen Alfreds Schläfe. Ein heftiger Schmerz explodierte in seinem Kopf. Er sackte zusammen, spürte kaum, wie er aufschlug, als die Männer ihn losließen.

«Schlitzen wir ihn auf», hörte Alfred eine gedämpfte Stimme sagen. Alles um ihn herum begann, in Dunkelheit zu versinken.

«Nicht nötig», erwiderte der Junge. «Wo er hingeht, gibt es kein Zurück. Sein Grab ruft schon nach ihm. Schade um dieses außergewöhnliche Gesicht.»

«Helene», hauchte Alfred stimmlos. Für einen Moment war es ihm, als hörte er sie rufen, ganz in der Nähe. War sie wirklich hier? Die Umgebung um ihn herum verblasste endgültig.

*Er sah sie neben sich im Bett liegen. Mit ihren Fingern streichelte sie seine schmerzende Schläfe. «Wirst du nach mir suchen?», hauchte sie.*

«Immer», wisperte Alfred, ehe die Finsternis auch den letzten Rest seines Verstands auslöschte.

## 17. Kapitel

«Alfred?», flüsterte Helene ins Gebüsch hinein. Keine Antwort. Sie kämpfte sich durch die Sträucher zur rückseitigen Mauer des Turms.

«Alfred?», fragte sie ein wenig lauter.

Mit jedem Schritt wurde der Schmerz in ihrem Knöchel stechender. Sie hatte ihn sich beim Sprung aus dem Fenster verstaucht, was den Fußmarsch hierher langwierig und unangenehm gemacht hatte. Aber jetzt war sie hier. Die Kutsche konnte nicht weit sein, und allein die Vorstellung, mit Alfred davonzufahren, schien ein schweres Gewicht von ihrer Seele zu wälzen. Nur um Raubart machte sie sich Sorgen. Sie hatte nicht riskieren können, ihn aus dem Zwinger zu holen und durch den Haupteingang zu gehen, dabei hätte sie bestimmt irgendjemand bemerkt. Stattdessen war sie schnurstracks zu einer alten Eiche am Rand des Schlossparks gelaufen, deren Äste über den mannshohen Zaun reichten, und war hinausgeklettert.

«*Die Teufel kommen dich holen!*», zischte eine Stimme aus dem Inneren des Turms. Helene zuckte vor Schreck zusammen. Sie spürte, wie ihr eine Träne über die Wange rann.

*Hab keine Angst, nicht vor denen*, hatte Alfred ihr gesagt. Sie atmete tief durch.

«Alfred, wo bist du?» Inzwischen rief sie laut, aber nur das Zirpen der Grillen antwortete ihr.

Helene verharrte. War er nicht gekommen? War ihm etwas zugestoßen? Was sollte sie nun tun? Zurück konnte sie nicht. Zurück zu *ihr*.

Ein schwacher Lichtschein in der Nähe der Mauer erregte ihre Aufmerksamkeit. Helene humpelte durch das Gestrüpp und hielt die Hand an ihren Hals gepresst, um das Klirren ihres Schmucks unter ihrem Mantel zu unterdrücken.

Eine kunstvoll gearbeitete Laterne stand gegen die Mauer gelehnt und verströmte mattes Licht.

War das Alfreds Laterne? Wollte er ihr damit sagen, dass sie hier warten sollte?

Helene lehnte sich gegen die Mauer, um ihren Fuß zu entlasten. Das Gebrabbel der Irrenturminsassen verursachte ihr eine Gänsehaut. Wie mochte es sich anfühlen, hier eingesperrt zu sein? Ihr eigenes Gefängnis war zumindest betörend schön gewesen, dieses musste dagegen ein Albtraum sein.

Die Zeit verstrich, ohne dass Helene sagen konnte, wie viel. Das Licht der Laterne wurde allmählich matter und verlosch schließlich. Plötzlich erscholl irgendwo vom Glacis her ein Schrei.

«Alfred?», rief Helene.

«Wer da?», antwortete eine forsche Stimme von der anderen Seite des Turms. Helene kauerte sich erschrocken zusammen. Das musste einer der Wachposten sein. Wenn er kam und Helene hier fand ... Sie begann, am ganzen Leib zu zittern.

Jedes Knacken im Gebüsch, jede Stimme hinter den Fenstern des Turms ließ sie zusammenfahren.

Sie spürte, wie ihr Tränen über die Wangen rannen.

*Du musst zurück*, flüsterte eine Stimme in ihrem Inneren, aber Helene weigerte sich zu gehorchen.

Doch je weiter die Nacht fortschritt, desto mehr gewann der Gedanke in ihrem Kopf an Raum. Es musste mittlerweile nach Mitternacht sein. Aus der Ferne hatte sie das zwölfte Läuten des Stephansdoms gehört.

Alfred würde nicht mehr kommen. Er hatte sie alleingelassen. Helene schüttelte den Kopf. Das passte nicht zu ihm. Er hätte sie nie im Stich gelassen. Oder? Vielleicht war sie es ihm am Ende einfach nicht wert gewesen? Er wollte ein großer Arzt werden; eine gefährliche Liaison zu einer Adeligen, die seinen Ruf zerstören würde, hätte das unmöglich gemacht. Das Schlimme war, dass sie es sogar verstand. Für einen Moment kämpfte sie noch gegen die Erkenntnis an, dann verkrampfte sich ihr Gesicht zu einem Schluchzen, und sie vergrub den Kopf zwischen den Armen.

Sie musste wieder zurück ...

Ihr verzweifeltes Weinen mischte sich in das Stöhnen der Irren.

❧

Der Weg nach Hause stellte sich als noch beschwerlicher dar als ihre Flucht vorhin, nicht nur, weil Helenes Knöchel sich bei jedem Auftreten mit einem schmerzhaften Stechen zu Wort meldete, sondern weil sie bei jedem Schritt ihren Widerwillen überwinden musste.

Als sie Währing, das Dorf kurz vor Schloss Weydrich, erreichte, hielt sie inne. Bei ihrer Flucht war es Abend gewesen. Es waren zwar viele Menschen auf der Straße gewesen, diese hatten aber gerade ihr Tagwerk beendet und kaum Notiz von Helene genommen.

Sie erkannte schon von weitem, dass die Buschenschanken des Orts kunstvolle Strohsterne mit Kiefernzweigen vor ihren Eingängen angebracht hatten und diese mit Laternen beleuchteten. Das bedeutete, sie hatten «ausg'steckt» und durften ihren eigenen Wein ausschenken. Das fröhliche Gejohle aus den Weingärten, gepaart mit lustiger Geigenmusik, verriet Helene, dass sie trotz der nachtschlafenden Stunde kaum hoffen konnte, den Ort unbemerkt zu durchqueren. Eine Frau, die um diese Zeit allein unterwegs war, war einfach zu auffällig.

Ein junges Paar flanierte an ihr vorbei, glücklicherweise ohne Helene zu beachten. Der Mann flüsterte dem Mädchen etwas ins Ohr, worauf dieses kicherte. Sie verschwanden in einem der hellen Eingänge. «Hereinspaziert!», dröhnte eine Stimme aus dem Inneren der Gaststube.

Helene zog den Mantel enger um ihre Hüften und ging weiter. Es half nichts.

Ein paar junge Männer kamen aus einer der Schenken und torkelten grölend auf sie zu. «Singen wir noch einmal die *Spittelbergmarie*, Burschen!», verkündete einer von ihnen.

«Nein, zuerst das *Weinglaserl*, dann die *Spittelbergmarie*», korrigierte ihn ein weiterer.

*«Ein Glaserl Weiiin, in lauer Sommernacht.*
*Was der Karl mit der Resi dort in der Laube macht?*
*Ein Glaserl Weiiin, das macht die Augen hell.*
*Ein Küsschen hier, ein Busserl da, schon geht's schnell.*
*Ein Glaserl Weiiin, die Nacht ist noch so jung.*
*Komm mit mir mit, ins Séparée, auf ein' Sprung.»*

Helene senkte den Blick und versuchte, sich an den Männern vorbeizudrücken. Vielleicht sollte sie nicht zurückgehen, sondern einfach irgendwohin fortlaufen. Aber Alfred war nicht gekommen, und ohne ihn gab es kein Leben für sie außerhalb von Schloss Weydrich, außer vielleicht als *Spittelbergmarie* ...

«Momenterl, Momenterl», meinte einer der jungen Männer und hielt Helene an der Schulter fest.

Helene wich erschrocken zurück.

«Aber keine Angst, Madame», erklärte der Mann und deutete eine Verbeugung an. Er hatte schwarze Haare, rote Wangen, und seine Augen glänzten von zu viel Wein. «Wollen Madame uns nicht auf ein Glaserl begleiten?»

«*Ein Glaserl Weiiin* ...», stimmten seine Saufkumpanen an und kicherten dümmlich.

«Vielen Dank, der Herr, aber das schickt sich nicht.»

Sie bemühte sich, das Zittern aus ihrer Stimme zu verbannen.

Einer der Saufkumpanen stöhnte. «Die Weibsbilder sagen immer, *Das schickt sich nicht*, dann gehen's aber doch mit.»

«Gute Nacht, die Herren.»

«Jetzt wart mal», lallte der Mann und versuchte, nach Helenes Arm zu greifen, aber sie war zurückgesprungen und lief, so schnell es ihr verstauchter Fuß erlaubte, die Straße hinunter. Es kümmerte sie nicht mehr, dass ihr Schmuck klirrte und dass die Leute auf der Straße ihr verwirrte Blicke hinterherwarfen, sie wollte nur weg.

«Wo willst denn hin?», rief ihr der Mann hinterher. «Dort hinten is' nix mehr, nur der Wald!»

Helene blieb nicht stehen, ließ die Lichter Währings hinter sich und bog auf die Schotterstraße zum Schloss ab.

Kurz bevor sie das Tor erreichte, schlug sie sich nach rechts in den Wald hinein. Das Haupttor war nachts verschlossen und, noch schlimmer – bewacht. Wenn sie dort auftauchte, würde Heinrich davon erfahren und damit auch die Tante.

Der schwere Duft von Rosen stieg ihr in die Nase, und die exakt geschnittenen Hecken zeichneten sich deutlich im Mondlicht ab.

Sie folgte dem Zaun bis zu der alten Eiche. Mit acht Jahren war sie einmal hinausgeklettert, um im nahen Wäldchen zu spielen. Adelheid war beinahe das Herz stehengeblieben, als sie sie außerhalb des Zauns entdeckt hatte. Es war ein Glück gewesen, dass ihr Vater ihr nur das Versprechen abgenommen hatte, es nicht noch einmal zu tun, anstatt den Baum fällen zu lassen.

Trotz des verstauchten Fußes gelang ihr die Kletterpartie auch in die andere Richtung, und sie ließ sich von dem knorrigen Eichenstamm auf den Rasen des Schlossparks gleiten. Jetzt musste sie nur noch heil ins Schloss und in ihr Gemach, um ...

*Um was?*, fragte eine Stimme in ihrem Inneren. *Um dich diesmal richtig aus dem Fenster zu stürzen?*

Helene verscheuchte den Gedanken und unterdrückte ein Zittern. Sie durfte nicht an sich heranlassen, was heute Abend geschehen war, sonst würde ihr der Schmerz den Verstand rauben, und sie würde noch als eines der erbärmlichen Geschöpfe in Kaiser Josephs *Gugelhupf* enden.

«Wieso hast du mich alleingelassen?», flüsterte sie in den nächtlichen Schlossgarten hinein.

Sie besann sich und schüttelte den Kopf. Zuerst einmal musste sie sich in Sicherheit bringen. Über alles andere konnte sie später nachdenken.

Sie schlich in Richtung des Haupteingangs. Die weiße Fassade des Schlosses schimmerte ihr im Mondlicht entgegen. Es war ihr noch nie so wuchtig und abweisend erschienen. Im großen Salon brannte noch Licht.

Helene fluchte. Wenn die Tante wach war, dann musste bestimmt auch ein Diener Habacht stehen, falls sie noch einen Wunsch hatte. Helenes Blick wanderte zu den weit geöffneten französischen Fenstern im ersten Stock empor. Sie erinnerten sie an den gähnenden Schlund einer riesigen Schlange.

Der Sprung aus dem Fenster war vergleichsweise einfach gewesen, aber wie sollte sie jetzt wieder dort hinaufklettern? Nein, es war unmöglich. Sie konnte nur beten, dass der Haupteingang nicht versperrt war.

Ein erleichtertes Seufzen entfuhr ihr, als die Tür geräuschlos aufschwang und sie den Marmorboden des Foyers betrat. Ein Hauch von Veilchenwasser und Lampenöl hing in der Luft.

Sie sah schwachen Lichtschein unter der geschlossenen Salontür hervordringen. Gedämpfte Stimmen waren zu hören.

Alles in ihr schrie danach, so schnell sie konnte, in ihr Zimmer zu rennen, Mantel und Kleid von sich zu werfen und sich in ihr Bett zu verkriechen, trotzdem blieb sie stehen. Mit wem sprach die Tante um diese Uhrzeit noch?

Helene konnte ihre Neugier nicht bezähmen und schlich in Richtung des Lichtscheins.

Neben der Tür verharrte sie und lauschte.

«... ist erledigt, wie Ihr es befohlen habt. Des Alten musste ich mich selbst entledigen. Ich fühle mich noch immer ganz schmutzig», erklärte eine helle Stimme, die Helene nicht kannte.

«Ausgezeichnet. Aurelian, *mon cher*, du bist gewiss das bunteste meiner Vöglein, mein leuchtender Pirol.»

Das war eindeutig die Stimme der Tante. Helene runzelte die Stirn. *Aurelian?* Wer mochte das sein?

«Wie steht es mit unserem Kuckuck?», fragte die Tante. «Gibt es Neuigkeiten?»

«Der Sultan hat ihn bereits empfangen», erwiderte die helle Stimme. «Er wartet auf den richtigen Zeitpunkt, dann hackt er dem großen Löwen die Augen aus.»

«Hast du dafür gesorgt, dass dem großen Löwen am Spittelberg die schwindsüchtigen Dirnen zugeführt werden?»

Aurelian seufzte. «Ich habe mein Bestes versucht. Ihm die Dirnen mit Syphilis zuzuführen, wäre einfacher gewesen, da gehört fast jede dazu.»

«An der Syphilis stirbt man aber nicht schnell genug, *mon cher*, glaub mir. Und der kleine Löwe?»

«Will nichts wissen und nichts hören. Aber ich bin sicher, im Fall des Falls wird er sich erkenntlich zeigen.»

Helene runzelte die Stirn. War das irgendeine Art des höfischen Spiels, das sie nicht kannte?

Die Tante lachte abfällig. «Wir werden es noch erleben, mein Pirol. So manches wird bald wieder zu seiner natürlichen Ordnung zurückfinden. Aber im Moment beschäftigen mich andere Dinge dringender. Mein Mündel muss verheiratet werden. Das sollte keine Schwierigkeiten bereiten, wenn ihr Unterricht Früchte trägt. Ihr Aussehen ist geradezu Verschwendung. Mit ihrem Namen könnte sie aussehen wie ein Pferd, und die Verehrer würden Schlange stehen.»

Ein helles Lachen ertönte.

«Ich überlege, ob *er* ein guter Kandidat wäre. Du weißt schon, der *Gockelhahn*. Was denkst du?»

Aurelian schwieg einen Moment, bevor er antwortete. «Eine Verbindung würde Euch sehr nutzen. Es könnte jedoch schwierig werden, ihn zu überzeugen. In jedem Fall ein Prachtexemplar, ich verehre ihn selbst.»

«*Bitte, mon cher*», unterbrach ihn die Tante. «Vergiss nicht, was du bist. Selbst wenn unser Gockel *diese* Vorlieben in sich trüge, würde er *dich* nicht Erwägung ziehen. Abgesehen davon teile ich deine Einschätzung – wahrhaftig ein Prachtexemplar. Ich werde meine Überredungskünste spielen lassen müssen.»

Eine Weile herrschte Stille.

«Aber nun solltet du gehen, mein Vögelchen. Ich befürchte, wenn du länger bleibst, wird dein Besuch Aufs…»

Helene wartete nicht auf das Ende des Satzes, sondern hastete durch die Eingangshalle und kauerte sich in den Schatten der großen Treppe.

Kurz darauf hörte sie, wie eine Tür aufsprang. Vorsichtig lugte sie an der Treppe vorbei. Eine aufrechte Gestalt war vor der Salontür aufgetaucht. Auf dem Kopf trug sie einen Dreispitz. Das Gesicht war im Dunkel nicht zu erkennen, aber für einen Moment schien es genau in ihre Richtung zu blicken. Helene duckte sich unwillkürlich. Die Gestalt machte einen Schritt auf sie zu.

*Es ist dunkel, er kann dich nicht sehen*, redete Helene sich ein.

Nach einem schier endlos scheinenden Augenblick marschierte die Gestalt an Helenes Versteck vorbei und zum Haupteingang hinaus.

Als die Eingangstür sich schloss, stieß Helene ein leises Seufzen aus. Sie wartete, bis sich ihr hämmernder Herzschlag beruhigt hatte, dann hastete sie so leise wie möglich die Treppen hinauf.

Ihr Zimmer lag genauso vor ihr, wie sie es verlassen hatte: die leere Schmuckschatulle auf dem Nachttischchen, der offene Kleiderschrank und die Fenster, aus denen ihr eine kühle Brise entgegenwehte.

Erst jetzt gestattete sie sich zu akzeptieren, was passiert war. Alfred war nicht gekommen. Und was auch immer der Grund dafür war, mit ihm hatten sich auch Helenes Hoffnungen, jemals ein selbstbestimmtes Leben zu führen, in Luft aufgelöst. Sie sank neben ihrem Bett auf die Knie und krallte die Finger in ihre Daunendecke.

Sie fühlte sich wie eine hübsch bemalte Marionette, die zu ihrem Puppenspieler zurückgekehrt war, weil sie nicht wusste, wie man ohne Fäden überlebte.

«Alfred», wisperte sie, «Liebster, wo bist du?»

## 18. Kapitel

Alfred stöhnte. Das Licht der Sonne stach ihm in die Augen. Er drehte den Kopf weg – und stöhnte wieder. Sein Schädel schmerzte, und ihm schwindelte so stark, dass er das Gefühl hatte, der Boden unter ihm würde sich bewegen. In seinem Mund schmeckte er Erbrochenes.

Alfred öffnete blinzelnd die Augen. Er lag auf einer staubigen Holzpritsche. Und das Vibrieren ... Er hatte es sich nicht eingebildet. Der Boden bewegte sich tatsächlich.

Alfred versuchte, sich ein Stück in die Höhe zu stemmen. Über ihm strahlte der blaue Himmel. Um ihn herum lagen Stapel mit Decken, Planen und Zeltstangen.

Der Geruch nach Kühen stieg ihm in die Nase. Ein Schnauben drang an sein Ohr, dann ein tiefes Brüllen. Alfred stemmte sich ein Stück weiter in die Höhe. *Er lag auf einem Ochsenkarren.*

Ungläubig blickte er sich um. Die Stadt war verschwunden. Blühende Wiesen erstreckten sich bis zum Horizont. Der Gesang von Lerchen lag in der Luft. Graue, urtümlich aussehende Rinder mit ausladenden Hörnern grasten in großer Zahl auf den Weiden und wurden von Hirten mit zotteligen, weißen Hunden bewacht.

Alfred schüttelte verwirrt den Kopf. *Wo war er?*

Er war doch eben noch auf dem Weg zum Narrenturm gewesen, wo er sich mit Helene treffen wollte, und dann ...

Alfred rieb sich über die Stirn. Was war passiert? Sein Verstand schien die Erinnerung nicht preisgeben zu wollen.

Er riskierte einen Blick nach vorne. Auf dem Kutschbock des Karrens saß ein älterer Mann mit sonnengebräunter Haut und bäuerlicher Tracht. Und sie waren nicht die Einzigen, die auf der Straße unterwegs waren – bei weitem nicht. Alfred klammerte sich am Rand des Karrens fest und starrte ungläubig auf den gewaltigen Tross, der sich durch die Ebene schob. Um ihn herum wimmelte es von rot-weißen Uniformen, so weit das Auge reichte. Unzählige Männer mit Gewehren und Säbeln marschierten zwischen den Wagen mit Ausrüstung und Lebensmitteln, dazwischen immer wieder ganze Kompanien berittener Kavalleristen und Dragoner. Die meisten Gesichter wirkten ernst und müde, nur wenige schienen sich miteinander zu unterhalten. Alfred wunderte sich dumpf, wie jung die meisten von ihnen aussahen, viele sogar jünger als er selbst.

*Ich muss hier weg*, schoss es ihm durch den Kopf. Wie immer er hierhergekommen war, es verhieß nichts Gutes.

Wenn sie an einem Gebüsch vorbeifuhren, würde er abspringen, dann würden sie ihn zumindest nicht gleich davonlaufen sehen, falls es diese Leute hier überhaupt kümmerte. Dann musste er sich irgendwie nach Wien durchschlagen, so weit konnten sie ja noch nicht weg sein.

*Helene!* Ein eisiger Schauer durchzuckte ihn. *Helene muss denken, dass ich nicht gekommen bin.*

Alfred duckte sich zwischen die Ausrüstungsgegenstände. Bisher schien niemand auf ihn zu achten, auch der Fahrer nicht. Als der Karren an einem dichten Weißdorngebüsch vorbeiratterte, nahm er seinen Mut zusammen und sprang über das Geländer des Wagens direkt in das Gebüsch hinein.

Ein erschrockenes «He!» wurde gerufen. Die Dornen kratzten über Alfreds Gesicht, als ihn die Hecke verschlang. Er strauchelte kurz, blieb aber auf den Beinen und kämpfte sich durch das Gebüsch, weg von der Straße, weg von dem Soldatentross.

Hinter ihm wurden aufgeregte Stimmen laut. Alfred konnte das Wiehern von Pferden vernehmen.

So viel zu der Hoffnung, dass ihnen seine Flucht egal wäre.

Er brach aus der Hecke heraus und fand sich auf einer Weide wieder. Alfred beschleunigte seinen Schritt. Je eher er es außer Sichtweite schaffte, desto besser.

Plötzlich ertönte Hufgetrappel hinter ihm, das sich rasch näherte.

Alfred wagte nicht, sich umzudrehen, aber ein paar Momente später hatte sich das auch erübrigt. Ein riesiger, schwarz glänzender Pferdekörper sprang ihm in den Weg. Erde spritzte auf. Alfred schrie und konnte nur durch einen Sturz nach hinten verhindern, dass er in das steigende Ross krachte.

«Liegen bleiben! Oder ich knall dich ab wie einen Has'.»

Alfred blickte erschrocken am Leib des Rappen empor zu einer Gestalt in strahlender Dragoneruniform. Der Reiter, ein glattrasierter Mann mit einer Perücke, zielte mit seinem Gewehr auf ihn.

«Wer seid Ihr?», fragte Alfred. «Und was wollt Ihr von mir?»

«Willst mich wohl für dumm verkaufen?» Der Dragoner, seinem Habitus zufolge vermutlich ein Offizier, trieb seinen Rappen auf Alfred zu, als würde er ihn über den Haufen reiten wollen.

Alfred kroch ein paar Schritte zurück, während er in den glänzenden Gewehrlauf starrte.

«Nein, mein Herr. Ich war gerade noch in Wien und jetzt ...»

Der Dragoneroffizier lachte und senkte seinen Lauf. «Noch so einer! Marsch, zurück zu deiner Kompanie!»

«Kompanie? Ich bin kein Soldat!»

«Das sagen sie alle», erklärte der Dragoner. «Na los, zurück in den Tross. Deserteure werden erschossen!»

Alfred rappelte sich auf und ließ sich von dem Dragoner zurück zur Straße treiben. Er hatte das Gefühl, dass es klüger war, den Offizier nicht mit Fragen zu bestürmen. Er schien sein Gewehr recht leichtfertig einzusetzen.

Neugierige Blicke richteten sich auf ihn, als er sich hinter dem Ochsenkarren in einen Trupp Soldaten eingliederte.

«He», murmelte Alfred dem jungen Mann zu, der neben ihm marschierte, nachdem sich der Dragoner ein Stück weiter hinten ebenfalls wieder in den Tross eingereiht hatte. «Ich bin nur wegen eines Versehens hier. Ich muss nach Hause!»

«Hier gibt's keine Versehen», flüsterte der Soldat zurück. «Die brauchen jeden Einzelnen für die Front.»

«Wer ist für uns verantwortlich?», insistierte Alfred.

«Die Kutsche dort vorne gehört unserem Spieß, Feldwebel Jägerstedt.»

«Danke!»

«Lass das lieber», zischte ihm der junge Soldat hinterher, aber Alfred hörte nicht mehr zu. Er lief zwischen marschierenden Soldaten und Karren hindurch auf die Kutsche zu. Sie war mit einer weißen Plane bedeckt. Drei Männer in Uniformen saßen darin und studierten eine Karte. Alfred zögerte nicht und sprang über zwei hölzerne Trittbretter an der Rückseite auf.

Geruch nach Männerschweiß und Tabak schlug ihm entgegen.

Die drei Soldaten blickten auf und runzelten die Stirn. Einer der Männer hatte stechend eisgraue Augen.

«Die Herren verzeihen. Mein Name ist Alfred Wagener, Student an der medizinischen Hochschule Wiens. Ich wurde in der Josefstadt überfallen. Man hat mich auf einen Ihrer Wagen geschafft. Ich muss nach Wien zurückkehren, um diese Schandtat anzuzeigen.»

Eine Weile starrten ihn die Soldaten an wie drei Löwen, die von einer Maus beim Mittagsschlaf gestört wurden.

«Wie war der Name?», fragte der dünnste der Männer und drückte sich ein *pince-nez* auf die Nase.

«Wagener, Alfred. Ich bin...»

Der Soldat hob die Hand, um ihn zum Schweigen zu bringen. Er nahm einen Lederumschlag zur Hand, schlug ihn auf und fuhr mit seinem behandschuhten Finger über das Papier darin. Es schien eine Namensliste zu sein.

«Wagener, Alfred», wiederholte der Soldat. «Im einundzwanzigsten Jahr. Wohnhaft in der Josefstadt, Florianigasse Numero sieben?»

Alfred runzelte die Stirn. Ein übles Gefühl beschlich ihn. Er zwang sich zu einem Nicken.

Der Soldat schlug seine Mappe zu und legte sie beiseite. «Letzte Woche eingezogen zum Wehrdienst in die Armee Seiner Majestät, zur Verteidigung der Heimat im Krieg gegen die Osmanen.»

«Was?», flüsterte Alfred.

«Hat alles seine Ordnung», erwiderte der dünne Soldat

an die beiden anderen gewandt. «Wahrscheinlich hat er aufg'muckt, und die Rekrutierer mussten tätlich werden. Die Geschichte, dass er Mediziner ist, kann er seiner Großmutter erzählen.» Dann drehte er sich wieder zu Alfred. «Jetzt zurück mit dir ins Glied! Hol dir heute Abend beim Zeugwart deine Uniform.»

«Nein», flüsterte Alfred. «Das ist nicht wahr, das ist eine Lüge! Wieso sollte man mich ...» Er hielt inne. Der Mann hatte in einer Hinsicht recht. Er war tatsächlich kein Medizinstudent mehr. Quarin hatte ihn der Universität verwiesen.

«*Sie* steckt dahinter», flüsterte er. «Prüfen Sie Ihre Unterlagen noch einmal, bestimmt steckt die Gräfin Weydrich dahinter. Sie wollte mich loswerden, und ...»

Der Mann mit den eisgrauen Augen, der bisher geschwiegen hatte, sprang unvermittelt auf und trat Alfred mit aller Wucht in den Bauch.

Alfred taumelte nach hinten und stürzte rücklings aus der Kutsche hinaus. Aufgeregtes Keuchen ertönte um ihn herum, als die anderen Soldaten zur Seite stoben. Der Aufprall trieb ihm den Atem aus den Lungen. Er schnappte verzweifelt nach Luft.

Der Soldat sprang ihm nach. Alfred sah, wie seine glänzenden Stiefel neben ihm den Staub der Straße aufwirbelten. Einen Moment später drückte er seinen Stiefelabsatz auf Alfreds Kehle.

«Was glaubst du, wer du bist, Prinzchen», fuhr er Alfred an, während seine grauen Augen zu lodern schienen. «Du bist jetzt Soldat, und du wirst deine Vorgesetzten mit Respekt behandeln, sonst schwör ich, du wirst dir noch wünschen, dass der Türk dich fängt und dir die Eier abschneidet!»

Alfred versuchte vergeblich, den Stiefel von seiner Kehle zu stemmen. «Ich bin kein Soldat!», röchelte er.

Der Mann verstärkte den Druck auf Alfreds Kehle. «Das heißt: Jawohl, Herr Feldwebel!»

Alfred konnte nicht mehr sprechen, aber es gelang ihm noch, den Kopf zu schütteln.

Der Feldwebel ging in die Hocke und beugte sein Gesicht ganz nah über Alfreds. Er war dunkelblond, und seine Haut war von dunklem Teint, was nicht recht zu seiner Augenfarbe passen wollte.

«Wie du willst», raunte er Alfred zu, sodass es die Umstehenden nicht hören konnten. «Sei ein Deserteur, nichts wär mir lieber. Die knall ich am allerliebsten ab.»

Alfred blinzelte. *Diese Stimme.* Er hatte sie schon einmal gehört, kurz bevor er ... Ein dunkler Bluterguss zog sich von der Schläfe des Mannes über seine Wange.

Der Schrecken fuhr Alfred durch alle Glieder, drohte ihn zu übermannen. Das war einer von Franticseks Mördern, der, dem er mit dem Ellenbogen ins Gesicht geschlagen hatte. Dieser Mann wollte ihn schon auf dem Glacis umbringen.

«Jawohl, Herr Feldwebel», stieß Alfred hervor.

Der Feldwebel grinste. «Schade», hauchte er, richtete sich wieder auf – und trat ihm kräftig in die Seite. Alfred stöhnte und krümmte sich vor Schmerz. Der Feldwebel machte kehrt und marschierte zur Kutsche zurück. Auch die anderen Soldaten setzten sich wieder in Bewegung, rascher als zuvor, um die Lücke zu füllen, die sich durch ihr Stehenbleiben im Tross aufgetan hatte. Es dauerte eine Weile, ehe Alfred die Kraft fand, aufzustehen und als einer von Tausenden weiterzumarschieren.

## 19. Kapitel

Ein Klopfen riss Helene aus ihren trüben Gedanken. Sie hatte ihr Zimmer den ganzen Tag nicht verlassen, die letzten zwei Wochen nicht. Zu ihrer Überraschung war es nicht Hannerl, sondern die Tante selbst, die das Zimmer betrat, in einer für ihre Verhältnisse schlichten, rostroten Robe. Hinter ihr kam noch jemand herein, ein edel gekleideter Herr, den Helene nicht kannte. Sein Eau de Cologne lieferte sich einen wilden Kampf um Vorherrschaft mit dem Parfüm der Gräfin. Die Tante warf Helene, die in einen ärmellosen Unterrock gekleidet im Bett lag, einen missbilligenden Blick zu, ehe sie sich ihrem Gast zuwandte.

«Hier ist sie», erklärte die Gräfin. «Seit dreizehn Tagen steckt sie in dieser Melancholie fest, isst kaum, nimmt ihre gesellschaftlichen Pflichten nicht wahr. Das Einzige, zu dem sie sich überreden lässt, ist, sich von der Zofe waschen zu lassen. Ich habe ihr ein wunderbares Kleid schneidern lassen – eine *robe française* mit Spitzensaum, der letzte Schrei bei Hofe –, aber nicht einmal das konnte sie aufmuntern, man stelle sich das vor!»

«Guten Tag, Komtesse.» Der Herr lächelte Helene an. Seine Stimme hatte einen süßlichen Unterton, der sie an Heinrich erinnerte, jedoch weniger unterwürfig.

«Sie sind doch ein Spezialist in solchen Angelegenheiten, Dr. Ofczarek. Also bitte, untersuchen Sie sie!» Die Ungeduld in der Stimme der Gräfin war unüberhörbar.

Der Mann war also Arzt. In Helenes Innerem leuchtete etwas auf. Kannte er Alfred? Hatte er ihn in den letzten Tagen gesehen oder wusste, wie es ihm ging? Aber sie konnte nicht fragen. Nicht, solange die Tante im Raum war. Das Licht in ihr flackerte, die Verzweiflung drohte es zu ersticken.

«Aber selbstverständlich», erwiderte Dr. Ofczarek. Er trat an Helenes Bett heran und blickte lächelnd auf sie herab, als sei sie eine besondere Speise, die man ihm kredenzt hatte. Er rückte sein Monokel zurecht und räusperte sich. «Ich darf doch, Komtesse.» Er ergriff ihren Arm und drückte zwei Finger auf ihr Handgelenk. Helene konnte spüren, wie ihr Puls gegen seine Fingerkuppen pochte. Er nickte wissend, dann legte er seine Hand auf Helenes Stirn. «Seien Sie so lieb, Komtesse, setzen Sie sich ein bisserl auf.»

Helene seufzte und folgte seiner Anweisung. Ofczarek tastete sorgfältig ihren Hals und die nackten Schultern ab, die der Unterrock kaum bedeckte. Er hielt Helenes Arm in seinem und befeuchtete sich abwesend die Lippen. So blieb er stehen.

«Und?», fragte die Gräfin.

Ofczarek löste sich aus seiner Erstarrung und wandte sich von Helene ab.

«Ganz klar, ganz klar, das Mädel ist von der Melancholie befallen, ein Überschuss an schwarzer Galle.»

«Das sagte ich bereits», erwiderte die Gräfin mit hochgezogenen Augenbrauen. «Wie lange dauert das noch?»

«Schwer zu sagen! In meiner Klinik haben wir viel Erfahrung auf diesem Gebiet, aber die einzelnen Fälle können sich doch sehr unterscheiden. Meine Empfehlung, werte Gräfin, wäre, die Komtesse zu mir auf Kur zu schicken. Wir behandeln die Patienten nach der traditionellen Säftelehre, aber auch mit moderneren Therapiekonzepten, die sie in kürzester Zeit ...»

«In diesen grässlichen Turm?», erwiderte die Gräfin.

*Turm? Der Narrenturm?* Helene spürte, wie eine Welle von Angst über sie hinwegschwappte. Die Tante hatte nicht irgendeinen Arzt gerufen, sondern einen Irrenarzt. Alfred ... Alfred hatte ihr gesagt, die Menschen dort drin würden behandelt wie Tiere. Allein ihre Stimmen hinter den Mauern zu hören, hatte ihr Angst eingejagt.

«Ihre Klinik scheint mir in höchstem Maße ungeeignet für ein Fräulein von Stand», erklärte die Gräfin. «Sie denken doch nicht, ich lasse meine Nichte mit dem irren Pöbel dort verkehren.»

Für einen winzigen Moment war Helene der Tante dankbar.

«Für so bedeutende Gäste wie die Komtesse würden wir selbstverständlich einen separaten Bereich schaffen, wo wir für die entsprechenden Annehmlichkeiten sorgen. Ich versichere Ihnen, sie würde keinen der irren Patienten zu Gesicht bekommen.» Er wandte sich Helene zu und lächelte jovial. «In nur wenigen Wochen wäre sie ein ganz neuer Mensch!»

Die Tante tippte sich mit dem Zeigefinger unablässig auf das Kinn, als würde sie über den Vorschlag nachdenken.

*Sag, dass du dich besser fühlst!* Helene zuckte zusammen. Die Stimme in ihrem Inneren ... Es war fast, als hätte Alfred gesprochen.

«Ich müsste die Gegebenheiten erst inspizieren», erwiderte die Tante. «Aber wenn ...»

«Tante?»

Die beiden wandten sich Helene überrascht zu, die die Beine über den Bettrand schwang.

«Du hast doch gesagt, im nächsten Monat finden wichtige Bälle statt. Ich hatte mich gefreut, endlich in die Gesellschaft eingeführt zu werden. Ich will wieder zum Unterricht mit Maître LeBrus.»

Der Doktor presste kaum merklich die Lippen zusammen, während sich die gezupften Brauen der Gräfin bis zum Haaransatz zu heben schienen.

«Ich möchte gern das Seidenkleid mit dem Spitzensaum tragen, das du mir geschenkt hast.»

«Fühlst du dich wirklich stark genug dafür, mein Täubchen?», fragte die Gräfin. «In die Gesellschaft eingeführt zu werden, ist ein wichtiger Tag im Leben einer Komtesse. Dich wird man ohnedies genauer ansehen, da du *sehr* spät dran bist. Ich kann nicht erlauben, dass du mich blamierst.»

«Werde ich nicht, Tante!» Es fühlte sich zwar an, als müssten ihre Lippen sich unnatürlich verbiegen, aber sie brachte ein kleines Lächeln zustande.

Dr. Ofczarek räusperte sich. «Vielleicht wäre es besser für die Komtesse, wir würden nichts ...»

«Papperlapapp!» Die Gräfin schenkte dem Irrenarzt ein zufriedenes Lächeln. «Offensichtlich ist eine Kur nicht vonnöten. Ihr wisst ja, wie das mit Melancholie in der Jugend ist. Sie drückt den jungen Menschen nieder, nur um sich im nächsten Moment zu verflüchtigen wie ein kleines Vöglein. Mein Haushofmeister wird Euch hinausbegleiten.»

Der Arzt deutete eine Verbeugung in Helenes Richtung

an, bevor er ging. Die Gräfin verharrte noch kurz am Türrahmen und musterte Helene. «Ich bin gespannt!»

∾

Am nächsten Tag nahm sie zusammen mit der Gräfin eines ihrer späten Frühstücke ein. Am liebsten hätte Helene sich unpässlich gemeldet so wie in den letzten zwei Wochen, aber die Tante hätte das nach dem Besuch des Arztes sicher nicht mehr toleriert.

Helene nippte an ihrem Kaffee und starrte ins Leere. An den Geschmack des dunklen Gebräus hatte sie sich gewöhnt, obwohl ihr jeder Schluck wie Verrat an ihrem Vater vorkam, mit dem sie beim Tee über Gott und die Welt philosophiert hatte.

«Du wirkst noch immer so abwesend, mein Täubchen», erklärte die Gräfin. Sie trug eine aufwendige nachtschwarze Perücke, die ihrer natürlichen Haarfarbe sehr nahe kam. Eine Wolke ihres neuen Parfüms umhüllte sie. *Fleur d'Orient* hieß es, und angeblich war sie die einzige Dame in ganz Wien, die dieses Dufts habhaft geworden war, der in Paris als der letzte Schrei galt. «Er ist aus den exquisitesten Ingredienzien gemischt», hatte die Tante geprahlt. «Bergamotte, Jasmin und Myrrhe.»

Großmütig hatte sie Helene angeboten, zu einem besonderen Anlass einmal einen Spritzer auftragen zu dürfen, was Helene mit Hinweis auf die Kostbarkeit des Dufts dankend abgelehnt hatte. In Wahrheit wurde ihr von dessen schwerer Süße noch übler als vom alten Parfüm der Tante.

«Ich habe nur versucht, mir ein paar Tanzschritte in Erinnerung zu rufen», meinte Helene.

Die Tante betrachtete sie eingehend. Ein wissendes Lächeln umspielte ihre Lippe. «Fehlt dir der Unterricht mit dem Magister Wagener? War das der Grund deiner Unpässlichkeit?»

Helene musste sich beherrschen, um nicht zusammenzuzucken, als die Gräfin Alfred erwähnte. Sie hatte ihr kurz nach ihrer missglückten Flucht erklärt, dass Alfred sein Engagement aufgekündigt habe.

Die Gräfin beugte sich ein wenig vor und fasste Helenes Hand. «Ich verstehe dich, mein Kind, es tut weh, wenn einem das Herz gebrochen wird ...»

Helene schluckte. Wie viel ahnte die Tante über das Verhältnis zwischen Alfred und ihr? Irgendjemand war in ihrem Zimmer gewesen und hatte das Bild zerrissen. Hatte sie von ihren Fluchtplänen gewusst?

Helene musste sich beruhigen und klar denken, auch wenn ihr das im Moment schwerfiel. Die Gräfin würde sie durchschauen, wenn sie log.

«Du hast recht», erklärte sie, «ich vermisse ihn so sehr, dass es schmerzt. Ich war ihm auf närrische Weise zugetan, aber ihm bin ich wohl gleich gewesen.»

Die Gräfin nickte verständnisvoll und tätschelte ihre Hand. «Kränk dich nicht, mein Täubchen. Das Herz einer Frau kann mehr aushalten, als man erst denkt.»

Helene seufzte und ließ zu, dass ihr Tränen in die Augen stiegen.

«Na, na.» Die Gräfin schüttelte tadelnd den Kopf. «Nicht weinen, bald ist alles wieder gut. Vor allem, da ich eine großartige Überraschung für dich habe.»

Helene hob den Blick.

«In drei Tagen findet in Schönbrunn ein Frühlingsball

zu Ehren des Kaisers statt. Ein großartiger Anlass, um dich in die Gesellschaft einzuführen. Die edlen Herren müssen doch sehen, was für ein hübsches Vöglein du geworden bist.» Sie kniff Helene in die Wange. «Du wirst sogar dem Kaiser deine Aufwartung machen. Fühlst du dich bereit dazu?»

Die scheinbar belanglose Frage führte dazu, dass Helene beinahe ihren Kaffee verschüttet hätte. Sie fühlte sich alles andere als bereit, am liebsten hätte sie sich sofort wieder in ihrem Zimmer verkrochen. Aber wenn die einzige Alternative war, eine der stöhnenden Stimmen hinter den Mauern des Irrenturms zu werden, würde sie mitspielen.

«Ich würde gerne hingehen.»

✧

Es begann zu regnen, als Helene in ihr Gemach zurückkehrte.

Im gedämpften Licht legte sie sich auf ihr Bett und atmete erleichtert auf, weil sie endlich allein sein durfte. Jedes Gespräch erschien ihr anstrengend, als müsste sie ihre wenigen verbliebenen Kräfte aufbieten, um zu verbergen, wie leer und verzweifelt sie sich fühlte.

Wie würde ihr Leben von nun an aussehen? Ein ewiges Warten, bis andere bestimmten, was mit ihr geschah? *Warten*, in die Gesellschaft eingeführt zu werden, *warten*, geheiratet zu werden, *warten*, einen Erben zu gebären, *warten* auf ... gab es danach überhaupt noch irgendwas, worauf es sich als Frau zu warten lohnte? Oder konnte sie danach genauso gut sterben?

Sie öffnete ihr Nachtschränkchen und zog das zerrissene Bild daraus hervor. Ein einsamer braun gefiederter Vogel mit gespreizten Schwingen ...

Helene strich sich mit den Fingerkuppen über den Mund.

Für einen Moment konnte sie fast Alfreds Kuss spüren. Aber das Gefühl verflog. Sie verstaute das Bild wieder in ihrem Nachtschränkchen.

Sie setzte sich auf und betrachtete sich selbst in dem goldgerahmten Spiegel, der ihr gegenüber an der Wand hing. Angeblich hatte er schon der Tante gehört, als diese ein junges Mädchen gewesen war. Helene trug ein rosafarbenes, mit Goldstickereien durchwirktes Kleid, edel, aber doch bequem. Es war eins der Kleider, die sie zu Lebzeiten ihres Vaters getragen hatte. Aber die Tante würde ab jetzt wieder darauf bestehen, dass sie sich angemessen kleidete, was bedeutete, sich jeden Tag in taillierte Monstren von Kleidern zu zwängen, die einen in ihrer Üppigkeit an Hochzeitstorten erinnerten.

*Ich bin eine Puppe*, dachte sie.

Neben ihrem Spiegelbild auf dem Nachtschrank stand die schwarze Schachfigur, die ihr Vater ihr geschenkt hatte. Sie griff nach der schwarzen Dame. Für einen Moment betrachtete sie sie, dann stellte sie sie wieder hin und läutete nach der Zofe.

Wenig später klopfte es, und Hannerl betrat das Zimmer.

«Grüß dich, Hannerl», sagte Helene freundlich. «Bitte, setze dich kurz zu mir.»

Hannerl gehorchte und beäugte ihre Herrin, als wäre sie eine Maus, die sich zu einer Eule setzen sollte.

«Soll ich Euch das Haar kämmen, Komtesse?»

«Nein danke.» Helene suchte einen Moment nach den richtigen Worten. «Ich nehme an, meine Tante ist in Sorge um mich. Sie fragt dich oft, wie es mir geht, nicht wahr?»

Hannerl fummelte nervös an den Bändern ihrer Dienstmädchenhaube herum und nickte schließlich. «Der Gräfin ist Euer Wohlergehen sehr wichtig.»

Helene nickte grimmig. Die Gräfin ließ sich also von Hannerl über alles in Kenntnis setzen, was Helene den Tag lang trieb.

«Fürchtest du dich vor meiner Tante, Hannerl?»

Hannerls rehbraune Augen wurden noch größer, als sie ohnehin waren, dann schüttelte sie hastig den Kopf.

Helene nickte. Das Mädchen log ganz offensichtlich. «Danke, Hannerl, du kannst gehen. Aber bitte schick die andere Zofe zu mir, die gestern angekommen ist, die ältere. Wie heißt sie noch gleich?»

«Gertraud», erwiderte Hannerl. «Sehr wohl, Komtesse, ich schicke sie gleich zu Euch.» Sie machte einen Knicks und verließ rasch das Zimmer.

Wenige Augenblicke später klopfte es erneut. Gertraud hätte sich nicht stärker von Hannerl unterscheiden können. Sie hatte ihre besten Jahre hinter sich, und während das schokoladenbraune Dienstbotenkleid an Hannerl schlotterte, füllte Gertraud das ihre mühelos aus. Sie starrte Helene aus einem wettergegerbten Gesicht entgegen. Die Gräfin hatte sich zwar Helene gegenüber über Gertrauds Hässlichkeit mokiert, aber hier draußen in Währing war es offenbar nicht so leicht, die speziellen Ansprüche der Gräfin an Schönheit und Grazie zufriedenzustellen. Helene fragte sich, wie sie das wohl früher in ihrer mährischen Grafschaft geregelt hatte, die noch so viel abgelegener war.

«Gertraud, nicht wahr? Würdest du dich zu mir setzen?»

Gertraud runzelte verwirrt die Stirn. «Mein Kleid ist staubig, Komtesse.»

Helene lächelte. «Das ist mir gleich. Aber wenn du dich unwohl fühlst ...» Helene stand auf, holte den Stuhl, den sie sich vor ihre Fenster gestellt hatte, und rückte ihn neben das

Bett. «Bitte», meinte sie mit einer auffordernden Geste und setzte sich selbst wieder auf das Bett.

Gertraud nahm vorsichtig Platz und verschränkte ihre schwieligen Hände über der weißen Schürze.

«Du stammst nicht aus Wien, oder, Gertraud? Du redest wie unser alter Hofmeister, Frantisek, und der war ein Böhm.» Helene versuchte, Frantiseks freundliche Stimme nachzuahmen: «Hodný! Hodný! So hat er immer die Pferde gelobt, wenn sie brav waren.»

Ein verschmitztes Lächeln breitete sich auf Gertrauds Miene aus. «Ich bin aus Königgrätz, Komtesse. Im letzten Jahr kam ich nach Wien und diente zuerst der Baronin Rayding. Die schickte mich dann weiter in den Dienst Eurer Tante.»

«Ich verstehe», antwortete Helene und erwiderte das Lächeln der Zofe. «Gertraud.» Sie beugte sich vor und sah der älteren Frau direkt in die Augen. «Fürchtest du dich vor meiner Tante?»

Gertraud hielt ihrem Blick stand. Etwas in ihren Mundwinkeln schien sich zu verhärten. «Nein!»

Helene lächelte und berührte Gertraud an der Schulter. «Ich bin sicher, wir werden uns hervorragend verstehen!»

☙

Schmetternde Musik ertönte, als der Kaiser den großen Saal betrat. Die in prachtvolle, rot-goldene Livreen gekleideten Hofdiener hatten längst dafür gesorgt, dass die Gesellschaft ein ausreichend breites Spalier bildete, durch das er nach vorn zu seinem Thron schreiten konnte.

Helene fächelte sich Luft zu. Der farblich mit ihrem waldgrünen Kleid abgestimmte Fächer war das Einzige, was ihr ein wenig Erleichterung verschaffte. Den ganzen Tag hatte man sie hin und her gescheucht. Zuerst die seidenen Unterkleider und das Korsett, dann hatten Hannerl und Gertraud ihr Gesicht, den Hals und sogar die Schultern mit dem *blanc*, der weißen Farbe, zugekleistert, ehe sie ihre Wimpern und Augenbrauen mit Ruß geschwärzt und ihre Wangen und Lippen rot gefärbt hatten. Dann war Meister Ferencz auf Schloss Weydrich aufgetaucht und hatte sich stundenlang mit ihrem Haar beschäftigt. Dabei hatte er immer wieder Laute der Verzückung ausgestoßen.

«*Mon dieu, Komtesse, die meisten meiner Kundinnen würden töten für solches Haar!*»

Besonders begeisterte ihn, dass er für seine Kreation keine falschen Haarteile oder gar eine Perücke zu Hilfe nehmen musste. Am Ende hatte Helene eine ähnlich voluminöse Frisur gehabt, wie sie sie von der Tante kannte. Darin waren ein paar gläserne Vögel eingeflochten, die im Licht funkelten. Der Meister hatte überlegt, ihr Haar mit Puder anzustäuben, hatte dann aber davon Abstand genommen. «*Wer kann schon flüssiges Gold verschönern?*» Sein Kichern hatte Helene in den Ohren weh getan.

Helene tastete flüchtig nach ihrer aufgetürmten Frisur, um sich zu vergewissern, dass sie sich in der dampfigen Wärme des Ballsaals noch nicht aufgelöst hatte. Es war das erste Mal, dass sie den Kaiser von Angesicht zu Angesicht sah. Er ging betont langsam, dem Takt der Musik folgend, die ihm zu Ehren aufspielte.

«Sieh ihn dir an, Täubchen», raunte ihr die Tante ins Ohr. «Ein Kaiser hat es niemals eilig. Je höher sein Stand, desto gelassener bewegt sich ein Mann.»

Hinter den Spalier stehenden Hofdienern mit ihren goldenen Zierspeeren drängten sich die Ballgäste und verbeugten sich, sobald ihr Herrscher sich näherte.

Helene sah sich verstohlen um. Die große Galerie von Schönbrunn war vermutlich der prachtvollste Ballsaal, den man in Europa finden konnte, ein Traum von Weiß und Gold, mit großen Fenstern zum sonnigen Schlosspark auf der einen und ebenso geformten Spiegeln auf der anderen Seite, die den Raum noch riesiger wirken ließen, als er ohnehin schon war.

Mit seinem weißen, golddurchwirkten Rock, der goldenen Weste, den vielen Orden und seinem Säbel wirkte es, als wäre der Kaiser direkt den Wänden seines Schlosses entsprungen.

Der Gedanke ließ Helene lächeln. Ihr Vater hatte ihr erzählt, dass der Kaiser nur selten nach Schönbrunn kam, weil ihm die Prunksucht seiner Vorfahren zuwider war. Wahrscheinlich fühlte er sich auf diesem Ball genauso unwohl wie sie selbst. Helene beäugte ihn neugierig. Ließ man seine Aufmachung beiseite, dann war Joseph II. von Habsburg-Lothringen weder ein gutaussehender noch ein hässlicher Mann. Der Blick seiner schiefergrauen Augen wirkte hochkonzentriert, die etwas zu große Nase verstärkte den zielgerichteten Eindruck, den er vermittelte. Nur seine für einen Mann eher vollen Lippen milderten den strengen Ausdruck seiner Miene etwas ab.

Joseph nahm auf dem goldgerahmten Thron Platz. Neben ihm, auf einem etwas niedrigeren Thron, hockte Franz, sein Neffe, der Helene auf dem Begräbnis ihres Vaters die Ehre erwiesen hatte. Neben seinem Onkel wirkte er geradezu schmächtig und schien in seinem Thron zu versinken. Er starrte finster vor sich hin und trommelte mit den Fingern auf der Lehne herum.

Joseph erhob sich mit einer flüssigen Bewegung. Sofort hörte die Musik auf zu spielen. Der Kaiser breitete gönnerhaft die Arme aus und lächelte erstmals. «Meine lieben Gäste! Die Gelegenheiten für solch prachtvolle Festlichkeiten sind durch die Pflichten, die mir die Regentschaft meines blühenden Reichs abverlangt, nicht gerade häufig. Umso mehr wollen wir diese daher genießen. Wenn es dunkel ist, möchte ich Euch alle nach draußen in den Schlosspark bitten, wo eine besondere Überraschung für die Festgesellschaft vorbereitet ist.»

Die Gäste applaudierten. In den meisten Mienen konnte Helene Freude und Neugier lesen.

«Aber nun», fuhr der Kaiser fort. «Lasst das Fest beginnen!»

«Komm», flüsterte die Gräfin ihr zu und zog sie in Richtung des Throns, «es ist Zeit, unsere Aufwartung zu machen.»

Vor dem Kaiser bildete sich rasch eine Schlange. Die zuvorderst Stehenden traten jeweils vor, verbeugten sich und wurden vom Zeremonienmeister vorgestellt, woraufhin der Kaiser ein paar Worte sagte und die Gäste zu den Festlichkeiten entließ. Helene seufzte innerlich, während sie sich langsam nach vorn bewegten. Kein Wunder, dass ihr Vater diesen sinnlosen Festen lieber ferngeblieben war.

Im hinteren Teil des Saals hatte inzwischen eine Tanzvorführung begonnen, um diejenigen zu erfreuen, die ihre Aufwartung bereits hinter sich gebracht hatten. Die Tänzerinnen waren in übertriebene gelbe Federkostüme gehüllt, in denen sie Helene an frischgeschlüpfte Küken erinnerten. Sie trippelten und sprangen umher, und jedes Mal, wenn sie in die Knie gingen, plumpste ein goldenes Ei aus dem hinteren Teil ihres Kostüms, was vom Applaus und Gelächter des Publikums begleitet wurde. Als sie in die Gesichter der Höflinge blickte, konnte sie nur ungeteilte Begeisterung darin lesen. Sie schüttelte unmerklich den Kopf – und erstarrte.

Der Kaiser selbst hatte sie eben beobachtet. Und für einen winzigen Augenblick hatte sich sein Mund zu so etwas wie einem Lächeln verzogen.

*Vielleicht findet er dieses Herumgehopse genauso albern wie ich ...*

Helene wartete, bis die Tante und sie an der Reihe waren, dann fiel sie in einen etwas unbeholfenen Knicks, während die Bewegung der Gräfin neben ihr wesentlich eleganter wirkte. So verharrten sie.

Der Zeremonienmeister neben dem Kaiser räusperte sich.

«Gräfin Grazia von Karschka-Weydrich und die Komtesse Helene Amalia von Weydrich, erstmals bei Hofe.»

Joseph bedachte seinen Neffen mit einem auffordernden Blick.

«Wir heißen Sie hier in Schönbrunn willkommen», bellte Franz. Er ließ sich nicht anmerken, ob er Helene wiedererkannte oder nicht. Der Kaiser schürzte kurz die Lippen, ehe er sich wieder seinen Gästen zuwandte.

*Er mag ihn nicht*, schoss es Helene durch den Kopf.

«Gräfin.» Der Kaiser bedachte die Tante mit einem steifen Nicken.

«Majestät», säuselte die Gräfin. Josephs Blick verharrte nur kurz auf ihrer purpurnen Robe und wanderte dann zu Helene weiter. Zu Helenes Schrecken erhob er sich, stieg von dem Podest herunter und bedeutete Helene, sich zu erheben.

«Wir kannten ihren Vater», erklärte er lächelnd. «Er war uns ein treuer Verbündeter im bayrischen Erbfolgekrieg und …» Joseph hob mahnend den Zeigefinger. «… ein beneidenswert guter Schachspieler, der uns nie etwas schenkte.»

Helene erwiderte sein Lächeln. «Danke, Majestät, auch mich ließ er nie gewinnen.»

«Und?», fragte der Kaiser feixend. «Wie gefällt ihr das Fest? Wir hörten, sie ist das erste Mal bei Hofe?»

Helenes Blick wanderte kurz zur Seite. «Wunderbar, Majestät.»

Joseph beugte sich ein klein wenig zu ihr. «Für einen wachen Geist», flüsterte er ihr zu, «gibt es erquicklicheren Zeitvertreib.» Er richtete sich wieder auf und entließ die beiden.

«*Aus-ge-zeichnet*, mein Täubchen!», flüsterte die Tante ihr zu. «Alle haben gesehen, dass der Kaiser dir besonders viel Aufmerksamkeit geschenkt hat. *Jeder* wird sich mit dir sehen lassen wollen!»

Die Aufführung war inzwischen beendet, Tanzmusik wurde gespielt, während Diener mit silbernen Tabletts, auf denen sich allerlei Köstlichkeiten stapelten, durch den Raum hasteten. Der Kaiser ließ sich eine Heidelbeertarte reichen und biss hinein, erst dann wagten die anderen Ballgäste ebenfalls zuzugreifen. Helene griff gerade nach einem Erdbeerküchlein, als sich hinter ihnen jemand räusperte.

Es war ein junger Mann mit schmalem Gesicht und leicht schief sitzender Perücke. Ihn hatte man ebenfalls blass geschminkt, allerdings hatte der Schweiß das meiste davon bereits heruntergewaschen. Er verbeugte sich.

«Graf Tannberg. Darf ich Euch um diesen Tanz bitten?»

Helene warf der Tante einen panischen Blick zu. Im Geiste versuchte sie, sich die Schritte des Contredanse in Erinnerung zu rufen, wie sie ihr Maître LeBrus eingetrichtert hatte. *Un, deux, tour de main, trois, quatre, pi-rou-ette …*

Die Tante machte eine gönnerhafte Handbewegung. Der junge Graf nahm Helenes Hand, küsste sie und führte sie zu ihrer Verzweiflung auf die Tanzfläche.

«Erzählt mir, Komtesse», meinte er. «Wart Ihr schon auf vielen Bällen?»

«Nein», erwiderte Helene schlicht.

Sie nahmen gegenüber voneinander Aufstellung, Helene in einer Reihe mit den tanzenden Damen, Graf Tannberg in der der Herren. Helene riskierte einen Blick auf die anderen Mädchen. Sie schäkerten untereinander und mit ihren Tanzpartnern und schienen sich im Gegensatz zu Helene allesamt wohl in ihrer Haut zu fühlen. *So wie es mir geht, wenn ich mit jemandem philosophieren kann oder wenn ich auf Eugenio ausreite, so geht es ihnen hier.*

Ein paar neidische Blicke streiften ihre waldgrüne *robe française*. Vielleicht hatte die Tante recht, was die Exklusivität des Spitzensaums anbelangte, der ihr Kleid begrenzte, keines der anderen Kleider schien einen solchen zu haben. Wie albern, jemanden um ein Stück Stoff zu beneiden!

Im Vergleich zur Tante, die inzwischen eine Gruppe von drei Herren um sich versammelt hatte, kannte Helene niemanden auf dem Ball. Nicht einmal Eugénie war hier, als Tochter eines Landadeligen besaß sie kein Hofrecht.

Sie betrachtete die säuberlich aufgereihten Tanzpaare, die artig auf den Beginn der Musik warteten. Für einen Moment sah sie sich mit Alfred über die Tanzfläche des *Nussgartls* fegen. Leicht wie der Wind.

«*Attention!*» Die Musik setzte unvermittelt ein. Helene hatte den ersten Positionswechsel verpasst und musste von Graf Tannberg umständlich auf die andere Seite bugsiert werden. «*Allez! Allez!*», zischte er nervös, während sie unbeholfen auf ihren Platz trippelte. Helenes Fehler schien ihn nervös zu machen. Vereinzeltes Gekicher wurde laut, und ein paar belustigte Mienen richteten sich auf sie. Helene spürte, wie ihr Gesicht rot anlief. Hoffentlich hatte die Tante ihr nicht zugesehen. Sie versuchte, sich zu konzentrieren, und murmelte unhörbar die Tanzschritte vor sich hin. Zu ihrer Überraschung funktionierte es einigermaßen. «Mein Vater verfügt über Ländereien in der Steiermark und in den österreichischen Niederlanden», erzählte Tannberg, sobald er sicher war, dass Helene sich keinen weiteren Fauxpas leisten würde. «Ich hoffe, eines Tages mein eigenes Regiment zu befehligen. Meine Mutter ist die Cousine vom Schwager des Kaisers und wird für mich ein gutes Wort einlegen.»

«Wirklich?», fragte Helene mit gespieltem Interesse und murmelte ihre Schrittfolge weiter.

«Selbstverständlich ist für eine derartige Position auch hilfreich, wenn die Ehegattin aus einflussreichem Hause stammt. Man hört, Ihr Vater und der Kaiser waren einander vertraut?»

*Six, sept* ... «Ich weiß nicht, ob ...» Glücklicherweise endete der Cotillon in diesem Moment. Helene atmete erleichtert auf und applaudierte ihrem Gegenüber höflich, so wie sie es im Tanzunterricht gelernt hatte.

Tannberg nickte ihr mit einem dünnen Lächeln zu, während er ihr ebenfalls applaudierte. «Komtesse, würdet Ihr nicht auch meinen, dass ...»

Ein Mann tauchte plötzlich neben Tannberg auf. Der Graf hielt verwirrt inne und wandte sich um.

«Ich fürchte, der nächste Tanz mit der Komtesse ist mir versprochen worden.» Helene erschrak, als sie die arroganten Gesichtszüge des Mannes erkannte, dem sie auf dem

Begräbnis ihres Vaters begegnet war. Seine schlanke Gestalt überragte Tannberg um mehr als einen Kopf. Mit seinem schlichten Samtrock, der seiner sehnigen Figur schmeichelte, hob er sich von den anderen Männern ab, die Helene an bunte Pfauen erinnerten, die durch den Tanzsaal stolzierten, um vor der nächsten Henne ein Rad zu schlagen.

*Willkommen bei den Krähen*, hatte er ihr damals ins Ohr geflüstert.

«Ist es nicht so, Komtesse?», fragte er zwinkernd.

Dieser Mann log mit einer Frechheit, die sie sprachlos machte. Die Frage war nur, ob sie lieber mit einem Verrückten tanzte oder mit Graf Tannberg, der sie vermutlich weiter bezüglich ihrer Vorzüge als Gemahlin löchern würde.

«Es ist wahr», erwiderte sie finster dreinblickend.

«Allerliebst», erwiderte der Mann, drängte sich an Tannberg vorbei und küsste ihre Hand.

«Ich verstehe nicht, wie sie Euch das Menuett versprechen konnte», beschwerte sich Tannberg. «Wann habt Ihr …»

«Die Tatsache, dass Ihr es nicht versteht, ist der Grund, warum sie es getan hat.» Helenes Tanzpartner zog sie von Tannberg weg, der ihnen verdutzt hinterherstarrte.

Das Orchester begann wieder zu spielen. Ihr Gegenüber verbeugte sich. Helene fiel in einen widerwilligen Knicks.

«Ah, Mozart», flüsterte ihr Tanzpartner, als er die Hand um ihre Hüfte legte. «*Der Türkische Marsch*, wie passend. Ich bin einer der größten Verehrer des Maestros. Ein ganz amüsanter Kerl im Übrigen.» Er drehte Helene und zog sie sanft wieder zu sich heran.

«Ich würde ja antworten, aber ich kenne nicht einmal Euren Namen», meinte sie zuckersüß.

«Dann lasst es.» Ein amüsiertes Grinsen erschien auf der

Miene des Mannes. «Die erste Lektion, die Ihr lernen müsst, Komtesse, ist, dass jede Information ihren Preis hat.»

Helene biss sich wütend auf die Lippen. Am liebsten hätte sie ihn von sich gestoßen und wäre davongestampft, aber so ein Verhalten wäre einem gesellschaftlichen Selbstmord gleichgekommen – nicht, dass es sie gekümmert hätte.

Sie musterte ihn abschätzend, während sie sich mit gemessenem Tanzschritt im Kreis bewegten.

«Wieso tanzt Ihr mit mir?»

«Pure Neugier», erwiderte er. In seinen Augen blitzte es. «Ich wollte sehen, wie viel die Krähen von Euch übrig gelassen haben.»

«Und?», fragte sie kühl.

Ihr Tanzpartner lachte leise. «Von weitem hielt ich Euch bereits für tot. Doch jetzt aus der Nähe ...» Er biss sich provokant auf die Lippen. «Hmh, vielleicht habt Ihr das erste Hacken noch mit einem Auge überstanden.»

Helene merkte, dass ihre finstere Miene schon neugierige Blicke auf sich zog, und zauberte wieder ein süßliches Lächeln auf ihr Gesicht. «Ich bin nicht so leicht totzukriegen», murmelte sie, «und wenn Ihr mich weiter reizt, werdet Ihr das am eigenen Leib zu spüren bekommen, Monsieur!»

Der Mann stieß ein kehliges Lachen aus. «Mademoiselle, Ihr schockiert mich! Ich könnte fast anfangen, Euch zu mögen, wäre das nicht vergebliche Liebesmüh.»

Helene blinzelte verwirrt. «Warum?», flüsterte sie.

Für einen Moment wich der Schalk aus seiner Miene. «Weil sie Euch restlos zerstören werden. Ihr begreift das Spiel nicht, in das Ihr hineingeraten seid, nicht im Geringsten.»

Die beschwingte Musik klimperte ihrem Höhepunkt entgegen, während Helene versuchte, sich einen Reim auf seine Worte zu machen. Sie wollte ihn fragen, von wem er sprach und von welchem Spiel, aber sie fürchtete, dass er ihr auch auf diese Fragen eine Antwort schuldig bleiben würde. Stattdessen nahm sie ihren Mut zusammen und reckte ihm das Kinn entgegen. «Die mächtigste Figur im Spiel ist die Dame», wisperte sie. «Und sie verbirgt ihre Macht bis zuletzt.»

«Wirklich?», fragte er. «Und worin besteht ihre Macht? Darin, krampfhaft den Takt zu zählen, um die Tanzschritte nicht zu vergessen? *Un, deux, trois.*» Er kicherte, als er sah, wie sie rot anlief.

Die Musik hatte geendet. Er verbeugte sich tief und wandte sich ab. Im Gehen drehte er sich noch mal zu ihr um.

«Überrasch mich!» Er hob den Arm und winkte. Für einen flüchtigen Moment erkannte Helene einen silbernen Ring an seinem Finger. Das Wappen darauf kam ihr vage bekannt vor. Wo hatte sie es schon einmal gesehen? Bevor es ihr einfiel, hatte die Menge ihren Tanzpartner bereits wieder verschluckt.

Helene sah ihm immer noch ratlos hinterher, als der Zeremonienmeister die Ballgesellschaft ersuchte, hinaus in den Schlossgarten zu kommen. Helene setzte sich mit dem Rest des Saals in Bewegung und suchte sich draußen einen Platz am Rand der Menge. Die Sonne war längst untergegangen, und samtene Dämmerung hatte sich über Schönbrunn gelegt.

«Da bist du ja, mein Täubchen», meinte die Gräfin tadelnd, als sie sie entdeckte. «Ich habe dir für später ein paar formidable Tanzpartner ausgesucht, denen du unbedingt ...»

Ein schrilles Heulen schnitt der Gräfin das Wort ab und ließ Helene zusammenzucken. Ein Knall folgte, dann explodierte ein kleiner Lichtpunkt am Himmel zu einem dichten Regen bunter Funken.

Ein Raunen ging durch die Hofgesellschaft, gefolgt von lautem Applaus. Die nächste Rakete schoss in den Himmel. In ihrem Licht konnte Helene die Silhouette des Kaisers auf der erhöhten Terrasse ausmachen, der den Funkenregen unverwandt anstarrte.

«Morgen verlässt er Wien», hörte sie eine Dame mit ihrem Begleiter tuscheln. «Führt die Truppen in den Krieg gegen die Hohe Pforte. Als ob der Heerführer Lacy das nicht besser könnte.»

Helene ertappte sich bei dem Wunsch, den Kaiser zu begleiten. Natürlich war es närrisch, in den Krieg ziehen zu wollen, aber der Feind, dem der Kaiser entgegenritt, war wenigstens einer, dem man direkt ins Gesicht blicken konnte – und keiner, der sich hinter edlen Kleidern, einem Lächeln und drei Schichten Schminke verbarg.

# 20. Kapitel

Der Tod griff langsamer nach ihm, als er zunächst vermutet hatte, aber er wartete auf ihn, am Ende dieses unendlichen Marschs oder vielleicht schon davor. Ein Soldat konnte auf viele Arten sterben, und wie Alfred bald herausfand, hatten die meisten davon nichts mit dem Feind zu tun.

Sie marschierten jeden Tag, manchmal sogar bis in die Nacht hinein, wie Vieh, das man zum Schlachter brachte. Alfred wusste nicht einmal genau, wohin. *An die Front! Zum Feind!* Das war das Einzige, was man ihnen sagte, aber vielleicht wussten ihre Vorgesetzten selbst nicht mehr, und das Ziel dieses Gewaltmarschs war nur ein paar ausgewählten Offizieren bekannt.

Ihr Weg führte sie zuerst durch die ungarische Tiefebene, eine schier endlose Steppe, durchzogen von weiten Sümpfen, über denen dichte Mückenschwärme schwirrten, die sich gierig auf die Soldaten stürzten.

Schon am ersten Tag hatte er von den Stiefeln, die man ihm gegeben hatte, so heftige Blasen an den Füßen bekommen, dass er bei jedem Schritt das Scheuern des Leders auf seinem wunden Fleisch spürte. Mit jedem weiteren Tag wurden die Wunden tiefer und der Schmerz unerträglicher. Irgendwann begannen seine Füße anzuschwellen und die

Blasen zu eitern, nachdem sie keine Gelegenheit bekamen auszuheilen.

Alfred wusste, dass er dies nicht unterschätzen durfte. Wenn die Entzündung sich weiter ausbreitete, würde er bald ein Kribbeln in seinen Beinen bemerken und rote Striemen, die sich seine Schenkel hinaufzogen. Kurz darauf würde er darum betteln, dass man ihm die Unterschenkel absägte.

In einer regnerischen Nacht gelang es ihm, sich zu einem der Versorgungswagen zu schleppen und eine Flasche Branntwein und ein Töpfchen Schmierfett zu stehlen, das eigentlich zur Pflege der Gewehre bestimmt war. Jeden Abend und jeden Morgen wusch er die eiternden Blasen mit dem Branntwein aus, obwohl der Alkohol auf den offenen Wunden so heftig brannte, dass es ihm Tränen in die Augen trieb. Danach rieb er die Wunden mit dem Schmierfett ein, um das Scheuern des Leders auf dem Fleisch zu lindern. Zu Alfreds Erleichterung begannen seine Füße bald abzuschwellen, und die wunden Stellen verhornten allmählich.

Obwohl er kaum laufen konnte, hatte Alfred immer wieder nach einer Fluchtgelegenheit Ausschau gehalten, aber die neuen Rekruten wurden von berittenen Unteroffizieren bewacht, als wären sie Strafgefangene. Außerdem schien der grauäugige Feldwebel Jägerstedt ihn Tag und Nacht im Auge zu behalten.

Am zwölften Tag des Marsches – es war ein heißer Frühsommertag, an dem die Pusztaluft über dem Horizont flimmerte – stieß der Soldat neben Alfred plötzlich gegen seine Schulter, wankte ein paar Schritte und brach dann zusammen.

Alfred beugte sich zu ihm herab und hatte gerade noch Gelegenheit, seine glühend heiße Stirn zu befühlen, bevor man ihn zur Seite stieß und den Jungen fortschleppte. Am nächsten Tag beobachtete Alfred, wie sie ihn am Straßenrand verscharrten, während ein betrunkener Militärpfarrer einen lateinischen Segen lallte. Es blieb nicht bei dem einen. In den nächsten Tagen sah Alfred immer wieder, wie Soldaten während des Marsches zusammenbrachen, als würde der Herrgott mit seinem Finger wahllos in den marschierenden Tross stechen wie ein Kind in einen Ameisenhaufen. Das plötzlich auftretende hohe Fieber, die Schwäche ... Alfred hatte einen Verdacht, woran so viele seiner Kameraden erkrankt waren. Wechselfieber. Es trat meist in der warmen Jahreszeit auf, in Sümpfen und Augebieten und raffte die Erkrankten rasch dahin, wenn man sie nicht behandelte.

Alfred versuchte, seinen Verdacht den Soldaten, die die Erkrankten wegschleppten, mitzuteilen.

«Sie brauchen Jesuitenpulver!», hatte er ihnen hinterhergekrächzt. «Rinde vom Chinabaum!» Aber niemand schenkte ihm Beachtung. So verheerend die Seuche für die Betroffenen sein mochte, die große Masse des Heerzugs blieb unbehelligt. Ein gewisser Verlust an Soldaten, bevor man die Front erreichte, schien einkalkuliert – und vermutlich wäre es hier in der Einöde auch tatsächlich unmöglich gewesen, die Medizin aufzutreiben.

Alfred hätte gegen die gleichgültige Behandlung der Kranken aufbegehrt, wäre er nicht selbst kurz darauf erkrankt.

Es begann mit heftigen Bauchkrämpfen, als würde ein wilder Kobold versuchen, sein Gedärm auseinanderzureißen. Der folgende Brechdurchfall führte dazu, dass Alfred nach drei Tagen Krankheit so zittrig und ausgetrocknet war, dass er kaum aufstehen und seinen Ranzen tragen konnte. Was ihn befallen hatte, mochte zwar nicht das Wechselfieber sein, aber das machte seinen Zustand nicht weniger bedrohlich.

Irgendwie gelang es ihm trotzdem, sich weiterzuschleppen, im dumpfen Rhythmus der Trommeln, deren Schlagen das Einzige war, das noch in sein Bewusstsein vordrang.

Er wusste, was er einem Patienten mit seinen Symptomen geraten hätte – vor allem Ruhe und sehr viel Flüssigkeit. Ruhe fand man hier draußen nur im Grab, aber Alfred zwang sich, wenigstens so oft wie möglich zu trinken, obwohl ihm vom erdig-salzigen Geschmack des Pusztawassers übel wurde. Trinken, marschieren, trinken. Immer weiter ...

Und dann, ganz langsam, begann es ihm wieder besser zu gehen. Die Bauchkrämpfe verebbten allmählich, und Alfred konnte wieder essen, ohne gleich darauf erbrechen zu müssen. Er fühlte sich zwar immer noch schwach, aber das Schlimmste schien überstanden. Irgendwann erreichten sie den mächtigen Balaton, einen so weitläufigen See, dass Alfred für einen Moment dachte, sie wären an die Adriaküste gezogen. Noch immer wusste er nicht, wohin sie eigentlich marschierten, nur dass sie dort gegen die Türken kämpfen würden. Die Vorstellung entrang Alfred ein morbides Lächeln. Er trug sein Gewehr mit der ausklappbaren Bajonettklinge schon seit einer gefühlten Ewigkeit mit sich herum, hatte aber noch immer keine Ahnung, wie man es eigentlich abfeuerte.

Sie hatten die Ufer des Balatons mit seinem Schilfgürtel, den Wasserbüffeln und seinen Heerscharen an Vögeln bereits einige Tage hinter sich gelassen, da drang ein dumpfes Grollen an Alfreds Ohr, obwohl der Himmel völlig wolkenlos war. Er verharrte erschrocken, als unter seinen Stiefelsohlen der sandige Boden erzitterte. Ein Unteroffizier brüllte irgendetwas, weil er aus dem Glied ausgefallen war, und trieb Alfred mit dem Gewehrkolben weiter.

Ein neben ihm marschierender Soldat mit buschigen

Augenbrauen warf ihm einen ängstlichen Blick zu. «Kanonen», wisperte er. «Wir nähern uns Belgrad. Die Türken haben die Stadt besetzt.»

Alfred nickte ihm zu. Jede Information, die man als einfacher Infanterist bekam, war wertvoll.

«Aber Belgrad muss doch noch mehr als einen Tagesmarsch entfernt sein», flüsterte Alfred.

«Kanonen sind mächtige Waffen, mein Freund.»

Am nächsten Tag erreichte der Tross die Donau. Der kühle Wind am Strom war eine Wohltat in der sommerlichen Hitze. Alfred ließ sich am steinigen Ufer nieder und wusch sich sein verschwitztes Gesicht. Wasser, das schon durch Wien geflossen war. Er zwang sich, nicht darüber nachzudenken. Sein Leben in Wien erschien ihm als ferner Traum, etwas, das nichts mehr mit der trostlosen Realität gemein hatte.

Ein paar mannslange Schatten schoben sich durch das seichte Wasser. Die Störe kehrten wieder ins Meer zurück. Für einen Moment sah er sich mit Helene auf dem Glacis spazieren, an einem Abend dunkler Süße …

Alfred rieb sich das Gesicht und sah sich um. In einiger Entfernung thronte eine steinerne Festung auf einem Berg direkt über der Donau. Die schiere Ausdehnung der Burg ließ Alfred an seinen Sinnen zweifeln.

Wenn er richtiglag, musste das Peterwardein sein, die größte Festung des Habsburgerreiches. Manche nannten es das Gibraltar an der Donau. Sie stand, wo Prinz Eugen vor siebzig Jahren das hundertfünfzigtausend Mann starke osmanische Heer zurückgeschlagen hatte, mit knapp halb so vielen Soldaten. Die Geschichte, wie Eugen daraufhin das kaum einen Tagesmarsch entfernte Belgrad erobert hatte, kannte in Wien jedes Schulkind. Auch Alfred hatte das Heldenlied auf den Prinzen damals vortragen müssen. Manchmal fragte er sich, warum der Verstand sich solchen Unsinn so viel leichter merkte als die wirklich wichtigen Dinge. Der Klang des Lieds hallte noch immer in seinen Ohren wider, während er sich an so viele Details aus seinen Medizinbüchern nicht mehr erinnerte.

Wieso sang eigentlich niemand für die Tausenden Soldaten, die krepiert waren, damit Eugen seinen glorreichen Sieg feiern konnte?

Alfred betrachtete die Festung genauer. Er sah eine österreichische Flagge über ihren Türmen wehen. Selbst aus der Entfernung erkannte er, wie das Sonnenlicht von riesigen Kanonen reflektiert wurde. Unzählige Soldaten, von hier aus kaum mehr als weiß-rote Punkte, postierten auf den Mauern.

*Vielleicht haben wir Glück und verstärken die Truppen in Peterwardein, anstatt nach Belgrad zu marschieren.*

Alfred hatte keine Ahnung von militärischer Strategie, aber zu versuchen, diese monströse Festung einzunehmen, schien ihm schlichtweg dumm.

*Außerdem ist die Festung so riesig, dass es vielleicht eine Möglichkeit gibt, ungesehen zu verschwinden ...*

Ein paar scharfe Befehle wurden gebrüllt und unterbrachen Alfreds Überlegungen. Die Soldaten nahmen wieder ihre Formation ein. Dragoner und Kavalleristen schwangen sich auf ihre Pferde, die am Ufer ihren Durst gestillt hatten. Die Trommeln begannen zu schlagen, und der Tross setzte sich langsam wieder in Bewegung.

Alfred suchte in der Menge nach dem Gesicht des Soldaten, der ihm von der Belagerung erzählt hatte. Vielleicht wusste er mehr über ihre Befehle. Wenn, dann musste er ihn erwischen, bevor er sich wieder ins Glied einreihte, sonst gab es keine Gelegenheit mehr. Jeden Tag wurde dafür gesorgt, dass die Truppe durchmischt wurde. Alfred marschierte jeden Morgen zwischen neuen Kameraden und wusste nicht, neben wem er nachts das Lager aufschlagen würde.

*Das tut man, wenn man verhindern will, dass die Zwangsrekrutierten sich zusammenschließen.*

Er fand den Soldaten, als er sich gerade wieder ins Glied einreihte.

«Weißt du, ob wir nach Peterwardein oder nach Belgrad ziehen?», raunte Alfred ihm zu und sah sich gehetzt um. Bis jetzt hatten ihn die Unteroffiziere noch nicht bemerkt.

Sein Kamerad schüttelte den Kopf, seine buschigen Augenbrauen zogen sich zusammen. «Wir haben gerade angehalten, weil sich die Befehle geändert haben», flüsterte er. «Weder noch. Man braucht uns woanders, irgendwo in der Wildnis. Angeblich treffen wir auf …»

«Zurück ins Glied, Soldat!», brüllte ein Feldwebel und ritt in ihre Richtung.

«Ich heiße Alfred», flüsterte er und grinste.

Sein Kamerad lächelte. «Andreas.»

Alfred nickte ihm zu, zog sich seinen Soldatenhut ins Gesicht und tauchte in der marschierenden Masse unter, bis er seine Nachbarn wiedergefunden hatte.

Er hielt seinen Blick gesenkt und versuchte, sich einen Reim auf die Worte seines Kameraden zu machen, während sie auf die Steinbrücke zuhielten, die unter den wachsamen Blicken der Festung die beiden Donauufer verband.

Wenn sie weder nach Peterwardein noch zum belagerten Belgrad zogen, wohin dann? Alfred hoffte jedenfalls, dass sie bald ankamen. Es musste dort einfach leichter sein, sich unbemerkt davonzustehlen, als in diesem verdammten

Tross, wo ständig mehrere Augenpaare auf ihn gerichtet waren.

Die Worte seines Kameraden hallten in seinem Inneren wider.

*Irgendwo in der Wildnis ...*

Die Brücke war zwar breit, für die schiere Masse an Soldaten jedoch gefährlich eng. Besonders die Pferde schienen durch die Enge und die Nähe des Wassers nervös zu werden, und Alfred war froh, dass gerade keine Kavalleristen neben ihm ritten.

Ein Schrei und ein schrilles Wiehern ließen ihn herumfahren. Etwa hundert Schritt hinter ihm scheute ein Pferd und stieg auf die Hinterbeine, während der Reiter sich vergeblich mühte, es zu beruhigen. Die Infanteristen versuchten, dem tobenden Tier auszuweichen, doch in dem allgemeinen Gedränge konnten sie weder vor noch zurück. Das Pferd preschte zur Seite und rammte einen unglücklichen Infanteristen, der sich an das Holzgeländer gedrückt hatte. Das Geländer zerbarst. Der Fußsoldat und das Ross mitsamt seinem Reiter stürzten unter dem Aufschrei ihrer Kameraden in die Tiefe. Im Fallen erhaschte Alfred einen Blick auf das Gesicht des stürzenden Kameraden, seine buschigen Augenbrauen ... Andreas! Kaum hatte sein Kamerad die Wasseroberfläche durchschlagen, stürzte das Pferd mit einem gewaltigen Platschen auf ihn.

«Helft ihnen!», brüllte Alfred und beugte sich über das Geländer. Er wollte sich in die Richtung des Unfalls durchschlagen, aber es war ein aussichtsloses Unterfangen. Andere Rufe wurden laut. In dem Tumult sah Alfred, wie ein paar Soldaten ein Seil ins Wasser warfen, das sogleich von der Strömung erfasst wurde.

Das Seil trieb auf der Wasseroberfläche, ohne dass eine Hand danach griff. Alfred suchte verzweifelt den Fluss ab, erblickte aber nur das Pferd, das hastig in Richtung Ufer paddelte und an einer Sandbank aus dem Wasser stolperte. Von den beiden Männern war keine Spur zu sehen.

«Was für ein furchtbarer Unfall», meinte eine leise Stimme neben Alfred.

Ein eisiger Schauer überkam Alfred, als Jägerstedt ihm den Arm um die Schulter legte. «Aber wenn die Donau jemanden in ihre nassen Arme schließt, gibt sie ihn nicht mehr her», raunte er ihm ins Ohr. Der Griff um Alfreds Schulter wurde so fest, dass es weh tat. Jägerstedt grinste. «Wer kann schon wissen, wann der Tod nach einem greift.»

Er rüttelte Alfred noch einmal an der Schulter und wandte sich ab. Nach ein paar Minuten setzte sich der Tross wieder in Bewegung. Das Pferd stand am Ufer und sah ihnen aus großen Augen hinterher.

༒

Nachdem sie die Donau überquert hatten, waren sie einige Tage weiter nach Osten entlang des Flusses marschiert und hatten sich dabei durch unwegsame Auwälder geschlagen, durch die es fast kein Durchkommen gab. Alfred hatte keine Ahnung, wie oft die Versorgungswagen im Morast stecken blieben oder sie erst Bäume und Gebüsch umhacken mussten, damit der Tross weiterziehen konnte. Irgendwann erreichten sie einen weiteren Strom, die Theiß. Sobald sie den Fluss und dessen sumpfige Auen hinter sich gelassen hatten, war das Marschieren zwar einfacher geworden, aber sie hatten wieder einige Soldaten an das Wechselfieber verloren.

Irgendwann öffnete sich der Wald vor ihnen zu einer grünen Ebene, die von mäandernden Flüssen durchzogen wurde. Am Horizont türmten sich die mächtigen Gipfel der Karpaten auf.

Alfred konnte die Stimmen einiger Unteroffiziere hören, die sich in ein paar Schritten Entfernung miteinander unterhielten. «… müssen noch durch das Banat. Die Grenzregimenter versammeln sich. Das Banater Korps wird immer weiter zurückgedrängt …»

Jägerstedt drehte sich um und durchbohrte Alfred mit einem eisigen Blick. Sofort tat Alfred so, als würde er sich nur auf den Hinterkopf seines Vordermanns konzentrieren.

Wieso lebte er eigentlich noch? Diese Frage hatte ihn schon lange vor Andreas' Tod und Jägerstedts Drohung beschäftigt. Ja, er verstand, warum man ihn nicht gleich in Wien ermordet hatte so wie Frantisek. Dieser verräterische Junge hatte es damals selbst gesagt: Es war dort schwierig, Menschen einfach verschwinden zu lassen, zumindest seit es die theresianische Polizeiwache gab. Diese Polizisten forschten Mörder und deren Auftraggeber oft genug aus und übergaben sie der strengen Justiz. Die Gräfin wollte dieses Risiko sicher vermeiden.

Aber hier draußen? Alfred fragte sich, ob Jägerstedt wirklich auf den Türk warten würde oder ob er ihm eines Nachts einfach selbst die Kehle aufschlitzte. So oder so war sein Tod gewiss. Alfred machte sich hinsichtlich seiner Chancen, eine Schlacht zu überleben, nichts vor. Man hatte ihn einem Linieninfanterieregiment zugeteilt, das irgendeinem Baron von Schwarzmünd unterstand, den Alfred noch nie gesehen hatte. Das Regiment bestand aus unfreiwillig ausgehobenen Soldaten, die meist aus ärmeren Schichten stammten.

In der Schlacht würden sie eine langgezogene Aufstellung einnehmen und so oft wie möglich in die Masse der gegnerischen Armee feuern. Die Gewehre der Linieninfanterie – zumindest erzählten das die anderen Soldaten – konnte man zwar schnell laden, dafür war es so gut wie unmöglich, einen einzelnen Gegner anzuvisieren. Jeder Schritt, jeder Schuss, jede noch so kleine Bewegung der Linie erfolgte nur auf Befehl. Man stand Schulter an Schulter gepfercht, ohne eine Möglichkeit, sich eigenständig zu bewegen, auszuweichen oder sich zu verteidigen – ganz gleich ob der Feind gerade heranstürmte oder seine Kanonen auf ihre Position richtete. Wer aus der Reihe tanzte, konnte sich gleich dem Türken ergeben, so drakonisch waren die Strafen für Fehlverhalten.

*Als hätte man das Recht auf das eigene Leben abgegeben ...*
Alfred schüttelte den Kopf.

Sie marschierten noch zwei weitere Tage, bis an den Rand der Karpaten heran, wo sie ein auf einer Anhöhe liegendes, riesiges Feldlager erreichten. Als sie angewiesen wurden, das Lager zu erweitern und Zelte, Feldküchen und Latrinen für ihr eigenes Regiment zu errichten, atmete Alfred erleichtert auf. Er hatte den Marsch bis hierher an die Grenze des Reichs überlebt. Dieses Lager war so riesig, vielleicht ergab sich hier die Gelegenheit zu verschwinden.

Ein tiefes Grollen ließ ihn zusammenzucken. Als der Boden unter seinen Füßen erzitterte, schien sein ganzer Körper mit ihm zu vibrieren. Nach einem wochenlangen Gewaltmarsch war Alfred im Krieg angekommen.

☙

«Laden!», brüllte Jägerstedt.

Alfred beobachtete, wie seine Kameraden ihr Gewehr mit der linken Hand festhielten und mit der anderen eine längliche Papierpatrone zur Hand nahmen.

Hastig verlagerte Alfred das Gewehr ebenfalls in die Linke und nahm die Papierpatrone, die man ihm kurz davor ausgehändigt hatte, zwischen Daumen und Zeigefinger. An ihrem unteren Ende konnte er die harte Bleikugel spüren, das obere Ende der Patrone fühlte sich dagegen weich an, dort musste sich wohl das Schießpulver befinden.

Alfred sah aus den Augenwinkeln, wie die anderen die Spitze der Papierpatrone mit den Zähnen aufrissen, ein wenig Schießpulver in die Zündpfanne des Gewehrs rieseln ließen und den Rest in den Lauf leerten. Alfred folgte ihrem Beispiel und verstreute in der Eile die Hälfte des Zündkrauts.

«Anlegen!», brüllte Jägerstedt. Alfred stopfte, so schnell es ging, die Bleikugel mitsamt der Papierhülle in den Lauf und brachte sein Gewehr in Anschlag, sodass der Kolben gegen seine Schulter drückte. Der Lauf war so lang, dass es Alfred schwerfiel, ihn ruhig zu halten.

«*Feuer!*», brüllte Jägerstedt.

Alfred drückte den Abzug. Um ihn herum wurde ohrenbetäubendes Knallen laut. Ein Klingeln in seinen Ohren blieb zurück und ließ ihn mit schmerzverzerrter Miene den Kopf schütteln. Scharfer Schwefelgeruch drang ihm in die Nase. Die Strohtürken, die in etwa dreißig Schritten Entfernung aufgebaut waren, wurden regelrecht zerfetzt – alle, bis auf einen.

Alfred fluchte innerlich. Auf diese Entfernung musste sogar ein Infanteristengewehr treffen – wenn es denn gefeuert hätte.

Wieso hatte sein Gewehr keinen Schuss abgegeben? Am

liebsten hätte er es wütend von sich geworfen. Dieses Ding war zu nichts gut, außer einen anderen Menschen zu erschießen, der genauso wenig für diesen Krieg konnte wie Alfred. Und anscheinend nicht einmal dafür.

«Was ist, Wagener?», meinte Jägerstedt leise, als er sich vor ihm aufgebaut hatte. «Keine Lust, auf den Türk zu schießen? Willst du dich und deine Kameraden kampflos ausliefern?»

Alfred presste die Lippen aufeinander. «Ich habe den Abzug betätigt, Herr Feldwebel.»

Jägerstedt riss ihm das Gewehr aus der Hand und besah es sich. «Zu wenig Zündkraut, ungespannte Feder.» Er ließ das Gewehr sinken. «Entweder bist du blöd oder …» Einer seiner Mundwinkel verzog sich zu einem halben Lächeln. «Oder du stellst dich absichtlich so unfähig an! Dafür wandert man eigentlich ins Zuchthaus, aber im Krieg, da erledigt man das auch schon mal rasch und unkompliziert.»

Er machte einen Schritt zurück, spannte den Abzug und legte auf Alfred an. Ihm brach der kalte Schweiß aus, als er in die Mündung seines Gewehrs starrte. Alfred hörte, wie die anderen Soldaten hastig von ihm abrückten.

«Wie gesagt, leider zu wenig Zündkraut», erklärte Jägerstedt nach einer gefühlten Ewigkeit und ließ die Waffe sinken. Er schlug Alfred mit dem Kolben seines Gewehrs in den Bauch und warf es ihm vor die Füße.

«Genug für heute», rief er und stapfte davon.

Alfred krümmte sich und funkelte Jägerstedt hinterher, während der sich einer anderen Soldatengruppe zuwandte.

Seine Kameraden hatten einige Wochen Ausbildung in der Van-Swieten-Kaserne in Wien genossen. Alfred gar keine. In der Eile musste er das Spannen des Hahns übersehen haben und wer wusste, was noch.

Alfred richtete sich auf und klopfte sich den Dreck von seiner rot-weißen Uniform, während sich sein Zug zerstreute. Seinen Kameraden war das gespannte Verhältnis zwischen ihm und dem Feldwebel nicht entgangen, und sie gaben sich möglichst wenig mit ihm ab, um nicht selbst ins Schussfeld zu geraten.

Alfred sah sich um. Ein kühler Wind fuhr durch das riesige Feldlager und ließ die rot-weiß-roten Wimpel an den Spitzen der Offizierszelte wehen. Der Wind war eine Wohltat. Alfred war einiges gewohnt, aber noch nie war er an einem Ort gewesen, an dem es so beständig nach Fäkalien stank wie in diesem Heerlager, das den südöstlichen Außenposten des Reichs bildete.

Ließ man den Geruch außer Acht, konnte man den Anblick des Lagers beinahe schön finden, dieses endlose Meer von Zelten mitten im üppigen Grün des südlichen Banats, gesäumt von den Gipfeln der Karpaten.

Aber der friedliche Anblick trog. Immer wieder sah Alfred Kompanien ausrücken, die sich südlich des Karpatenkamms Scharmützel mit türkischen Verbänden lieferten. Wenn sie zurückkehrten, fiel es Alfred schwer zu beurteilen, ob sie gesiegt oder verloren hatten. Es schien, als sei der Zustand der Soldaten nach den Schlachten immer gleich furchtbar.

Zuerst hatte man angenommen, dass die Türken dem österreichischen Heer in puncto Waffentechnik weit unterlegen wären. Doch schon die ersten kleineren Kämpfe hatten gezeigt: Die Türken waren hervorragend ausgerüstet und hatten ihr Waffenarsenal mit französischen und teilweise sogar britischen Gewehren aufgebessert. Es war nur noch eine Frage der Zeit, bis auch Alfreds Zug in die Schlacht geschickt wurde, und was ihm dort blühte, konnte man jeden

Tag an denen sehen, die das Glück oder in vielen Fällen auch das Pech hatten, lebend von der Front zurückzukehren.

Alfreds Hand wanderte zur Brusttasche seines Soldatenrocks.

Man hatte ihm den Rock seines Vaters weggenommen, schon an seinem ersten Marschtag, als ihm der Zeugwart seine Ausrüstung ausgehändigt hatte. Gott sei Dank war er geistesgegenwärtig genug gewesen, die Hälfte von Helenes Bild an sich zu nehmen, die immer noch in dessen Tasche gesteckt hatte. Auch wenn die Gedanken an Helene ihm Schmerzen bereiteten.

Die Gräfin hatte es bestimmt so eingerichtet, dass sie nie die Wahrheit erfahren würde. Bis an ihr Lebensende würde sie glauben, dass Alfred sie im Stich gelassen hatte, dass alles zwischen ihnen eine Lüge gewesen war, ein Spiel, und dass er von einem Tag auf den anderen befunden hatte, dass ihn dieses Spiel nicht mehr interessierte.

Der Gedanke raubte ihm fast den Verstand. Er wünschte, er könnte ihr schreiben, aber er war sicher, dass kein Brief aus seiner Feder sie jemals erreichen würde.

*Spiel* ... Seine Gedanken blieben an diesem Wort hängen. Aber warum? Helene hatte das Lateinlernen zu einem Spiel gemacht, zu etwas, das sie lieben konnte. Alfred musste lächeln, als er sich erinnerte, wie sie ihm Pyramus und Thisbe vorgetragen hatte, damit er sie endlich in den Garten begleitete. Warum hatte er sich damals nur so lange bitten lassen? Hätte er gewusst, wie wenig Zeit sie gemeinsam haben würden, er hätte keinen Moment mit ihr verschwendet.

*Spiel* ... Vielleicht musste Alfred es genauso machen wie sie. Solange er sich gegen das Soldatendasein sperrte, würde er nie gut darin werden und vermutlich bald einen schnellen

Tod finden. Wenn er zumindest eine kleine Chance haben wollte, musste er es vielleicht als ein Spiel sehen.

Was für ein absurder Gedanke – Alfred schüttelte den Kopf –, aber vielleicht einen Versuch wert.

Er blickte zum Himmel. Die Sonne stand bereits tief. Für heute würden ihm wohl weitere Schießübungen erspart bleiben. Er begann, durch das Lager zu schlendern. So oder so konnte es nicht schaden, sich hier etwas besser auszukennen. Immerhin war das Lager so weitläufig wie eine kleine Stadt und sah an allen Ecken und Enden gleich aus. Alfred hatte sich aus diesem Grund die Bannerfarben seines Regiments und die Reihe seines Zelts genau eingeprägt.

Der Duft von den Kochstellen mischte sich mit den weniger angenehmen Gerüchen des Lagers. Bald würde es Abendbrot geben, was sein Magen mit einem schmerzhaften Knurren quittierte. Gerade während des Marschs hatten sie nur selten warme Mahlzeiten bekommen, sondern meist nur Brot und Räucherwurst.

Mit einem Mal drang aufgeregtes Rufen und Pferdewiehern an sein Ohr. Alfred lief in Richtung des Tumults und entdeckte eine kleine Abordnung von Kavalleristen vor einem Lazarettzelt.

«Bringt sie rein!», brüllte ein berittener Oberst und deutete mit seinem Säbel auf die Soldaten hinter ihm. «Rasch!»

Zuerst sah Alfred nur die Soldaten, die noch stehen konnten. Sie wirkten mitgenommen. Ihre Uniformen waren schlammig und an manchen Stellen zerrissen. Sie begannen, ihre schwerer verwundeten Kameraden in das Zelt zu schleppen. Viele von ihnen schrien vor Schmerz, und ein Mann rief nach seiner Mutter. Alfred wich das Blut aus dem Gesicht, als er einen freien Blick auf ihre Verletzungen bekam. Manche von ihnen hatten komplett verbrannte Gesichter und Oberkörper. Wieder andere versuchten, mit blutigen Händen ihre Eingeweide in ihre Körper zu pressen. Ein paar waren bleich, regten sich nicht, waren wohl schon tot oder auf dem schnellsten Weg dorthin.

Alfred dachte nicht lange nach, er lief zu ihnen, half, einen Verwundeten zu stützen, und betrat das Zelt. Ein Chor aus Schreien und Stöhnen verdrängte jedes andere Geräusch. Hier herrschte eine andere Art von Gestank als draußen, nämlich nach Blut, Fäulnis und Eiter. Seltsamerweise lösten diese Gerüche fast so etwas wie Heimweh in Alfred aus. Er half, die Kranken auf einfache Holzpritschen aufzubahren, zwischen denen ein Arzt in einem grauen Kittel herumflitzte und die Verletzten inspizierte.

*Ein Arzt...*

So weit von Wien entfernt herrschte gewiss ein Mangel an Ärzten. Vielleicht musste Alfred gar nicht flüchten, um sich von dem eigentlichen Krieg fernzuhalten. Vielleicht musste er nur zeigen, dass er woanders nützlicher war als auf dem Schlachtfeld.

Alfred ergriff den Arzt vorsichtig am Kittel. «Verzeiht, Herr Doktor. Infanterist Wagener. In Wien war ich Medizinstudent, bevor ich eingezogen wurde. Ich kann Euch helfen. Ich weiß, wie man Wunden behandelt und Verbände anlegt. Ich könnte Euch auch bei Amputationen assistieren, falls...»

Der Arzt wirkte gehetzt, aber je mehr Alfred sagte, desto größer wurde das Erstaunen auf seiner Miene. Er öffnete gerade den Mund, um etwas zu sagen, als Alfred an der Schulter herumgerissen wurde und in das Gesicht des Obersts von draußen starrte.

«Was hör ich da?», brüllte er. «Ein Soldat, der sich vor dem Kämpfen drücken will?»

Ein Kratzer auf seiner Stirn und Dreck auf seiner Uniform verrieten, dass er gerade in der Schlacht gewesen war, ansonsten wirkte er unversehrt – im Gegensatz zu seinen Soldaten.

Alfred nahm Haltung an. «Herr Oberst, ich könnte dem Herrn Doktor helfen, das Leben Ihrer Soldaten zu retten, ich bin ...»

«Feig bist du!», brüllte ihn der Oberst an. «Verschwind, oder ich prügele dich hinaus. Hier herrscht Krieg. Wir brauchen Gewehre, keine Weiber, die den Verwundeten die Hand halten!»

Alfred ballte für einen Moment die Fäuste, dann besann er sich, salutierte und ging mit raschem Schritt zum Ausgang des Lazarettzelts.

«Und der hat gedacht, du wärst ein Doktor», hörte er die Stimme des Obersts hinter sich lachen. «Jetzt mach weiter! Ein paar von denen werden vielleicht wieder. Die brauch ich, wenn ich wieder zum Türk reit!»

«Verdammt», zischte Alfred, als er draussen ankam, und konnte nicht verhindern, dass ihm Tränen der Wut in die Augen schossen. «Verdammt, verdammt!»

Es wäre die perfekte Gelegenheit gewesen, sowohl Jägerstedt zu entkommen als auch etwas Sinnvolles zu tun. Wenn sein Leben ein Märchen wäre, hätte das hier einfach klappen müssen. Aber wenn sein Leben ein Märchen wäre, wäre er überhaupt nie an diesen gottverlassenen Ort verschleppt worden.

Wieder zurück in den Reihen seines eigenen Regiments, stellte sich Alfred mit seinem Blechnapf um sein Nachtmahl an. Der Eintopf bestand hauptsächlich aus Kartoffeln, nur manchmal hatte er das Gefühl, einen Hauch von Speck zu schmecken. Trotzdem war es das Beste, was er seit langem gegessen hatte. Alfred setzte sich vor sein Zelt an ein kleines Feuer. Er teilte sich das Zelt mit zehn seiner Kameraden, mit drei von ihnen hatte er zumindest schon ein paar Worte gewechselt.

Der blonde Girtner war der Sohn eines Wiener Krämers. Ein gutmütiger Kerl, dessen Wohlstandsbäuchlein während des Marschs schnell dahingeschmolzen war. Prohaska war der Sohn eines Böhmen, der in der Josefstadt eine Schusterlehre machte und kurz vor der Gesellenprüfung gestanden hatte. Der erst siebzehnjährige Schliegmann hatte überhaupt keinen Beruf gelernt. Er übernahm tageweise gefährliche Tragearbeiten auf Baustellen oder für irgendwelche hohen Herrschaften, die zwischen ihren Ansitzen hin- und herpendelten. Der dürre Junge schien sich am besten mit seiner Situation abzufinden. Viel beschwerlicher als sein bisheriges Leben konnte es kaum werden.

Alfred war kein Dummkopf. Offiziell konnte jeder junge Mann zum Wehrdienst eingezogen werden, aber unter den Infanteristen fanden sich keine Söhne von Ärzten, Anwälten oder sonstigen einflussreichen Herrschaften.

Er tunkte die Reste des Eintopfs gründlich mit einer altbackenen Brotkruste auf und sah sich um. Wegen der sommerlichen Hitze hatten sowohl er als auch seine Kameraden ihr Lager im Freien aufgeschlagen und benutzten das Zelt vorläufig nur als Lagerplatz für ihre Waffen und sonstige Ausrüstungsgegenstände.

Die letzten Strahlen der Abendsonne wärmten Alfreds Gesicht. Grillen zirpten. Von weit her konnte man das Echo geschrier Befehle hören. Ein Dragoner zog einen gefleckten Norikerhengst an ihnen vorbei. Alles wirkte geradezu absurd friedlich.

Wenn er wirklich fliehen wollte, dann musste er sich genau überlegen, wie er es anstellte. Ein einziger Fehler bedeutete den sicheren Tod. Das Lager war Tag und Nacht bewacht, aber vielleicht würden die Wachen nicht damit rechnen, dass sich hier draußen jemand davonmachte. Alfred nahm seinen Säbel zur Hand und malte eine vage Karte der Umgebung in die trockene Erde.

Sowohl im Nordosten, im Osten als auch im Süden bestand die Gefahr, auf türkische Verbände zu treffen, wenn man den Gerüchten Glauben schenkte. Außerdem gab es im Bergland nur Wildnis, schroffe Hänge, wilde Tiere und keinen Unterschlupf.

Die vernünftigste Richtung für eine Flucht wäre Westen, die Richtung, aus der sie gekommen waren, durch das Banat, zurück zur Donau. Hätte er den Fluss erst erreicht, würde es leicht sein, seinen Weg zurück nach Wien zu finden.

*Aber überall werden sie an deiner Uniform erkennen, was du bist: ein Deserteur.*

Alfred rieb sich das Gesicht. Wo in Gottes Namen sollte er andere Kleidung herbekommen? Hier draußen trug niemand mehr Zivil, nur die Bauern aus dem Banat, die manchmal mit ihren Ochsenkarren ins Lager fuhren, um es mit Lebensmitteln zu beliefern. Auf dem Marsch durch das Banat waren sie durch zwei Dörfer gekommen, Reschitz und Karansebesch. Vielleicht konnte er dort Kleidung stehlen, denn Sold hatte er seit seiner Verschleppung noch keinen erhalten.

*Auf dieser Route erwischt mich jeder Verfolger sofort,* überlegte Alfred. *Flaches, offenes Gelände. Auch in Bauernkleidung schaff ich es nie bis zur Donau.*

Er seufzte. Und was sollte er essen? Wo konnte er schlafen? Diese scheinbar banalen Dinge konnten den Unterschied zwischen Leben und Tod bedeuten, vor allem wenn das Wetter umschlug. Es half nichts. Alfred brauchte einen richtigen Plan, sonst wäre die Flucht keine bessere Alternative zum Hierbleiben.

Die Dämmerung brach über das Lager herein. Alfred zog sich die Uniformjacke und die Stiefel aus, legte sich hin und bettete seinen Kopf auf seinen Ranzen.

Wie viele Nächte, seit er in einem Bett geschlafen hatte? Seit seiner Verschleppung war es immer der freie Himmel oder ein Zelt gewesen, nur zwei Nächte hatten sie in einer riesigen Scheune zugebracht, in der so viele Ratten gehaust hatten, dass ihr Getrappel und Gequieke Alfred die ganze Nacht wach gehalten hatten. Einigen Kameraden hatten sie sogar nachts die Finger und Zehen angenagt.

Alfred betrachtete den Abendstern, der unmerklich dem Horizont entgegensank.

*Im Licht der Venus ... am Narrenturm.*

Wie sähe sein Leben jetzt wohl aus, wenn er Helene nicht wieder nach Hause geschickt hätte, sondern gleich mit ihr geflohen wäre? Wenn er nicht zu Quarin gegangen wäre, um sich für die Irren einzusetzen?

Aber er hatte inzwischen gesehen, wie weit der Arm der Gräfin reichte, vermutlich sogar bis hierher in die Wildnis. Alfred war mittlerweile alles andere als überzeugt, dass sie in Straßburg sicher gewesen wären.

*Wenn Helene sich nicht fügt, wird die Gräfin sich ihrer entledigen, so wie sie es mit mir getan hat.*

Aber Helene war klug. Sie würde ihr etwas vorspielen, solange es ging. Darauf musste er vertrauen, sonst würde er vor Sorge den Verstand verlieren.

Alfred holte das zerrissene Bild aus seiner Brusttasche hervor und besah es sich. Es war von den Strapazen des Marschs verknittert und an einer Stelle eingerissen. Ob die andere Hälfte wohl noch in Helenes Besitz war?

Irgendwann dämmerte er hinüber in einen erschöpften Schlaf. *Er sah die Gräfin. Sie trug ein goldenes Kleid und saß auf einem edelsteinbesetzten Thron. Ihr Gesicht sah unechter, aber irgendwie schöner aus, als es tatsächlich war – schneeweiß und glatt wie Marmor. Ihre Katzenaugen funkelten zu ihm herüber wie zwei kleine Sterne. Sie lächelte ihm entgegen.*

*«Wo ist sie?», rief er.*

*Die Gräfin schüttelte amüsiert den Kopf. «Nimm sie dir, wenn du kannst.»*

*Sie hob die Hand, und plötzlich befand Alfred sich in einer riesigen Halle. Die Wände der Halle besaßen unzählige Nischen, in denen goldene Käfige hingen. Ein ohrenbetäubendes Getschilpe und Gekrächze drang ihm ins Ohr. Überall Vögel, vom Boden bis zur Decke, in jedem Käfig einer, Rotkehlchen, Zaunkönige, Krähen, Geier, Pirole, Gimpel …*

*«Wo ist sie?», wiederholte Alfred.*

*Die Gräfin lachte. Währenddessen schmolzen ihre marmornen Züge dahin und entblößten die Fratze einer hässlichen, alten Frau.*

*«Verwandelt!», spie sie ihm entgegen. «Du wirst sie nie zurückbekommen, nicht einmal erkennen wirst du sie.»*

*Alfred schloss die Augen. Über den Lärm der anderen Vögel hinweg glaubte er, ein melancholisches Flöten zu hören.*

*Er öffnete die Augen. «Helene», flüsterte er.*

*«Sie gehört mir»*, krächzte die Hexe und sprang Alfred an. *Ihre langen Finger legten sich um Alfreds Hals und drückten zu.*

Alfred schrak hoch und griff sich an die Kehle. Kalter Schweiß überzog seine Haut. Was für ein Traum ...

Um ihn herum war alles dunkel. Der Wind trug ihm den Geruch von Rauch zu. In einigen Schritten Entfernung hörte er das Schnarchen eines seiner Kameraden. Aus einem Weißdorngebüsch am Rand des Lagers drang der entfernte Gesang einer Nachtigall.

Alfred rieb sich die Stirn. Irgendwie musste ihr Zwitschern sich den Weg in seinen Traum gebahnt haben. Er ließ sich wieder zurück auf sein Lager sinken.

*Nur ein Traum, nicht mehr. Es geht ihr gut.*

Er wollte gerade die Augen schließen, als er ein leises Rascheln im Gras vernahm. Wahrscheinlich ein Fuchs, der nach Abfällen suchte. Plötzlich tauchte wie aus dem Nichts ein blasses Gesicht über Alfreds auf.

«Träumst süß, Prinzchen?», flüsterte Jägerstedt.

Der Schreck fuhr Alfred bis ins Mark. Er wollte schreien, aber Jägerstedt hatte ihm in einer blitzschnellen Bewegung ein Messer an die Kehle gedrückt. Er grinste und führte seinen Zeigefinger zum Mund. «Psst!»

Alfred hörte weiteres Rascheln um sich herum, kaum hörbare Schritte. Jägerstedt war also nicht allein, vielleicht hatte er dieselben Kumpanen dabei, die ihn beim Narrenturm verschleppt hatten.

Der Feldwebel beugte sich so nah zu ihm, dass Alfred seinen ranzigen Schweißgeruch riechen konnte.

«Mach einen Mucks, und ich lass dich hier und jetzt ausbluten wie eine Sau», raunte er Alfred ins Ohr. «So, dass es schön langsam geht. Wir halten dich solange fest. Du verreckst ganz leise, ohne dass einer aufwacht.»

Jägerstedt ließ die Klinge spielerisch an seiner Haut entlanggleiten, drückte sie tiefer ins Fleisch, bis Alfred ein warmes Rinnsal auf seiner Haut spürte. Jägerstedt wischte das Blut mit dem Zeigefinger ab und saugte leise schmatzend daran.

«Köstlich», grinste er. «Ich habe ein Faible für das Blut von Angsthasen, kann gar nicht genug davon kriegen.»

Alfred spürte, wie eine Mischung aus Übelkeit und Panik das letzte bisschen Verstand hinwegspülte, das er sich noch bewahrt hatte. Der einzige Gedanke, den er fassen konnte, war, dass diese Irren ihn umbringen würden, hier und jetzt – und dass es nichts gab, was er dagegen tun konnte.

Jägerstedt gab seinen Kumpanen ein Zeichen. Sie hoben Alfred an Armen und Beinen an, ohne dass die Klinge nur einen Deut von seiner Kehle gewichen wäre. Sie schleppten ihn aus dem Lager hinaus in die Dunkelheit. Alfred wollte treten und schreien, aber er war sicher, dass Jägerstedt ihm, ohne zu zögern, die Kehle aufschlitzen würde.

Irgendwann wurde die Sicht zum Himmel durch dunkle Baumkronen verdeckt. Die Männer ließen ihn auf den Boden sacken. Ein Dolch im Rücken zwang ihn auf die Knie. Eine Fackel loderte auf und ließ ihn in Jägerstedts zufriedene Miene blicken. Wahrscheinlich waren sie jetzt weit genug vom Lager weg, dass niemand den Feuerschein bemerken würde.

Die beiden anderen standen hinter ihm, sodass er sie noch immer nicht sehen konnte.

«Also», meinte Jägerstedt entspannt, «jetzt, wo wir endlich Ruhe haben, alles der Reihe nach.»

Er holte aus und schlug Alfred mit dem Ellbogen gegen den Kiefer. Alfred stöhnte und sackte zusammen, aber einer von Jägerstedts Schergen packte ihn am Haarschopf und zwang ihn, den Feldwebel anzusehen.

«Ich bleibe nie etwas schuldig», erklärte Jägerstedt, während Alfreds Schädel so stark dröhnte, dass es ihm für einen Moment schwerfiel, bei Bewusstsein zu bleiben.

Jägerstedt seufzte. «Du machst es uns wirklich nicht leicht. Gnädig, wie ich bin, hätte ich dich unbehelligt dem Türk entgegenreiten lassen, damit der die Drecksarbeit erledigt.»

Alfred schüttelte den Kopf und spürte, wie sein ausgerenkter Kiefer mit einem schmerzhaften Knacken wieder ins Gelenk sprang.

«Also tötet Ihr mich jetzt?», spie er höhnisch aus und versuchte, das Pochen seines Kiefers zu ignorieren. Er wusste nicht, wieso, aber jetzt, wo es so weit war, empfand er eine seltsame Kühnheit. «Man wird Fragen stellen. Jeder Soldat in meinem Zug hat gesehen, wie Ihr mich mit dem Gewehr bedroht habt. Man wird Euch an die Wand stellen!»

«Wir hätten ihn in Wien aufschlitzen sollen», brummte eine Stimme hinter Alfred. «Wieso haben wir auf diesen Hexenjungen gehört, Stephan? Ich hab's dir gesagt, der ist mit Luzifer im Bund!»

«Weil er recht hatte.» Der zufriedene Ausdruck auf Jägerstedts Gesicht hatte unter Alfreds Worten kein einziges Mal geflackert. «Hätte Scherereien bedeutet. Oder glaubst du, es wär uns bekommen, wenn man *ihr* Fragen gestellt hätte?» Er wandte sich Alfred zu. «Und auch *du* hast recht. Aber wer sagt, dass wir dich jetzt umbringen wollen?»

Alfred starrte ihm verwirrt entgegen.

«Der Türk wird dich sowieso erwischen, dafür werden wir Sorge tragen.»

«Was wollt Ihr?»

«Du hast versucht, unseren Plan zu durchkreuzen, verstehst du? Hast du geglaubt, wir lassen zu, dass du als Wundarzt arbeitest und die Front nur aus der Ferne siehst? Der Lazarettmeister hat schon nach dir gefragt, sagt, er könnt dringend Hilfe gebrauchen.» Mit einem Mal war das Lächeln aus Jägerstedts Miene verschwunden, und ein lauernder Gesichtsausdruck breitete sich darauf aus. «Diesen Widerstandsgeist», murmelte er und beugte sich zu Alfred herunter. Seine Fackel loderte so nah neben seinem Gesicht, dass Alfreds Wange schmerzhaft zu brennen begann. «Den werd ich dir jetzt austreiben! Ich lass gerad genug von dir übrig, dass der Türk was zum Niederschießen hat.»

«Mach schneller, Stephan, sonst entdeckt uns noch jemand», zischte eine Stimme hinter Alfred.

«Hier geht *nichts* schnell», grinste Jägerstedt und erhob sich wieder. «Freimachen!»

Alfred fragte sich für einen Moment, was das bedeuten sollte, da wurde er brutal zu Boden gerungen. Die beiden Schergen zerschnitten ihm die Hose seiner Uniform und rissen sie ihm vom Leib, sodass er nur noch sein Hemd und die knielange Unterhose trug.

«Ich fang an», zischte Jägerstedt. «Hab schon seit Wien keine Hur mehr gehabt!»

«Was?», rief Alfred.

«Halt dein dummes Maul!», hörte Alfred Jägerstedts Stimme. Eine Hand packte ihn am Nacken und drückte seinen Kopf grob in den Waldboden. «Du hältst ihn fest, während ich ihm die Frechheit austreibe!»

Es war, als würden Jägerstedts Worte den nächtlichen Wald dahinschmelzen lassen. Alfred war wieder ein kleiner Junge, ertappt in der Bibliothek, konnte den Pisse- und Alkoholgeruch des Barons riechen. *Dir werd ich's zeigen, mit deinem frechen Blick. Das wirst du nie vergessen, Bengel.*

«Ihr Schweine!», brüllte Alfred und begann, sich nach Leibeskräften zu wehren. Ein Tritt in den Bauch ließ ihn aufkeuchen.

«Das hättest du nicht tun sollen», zischte Jägerstedt.

Ein heftiger Schmerz explodierte in Alfreds linkem Handrücken. Alfred hob den Blick und sah wie jemand eine Klinge in sein Fleisch trieb. Das Stechen in seiner Hand ließ ihn vor Schmerz nach Luft schnappen, während rote Schlieren vor seinen Augen tanzten. Irgendjemand riss an seiner Unterhose.

«Das sollte reichen, der muckt nicht mehr!», kicherte eine Stimme. «Außer vielleicht, er stöhnt, so wie die ungarischen Huren.» Der Mann räusperte sich. «*Oh, Oooh, Igen, Igeen!*»

«Lass ihn mir dann auch noch!», flüsterte eine weitere Stimme. War das der dritte Mann?

Alfred zwang sich, den Kopf zu drehen und seinen blutenden Handrücken zu betrachten. Sie hatten das Messer wieder herausgezogen, als er aufgehört hatte, sich zu wehren. Warum konnte er das Blut so deutlich über seine Finger rinnen sehen? Es war doch Nacht. Dabei fühlte es sich an, als würde die Sonne an einer Seite auf ihn herabbrennen ... Die Fackel!

Sie lag kaum eine Armlänge neben ihm auf dem Boden. Jägerstedt musste sie abgelegt haben, wahrscheinlich wollte er seine Hände freihaben, um ...

Jemand stand mit dem Stiefel auf seiner rechten Hand.

Auch die Beine wurden von irgendeinem Gewicht niedergedrückt. Aber die durchbohrte Hand ... Er versuchte, sich auf den Schmerz vorzubereiten, aber als er seine Hand vorschießen ließ und die Fackel packte, brachte er ihn beinahe um den Verstand.

Ein erschrockenes Keuchen ertönte, als er die Fackel nach oben riss. Einer von Jägerstedts Schergen sprang erschrocken zurück, um den Flammen auszuweichen. Plötzlich war Alfreds rechte Hand ebenfalls frei. Er fuhr herum. Für einen winzigen Augenblick sah er Jägerstedt über sich hocken, mit heruntergelassenen Hosen und ungläubig aufgerissenen Augen. Alfred zögerte nicht und rammte ihm die brennende Fackel zwischen die Beine. Er hörte ein Zischen und roch verkohltes Fleisch. Jägerstedt stieß einen gellenden Schrei aus und kippte zur Seite. Mit einem Tritt gelang es Alfred, den Mann, der seine Beine hielt, abzuschütteln. Hastig kroch er von den Männern weg.

«Wart, du Hundskrüppel!»

Alfred warf sich gerade noch rechtzeitig zur Seite, als sich neben ihm ein Säbel in den Waldboden bohrte.

Es gab nichts an seinem Körper, was nicht schmerzte, und von Jägerstedts Schlag gegen den Kopf war ihm immer noch übel. Aber wenn er jetzt zusammenbrach ... Irgendwie gelang es ihm, sich aufzurappeln.

In Jägerstedts Schmerzschreie mischte sich Wut. «Schlitz ihn auf!», kreischte er.

Er sah den Mann mit erhobenem Säbel auf sich zustürmen. Der dritte hatte Jägerstedt auf die Füße geholfen und versuchte, ihm die Hose über seine schwelenden Lenden zu ziehen. Alfred stolperte zurück, drehte sich um und flüchtete in die Dunkelheit. Jägerstedts Kreischen folgte ihm, genau wie die Schritte seines Schergen. Verzweifelt warf er die Fackel von sich, damit man ihm nicht so leicht folgen konnte.

Er konnte kaum einen klaren Gedanken fassen. Sein erster Instinkt wollte ihn zurück zum Licht laufen lassen, zum Lager.

*Das ist genau, was sie wollen,* schoss es ihm durch den Kopf. *Dort bin ich ihnen ausgeliefert.*

Seine Verfolger versperrten ihm den Weg in die Ebene, den Weg nach Hause. Es gab nur eine Richtung, die ihm blieb: die in die Berge, in Richtung menschenleerer Wälder und Felswände – in Richtung der Türken.

Es wäre der letzte Fluchtweg, den Alfred sich ausgesucht hätte, aber er hatte keine Wahl mehr. Für alle anderen war er jetzt ein Verräter, ein Deserteur, dafür würden Jägerstedt und seine Männer sorgen. Freund und Feind machte für ihn jetzt keinen Unterschied mehr. Von jetzt an hatte Alfred nur noch Feinde.

## 21. Kapitel

Ihr Gast verließ Schloss Weydrich früh am Morgen. Grazia sah seiner edel aussehenden Kutsche noch kurz hinterher, ehe sie zurück ins Schloss ging. Was für eine süße Abwechslung seine Gesellschaft gewesen war …

«Heinrich!», sagte sie beiläufig, während sie dem wartenden Pagen ihre Stola in die Hand drückte und den großen Salon betrat. Von dem gestrigen Gelage war nicht ein Stäubchen geblieben, was sie mit einem zufriedenen Lächeln quittierte.

«Gräfin», erwiderte Heinrich, der hinter ihr in der Tür erschienen war, und verbeugte sich.

«Wann kommt Helene zurück?»

«Die Kutsche aus Schlosshof ist für Mittag angekündigt.»

Grazia ließ sich auf dem roten Kanapee nieder. Abwesend wischte sie ein einzelnes Kraushaar von dem roten Samt. «Ich hoffe, der Tanzunterricht hat Früchte getragen. Ihre Schritte waren eine Schande während des Balls.»

«Ist das Treffen zu Eurer Zufriedenheit verlaufen, Exzellenz?»

«Wir werden sehen.»

Heinrich schien einen Moment zu zögern. «Und wenn die Komtesse sich gegen eine Heirat verwehrt?»

Grazia lachte leise. «Das wird sie nicht.»

Heinrich lächelte wissend und deutete eine Verbeugung an. Ansonsten war er völlig reglos, während er sie aus seinen taubengrauen Augen anstarrte. «Gewiss nicht, Exzellenz.»

Grazia betrachtete ihn argwöhnisch. Manchmal verunsicherte sie seine Art. Seine sonst so geschätzte Fähigkeit, fast lautlos aufzutauchen, hatte sie schon das ein oder andere Mal zusammenfahren lassen. Er war ihr treuester Bediensteter und kannte viele ihrer Geheimnisse. Was, wenn ihm einmal einfiel, dieses Wissen einzusetzen?

Ach, Unsinn ... Grazia schüttelte den Kopf. Wo hätte er es besser als in ihrem Dienst?

«Hast du die Post mitgebracht?»

«Selbstverständlich, Exzellenz, der Bote aus Wien war schon vor zwei Stunden hier.» Heinrich löste sich aus seiner Erstarrung und überreichte ihr die Ledermappe mit ihrer gesammelten Korrespondenz.

«Wie geht es mit dem Personal?», fragte die Gräfin abwesend, während sie die Mappe aufschlug.

«Von den zwei neuen Pagen musste ich einen wieder entlassen. Der andere, Wolfgang, macht sich hingegen gut. Er hat eine Zukunft in Eurem Hausstand.»

«Was ist mit den Zofen?»

«Hannerl ist fleißig, aber dumm, sodass man ihr alles immer und immer wieder erklären muss.»

«Erzählt sie dir, was Helene mit ihr bespricht?»

«Eure Nichte scheint ihrer jugendlichen Tollpatschigkeit überdrüssig zu sein.»

«Warum ist sie dann noch bei uns? Entlasse sie», meinte Grazia beiläufig, während sie einen Brief des Gutsverwalters aus Karschka las, wo trotz ihrer Abwesenheit alles hervorragend zu laufen schien.

«Wie Ihr wünscht», erwiderte Heinrich.

«Wen hat Helene sich als Kammerzofe auserkoren?»

«Die alte Gertraud. Eine sehr ... *bodenständige* Natur. Sie ist unansehnlich und daher eigentlich nicht für diese exponierte Stelle geeignet, aber sie beschwert sich nicht und arbeitet schnell.»

«Hmh», erwiderte Grazia, während sie die übersandten Ertragslisten studierte. «Diese Gertraud dürfte ihr zumindest keine neuen Flausen in den Kopf setzen, das ist gut.» Sie hielt inne, als sie den nächsten Brief sah. «Danke, Heinrich, du kannst gehen.»

Heinrich verbeugte sich und verließ den Salon. Grazia wartete, bis sein veilchenfarbener Rock ihrem Blick entschwunden war, dann nahm sie die Postmappe und schritt die Stufen in ihr Gemach empor. Sie schloss die Tür und legte die Mappe auf ihren goldbestickten Bettbezug. Danach zählte sie drei Schritte in Richtung des französischen Fensters und bückte sich.

Mit ihrem spitz gefeilten Zeigefingernagel fuhr sie in den Spalt zwischen den Eichenholzdielen und hob eine von ihnen an. Darunter befanden sich, reichlich plattgedrückt vom Gewicht der Dielen, zahlreiche Briefe. Grazia griff zielsicher nach einem davon und nahm ihn heraus.

*Die Chiffre.*

Die Nachrichten des Kuckucks kamen nie von ihm selber, sondern stets über einen polnischen Mittelsmann, der niemandem verdächtig erscheinen würde. Trotzdem war ihr Freund zusätzlich auf der Hut. Ohne das Chiffriersystem hätte sie aus seinen Briefen stets nur einen belanglosen Austausch von Höflichkeiten und Beschreibungen des Wetters gelesen. Es brauchte beinahe eine halbe Stunde, alles zu dechiffrieren. Die Gräfin lächelte zufrieden, als sie den wahren Inhalt des Briefs endlich vor sich hatte.

Sie faltete ihn und verwahrte ihn gemeinsam mit dem Chiffriersystem wieder unter der Eichendiele. Nachdenklich setzte sie sich auf ihr Bett und kratzte sich hinter dem Ohr, was sie oft tat, wenn sie sich rastlos fühlte. Alles schien nun Form anzunehmen. Die Figuren nahmen langsam den Platz ein, den sie ihnen zugedacht hatte. Der einzige Wermutstropfen bestand darin, dass ihre Finger, die so viele Figuren in diesem Spiel auf so treffliche Weise führten, für immer unsichtbar bleiben würden. Aber vielleicht konnten Frauen nur auf diese Weise Macht ausüben. Unerkannt, aus dem Hintergrund. So wie der liebe Gott.

۞

Helene rieb sich ihren geröteten Handrücken, als sie aus der Kutsche stieg. Die Luft roch nach der kühlen Feuchte des Morgenregens. Grimmig stellte sie sich vor, wie sie Maître LeBrus seinen Stab entriss und damit im Takt des Menuetts auf ihn eindrosch.

Für einen Moment erwog sie, bei den Hundezwingern vorbeizugehen und Raubart zu besuchen. Er gewöhnte sich langsam an sein Leben in der Meute, obwohl er immer noch herzzerreißend heulte, wenn Helene ihn dort zurückließ. Sie fühlte sich ihm gegenüber schuldig. Vielleicht konnte sie später eine Runde mit ihm spazieren gehen.

Die Rosen am Rand des Kieswegs blühten in voller Pracht. Helene verharrte. *Ich lerne nicht mehr, ich spiele nicht mehr Schach, ich jage nicht mehr. Was ist überhaupt noch von mir übrig?* Sie war nur noch eine Blume, hübsch anzusehen, aber mehr nicht. Doch selbst die hübscheste Rose hatte Dornen …

Rasch ging sie weiter zu ihrem Zimmer und klingelte dort nach Gertraud. Die Tante schlief vermutlich noch, wie so oft, wenn es tags zuvor spät geworden war. Gut so.

Als Gertraud klopfte, zog Helene sie hastig in ihr Zimmer und schloss die Tür.

«Was hast du herausgefunden?» Gertraud vergewisserte sich, dass die Tür geschlossen war, während Helene ihr den Stuhl ans Bett stellte. «Um Himmels willen, lass dich nicht so bitten», flüsterte sie und setzte sich Gertraud gegenüber auf die Matratze.

Gertrauds dichte Brauen zogen sich zusammen. «Ich bin in die Stadt gefahren, zu der Adresse, die Ihr mir genannt habt.»

Helene verschränkte ihre Finger und drückte sie so fest ineinander, dass es schmerzte. «Hast du ihn gesehen?» Sie hatte sich gegen diese Vorstellung gewehrt. Die Vorstellung, dass Alfred sein Leben in Wien einfach weiterführte, ohne sie, ohne die vergnügliche, aber für ihn so gefährliche Liaison mit einer jungen Adligen. Jetzt musste sie der Wahrheit ins Auge sehen.

«Ich hab mich beim Hauswirt als die Tante des jungen Herrn ausgegeben und mich nach ihm erkundigt. Seit Wochen hat er den jungen Wagener nicht mehr gesehen. Der Hauswirt wollte mir gleich die ausständige Miete abschwatzen. Hab ihm gesagt, er soll zum Teufel gehen. Auf der Universität war er wohl auch schon länger nicht. Offenbar haben sie ihn e… exm… Sie haben ihn rausgeschmissen, vor Wochen schon.»

«Was?», hauchte Helene. «Aber …» Für einen Moment

erinnerte sie sich an das Gespräch, das Alfred und sie vor dem Irrenturm geführt hatten. Alfred hatte erzählt, wie schlecht man die Irren behandelte. *Ich muss etwas tun, dafür sorgen, dass sich etwas ändert. Bevor ...*

*Was hast du getan, Alfred?* Das Gespräch hatte einen Tag vor Helenes missglückter Flucht stattgefunden. War etwas vorgefallen, nachdem Alfred die Nachricht in ihr Zimmer geworfen hatte?

«Wie auch immer», meinte Gertraud, der die Stille offenbar unbehaglich war. «Es tut mir leid für Euch, aber er ist verschwunden!»

Helene schüttelte langsam den Kopf. «Er hätte nicht verschwinden müssen, um mich zu verlassen. Warst du auch ...»

«Ja», wisperte Gertraud. «Einfach war's nicht. Der Kaiser lässt eine hohe Mauer um den *Gugelhupf* bauen, damit die ganzen Gaffer nicht mehr die Irren anglotzen kommen. Morgen fangen sie an, und dann hätt ich nicht mehr reingekonnt.»

«Hast du irgendwas gefunden?», fragte Helene, ohne viel Hoffnung.

Gertraud wiegte den Kopf hin und her, als gäbe es keine eindeutige Antwort auf diese Frage.

«Es war gut, dass es in den letzten Wochen so oft gewittert hat. Nur noch das kleinste Eck hat aus dem Morast neben der Mauer hervorgeschaut, sonst hätt's bestimmt schon jemand anders gefunden. Fast hätt ich's selbst übersehen.»

Sie fasste in die Tasche ihrer weißen Schürze und zog ein schlammiges Büchlein daraus hervor. Es klebte immer noch viel Dreck daran, aber der Titel auf dem Ledereinband war dennoch zu lesen. *Ovids Metamorphosen.*

Helene stieß einen heiseren Schrei aus und riss Gertraud

das Buch aus der Hand. «Er war da», keuchte sie und strich ungläubig über den Einband. «Er hat auf mich gewartet.»

Sie wagte nicht, laut zu schluchzen, aber als sie nach vorn sank, fing Gertraud sie nach kurzem Zögern auf und nahm sie in ihre Arme. Ihre weiche Brust, der Geruch nach Sauerteig, den sie heute Morgen geknetet hatte, beruhigte Helene etwas.

«Komtesse ...»

Helene löste sich von ihr und richtete sich auf. «Helene!»

«Komtesse, das wäre nicht ...»

«*Helene*», wiederholte sie bestimmt. «Bitte. Ich brauche irgendjemand, bei dem ich *ich* sein darf.»

Gertraud beäugte sie einen Moment misstrauisch, doch dann zuckte sie mit den Schultern. «Es könnte sein, dass Euer ... *dein* Wagener, dass er ...» Gertraud fuhr sich mit dem Finger über die Kehle und machte ein gurgelndes Geräusch.

«Nein.» Helene hob entschieden die Hand. «Das glaub ich nicht, bevor wir nicht Gewissheit haben.»

«Ich weiß jedenfalls nicht, was ich noch tun könnte», gestand Gertraud.

Helene knetete nachdenklich an ihrer Unterlippe. An jenem Abend hatte dort eine Laterne gestanden. Alfred besaß keine, sonst hätte er sie wohl schon bei ihrem ersten Treffen am Turm bei sich gehabt. Das konnte nur eins bedeuten. Alfred war dort gewesen, und dann war jemand anderes aufgetaucht ...

Draußen auf dem Flur hörte sie die Tante lachen. Sie musste wohl inzwischen aufgewacht sein. Endeten ihre Nachforschungen hier? Helene fühlte sich ebenso ratlos wie Gertraud. Wo sollten sie noch nach Alfred suchen? Er hatte ihr erzählt, dass seine Mutter nach Prag gezogen war. Aber selbst wenn sie Alfreds Mutter ausfindig machen würde, zweifelte sie daran, dass sie etwas über den Verbleib ihres Sohnes wüsste.

«War das Buch alles, was du gefunden hast?»

Gertraud nickte. «Wenn da noch mehr war, hat es inzwischen sicher jemand mitgenommen. Außerdem konnte ich nicht weitersuchen, weil plötzlich die Walsegg-Kutsche bei den Bäumen hinter dem Turm aufgefahren ist.»

«Was für eine Kutsche?», fragte Helene stirnrunzelnd.

«Die vom Grafen Walsegg, hab das Wappen darauf erkannt.» Gertraud tippte sich auf die Stirn. «Ich kenn zwei Hofdiener in seinem Hausstand und wollt nicht, dass die mich im Gebüsch rumlaufen sehen und tratschen.»

«Das war gescheit von dir», meinte Helene. «Aber was will ein Graf beim Irrenturm? Oder war er's gar nicht selbst?»

«Doch», erklärte Gertraud. «Hab ihn aussteigen gesehen. Und so wie der junge Graf stolziert, erkenn ich ihn auf tausend Schritt, den geschniegelten Aff. Er ist aber nicht zum Turm, sondern in die andere Richtung wegmarschiert, in Richtung Krankenhaus.»

«Walsegg», murmelte Helene und schüttelte den Kopf. «Ich kenne keinen Walsegg. Erzähl mir von ihm!»

Gertraud schnaubte, verschränkte aber nur schweigend die Arme.

«Keine Sorge», meinte Helene. «Du kannst ruhig ...»

«Ein unangenehmer Mensch!», platzte es aus Gertraud heraus. «Er liebt Spielchen, und am liebsten spielt er mit Menschen. Keiner traut sich zu erzählen, was in seinem Schloss vorgeht. Er verbietet seinen Bediensteten bei Strafe, Auskunft über ihn zu geben, und das tun sie auch nicht. Aber bei meiner letzten Herrin», ein zufriedenes Grinsen machte sich auf Gertrauds Miene breit, «da war er oft bei Empfängen zu Gast, da hab ich ein paar Dinge aufgeschnappt.»

*Spielchen* … Ein Verdacht regte sich bei dieser Beschreibung in Helene. «Wie sieht er aus?»

Gertraud machte eine wegwerfende Handbewegung. Einmal in Fahrt, schien es ihr Spaß machen, sich offen über den Grafen zu echauffieren. «Ein eitler Geck ist er, lang und rank, trägt immer die neuesten Kreationen der Schneider. Alle jungen Männer versuchen, ihn nachzuahmen, aber er ist immer einen Schritt voraus, als wüsst er's vorher, wie sie sich anziehen. Und wie er einen anschaut, wenn er sich überhaupt dazu erbarmt. Wie eine Spielfigur, die er für seine neuesten Possen in Stellung bringen will.»

«Ich glaube, ich kenne ihn doch», erwiderte Helene augenrollend. «Er war auf Vaters Begräbnis und hat in Schönbrunn mit mir getanzt.»

Sie dachte angestrengt nach. Graf von Walsegg. Er schien bestens über alle anderen Bescheid zu wissen, nur von sich selbst gab er nicht das kleinste bisschen preis. Wenn jemand herausfinden konnte, was mit Alfred geschehen war, dann er. Nur wäre er sicher nicht geneigt, Helene diesen Gefallen zu tun, sollte sie ihn darum bitten. Was hatte er noch gesagt, als sie ihn nach seinem Namen gefragt hatte?

*Die erste Lektion, die Ihr lernen müsst, Komtesse, ist, dass jede Information ihren Preis hat.*

Helene stand auf, schritt zu den Fenstern hinüber und sah auf den regennassen Schlossgarten hinunter. Wenn er mich ernst nehmen soll, muss ich ihm zeigen, dass ich ihm in seiner Arena ebenbürtig bin, dachte sie.

«Wart einen Moment», flüsterte Helene, setzte sich an ihren weißen Schreibtisch und zog ein Blatt Papier aus der Lade.

«Was habt ... Was hast du vor?», fragte Gertraud.
«Vielleicht muss ich auch beginnen zu spielen», erklärte Helene und begann zu schreiben.

*An den hochgeschätzten Graf von Walsegg,*

*wie erhellend es war, Euch bei Euren Vergnügungen am Narrenturm zu bestaunen. Gewiss fandet Ihr dort erquicklichen Zeitvertreib. Unterlasst bitte, Eure Dienerschaft zu schlagen, sie waren Euch treu. Ich verfüge über viele Augen und Ohren, die bisweilen auch auf Euch gerichtet sind. Ihr werdet erfreut sein zu hören, dass ich gewillt bin, den Preis für eine mir teure Information zu zahlen, allerdings überfordere ich Euer Können vielleicht mit dieser Bitte. Ein gewisser Alfred Wagener verschwand im letzten Monat und wurde nicht wieder gesehen. Ich wäre sehr verbunden über Auskunft nach seinem Schicksal. Für diesen Gefallen wäre ich bereit ...*

Helene strich mit dem Schaft der Feder nachdenklich über ihr Kinn. Womit sollte sie Walsegg bezahlen? Auf Geldsummen, die einen Grafen interessieren könnten, hatte sie keinen Zugriff.

*... ein wertvolles Kleinod zu geben, das in der Börse keines Mannes gefunden werden kann.*

Helene musste grinsen.

*Für unser nächstes Treffen ersuche ich, mir die Art und Farbe Eurer Garderobe zu nennen, damit ich Euch nicht zu viel Aufmerksamkeit entziehe.
Ich harre Eurer Einladung.
Eure geschätzte …*

Helene verharrte. Wie sollte sie unterzeichnen? Auf jeden Fall mit einem falschen Namen, das würde den Reiz des Spiels für ihn noch erhöhen. Außerdem war es sicherer, sollte der Brief abgefangen werden.

Für einen Moment dachte sie an Alfred, ihren gemeinsamen Abend auf dem Glacis, die Nacht in seiner Kammer. Ein Lächeln breitete sich auf ihrer Miene aus.

*Eure geschätzte Gräfin Nachtigall!*

«Was meinst du?», fragte Helene selbstzufrieden, sprang auf und reichte Gertraud den Brief. Sie runzelte die Stirn, während ihre Augen langsam über Helenes Zeilen glitten. Vermutlich las sie nicht oft, aber verlernt hatte sie es nicht. Helenes Vater hatte ihr erzählt, dass des Kaisers Mutter, Maria Theresia, die Schulpflicht eingeführt hatte. Seither konnte so gut wie jeder im Reich lesen, egal von welchem Stand.

«*Das* willst du ihm schreiben?», fragte Gertraud endlich. Ihre schwarzen Augen schienen vor Missbilligung überzuquellen. «Jedes Wort da drin macht ihn nur noch verrückter», erklärte sie und wollte vom Stuhl aufstehen, doch Helene setzte sich ihr gegenüber aufs Bett.

«Genau das will ich ja!», meinte Helene und fasste Gertraud an den Händen. «Wenn ich ihn auf normale Art bitte, wird er mich erbärmlich finden.»

*«Ein Kleinod, das in keiner Männerbörse gefunden werden kann.* Himmelherrgott, heißt das, du willst mit ihm ...»

Gertraud machte höchst eindeutige Bewegungen mit den Händen.

Helene brach in ein herzliches Lachen aus. «Gott, nein», gluckste sie. Lachen ... Erst jetzt wurde ihr bewusst, wie lange sie nicht mehr gelacht hatte. Es fühlte sich an, als würde sich durch Gertrauds direkte Art der dunkle Knoten in ihrer Brust zu lösen beginnen, der sich in den letzten Wochen dort breitgemacht hatte.

Gertraud seufzte erleichtert. «Leute wie der haben nichts Gutes im Sinn», beharrte sie aber.

«Nichts Gutes ...» Helene neigte nachdenklich den Kopf. Sie erinnerte sich an ihren Tanz in Schönbrunn, den Ring an Walseggs Finger, der ihr so bekannt vorgekommen war. Der Ring. «Wart einen Moment.»

Sie stand auf, ging zu ihrer Kommode hinüber und holte eine schmucklose Kiste daraus hervor. Eine Weile strich sie zärtlich über den hölzernen Deckel. Das Kästchen war mit der Leiche ihres Vaters aus Baden gekommen. Es enthielt die Dinge, die er bei sich getragen hatte, als ...

Es waren die einzigen Besitztümer, die man ihr direkt übergeben hatte, alles andere war der Tante überschrieben worden.

Helene hatte es bisher nicht über sich gebracht, es zu öffnen. Zuerst war der Schmerz noch zu frisch gewesen, dann die Wut. Die Wut, dass er ihr nicht zugetraut hatte, allein zurechtzukommen, die Wut, dass er sie auf Gedeih und Verderb der Tante ausgeliefert hatte, die Wut, dass er einfach gestorben war ...

Sie überwand sich und klappte den Deckel hoch. Noch

bevor Helene sah, was in der Kiste lag, stieg ihr der Geruch seines Eau de Colognes in die Nase. Und mit einem Mal war es, als würde er neben ihr stehen und ihr beruhigend die Hand auf die Schulter legen. «Papa», flüsterte sie.

Der Geruch verflüchtigte sich und damit das Gefühl seiner Gegenwart. Wäre er doch nur noch am Leben. All diese schrecklichen Dinge wären nicht passiert.

Sie wischte sich Tränen von den Wangen, atmete tief durch und besah sich die Gegenstände in der Kiste. Eine silberne Tabaksdose, ein gefaltetes Stück Papier ...

Helene entfaltete es, aber es standen nur wenige Worte darauf, in einer Handschrift, die nicht die ihres Vaters war.

*Freund, beim nächsten Vollmond: Ordo ab Chao!*
*J.*

Helene runzelte die Stirn und legte den Zettel beiseite. Da ... da war, was sie gesucht hatte. Sie nahm den schlichten Silberring aus der Kiste. Sie hatte sich nicht getäuscht. Er war ihr am Finger ihres Vaters aufgefallen, als er nach Baden aufgebrochen war. Dieses seltsame Wappen aus Zirkel und Winkelmaß ... Walsegg hatte am Abend des Balls den gleichen Ring getragen.

Helene lächelte. «Ich glaube, du irrst dich», erklärte sie an Gertraud gewandt. «Mein Gefühl sagt mir, dass wir unter all der Hochnäsigkeit einen Verbündeten finden werden.» Sie drehte den Ring zwischen ihren Fingern. «Vielleicht sogar einen Freund.»

Die Tür wurde mit einem Ruck aufgestoßen. Während Helene viel zu überrumpelt war, um zu reagieren, war Gertraud in einer flüssigen Bewegung aufgestanden und trug ihren Stuhl in Richtung Fenster, als wäre sie gerade beim Aufräumen.

«Lass uns allein», befahl die Gräfin beiläufig.

Gertraud senkte gehorsam den Blick und stahl sich aus dem Zimmer. Helene schaffte es gerade noch, die Kiste zu schließen, ehe der Blick der Tante sich auf sie richtete.

«Mein Täubchen, wo bleibst du nur? Ich warte schon die ganze Zeit, dass du mir von deinem Tanzunterricht erzählst.»

Helene unterdrückte ein Niesen, als ihr eine Wolke *Fleur d'Orient* in die Nase stieg. Der Brief an Walsegg, wo war er? Wenn die Tante ihn fand, war alles vorbei.

Gertraud.

Gertraud hatte ihn zuletzt gehabt und ihn gewiss mitgenommen. Was täte Helene nur ohne sie.

«Verzeih, ich dachte, du würdest noch schlafen, und ich wollte nicht stören», erwiderte Helene und rieb sich unwillkürlich über den Handrücken, der inzwischen kaum noch brannte. «Es war wunderbar», erklärte sie mit einem Lächeln. «Heute haben wir ein neues Menuetto einstudiert und gestern eine Polka! Außerdem haben wir im höfischen Französisch konversiert.»

«Polka», erwiderte die Gräfin mit hochgezogenen Augenbrauen. Ihr blaues, mit goldenen Lilien besticktes Kleid rauschte, als sie ein paar Schritte weiter ins Zimmer hinein machte. «Kein höfischer Tanz, was denkt sich der Maître nur? Aber egal, Kind, wir lassen noch heute deine Sachen packen.»

«Verreisen wir?»

«Allerdings.» Die Gräfin fasste Helenes Kinn mit ihrer schwarz behandschuhten Hand und hob es an. «Sieh dich an!» Sie schnalzte missbilligend mit der Zunge. «Noch immer dieser grünliche Teint! Wir wollen doch, dass deine

Schönheit bemerkt wird. Ein wenig Sommerfrische wird dir guttun, solange du im Schatten bleibst jedenfalls. Dein Onkel, Graf Khevenhüller, hat dich nach Schloss Kammer am Attersee geladen. Das Schloss selbst wird dir nicht übertrieben prachtvoll vorkommen, aber sein Garten ist recht entzückend.»

Ich habe keine Zeit dafür, dachte Helene. «Das hört sich wunderbar an, Tante. Aber ... aber die Hochzeit des Kronprinzen ist doch nächste Woche. Würde ich sie dann nicht verpassen?» Helene bemühte sich, ihre Stimme enttäuscht klingen zu lassen.

«Leider, Täubchen. Doch glaub mir, du verpasst nichts. Die Hochzeiten der Habsburger sind erstaunlich blutleer. Drei Tage in der Kirche, endlose Ansprachen. Zugegeben, die Bankette und Bälle bieten etwas Unterhaltung. Wie auch immer, ich habe dir als kleine Entschädigung ein neues Kleid für die kommende Saison schneidern lassen, bordeauxrot, im französischen Schnitt. Täubchen, du wirst darin so hübsch aussehen, als hätte man die Herzdame aus einem Kartenspiel zum Leben erweckt.»

Helene zwang sich zu einem Lächeln. «Darf ich Gertraud mitnehmen? Ich werde jemanden brauchen, der mir beim Ankleiden hilft!»

«Ich verstehe deine Sorge», meinte die Gräfin ernst. «Auf dem Land kann man nie sicher sein, dass man entsprechendes Personal vorfindet. Aber dein Onkel ist hervorragend auf deinen Besuch vorbereitet. Gertraud wird inzwischen hier in der Küche gebraucht.»

Helene ballte die Fäuste. *Warum gerade jetzt?* Sie bemerkte zu spät, dass die grünen Augen der Gräfin sie aufmerksam musterten.

«Keine Angst, mein Täubchen, ich weiß, du hast Angst, dich zu langweilen, aber man weiß nie, wem man auf so einer Reise begegnet.» Sie lächelte verschwörerisch, dann wandte sie sich ab. An der Tür verharrte sie für einen Moment. «Alles, was ich tue, dient nur deinem Wohl, das weißt du doch.»

Helene musterte sie kurz. «Natürlich, Tante. Ich weiß nicht, was ich ohne dich täte.»

## 22. Kapitel

Auch in der zweiten Nacht hetzten sie ihn wie einen waidwunden Hirsch. Zum ersten Mal war Alfred dankbar für die dicke Hornhaut an seinen Sohlen, die sich während des Marschs ins Banat gebildet hatte. So konnte er recht problemlos auch ohne Schuhwerk laufen.

Den verwundeten Jägerstedt und seine beiden Kumpanen, genauer gesagt, den einen Mann, der ihm hinterhergerannt war, hatte er abschütteln können. Doch gewitzt, wie sie waren, hatten sie seine Flucht daraufhin sofort im Lager gemeldet. Alfred war kaum einen Kilometer weit gekommen, da hatte er hinter sich schon das Heulen einer Meute Spürhunde vernommen. Der Schein von einem Dutzend Fackeln jagte ihm hinterher, als hätte er einen Funkenschweif. Sie waren so dicht hinter ihm gewesen, dass er ihre Stimmen hören konnte, da war er in einen kleinen Flusslauf gestürzt, der von den Bergen herabfloss.

Alfred hatte nicht lange nachgedacht, sondern war den Fluss weiter hinaufgewatet. Vielleicht würde das Wasser seine Spur verwischen. Der Fluss war so eisig gewesen, dass er seine Zehen bald nicht mehr gespürt hatte. Verzweifelt hatte er gegen die Strömung des bisweilen hüfthohen Wassers angekämpft und sich dabei immer wieder die Füße an scharfkantigen Steinen gestoßen. Irgendwann war er über glitschige Felsen in eine Art Klamm geklettert, wo das Vorankommen noch mühsamer geworden war als davor. Dafür schien sich das Risiko ausgezahlt zu haben. Das Heulen der Meute verklang, je weiter er vordrang.

Es stellte sich bald heraus, dass die Kälte hier draußen sein größtes Problem war. Obwohl es unten im Lager heiß gewesen war, hier, an den Hängen der Karpaten, in einem eisigen Gebirgsfluss, hatte er das Gefühl, selbst der letzte Funken Wärme würde ihm aus dem Körper gesaugt.

Erst als die Sonne aufging, wagte sich Alfred aus dem Flussbett hinaus. Er legte sich auf einen Felsen und wartete darauf, dass sich seine steif gefrorenen Glieder wieder erwärmten und seine klatschnassen Unterkleider trockneten.

Seine Erleichterung, die Nacht überlebt zu haben, währte nicht lange. Gerade als ihn die Wärme der Sonne in einen erschöpften Schlaf hinüberdämmern ließ, weckte ihn das scharfe Krächzen eines Vogels. Alfred blinzelte und wollte weiterschlafen, aber der Vogel lärmte unbeirrt weiter. Er konnte sein weiß getüpfeltes Gefieder über ihm in der Krone einer Lärche ausmachen.

Alfred runzelte die Stirn. Er hörte noch etwas anderes. Über das Krächzen des Vogels hinweg trug ihm der Wind ein leises Geräusch zu. Er richtete sich ruckartig auf. Stiefel, die durch das Dickicht schlichen …

Alfred war mit einem Mal hellwach. Offensichtlich hatten seine Verfolger ihre Taktik geändert. Sie hatten herausgefunden, welche Route er gewählt hatte, und versuchten, sich ihm möglichst lautlos zu nähern.

Die hellen Röcke seiner Verfolger blitzten bereits zwischen den Baumstämmen hervor. Alfred konnte gerade noch rechtzeitig hinter den Baumstamm der Lärche huschen, als er sie schon vorbeischleichen sah. Etwa zehn Mann waren es. Jägerstedt war nicht unter ihnen. Wahrscheinlich war er zu schwer verletzt. Ob die beiden anderen in dem Trupp dabei waren, konnte Alfred nicht sagen. An ihre Stimmen erinnerte er sich, ihre Gesichter hatte er im nächtlichen Wald nicht richtig gesehen. Die Soldaten trugen ihre Gewehre im Anschlag, als würden sie jeden Augenblick damit rechnen, ihm gegenüberzustehen. Keiner sprach. Wenn sie sich verständigten, taten sie es mit Handzeichen. Sie marschierten an seinem Versteck vorbei, weiter bergauf, sodass sie ihm nun auch diesen Weg abschnitten.

Alfred überlegte fieberhaft. Der direkte Weg zurück war viel zu riskant, er würde der erstbesten Patrouille in die Arme laufen. Das bedeutete, er konnte vorerst nur noch auf gleicher Höhe bleibend dem Gebirgskamm folgen, der ihn zuerst etwas vom Lager weg nach Norden führen würde, sich dann aber wieder nach Westen in Richtung Banat bog – und damit zurück zum Lager.

*Vielleicht gar nicht so schlecht. Der einzige Weg nach Hause führt nun mal durch das Banat.*

Wenn er es schaffte, die Nordgrenze des Lagers in der kommenden Nacht zu erreichen, konnte er vielleicht in gebührender Entfernung an den Lagerwachen und Patrouillen vorbeischlüpfen.

Alfred wartete, bis die Soldaten außer Sicht waren, dann lief er weiter den Hang entlang.

Er war noch nie zuvor in einem Wald wie diesem gewesen. Die Fichten und Tannen ragten hoch wie Kirchtürme in den Himmel und ließen nur wenig Licht zum Waldboden durch. Er wagte nicht, länger haltzumachen, stopfte sich nur zwischendurch ein paar Heidelbeeren in den Mund, deren Stauden den Waldboden wie einen Teppich bedeckten.

Kaum eine Stunde verging, als er in der Ferne wieder den Warnruf des seltsamen Vogels vernahm und kurz darauf auch das Geräusch von Schritten.

Alfred fluchte lautlos und zwang seine schmerzenden Beine, schneller zu laufen.

Er begann, das Lärmen des Vogels zu nutzen, um seine Verfolger frühzeitig zu orten. Nach einer Weile lernte er, auf was man achten musste, wie sich der leise Tritt der Soldaten in den Heidelbeerstauden anhörte, und konnte sie selbst ohne den Vogel über Hunderte Schritte hinweg wahrnehmen.

Offensichtlich hatten sie sich aufgeteilt. Eine Gruppe bewegte sich weiter oben im Gebirge parallel zu ihm und schnitt ihm den Weg in die Berge ab, eine andere Gruppe folgte ihm beständig auf gleicher Höhe. Sie bewegten sich rasch. Sie schienen viel ausgeruhter als Alfred zu sein und voll grimmiger Entschlossenheit, ihn zur Strecke zu bringen. Sobald die Sonne unterging, wuchs Alfreds Hoffnung, die Soldaten in der Dunkelheit abzuschütteln, aber selbst die Nacht mit ihren unheimlichen Geräuschen, dem entfernten Heulen eines Wolfsrudels oder dem dumpfen Ruf des Uhus, ließ die Schritte hinter Alfred nicht verstummen.

Er schleppte sich weiter, bis er erschöpft gegen den Stamm einer alten Tanne wankte, an dem er sich festkrallte. Der finstere Wald vor ihm drehte sich, und er rang eine Weile nach Atem. Sein Körper zitterte in der Kälte der Gebirgsnacht, und seine feuchten Kleiderfetzen schienen ihm mehr Wärme zu entziehen, als zu spenden.

Die Schritte hinter ihm wurden lauter. Alfred wandte den

Kopf und erkannte lodernden Fackelschein zwischen den Schatten der Bäume.

*Entweder sterbe ich vor Erschöpfung oder durch ihre Kugeln!*

Wie weit mochte das Lager noch entfernt sein? Einmal hatte er geglaubt, unten im Tal entfernten Lichtschein zu erkennen. Aber so weit würde er es niemals schaffen, und in der Ebene, im offenen Feld, würde es nicht leichter werden, ihnen zu entkommen. Dort würden sie ihm mit Pferden nachsetzen.

*Wenn ich noch länger ausruhe, bin ich gleich in Schussweite …*

Alfred schleppte sich weiter, aber es war zwecklos. Seine Beine waren so steif vor Anstrengung, dass ihm jeder Schritt zur Qual geriet. Er konnte schon ihre Gestalten zwischen den Bäumen ausmachen. Alfred war sicher, dass diese Soldaten genauere Gewehre hatten als die Linieninfanteristen.

Verzweifelt sah er sich um. Vielleicht konnte er ein paar Momente gewinnen, indem er einfach den Hang hinunterrannte. Es bräuchte weniger Kraft, und er wäre schneller, aber seine Beine waren so verkrampft, dass er nicht würde bremsen können.

«Ich glaub, ich seh ihn», zischte eine Stimme. «Da vorn!»

Kaum hatte er die Stimme gehört, erscholl ein lautes Krachen. Ein kopfgroßes Stück splitterte direkt über Alfred aus dem Stamm der Tanne. Alfred taumelte erschrocken zurück. Schwefelgeruch stieg ihm in die Nase.

«Das ist er, erschießt ihn!», brüllte eine Stimme.

Alfred duckte sich und stolperte den Hang hinunter. Hinter ihm erscholl wieder ein Krachen, diesmal nicht ganz so nahe.

Alfred wurde immer schneller, den Boden unter sich berührte er kaum noch, und seine Beine fühlten sich so steif an wie zwei Holzstelzen.

Die Männer hinter ihm bemühten sich nicht mehr, still

zu sein. Immer wieder riefen sie sich zu, wo sie ihn gerade erspähten und in welche Richtung sie zielen sollten. Alfred wusste, dass der kurzen Stille, die diesen Worten folgte, immer ein Krachen folgte. Und jedes Mal erwartete er, dass ihm dieses Krachen den Brustkorb zerfetzte.

Immer wieder stolperte er, aber irgendwie gelang es ihm doch, auf den Beinen zu bleiben – bis direkt neben ihm der Waldboden explodierte. Alfred sprang erschrocken zur Seite, geriet mit den Füßen unter eine Baumwurzel und stürzte in vollem Lauf.

Das Gelände war so steil, dass ihm der Aufprall zwar die Luft aus dem Körper presste, ihn aber nicht bremste. Alfred überschlug sich, prallte gegen Steine und Wurzeln, während er immer schneller wurde. Er versuchte verzweifelt, seinen Kopf zu schützen, während er wie ein Fels zu Tal stürzte.

Irgendwo über sich hörte er das Triumphgeheul seiner Verfolger.

Plötzlich war der Boden weg, Alfred segelte durch die Luft – und krachte mitten in ein dichtes Brombeergebüsch hinein. Die Dornen krallten sich in seine Arme und Beine, während er sich noch ein paarmal überschlug. Er brach aus dem Busch heraus, war aber so langsam geworden, dass er nach ein paar Metern endlich liegen blieb.

Alles drehte sich. Lebte er noch? Er krümmte sich vor Schmerz. Wenn ja, dann sicher nicht mehr lange. Er konnte schon ihre Stimmen hören, gleich würden sie hier sein, und Alfred konnte keinen Schritt mehr laufen. Seine Flucht war zu Ende.

Dann bemerkte er das Licht und die Wärme. Was …? Alfred drehte sich auf die Seite und erkannte nur ein kurzes Stück entfernt ein kleines Lagerfeuer, das vor sich hin glomm. Plötzlich hörte er direkt neben sich Schritte. Vor ihm tauchte ein Paar festgeschnürte Lederschuhe auf. Alfred blinzelte. Das waren keine Soldatenstiefel.

«Piruwetz, was machsch' denn?», lachte eine Stimme im Tiroler Dialekt. «Isch dir so fad, dass du schon allein auf die Pirsch gehsch?»

Alfred versuchte, seine Gedanken zu ordnen. Litt er schon unter Wahnvorstellungen? Hatte er sich den Kopf gestoßen?

Der Mann vor ihm sog überrascht die Luft ein. Er schien Alfreds Zustand erst jetzt zu bemerken. «Was isch denn mit dir g'schehn? Bisch am End den Türken in die Arm gelaufen?»

Alfred zwang sich, an dem Mann emporzusehen. Er trug eine lange Lederhose mit darauf gestickten Edelweißblüten. An seinem Gurt baumelten ein Jagdhorn und ein langes Messer. Darüber trug er einen waldgrünen Rock mit Knöpfen aus Horn. Seine Miene, die von einem üppigen Schnauzer dominiert wurde, wirkte besorgt. In der Hand hielt er eine kunstvoll verzierte Büchse.

Alfred musste träumen. Was tat ein Tiroler Jäger in den Südkarpaten?

Rufe wurden laut, es krachte im Unterholz, und ein Trupp Soldaten brach durch das Dickicht.

«Da ist er!», brüllte der Anführer des Trupps und richtete sofort sein Gewehr auf Alfred. Die anderen taten es ihm gleich. Diese Stimme ... Das war einer von Jägerstedts Schergen! Alfred fuhr herum. Aus einem schmalen Gesicht funkelte ihm ein Paar dunkle Augen triumphierend entgegen.

«Gut gemacht, Grenzer, Ihr habt den Deserteur gefasst. Den Rest erledige ich!» Der Truppführer spannte den Hahn. «Jetzt stirbst du, Lump.»

«Halt!» Der Jägersmann richtete seine Büchse fast beiläufig auf den Truppführer. «Niemand zielt auf meinen besten Mann!» Von einem Moment auf den anderen waren sein Dialekt und der freundliche Unterton in seiner Stimme verschwunden.

Die anderen Soldaten rückten ein wenig von ihrem Anführer ab. Aus irgendeinem Grund schien keiner es zu wagen, den Jägersmann zu bedrohen.

«Der da ist keiner von Euren Leuten. Ein feiger Infanterist ist das, der durchbrennen wollte!»

«Hörst das, Piruwetz?», lachte der Jäger an Alfred gewandt. «Einen Infanteristen nennen sie dich!»

Plötzlich breitete sich ein Stirnrunzeln auf seiner Miene aus. «Heilige Mutter Maria», flüsterte er, «die Stinkstiefel haben recht, du bisch es nit!»

«Sag ich doch!», schrie der Truppführer. «Und jetzt runter mit der Büchse!»

Der Jäger schien unschlüssig. Ohne sein Gewehr zu senken, musterte er Alfred von Kopf bis Fuß.

«Steh auf», meinte er deutlich kühler als gerade eben.

Alfred stemmte sich in die Höhe. Alles an ihm schien zu schmerzen, als wäre sein ganzer Körper wund. Er würde sterben und gab dabei ein so jämmerliches Bild ab wie nie zuvor in seinem Leben.

Der Jäger betrachtete ihn kopfschüttelnd. «Dass es so was gibt», murmelte er, dann wandte er sich seinen Verfolgern zu.

«Ein Deserteur also.» Er ließ sein Gewehr langsam sinken. «Wie lang habt ihr ihn gejagt?»

«Das geht Euch nichts an», zischte Jägerstedts Kumpan und machte einen Schritt auf Alfred zu.

Der Gesichtsausdruck des Jägers verhärtete sich. «Für dich, *Herr Major*, Zugsführer!», fuhr er ihn an.

Alfred blinzelte. Also doch ein Soldat und ein Offizier noch dazu. Wenn er an die prachtvollen Uniformen der Offiziere unten im Lager dachte, wäre er nie auf die Idee gekommen, hier jemand so Ranghohen vor sich zu haben.

«Verzeiht, Herr Major!» Der Truppführer salutierte eingeschüchtert. «Wir jagen ihn schon die zweite Nacht.»

«Hmh», meinte der Major. «Welche Mittel hattet ihr, um ihn aufzuspüren?»

Die Augen des Truppführers schossen unsicher hin und her. Er hatte bestimmt nicht damit gerechnet, in ein Verhör zu geraten.

«Zwanzig Mann in zwei Gruppen, jeder mit Gewehr und Säbel. Die andere Patrouille sollte sicherstellen, dass er nicht über den Bergkamm kommt. Wir wollten ihn einkreisen. In der ersten Nacht hatten wir Spürhunde, aber die erwiesen sich als nutzlos.»

«Und was hat er gehabt?», fragte der Major mit einem Kopfnicken in Alfreds Richtung, der seine volle Konzentration aufbringen musste, nur um auf den Füßen zu bleiben.

Jägerstedts Kumpan blinzelte verwirrt. «Wie meint Ihr das, Herr Major?»

«So, wie ich es sage, Herrgott noch mal! Hat er Waffen gehabt, Kleidung, Feuer, Proviant? Hatte er Hilfe von irgendwem?»

Das Gesicht des Truppführers verlor etwas an Farbe. «Nichts von alldem, Herr Major.»

Das Runzeln auf der Stirn des Jägers vertiefte sich noch weiter. «Ihr verfolgt einen barfüßigen Jungen mit nichts als ein paar Fetzen am Leib mit zwanzig Mann und Spürhunden? Und dann entwischt er euch zwei Nächte und einen Tag lang?» Er wandte sich Alfred zu. «Hmh», meinte er, und

Alfred hätte schwören können, einen Hauch von Anerkennung in dem Geräusch zu vernehmen. «Sprich, Deserteur, wie hast du so lang überlebt?»

Alfreds Blick huschte zwischen seinen Verfolgern und dem Major hin und her. «Ich hab sie kommen hören», murmelte er.

«Lügner», zischte Jägerstedts Kumpan. «Wir wussten, dass er nur durch die Klamm flüchten konnte. Danach fanden wir seine Spur und sind so leise durch den Wald geschlichen, dass uns sogar das Wild erst im letzten Moment gehört hat.»

«Ich bin kein Lügner», erklärte Alfred. Die Wut verlieh ihm einen Funken Kraft. Am liebsten hätte er diesem Jägersmann alles erzählt, dass dieser Mann und zwei weitere ihn gewaltsam verschleppt hatten und dass sie ihm unaussprechliche Dinge hatten antun wollen, die erst zu seiner Flucht geführt hatten.

«Da war ein Vogel. Der hat gelärmt, wenn sie in unsere Nähe kamen. So habe ich gelernt, auf was ich horchen muss. Und dann habe ich den Vogel nicht mehr gebraucht.»

Der Schnauzer des Majors erzitterte, als sich sein Mund zu einem Grinsen verzog. «Ein Tannenhäher, soso. Wir Waidmänner nennen ihn auch den Verrätervogel, weil er die Hirsche schon warnt, bevor man sie zu Gesicht kriegt.»

«Er ist ein *Deserteur*, Herr Major», betonte der Truppführer, «und Desertieren wird mit dem Tode bestraft!»

«Allerdings.» Das Grinsen wich schlagartig aus der Miene des Majors. «Ich frag mich nur eines: Dieser Bursch führt zwanzig ...», er maß Alfreds Verfolger der Reihe nach mit einem Blick, «... *prächtige* Soldaten so lang an der Nase rum? Scheint ein ziemlich gewitzter Kerl zu sein. Trotzdem rennt er barfuß mit nichts als Hemd und Unterhose in die Berge?

Das wiederum erscheint mir doch reichlich dumm, oder? Das Gewand, die Stiefel und seine Waffen liegen zu lassen.»

Niemand antwortete. Auch Alfred schwieg, unsicher, wie er reagieren sollte.

Der Major wandte sich wieder Alfred zu. «Und wenn ich ihn mir noch ein bisschen genauer anschaue, dann sehe ich noch mehr: Der ganze Kiefer ist geschwollen und blau, und seine Hand, das ist komisch, die schaut aus, als hätt ihm da vor kurzem jemand hineingestochen. Weiß jemand etwas darüber?»

Die meisten Soldaten warfen sich verwirrte Blicke zu. Ein paar murmelten miteinander.

*Das sind die, die nicht wissen, was Jägerstedt mit mir machen wollte, die wirklich geglaubt haben, sie jagen einen Deserteur.*

Alfreds Blick wanderte weiter. Vier Soldaten, inklusive dem Truppführer, sahen zu Boden oder warfen Alfred wütende Blicke zu.

*Sieh da, Jägerstedts Abschaum oder zumindest ein Teil davon.*

Alfred beschlich allmählich das Gefühl, dass es hier um mehr ging als nur um ihn. Während sich die Gräfin gewiss an seinem Elend freute, roch dieses Netzwerk nach etwas ganz anderem, von dem Alfred lieber nichts wissen wollte.

«Niemand hat was gesehen, gell?», fragte der Major in die entstandene Stille hinein. «Was für eine Teufelei treibt Ihr dort im Lager Karansebesch?, frag ich mich.» Seine Stimme klang mit einem Mal so scharf, als könne sie Papier schneiden. «Dieser Soldat wollte nicht desertieren, er wollte überleben!»

«Vielleicht ... habt Ihr recht, Herr Major», erwiderte der Truppführer vorsichtig. «Ich habe vielleicht voreilige Schlüsse gezogen. Wir werden den Soldaten zurück ins Lager bringen und aufklären, was sich zugetragen hat.»

Alfred wollte aufbegehren, hielt sich aber zurück. Was immer diesen Major dazu gebracht hatte, für ihn Partei zu ergreifen, es war durch aufsässiges Verhalten bestimmt leicht zunichtezumachen.

«Das kann ich leider nicht erlauben», erwiderte der Major und grinste den Truppführer freundlich an. «Gerade erst ist einer meiner Flügelmänner gefallen – und bums, schickt mir der Herrgott einen Kerl, der tagelang allein im Wald überleben kann und seine Feinde an der Nase herumführt. Das nenn ich göttliche Fügung!»

Flügelmann? Alfred verstand kein Wort, aber wieder schien ihm der Zeitpunkt zu gefährlich, um Fragen zu stellen. Hier wurde nicht weniger verhandelt als sein Leben.

«Der Junge gehört ab jetzt zu mir.»

«D-das geht leider nicht, Herr Major, er gehört ...»

«Mir mit Haut und Haaren. Und dem Herrgott natürlich.» Er deutete zum Himmel und bekreuzigte sich. «Aber sonst niemandem! Richtet dem Generalfeldmarschall Lacy gern persönlich einen Gruß vom Major Klippfels aus. Ein guter Freund, hab schon in Bayern mit ihm gekämpft.»

«Ich, nein, das geht nicht, er muss ...»

«Das heißt *Jawohl, Herr Major*», unterbrach ihn der Major mit freundlicher Bestimmtheit. «Also ... ich warte!»

Der Truppführer senkte den Blick. «Jawohl, Major», brummte er.

«Ausgezeichnet», meinte der Major jovial. «Gute Arbeit, Soldaten, jetzt marsch ins Lager mit euch. Wenn ich euch hier draußen noch mal sehe ... ach, bleibt einfach bei euren Zelten!»

Alfred kam aus dem Kopfschütteln nicht mehr heraus, als er die Soldaten davonstapfen sah. War er wirklich noch am Leben? Und wer war dieser seltsame Major, der ihm das Leben gerettet hatte?

«Ich danke Euch», krächzte Alfred und stützte sich an einem Baumstamm ab, weil er sich kaum mehr auf den Beinen halten konnte.

«Danke?» Der Major lachte. «Wie heißt du denn nun wirklich?»

«Wagener, Herr Major», erwiderte Alfred.

«Wagener», wiederholte Major Klippfels. «Glaub nicht, dass du jetzt in Sicherheit bist. Bei uns ist immer Gefecht, verstehst du? Der Türk kann überall lauern. Und wenn du nicht taugst, muss ich dich zu denen zurückschicken.»

Alfred gefiel, wie der Major den Buchstaben K aussprach, immer mit einem kehligen ch dahinter, selbst wenn er sich bemühte, mit Alfred *schön* zu sprechen. Türk*ch*.

Er besann sich.

«Verstanden, Herr Major!»

«Eines noch.» Der Major richtete seine Büchse auf Alfred. «Einen Deserteur kann ich nicht gebrauchen. Wenn du versuchst abzuhauen, knall ich dich höchstpersönlich ab. Und mir läuft man nicht so schnell davon wie diesen Taugenichtsen, das versprech ich dir!»

«Ich werde Euch nicht enttäuschen!», erwiderte Alfred und meinte es ehrlich. Dieser Mann hatte ihn immerhin aus Jägerstedts Klauen befreit.

Major Klippfels hob seine Büchse und stieß ein donnerndes Lachen aus. «Großartig!», rief er und klopfte Alfred so fest auf den Rücken, dass dieser beinahe zu Boden ging. «Dann komm mal mit. Wir müssen los, in dein neues Lager!»

Seine neue Aufgabe würde wohl von Anfang an kein Spaziergang werden, begriff Alfred, während er sich hinter dem Major durch den Nachtwald schleppte, ohne dass dieser eine Fackel entzündet hätte.

«Man muss hier draußen vorsichtig sein!», erklärte Major Klippfels. «Immer wieder kommen türkische Späher über die Berge, die das Lager ausspionieren wollen. In letzter Zeit immer mehr. Da braut sich was zusammen, deshalb zieht der Kaiser hier so viele Soldaten zusammen.»

Alfred musste trotz seiner Erschöpfung lächeln. Während der letzten Wochen hatte ihm keiner seiner Vorgesetzten ein Sterbenswort über den Grund ihres Hierseins verraten.

Der Morgen begann zu grauen, und der Wald erwachte durch unzählige Vogelstimmen zum Leben.

«Wohin gehen wir, Herr Major?»

Die wirklich interessante Frage war: *Wie weit noch?* Es schien Alfred aber nicht schlau, gleich nach seiner Rettung Schwäche zu zeigen, sonst würde der Major es sich vielleicht anders überlegen und ihn zurückschicken.

«Wart», zischte er und streckte den Arm aus. Für einen Moment schien er zu lauschen, dann griff er an seinen Gurt, holte das Jagdhorn hervor und stieß drei Mal kurz hinein.

Der Klang hallte durch den Wald. Ein Trupp Tannenhäher flog lärmend auf.

Für einen Moment war es still, dann erschollen von irgendwo vor ihnen ebenfalls drei Hornstöße.

Im Dämmerlicht erkannte Alfred ein Lächeln auf der Miene des Majors. Er ging weiter und bedeutete Alfred, ihm zu folgen. Nach ein paar Schritten stieg Alfred der Geruch von Rauch in die Nase, dann tauchte zwischen den Stämmen mit einem Mal eine Ansammlung kleiner Holzhütten auf, die von Zelten umringt wurden. Alfred stützte sich gegen einen Baumstamm und rang nach Luft.

«Auf, auf, Wagener, fast geschafft!», erklärte der Major und schritt munter auf die Hütten zu.

«Was ist das hier?», keuchte Alfred.

«Das Grenzerlager», erwiderte der Major, «verstärkt von unseren Jägertrupps!»

«Heil, Klippfels!», rief eine Stimme. Ein weiterer Tiroler Jäger schälte sich aus dem Schatten der Bäume, gefolgt von drei weiteren Kameraden. Sie waren so sehr mit der Umgebung verschmolzen, dass Alfred sie gar nicht wahrgenommen hatte. «Was schleppsch'n da an?» Er nickte in Alfreds Richtung.

«Den neuen Flügel», erwiderte der Major und wandte sich zu Alfred um. «Das heisch, wenn er wiederherg'stellt isch!»

«Potztausend!», meinte die Wache und starrte Alfred ins Gesicht. «Piruwetz, was isch dir g'schehn?»

«Lass dich nicht täuschen», grinste der Major mit erhobenem Zeigefinger und ging mit Alfred an den Wachen vorbei.

Überall, wo sie hingingen, sah Alfred Soldaten, die ähnlich wie der Major gekleidet waren. Manche von ihnen trugen schwarze Filzhüte, an denen prächtige Vogelfedern oder Gamsbärte angebracht waren, andere wiederum trugen einfache Kappen.

*Was für Soldaten sind das? Und was tun sie hier oben?*

Alfreds konnte sich mittlerweile nur noch humpelnd fortbewegen. Der Major winkte ihn in eines der Zelte. Ein einfaches Lager befand sich darin und ein paar wild verstreute Ausrüstungsgegenstände, Schuhe, ein Hut und ... *ein blutgetränkter Rock.*

«Himmel, der sollt nicht mehr hier rumliegen», meinte

der Major, lachte verlegen und nahm den Rock hastig an sich. «Ruh dich aus! Ich geb dir einen Tag. Gleich kommt jemand, der sich deine Verletzungen ansieht. Ich würde so viel schlafen wie möglich, wenn ich du wäre.»

Er verschwand und ließ Alfred allein im Zelt zurück. Kaum war er draußen, brach Alfred zusammen. Der Schlaf übermannte ihn, sobald er den Kopf auf das Feldlager gebettet hatte. All die Geräusche von draußen, das leise Reden der anderen Soldaten, das Schnauben eines Packpferds und die Vögel, die den anbrechenden Morgen begrüßten, verblassten, während er in tiefer Dunkelheit versank.

## 23. Kapitel

Die Kutschfahrt nach Kammer am Attersee war die längste, die Helene je unternommen hatte. In der edlen Friesenkutsche der Gräfin brauchten sie drei Tage, um ihr Ziel zu erreichen. Drei Tage, in denen die Gräfin die einzige Gesellschaft für Helene war. Drei Tage, in denen ihr vom Rumpeln der Kutsche und zu viel Fleur d'Orient ständig übel war.

Die Nächte hatten sie in Gaststätten verbracht, deren bescheidene Zimmer die Gräfin in Rage gebracht hatten, während Helene deren holzvertäfelte Wände irgendwie heimelig fand. Sie hatte sich während der Kutschfahrt manchmal schlafend gestellt, um nicht ständig mit der Tante reden zu müssen. Alles, was sie erzählte, drehte sich in irgendeiner Form um höfischen Klatsch und Tratsch. «Pocken, Pocken, überall die Pocken, man könnte meinen, ohne diese grässlichen Narben gehöre man nicht dazu.»

Helene hätte mit ihr gern über andere Themen gesprochen, ihre Zeit in Mähren, ihren verstorbenen Mann, die Art, wie sie Karschka in eine florierende Grafschaft verwandelt hatte. Doch die Gräfin verstand es geschickt, ein Gespräch immer in die Richtung zu lenken, die sie wollte. Natürlich hätte Helene auch gern mehr über die nächtlichen Besuche gewusst, die die Tante manchmal empfing, vor allem den Besucher, den sie gesehen hatte, als sie vom Narrenturm zurückgekehrt war. Aber es schien ihr zu gefährlich zuzugeben, dass sie davon wusste ... und sogar gelauscht hatte.

Am Morgen ihres letzten Reisetages rumpelte die Kutsche durch die Stadt Gmunden, die am Ufer des Traunsees lag. Am Stadtplatz reihte sich ein elegantes Geschäft an das nächste, was einen farbenfrohen Gegenpol zu den mystisch dunklen Wassern des Sees und den steilen Berghängen bildete, die ihn säumten. In jedem der Geschäfte wurde Zierkeramik in jeder erdenklichen Farbe und Form angeboten, obwohl grün-weiße Muster dominierten. Selbst die Glocken des Rathauses bestanden aus grün-weiß gemusterter Keramik. Überall schien es von Leuten unterschiedlichster Herkunft zu wimmeln, die von Geschäft zu Geschäft flanierten. Helene wäre zu gerne ausgestiegen, um sich in der Stadt umzusehen und die atemberaubende Naturkulisse zu betrachten, aber der Kutscher machte keine Anstalten, die Pferde zu zügeln.

«Der Ofen in meinem Arbeitszimmer und die Schwanenfigur in deinem Zimmer stammen aus Gmunden», erklärte die Gräfin, als sie Helenes neugierige Blicke bemerkte. «Ich werde auf dem Rückweg ein paar Einkäufe tätigen, um unseren Hausstand aufzubessern.»

Helene seufzte lautlos.

«Tante?», fragte sie dann. «Wieso hat uns mein Onkel, Graf Khevenhüller, eigentlich nie in Wien besucht?»

Die Gräfin betrachtete Helene eingehend und sah dann aus dem Fenster. Mit ihrem weißen Teint, dem waldgrünen Reisekleid und ebensolchem Hut wirkte sie selbst wie ein überlebensgroßes Stück Gmundener Keramik.

«Der Cousin deiner Mutter ist nicht unbedingt ein Freund der großen Städte», erwiderte sie. «Er fühlt sich nur wohl, wenn er von Wasser und Blumen umgeben ist.»

«Das hört sich tatsächlich schön an», erwiderte Helene versonnen und stellte sich eine Insel in einem sturmumtosten Ozean vor, so weit weg, dass niemand ihr dort vorschreiben könnte, wie sie lebte.

«Für jemanden, der nur noch aufs Sterben wartet, vielleicht», erwiderte die Tante und kratzte sich hinter dem Ohr. «Der Mangel an Ehrgeiz in der Verwandtschaft deiner Mutter ist leider kaum zu übersehen.»

Sie bemerkte Helenes Blick und tätschelte ihr das Knie.

«Keine Sorge, Täubchen, dein Onkel hat durchaus *aimable* Eigenschaften, allen voran seine Harmlosigkeit.»

«Hast du ihn schon öfter besucht?»

Die Gräfin maß sie für einen Moment interessiert. «Gewiss. Es ist ein guter Ort für Verabredungen aller Art.»

*Wie mit dem nächtlichen Besucher? Mit Aurelian?*

Helene zauberte ein Lächeln auf ihre Miene, damit die Tante keinen Verdacht schöpfte. Sich dümmer zu geben, als sie war, war mittlerweile zu einem bequemen Automatismus geworden, mit dem sie sich allerlei Schwierigkeiten ersparte.

Hatte Gertraud ihren Brief an Walsegg mittlerweile übermittelt? Vor ihrer Abreise hatte die Zofe widerwillig zugestimmt. *Obwohl du ihm ein Paket Pferdeäpfel schicken solltest, dem eitlen Aff, und keinen Brief!*

Helene schmunzelte verstohlen.

Wie lange würde es dauern, bis er begriff, dass der Brief von ihr war und sie ein Treffen vorschlug? Konnte er herausfinden, was mit Alfred geschehen war?

Die Fahrt führte sie aus der Stadt hinaus, vorbei an Feldern und durch dichten Fichtenwald, ehe die Landschaft sich schließlich öffnete und Helene einen riesigen See erblickte, dessen Wasser freundlich im Sonnenlicht glitzerten. An der Seite, von der sie sich dem See näherten, säumten sanfte Hügel seine Ufer, am Horizont zeichneten sich jedoch die Umrisse mächtiger Berge ab. Der Geruch nach frischem Heu stieg Helene in die Nase.

«Endlich», seufzte die Tante. «Ich kann es nicht erwarten, eine Erfrischung zu mir zu nehmen.»

Die Kutsche fuhr durch einen kleinen Ort mit einem zwiebelförmigen Kirchturm, dahinter erhöhten die Friesen das Tempo und zogen sie rasch in Richtung Seeufer, als wüssten sie, dass sie bald rasten durften. Helene sah, dass ein breiter, von sumpfigen Wiesen gesäumter Fluss an den See anschloss. Eine breite Holzbrücke überspannte ihn, über die ein Bauer gerade ein paar gescheckte Milchkühe trieb.

Sie fuhren noch ein Stück am Seeufer entlang, ehe sie ein schmiedeeisernes Tor mit goldenem Überzug erreichten. So wunderschön das Tor gearbeitet war, wunderte es Helene, wie viele Spinnweben die kunstvollen Schnörkel miteinander verbanden. Ein junger Diener ohne Uniform öffnete das Tor und ließ sie passieren.

«Wir befinden uns praktisch auf einer Insel, der Weg zum Schloss wurde aufgeschüttet», erklärte die Gräfin, während Helene beiderseits smaragdfarbenes Seewasser zwischen alten Ahornbäumen hindurchschimmern sah.

Gelbe Gebäude tauchten vor ihnen auf. Sie fuhren durch einen Torbogen in einen schmucken Innenhof, wo die Kutsche endlich anhielt. Helene wollte nur noch aussteigen, weil ihr wieder einmal so übel war, dass sie das Gefühl hatte, sich jeden Augenblick übergeben zu müssen.

Die Tür wurde geöffnet, und ein älterer Herr strahlte Helene entgegen. Seine Frisur war so weiß und kompakt, als hätte man ihm einen Topf Schnee auf den Kopf gedrückt. Sein rundliches Gesicht wirkte trotz Falten beinahe jugendlich in seiner Freude. Alles an diesem Mann schien ein wenig schlampig, das Hemd hing ihm auf einer Seite aus der Kniebundhose, der eine Ärmel war hochgekrempelt, der andere nicht, und seine Schuhe waren staubig.

«Oh», meinte der Mann verzückt. «Du siehst Amalia wirklich ähnlich.»

«*Onkel?*», fragte Helene, während sie seine Hand ergriff und ausstieg. Soweit sie sich erinnerte, hatte ihr in noch keinem Schloss der Hausherr persönlich die Kutschentür geöffnet.

«Ganz leibhaftig», erklärte Graf Khevenhüller und zog sich hastig den Rock zurecht. «Und ... *ah!*» Sein Blick wanderte an Helene vorbei zur Gräfin, die gerade ihr blasses Gesicht ins Tageslicht herausstreckte. Sofort war der Graf an Helene vorbeigewuselt, half der Tante aus der Kutsche und küsste ihr ergeben die Hand.

«Grazia», säuselte er, «bezaubernd wie eh und je!»

«Merci, mein Lieber», erwiderte die Tante gnädig.

Für eine Weile gaffte er die Gräfin nur begeistert an, ehe er zusammenzuckte. «Du liebe Güte, ihr müsst müde sein. Egon? Egon! Ich habe euch die schönsten Zimmer richten lassen. Dir das mit dem Pelargonien-Balkon, das du so liebst, Grazia.»

Ein breitschultriger Knecht mit einem Ledergilet trottete heran und begann, die Kutsche auszuladen.

Die Tante lachte. «Du weißt wahrlich, wie man eine Dame beglückt!»

«Kommt nur, kommt! Ich fürchte, wenn wir hier draußen stehen bleiben, werden wir nass!» Der Graf blickte zum Himmel und winkte sie ins Schloss. «Mein Zuhause ist jedenfalls euer Zuhause. Aber Grazia, das weißt du ja!»

Sie folgten dem Grafen ins Innere der Gebäude. Heimeliger Holzgeruch stieg Helene in die Nase. Er führte sie über eine Treppe in den ersten Stock, vorbei an Gemälden, die Jagdszenen zeigten und den See in unterschiedlichsten Lichtstimmungen.

Als Erstes gingen sie in Helenes Zimmer, ein weiß gestrichener Raum mit einem Holzbalkon. Die Einrichtung wirkte schlicht. Ein hölzernes, mit Blumenmustern bemaltes Bett, eine Kommode und ein Schrank ähnlichen Stils. Es gab nicht einmal einen Spiegel. Helene liebte es.

«Gut, dass deine Tante an alles denkt», erklärte der Graf. «Nachdem ich keine Zofen in meinem Hausstand brauche, hab ich für die Zeit deines Aufenthalts zwei Mädel aus Seewalchen angeheuert, die dir beim Ankleiden und dem ganzen Damenkram helfen werden.»

Helene bemerkte belustigt, wie die Tante beim Wort *Damenkram* mit den Augen rollte.

«Ruht euch ein wenig aus, ich lasse Tee und Gebäck für euch auftragen, wann immer ihr euch danach fühlt.»

Mit einem Mal begann der Graf, nervös mit seinen Knöpfen zu spielen. «Ich muss euch etwas sagen ... Ich hoffe, es bereitet euch keine Unannehmlichkeiten, aber ... ihr werdet in den nächsten Tagen nicht die einzigen Besucher hier sein. Ein Bekannter hat sich angekündigt. Ich konnte ihm die Einladung nicht abschlagen, wenn ihr versteht.»

Die Gräfin lachte und berührte den Grafen an der Schulter. «Mein lieber Johannes. Ich weiß doch, dass du nur Herrschaften untadeligen Rufs unter dein Dach lässt.»

Helene musterte die Tante und hob eine Augenbraue.

«Großartig», erwiderte ihr Onkel offensichtlich erleichtert. «Also dann, Grazia, dann zeig ich dir jetzt dein Zimmer.»

Die beiden gingen hinaus, die kunstvoll geschnitzte Holztür wurde geschlossen, und Helene blieb allein in ihrem Zimmer zurück. Sie atmete tief durch. Endlich allein.

Sie trat auf den Balkon hinaus. Der Graf hatte recht behalten. Sanfter Regen fiel vom Himmel herab. Helene ließ sich die kühlen Tropfen dankbar ins Gesicht und auf die Arme rieseln, als würden sie die Strapazen der Reise von ihrer Haut waschen.

Sie beugte sich über die Brüstung, an der gusseiserne Blumenkästen mit prächtig blühenden Pflanzen angebracht waren, und betrachtete einen von Kieswegen durchsetzten Garten, in dem verschiedenste Arten von Rosen wuchsen. Der Garten endete am mit Flusssteinen befestigten Seeufer. Ein Steg führte zu einem auf Stelzen gebauten Bootshaus hinaus.

Das Wasser selbst schimmerte in verschiedensten Smaragdtönen. Ein paar Holzkähne und Flöße fuhren weiter draußen über den See. Die Weite der Landschaft hatte etwas Beruhigendes, als könnte ihre Seele aufatmen.

Ein Kichern und Glucksen riss sie aus ihren Gedanken. Ein kleiner Junge in schlichtem Gewand lief durch den Garten und schlug mit den Händen nach Mücken. Er lachte so übermütig, dass Helene sich ein Lächeln nicht verkneifen konnte. Wie alt mochte er sein? Vielleicht acht? Oder doch jünger? Sein Gebaren war das eines deutlichen kleineren Kindes, sein Gesicht war eigenartig flach, und er schielte stark.

«Philipp, was machst denn schon wieder», zischte eine

Stimme. Egon, der breitschultrige Knecht von vorhin, kam in den Garten gelaufen und nahm den Jungen an der Hand.

«Papa», stieß der Kleine undeutlich aus und lachte vor Freude. Der Knecht zog ihn rasch davon. Im Weggehen sah er zum Balkon herauf und warf Helene einen misstrauischen Blick zu. Sie wandte sich rasch ab und tat, als würde sie auf den See hinausschauen.

*Wieso lässt er den Buben denn nicht spielen? Der Onkel hat sicher nichts dagegen, und der Junge wird es im Leben noch schwer genug haben, wenn er älter wird.*

Es klopfte. Zwei schüchterne Bauernmädchen in bunt bestickten Stoffkleidern betraten das Zimmer und halfen Helene beim Umziehen. Sie taten sich mit ihrer ungewohnten Aufgabe schwer. Helene merkte an der Art, wie sie zupackten, dass sie harte Arbeit gewohnt waren, mit den filigranen Ösen und Häkchen einer *robe française* aber nicht viel anfangen konnten. Helene versuchte, ihnen die Befangenheit zu nehmen, und plauderte ein bisschen mit ihnen. Nach einer Weile tauten die Mädchen auf, legten ihre Scheu ab und erzählten ihr freimütig vom Leben auf ihren Höfen. Jeder ihrer Tage, vom Morgen bis zum Abend, war ausgefüllt mit Arbeiten wie Melken, Mähen oder dem Flicken von Kleidung, bis sie nachts erschöpft in die Betten fielen. Nur am Sonntag durften sie etwas ruhen.

*Sie sind nicht weniger gescheit als ich und bestimmt tüchtiger. Jeden Tag arbeiten sie reichlich und haben nichts, während ich nichts arbeite und reichlich habe.*

Sie sah Alfreds wütenden Blick vor sich. Das war es, was mit der Welt nicht stimmte. Und auch wenn es vielleicht immer so gewesen war, diese Ordnung war weder natürlich noch in Stein gemeißelt.

*Ich möchte das gar nicht*, dachte Helene, während eines der Mädchen mit kräftigen Strichen durch ihr Haar fuhr. *Das alles haben, nur wegen meines Namens. Ich will jemand sein, etwas leisten. Etwas bekommen, weil ich es verdiene.*

«Komtesse, was ist denn das?», fragte Ingrid, die Ältere der beiden, und streckte ihr einen Glasflakon entgegen.

«Mein Rosenwasser», erwiderte Helene mit einem gequälten Lächeln. Die Tante hatte ihr aufoktroyiert, sich jeden Tag damit einzuparfümieren. «Probier's aus!»

Ingrid nahm einen Spritzer und rümpfte die Nase.

Helene lachte. «Du kannst es behalten, wenn du willst, aber gib deiner Schwester auch was ab.»

Ingrid lächelte unsicher. «Am Sonntag ist Jakobi-Kirtag. Es gibt einen Tanz. Wir wären die Einzigen, die so fein duften würden!»

Helenes Lächeln erstarb. Wie gern wäre sie auch auf das Dorffest mitgegangen, mit Alfred.

«Es gehört euch», meinte sie.

༄

Später nahm sie mit ihren Verwandten einen Tee ein. Der Regen hatte aufgehört, und sie konnten sich auf die Schlossterrasse mit Blick auf den See setzen. Der Graf hing an den Lippen der Tante, als würde pures Gold daraus hervorsprudeln. Er war seit langer Zeit Witwer und hatte sich in sein Wasserschloss zurückgezogen, wo er seiner Leidenschaft, dem Gärtnern, frönte.

Helene hielt sich weitgehend aus der Konversation heraus, antwortete aber artig, wenn sie gefragt wurde. Als der Onkel über seinen Garten schwadronierte, ergriff Helene die Gelegenheit beim Schopf und fragte ihn nach Büchern über Pflanzen, damit sie sich in den nächsten Tagen die Zeit vertreiben konnte. Der Graf plapperte begeistert drauflos, pries ihr dieses und jenes Buch an, und Helene fand zu ihrer Überraschung, dass es sie sogar interessierte. Rosenzucht schien eine Wissenschaft für sich zu sein, das Veredeln der Triebe, die Beschaffenheit der Erde, der Wasserbedarf ... Es gab wesentlich schlechtere Ideen, als seine Muße mit der Hege von etwas so Schönem zu verbringen.

Am Abend aßen sie in der behaglichen Stube des Schlosses zu Abend. Es gab in Butter gebratene Forelle und Edelkrebse, die die Fischer frisch aus dem See geholt hatten. Die Tante hob indigniert die Augenbrauen, als sie sah, was man ihr aufgetischt hatte. Helene hingegen fand, dass der Fisch angenehm leicht und würzig nach frischem Wacholder schmeckte. Mit Messer und Gabel an das Fleisch der Krebse zu kommen, war indes herausfordernder. Während der Graf sich gerade mit dem Pagen über das Dessert unterhielt, beugte sich die Tante zu Helene herüber. «Dein Onkel ist leider nicht mehr im Bilde, was in Wien als Armeleuteessen gilt», spöttelte sie.

Kaum hatten sie aufgegessen, schickte sie Helene zu Bett, mit dem Auftrag, «etwas Schönheitsschlaf» nachzuholen.

«Mein lieber Johannes», meinte sie anschließend an den Grafen gewandt. «Wie wäre es noch mit einem Gläschen Rotwein vor dem Zubettgehen? Nur wir zwei?»

Das breite Gesicht des Grafen nahm einen verzückten Ausdruck an. «Eine ausgezeichnete Idee, liebe Grazia, ich habe zwei ganz edle Tropfen aus Italien für deinen Besuch aufgespart und ein paar Köstlichkeiten aus Marzipan, die du so liebst.»

Die Gräfin stieß ein interessiertes «Oh» aus, was der

Graf mit einem verschämten Kichern quittierte. Helene war bereits auf der Treppe und hörte nicht mehr weiter zu.

Sie las bis spät in die Nacht in den Pflanzenbüchern des Onkels, lauschte auf das Plätschern des Sees und fiel dann in einen erschöpften Schlaf.

☙

Helene erwachte früh am Morgen und ließ sich von Ingrids jüngerer Schwester Greta ankleiden. Danach schickte sie das Mädchen weg und sah sich ein wenig im Schloss um. Von der Tante und dem Grafen entdeckte sie keine Spur. Wahrscheinlich war es gestern spät geworden.

Sie setzte sich einen *Bergère*, einen breitkrempigen Strohhut, auf, befestigte ihn mit einem violetten Seidenband hinter dem Kopf und setzte sich draußen im Rosengarten auf eine Bank.

Ein paar Nebelfetzen hingen über dem Wasser, und erste Sonnenstrahlen fielen auf die taunassen Rosen.

Sie hatte ein kleines Buch mitgenommen, das ihr der Onkel geliehen hatte. Keines über Rosenzucht, sondern über wilde Pflanzen und ihre pharmazeutische Anwendung. Sie glaubte, es war das gleiche, mit dem Alfred sie einmal unterrichtet hatte.

Ein leises Glucksen ertönte hinter ihr. Philipp, der Junge von gestern, hatte sich an sie herangepirscht und lugte neugierig hinter einem Rosenbusch hervor.

«Komm nur heraus, wenn du dich traust», meinte Helene freundlich.

Philipp lief auf sie zu und betrachtete sie mit einem strahlenden Lächeln.

«Du heißt Philipp, gell?», fragte Helene.

Der Junge lachte und krallte seine Finger in den Stoff ihres Kleides.

«Jaaa», meinte er. Der Blick seiner schielenden Augen schien an Helene vorbeizugehen.

Ihr erster Eindruck hatte sie nicht getäuscht. Der Junge war geistesschwach, ein Narr.

«Schau! Schau!», meinte Philipp begeistert.

Helene sah eine Biene auf einer blasslila Rose herumkrabbeln. Das Insekt war so nass vom Tau, dass es nicht fliegen konnte. Philipp streckte seine Finger nach der Blüte aus. Helene bemerkte, dass sie leicht gekrümmt waren, als wären sie nach einem Bruch nicht ganz gerade zusammengewachsen.

«Fass sie lieber nicht an», meinte Helene, aber der Junge ließ sich nicht beirren. Er ließ zu, dass die Biene auf seinen Zeigefinger krabbelte, und zeigte sie Helene.

«Lieeeeb!», grunzte er. Er setzte sich neben Helene auf die Bank und hielt die Biene geduldig in die Sonne. Leise sang er ihr ein Lied vor, das aus unverständlichem Gebrabbel bestand. Nach einer Zeit spreizte sie die Flügel und summte davon. Philipp klatschte begeistert in die Hände, und auch Helene musste lachen.

«Philipp!»

Helene wandte sich um und sah den Knecht Egon auf sie zustürmen.

«Verzeiht, Komtesse», meinte er hastig. «Er kann nichts dafür. Gewiss wollte er Euch nicht belästigen.»

«Das hat er nicht», beschwichtigte sie ihn. «Er ist ein freundlicher Geselle!»

Erleichterung breitete sich auf dem bärtigen Gesicht des Knechts aus. «Danke, Komtesse!» Er druckste für einen

Moment herum. «Ich hab nur Angst, wenn er zu aufdringlich ist, dass der Graf sagt, er muss weg!»

«Weg!», wiederholte Philipp mit hoher Stimme.

«Wieso sollte man ihn wegschicken?»

«Im Dorf haben sie g'sagt, er wär ein Wechselbalg und ein Teufel hätt meinen echten Sohn geraubt», erklärte der Knecht ernst. «Einmal sind sie ihm schon nachgegangen und haben ihn geprügelt, daher hat er die schiefe Hand.» Egon seufzte. «Hier stört er niemanden. Und so glücklich, wie er ist, denk ich mir, das muss doch vom Herrgott kommen, nicht vom Teufel.»

«Da hast du bestimmt recht», erwiderte Helene und lächelte dem Jungen aufmunternd zu.

«Komm jetzt, Philipp, hilf mir beim Ausmisten!» Egon verbeugte sich kurz und nahm Philipp an der Hand mit sich. Der Junge drehte sich noch einmal um und winkte ihr freundlich.

Helene blickte ihnen nachdenklich hinterher. Wäre Egon nicht in die Dienste des Grafen eingetreten, wäre es wohl irgendwann nicht bei gebrochenen Fingern geblieben. Irgendwann hätten sie ‹den Wechselbalg› totgeprügelt. Einen Jungen, der sich an den einfachsten Dingen erfreute, einer Biene, einem freundlichen Wort ...

*Vielleicht sollte man uns in einen Turm sperren!*

Sie glaubte, jetzt noch besser zu verstehen, warum Alfred sich für die Irren im Narrenturm eingesetzt hatte, auch wenn es ihn wohl seine Karriere gekostet hatte. Dabei war der Turm eigentlich erbaut worden, um ihnen zu helfen. Oder hatte man nur einen Ort gebraucht, wohin man Menschen verschwinden lassen konnte, die einen wegen ihrer Andersartigkeit ängstigten?

«Guten Tag!»

Helene fuhr überrascht herum. Ein Herr in dunkler Reisekleidung war hinter ihr aufgetaucht.

Er lüftete den Dreispitz von seinem braunen Haar und verbeugte sich kurz. «Verzeiht, Madame, ich bin auf der Suche nach dem Grafen Khevenhüller. Sein Knecht hat mich hereingeschickt.»

Seine Augen hatten denselben Farbton wie das Seewasser hinter ihm. Während er sie betrachtete, breitete sich ein gewinnendes Lächeln auf seiner Miene aus.

«Entschuldigt, mit wem habe ich das Vergnügen?», fragte sie.

«Graf Auring, enchanté.» Er nahm Helenes Hand, hielt sie einen Moment zu lange in seiner und küsste sie.

«Komtesse Weydrich», erwiderte Helene und zog ihre Hand zurück. «Ich bin ebenfalls Gast im Haus des Grafen.»

«Wie schön», meinte Auring. «Euer Aufenthalt wird mir den meinen in den nächsten Tagen gewiss versüßen.»

Helene verkniff sich ein Augenrollen. Obwohl sie zugeben musste, dass dieser Auring ein stattlicher Mann war.

«Es ist noch früh», erwiderte Helene, «vielleicht ist der Graf noch nicht wach.»

«Darf ich Euch hier draußen dann Gesellschaft leisten, bis sich unser Gastgeber zeigt?»

«Wenn es Euch nicht stört, würde ich lieber lesen», erwiderte Helene und zupfte ihren *Bergère* zurecht.

In Aurings Augen blitzte es. «Seid Ihr sicher?»

«Natürlich. Man wird sich spätestens beim *dîner* ohnehin über den Weg laufen.»

Auring strich sich gedankenverloren mit dem Zeigefinger über das Kinn. Seltsamerweise hatte Helene das Gefühl, dass ihn ihre ablehnende Haltung erst recht neugierig machte.

«Gewiss», meinte er schließlich und verbeugte sich. «Es war mir ein großes Vergnügen, die schönste aller Rosen in diesem Garten zu bewundern!»

Er schenkte ihr ein joviales Lächeln und wandte sich ab.

Helene schüttelte den Kopf und las weiter.

Abgesehen von diesem Intermezzo verlief der erste Tag auf Schloss Kammer entspannter als erwartet. Sie genoss bis mittags die Ruhe auf ihrer Bank, ehe der Graf und die Tante sich das erste Mal im Schlossgarten blicken ließen. Der Onkel ließ es sich daraufhin nicht nehmen, Helene durch die Rosenbeete zu führen und ihr von seinen Prachtstücken zu erzählen, während die Tante wieder hineinging, um ihre Korrespondenzen zu erledigen.

«*Variegata di Bologna*», erklärte der Graf aufgeregt und wies auf einen hell blühenden Rosenstrauch. «Eine Bourbonen-Rose. Ich habe sie von meinem Freund François, den ich damals im diplomatischen Dienst kennengelernt habe. Er meinte, es sei die einzige Rose, die in einer Blüte Unschuld und Leidenschaft verkörpern kann.»

Helene betrachtete die Rosen fasziniert. Sie waren weiß, sahen aber aus, als hätte man sie mit einzelnen Blutstropfen besprengt, die dann ins Innere geflossen waren.

«Sie sind wunderschön. Und sie duften nach Zitrone.»

«Ja, nicht wahr», meinte der Onkel mit glühenden Wangen. «Ich kann mir nichts Schöneres vorstellen!»

Helene schmunzelte. «Ihr wirkt so ... voller Tatendrang, Onkel.»

«Danke, Kind. Es geht mir tatsächlich hervorragend. Hinter mir liegt eine außerordentlich *erfrischende* Nacht.»

«Das freut mich zu hören», erwiderte sie mit hochgezogenen Augenbrauen.

«Und *mich* freut, dass dir meine Rosen gefallen. Deine Mutter, Amalia, war eine der wenigen, die mein Pflanzengeschwätz nicht gelangweilt hat. Ein blitzgescheites Mädchen war sie. Ich glaub, das war's auch, was deinen Vater, Georg, so für sie eingenommen hat. Er hatte einfach noch nie eine Frau getroffen, die ihm ebenbürtig an Geist war.»

Helene spürte Wärme und Sehnsucht in sich aufsteigen, als der Graf von ihren Eltern erzählte. Waren sie sich vielleicht sogar hier begegnet? Möglich wäre es.

«Ich denke, es wird Zeit für den Tee», erklärte der Graf. «Ich fürchte, ich habe meinen anderen Gast, den Grafen Auring, seit seiner Ankunft sträflich vernachlässigt. Ein formidabler Kerl, weiß wahre Gartenkunst zu schätzen, und überdies ist er ein gewitzter Kartenspieler.»

Helene folgte dem Onkel zur Terrasse, wo der Tisch bereits mit grün-weiß gemusterter Keramik gedeckt war.

Kurz darauf stieß die Tante zu ihnen, frisch umgekleidet und wie immer eine Erscheinung, in einem azurblauen Kleid und mit kleinen Schwertlilien aus Silber, die in ihr Haar eingearbeitet waren. Helene fragte sich, wie sie hier draußen bloß einen Coiffeur aufgetrieben hatte.

«Rück ein wenig in den Schatten, mein Täubchen», meinte die Gräfin. «Die frische Luft mag dir guttun, aber glaub mir, etwas zu viel Sonne, und man kann dich bald nicht mehr von den zwei Bauerndirnen unterscheiden, die sich um dich kümmern.»

Helene atmete tief durch, dann lächelte sie und folgte der Anweisung, während der Onkel der Gräfin den Stuhl zurückrückte.

Der Tee wurde serviert, dazu mit Äpfeln gefüllte Mürbteigküchlein. Kurz darauf tauchte auch Graf Auring auf der Terrasse auf. Er trug nicht mehr die schwere Reisekleidung von heute Morgen, sondern wirkte vergleichsweise leger, in einem weißen Hemd ohne Weste sowie Kniebundhosen aus schwarzem Leder. Sein Haar war im Nacken mit einem schlichten Samtband zusammengebunden, ähnlich wie Alfred es getragen hatte. Helene erkannte die ein oder andere graue Strähne, als das Sonnenlicht auf sein Haupt fiel.

Er verbeugte sich tief.

«Ah, Auring», meinte der Graf erfreut und sprang so heftig auf, dass der Tisch wackelte und die Teetassen überzuschwappen drohten. «Endlich! Endlich! Ich darf dir meine Gäste vorstellen. Die Gräfin Karschka-Weydrich, die Schwägerin meiner verstorbenen Cousine…»

Auring verbeugte sich und küsste der Tante die Hand. «Es ist mir eine Freude, Gräfin», erklärte er. «Euer Ruf eilt Euch weit voraus. In Wien spricht man Euren Namen mit viel Bewunderung aus.»

«Charmant, Auring. Euer Haus genießt hohes Ansehen.»

Auring deutete ob des Kompliments eine kleine Verbeugung an.

«Allerdings kann ich dies nicht uneingeschränkt von Euch behaupten.» Die Tante lächelte milde. «Ihr scheint Euch mehr auf Pferdezucht und Kartenspiel zu verstehen, als Eure Familie bei Hofe zu repräsentieren.»

«Man kann nicht allen Erwartungen gerecht werden», erwiderte Auring überraschend bescheiden.

Helene bemerkte, wie Egon in ein paar Schritten Entfernung die Rosen goss und die Gesellschaft mit einem finsteren Blick bedachte.

«Und natürlich unsere Nichte, die Komtesse Weydrich!»

Auring küsste auch Helene die Hand und fixierte sie dabei mit seinem Blick. «Die Komtesse war so freundlich, mir heute nach meiner zeitigen Ankunft weiterzuhelfen.»

«Jederzeit wieder», erwiderte Helene trocken.

Auring setzte sich zu Tisch und goss sich Tee ein. «Ich hätte mir kein besseres Willkommen vorstellen können als den Anblick Eures reizenden Gesichts.» Er wandte sich der Tante zu. «Wisst Ihr, wie selten ich auf meinen Reisen einer Schönheit wie Eurer Nichte begegnet bin? Es wundert mich, dass noch kein Adelsspross Interesse gezeigt hat.»

«*Au contraire*», erwiderte die Gräfin milde lächelnd. «Viele Väter ließen bei mir schon die Ambitionen ihrer Söhne anklingen.»

Helene tat einen Löffel Zucker in ihren Tee und rührte etwas zu energisch um.

«Bis jetzt musste ich klare Worte finden. Meine Nichte stammt aus einflussreichem Hause und ist, wie Ihr schon bemerkt habt, bildhübsch, ein Lipizzaner unter Haflingern.»

«Oder eine Rose unter Disteln», ergänzte Auring und zwinkerte Helene zu.

«Rosen haben spitzere Dornen als Disteln», erwiderte Helene. «Wie mein Onkel sicher bestätigen kann.»

«Nun ja», mischte sich Graf Khevenhüller ein. «Disteln verfügen über eine Unzahl kleiner, scharfer Dornen, während Rosen ...»

Helene schenkte Auring ein zufriedenes Lächeln, als ihr Onkel auf ihn einplapperte. Auring betrachtete sie mit amüsiertem Gesichtsausdruck. Die Tante schien nichts von dem Geplänkel mitbekommen zu haben, sondern biss mit einem kleinen Lächeln auf den Lippen von ihrem Mürbteigküchlein ab.

Helene entschuldigte sich, sobald es ihr vertretbar erschien, und verschwand auf ihr Zimmer. Es war zum Auswachsen! Sie hatte den heutigen Tag durchaus genossen – und das bereitete ihr ein schlechtes Gewissen. Sie sollte in Wien sein und auf Walseggs Antwort warten. Sie sollte ... Wieso sollte sie eigentlich warten? Sich davon abhängig machen, ob Walsegg ihr half? Was sprach dagegen, selbst tätig zu werden? Wenn sie ihr Leben selbst bestimmen wollte, dann brauchte sie ihre eigenen Leute. Die Dame allein gewann keine Schachpartie ...

Sie begann, einen Brief an Gertraud zu verfassen. Sie würde ihn an die Adresse schicken, die Gertraud ihr genannt hatte, nicht nach Schloss Weydrich, wo Heinrich den Brief abfangen würde.

Helene überlegte einen Moment, dann begann sie zu schreiben.

*Verkauf den Schmuck!*

Darunter beschrieb sie die wenigen Stücke, die sie behalten musste, damit es nicht auffiel. Sie brauchten Geld, mehr als alles andere.

*Versuch, einen Schreiber aufzutreiben, dem wir trauen können. Dann jemanden, der im Narrenturm arbeitet.*

Alfred wollte den Obrigkeiten dort Schwierigkeiten machen. Sie hätten in jedem Fall einen Grund gehabt, ihm schaden zu wollen.

*Wir müssen auch mehr über die Geheimnisse meiner Tante erfahren, wie viel Geld sie besitzt, mit wem sie Pläne schmiedet und worüber. Heinrich hat den Schlüssel zu ihrem Zimmer, er wird es reinigen lassen, bevor sie kommt. Sei vorsichtig!*

Helene versiegelte den Brief und spürte eine Welle der Dankbarkeit in sich aufsteigen, als sie an Gertraud dachte. Die ältere Frau riskierte so viel für sie. Den Zorn der Gräfin wollte sich niemand zuziehen.

Sie würde abwarten und Egon in einem unbeobachteten Moment bitten, den Brief zur Post zu bringen. Der Knecht erschien ihr vertrauenswürdig.

Vor dem Abendbrot setzte sie sich noch einmal auf ihre Bank im Rosengarten und genoss, wie die letzten Sonnenstrahlen das Wasser zum Glitzern brachten. Sosehr sie die unfreiwillige Sommerfrische auch mit Ungeduld erfüllte, so wenig konnte sie sich den Reizen dieses Ortes entziehen.

Nach einer Weile tauchte der kleine Philipp auf, gesellte sich zu ihr und fing an, in klaren Tönen, aber kaum verständlichen Worten «Frère Jacques» zu singen. Helene grinste und stimmte in den Kanon mit ein. Der Junge lachte begeistert auf und sang weiter. Nach einer Weile begann er, Helene immer wieder zu unterbrechen, wenn sie die Töne nicht traf, und sang ihr mit verschmitztem Gesichtsausdruck vor, wie es richtig ging.

Sie wusste nicht, wie lange sie so mit dem Jungen herumalberte, irgendwann bemerkte sie Egon, der die beiden lächelnd beobachtete.

«Komm, jetzt ist's genug», meinte Egon sanft und strich

seinem Sohn über den Kopf. Philipp ließ sich von der Bank gleiten und umarmte seinen Vater.

Helene blickte sich verstohlen um und drückte ihren Brief in Egons schwielige Hand. «Bitte, Egon, bring ihn zur Post für mich», flüsterte sie. «Der Graf und meine Tante dürfen davon nichts wissen!»

Egon betrachtete sie eine Weile aus seinen kleinen schwarzen Augen, dann nickte er und verwahrte den Brief in der Tasche seines Jankers.

«Komtesse», brummte er. «Wegen heute. Ich muss Euch ...» Er unterbrach sich, schüttelte den Kopf und seufzte. «Nein, verzeiht, es steht mir nicht zu.»

Er wollte sich abwenden, aber Helene hielt ihn an der Hand fest. «Bitte. Was ist denn?»

Egon schüttelte zögerlich den Kopf. «Tut mir leid, ich kann nicht. Den Brief bring ich morgen zur Post. Gebt auf Euch acht!»

Er wandte sich ab und stapfte mit Philipp davon. Helene blieb ratlos auf der Bank zurück.

☙

Zum Leidwesen von Helenes Onkel stand am nächsten Morgen die Abreise der Gräfin vom Attersee an. Anscheinend hatte sie in den nächsten Tagen geschäftliche Verpflichtungen in Salzburg und Bad Ischl, von wo aus sie direkt nach Wien zurückkehren würde. Nachdem Ingrid, die heute allein gekommen war, Helene die Haare zu einem Kranz geflochten hatte, wie ihn die Mädchen im Salzkammergut trugen, half sie ihr in ein helles, mit Blumenmustern verziertes Sommerkleid.

«Was für ein wunderschönes Kleid. Ihr seht hinreißend darin aus», sagte Ingrid bewundernd. «Ich wünschte, ich wäre auch so hübsch.»

«Du *bist* hübsch», erwiderte Helene eine Spur zu scharf. «Und es gibt so viel wichtigere Dinge», fügte sie sanfter hinzu.

Der Geruch nach Rosenwasser stieg Helene in die Nase und ließ sie lächeln. Vermutlich fieberte Ingrid bereits dem Tanz im Dorf entgegen.

«Ich hab bemerkt, wie der Graf Auring Euch anschaut», meinte Ingrid verträumt. «Er hat was von einem Prinzen, findet Ihr nicht?»

«Ich brauche keinen Prinzen», erwiderte Helene abwesend.

Nachdem sie hinuntergegangen und der Tante eine gute Reise gewünscht hatte, sah sie zu, wie die Kutsche davonfuhr. Ihr Onkel hatte der Gräfin zum Abschied noch einmal herzlich die Hand geküsst und ihr eine kleine Brosche mit einem gefassten Türkis geschenkt. Auring war nicht erschienen. Anscheinend hatte er sich schon beizeiten von der Gräfin verabschiedet.

Helene atmete erleichtert auf, als die Kutsche hinter den Bäumen verschwand und auch das Klappern der Hufe allmählich verklang.

Sie holte sich ein paar Bücher und ließ sich diesmal auf einer Uferbank im Schatten eines Ahorns nieder. In einem der Pflanzenbücher fand sie eine Passage über den Blauen Eisenhut, von dessen Giftigkeit ihr Alfred erzählt hatte. Die Beschreibung der Vergiftung, die eine Lähmung der Atmung verursachte, ließ sie tief durchatmen, nur um sich zu versichern, dass sie es noch konnte.

«Verzeiht, Komtesse!»

Helene wandte sich um und erkannte Auring, der sie, gegen den Stamm des Ahornbaums gelehnt, betrachtete. Seine Miene wirkte ungewöhnlich ernst.

«Ich weiß, Ihr möchtet hier die Ruhe genießen. Schenkt mir nur einen Augenblick!»

Helene verengte die Augen ein wenig. Vermutlich würde sie ihn schneller loswerden, wenn sie seiner Bitte entsprach.

Sie nickte unmerklich.

Auring nahm neben ihr auf der Bank Platz und verschränkte seine Finger über den Knien.

«Ich fürchte, ich muss um Entschuldigung bitten», meinte er ernst. «Ich habe Euch mit allzu offensiven Komplimenten verärgert, und das bereue ich. Lasst mich Euch versichern, dass dies nicht mein normales Gebaren ist. Ihr seid zu außergewöhnlich an Geist und Gestalt, als dass sich ein Mann in Eurer Nähe *nicht* wie ein Narr verhalten könnte.»

Helene musterte ihn abschätzend. Sie konnte sich nicht recht entscheiden, ob sie seine Gesellschaft verärgerte oder reizte. Jedenfalls konnte sie den reuigen Auring besser leiden als den eingebildeten.

«Meine Geschäfte führen mich oft auf Reisen», erklärte er und sah auf das Wasser hinaus. «Ich besitze ein Palais in Wien, ein Schlösschen in Triest am Meer und Ländereien in Tirol. Man sollte meinen, ich könnte mich glücklich schätzen, doch ich halte es kaum aus, die Leere, die Stille.»

«Fällt es Euch denn schwer, eine geeignete Frau zu finden?», fragte Helene zweifelnd. Wenn sie an die adeligen Männer auf dem Ball in Schönbrunn dachte, mit ihren schmächtigen Armen und den spitzen Bäuchen, dann mussten Auring die Frauenherzen doch regelrecht zufliegen.

Er schenkte ihr einen langen Blick aus seinen atterseefarbenen Augen. «Ich will ehrlich mit Euch sein.» Er berührte Helene flüchtig an der Hand. «So manch unglückliche Liebschaft pflastert meinen Weg. Der größte Feind des Herzens ist zwar der Verstand – aber er wäre mir oft ein besserer Ratgeber gewesen.» Er seufzte und senkte den Blick. «Amor, der größte Spitzbub unter den Göttern, scheint ein Faible für mein Herz zu haben. Aber die vielen Wunden, die mir seine Pfeile bereitet haben, ließen mich am Ende stärker zurück, reifer.»

Helene rutschte unsicher auf der Bank herum. Aurings Offenheit, das Eingeständnis seiner Verwundbarkeit, rührten etwas in ihr. Mit einem Mal war er ihr so nah. Sein oberster Hemdknopf war geöffnet und ließ sie ein Stück seiner breiten Brust erkennen.

«Vielleicht gehört es einfach zum Leben, verletzt zu werden», erwiderte sie vorsichtig und dachte an Alfreds Verlust, der noch immer wie ein riesiges Loch in ihrer Brust klaffte.

Er nahm Helenes Hand, und sie ließ es geschehen. «Ich sehe in Eurem Blick, dass auch Ihr den Schmerz kennt, den der Verlust einer großen Liebe reißt. Das macht uns zu verwandten Seelen, Helene. Ich würde mir wünschen, dass wir uns besser kennenlernen. Wir könnten heilsam füreinander sein.» Er drückte ihre Hand ein wenig.

Helene bekam eine Gänsehaut. Sie fühlte sich mit einem Mal so ... *verstanden*.

«Ich sehne mich danach, anzukommen, eine Familie zu gründen, mit einer Frau, durch deren Geist und Charme die Ehe nicht zu reiner Pflicht verkommt. Ich ... ich sehne mich nach jemandem, der so ist wie ...»

Er wandte sich Helene mit unsicherer Miene zu. Sie riss überrascht die Augen auf.

«I-ich darf es mit solch einem Bekenntnis nicht überstürzen, verzeiht. Außerdem verdient Ihr jemand Besseres als mich, wie könntet Ihr nicht ...»

«Graf Auring ...»

«Ich weiß, dass Ihr meine Gefühle heute nicht erwidern könnt. Aber wir haben Zeit. Vielleicht könntet Ihr es eines Tages über Euch bringen, mich zu mögen. Und sollte daraus mehr erwachsen, wäre es mir eine Ehre ...»

Helene schüttelte ungläubig den Kopf. Auring kannte sie doch gar nicht. Aber vielleicht, wenn man sich auf einer tiefen Ebene verstand, brauchte es das auch nicht.

«Leider reise ich morgen bereits ab. Erlaubt mir, Euch in den nächsten Wochen in Wien zu besuchen, falls es Eure Tante gestattet. Sie scheint mich nicht recht zu mögen, aber wenn sie sehen würde, wie ehrlich ich es meine ... Eure Gegenwart tut mir wohl, und vielleicht kann ich dasselbe für Euch tun. Lasst mich Euch zeigen, wer ich in Wahrheit bin.»

Er starrte Helene erwartungsvoll an. Sie spürte, wie sie vor Erregung zitterte. Was geschah hier? Wieso konnte dieser Mann sie plötzlich so aufwühlen, wo er sie davor im besten Fall verärgert hatte? Sollte sie ihm sagen, dass ihr Herz einem anderen gehörte? Aber was, wenn Alfred tot war? Auring hatte nicht gesagt, dass sie ihn gleich heiraten sollte, er bat sie nur, ihn *kennenzulernen*. Und wenn Alfred verschollen blieb, vielleicht würde sie Auring wirklich eines Tages zugetan sein. Vielleicht war sie es sogar jetzt schon ...

«Ich kann Euch nichts versprechen», flüsterte sie, während sie im Türkis seiner Augen versank.

Ein erleichtertes Lächeln erschien auf seinem Gesicht. «Ich werde Euch nicht enttäuschen», murmelte er, dann beugte er sich zu ihr hin, seine Hand strich über Helenes Wange, und bevor sie protestieren konnte, spürte sie seine Lippen auf ihren, warm und weich, von rauen Bartstoppeln umgeben.

Es dauerte nur einen süßen Moment lang. Helene fühlte einen Schauer ihren Körper hinunterrinnen. Gerade als sie dachte, sie würde seine Zungenspitze spüren, zog er sich zurück.

*Was für ein seltsamer Kuss. Unschuldig und sündig zugleich.*

Helene wartete vergeblich darauf, dass sich das Schlagen ihres Herzens beruhigte.

«Verzeiht, ich will nicht weiter in Euch dringen», meinte Auring. Er ließ Helenes Hand los und erhob sich. «Ich habe in den nächsten Tagen geschäftlich am Hof des Barons von Landstein zu tun, eine Verpflichtung, der ich nachkommen muss.» Ein Lächeln erschien auf seiner Miene. «Es wird schwierig für mich, auf unser nächstes Wiedersehen zu warten.»

Er verbeugte sich und marschierte davon. Helene blieb auf der Bank sitzend zurück, unschlüssig, ob sie sich schuldig fühlte oder aufgeregt war.

⁂

Am nächsten Morgen befahl Graf Khevenhüller Egon, Helene zur Messe ins nahe Dorf zu kutschieren. Er selbst kam nicht mit. Er interessierte sich nicht für das «weihrauchtriefende Gefasel», aber er hatte der Tante versprochen, dass er während Helenes Aufenthalt auf sittsames Verhalten achten würde. Deshalb hatte er Helene auch angewiesen, nicht ihr lockeres Sommerkleid anzuziehen, sondern eine taubenblaue Robe mit einem züchtigeren Dekolleté.

Sie waren kaum von der Insel heruntergerumpelt, als Egon seine beiden Haflinger anhalten ließ.

Helene betrachtete Egons Rücken verwirrt. «Alles in Ordnung?», fragte sie schließlich.

Egon blieb eine Weile reglos, dann wandte er sich zu Helene um. Seine Miene wirkte blasser als sonst. «Ihr müsst mir versprechen, dass das, was ich Euch zeigen werde, unter uns bleibt.»

Helene nickte langsam.

Egon wendete die Kutsche und trieb die beiden Haflinger zurück in Richtung Schloss.

«Was ist mit der Kirche?», fragte Helene.

«Ihr werdet es heute Abend leicht finden zu beten.»

Helene fühlte eine seltsame Nervosität in sich aufsteigen. Um was ging es hier? Sie hatte nicht den Eindruck, als wollte Egon ihr etwas Harmloses zeigen. «Und mein Onkel?»

«Ist nicht zu Hause. Er ist Wildpflanzen sammeln gegangen.»

Egon ließ die Pferde trotzdem im Schritt gehen, damit ihre Hufe weniger Lärm verursachten. Immer wieder sah er sich verstohlen um, auch während er Helene beim Aussteigen half.

«Egon, was hast du?» Helene fühlte sich mit einem Mal zum Flüstern genötigt.

«Ihr müsst selbst sehen. Folgt mir, bitte, es ist zwar nicht ungefährlich, aber ... aber Ihr müsst es sehen! Seid nur ganz leise.»

Er bedeutete Helene, ihm zu folgen, und betrat das Schloss. So leise wie möglich schlichen sie die Treppe hinauf. Helene begriff bald, wo Egon sie hinführte ... zu ihrem eigenen Zimmer.

Die bemalte Holztür war verschlossen, genau, wie sie sie zurückgelassen hatte. Egon deutete ihr zu lauschen.

Helene konzentrierte sich. Sie vernahm ein leises Schaben und dann ein tiefes Stöhnen … als ob jemand Schmerzen litte.

Egon nickte grimmig, als hätten sich seine Vermutungen bestätigt. Er winkte Helene noch näher heran, sodass sie den Pferdegeruch riechen konnte, der ihm anhaftete.

So leise wie möglich öffnete er die Tür einen Spalt weit und ließ sie hineinsehen.

Zuerst sah Helene den verzierten Holzrahmen ihres Betts und eine Ecke ihres Balkons. Dann erkannte sie das Blumenmuster ihres Sommerkleids. Jemand kauerte am Boden. In ihrem Kleid.

Helene drehte sich ein wenig, um mehr sehen zu können. Blondes Haar, zu einem Kranz geflochten. Rosenduft stieg ihr in die Nase. *Ingrid?* Aber warum trug Ingrid ihr Kleid und kroch damit auf dem Boden herum? Eine Welle von Ärger schwappte in Helene empor.

«So langsam lernst du es!», sagte eine Stimme anerkennend.

«Findet Ihr mich denn auch hübsch?»

«*Bezaubernd*. Und jetzt mach weiter!»

Jemand trat vor Ingrid hin – ein Mann. Die schwarzen Kniebundhosen waren heruntergelassen. Noch bevor sie sein lustverzerrtes Gesicht sah, wusste sie, wer es war.

Auring legte seine Hände auf Ingrids Blondhaar und zog ihren Kopf zu seinem Schoß. Sie hörte ein würgendes Geräusch aus Ingrids Kehle und spürte, wie sich in ihr selbst Übelkeit regte.

«Ah. Riechen tust du fast wie eine feine Dame», lachte Auring. «Aber behalt das Gesicht unten, damit ich mir vorstellen kann, du wärst die Echte.»

Ingrid senkte den Kopf.

Helene wich schlagartig von der Tür zurück. Ihre ganze Gestalt zitterte so stark, dass sie sich kaum auf den Beinen halten konnte.

Während Aurings Stöhnen durch den offenen Türspalt drang, fasste Egon sie an den Schultern und schob sie zur Treppe. Es war, als würden seine riesigen Hände das Beben ihres Körpers ein wenig mildern.

So rasch und leise, wie sie gekommen waren, verfrachtete er Helene zurück in die Kutsche und fuhr mit ihr davon. Erst als sie ein stilles Waldstück erreicht hatten, wo niemand sie sehen konnte, hielt er an und wandte sich mit ernster Miene zu ihr um.

«Du wusstest davon», flüsterte sie. Sie war immer noch nicht sicher, ob sie sich nicht übergeben musste.

Egon nickte, nur um dann den Kopf zu schütteln. «Nicht genau *davon*. Aber der Auring macht meistens seinen Zug, wenn mein Herr außer Haus ist.»

Eine Weile war er still und starrte in den Tannenwald vor ihm. «Ich hätt nichts gesagt, wenn er Euch nicht so nachgestiegen wär. Ihr seid zu ehrlich und, verzeiht, zu unschuldig, um zu erkennen, wie man mit Euch spielt, genau wie mein Herr.»

«Dank dir weiß ich's jetzt», murmelte Helene, aber Egon schüttelte erneut den Kopf.

«Ihr wisst gar nichts. Immer wenn er zu Besuch kommt, sucht er sich eine oder gleich ein paar. Und manchen von ihnen geht es danach irgendwann schlecht.»

«Du meinst, er schwängert sie?», fragte Helene rundheraus.

«Wenn's nur das wäre», hauchte Egon. Der Blick seiner dunklen Augen bohrte sich in Helenes. «Er hängt ihnen die

Franzosenkrankheit an. Eine von ihnen sieht mittlerweile Geister, ihre Glieder sind steif, und das Mädel weiß nicht mehr, wie es heißt. Sie fahren sie nächste Woche nach *Wien*.»

Nach Wien. Helene konnte sich vorstellen, wohin genau.

«Und Eure Tante», fuhr er gepresst fort, als müsste er sich zwingen, jedes Wort zu sagen. «Die hat so getan, als würde sie den Auring gar nicht kennen, als würde sie ihn gar nicht sonderlich mögen, dabei habe ich sie gemeinsam gesehen, von unten durch ihre Balkontür. S' hat ausgesehen, als würden sie sich *sehr gut* kennen.»

*Und ich habe zugelassen, dass er mich küsst.*

Eine Träne rann über ihre Wange. Die Tante hatte das alles geplant. Aus welchen Gründen auch immer, es musste ihr nutzten, wenn sie Auring heiratete. Dabei musste sie wissen, was für eine Art Mann er war.

Alles hier, die Sommerfrische, Aurings Besuch, seine ach so ehrliche Verletzlichkeit, nachdem er mit seinen schmierigen Komplementen nicht bei ihr gelandet war, das alles war nur eine Scharade, damit Helene ja sagte. Wahrscheinlich hatte ihm die Tante sogar erzählt, dass sie noch unter Alfreds Verlust litt.

«Es tut mir leid, dass ich Euch in Gefahr gebracht habe, als ich Euch das zeigte», meinte Egon. «Aber ich bin nur ein Knecht. Vielleicht hättet Ihr mir nicht geglaubt, wenn ich's erzählt hätte.»

«Ich danke dir, Egon», meinte Helene aufrichtig. «Ich weiß, wie schwer das für dich ist. Dass du dich so um mich gesorgt hast, vergesse ich dir nie.»

Zum ersten Mal heute erschien ein Lächeln in Egons bärtigem Gesicht. «Warten wir noch ein bisschen, bis die Kirche vorbei ist», murmelte er.

Helene ließ sich auf die Kutschenbank zurücksinken und versuchte, ihre Gedanken zu ordnen.

*Jedes Mal, wenn ich denke, ich bestimme das Spiel, stellt sich heraus, dass ich von anderen über das Brett geschoben worden bin.*

Wenn die Tante diese Verbindung so dringend wollte, dann würde sie sie am Ende zwingen, Auring zu heiraten – es sei denn, ihre nächsten Züge änderten das Spiel, und zwar so, dass die Tante selbst die Verbindung nicht mehr für lohnend hielt.

Zunächst einmal musste Helene sich zusammenreißen. Sie würde die Rolle des verliebten Mädchens spielen und ihn heute verabschieden. Gleich morgen würde sie selbst zurück nach Wien reisen. Der Tante konnte sie erzählen, dass sie sich ohne Auring gelangweilt habe, und dann – wenn es für sie irgendwo, irgendwann noch eine Chance auf ein selbstbestimmtes Leben geben sollte –, dann musste sie Auring zerstören. Helene spürte, wie sich ihre Gesichtszüge verhärteten, als bestünden sie aus Stein, während Egon langsam die Kutsche wendete und zurück Richtung Schloss Kammer fuhr.

*Das ist es. Das ist es, was ich werden muss – hart wie Stein.*

Sie atmete tief durch. Und sie musste dieses Sommerkleid verbrennen, das vielleicht vor allem anderen.

## 24. Kapitel

Als Alfred erwachte, hatte er das Gefühl, in einem wirren Albtraum gefangen zu sein. Ein Mann hockte neben seinem Lager. Er war ihm wie aus dem Gesicht geschnitten, als hätte man neben seiner schlafenden Gestalt einen Spiegel angebracht. Sein Doppelgänger war in einen grünen Janker gekleidet und musterte ihn mit kühlem Interesse. Aber nein, er war kein Spiegelbild, eher ein Zerrbild. Sein Gesicht war ein wenig schmäler als sein eigenes, seine Augen grün statt braun, seine Haut dafür von einem warmen Goldton.

«Steh auf», sagte der Doppelgänger. Seine Stimme klang wie zwei aneinanderreibende Steine, definitiv nicht wie Alfreds volltönende Stimme.

Er wälzte sich zur Seite. Die Stichwunde auf seinem Handrücken war einbandagiert. Er versuchte, die Finger zu bewegen, und verzog den Mund, als es schmerzte.

«Lass das», zischte sein Doppelgänger. «Es heilt am besten, wenn man es in Ruhe lässt.»

Alfred stemmte sich auf die Ellenbogen. Beinahe fiel er stöhnend wieder zurück. Seine Glieder taten so weh. Seine Muskeln schienen jetzt den Tribut für seine Flucht zu fordern.

«Mach! Beweg dich! Vom Liegen wird das auch nicht besser.»

«Wer bist du?», krächzte Alfred.

«Dein Ausbilder», erklärte der Doppelgänger. «Ich heiß Piruwetz.»

«Verzeiht, was ist Euer Rang?», fragte Alfred mit einem Mal alarmiert. Er hatte schon am ersten Tag des Marsches feststellen müssen, wie viel Ärger man sich einhandelte, wenn man Ranghöhere nicht korrekt ansprach.

«Wen kümmert das?», fragte Piruwetz. «Du machst einfach, was ich sage!»

Alfred nickte und versuchte, sich ein Stück weiter aufzurichten.

«Dort liegt dein Gewand, hier ist was zu essen!» Piruwetz wies auf eine Eisenschüssel mit einer Brotkruste, Speck und drei gekochten Eiern. «Ich geb dir eine halbe Stunde, dann treffen wir uns draußen!» Sein Doppelgänger schlug die Zeltplane zurück, sodass für einen Moment Vogelzwitschern und das Grün des Walds zu ihm hereindrangen.

Alfred rieb sich die Stirn. Seine Haut roch scharf nach Arnikasalbe, die er während des Studiums selbst einmal hergestellt hatte. Er versuchte wieder, Arme und Beine zu bewegen, und stellte erleichtert fest, dass es wohl nur ein heftiger Muskelkater war, der alles so weh tun ließ. Selbst sein Kiefer war nicht mehr allzu heftig geschwollen und schmerzte nur, wenn er draufdrückte. Bis auf die Stichwunde schien er keine schlimmeren Verletzungen zu haben. Ein kleines Wunder, wenn man an all die Strapazen der letzten Tage dachte. Der Speck roch verführerisch. Er machte sich gierig über die Speisen her.

*Diese seltsamen Soldaten haben mir die Haut gerettet.*

Alfred schüttelte den Kopf, während er am letzten Bissen der Brotkruste herumkaute. Jägerstedt würde es nicht darauf beruhen lassen, aber hier hatte er anscheinend nichts zu melden.

Anschließend kleidete Alfred sich an: dunkle Lederhose, Wollstutzen, genagelte Schuhe, ein Leinenhemd, ein Ledergilet und ein grüner Rock mit Hirschhornknöpfen. Belustigt betrachtete er den schwarzen Hut, an dem die schillernden Federn eines Birkhahns angebracht waren – und setzte ihn auf. Dann waren da noch ein langes Messer, das er an seinem Gürtel anbrachte, und ein Jagdhorn. Alfred hob eine Augenbraue und blies probehalber hinein. Das Geräusch, das am anderen Ende herauskam, erinnerte an eine furzende Kuh.

Er musste blinzeln, sobald er ans Tageslicht trat. Rauch stieg ihm in die Nase. Viele Soldaten in ähnlichen Uniformen wie der seinen bevölkerten das Lager. Andere wiederum trugen dunklere Röcke. Die meisten von diesen hatten einen südländischen Teint.

Piruwetz saß auf einem Baumstumpf mit je einem Gewehr in der Hand und erwartete Alfred. Als er nah genug war, warf er ihm das Gewehr zu. Alfred fing es auf, obwohl ihn dessen Gewicht fast aus dem Tritt brachte.

«Schon mal mit einem Jägerstutzen gefeuert?», fragte Piruwetz. Alfred schüttelte den Kopf und verschwieg lieber, dass er noch nie erfolgreich einen Schuss abgefeuert hatte.

Piruwetz stöhnte. «Was hat sich der Alte da nur wieder gedacht», brummte er. «Dann komm!»

Sie gingen an einem Zaun vorbei, an dem ein vollbepackter Haflinger angebunden war. Piruwetz löste den Strick und drückte ihn Alfred in die Hand.

«Er heißt Arno, er trägt alles, was wir für deine Ausbildung brauchen, also sei gefälligst freundlich zu ihm.»

Das Pferd schüttelte sich und begann, seinen Kopf an Alfreds Rücken zu reiben.

Alfred versuchte, sein Unbehagen nicht zu zeigen. Seit sein Vater von einem Pferd niedergeritten worden war, beschlich ihn in ihrer Nähe immer die Angst, sie könnten etwas Unberechenbares und Gefährliches tun. Wie auf der Donaubrücke, als das Pferd seinen Kameraden in den Tod gerissen hatte.

Er folgte Piruwetz und ließ den Strick möglichst lang. Sie durchquerten das Lager und stiegen etwa eine Stunde bergauf. Alfred war überrascht, wie trittsicher das Pferd war, trittsicherer als er selbst. Während er zweimal stolperte, schien Arno keine Probleme zu haben und trottete bereitwillig selbst die steilsten Hänge hinauf, als täte er es zum Vergnügen.

«In was für einer Art Truppe dienen wir? Ich habe noch nie von solchen Soldaten gehört.»

Piruwetz schnaubte verächtlich, aber dann begann er im sachlichen Ton zu erzählen. «Das Kämpfen in der Linie funktioniert nur in offenem Gelände. Gerade hier, im Wald, in den Bergen, braucht's andere Truppen. Wir bewegen uns in lockerer Formation, wir sind Schützen, die in jeder Witterung überleben und selbst entscheiden können müssen, was sie als Nächstes tun. Wir bilden oft die Vorhut der Hauptstreitkraft, manchmal auch die Flügel. Wir müssen so nah an den Feind heranschleichen, dass wir das Weiße in seinen Augen sehen können, und so schnell verschwinden, dass niemand uns folgen kann. Wir greifen dort an, wo sie es nicht erwarten, und sind fort, bevor sie ihre Formation angepasst haben.»

Alfred nickte. Er verstand nichts vom Kriegshandwerk, aber die starre Formation der Linie hatte wohl tatsächlich in vielen Situationen Nachteile.

*Anscheinend habe ich mich vom ruhenden zu einem beweglichen Ziel gemausert, immerhin.*

«Ihr scheint ein bunter Haufen zu sein», bemerkte Alfred.

«Die Hütten gehören den kroatischen Grenzern, die hier ständig stationiert sind», erklärte Piruwetz. «Harte Kerle, von denen kann jeder sich was abschauen. Aber den Türken gegenüber waren sie hoffnungslos in der Unterzahl. Deshalb werden die Grenzer von Jägertrupps aus Tirol unterstützt. Der Feldmarschall Lacy rechnet mit einer großen Schlacht.»

Deshalb also dieser wochenlange Gewaltmarsch ...

«Wie wird man *Jäger?*», fragte Alfred.

Piruwetz wandte sich zu ihm um und bedachte ihn mit einem verächtlichen Blick. Mittlerweile hatte sich Alfred ein wenig an ihre Ähnlichkeit gewöhnt und zuckte nicht mehr jedes Mal zusammen, wenn er ihm ins Gesicht sah.

«Gar nicht», erwiderte er. «Man ist's oder nicht.»

Alfred wollte gerade weiterfragen, als Piruwetz fortfuhr: «Wir sind Forstleute, Waldarbeiter und Jäger, die ihren Landherren verpflichtet sind. Jeder von uns kann schießen, sich im Gelände zurechtfinden und sich lautlos bewegen, ganz ohne Krieg.» Er bedachte Alfred mit einem langen Blick. «Deshalb wirst du nie einer von uns sein.»

Er wandte sich ab und stapfte weiter den Hang hinauf. Alfred blieb verdattert stehen – erst als Arno munter an ihm vorbeitrottete, hastete auch er hinterher.

Auf einem offenen Plateau angekommen, hängte Piruwetz drei Zielscheiben an den Bäumen auf, eine in etwa fünfzig, eine in hundert und eine letzte in dreihundert Schritt Entfernung, die schon jenseits der Lichtung tiefer im Wald hing.

Er lief lockeren Schritts zu Alfred zurück. «Du hast zwei Tage», erklärte er und wies auf die Ziele. «Am Ende vom zweiten Tag musst du sie alle treffen können. Ein Jäger muss auf dreihundert Schritt zielen können. Schaffst du das nicht, ist es egal, wie gut du hörst oder wie schlau du sein magst. Dann schicken wir dich wieder zurück!»

«Ich dachte, unsere Gewehre erlauben kein genaues Zielen», warf Alfred ein, dem die Vorstellung, zurück zu Jägerstedt zu müssen, kalte Schauer über den Rücken jagte.

Ein spöttisches Lächeln umspielte Piruwetz' Lippen. «Der Schrott, mit dem man in der Linie schießt, vielleicht.»

Er nahm eine Papierpatrone zur Hand, schüttete Pulver in die Pfanne, den Rest in seinen Lauf. Dann stopfte er die Kugel mit der Papierhülle ebenfalls hinein. Alfred beobachtete, dass die Patrone nicht so leicht hineinrutschte wie bei den Infanteriegewehren. Piruwetz musste einen schlanken Metallstab zu Hilfe nehmen, um sie nach unten zu befördern. Alfred runzelte die Stirn. Wenn es so lange dauerte, diese Jägerstutzen zu laden, dann waren sie kaum weniger Schrott als die Infanteriegewehre. Piruwetz legte mit einer eleganten Bewegung an, spannte den Hahn, und ein ohrenbetäubender Knall ließ Alfred zusammenfahren. Die etwa oberkörpergroße Scheibe, die Piruwetz in dreihundert Schritt Entfernung angebracht hatte, zerbarst in tausend Splitter.

Arno hob den Kopf, spitzte die Ohren und begann dann wieder, die Blätter eines Buschs abzufressen.

Alfred sog überrascht die Luft ein.

*Man kann weniger oft schießen, dafür besser treffen. Bestimmt schickt man diese Jäger aus, wenn man etwas ganz Bestimmtes treffen will – oder jemanden.*

«Jetzt du», meinte Piruwetz mit einem auffordernden Nicken. «Ich weiß nicht, ob es sich überhaupt auszahlt, mir das zu merken, aber … wie heißt du?»

«Alfred Wagener!» Obwohl Piruwetz' Frage alles andere als freundlich geklungen hatte ... seinen Namen auszusprechen, einfach wie er war, ganz ohne Rang, ließ ihn sich ein wenig stärker fühlen.

So zuversichtlich Alfred war, so schockiert schien Piruwetz über seine mangelnde Schießerfahrung, als er sah, dass Alfred nicht einmal den grundsätzlichen Umgang mit dem Gewehr beherrschte.

«Was für eine Art Soldat bist du überhaupt?», fuhr er ihn ungeduldig an, wartete Alfreds Antwort jedoch nicht ab, sondern erklärte ihm in kurzen Worten die Funktion eines Steinschlossgewehres, wie man es richtig lud, wie man anlegte und zielte.

«Du musst den Kolben fester gegen deine Schulter drücken, damit es stabil ist.» Piruwetz rüttelte leicht am Gewehr, das Alfred hielt, um zu zeigen, wie leicht es in Alfreds Griff hin und her schlenkerte. «Es darf sich beim Feuern kaum bewegen, sonst ist dein ganzes Zielen für die Katz.»

Er zog Alfred mit groben Handgriffen in die richtige Position und besah sich dann das Ergebnis. «So. Und jetzt, Feuer!»

Alfred schoss. Der Rückstoß war so heftig, dass es den Lauf ein wenig nach oben riss. Die Fünfzig-Schritt-Scheibe, die Alfred anvisiert hatte, baumelte unversehrt an ihrem Ast.

Piruwetz presste die Lippen zusammen. «Noch mal», zischte er. «Noch ganz oft, fürchte ich», fügte er resigniert hinzu.

Erst beim zehnten Versuch gelang es Alfred, den Rand der Scheibe zu treffen, und selbst da hatte er das Gefühl, dass es mehr Glück als alles andere gewesen war. Er bekam zwar langsam eine gewisse Routine darin, die Ladung in den Lauf zu stopfen und anzulegen, aber was das Zielen anbelangte … Es schien wie verhext, egal wie genau er die Scheibe anvisierte, er lag daneben. Vielleicht war es der Wind, oder er verzog beim Schießen immer noch unmerklich den Lauf. Keine Ahnung, so funktionierte es jedenfalls nicht.

«Du bist der mieseste Schütze, den ich je gesehen habe», meinte Piruwetz kopfschüttelnd. «Ich kann nicht einmal erkennen, was du falsch machst. Du hast keine Schussangst, du zitterst nicht, aber jeder Schuss geht irgendwohin.»

«Ich bleib hier draußen, bis es besser geht», erwiderte Alfred entschieden.

Piruwetz musterte ihn abschätzend. «Hab gar nicht gewusst, dass es so schlimm bei euch in der Linie ist. Immerhin kann's euch nur in der Schlacht erwischen, unsereiner kann jeden Tag dran glauben, wenn er einem Späher begegnet.»

«Ich geh nicht zurück», erklärte Alfred. «Sag mir, was ich besser machen kann, ich tu's. Aber ich gehe nicht zurück!»

Piruwetz kniff die Augen zusammen.

Hatte er mit dem Major gesprochen? Wusste er, dass man ihn gejagt und fast getötet hatte?

«Versuchen kannst du es ja», erwiderte Piruwetz schließlich schulterzuckend. «Ich seh keinen Sinn darin, aber bitte … Stell dich wieder hin, nein, nicht so, stabile Schrittstellung!»

Nach weiteren zehn Schuss hatte Alfred immerhin dreimal die ihm am nächsten befindliche Scheibe getroffen, aber obwohl er immer schneller beim Laden des Jägerstutzens wurde, konnte er nicht sagen, warum er manchmal traf und manchmal eben nicht.

«Die Sonne geht unter», bemerkte Piruwetz schließlich nach unzähligen Versuchen. «Wir müssen ins Lager, hier ist es nachts nicht sicher.»

Alfred hätte das Gewehr am liebsten auf den Boden geschleudert. Was war bloß das Problem mit ihm und Schusswaffen, dass ihm einfach gar nichts zu gelingen schien? «Einen Schuss noch», bat er Piruwetz und begann, das Gewehr mit grimmiger Entschlossenheit zu laden.

Der beobachtete ihn nur kopfschüttelnd, sagte aber nichts.

Wenn er bis morgen Abend die Dreihundert-Schritt-Scheibe treffen musste, dann konnte er sich nicht ewig mit fünfzig Schritt begnügen. Alfred senkte den Lauf und zielte auf die Hundert-Schritt-Scheibe.

«Ausatmen», murmelte Piruwetz.

Alfred gehorchte und sah, wie sich Kimme und Korn über der Scheibe einpendelten. Er legte den Zeigefinger auf den Abzug und suchte den Druckpunkt.

«Warte», meinte Piruwetz alarmiert. «Du kneifst ja!»

«Wie bitte?»

«Dein linkes Auge. Du kneifst es zu! Mach es auf, ziel mit beiden Augen, du kämpfst ja auch nicht nur mit einem Arm.»

Alfred ließ das Gewehr ein wenig sinken. «Wie wenn man durch ein Mikroskop schaut», murmelte er.

«Ein was?»

«Nichts», erwiderte Alfred und legte wieder an. Zuerst zielte er nur mit dem rechten Auge, wie er es gewohnt war, dann zwang er sich, auch das linke zu öffnen. Sofort verschob sich die Zielscheibe in seinem Blickfeld ein wenig. Alfred korrigierte und feuerte. Ein Halbkreis splitterte aus der mittleren Scheibe. Er hatte sie nicht voll getroffen, aber immerhin den oberen Rand gestreift.

Zum ersten Mal nickte Piruwetz anerkennend. «Nicht schlecht – für ein zehnjähriges Mädchen. Komm jetzt, für heute ist's genug.»

Alfred fühlte einen Funken Zufriedenheit in sich aufsteigen, zumindest hatte er jetzt etwas, das ihm für morgen Hoffnung gab. Er band Arno los und folgte Piruwetz zurück ins Lager.

Dort trotteten sie am Major vorbei, der gerade an einem Feuer saß und ein gebratenes Huhn am Spieß verspeiste. Als er Piruwetz sah, winkte er fröhlich. «Heil! Was hasch'n dem neuen Flügel beibracht?»

«Zu wenig», knurrte Piruwetz, ohne dass er salutierte oder den Major mit seinem Rang ansprach. «Er kann den Pankratz nicht ersetzen.»

Er riss Alfred den Strick aus der Hand. «Morgen, Sonnenaufgang», zischte er und ließ Alfred vor seinem Zelt stehen.

Alfred salutierte dem Major sicherheitshalber zu, aber der biss gerade herzhaft in die Brust seines Brathuhns und schenkte ihm keine Beachtung mehr. Plötzlich erklang ein Hornstoß, und aus einer der Hütten wurden drei dampfende Kessel nach draußen getragen. Der Geruch nach Gulaschsuppe stieg Alfred in die Nase, als er grün gekleidete Jäger und ein paar schwarz bemantelte Grenzer an ihm vorbeitraben sah.

Er holte den leeren Blechnapf von heute Morgen aus dem Zelt und reihte sich in die Schlange vor der Essensausgabe ein. Niemand sprach mit ihm, aber der Umgang zwischen den Soldaten in diesem Lager wirkte wesentlich ungezwungener als der im Hauptlager. Wenn Piruwetz die Wahrheit gesagt hatte, riskierten diese Soldaten ihr Leben sogar öfter als die Infanteristen und Kavalleristen. Wieso wirkten sie so gelöst?

Vielleicht war es der feine Unterschied, sich einem Löwen mit erhobenem Haupt zum Kampf zu stellen oder ihm zum Fraß vorgeworfen zu werden. Sie mochten genauso im Krieg fallen wie alle anderen. Aber sie hatten mehr Einfluss auf das Wie. Auf den ersten Blick mochte der Unterschied klein sein, auf den zweiten bedeutete er die Welt.

Nachdem er seine Portion Eintopf – mit ganzen Rindfleischstückchen – ausgelöffelt hatte, suchte er nach dem Wundarzt, der ihm im Schlaf die Hand versorgt hatte. Die Wunde schmerzte durch die Belastung beim Schießen wieder etwas mehr, und die Bandage musste gewechselt werden. Er fragte sich durch und geriet an einen bärtigen Grenzer, der kein Wort Deutsch sprach, aber Alfred schon beim Betreten seiner Holzhütte zunickte, als würde er ihn wiedererkennen. Sofort löste er die Bandage. Die Wunde sah überraschend gut aus. Sie war bereits verkrustet und schien nicht zu eitern. Der Grenzer tupfte sie mit Branntwein ab und schmierte dann eine übelriechende Wundsalbe darauf.

Alfred beobachtete jeden Schritt genau. Der Grenzer machte alles so, wie Alfred es selbst auch getan hätte – zumindest mit den Mitteln, die man hier draußen eben hatte. Am Ende bat er ihn mit Handzeichen noch um etwas Talg, um seine Füße einzureiben, was ihm der Kroate mit einem Grinsen gab. Alfred plante mit seinem neuen Paar Schuhe nicht das gleiche Martyrium durchzumachen wie zu Beginn seines Gewaltmarsches.

Es hatte bereits zu dämmern begonnen, als er die Hütte des Grenzers verließ. Ein paar Soldaten hatten sich um Lagerfeuer versammelt und rauchten Pfeife, wieder andere unterhielten sich leise miteinander. Alfred hielt nach Piruwetz Ausschau. Nicht, dass der Jäger sonderlich freundlich gewesen wäre, aber immerhin hatte er ihm etwas beigebracht.

Es begann zu regnen. Die Jäger und Grenzer schien das jedoch nicht sonderlich zu stören, sie zogen ihre Mäntel enger und unterhielten sich einfach weiter. Also blieb auch Alfred draußen.

Er fand Piruwetz allein vor einem rauchenden Lagerfeuer sitzen, das gerade im Regen verlosch. Arno war hinter ihm an einen Pflock gebunden und rieb sich den Kopf an einem Fichtenstamm. Alfred wollte sich gerade zu ihm setzen, als er sah, dass Piruwetz etwas in der Hand hielt, einen Brief.

Seine Augen waren zusammengekniffen, als wollte er das Papier mit seinem Blick durchbohren. Er faltete den Brief wieder zusammen und schlug mit der Faust verzweifelt auf den Waldboden.

Was auch immer in diesem Brief stand, es war sicher nichts Gutes. Alfred ließ ihn besser allein. Er zog sich unbemerkt zurück und verschwand in seinem Zelt. Hier drinnen war es noch relativ trocken. Plötzlich erinnerte er sich an das blutige Kleidungsstück, dass er gesehen hatte, als der Major ihn halb tot vor Erschöpfung hier reingebracht hatte.

War der Mann, der hier geschlafen hatte, sein Vorgänger gewesen? Pankratz? Der Mann, von dem Piruwetz meinte, dass er ihn nie ersetzen würde können?

Vielleicht würde in ein paar Tagen schon ein neuer Mann in dieses Zelt einziehen, irgendeine letzte Spur von Alfred finden und sich fragen, was aus ihm geworden war.

*Morgen muss ich treffen – und das Ziel ist dreimal weiter entfernt als das, das ich bei meinem besten Schuss gestreift habe.*

Der Gedanke hätte ihn bestimmt wach gehalten, wäre er nicht so erschöpft gewesen. Als er die Augen schloss, tauchte Helenes Gesicht vor seinem Inneren auf.

*Was würdest du sagen, wenn du mich so sehen könntest? Wahrscheinlich würdest du mich aufmuntern und behaupten, dass die Aufgabe gar nicht so schwierig ist. Aber du kannst ja auch schießen, dich hat man als Kind schon zur Jagd mitgenommen. Ich wurde höchstens gejagt ...*

❧

Ein Hornstoß riss Alfred aus dem Tiefschlaf. Er wälzte sich zur Seite und spähte aus seinem Zelt. Dämmriges Licht begann, den Wald zu erhellen, die Sonne würde gleich aufgehen. Es gelang Alfred gerade noch, einen Napf der Brotsuppe zu schlürfen, die ausgegeben wurde, als Piruwetz schon mit seinem Haflinger auftauchte.

«Na dann», meinte er schlicht und stieg mit Alfred zu ihrem Schießplatz hinauf. Zumindest waren sie früh losmarschiert, das bedeutete, dass er den Tag voll nutzen konnte.

«Ich sollte dich wohl warnen, Schlaukopf», meinte Piruwetz, nachdem er die Ziele wieder angebracht hatte. «Normalerweise braucht es Monate, um auf diese Distanz zu treffen, erwarte dir nicht zu viel.»

«Warum verlangt ihr es dann von mir, wenn es nicht schaffbar ist?», brummte Alfred.

«Weil du dein Gewehr beherrschen musst, sonst bringst du uns alle in Gefahr!», erwiderte Piruwetz ungerührt.

«Ich kann vielleicht andere Dinge, die für euch wertvoll sind. In Wien war ich Medizinstudent.»

Piruwetz maß ihn mit einem langen Blick. «Was hast du dann bei den Fußsoldaten verloren?»

Alfred biss sich auf die Lippen, aber beschloss dann, dass es egal war, was er jetzt sagte. Ob er bei den Jägern bleiben konnte oder nicht, würde nur davon abhängen, ob er eine Holzscheibe traf, nicht von diesem Gespräch.

«Hab die falsche Frau geliebt – nein, nicht die falsche, aber vom falschen Stand –, und plötzlich war ich einigen Herrschaften im Weg.»

Piruwetz starrte ihn schweigend an. Alfred hatte keine Ahnung, was er von seinen Worten hielt. «Was ist?», meinte der Jäger schließlich. «Willst du weiter in der Gegend rumstehen oder dein Gewehr laden?»

Es lief besser als tags zuvor – das war das Positive –, aber das machte ihn noch lange nicht zu einem Meisterschützen.

Durch Piruwetz' Ratschlag, beide Augen offen zu halten, gelang es ihm, die Hundert-Schritt-Scheibe zwar nicht bei jedem Schuss, aber immerhin manchmal zu treffen. Aber die Dreihundert-Schritt-Scheibe ... Sie schien ihm auf die Entfernung winzig. Es gelang ihm kaum, sie anzuvisieren. Den Lauf mit seiner verletzten Linken ruhig zu halten, war ohnedies schon schwierig, und über die Entfernung hatte schon das kleinste Zittern einen Fehlschuss zur Folge.

«Es muss doch noch irgendwas geben, was ich anders machen kann», meinte Alfred frustriert, nachdem er am Vormittag keine Fortschritte mehr gemacht hatte.

«Nichts», erwiderte Piruwetz schlicht. «Komm, Arno hat Brot und Käse in seinen Satteltaschen, du brauchst eine Pause.»

Alfred schüttelte vehement den Kopf und begann mit grimmiger Entschlossenheit, sein Gewehr zu laden, obwohl seine Arme schon vom ständigen Heben des Jägerstutzens schmerzten.

Piruwetz beobachtete ihn kopfschüttelnd, sagte aber nichts.

In jeden Schuss legte Alfred die Wut auf das, was man ihm angetan hatte. Den Verweis von der Universität durch den arroganten Quarin, seine Verschleppung durch die Gräfin, Jägerstedts Quälereien.

Jedes einzelne Mal explodierte die Rinde eines Baums in der Umgebung der Scheibe, aber nie kam er ihr wirklich nahe. Alfred geriet in einen seltsamen Rausch, er lud das Gewehr immer schneller; am liebsten hätte er sein Herz auf die widerspenstige Scheibe abgefeuert, um sie zum Bersten zu bringen.

Er versuchte, sich vorzustellen, es wäre keine Holzscheibe, sondern einer seiner Peiniger. Und doch verfehlte er mit jedem Schuss ihre grinsenden Gesichter.

«Es reicht», erklärte Piruwetz schließlich und legte seine Hand auf den Lauf des Gewehrs, das Alfred kaum noch heben konnte.

Trotzdem versuchte er, Piruwetz' Hand abzuschütteln. «Die Sonne ist noch nicht untergegangen.»

«Ich hab gesagt, es reicht», meinte Piruwetz schneidend und machte klar, dass er keinen Widerspruch dulden würde.

Alfred gab auf. Erschöpft ließ er sich auf den Waldboden fallen und lehnte seinen Kopf gegen den Stamm einer Buche.

Auf der anderen Seite der Lichtung sah er die Zielscheiben baumeln.

Vorbei. Er hatte eine Chance erhalten und sie nicht genutzt. Er konnte Jägerstedts triumphierende Miene schon vor sich sehen, wenn er morgen zu seinem alten Regiment zurückkehrte.

*Bevor das passiert, mach ich mich aus dem Staub! Sollen sie mich abknallen. Lieber ein schnelles Ende als was auch immer Jägerstedt tut, wenn er mich in die Finger bekommt.*

«Du warst nicht schlecht, für einen Anfänger», meinte Piruwetz freundlicher als zuvor. «Auf so eine Entfernung zu zielen, braucht viel Übung.»

«Meine Waffe ist noch geladen», bemerkte Alfred resigniert. Als ob dieser eine Schuss den Unterschied gemacht hätte.

«Ich weiß», erwiderte Piruwetz und setzte sich neben Alfred auf den Waldboden. «Ich lasse ihn dich noch abfeuern, aber hör mir erst zu: Du wirst im Krieg sterben!»

Alfred wandte sich ihm zu. «Ich weiß!»

«Ich bin noch nicht fertig», zischte Piruwetz entnervt. «Du wirst im Krieg sterben, weil du dich nicht auf das einlässt, was du gerade tust. Ich sehe es bei jedem Schuss. Du bist woanders, bei den Dingen, die dir zugestoßen sind, bei den Menschen, die du hasst, oder auch bei denen, die du liebst. Du wolltest wissen, was du noch falsch machst? Das!» Er tippte Alfred gegen seinen Hut. «Die ganze Zeit grübelst du über irgendwas nach, wenn du dich nur darauf konzentrieren sollst zu treffen. Das gilt für hier, das gilt für die Linie. Es gibt keinen Krieg, in dem *jeder* Soldat fällt. Wieso sollst *du* nicht einer von denen sein, der überlebt?»

Alfred schnaubte.

*Weil mich nicht nur der Feind umbringen will.*

«Wenn ich dich morgen zurückbring, werd ich versuchen, dich einer anderen Kompanie zuteilen zu lassen. Die Linie ist lang, du musst nicht mit denen kämpfen, die ...»

«Die mich durch den Wald gejagt haben?», half Alfred ihm aus.

Piruwetz klopfte ihm auf die Schulter, dann marschierte er zu Arno hinüber und gab dem Pferd etwas Wasser.

Alfred wusste nicht, was er von Piruwetz' Ratschlag halten sollte. Vielleicht hatte er recht, vielleicht auch nicht. Alfred war im Moment viel zu enttäuscht, um darüber nachzudenken.

Ein leises Knacken erscholl in einiger Entfernung im Unterholz. Alfred spitzte die Ohren. Das Wild hier draußen hatte wenig Scheu vor Menschen, anscheinend so wenig, dass es, kaum dass der letzte Schuss gefallen war, wieder nahe an sie herankam.

Das Geräusch wiederholte sich. Ein Tappen, nein, mehrere, so leise, dass man es kaum wahrnehmen konnte.

Alfred erhob sich und nahm sein Gewehr.

«Piruwetz», zischte er. «He ...»

Piruwetz hob den Kopf und wandte sich ihm zu.

«Da kommt was durchs Gebüsch», flüsterte Alfred.

Piruwetz schüttelte den Kopf. Anscheinend konnte er das Tappen nicht hören. Zugegeben, es war leise, so leise wie damals, als ...

Ein heller Vogelruf durchschnitt die Luft. Alfreds Blick zuckte nach links, wo er einen schwarz-weißen Vogel davonflattern sah.

Mit einem Mal wich ihm das Blut aus dem Gesicht. Sie näherten sich von allen Seiten, und sie wurden schnell lauter, als würden sie rennen. Und dann hörte Alfred ein metallisches Klicken.

*Pass auf!*» Mit ein paar Schritten war er bei Piruwetz und riss ihn zu Boden – gerade als ein ohrenbetäubender Knall erscholl.

«Türken!», zischte Piruwetz, rollte sich unter Alfreds Arm heraus und sprang auf, gerade als mehrere Gestalten von links auf die Lichtung hinausstürmten.

Alfred rappelte sich auf und sah sich verzweifelt um. Sein Gewehr, er hatte es fallen lassen ...

Ein weiterer Knall erscholl, und Alfred spürte den scharfen Luftzug des Geschosses vor seinem Gesicht.

Sie waren in einen Hinterhalt geraten. Ihre Schießübungen hatten sie zu einem Ziel gemacht, an das man sich leicht heranpirschen konnte.

Und dann erstarrte Alfred, als er ihre Angreifer wirklich wahrnahm. Piruwetz hatte unrecht gehabt. Das waren keine Türken. Die Männer trugen die rot-weißen Uniformen der Erblande.

«Auge um Auge», brüllte eine wohlbekannte Stimme hinter ihm.

Alfred fuhr herum und starrte in Jägerstedts hämisch grinsende Miene. Er stand auffallend breitbeinig da. An seinem Waffengurt baumelte das Messer, das er ihm in die Hand getrieben hatte. Sein Infanteristengewehr hielt er auf Alfreds Lenden gerichtet. Kalter Wahn brannte in seinen Augen. Er spannte den Hahn – auf die zehn Schritt, die Alfred von ihm entfernt war, musste er einfach treffen.

Ein schrilles Wiehern erscholl. Jägerstedt und Alfred fuhren herum und sahen, wie Piruwetz auf Arno sitzend herandonnerte. Jägerstedt wollte sein Gewehr gerade herumreißen, aber der Haflinger war bereits heran und rammte ihn an der Schulter.

Jägerstedt strauchelte, während Piruwetz vom Rücken des Pferdes sprang, sich unter einem Gewehrschuss wegduckte und mit gezücktem Messer auf einen weiteren Angreifer zurannte.

Alfred zögerte nicht. Piruwetz hatte ihm eine Gelegenheit geschenkt, und die würde er nutzen. Er rannte los und warf sich auf Jägerstedt, der gerade dabei war, das Gleichgewicht wiederzufinden. Die beiden stürzten auf den Waldboden. Ein weiterer Schuss zischte über sie hinweg. Wie viele Soldaten hatten sie eigentlich angegriffen? Alfred schätzte, dass es fünf waren – und irgendwie schien es Piruwetz im Moment zu gelingen, die restlichen vier beschäftigt zu halten.

Alfred ließ seine Faust auf Jägerstedts Gesicht niedersausen, doch dieser drehte sich überraschend schnell zur Seite und rammte Alfred den Gewehrkolben in die Rippen. Alfred keuchte und rammte seinerseits sein Knie in Jägerstedts Lendengegend. Der Feldwebel jaulte auf, fuhr herum und rang Alfred nieder. Plötzlich drückte sein Knie Alfred zu Boden, und bevor Alfred auffahren konnte, legten sich Jägerstedts Hände um seinen Hals und drückten zu.

«Zu dumm, dass es schnell gehen muss», zischte Jägerstedt. «Dabei hatt ich mir so viel für dich ausgedacht!»

Der Schmerz war unerträglich. Alfred hatte das Gefühl, er würde seinen Kehlkopf zerquetschen.

Verzweifelt versuchte er, sich zu wehren, aber Jägerstedt war viel kampferprobter als Alfred, der nichts als den Mut der Verzweiflung kannte.

Er röchelte. Irgendwo hinter ihm hörte er einen Schrei. Piruwetz würde auch nicht mehr lang durchhalten. Wie ungerecht, dass er, der überhaupt nichts dafür konnte, hier mit ihm sterben musste.

Rote Schlieren tanzten vor seinen Augen. Alfred versuchte, sie wegzublinzeln. Wenn er nur irgendwie ...

«Hast geglaubt, ein dummer Student könnte mich besiegen?», kicherte Jägerstedt, während er weiter zudrückte. «*Schlaf, Kindlein, schlaf!*», sang der Feldwebel in schauerlich hoher Stimme.

«I-ich ...», röchelte Alfred.

Jägerstedt legte seinen Kopf schräg. «Ein letztes Wort, bevor das Licht ausgeht?»

Er lockerte den Griff um Alfreds Hals gerade so weit, dass er flüstern konnte.

«Ich hab dein Messer!», wisperte Alfred.

Jägerstedts Augen weiteten sich überrascht, aber es war zu spät. Alfred riss Jägerstedts Messer aus der Scheide an seinem Gurt und rammte es ihm tief in die Brust.

Ein warmer Blutstrahl spritzte ihm ins Gesicht. Jägerstedt röchelte. Der Griff um Alfreds Hals löste sich. Verzweifelt stellte Alfred fest, dass er immer noch nicht atmen konnte. Er japste verzweifelt, sein Kehlkopf wollte sich nicht weiten, war vielleicht zerquetscht. Er würde ersticken … doch plötzlich öffneten sich seine Atemwege wieder. Alfred sog mit aller Macht Luft ein und robbte unter Jägerstedts zuckender Gestalt hervor.

Während Alfred am Boden kauernd nach Luft schnappte, sah er, wie Jägerstedt langsam erlahmte.

Alfred sah ihm ins Gesicht. Für so viele Tage und Nächte war dieser Mann der Inbegriff der Angst gewesen. Jetzt in seinem röchelnden Überlebenskampf wirkte er beinahe mitleiderregend.

«Ich gewinne», flüsterte Alfred ihm zu.

Für einen Moment schienen sich Jägerstedts Augen in ihn zu brennen. Ein halbes Grinsen erschien auf seiner Miene – und erstarrte.

Alfred rappelte sich auf und stolperte zu seinem Gewehr, das in ein paar Schritten Entfernung im Laub lag. Seltsamerweise hatte schon eine ganze Weile lang niemand mehr geschossen. Er sah zwei reglose Gestalten in Infanteristenuniform im Gebüsch liegen.

Ein Keuchen ließ ihn herumfahren. Piruwetz sprang auf seine Angreifer los. Der Jäger hatte die Bajonettklinge seines Gewehrs heruntergeklappt und kämpfte mit zwei Soldaten gleichzeitig. Trotzdem wirkte es nicht, als wäre Piruwetz den beiden unterlegen. Er bewegte sich zielgerichtet, wehrte ihre

Säbelhiebe mit dem Gewehr ab und verschaffte sich immer wieder Raum durch Stiche mit dem Bajonett.

«Halt ihn beschäftigt!», rief der zweite Soldat seinem Kameraden zu und wich ein paar Schritte zurück, sodass er nicht mehr in Piruwetz' Reichweite war.

Der Jäger gewann sofort die Oberhand im Kampf mit Jägerstedts verbliebenem Kumpanen, dem es kaum gelang, Piruwetz' Attacken abzulenken. Der andere biss hastig eine Papierpatrone auf und leerte die Ladung in die Zündpfanne. Er würde Piruwetz abknallen, während der in seinem Duell feststeckte. Die Bleikugel flutschte geradezu in den Lauf des Infanteristengewehrs. Der Soldat hob das Gewehr und legte auf Piruwetz an.

«Nein», wisperte Alfred.

Der Knall eines Schusses durchschnitt die Luft und hallte von den nahen Bergen wider. Alfred hörte ein grausiges Würgen. Schwefelgeruch stieg ihm in die Nase.

Der Mann, der Piruwetz erschießen wollte, sah an sich herab. Um das dunkle Loch, das Alfred ihm in den Rumpf geschossen hatte, färbte sich die helle Uniform rot. Er klappte zusammen wie eine leblose Puppe. Alfred senkte den Jägerstutzen und sah zu Piruwetz und seinem Gegner hinüber. Die beiden hatten innegehalten und starrten ihn überrascht an. Piruwetz überwand seine Überraschung schneller und stach nach seinem Gegner, doch der wich mit einem verzweifelten Sprung aus und rannte in den Wald hinein.

«Ich hab keine Patrone, lade dein Gewehr!», rief Piruwetz.

Alfred gehorchte, holte eine Papierpatrone aus seiner Rocktasche und begann hastig, die Patrone in den Lauf zu stopfen.

«Hundert Schritt!», kommentierte Piruwetz.

Alfred lief zu Piruwetz hinüber und suchte den Wald nach Jägerstedts flüchtendem Kumpanen ab.

«Zweihundert Schritt», murmelte Piruwetz und wandte sich Alfred zu. «Wenn er überlebt, wird er im Lager erzählen, dass seine Patrouille von uns überfallen wurde. Das ist Hochverrat.»

Alfred nickte und streckte Piruwetz das Gewehr hin.

«Nein», erwiderte er ruhig. «Sie waren deinetwegen hier. Du bringst das zu Ende.»

«Aber …»

«Ich hab nie einen erlebt, der schneller lernt.» Er kniff die Augen zusammen und suchte nach dem Flüchtenden. «Gleich dreihundert Schritt!»

Alfred legte an. Der fliehende Soldat sah aus der Entfernung so klein aus, als wäre er ein Hase.

*Ein unbewaffneter Mann. Und ich ziele auf seinen Rücken!*

Alfred verscheuchte den Gedanken. Piruwetz hatte recht, und er kannte nicht einmal die ganze Geschichte. Die Männer der Gräfin hatten bewiesen, dass sie niemals aufhören würden.

Alfred atmete aus, suchte festen Stand und zwang sich, beide Augen offen zu halten.

«Er ist zu weit weg», murmelte er.

«Denk nur daran, was du tun willst», murmelte Piruwetz. «Konzentriere dich nur auf diesen Schuss, alles andere lass ziehen!»

Für einen Moment war es beinahe leicht, Piruwetz' Worten zu folgen, nur diesen Schuss existieren zu lassen. Er richtete Kimme und Korn auf den Oberkörper des Soldaten und drückte ab.

Ein Knall durchschnitt die Luft, und einen winzigen

Augenblick später stürzte der Soldat, überschlug sich mehrmals und blieb reglos im Heidelbeergebüsch liegen.

Alfred schloss die Augen. Er begann zu wanken, sodass er sich auf sein Gewehr stützen musste.

Als er sie schließlich wieder öffnete, sah er, wie Piruwetz ihn kopfschüttelnd betrachtete.

«Du hörst wie ein Luchs», murmelte er. «Du hältst mir den Rücken frei, und jetzt kannst du plötzlich auch zielen?» Er legte Alfred die Hand auf die Schulter. Ein halbes Grinsen erschien auf seiner Miene. «Nicht übel ... *Kamerad!*»

Alfred wusste nicht, was er sagen sollte. Innerhalb weniger Minuten hatte er drei Menschen getötet. Der Gedanke ließ ihn schaudern. Er wollte ein Medikus werden, Menschen retten und sie nicht umbringen, trotzdem fühlte er eine seltsame Erleichterung, wie er sie seit seiner Verschleppung nicht empfunden hatte ... und sogar ein wenig Stolz, obwohl er sich dafür schämte.

Sein Gesicht war noch immer voll mit Jägerstedts Blut. Er versuchte, es mit dem Ärmel abzuwischen, als Piruwetz ihm ein Taschentuch hinhielt.

«In Blut getauft, Jägersmann», meinte er und grinste.

«Ich bin wirklich einer von euch?», fragte Alfred.

«Mit Haut und Haaren», erwiderte Piruwetz und wandte sich den Toten zu. «Die wollten dich mit jeder Faser ihrer finsteren Seelen umbringen. Nur weil du ein Mädchen liebst?»

Alfred schwieg. Konnte das wirklich die Inbrunst erklären, mit der man ihm nachgestellt hatte? Oder gab es noch einen anderen Grund?

Piruwetz wandte sich ab und lief zu Arno hinüber, der eben zurück auf die Lichtung getrabt kam. Er fasste den

Haflinger am Strick und redete beruhigend auf ihn ein, bis das Pferd den Kopf senkte und schnaubte.

«Wir müssen die Leichen auf Arnos Rücken binden und sie den Hang hinunterbringen», erklärte Piruwetz. «Dann werfen wir sie in den Wildfluss. Der mündet in den Tamas, und wir sehen die nie wieder.»

«Was erzählen wir im Lager?», fragte Alfred. Die Würgemale auf seinem Hals, die Blutflecken auf ihrer Kleidung. Jeder würde erkennen, dass etwas passiert war.

«Alles», erwiderte Piruwetz. «Ein Trupp Türken hat uns angegriffen!»

Alfred nickte zögernd. Genauso würde man sich im Hauptlager wohl auch das Verschwinden einer ganzen Patrouille erklären.

Als er Jägerstedts blutüberströmte Leiche auf den Rücken drehte, blitzte ihm etwas entgegen. Er bückte sich, um es genauer anzusehen. Eine Halskette … Der Anhänger hatte die Form einer fliegenden Elster.

*Dieses Vöglein fliegt nicht mehr für dich, Gräfin!*

Alfred entdeckte noch etwas. Ein Stück helles Papier ragte aus Jägerstedts Rocktasche. Alfred griff hinein und zog seine Hälfte von Helenes Zeichnung daraus hervor. Sie war verknittert, und eine Ecke hatte Jägerstedts Blut aufgesaugt. Er musste es nach seiner Flucht aus Alfreds Uniform gestohlen haben. Vielleicht hatte er gehofft, Alfred damit vor seinem Tod noch quälen zu können.

*Dabei hatt ich mir so viel für dich ausgedacht …*

Wie viele Menschen hatte diese Ratte wohl ermordet? Frantisek war einer von ihnen gewesen, nur weil er Helene beschützen wollte.

Alfred besah sich die Zeichnung. Für einen Moment

schossen ihm Tränen in die Augen, aber er drängte sie zurück. Hier war kein Ort für Tränen. Er verwahrte die Zeichnung in seiner Rocktasche.

Die anderen Soldaten versuchte Alfred, nicht zu genau anzusehen, aber ihm fiel auf, dass jeder von ihnen eine ähnliche Kette wie Jägerstedt um den Hals trug, ein Sperber, ein Neuntöter, eine Dohle. Der letzte Soldat, den Alfred aus der Ferne erschossen hatte, trug eine Möwe.

Die Gräfin hatte ihre Männer gekennzeichnet, damit sie sich untereinander erkannten. In einem unbeobachteten Moment riss er den toten Soldaten die Anhänger der Reihe nach ab und verbarg sie in seiner Tasche.

*Wenn ich je nach Wien zurückkehre, dann werfe ich ihr all ihre toten Vöglein vor die Füße!*

Als sie nach einem kurzen Abstieg den Wildbach erreichten, half er Piruwetz, die Leichen eine nach der anderen ins Wasser zu werfen. Gemeinsam beobachteten sie, wie die Strömung sie erfasste, ihre leblosen Körper immer wieder gegen Felsen schleuderte und schließlich davontrug.

«Ich habe mich noch nicht bedankt», meinte Alfred plötzlich. «Wenn du nicht so schnell reagiert hättest, wären wir wohl beide tot. Ich habe dich kämpfen sehen, nicht einmal gegen mehrere Gegner warst du unterlegen.»

Alfred erinnerte sich, wie sie ihm in dem Gestrüpp hinter dem Narrenturm aufgelauert hatten, wie er versucht hatte, sich zu wehren, und wie sie ihn fast mühelos überwältigt hatten.

«Ich will von dir lernen. Bringst du mir bei, so zu kämpfen wie du?»

Piruwetz schnaubte. «Du bist wahrscheinlich ein hoffnungsloser Fall, aber von mir aus.» In seinen Augen blitzte es.

«Jetzt sollten wir aber zurück ins Lager, es wird Nacht, und wir wollen doch keinen echten Türken begegnen, oder?»

Alfred lächelte. Arno rieb seinen Kopf an seiner Schulter. Alfred wandte sich um und strich ihm vorsichtig über die Nüstern. Vielleicht waren doch nicht alle Pferde unberechenbar und gefährlich.

※

Sie erreichten das Lager bei Einbruch der Dunkelheit. Kaum hatten sie Arno versorgt, kam ihnen der Major entgegen.

«Himmel», meinte er mit aufgerissenen Augen, als er Alfred und Piruwetz erblickte. «Hab schon gedacht, der Türk hätt euch erschossen!»

«War knapp», erwiderte Piruwetz. «Haben uns oben am Schießplatz aufgelauert. Ohne unseren neuen Jägersmann wär's übel ausgegangen. Hat sie kommen hören und einen auf über dreihundert Schritt erledigt!»

«Ha!», brüllte der Major so laut, dass Alfred zusammenzuckte. Er packte Alfred an den Schultern und schüttelte ihn begeistert. «Ich hab's g'wusst! Bist ein waschechter Jäger, Wagener!»

«Danke, Herr Major!»

«Dich hat uns der Herrgott geschickt, ausgerechnet jetzt!»

«Was ist hier eigentlich los?», fragte Piruwetz, während er seinen Blick über das Lager gleiten ließ. Erst jetzt fiel Alfred die rege Betriebsamkeit auf. Anstatt zu ruhen, waren die Grenzer und Jäger damit beschäftigt, ihre Waffen zu reinigen, Messer zu schärfen und Munition auszuteilen.

«Der Heerführer Lacy hat einen Boten zu uns g'schickt», meinte der Major mit einem Mal ernster. «Der Kaiser isch hier!» Sobald er mit Piruwetz sprach, machte er sich nicht mehr die Mühe, dialektfrei zu reden.

«Was macht er hier draußen?», fragte Piruwetz. «Er wollte doch nach Belgrad.»

«Der Türk isch da. Während wir reden, fällt er über den Karpatenpass ins Banat ein.»

«Wie viele?», fragte Piruwetz.

Der Major schwieg einen Augenblick lang. All sein freudiger Übermut schien von ihm zu weichen und ließ ihn im Dämmerlicht leichenblass wirken.

«Alle!»

## 25. Kapitel

Helene goss sich einen Tee ein, nahm die Tasse und ging damit nachdenklich auf und ab. Heinrich war in die Stadt gefahren, um Besorgungen zu machen, und die Tante würde noch ein paar Tage auf Reisen sein, eine wunderbare Zeit, um sich ungestört mit Gertraud zu unterhalten, diesmal sogar im großen Salon. Helene verharrte vor dem großen Familienporträt der Weydrichs, dem weltgewandten Lächeln ihres Vaters und dem scheuen Blick seiner kleinen Schwester.

«Walsegg hat also geantwortet», sagte sie. «Und sogar einen Treffpunkt vorgeschlagen!»

«Ihr zwei allein, morgen am Narrenturm.» Gertraud machte keinen Hehl daraus, dass sie es für eine Schnapsidee hielt. Auf der roten Chaiselongue mit einer Tasse Tee sitzend, fühlte sie sich sichtlich unwohl. «Du solltest nicht allein gehen!»

«Aber du bist Teil meines Geheimnisses, wenn du dabei bist, weiß er, dass du meine Vertraute bist. Wir geben ihm nichts umsonst.»

«Mädel, das weiß er doch längst. Er hat seine Antwort an die Adresse meines Cousins geschickt, die, an die du auch geschrieben hast, schon vergessen?»

«Ach ja», erwiderte Helene und presste ihre Lippen zusammen. «Ich will ihn trotzdem allein treffen!»

Gertraud schnaubte frustriert. «Du hörst eh nicht auf mich! Wenigstens ist das Treffen, bevor deine Tante zurückkommt.»

«Und Heinrich kann mir nichts verbieten oder erlauben. Ich muss ihm auch nicht sagen, wo ich hinfahre!», meinte Helene lächelnd.

Heinrich war alles andere als erfreut von ihrer vorzeitigen Heimkehr gewesen. Er schien so echauffiert, dass er beinahe das Lächeln vergaß, was Helene unglaubliches Vergnügen bereitete.

Helene nippte an ihrem Tee. «Ich hoffe, Walsegg hat etwas über Alfred herausgefunden. Sonst hätte er mich wohl kaum um ein Treffen gebeten.»

Gertraud hob ihren kleinen Finger und streckte ihn Helene entgegen. «So wenig verstehst du von Männern, Kind.»

Helene hatte schon etwas Ähnliches zu hören bekommen, als sie ihr von den Vorkommnissen mit dem Grafen Auring erzählt hatte.

«Wie viel Geld haben wir?», fragte Helene, um das Thema zu wechseln.

«Ich bin gar nicht erst zu den aufgeblasenen Juwelieren in der Goldschmiedgasse gegangen», meinte Gertraud. «Die hätten sich den Schmuck unter den Nagel gerissen und die Polizeiwache gerufen, wenn eine wie ich mit so wertvollem Zeug daherkommt.» Ein verschmitztes Grinsen breitete sich auf Gertrauds Miene aus. «Am Graben kenn ich einen Spitzbub, ein Böhm so wie ich, macht sonst eher krumme Sachen, aber ich kenn ihn schon lang, deshalb hat er den Schmuck für mich zu einem guten Preis verscherbelt. Fünfhundert Gulden!»

«Fünfhundert Gulden?» Helene schnappte begeistert nach Luft. «Das ist viel mehr, als ich gehofft habe!»

«Das verdient ein Studierter im ganzen Jahr», erwiderte Gertraud mit einem breiten Grinsen.

«Nimm dir fünfzig davon», meinte Helene euphorisch. «Du bist einfach großartig und wahrscheinlich die schlauste Frau, die ich ...» Sie hielt inne, als das Grinsen abrupt von Gertrauds Miene wich. «Habe ich dich beleidigt?»

«Ich will kein Geld von dir», erklärte die Zofe entschieden. «Ich helfe dir doch nicht deswegen!»

*Aber warum dann?* Helene war nicht umhingekommen, sich das zu fragen. Sie zweifelte nicht an Gertrauds Aufrichtigkeit, aber es gab vermutlich einiges, was sie nicht über sie wusste.

«Deine Hilfe ist mir viel wert. *Du* bist mir viel wert, und wenn ich könnte, würde ich dir mehr geben. Bitte nimm's!»

«Ich hab noch nie fünfzig Gulden für *irgendeine* Arbeit bekommen.»

«Dann wird es Zeit!», erklärte Helene und bekräftigte ihren Entschluss mit einem prägnanten Nicken.

Als Gertraud nicht mehr widersprach, setzte sich Helene wieder an den Tisch und nahm etwas von dem Teegebäck, das sie hatte auftragen lassen.

«Hast du etwas bei den Sachen der Tante entdeckt, das uns helfen kann?», flüsterte sie.

Gertraud zog eine abgewetzte Ledertasche zu sich heran und öffnete sie. «Ich hab ein paar Blätter abgeschrieben und die Originale wieder an ihren Platz auf dem Schreibtisch gelegt.»

Sie reichte Helene einen Stapel Papiere, die mit ungleichförmigen Buchstaben vollgekritzelt waren. Das Schreiben schien für sie ähnlich mühsam wie das Lesen zu sein. Helene mochte gar nicht daran denken, wie viel Zeit es sie gekostet haben musste, all die Aufzeichnungen kopieren.

Helene nahm die Blätter mit dem Entschluss entgegen, sie später in ihrem Zimmer zu lesen.

«Einen Schreiber hab ich auch aufgetrieben», erklärte Gertraud. «Verfasst seine Briefe so schön wie jeder andere, ist aber inzwischen taub, der Arme, deshalb kann man ihm nicht diktieren. Er ist dankbar für jeden Auftrag, den er bekommt.»

«Und im Narrenturm?», fragte Helene und schmeckte die butterige Süße des Teegebäcks. «Sammelt dort jemand für uns Informationen?»

Gertraud bemühte sich, ein adrettes Schlückchen aus ihrer Teetasse zu nehmen, was jedoch in einem lauten Schlürfen resultierte. «Schwierig bisher», meinte sie. «An das Gebäude komm ich nicht mehr ran, seit sie die Mauer rundherum hochziehen. Hab mit einem der Wärter geschwätzt. Der würde schon reden, nur weiß der wohl nichts, was dir hilft.»

«Hmh.» Helene strich über die brokatbezogene Armlehne ihres Stuhls. «Wenn Walsegg uns morgen sagt, was wir wissen wollen, brauchen wir keinen Informanten im Turm mehr.» Sie rieb sich die Stirn. «Ach, das wollte ich dich vorhin schon fragen, als wir über Auring sprachen: Weißt du eigentlich etwas über unseren Don Juan?»

«Meine letzte Herrin redete oft über ihn, wollte ihn immer wieder einladen.» Gertraud kicherte und hielt sich die Hand vor den Mund. «Aber der Auring wirft die Blumen auf den Misthaufen, sobald er sie einmal gepflückt hat, und wendet sich wieder der Wiese zu.»

Helene wurde übel. Wie hatte sie sich von ihm nur so einfach umgarnen lassen können? «Er sagte, er muss zum Baron Landstein. Hast du von dem gehört, Gertraud?»

«Wenig», erwiderte Gertraud schulterzuckend. «Ein braver Kirchgänger. Für die Adeligen in der Stadt gilt er als zu langweilig, um ihn zu besuchen oder einzuladen, obwohl er vor den Toren der Stadt lebt. Meine Herrin hat sich darüber mokiert, dass er ab und zu mit den Bürgerlichen aus Seyring kegelt.»

*Und ich bin sicher, auf seinem Anwesen blüht ein hübsches Blümelein, sonst würde Auring ihn sicher nicht aufsuchen.*

Helenes lächelte grimmig. «Lass uns einmal sehen, was wir mit ein bisschen Geld so anstellen können …»

☙

Zurück auf dem Zimmer, setzte sich Helene an ihren kleinen Schreibtisch und ging die Blätter durch, die Gertraud ihr gegeben hatte. Das meiste waren Zahlen, von denen Helene vermutete, dass es Geldbeträge waren – absurd hohe Geldbeträge, die mit Namen und Adressen verknüpft waren.

*K. K. oktroyierte Commercial-, Leih- und Wechselbank (Hoher Markt 9), Depot 81 456, 85 000 Gulden,*
*Ochs, Geymüller und Compagnie (Wallnerstraße 8), Depot 76 832, 79 432 Gulden,*
*Arnstein & Eskeles (Dorotheergasse 11), Depot 543 213, 32 213 Gulden*

Die Liste setzte sich noch ein Stück so fort. Alles Wiener Adressen, alles, zumindest soweit Helene wusste, Adressen namhafter Banken. Wenn das eine Auflistung von Vermögenswerten war, dann war die Tante geradezu unanständig reich, wobei Helene nicht wusste, ob es sich bei dieser Auflistung um das in Karschka angehäufte Vermögen handelte oder um das von Helenes Vaters, um *Helenes* Vermögen.

Helene blätterte weiter. Sie fand Kostenaufstellungen, die wohl der Gutsverwalter aus Karschka geschickt hatte und die Helene nicht sonderlich interessierten. Ganz unten im Stoß fand sie jedoch einen mehrseitigen Brief, den Gertraud im ganzen Wortlaut abgeschrieben hatte.

*Karschka, 1. Oktober 1758*

*Lieber Georg,*

*vor meiner Abreise haben Papa und Mama gemeint, ich würde mich rasch an das neue Zuhause gewöhnen. Drei Monate sind jetzt vergangen, und ich weine mich noch immer in den Schlaf, ganz still, damit mein Gemahl es nicht hört. Sein Temperament ist aufbrausend. Einmal schrie ich ihn an, ich wolle nach Hause fahren, jetzt sofort, da hat er mich, barbarisch, wie er ist, mit seinem Gürtel gezüchtigt.*
*In ihrer Wildheit sind seine Ländereien schön, finstere Wälder und Sümpfe, voll mit allerlei Getier. Gewiss könnte man hier etwas anbauen oder Holz aus dem Wald verkaufen, aber mein Gemahl hat kein Interesse am Geschäft, nur am Wild. Einmal hat er einen Elch erlegt, und über dessen prachtvolle Schaufeln verliert er an einem Abend mehr Lob als an mich in unserer bisherigen Ehe. Sonst hat er an nichts Interesse, außer an den Bierkrügen, die er mit seinen Kumpanen von den anderen Gütern*

leert. Mit ihnen spricht er immer böhmisch. Die Sprache
klingt, als hätte man einen Knoten in der Zunge, und ich
verstehe kein Wort. Aber mit wem sollte ich auch reden?
Um uns herum ist nichts, keine Stadt, keine Gesellschaft.
Nur Heinrich erinnert mich an mein Zuhause. Letzte
Woche, als ich wieder einmal verzweifelt weinte, hat er mir
zwei leuchtend gelbe Kanarienvögel mitgebracht. Plausch
und Piep habe ich sie genannt. Piep ist so zahm, er küsst
mir die Körner von den Lippen. Ihr Gesang ist das Einzige, was mich hier lächeln lässt. Mein Gemahl besitzt
eine große Voliere, in der er Fasane züchtet. Ich habe
einen seiner Jäger gebeten, sie mir mit bunten Waldvöglein
zu füllen, damit ich etwas habe, um mir die Zeit zu
vertreiben.
Ich vermisse alberne Kleinigkeiten, mein helles Zimmer,
den goldgerahmten Spiegel, den du mir geschenkt hast, die
französischen Fenster. Aber am meisten fehlst du mir, dein
Lachen und dass du immer für mich eingestanden bist.
Wahrscheinlich erlauben Mama und Papa dir nicht, mir
zu antworten, und ich habe deshalb in all der Zeit noch
kein Wort von dir gelesen. Das ist für mich die schlimmste
Strafe, dass ich nichts von dir höre.
Bitte, rede für mich noch einmal mit Mama und Papa,
steh für mich ein, wie du es immer getan hast. Mir tut so
unendlich leid, was ich getan habe. Ich habe nichts Böses
im Schilde geführt, und gewiss wollte ich euch nicht schaden. Hilf mir und hole mich heim, lieber Georg. Hier gehe
ich zugrunde.

Deine Grazi

Helene hielt das letzte Blatt des Briefs ungläubig in Händen und las die letzten Zeilen immer wieder.

«Was ich getan habe ...», murmelte sie.

Der Brief stammte aus einer Zeit, in der die Gräfin noch ein junges Mädchen war, jünger als Helene jetzt.

Seltsam. Helene war nie bewusst gewesen, wie unglücklich die Gräfin damals gewesen sein musste. Und darüber hinaus schien es, als wäre irgendetwas geschehen, das zu einem Bruch zwischen ihr und ihrer Familie geführt hatte. Wenn sie doch nur wüsste, um was es dabei ging.

Sie ordnete Gertrauds Abschriften, faltete sie und sperrte sie in ihre fast leere Schmuckschatulle. Helene sah sich selbst, in ihrem goldgerahmten Spiegel. Es war *ihr* Zimmer gewesen, früher. Und der Spiegel? Vielleicht war es noch immer der, den ihr Vater seiner kleinen Schwester geschenkt hatte.

Für einen Moment schien das Bild im Spiegel zu verschwimmen. Helenes goldenes Haar färbte sich rabenschwarz, ihr Teint wurde blasser, ihr Gesicht schmäler, die Züge feiner ...

Helene schüttelte heftig den Kopf und wandte sich ab.

Was immer damals passiert war, war bedeutungslos. Im Hier und Jetzt musste Helene alles tun, um zu überleben, und der erste Schritt dazu war, sich morgen mit Walsegg zu treffen.

☙

Ein erster Hauch von Herbst lag in der Luft, als Helene sich am nächsten Abend in einer der Familienkutschen in die Josefstadt fahren ließ. Orangerote Beeren leuchteten auf den Zweigen der Eberesche, und die ersten Rosskastanien würden bald auf dem Kopfsteinpflaster zerspringen. Helene hatte den Rest des gestrigen Nachmittages damit verbracht, mit Johann, dem neu angestellten Kutscher auf Schloss Weydrich, zu plaudern. Das hatte einen ganz einfachen Grund: Wenn die Gräfin Helenes Kutscher ausfragte, würde sie immer wissen, wo Helene hinfuhr und mit wem sie sich dort traf. Etwas, das Helene nicht mehr akzeptieren konnte. Und nachdem sie nun wieder einen zusätzlichen Kutscher angestellt hatten, hätte es verdächtig ausgesehen, irgendeinen Lohnkutscher zu bestellen.

Johann, mit seiner jugendlichen Art, den braunen Locken und der nachtblauen Livree, erinnerte Helene eher an einen Künstler als an einen Domestiken. Sie verstand sich auf Anhieb gut mit ihm. Er kannte sich mit Pferden aus und ging geduldig mit ihnen um. Seine neue Dienstherrin, die er bis jetzt nur kurz vor deren Abreise kennengelernt hatte, schien Johann aufgrund ihrer herablassenden Art nicht sonderlich zu schätzen – zumindest interpretierte Helene das aus den Andeutungen, die er in ihrem fast schon freundschaftlichen Gespräch machte.

In jedem Fall war er bereit, über das echte Ziel ihrer Ausfahrten in Zukunft Stillschweigen zu bewahren. Er hätte nichts dafür verlangt, aber Helene sicherte ihm einen kleinen Extrabetrag für jede dieser Fahrten zu.

«Kleine Gefälligkeiten stärken die Freundschaft», hatte sie ihm mit einem verschmitzten Lächeln erklärt und damit klargemacht, dass sie keinen Widerspruch dulden würde.

Johann ließ die Pferde in der Nähe des Krankenhauses halten, sodass Helene noch ein kurzes Stück zum Turm spazierte.

Den gleichen Weg entlangzugehen wie damals weckte

unangenehme Erinnerungen ... und angenehme. War das dort die Linde, hinter der Alfred auf sie gewartet hatte? In das Tiefgrün ihrer Blätter mischte sich hie und da schon etwas Gelb.

Helene staunte nicht schlecht, als sie den kleinen Hügel erreichte, auf dem der Narrenturm emporragte. Eine glatte Steinmauer umgab bereits einen Großteil des Turms. Die Bauarbeiten schienen noch nicht beendet, obwohl Helene gerade keine Arbeiter sehen konnte. An den höchsten Stellen war die Mauer fast drei Mannslängen hoch. Helene schauderte. Als täte der Turm alles, um seine Geheimnisse zu bewahren ...

Alfred hätte sie für so einen dummen Gedanken ausgelacht. Das hier war ein *Gebäude*, nicht mehr und nicht weniger. Nichts war daran unheimlich, nichts an seinen Mauern, nichts an seinen Insassen. Unheimlich war nur das, was Menschen einander antaten. Sie musste an den kleinen Philipp in Schloss Kammer denken, den die Dorfbewohner für einen Wechselbalg hielten. Die Vorstellung, ihn hier einzusperren, erschien ihr geradezu absurd.

«Nun sieh mal einer an.»

Helene zuckte zusammen und ärgerte sich gleich darauf darüber. Walsegg lehnte lässig an der neuen Außenmauer und musterte sie. «Wenn mich meine müden Augen nicht täuschen, ist's die Gräfin Nachtigall, die mich beehrt.»

«Was für eine galante Begrüßung», erwiderte Helene kühl und verbot sich, ihn in seiner lässigen Pose, dem schwarzen Samtrock, dem Haar, das ihm halb ins Gesicht hing, und dem glänzenden Gehstock interessant zu finden.

Walsegg grinste und stieß sich von der Mauer ab. «Sang die Nachtigall, die sich nicht tothacken lassen will.»

Helene sah ihm ruhig entgegen. Als er sie erreicht hatte, verbeugte er sich kurz, und sie begannen, langsam um den Turm zu flanieren.

«Wie wäre es, wenn wir heute normal miteinander sprächen?», fragte Helene mit einem kleinen Lächeln auf den Lippen. «Ohne Vöglein, ohne Rätselspiel. Vielleicht könnten wir sogar so tun, als wären wir Freunde, wenn Ihr dazu fähig seid?»

Walsegg starrte sie einen Moment von der Seite an, dann hob er seine markante Nase ein wenig. «Und für einen Moment hatte ich gehofft, hinter dieser hübschen Fassade steckt eine Frau, die es versteht zu spielen. Aber sie ist wohl doch das verschüchterte Mädchen, das alle in ihr sehen.»

Helene lachte leise. «Versteht mich nicht falsch, Graf, ich wollte *Euch* lediglich eine Chance bieten, mir auf Augenhöhe zu begegnen.»

Jetzt war er es, der lachte. «Wie man hört, darf man bald gratulieren. Es heißt, Ihr habt Graf Auring nachhaltig betört.»

«Die Gratulation hebt Euch sicherheitshalber noch etwas auf», erwiderte Helene. «Sonst könnte es sein, dass Ihr Euch am Ende blamiert.» Sie konnte sehen, wie es in seinen Augen vor Neugier aufblitzte, aber sie tat ihm den Gefallen nicht, mehr preiszugeben. «Aber lasst uns nicht in sinnlosen Plaudereien schwelgen. Ihr wisst, ich bat Euch um eine Probe Eures Könnens.»

«Ah ja», erwiderte Walsegg gedehnt. «Der Gefallen, den Ihr hilfloserweise von mir einfordert.»

Helene hätte seine selbstzufriedene Miene gerne geohrfeigt, beherrschte sich aber. Ein derartiger Ausbruch würde nur seinen Spott nach sich ziehen.

«Ich frage mich, was Eure Tante sagen würde, wenn sie wüsste, dass Ihr Euch mit mir trefft. Gewiss würde sie interessieren, was ihr kleines Vöglein mit mir zu besprechen hat.»

«Und *ich* frage mich, was meine Tante sagen würde, wenn sie erfährt, dass *Ihr* Euch mit *mir* trefft. Gewiss wäre sie unzufrieden, dass Ihr ihrer schüchternen Nichte nachsteigt.»

Für einen Moment wackelte seine Contenance. Was als kleiner Seitenhieb gedacht war, schien Walsegg ernsthaft zu beunruhigen.

*Was hat ein Mann wie er von der Tante zu befürchten?*

«Ihr unterschätzt sie», erwiderte Walsegg unerwartet ernst.

«Vielleicht unterschätzt Ihr mich. Vor wenigen Wochen konnte ich keinen Moment meines Lebens selbst bestimmen, und jetzt bin ich immerhin hier.»

«Wie gut Ihr auch seid, sie spielt dieses Spiel länger und besser als Ihr. Wer glaubt Ihr, dass Ihr seid? Ikarus' Schwester? Lasst Euch nicht zu einem närrischen Höhenflug verleiten!»

Eine kühle Brise kam auf und ließ Helene frösteln. «Habt Ihr etwas für mich oder nicht?»

«Ich bin neugierig.» Walsegg hatte wieder zu seiner nonchalanten Selbstsicherheit zurückgefunden. «Was bedeutet Euch dieser Wagener, dass Ihr so viel riskiert? Selbst wenn Ihr ihn wiedersehen würdet, Ihr müsst doch wissen, dass eine Verbindung niemals möglich wäre.»

«Jede Information hat ihren Preis. Habt Ihr Eure erste Lektion vergessen, Walsegg?»

Walsegg schnaubte. «Nun gut. Gott segne mein gutes Herz!»

«Ihr schmeichelt Euch!»

Walsegg überging die Spitze geflissentlich. «Dieser Wagener scheint nicht gerade der Hellste zu sein. Aus irgendeinem Grund dachte er, es sei eine gute Idee, Freiherr von Quarin, den Leiter der Universität, zu brüskieren, indem er sich über die Behandlung der Irren in diesem Turm beschwerte. Als ob das irgendjemanden interessieren würde!»

Helene ballte ihre Faust. Walsegg wollte sie provozieren. Sie musste Gleichmut bewahren. Also schwieg sie.

«Quarin hält sich selbst für die Krone der Schöpfung, und der Narrenturm ist sein Prestigeprojekt, das er gemeinsam mit dem Kaiser ersonnen hat. Er war wohl so beleidigend zu Eurem Wagener, dass dieser gegen ihn handgreiflich wurde.» Walsegg schnippte mit den Fingern. «Und so schnell war seine Zukunft als Medikus Geschichte.»

Helene zwang sich, tief durchzuatmen. Sie hatte von Gertraud gewusst, dass man Alfred exmatrikuliert hatte, aber wie dramatisch die Situation wirklich gewesen war, hatte sie sich nicht vorstellen können. «Vielen Dank, aber von seinem Ausschluss wusste ich bereits, erst danach verliert sich seine Spur.»

Walsegg lächelte. «Nun ... danach wurde es tatsächlich schwieriger, selbst für mich. Er schien seit jenem Tag verschwunden, doch schließlich fand ich seinen Namen wieder, in der Auflistung eines kaiserlichen Infanteriezuges, der an die Osmanenfront zog.»

Diesmal gelang es Helene nicht, ihre Überraschung zu verbergen. «Ihr müsst Euch irren. Er hält Kriege für überflüssige Machtspielchen der Herrscherhäuser. Er wäre niemals in den Krieg gezogen.»

Walsegg zog eine Augenbraue hoch, als hätte Helene etwas sehr Einfältiges gesagt. «Wer, glaubt Ihr, zieht freiwillig in den Krieg? Doch nur die, die so weit hinten stehen, dass ihnen nichts passieren kann. Und das sind die wenigsten.»

«Ihr meint ... er wurde gezwungen?»

Walsegg seufzte. «Es sieht so aus. Und die Eleganz dieses Vorgehens verblüfft selbst mich. Einen Tag früher wäre es nicht möglich gewesen, ihn einzuziehen. Studenten sind bis zu ihrem Abschluss freigestellt. Es scheint, als hätte jemand ihn genauestens überwacht.»

Helene brachte kein Wort heraus. Wenn das stimmte ... dann hatte dieser Jemand auch sie überwacht. «Heißt das ... heißt das, er ist tot?»

«Möglich», erwiderte Walsegg gleichmütig. «Doch nicht gewiss. Sein Regiment zog in einem Gewaltmarsch nach Südosten. Hat er das überlebt, warten dort die Türken.»

«Wer hat ihm das angetan?», zischte Helene, die mit einem Mal eine kalte Wut in sich aufsteigen fühlte. «War es dieser Irrenarzt?» Sie erinnerte sich noch immer an den süßlichen Klang seiner Stimme. «Ofczarek?»

Mit einem Mal wurde ihr übel. War sie wirklich nicht bereit, das Offensichtliche zu akzeptieren?

*Wie gut Ihr auch seid, sie spielt dieses Spiel länger und besser als Ihr.*

«Oder war es meine ...» Sie brachte es nicht über sich, den Gedanken auszusprechen. Ja, die Gräfin war rücksichtslos. Aber konnte sie wirklich so grausam sein? In seltenen Momenten hatte Helene sogar das Gefühl, dass ihr ehrlich etwas an ihr lag.

«Nicht immer besteht die Welt aus entweder – oder», meinte Walsegg. Sie hatten das neue, aus schwarzen Eisenstäben gegossene Tor erreicht, durch das man das Gelände vor dem Turm betreten konnte. Zwei bewaffnete Männer der theresianischen Polizeiwache hatten davor Aufstellung genommen. «Sollen wir diese Exkursion fortsetzen?» In seiner Miene blitzte es belustigt. «Vorausgesetzt, Ihr habt keine Angst, Euch schmutzig zu machen.»

«Nicht mehr als Ihr!», erwiderte Helene.

Walsegg musterte sie einen Augenblick abschätzend, dann stellte er sich direkt vor die beiden Wachen, sodass er Helene den Rücken zukehrte. Er schien ihnen rasch etwas zu zeigen, das Helene nicht sehen konnte. Kein Wort wurde gewechselt, aber die Wachen traten beiseite und öffneten ihnen das Tor. Walsegg drehte sich zu ihr um und machte eine einladende Handbewegung.

«Ich bin sicher, Ihr wolltet immer schon einmal wissen, wie es da drin aussieht.»

༺ ༻

Eine Kakophonie an Stimmen drang auf Helene ein, als eine der Wachen die Tür aufsperrte und sie den Turm betraten. Es schien, als würde jedes Stöhnen und Schimpfen durch den Hall der Wände noch verstärkt. Walsegg hatte dasselbe Spielchen wie mit den Polizisten an der Mauer gespielt, ihnen rasch irgendetwas gezeigt, das dazu führte, dass der Wächter sie nicht nur hineinließ, sondern sie gar die Treppen hinaufführte.

Ein dezenter Fäkalgeruch lag in der Luft, der sich kontinuierlich zu verstärken schien. Sie schritten einen verwaisten, im Kreis führenden Gang entlang, der nicht zu enden schien. Walsegg ließ seinen Spazierstock leutselig kreisen und pfiff *Au claire de la lune*, als würde er einen Prachtboulevard entlangflanieren und nicht durch den Gang einer Irrenklinik.

Sein Pfeifen mischte sich mit den Stimmen der Insassen hinter den schweren Holztüren, die sich an der Innenseite des Ganges aneinanderreihten.

Seltsamerweise bekamen sie aber keinen einzigen von ihnen zu Gesicht. Der Gang vor ihnen wirkte wie ausgestorben.

*Als hätten sie alles, woran man Anstoß nehmen könnte, noch rasch weggeschafft, weil sie gewusst haben, dass wir kommen. Walsegg hat diesen Besuch geplant, deshalb wollte er sich hier mit mir treffen.*

Eine einzige der vielen Türen an der Innenseite des Gangs stand halboffen, so das Helene hineinspähen konnte. Sie sah eine spartanisch eingerichtete Zelle mit zwei Strohmatratzen. Auf einer von ihnen hockte eine Gestalt, ein Mann in fleckigem Leinengewand. Als hätte er ihren Blick gespürt, hob er den Kopf und sah Helene aus eisgrauen Augen an.

Helene zuckte unwillkürlich zusammen. Der Mann sah jung aus, aber seine Haut und sein Haar waren schneeweiß.

Der Wächter führte sie in einen kleinen Raum, in dem ein schlichter Holztisch und ein Stuhl standen. Auf dem Stuhl hockte ein untersetzter Mann mittleren Alters, im gleichen Leinengewand wie der Weißhaarige in der Zelle. Sein dunkles Haar war struppig und voller Schuppen. Sein Blick war gesenkt, und obwohl er sie bemerkt haben musste, zeigte er nicht die geringste Reaktion, außer dass er mit seinen nackten Füßen auf dem blanken Steinboden wippte. Helene sprangen seine gelbbraunen Zehennägel ins Auge. Vielleicht hatte er so lange hier gesessen, dass er an den Fußspitzen schon zu verfaulen begann.

«Warte draußen», befahl Walsegg dem Wächter. Als dieser die Tür hinter sich geschlossen hatte, musterte Walsegg

Helene amüsiert. «Seid Ihr etwa ein wenig blasser geworden, Gräfin Nachtigall?»

«Warum sind wir hier?», fragte Helene, der es seltsam vorkam, dass Walsegg so völlig entspannt wirkte.

Walsegg grinste, als würde er sich einen großartigen Spaß erlauben, und räusperte sich. «Gestatten, Karli!», erklärte er und wies auf den Irren, der vor Helene am Tisch saß. «Er ist so wunderbar irr, wie man nur sein kann.»

«Die Teufel kommen dich holen!», zischte der Irre so unvermittelt, dass Helene zusammenzuckte. Diese Stimme, diese Worte. Helene hatte sie schon einmal gehört. Unten vor dem Turm, als sie vergeblich auf Alfred gewartet hatte.

«Einer seiner Lieblingssätze», kommentierte Walsegg amüsiert. «Dabei ist er eigentlich ein lustiger Kerl, gell, Karli? Komm, sing uns was!»

Der Irre blieb reglos sitzen.

«Karli!» Walsegg schlug mit der flachen Hand auf den Tisch. «Sing uns was!»

Karlis Kopf begann zu kreisen, er schlug sich mit der Hand unablässig gegen die Stirn und fing schließlich an zu singen.

«O meine Spittelbergmarie, hör meinen Liebesschwur.

A Herz wia a Mastochs – was für a Hur.»

«Wunderbar», meinte Walsegg an Helene gewandt. «Als würde man eine Drehorgel anwerfen!»

«A Mund wia zwei Weichseln – zwei wunderbare Brüst.»

«Hört auf damit!», zischte Helene. «Es ist nicht richtig, ihn so zu behandeln. Das ist doch ...»

«Die hat selbst der Kaiser Joseph schon mit Wonn geküsst.

O meine Spittelbergmarie ...»

«Aus jetzt, Karli, *aus!*», rief Walsegg.

Karli ließ seinen Kopf noch ein wenig rotieren und erstarrte schließlich wieder.

«Ihr seid verabscheuungswürdig!», fuhr Helene Walsegg an.

«Was genau wollt Ihr von mir? Dass ich nicht so mit ihm umgehe, weil er ein Mensch wie wir ist, mit einem Verstand? Und einer Seele?»

Helene betrachtete ihn kurz. «Ja», erwiderte sie leise.

«Dann wird es Euch freuen, liebe Nachtigall, dass ich der Erste war, der genau das in ihm gesehen hat und seine besonderen Talente förderte. Durch meine Fürsprache ist er einer der wenigen, der sich immer frei im Turm bewegen darf. Er bekommt besseres Essen als die anderen. Besonders Apfelstrudel hast du gern, gell, Karli? Bis vor ein paar Monaten haben die Wärter ihn vor den Gaffern draußen vorgeführt, als wäre er ein Tier. Jetzt darf er, wenn er will, alleine ans Tageslicht. Nur bewegt er sich generell nicht so gern.»

«Warum tut Ihr das?», fragte Helene.

Walsegg lächelte. «Warum?» Er wandte sich wieder dem Mann vor ihnen zu. «Karli, sing das traurige Lied, das du vor einer Weile gehört hast.»

Karli klatschte sich mehrfach gegen die Stirn.

«Mein Vöglein mit dem Ringlein rot

singt Leide, Leide, Leide: Es singt dem Täubelein seinen Tod,

singt Leide, Lei – zicküth, zicküth, zicküth.»

Helene hob ihre bebenden Finger an die Lippen. Ein Zufall? Nein, in der verqueren Welt, in der sie seit dem Tod ihres Vaters lebte, gab es keine Zufälle mehr.

«Karli hat eine besondere Gabe», erklärte Walsegg beiläufig. «Er kann kein Gespräch mit jemandem führen. Aber er kann so gut wie alles, was er mitanhört, exakt wiedergeben.»

Helene starrte die leere Miene des Mannes vor sich an. Woher kannte er dieses Lied? Nicht von ihr. Als sie es für Alfred gesungen hatte, war sie zu weit vom Turm weg gewesen.

«Nachdem die Gräfin Nachtigall so sprachlos ist, erzähl doch bitte, Karli, wann du das Lied gehört hast.»

Für einen Moment schien Karli vergeblich zu versuchen, Worte zu artikulieren, nur um sie dann rasend schnell hervorzupressen. «Zweiund... Zweiundzwanzigster Mai 1788, Westseite, neuntes Fenster, nach der Stiege.»

Helene schluckte. Zweiundzwanzigster Mai, der Tag ihrer Flucht. Der Tag, an dem Alfred verschwand.

«Und wer hat miteinander gesprochen, Karli?»

«Mann. Mann, unbekannt», schoss es aus Karlis Kehle. «Mit ... mit ... mit ... Istvan.»

Walsegg wandte sich wieder Helene zu. «Karli hat mir berichtet, dass dieser unbekannte Mann sich hier mit einem gewissen Istvan traf. Dieser Istvan erklärte, die Geliebte des Unbekannten sei entführt worden. Der Unbekannte wollte ihm nicht glauben, da sang Istvan für ihn dieses Lied. Das schien ihn zu überzeugen.»

«Mein Gott!», flüsterte Helene.

«Kommt Euch an dieser Geschichte irgendwas bekannt vor, Gräfin *Nachtigall*?» Ein spöttisches Grinsen erschien auf Walseggs Miene. «*Zicküth! Zicküth!*», sang er mit künstlich hoher Stimme.

«Ich bin nicht sicher», erwiderte Helene in dem Versuch zu verbergen, wie aufgewühlt sie war.

«Wirklich?» Walsegg wandte sich wieder Karli zu. «Karli, wer tauchte auf, als die beiden Männer weg waren?»

Zuerst reagierte Karli nicht, dann streckte er zitternd den

Finger aus und wies auf Helene. «Alfred!», flüsterte er, ohne aufzusehen. «Alfred, wo bist du?»

Helene schloss die Augen, um ihre Gedanken zu ordnen. Alfred hatte also mit einem Mann namens Istvan gesprochen. Dieser hatte das Lied von Jorinde und Joringel gesungen, um Alfred zu überzeugen, dass sie in Gefahr war – und Alfred hatte ihm geglaubt.

Dieser Istvan ... wer immer er war, er musste sie einen Tag zuvor beobachtet haben. Wie hätte er sonst von dem Lied wissen können?

«Ich bin enttäuscht», seufzte Walsegg. «Ihr steht da wie ein verschrecktes Reh und habt noch immer nicht die wichtigste Frage gestellt.»

Helene sah auf. «Karli», flüsterte sie. «Woher kennst du Istvans Namen?»

Für einen Moment hob Karli den Kopf und sah sie an. Es war ein seltsames Gefühl, ihm in die Augen zu blicken. In seinem Geist schien so viel vorzugehen, dass Helene es nicht einmal ansatzweise fassen konnte.

«Insasse, dritter Jänner 1785 bis sechzehnter September 1785.»

«Er war hier», flüsterte Helene und wandte sich Walsegg zu. «Der Mann, der Alfred verschleppt hat, war einer der Irren!»

«Ihr werdet feststellen, dass Wahn und Sinn einander so oft abwechseln wie der Lauf der Jahreszeiten. Nun, bei manchen Menschen ist wohl ständig *Winter*, aber in der Regel ...»

«Karli, hat Istvan dir irgendetwas erzählt?»

«Wir sollten das ein wenig spezifizieren, findet Ihr nicht? Dieser Istvan war monatelang hier, und offenbar genoss er es, mit Karli zu sprechen. Es waren sehr einseitige Gespräche, wie man sich vorstellen kann, aber Karli behält sie *alle*.

Karli, erzähl mal, was Istvan am fünfzehnten September 1785 gesagt hat.» Walsegg wandte sich Helene zu. «Hört gut zu. Ich denke, hier sprechen zwei Leute miteinander. Einer von ihnen ist Istvan.»

Karlis Kopf begann wieder zu kreisen, er krallte sich mit den Fingern am Rand des Tisches fest, wie um zu verhindern, dass er sich gegen die Stirn schlug. Als er sprach, tat er es schnell, ohne Pause, ohne Intonation, sodass es manchmal schwer war zu folgen. Walsegg deutete ihr mit einem gehobenen oder gesenkten Daumen an, welcher der beiden Gesprächspartner gerade am Wort war.

«*Wie ist dein Name.*

Istvan, wer seid Ihr.

*Das ist nicht wichtig. Aber ich kann dir helfen. Ich bin immer auf der Suche nach talentierten Menschen, und wie ich hörte, bist du ausgesprochen talentiert. Schön wie ein Engel, stark wie ein Tiger.*

Ich bin ein Irrer in einem Irrenhaus. Sie sagen, ich bin ein unvollständiger Mensch und dass mich deshalb der Wahn überkommt.

*Weil man dich kastriert hat, um zu singen, und du trotzdem nicht singen kannst.*

Weil ich einen der Dorfburschen, die mir nach einer Vorstellung auflauerten, geblendet habe und den anderen in der Regentonne ertränkte.

*Wo andere nur den Wahn sehen, erkenne ich Talent. Wenn du das deine in meine Dienste stellst, bist du morgen schon frei, bekommst feine Kleidung und bewegst dich unter den Reichen und Mächtigen des Landes. Und keiner wird es mehr wagen, sich gegen dich zu stellen.*

Was muss ich dafür tun.

*Das wird sich zeigen. Willigst du ein, oder beliebt es dir hierzubleiben.*

Ich möchte mitkommen, Herrin.

*Ausgezeichnet, Istvan. Aber diesen gewöhnlichen Namen will ich nicht noch mal hören. Von nun an wirst du Aurelian heißen. Aurelian, das bunteste unter meinen Vöglein.»*

Helene hatte das Gefühl, das letzte bisschen Luft würde aus ihren Lungen entweichen. Sie wankte und lehnte sich gegen die kalte Steinmauer des Raums. *Aurelian.* Die Besucherin, die ihn mitgenommen hatte, war ...

«*Sie* hat es getan!», flüsterte sie fassungslos. «*Sie* hat ihn mir weggenommen.» Sie begann, am ganzen Leib zu zittern.

Walsegg beobachtete sie unverwandt. «Und Ihr habt gedacht, Ihr wüsstet, gegen wen Ihr spielt.»

Mit einem Mal hatte Helene das Gefühl, keine Luft mehr zu bekommen. Das Korsett engte sie zu sehr ein, egal, wie schnell sie auch atmete. Alles schien sich zu drehen. Der Fäkalgestank und der Lärm des Turms drangen auf sie ein, als wären es Hämmer und Spitzhacken.

«Bringt mich hier raus!», stieß sie gepresst hervor.

Walsegg ging zu Karli an den Tisch, strich ihm kurz über den Kopf und murmelte ihm ein paar sanfte Worte zu, dann kehrte er rasch zu Helene zurück, stützte sie und brachte sie nach draußen.

༶

Erst als sie die Mauer und das Tor hinter sich gelassen hatten, konnte Helene wieder freier atmen.

«Ich bin neugierig. Was wird die Gräfin Nachtigall jetzt tun, nachdem ich ihre Gegnerin für sie demaskiert habe?»

«Ich werde nachdenken», erwiderte sie wahrheitsgetreu. «Das Wichtigste ist herauszufinden, ob Alfred noch lebt. Und wenn ja, dann muss ich ihn nach Hause bringen.» Sie sah Walsegg ins Gesicht. «Könnt Ihr das für mich tun?»

Für einen Moment wirkte er unsicher, doch dann stahl sich sein hochnäsiges Lächeln zurück auf seine Miene. «Vielleicht darf ich zuerst meinen Lohn begutachten? *Ein Kleinod, das in keiner Männerbörse gefunden werden kann?*»

«Wann immer ich Euch für galant halte, beweist Ihr mir im nächsten Moment das Gegenteil.» Sie öffnete ihr Handtäschchen und zog ihre Rubinkette daraus hervor. «Es ist die Halskette meiner Mutter», erklärte Helene und drückte sie Walsegg wütend in die Hand. «Ein wertvolleres Kleinod besitze ich nicht.»

Walsegg besah sich den schimmernden Rubin im Licht der Abendsonne. «Mhm, ja, recht originell.» Er verwahrte die Kette in der Tasche seines Rocks. «Und was Eure Bitte anbelangt, das ist kein Kinkerlitzchen. Das Kriegsgeschäft interessiert mich ähnlich brennend wie die Schweißfüße meines Kutschers. Und ohne militärischen Einfluss ist es schwierig, an Information zu kommen.»

«Etwa *zu* schwierig für Euch?», fragte Helene. «Dann muss ich wohl allein mein Glück versuchen.»

Walsegg küsste ihr die Hand und warf ihr einen schelmischen Blick zu. «Nächste Woche gebe ich einen Maskenball zu Ehren Mozarts und seiner neuen Oper. Bis dahin habe ich wahrscheinlich etwas für die Gräfin Nachtigall.»

«Dann werde ich gerne kommen!», erklärte Helene, obwohl sie keine Ahnung hatte, wie sie das anstellen sollte.

Walsegg zwinkerte ihr zu. «Wie reizend. Eure Tante wird übrigens auch da sein. Es verspricht ein interessanter Abend zu werden.» Er wandte sich ab und schritt mit hocherhobenem Haupt davon.

«Walsegg?»

Er blieb stehen und wandte sich noch einmal nach ihr um.

«Wie seid Ihr überhaupt auf Karli aufmerksam geworden? Was hattet Ihr im Narrenturm zu schaffen?»

Wieder ließ er seinen eleganten Gehstock kreisen. «Diese Frage ist eine Nuss, die selbst für Euch zu schwer zu knacken sein wird, kleine Nachtigall.»

☙

Die Ereignisse im Narrenturm überschlugen sich in ihren Gedanken noch immer, als Johann ihr zurück auf Schloss Weydrich die Kutschentür öffnete.

*Sie ist es gewesen. Sie hat ihn mir weggenommen und so getan, als wüsste sie von nichts. Wie konnte sie es wagen, mich trösten zu wollen?*

Helene war so unglaublich wütend und fürchtete sich im selben Ausmaß. Wie weit mochte der Arm der Gräfin noch reichen, wenn sie selbst im Narrenturm ihre Vöglein hocken hatte? Kannte sie überhaupt Skrupel? Helene erinnerte sich mit einem Mal an die Gesprächsfetzen, die sie aufgeschnappt hatte, als ihr Vater Besuch von Baron Maybach gehabt hatte, Gesprächsfetzen, in denen es um jemanden gegangen war, der die Tante in Karschka wegen irgendetwas interrogiert hatte und danach verschwunden war.

*Wie konntest du mich ihr überlassen, Papa?*

Sie beschloss, noch ein bisschen durch den Schlossgarten zu marschieren. Auch hier wurde es langsam herbstlich. Im Wienerwald mischten sich schon Flecken von gelb und rot ins Laub. Nussig feucht riechende Luft stieg ihr in die Nase und ließ die beklemmenden Eindrücke vom Narrenturm langsam verblassen.

Ein neuer Gärtner war dabei, einen frisch gepflanzten Buchsbaum zu einer Bienenkorbform zu stutzen. Helene ging an ihm vorbei. Ihr Blick saugte sich an den tiefblauen Blüten des Eisenhuts fest.

*Die giftigste Pflanze, die bei uns wächst*, hatte Alfred gesagt. Im Buch, das ihr der Onkel am Attersee gegeben hatte, hatte sie Ähnliches gelesen.

«Würdest du mir ein paar der blauen Blüten abschneiden und in mein Zimmer stellen? Sie sind so schön», bat Helene den Gärtner und flanierte weiter.

Sie sah, wie ein Stallbursche Eugenio von der Weide in den Stall führte. Ihr Wallach hatte ein wenig zugelegt, weil er zu selten geritten wurde. Sie würde heute noch einen kleinen Abendausritt unternehmen. Raubart würde sie selbstverständlich auch mitnehmen. In Abwesenheit der Tante hatte sie sich wieder mehr um ihn gekümmert, ihn sogar ein paarmal mit ins Haus genommen. Vor lauter Freude hatte er sich benommen wie ein übermütiger Welpe.

Sie hörte ein leises Klopfen. Verwirrt blickte sie sich um – bis sie Gertraud hinter den Fenstern des großen Salons entdeckte. Sie klopfte noch einmal an die Glasscheibe und winkte sie herein.

Drinnen angekommen, drückte Helene ihren Mantel einem Pagen in nachtblauer Livree in die Hand und folgte Gertraud in den Salon.

«Ich habe etwas gefunden!» Helene hatte Gertraud noch nie so aufgebracht erlebt. «Ich kann's kaum lesen, lauter Kauderwelsch, aber du bestimmt! Sie hat es versteckt, sie wollte nicht, dass man es findet, aber der hohle Klang unter dem Parkett ...»

«Beruhige dich, was hast du gefunden?»

Gertraud ließ sich von Helene auf die Chaiselongue drücken. Sie rieb sich das Gesicht mit ihren schwieligen Händen, dann atmete sie tief durch. «Ich hab mir gedacht, da muss es noch mehr geben. Ich hab gewartet, dass Heinrich seine Runde macht, dann bin ich in ihr Gemach und hab weitergesucht. Eine der Dielen ... immer wenn ich darübergegangen bin, hat es ein kleines bisschen anders geklungen. Man konnte sie anheben und darunter ...» Gertraud wies auf einen Papierstoß auf dem Kaffeetischchen. «Da sind ihre Geheimnisse drin, ich bin sicher.»

«Das ist doch großartig.» Helene setzte sich zu ihr und nahm ihre Hände. «Das ist genau das, was wir gesucht haben. Wieso bist du so aufgeregt?»

Gertraud hob den Blick. «Auf dem obersten Blatt klebt Blut.»

# 26. Kapitel

Alfred saß mit fünf anderen Männern am Feuer und schnitt sich ein Stück Räucherwurst ab. Sie war so hart, dass man sie vor dem Herunterschlucken minutenlang kauen musste. Piruwetz saß ihm gegenüber, starrte in die Flammen und sog an einer langen Pfeife. Sie hatten sich etwas außerhalb des Grenzerlagers an einem Aussichtspunkt positioniert, von dem sie hinunter auf das Hauptlager der Armee blicken konnten.

Seit zwei Tagen nieselte es ausdauernd, und die Kälte des Herbsts kroch nachts bis in ihre Zelte. *Jägerwetter*, nannten es die Kameraden. Alfred hätte *Sauwetter* passender gefunden.

Einige Wochen waren ins Land gezogen, seit Piruwetz und er am Schießplatz in den Hinterhalt geraten waren. Seither war Alfred offiziell in den Jägertrupp aufgenommen worden und hatte seit dem ersten Tag den Flügel seines Trupps gebildet, was bedeutete, dass er die Position rechts außen übernahm, wenn sie in loser Formation durch den Wald patrouillierten. Pankratz, sein Vorgänger, war bei einem solchen Patrouillengang von einem türkischen Späher erschossen worden. Piruwetz und der Major bildeten stets das Zentrum des Trupps, bestimmten die Richtung und den Abstand zwischen den Soldaten, weil sie die Erfahrensten unter ihnen waren.

Drei Mal waren sie auf Türken gestoßen. In ihren farbenprächtigen Uniformen und spitz zulaufenden Hüten waren sie im Wald leicht zu entdecken. Piruwetz hatte sie allerdings meist schon niedergeschossen, bevor Alfred sie überhaupt zu Gesicht bekam, so scharf waren seine Augen. Es handelte sich um kleine Spähtrupps, stets zwei oder drei Männer, keine ernsthafte Bedrohung für erfahrene Grenzer, außer man wurde von ihnen überrascht. Immerhin hatte Alfred seinen Trupp einmal durch eine erhobene Faust gewarnt, als er sie kommen hörte, während seine Kameraden ihnen noch leutselig entgegenmarschiert waren.

Vom überraschenden Einfall des osmanischen Hauptheers hatten sie noch recht wenig mitbekommen, obwohl der Karpatenpass, über den es marschierte, nur einige Kilometer nordöstlich des Lagers gelegen hatte. Dem Banater Korps, das sein Lager direkt am Pass gehabt hatte, war das Glück hingegen weniger hold gewesen. Tag für Tag wurden sie von den ins Banat einströmenden Osmanen weiter zurückgedrängt und abgeschnitten.

«Gibst du mir das Fernrohr?», fragte Alfred Slrnic, den einzigen Grenzer unter den sechs Männern. Der Kroate wischte sich den Bierschaum aus dem Bart und reichte es ihm.

Alfred zog es auseinander und sah hinunter zum Hauptlager. Von hier oben konnte man das Meer an Zelten hervorragend überblicken. Alfred suchte nach dem Kommandozelt, das sich in prachtvoll bunten Farben wie eine kleine Burg über das Lager erhob. Unter einem kleinen Vordach standen mehrere Männer um einen riesigen Holztisch herum und schoben darauf kleine Figuren hin und her. Man musste sich wundern, dass sie trotz der vielen goldenen Orden auf ihren Uniformen noch gerade stehen konnten. Sie hatten sich um eine Gestalt in einem grünen Rock und einer weißen Perücke gruppiert, die eine rot-weiß-rote Schärpe über der Brust trug.

*Der Kaiser.*

Die anderen Offiziere schienen von allen Seiten auf ihn einzureden, während er mit kühlem Blick auf die Figuren auf dem Tisch starrte, als würde er sie gar nicht hören.

Sein Neffe, der Thronfolger, stand ein paar Schritte hinter dem Kaiser wie eine zu schmächtig ausgefallene Kopie. Er trat unruhig von einem Fuß auf den anderen und schien nicht erwarten zu können, dass die Besprechung endlich vorbei war. Auch der Major stand in der Gruppe. In seiner Jägeruniform wirkte er vergleichsweise schlicht. Er rauchte genau wie Piruwetz Pfeife und spähte immer wieder einem der höheren Offiziere über die Schulter, um einen Blick auf den Tisch zu werfen.

«Nichts Neues, oder?», fragte Slrnic.

Alfred gab ihm das Fernrohr zurück und schüttelte nur den Kopf.

«Er ist seit drei Tagen dort unten», bemerkte Piruwetz nachdenklich. «Was immer sie dem Kaiser vorschlagen, er ist noch nicht überzeugt.»

Alfred konnte sich ein leises Schnauben nicht verkneifen. Wie immer … Zehntausende warteten darauf, ob sie irgendein Hochwohlgeborener in den Tod schickte oder nicht.

Piruwetz grinste ihn an. «Sieht aus, als wärst du in Stimmung, ein wenig zu üben!»

«Das könnte nicht schaden», erwiderte Alfred. Vielleicht würde es die brodelnde Wut in seinem Inneren mildern.

Sie standen auf, schlenderten zurück zum Hauptplatz des

Grenzerlagers und nahmen zehn Schritte entfernt voneinander Aufstellung.

«Säbel? Faustkampf? Bajonett? Was zeigst du mir heute?», fragte Alfred.

Sie hatten dieses Spiel mittlerweile so oft gespielt, dass niemand im Lager mehr Notiz von ihnen nahm, wenn sie aufeinander losgingen.

«Nehmen wir doch einfach an, das wäre echt», erklärte Piruwetz. «In der Wirklichkeit gibt's keine Einschränkungen. Such dir aus, wie du dich verteidigst!»

Alfred wollte gerade etwas erwidern, da stürmte Piruwetz auf ihn los.

*Messer oder Bajonett?*, schoss es Alfred durch den Kopf, aber Piruwetz war schon heran und schlug mit seinem Gewehr nach ihm wie mit einem Prügel. Alfred stolperte zurück und prallte gegen einen Baum. Piruwetz setzte ihm nach, klappte im Sprung das Bajonett herunter und setzte die Klinge auf Alfreds Brust.

«Tot!», erklärte Piruwetz nüchtern.

«Das war nicht gerade ehrenhaft», erwiderte Alfred, als Piruwetz das Bajonett wieder hob.

Piruwetz hob eine Augenbraue. «Glaubst du, die Türken besprechen mit dir die Regeln, bevor sie dich angreifen, Schlaukopf?»

Alfred blies die Luft durch die Nase aus. «Schön, noch mal.»

Piruwetz wandte sich halb von ihm ab, wie um sich zu entfernen, wirbelte aber plötzlich wieder herum. Alfred sah die Klinge seines Jägermessers aufblitzen.

*Abwehren oder Ausweichen?*

Piruwetz hielt die Klinge gegen Alfreds Kehle.

«Tot», erklärte er mit einem Grinsen auf den Lippen.

Alfred knurrte frustriert. Der Ausgang ihrer Übungseinheiten war so gut wie immer derselbe. Nur selten gelang es Alfred, sich erfolgreich zur Wehr zu setzen.

Piruwetz ließ das Messer sinken. «Wie besiege ich dich?»

«Du bist schnell», murmelte Alfred. Eigentlich hatte er Schnelligkeit als eine seiner eigenen Stärken betrachtet, aber Piruwetz bewies ihm immer wieder, dass er sich nicht einmal darauf verlassen konnte.

«Nein», lachte Piruwetz. «Ich habe *gehandelt*. Du hast mir erzählt, wie sie dich überfallen haben, zuerst in Wien, dann unten im Lager und dann gemeinsam mit mir im Wald. Wie hast du überlebt?»

«Ich weiß nicht», gestand Alfred.

Piruwetz schüttelte den Kopf. «Du hast einfach gehandelt. Wenn dir der Feind gegenübersteht, ist das deine einzige Chance. Man muss sich auf seinen Instinkt und sein Können verlassen, ohne nachzudenken. Immer wenn ich dich angreife, erscheint diese steile Falte auf deiner Stirn. Du *analysierst*. Das mag richtig sein, wenn du deinen medizinischen Firlefanz treibst, aber nicht, wenn der Feind auf dich losgeht.»

«Firlefanz?», fragte Alfred mit hochgezogenen Augenbrauen. «Frag mal die Wunde an deinem Bein, wo dich der Säbel des Spähers gestreift hat, wie's ihr ohne meinen *Firlefanz* gehen würde.»

«Lenk nicht ab», bellte Piruwetz. «Wenn dir der Feind gegenübersteht, sei entschlossen! Handle! Geht das in dein Gelehrtenhirn?»

«Vielleicht», brummte Alfred. «Es ist nur ...» Seufzend ließ er sich gegen den Baum sinken. «Die Türken haben mir nichts getan. Die sind doch genauso unfreiwillig im Krieg wie du und ich.»

«Das mag sein», erwiderte Piruwetz. «Aber *die* werden nicht zögern, dich niederzumetzeln. Die wollen nämlich wieder nach Hause. Du etwa nicht? Was is' mit deinem Mädel?»

«Natürlich will ich zurück zu ihr!», fuhr Alfred auf. «Aber die Männer, die ich oben am Schießplatz erschossen habe, sie suchen mich in meinen Träumen heim ... und ich wache auf und spüre Jägerstedts Hand an meiner Kehle, wie er mir die Luft abdr...»

«Sie sind tot», unterbrach ihn Piruwetz scharf. «Lass sie auch tot bleiben!»

«Wenn das so einfach wäre», murmelte Alfred. Selbst nach dem Aufwachen hatte er noch eine Weile das Gefühl gehabt, keine Luft zu bekommen.

«Es ist nur Krieg! So geht's eben zu. Wenn du überleben willst, legst du dir besser eine dickere Haut zu», meinte Piruwetz kühl.

«So wie du, wenn du jeden Abend deinen Brief liest?»

Piruwetz verengte die Augen zu schmalen Schlitzen. «Wovon sprichst du?»

«Ach komm», meinte Alfred. «Immer nach dem Essen verziehst du dich in irgendein Eck, ziehst einen Brief aus deiner Rocktasche und wirkst so verloren wie ein Wolf ohne Rudel.»

«Was geht's dich an», brummte Piruwetz.

«Wie heißt sie?», fragte Alfred leise.

Für einen Moment dachte er, Piruwetz würde nicht antworten, doch schließlich ließ er sich auf einem Stein nieder und senkte den Blick.

«Paula», erwiderte er ebenso leise. «Aber es spielt keine Rolle. Sie hat mich verlassen. *Gewiss* hat sie mich verlassen.»

«Gewiss?», fragte Alfred.

«Ich komm aus dem Bayrischen», erklärte Piruwetz. «Das

wissen hier nicht viele. Mein Vater war ein böhmischer Knecht, der seine Stelle verlor und mich und meine Geschwister nicht mehr ernähren konnte.»

*Also ist unsere Ähnlichkeit wirklich nur Zufall. Weder mein Vater noch meine Mutter waren je im Bayrischen.*

«Ich schlug mich so durch, zuerst in München, später zog ich mit einer Gruppe Schmiedegesellen nach Bozen, weil es hieß, dass es in Österreich mehr Arbeit gäbe. Doch dort war es nicht besser. Ich nahm die niedrigsten Arbeiten an, die man sich vorstellen kann. Manchmal musste ich auf dem Markt stehlen gehen. Irgendwann griff ich nach der Börse eines edlen Herren, weil ich vor Hunger nicht schlafen konnte. Es war der Major, der *Baron* Klippfels. Er packte mich am Handgelenk und fragte mich, warum ich so was Unchristliches tun wollte. Ich sagte ihm, dass ich hungrig sei, da nahm er mich mit auf sein Gut und gab mich seinen Wildhütern zur Ausbildung. Dieser Mann hat mich vor dem Kerker bewahrt und mir ein neues Leben gegeben. Nach einigen Jahren zog ich mit ihm und seinen Jägern in den Bayrischen Krieg. Ich war noch ein Junge, aber irgendwie gelang es mir zu überleben, indem ich mich an den Major hielt und von ihm lernte. Jahre später, auf einem Tanz im Nachbardorf, lernte ich dann Paula kennen. Ein richtiger Engel war sie, mit ihren rehbraunen Augen. Ich erzählte ihr viel vom Krieg und den furchtbaren Dingen, die ich gesehen hatte ...»

Sein Blick bohrte sich in Alfreds. «Und dass ich auch nicht schlafen konnte. Ich musste ihr versprechen, nie wieder in den Krieg zu ziehen. *Ich will keinen Leichnam auf einem Schlachtfeld heiraten, Gerwald*, hat sie gemeint, *sondern dich, lebendig und warm an meiner Seite.* Kurz bevor wir heiraten wollten, erhielt der Major den Befehl, ein Jägerregiment ins

Banat zu führen. Ich war sein bester Mann. Er konnte nicht auf mich verzichten. Als ich's ihr erzählt habe, wurde sie wild, schrie, weinte und schlug mich, dann ist sie davongerannt.»

Er schüttelte trostlos den Kopf. «Ich bin losmarschiert, ohne noch einmal mit ihr zu sprechen. Irgendwann erreichte mich dieser Brief!» Piruwetz zog das sorgsam gefaltete Stück Papier aus seinem Janker. «Vermutlich ihr Abschiedsbrief. Gewiss schreibt sie, dass sie mich nie wiedersehen will, dass sie mich verlässt.» Mit einem Mal wirkte Piruwetz so elend, dass es Alfred fast unangenehm war, ihn so zu erleben.

«Hast du ihn denn nicht gelesen?», fragte er und ließ sich neben ihm auf dem Waldboden nieder.

Piruwetz starrte ins Leere und presste nur die Lippen zusammen.

«Du kannst es nicht», begriff Alfred plötzlich. «Du kannst nicht lesen und hast es ihr nie gesagt.»

Piruwetz' ganze Gestalt schien sich zu versteifen. Aber er sagte darauf nichts.

«Darf ich ihn lesen?», murmelte Alfred.

Piruwetz wandte sich ihm zu. Seine Augen huschten hin und her, als würde er den Vorschlag abwägen. «Und wenn ich recht habe?»

«Dann weißt du's wenigstens.»

«Fein.» Piruwetz drückte Alfred in einer blitzschnellen Bewegung den Brief in die Hand. «Aber wenn du das irgendwem erzählst, ich schwör dir, ich …»

«Werd ich nicht», erwiderte Alfred schlicht. «Siehst du das?» Er deutete auf den ersten Buchstaben auf dem Brief. «Das ist ein L. Hast du dir gemerkt, wie es aussieht?»

Piruwetz nickte.

«Dann fehlen nur noch fünfundzwanzig andere Buchstaben, ein Kinderspiel für jemanden wie dich, in ein paar Wochen haben wir das!»

«Was steht drin?», drängte Piruwetz.

Alfred ließ seine Augen über Paulas Zeilen fliegen. Ein kleines Lächeln stahl sich auf seine Lippen.

«*Und?*», zischte Piruwetz.

Alfred maß seinen Kameraden mit einem langen Blick. «Wie wär's damit», meinte er. «Ich bring's dir bei, und du liest ihn selbst!»

«Bist du wahnsinnig?» Er klatschte mit den Händen auf seine Beine. «Jetzt kann ich nicht mehr warten!»

«Glaub mir, mein Freund.» Alfred legte ihm die Hand auf die Schulter. «Es zahlt sich aus. Bald wirst du ihr antworten!»

«Warum sollte ich ihr antworten, wenn sie ...» Piruwetz verharrte.

Für einen Moment sah Alfred ein Glitzern in seinen Augen, das sich mit den vielen Regentropfen auf seiner Haut mischte. Er zog Alfred an sich heran und drückte ihm einen Schmatzer auf die Wange.

«Wenigstens irgendwas, das ich *dir* beibringen kann», brummte Alfred. «Also los, zeig mir, wo du überall ein L findest!»

ೞ

Einen Tag später, als Piruwetz bereits alle Vokale und ein paar kurze Wörter erkannte, kehrte der Major zurück und rief alle Jäger und Grenzer zusammen. Seine Miene wirkte ernst, und sie wussten, dass die Zeit gekommen war. Keine einfachen Patrouillen mehr, kein Wacheschieben. Sie würden in die Schlacht ziehen.

Jetzt, wo es so weit war, wusste Alfred nicht, was er fühlen sollte. Seit seiner Verschleppung hatte er so viel Zeit damit verbracht, sich vor diesem Moment zu fürchten, dass er fast erleichtert war.

Der Major begann, ihnen ihre Befehle weiterzugeben. Bald wurde klar, was die Verhandlungen so lange aufgehalten hatte. Viele hohe Militärs, allen voran der Heerführer Lacy, hatten dafür plädiert, eine Entscheidung in diesem Krieg zu suchen und den Türken mit voller Wucht in die Flanke zu fallen. Der Kaiser hatte sich aus irgendeinem Grund gegen diese Maßnahme entschieden. Die Armee würde in der Tat gegen die Türken marschieren, doch nur um einen Korridor freizukämpfen, durch den das abgeschnittene Banater Korps entkommen konnte.

«Das ist kaum weniger riskant», murmelte Piruwetz. «Die Osmanen werden erwarten, dass wir ihnen zu Hilfe kommen.»

«Das Hauptheer wird auf der Ebene angreifen, um den Korridor zu schlagen», erklärte der Major. «Wir kommen über die Berge und ziehen so nah an die Flanke der Türken heran, wie wir können. Unser Auftrag lautet, ihre Ordnung durcheinanderzubringen, damit das Hauptheer leichter vorstoßen kann. Hinter den Reihen der Türken sind unsere Kameraden von jeder Hilfe abgeschnitten. Tausende von ihnen. Wir werden sie nicht im Stich lassen!»

Die Jäger streckten ihre Gewehre in die Luft und stießen ein lautes «Heil!» aus.

Die Männer zerstreuten sich. Patrouillengruppen fanden sich und machten sich für den Abmarsch bereit. Alfred lud sein Gewehr und holte sich einen Beutel mit Papierpatronen.

«Piruwetz?», fragte er, während er seinen Janker zuknöpfte

und das Gewehr über die Schulter warf. «Ich muss dich um was bitten.»

«Was?», brummte er, während er Arno tränkte. Der Haflinger würde hier im Grenzerlager bleiben. Bei dem, was sie vorhatten, würde er ihnen nicht von Nutzen sein.

«Wenn mir was passiert, gehst du dann nach Wien und erzählst ihr davon?»

Piruwetz nickte unmerklich und zog sich den Hut in die Stirn. «Soll ich ihr noch irgendetwas sagen?» Bei jedem anderen hätte Alfred die Nüchternheit in der Stimme überrascht.

«Dass ich mir wünsche, dass sie glücklich wird.»

«Du weißt schon, dass wir wahrscheinlich beide sterben», erklärte Piruwetz. «Lange werden sich die Türken unsere Bienenstiche von der Seite nicht gefallen lassen. Wenn sie ein paar Kanonen auf uns richten, sind wir Matsch.»

Alfred hob die Augenbrauen. «Scherzbold. Was machen wir wirklich, wenn sie die Kanonen auf uns richten?»

«Hab nicht gescherzt, Jägerkamerad», meinte Piruwetz schulterzuckend. «Laufen, als wäre der Tod hinter uns her – oder verrecken.»

«Na, das sind ja großartige Aussichten! Übrigens, ich werde dasselbe für dich tun. Wenn ich's irgendwie rausschaffe, suche ich Paula.»

«Weiß ich», erwiderte Piruwetz. «Auch wenn dieser Ausgang der unwahrscheinlichste von allen ist.»

Alfred grinste. «Dann überleben wir am besten beide und sparen dem anderen die Scherereien.»

Piruwetz erwiderte sein Grinsen. «Richtig. Man sollte meinen, mit so einem großartigen Gesicht würdest du öfter was Schlaues sagen.»

Sein Kamerad schulterte sein Gewehr und klopfte Alfred

auf die Schulter. Sie nahmen ihre Positionen in ihrer Gruppe ein und marschierten los.

Der Marsch über den Gebirgskamm war beschwerlich und dauerte fast den ganzen Tag. In derselben Zeit wälzten sich mehr als vierzigtausend Infanteristen und Kavalleristen über die Ebene. Alfred hätte einer dieser vielen sein können, in vorderster Front, in der Linie, darauf wartend, dass ihn ein Kanonenschuss zerfetzte. Zumindest würde er nicht auf diese Weise sterben, eingepfercht und ohne Chance auszuweichen.

Die Jäger und Grenzer teilten sich in über zwanzig kleine Trupps à vier Mann auf. Jede dieser Kleingruppen marschierte in einer lockeren, keilförmigen Formation. Der gesamte Trupp bildete einen wesentlich größeren Keil, der wiederum aus den Kleingruppen gebildet wurde.

Alfreds Trupp bildete die Spitze des Keils, wobei der Major selbst diese Rolle innerhalb ihres Trupps einnahm. Alfred marschierte ein paar Schritte schräg hinter Piruwetz an der rechten Flanke.

Lange bevor sie irgendetwas sahen, begannen die Kanonen so heftig zu donnern, dass Alfred beim ersten Schuss zusammenzuckte.

Begleitet vom Krachen der Kanonen, kamen sie in tiefere Lagen, und der Nadelwald ging in lockeren Mischwald über. Ein leises Pfeifen des Majors in einer kurzen Feuerpause ließ den Trupp sich bei ihm sammeln.

Der Hang flachte sich unter ihnen zusehends ab. Der Wald wurde lockerer und ging in eine offene Graslandschaft über.

Und dort unten, auf der weiten Ebene, tobte die Hölle.

Alle paar Sekunden durchschnitt das Donnern der Kanonen die Luft. Alfred konnte vor Ehrfurcht kaum den Mund schließen. Das osmanische Heer sah aus, als hätte man einen bunten, wimmelnden Teppich über die Ebene ausgebreitet. Gewänder in leuchtenden Farben, mit Vogelfedern verzierte Turbane, feingliedrige Pferde. Sogar ganze Trupps, die auf Kamelen ritten, meinte er auszumachen. Es war auf eine schreckliche Art schön.

Der Major wies nach unten auf die Ebene und reichte Piruwetz sein Fernrohr. Der blickte grimmig hinein und reichte es dann an Alfred weiter, während Slrnic sein eigenes Fernrohr aus seinem schwarzen Grenzermantel zog.

Alfred ließ das Fernrohr in Richtung des Kanonendonners gleiten. Dort war es, das Heer der Erblande, das sich keilförmig in das osmanische hineingefressen zu haben schien. Irgendwo weit dahinter glaubte er die Linie des Banater Korps zu erkennen, gegen die Berghänge gedrückt, von ihren Kameraden abgeschnitten.

Die Türken hatten längst ihre Kanonen auf den neu aufgetauchten Feind ausgerichtet und schlugen furchtbare Wunden in die Masse der Österreicher, doch auch die Kanonen der Erblande hinterließen im bunten Gewimmel der Türken blutige Krater. Die Linien beider Heere feuerten unablässig aufeinander, sodass Alfred in der Kampfzone nur Rauchwolken erkennen konnte, aber die Schmerzensschreie, die neben all den anderen Geräuschen auch immer wieder an sein Ohr drangen, vermittelten ihm eine grauenerregende Vorstellung davon, was dort passierte. Er erhaschte sogar einen Blick auf den Kaiser. Von Kavalleristen in blinkender Uniform umringt, saß er etwa zweihundert Schritt hinter der Frontlinie auf einem dunklen Ross und brüllte Befehle in die Menge.

*Das ist also der Krieg. Keine Helden, nur Dreck und Blut.*
Alfred reichte das Fernrohr weiter.
«Wir schleichen den Hang runter», befahl der Major.

«Suchen uns eine geschützte Position, dann schießen wir ein paar Offiziere aus den Reihen der Türken. Je größer der Turban, je prachtvoller das Gewand, desto höher der Rang.»

«Das wird nicht viel ausrichten», zischte Piruwetz. «Ein paar Schuss, und die wissen, wo wir uns verkrümelt haben. Und dann wird's lustig!»

«Hasch' ein' besseren Vorschlag? Ohne Ablenkung brechen die nie bis zum Banater Korps durch, und dann war jede Leich umsonst!»

Piruwetz schnaubte, widersprach aber nicht mehr. Der Major stellte sicher, dass der Befehl zu den anderen Trupps durchgegeben wurde, dann schlichen sie in geduckter Haltung den Hang hinunter.

Im dichten Gebüsch des Waldrands ließen sie sich auf den Boden sinken. Hier unten war der Schlachtlärm ohrenbetäubend. Das Donnern der Kanonen, Gewehrschüsse, Schreie und Pferdewiehern drangen an Alfreds Ohr. Schwefeliger Pulvergestank stach ihm in der Nase.

Die Flanke des Osmanenheers lag etwa zweihundert Schritt vor ihnen. Der Wiesenstreifen zwischen dem Waldrand und der Flanke wurde immer wieder von türkischen Trupps genutzt, um Munition an die Frontlinie zu schaffen. Berittene Osmanen mit wehenden Fahnen preschten an ihnen vorbei, während sie scharfe Befehle ausstießen. Alfred vernahm ein tiefes Röhren, ein Schatten fiel auf ihn, und ein Kamel trabte so dicht vorbei, dass ihm sein intensiver Geruch in die Nase stieg.

Alfred atmete tief durch. Sein Gewehr war geladen. Wahrscheinlich hatte er nicht viele Schüsse, wenn es losging.

«Nur aufs Schießen konzentrieren», flüsterte Piruwetz ihm aus seiner Deckung heraus zu.

Alfred ließ seinen Blick über die türkischen Reihen gleiten, auf der Suche nach denen, die aussahen, als ob sie etwas zu sagen hätten. Sein Blick saugte sich an einem Mann fest, der einen grün-roten Seidenmantel trug und einen hohen, weißen Turban, der mit drei Pfauenfedern geschmückt war. Ständig brüllte er den Soldaten um sich herum Befehle zu und hob seinen Säbel in die Luft.

Ein Offizier.

Obwohl sein schwarzbärtiges Gesicht jung wirkte, schien er eine Abordnung von Soldaten zu kommandieren, die gerade ein Dutzend neue Kanonen heranrollten. Die Kanonen waren auf drehbaren Gestellen befestigt. Alfred beobachtete, wie die osmanischen Artilleristen die Kanonen in einem perfekt aufeinander abgestimmten Arbeitsablauf ausrichteten. Es ging rasend schnell.

Ein Fluch ertönte neben Alfred im Gebüsch. «Die sind auf unsere Armee ausgerichtet. Die Reichweite passt genau, wir dürfen die nicht feuern lassen, sonst war's das!»

Alfred überlegte. Wie lange würde es das Kanonenfeuer aufhalten, wenn er den Türken mit dem Pfauenturban erschoss? Höchstens ein paar Augenblicke. Um wirklich etwas auszurichten, müssten sie die Geschütze selbst lahmlegen, aber Alfred hatte keine Ahnung, wie das gehen sollte. Er wusste ja nicht einmal, wie man eine Kanone bediente. Vermutlich wie ein großes Gewehr. Nur würde für so ein Ding keine Papierpatrone genügen, man bräuchte eine riesige Menge Pulver und natürlich die Kanonenkugel.

Alfred beobachtete, wie die Artilleristen aus einem großen Fass Pulver in den Lauf und in die Zündvorrichtungen schaufelten. Zwei Soldaten rollten bereits das nächste Fass aus einem weißen Zelt heraus auf die Kanonen zu.

Wenn sie das Pulverlager in Brand stecken würden ...

Alfred schüttelte den Kopf. Sie wären von einem Dutzend Kugeln durchlöchert, ehe sie auch nur in die Nähe kämen. Aber wenn man auf die Pulverfässer schoss? Die Kugeln wurden durch das explodierende Zündkraut heiß. Aber wurden sie heiß genug, um das Schießpulver zur Explosion zu bringen?

«Piruwetz, he», flüsterte Alfred und robbte zu seinem Kameraden hinüber.

«Was soll denn das?» Piruwetz sah ihn gar nicht an. Offenbar hatte er bereits einen Osmanen im Visier und wartete nur noch auf das Zeichen.

«Wir müssen auf das Pulverzelt schießen!»

Für einen Moment schien es hinter Piruwetz' Stirn zu arbeiten. Er konnte auch nicht wissen, ob es funktionierte. Vielleicht brauchte es auch mehrere Schüsse.

«In Ordnung, aber ...»

Das Horn erscholl ein paar Schritte neben ihm.

Alfreds Fluchen ging im Donnern der Gewehrschüsse unter, als etwa einhundert Jäger und Grenzer das Feuer eröffneten.

Überall in den Reihen der Osmanen wurden Schreie laut. Der Mann mit dem Pfauenturban wurde zurückgerissen. Weitere Soldaten wurden getroffen und gingen zu Boden.

Alfred zögerte nicht. Er nahm das Zelt ins Visier und schoss. Der Rückstoß seines Gewehrs schmerzte in der Schulter. Hatte er getroffen? Bestimmt. Das Zelt war nicht zu verfehlen, aber nichts geschah.

«Verdammt, sie haben die Kanonen schon geladen!», rief Piruwetz.

Sieben der zwölf Kanonen feuerten eine Salve ab. Alfred fuhr zusammen und krallte seine Finger in den Waldboden.

In seinen Ohren klingelte es. Entfernte Schreie waren das Einzige, was er wie durch eine dicke Wollschicht wahrnahm.

«Mein Gott, der Kaiser», hörte er Piruwetz' gedämpfte Stimme. «Sie sind in der Nähe des Kaisers eingeschlagen!»

Alfred hörte noch immer die Schüsse der anderen Jäger an ihm vorbeizischen, die Schreie der Türken …

Verzweifelt erkannte er, wie die osmanischen Kanoniere die feuerbereiten Kanonen hastig in ihre Richtung drehten.

«Wir müssen hier verschwinden», zischte Piruwetz.

«Schieß auf das Zelt!», rief Alfred und fummelte in seiner Tasche nach einer neuen Patrone. Neben sich hörte er Piruwetz sein Gewehr abfeuern. Während Alfred das Zündkraut in die Pfanne rieseln ließ, wartete er vergeblich auf den Knall einer Explosion. Auch dieser Schuss hatte das Pulverlager nicht entzündet.

Ein Hornstoß erscholl. Der Major blies zum Rückzug. Die Schüsse um sie herum verstummten. Dafür formierten sich türkische Reiter, um die Jäger in ihrer Deckung anzugreifen.

«Das funktioniert nicht», drängte Piruwetz. «Hauen wir ab!»

«Noch nicht», rief Alfred, während er so schnell wie möglich versuchte, die Kugel in den Lauf zu stopfen.

«Wagener!», brüllte Piruwetz. «Die schießen … *Alfred!*»

Alfred fühlte Panik in sich emporsteigen. Er *wollte* rennen, mehr als alles andere. Aber wenn sie hier scheiterten, dann würde es nicht enden, dann würden sie wieder in die Schlacht ziehen. Und wieder und wieder. Er würde Helene nicht wiedersehen, niemals heimkehren können. Aber wenn sie hier einen Sieg errangen, würden die Türken sich vielleicht nach Osten wenden, gegen die Russen, ihren wahren Feind.

Alfred legte an. Aus den Augenwinkeln sah er brüllende

Türken in ihre Richtung reiten. Piruwetz und er mussten die Einzigen sein, die zurückgeblieben waren.

Alfred schoss.

Er lauschte, einen Moment, einen zweiten.

Schüsse brachen um sie herum durch das Gebüsch. Die türkischen Reiter kamen unaufhaltsam näher.

Er hatte versagt, hatte sich eingebildet, durch ein bisschen Nachdenken diesen Kampf gewinnen zu können. Er sollte laufen, aber Alfred fühlte sich wie gelähmt. Er sah, wie die Läufe der Kanonen in ihre Richtung einrasteten.

«Wenn das nicht klappt», hörte er eine Stimme neben sich wispern, «dann bring ich dich um!»

Das Donnern eines Schusses direkt neben ihm ließ Alfred zusammenzucken. Piruwetz. Er musste sein Gewehr ebenfalls nachgeladen und noch einmal abgefeuert haben.

Für einen schrecklichen Moment geschah gar nichts – dann verwandelte sich das Pulverzelt in einen gleißenden Feuerball. Alfred presste die Hände auf die Ohren, dennoch schien der Knall ihn bis ins Innerste zu erschüttern. Er sah, wie die angreifenden Reiter vom Feuersturm der Explosion von ihren Pferden gefegt wurden. Trümmer flogen durch die Luft, durchschlugen das Dickicht rund um ihn. Irgendetwas Heißes verbrannte seinen Arm.

«Komm!», rief Piruwetz. Seine Stimme drang kaum durch das Klingeln in Alfreds Ohren. Er packte Alfred unter der Achsel und zog ihn hoch.

Sein Gesicht war rußig, aber sonst schien er unversehrt. Seltsamerweise sah Alfred keine Erleichterung in seiner Miene. Er sah sich zu den Türken um.

Mindestens die Hälfte der Kanonen waren umgefallen oder zerstört. Die Räder ihrer Rollgestelle ragten in die Luft und drehten sich im heißen Wind. Ein brennender Soldat lief schreiend durch die Trümmer.

«Renn!», hörte Alfred Piruwetz' gedämpfte Stimme. Er wies hektisch auf die türkischen Reihen.

Und jetzt sah Alfred es auch. Von überall her strömten Soldaten in ihre Richtung. Und die Kanone ... eine einzige war unversehrt geblieben und zielte noch immer in ihre Richtung.

Sie hasteten den Hang hinauf. «Renn, Alfred!», hörte er Piruwetz hinter sich brüllen.

Ein mächtiges Donnern erscholl – und die Welt explodierte. Alfred wurde durch die Luft geschleudert, landete irgendwo auf dem Waldboden. Ein spitzer Stein riss ihm das Bein auf. Blut rann ihm über die Stirn.

«Piruwetz!», brüllte Alfred. Selbst seine eigene Stimme klang gedämpft. Keine Antwort ... oder hörte er sie bloß nicht? Er sah auch nichts, der Rauch des Kanoneneinschlags vernebelte ihm die Sicht.

Alfred hustete und rappelte sich auf. Dass er noch alle Gliedmaßen hatte, erschien ihm wie ein Wunder.

«Piruwetz!», schrie er noch einmal – und dann so leise, dass Alfred es kaum hörte, drangen Worte an sein Ohr: «... geht ... gut ... Lauf, du Idiot!» Irgendwo durch die Rauchschwaden glaubte er, seine Gestalt gestikulieren zu sehen.

Es war wie in einem seltsam stillen Traum. Alfred taumelte los, bergauf durch den Rauch, während die wütenden Rufe seiner Verfolger hinter ihm laut wurden.

Der Rauch nahm ihm zwar die Sicht, sorgte aber auch dafür, dass niemand ihn sehen konnte. Er beschleunigte seinen Schritt, sprang über Äste und Baumwurzeln hinweg.

*Nur nicht stehen bleiben, weiterrennen, weiter ...*
Es war der einzige Gedanke, den er zu fassen vermochte. Er lief den Hang hinauf, nur weg von dieser riesigen Armee. Piruwetz tat bestimmt dasselbe, irgendwo außer Sicht. Das Klingeln in seinen Ohren wurde allmählich leiser. Die Geräusche des Waldes drangen wieder an Alfreds Ohr. Irgendwann blieb er stehen, um wieder zu Atem zu kommen, und sah sich um.

Die Bäume um ihn herum ragten hoch in den Himmel empor. Die Rufe seiner Verfolger waren leiser geworden, aber nicht verstummt. Er lebte, aber das war in diesem Moment nicht viel wert, mutterseelenallein und den gesammelten Zorn der Osmanen hinter sich.

☙

Stundenlang schlug Alfred sich allein durch den Wald. Immer wieder versuchte er, sich zu orientieren, um den Weg ins Lager zu finden. Freies Gelände zu suchen, wagte er nicht, dafür waren ihm die osmanischen Patrouillen zu dicht auf den Fersen.

Ein paarmal war er auf Leichen gestoßen, zwei Jäger, die ihm vage bekannt vorkamen, einige Infanteristen, die in dem Chaos nach den Kanoneneinschlägen geflüchtet sein mussten, und auch drei osmanische Fußsoldaten in ihren bunten Gewändern. Die Leichen waren noch zu frisch, um zu stinken, aber das Brummen der Fliegen verriet ihre Anwesenheit schon von weitem.

Alfred musste sich also darauf vorbereiten, dass sich vereinzelte Türken nicht nur hinter, sondern vielleicht auch *vor ihm* befinden konnten.

Es war bereits später Nachmittag, als Alfred etwas hörte, das ihn innehalten ließ. War das ein Tier? Nein. Es kam näher, und dann konnte er das Geräusch identifizieren. Es war ein Husten.

*Bestimmt ein Türke!*

Es konnte nicht anders sein! Seine Kameraden hatten vor ihm den Rückzug angetreten und waren längst weg. Das Husten verstummte manchmal kurz, nur um sich dann heftiger wieder zu Wort zu melden.

*Vielleicht ist er verletzt ...*

Aber auch ein verwundeter Osmane konnte schießen.

Aber was, wenn es Piruwetz war? Wenn er Hilfe brauchte? Er musste sich wenigstens vergewissern.

Das Husten schien sich seiner Position zu nähern. Alfred ließ sich hinter den Stamm einer Buche gleiten und wartete. Er hörte Schritte, die durch das Unterholz trampelten, ohne darauf zu achten, sich leise zu bewegen.

Eine Gestalt taumelte auf die Lichtung vor ihm. Alfred linste vorsichtig am Stamm der Buche vorbei, um mehr erkennen zu können. Die prächtigen Kleider des Mannes ließen ihn für einen Wimpernschlag tatsächlich an einen Türken denken, doch dann erkannte er, um wen es sich wirklich handelte.

Alfred wandte sich ab und presste sich gegen den Stamm der Buche. Das konnte nicht wahr sein. Er *musste* sich irren. In hundert Jahren würde *er* sich nicht alleine durch die Wildnis schleppen.

Alfred spähte noch einmal auf die Lichtung, um sich zu vergewissern – und sah zu, wie Joseph von Habsburg, Kaiser des Heiligen Römischen Reichs deutscher Nation, Erzherzog von Österreich, sich auf den Waldboden übergab und heftig hustend über einem verwitterten Baumstumpf zusammenbrach.

Wie kam er hierher? Ganz allein? Niemand wurde im Schlachtgeschehen besser beschützt. Der Kaiser ging *nie* allein irgendwo hin, außer vielleicht in die Bordelle am Spittelberg, wie man munkelte.

*Er hustet wie die Lungenkranken in der Klinik. Wenn ich's nicht besser wüsste ...*

Alfred verscheuchte den Gedanken. Was sollte er jetzt tun? Allein hatte er vielleicht eine Chance, das Lager zu erreichen, aber wenn er den halb bewusstlosen Kaiser tragen musste, würde es schwierig werden.

Alfred betrachtete ihn eingehend. Die blitzenden Orden an seiner Brust, die bei jeder seiner Bewegung klimperten. Der golddurchwirkte rote Rock, der von Rußflecken und Schlammspritzern entstellt wurde. Seltsam, wie gut seine Perücke trotz seines Zustands noch saß.

Er verspürte eine grimmige Befriedigung, den Kaiser so hilflos zu erleben. Ohne all die Lakaien, nur ein erbärmlicher, schwacher Mann. Endlich bekam er eine Kostprobe davon, was der Krieg, den er so leichtfertig erklärt hatte, für seine Untertanen bedeutete. Vielleicht gab es wirklich irgendwo einen gerechten Gott.

Die Gräfin mochte seine Anwesenheit hier verschuldet haben, aber der Kaiser hatte den Krieg verschuldet. Sollten ihn die Türken haben!

Alfred ballte die Fäuste und marschierte von der Lichtung weg. Doch nach ein paar Schritten verharrte er.

Er sah sich selbst vor dem Schriftzug des Allgemeinen Krankenhauses stehen. *Zum Heil und Trost der Kranken.*

Der Kaiser verdiente vielleicht keine bessere Behandlung

als ein Straßenbettler – aber er verdiente auch keine schlechtere.

Alfred wandte sich ruckartig um und trat auf die Lichtung hinaus.

Der über dem Baumstamm kauernde Kaiser hob müde den Kopf und kniff die Augen zusammen. Von seiner spitzen Nase hing noch ein Tropfen Erbrochenes.

In diesem Moment hörte Alfred ein Knacken hinter sich im Gebüsch. Als er sich umwandte, sah er am Rand der Lichtung, etwa dreißig Schritte entfernt, einen Mann in grüngoldenen Gewändern auftauchen. Ein Krummsäbel hing an seinem Gurt, und um seine Schulter trug er ein Gewehr. In der Miene des Osmanen zeigte sich keinerlei Überraschung, als er Alfred und den Kaiser erblickte. Anstatt nach seinen Kameraden zu rufen, breitete sich ein grimmiges Lächeln auf seinen Lippen aus.

Er hob das Gewehr und legte auf Alfred an.

Alfred sprang zur Seite, einen winzigen Moment bevor der Türke schoss. Der scharfe Geruch des vorbeizischenden Geschosses stieg ihm in die Nase.

Der Türke verlor keine Zeit und begann sofort, sein Gewehr nachzuladen.

*Es zählt nicht, wie du reagierst, nur dass du reagierst!* Piruwetz' Worte hallten in seinem Inneren wider, und bevor er begriff, was passierte, rannte er auf den osmanischen Krieger zu. Der spannte gerade den Hahn, als Alfred den Gewehrlauf packte und nach oben riss. Der Schuss ließ das Gewehr in Alfreds Händen zucken wie ein widerspenstiges Tier.

Der Türke rammte ihm sein Knie in den Bauch und stieß ihn zurück. Alfred landete auf dem Waldboden und hörte, wie der Osmane seinen Säbel aus der Scheide riss. Er sah eine im Sonnenlicht blinkende Klinge und rollte sich zur Seite, kurz bevor der Säbel sich dicht neben ihm in die Erde grub. Verzweifelt trat er nach dem Knie des Angreifers. Ein Knacken und ein schmerzerfülltes Knurren verrieten ihm, dass er richtig getroffen hatte.

Die Klinge des Krummsäbels wirbelte in einem flirrenden Bogen herum, und diesmal war Alfred nicht schnell genug. Ein heißer Schmerz an seinem linken Ohr ließ ihn aufbrüllen. Er spürte, wie Blut an seinem Hals hinunterrann, widerstand der Versuchung, nach seinem Ohr zu tasten, und warf sich mit voller Wucht auf seinen Angreifer.

Obwohl er schwerer und größer als Alfred war, verlor er das Gleichgewicht und stürzte. Die Wucht des Aufpralls riss ihm den Turban vom Kopf und entblößte rötliches Haar.

Alfred drückte den kräftigen Arm, in der er den Säbel hielt, mit seinem Knie zu Boden, so wie Piruwetz es ihm einmal gezeigt hatte, und packte die Kehle des Soldaten. Sein Hals war so muskulös, dass es ihm kaum gelang, ihn zu umfassen. Mit aller Kraft presste er beide Daumen auf den Kehlkopf des Osmanen, um ihm die Luft abzuschnüren. Der Mann röchelte und schlug mit seiner freien Linken auf Alfred ein. Trotz der Schmerzen zwang Alfred sich, ihn festzuhalten.

Er sah, wie sich das Gesicht des Mannes rötete. Alles in ihm sträubte sich, ihn weiter zu würgen. Alfred hatte am eigenen Leib gespürt, wie es sich anfühlte. Immer weniger Luft zu bekommen, atmen zu wollen, aber nicht zu können, der Schmerz ... die Angst. Für einen Moment sah er sich selber unter Jägerstedts Griff zappeln und hätte beinahe losgelassen. Aber er durfte nicht. Dieser Mann würde ihn umbringen, wenn er die Gelegenheit bekam.

Alfred spürte das Hämmern der Schlagader unter seinen

Fingern, spürte, wie die Halsmuskeln versuchten, den Kehlkopf zu öffnen, was er durch seinen Griff verhinderte. Die Hiebe des Türken erlahmten zusehends. Sein Gesicht färbte sich blau. Seine Augen waren weit aufgerissen, Todesangst stand darin.

Und dann, beinahe sanft, erschlaffte die Gestalt unter ihm. Keine Hiebe mehr, kein Röcheln, kein Beben.

Alfred traute sich nicht, gleich loszulassen, erst als es keinen Zweifel mehr gab, ließ er sich neben der Leiche des Türken auf den Boden fallen.

Ein heiseres Schluchzen schüttelte seinen Körper. Er hatte einen Menschen getötet. Noch einen. Im Krieg mochte man das Heldentum nennen, für Alfred blieb es Mord.

Der fremde Soldat war ein Mann in der Blüte seiner Jahre, wahrscheinlich mit einer großen Familie zu Hause. Der rötliche Bart und das Haar schienen ihm ungewöhnlich für einen Türken, obwohl er sich entsann, ab und an hellere Bartfarben in der Menge ihrer Armee gesehen zu haben.

Seine Kehle war schwarzblau angelaufen. Darunter blinkte etwas. Alfred blinzelte. Eine Kette. Der kleine goldene Anhänger zeigte einen … Vogel. Einen Kuckuck.

Alfred riss ihn ihm vom Hals und besah ihn sich. Der Anhänger war eindeutig von derselben Art wie der, den er Jägerstedt abgenommen hatte.

Alfred betrachtete den Toten fassungslos. Was hatte das zu bedeuten? Hatten Jägerstedt und die Vöglein der Gräfin ein ganz anderes Ziel verfolgt, als nur für seinen Tod zu sorgen? Ein viel größeres?

Er wandte sich nach dem Kaiser um. Es war ihm gelungen, sich ein wenig aufzurichten. Seine Brust hob und senkte sich hastig, die grauen Augen schienen Alfred zu durchbohren.

Mit einer verblüffend raschen Bewegung zog er eine Pistole unter seinem Rock hervor und richtete sie auf Alfred.

Er starrte in die Mündung des reichverzierten Laufs. Seine Verwirrung wich emporjagender Wut. Er hatte diesem Mann gerade das Leben gerettet! Erschoss er ihn jetzt, weil er für das kaiserliche Auge zu fürchterlich aussah? Mit seinem blutenden Ohr und dem rußgeschwärzten Gesicht?

«Ducken!», wisperte der Kaiser. Der Arm, in dem er die Pistole hielt, schwankte vor Anstrengung.

Alfred schüttelte verwirrt den Kopf.

Der Kaiser drückte ab. Das Donnern des Schusses durchschnitt die Luft. Für einen Moment dachte Alfred, er wäre getroffen, und griff sich an den Bauch, erwartete, dort eine klaffende Wunde zu finden – doch er war unversehrt, so unversehrt wie vor dem Schuss zumindest. Wie hatte der Kaiser auf diese kurze Distanz verfehlen können?

Ein Würgen drang an Alfreds Ohr. Er fuhr herum.

Ein weiterer Türke stand am Rand der Lichtung. Sein Gesicht war im Bereich des Kiefers, wo der Kaiser ihn erwischt hatte, ein blutiges Konglomerat aus Fleisch, Blut, Knochen und Zähnen. Sein weißer Turban war von Blutstropfen besudelt. Der Türke sackte leblos zusammen.

Alfred wandte sich wieder zum Kaiser um. Der hielt noch immer die rauchende Pistole in seiner Hand. Als sich ihre Blicke kreuzten, erschien ein halbes Lächeln auf seiner Miene, dann sackte er bewusstlos über dem Baumstumpf zusammen.

Er machte sich nicht die Mühe nachzusehen, ob es sich bei dem neuen Soldaten auch um eins der Vöglein der Gräfin handelte. Sie mussten hier so schnell wie möglich verschwinden. Alfred nahm dem Kaiser die Pistole aus den schlaff gewordenen Fingern. Er mochte Waffen noch immer nicht, aber diese hier war wunderschön, mit dem Relief einer verschlungen wachsenden Blume an der Seite. Er verstaute sie am Waffengurt des Kaisers. Dann zog er die Arme des Monarchen über seine Schultern und hob ihn an, sodass er an Alfreds Rücken lag, und schleifte ihn von der Lichtung.

❧

«Ich hasse Euch», flüsterte Alfred, während er den Kaiser durch den Wald schleppte. Die Richtung stimmte vermutlich, aber Alfred war nicht ganz sicher. «Ich hätte Euch liegen lassen sollen. Wir sind so langsam, dass sie uns bald haben werden.»

Der Kaiser reagierte nicht. Er war immer noch bewusstlos, nur manchmal wurde er von einem Hustenanfall geschüttelt, was Alfred jedes Mal fluchen ließ. Besser konnten sie ihre Position kaum preisgeben.

«Ihr seid schuld, dass wir hier festsitzen. Ihr seid schuld an diesem Krieg. Woher nehmt Ihr das Recht dazu? Geburt?» Alfred kämpfte sich mit zusammengebissenen Zähnen einen Hang empor. «Ich scheiß auf Eure Geburt!»

«Er denkt, er könnte es besser, nicht wahr?», hörte er eine heisere Stimme neben seinem Ohr.

Alfred zuckte zusammen. Wie lange war er schon wach?

«Auf einmal so scheu, Jägersmann?» Ein leises Lachen erklang, im nächsten Moment erstickt von Husten. «Ich werde ihm nicht vorhalten, was er hier von sich gibt. Die Luft in meinen Lungen ätzt, als wär sie Säure. Ich befehl ihm also, ehrlich zu sein, vielleicht hält mich das Diskutieren mit ihm am Leben.»

«Ich bin nicht zu Eurem Amüsement hier, Majestät», murmelte Alfred. «Und kein Gespräch wird uns beide am Leben halten. Sie sind uns auf den Fersen.»

«Was hat er dann zu verlieren?», beharrte der Kaiser. «Wenn es ihm besser gefällt, dann ist es kein Befehl, sondern eine Bitte, von einem Mann zum anderen.»

Alfred antwortete nicht. Der Kaiser wurde immer schwerer. Er wusste nicht, wie sie es zurück ins Lager schaffen sollten, allein die nächsten hundert Schritte waren eine Herausforderung.

«Na schön. Ich finde, niemand sollte Kaiser sein», erwiderte Alfred schließlich. «Nicht Ihr, nicht ich. Das Volk braucht keinen Kaiser.»

Der Kaiser schien die Worte eine Weile auf sich wirken zu lassen. «Das ist neu», meinte er nach einer Weile nachdenklich. «Die, die sich gegen mich stellen, möchten normalerweise nur selbst regieren. Denkt er nicht, dass der Sturz eines Kaisers Chaos und Elend zur Folge hätte?»

«Anfangs vielleicht. Aber dann gäbe es eine Regierung, eine, die vom Volk bestimmt wird, wie in den vereinigten amerikanischen Staaten. Die weisesten Männer würden gewählt, um das Reich zu lenken.»

Wieder stieß der Kaiser ein gehustetes Lachen aus. Alfred suchte nach einem spöttischen Unterton, während er ein Bachbett durchquerte. Aber es klang eher wehmütig.

«Diejenigen, die Macht anstreben, sind niemals die Lämmer, Jägersmann, sondern stets die Wölfe. Ich habe mein ganzes Leben nichts anderes getan, als mich auf dieses Amt vorzubereiten. Ich wurde in der Kunst der Politik, des Kriegs und in den Wissenschaften unterwiesen, bevor ich acht Jahre alt war. Ich habe der Prunksucht meiner Vorfahren abgeschworen und mein ganzes Leben lang alles für dieses Reich gegeben. Alles für das Volk, nichts durch das Volk! Das habe ich mir zum Wahlspruch gemacht. Glaubt er wirklich, gemeine Männer könnten das Land besser regieren als ich? Jeder Stand, jede Gruppe, jeder einzelne Mensch würde versuchen, das Beste für sich herauszuschlagen, ohne Blick für das große Ganze.»

«Vielleicht müssten wir die Freiheit erst lernen», erwiderte Alfred. «Vielleicht werden wir schon so lange beherrscht, dass es zur Normalität geworden ist, sich auf Kosten anderer zu bereichern. Aber ich glaube, wir könnten es lernen. Wir könnten ein Reich von mündigen Bürgern werden, die gleich an Rechten sind.»

Diesmal schwieg der Kaiser. Alfred fragte sich, ob er sich hier gerade um Kopf und Kragen redete. Niemand wagte es, die bestehende Ordnung auf diese Weise in Frage zu stellen, am Herrschaftsanspruch des Kaisers und der Notwendigkeit der Stände zu zweifeln.

«Was für eine Art Jägersmann ist er eigentlich? Welcher Fußsoldat an der Türkenfront phantasiert von den Demokratie-Utopien der alten Griechen?»

«Ich bin nicht aus freien Stücken Soldat, Majestät.»

«Und was ist er dann?»

«Ich wollte ein Medikus werden», murmelte Alfred.

«Das bezweifle ich», erwiderte der Kaiser. «Als Student wäre er nicht an die Front geschickt worden.»

«Ihr wisst gar nichts», fauchte Alfred.

«Dann beweis er es. Beweis er mir, dass er etwas von der Medizin versteht. Worunter leide ich?»

Alfred biss sich auf die Lippen.

«Nun?»

«Ihr habt die Schwindsucht, Majestät.»

Wieder einen Moment Stille. «Ich brauche eine kleine Rast», wisperte der Kaiser.

Alfred widersprach nicht. Er hatte ohnehin das Gefühl, keinen Schritt mehr zu schaffen.

Er ließ den Kaiser vorsichtig auf einen Felsen sinken und sank dann selbst keuchend auf dem Waldboden nieder.

Der Kaiser betrachtete ihn mit zusammengepressten Lippen. «Was veranlasst ihn zu dieser Annahme?»

Alfred wich seinem Blick aus. «Euer Husten. Während ich Euch trug, habt Ihr Blut gespuckt. Ihr seid erschöpft und schwach, Eure Haut fühlt sich fiebrig an. Eure Stimme klingt heiser. Es ist die erste Phase der Krankheit, Euer Leib versucht, den Herd in Eurer Lunge abzukapseln!» Zögernd deutete er auf die Brust des Kaisers. «Noch nicht erfolgreich», murmelte er.

Der Kaiser starrte ihn reglos an. «Beeindruckend, *Jägersmann*.» Der Kaiser stieß ein heiseres Lachen aus und schüttelte den Kopf. «Mein Leibarzt hatte denselben Verdacht und riet mir davon ab, an die Front zu kommen.»

Alfreds Miene verfinsterte sich für einen Moment. Sein Leibarzt. *Quarin*.

«Er hatte recht, Euch abzuraten», sagte er tonlos.

«Wie hätte ich in Wien bleiben können, wenn das Reich bedroht wird? Dieser Krieg ist … *ärgerlich*. Es ist der Krieg der Russen, und trotzdem sind wir es, die ihn ausfechten. Ich hatte keinen Streit mit der Hohen Pforte. Aber ich war meiner Bündnispartnerin, der Zarin, verpflichtet. Alle außer ihr intrigierten gegen mein florierendes Reich, sogar die Franzosen, obwohl meine eigene Schwester, Antoinette, die *Dauphine* höchstpersönlich ist.» Seine Stimme hatte einen bitteren Ton angenommen. «Denkt er nicht, dass ein Kaiser die

Grenzen seines Reichs schützen und seine Bündnisse achten sollte, Jägersmann? Was würde die weise Regierung tun, die er sich wünscht?»

«Ich weiß es nicht», hauchte Alfred. «Aber vielleicht wären Kriege gar nicht erst notwendig, wenn nicht jedes Land glauben würde, es müsste die Oberhand über das andere bekommen.»

Alfred nahm seinen Hut ab und ließ kühle Luft an sein schweißnasses Haar. Seine Beine schmerzten von der Überanstrengung. Seine Kleider klebten an seinem Körper, starrten vor Blut und Dreck. Wenigstens die Wunde an seinem Ohr hatte aufgehört zu bluten. Sein Angreifer hatte ein kleines Stück seiner Ohrmuschel abgeschlagen. Ein kleiner Preis fürs Überleben.

«Er kann mich nicht mehr weitertragen, nicht wahr, Jägersmann?», fragte der Kaiser.

Alfred wagte nicht, den Kopf zu heben. «Nicht mehr lange.»

«Dann soll er Hilfe holen. Ich werde hier ausharren.»

«Sie finden Euch, noch bevor ich das Lager erreicht habe», erwiderte Alfred kopfschüttelnd. «Und selbst wenn nicht, in der Nacht gibt es Frost. Ihr würdet erfrieren ohne ein Feuer.»

«Ein Dilemma», krächzte der Kaiser und hustete. «Wie steht es mit unseren Verfolgern?»

Alfred lauschte. Er hatte seit etwa einer Stunde keine Schritte mehr vernommen, was nicht hieß, dass die türkischen Späher ihnen nicht auf den Fersen waren.

Alfred runzelte die Stirn und neigte den Kopf zur Seite. «Ich bin nicht sicher, aber …» Er hielt inne, als er etwas hörte. Da. Wieder dieses Geräusch. Er erhob sich. «Wartet hier, Majestät!»

Alfred schleppte sich in die Richtung des Geräuschs.

Irgendwann zeichnete sich zwischen den Büschen ein massiger Schatten ab. Wieder hörte Alfred das Geräusch, das ihn hatte stutzig werden lassen. *Ein Pferd ...*

Ohne Reiter und Sattel weidete es die Blätter der Heidelbeerstauden ab. Seine Mähne war weiß, während das Fell die Farbe von Milchkaffee hatte. Genauso wie bei ...

«*Arno?*», stieß Alfred hervor. Der Haflinger hob den Kopf und beäugte ihn neugierig. An seinem Halfter hing ein loser Strick.

Alfred lief zu ihm hin und klopfte dem Pferd ungläubig den Hals. Dieser begann, genüsslich seinen Kopf an Alfred zu reiben. «Hast dich wieder losgerissen, du Halunke!»

Alfred spürte, wie ihm Tränen der Erleichterung in die Augen stiegen. Im Waldboden zeichneten sich Arnos Hufspuren deutlich ab. Sie würden sie direkt zurück ins Lager führen. Er nahm das Pferd am Strick und kehrte zum wartenden Kaiser zurück.

Joseph II. riss ungläubig die Augen auf, sobald er das Pferd erblickte. «Jägersmann, es scheint mir, als wäre er ein Mann außerordentlicher Begabungen – und außerordentlichen Glücks!»

Wenn er wüsste ... Aber ausnahmsweise antwortete Alfred nur mit einem Grinsen und widersprach nicht.

☙

Auch zu Pferd dauerte es noch vier Stunden, bis sie das Grenzerlager erreichten. Der Kaiser kauerte auf Arnos Rücken und hatte die Hände um seinen Hals geschlungen, um nicht herunterzurutschen. Alfred führte das Pferd am Strick und schleppte sich mit letzter Kraft zwischen die Hütten.

In den ersten Momenten nahm kaum jemand von ihnen Notiz. Es herrschte hektische Betriebsamkeit. Vereinzelt wurden Bahren mit Verwundeten in die Hütte des Wundarztes getragen.

Ein schwarz bemantelter Grenzer erspähte sie und blieb stehen. Dann rief er etwas auf Kroatisch. Ein paar neugierige Jäger strömten heran. Als sie erkannten, wer auf dem Rücken des Haflingers saß, begannen sie zu rennen.

«Der Kaiser!»

«Es ist der Kaiser!»

«Er lebt!»

«Er braucht Arznei, rasch!»

Sofort waren helfende Arme heran, die den Kaiser vom Pferd hievten und ihn in die Lazaretthütte trugen.

Alfred brach vor Erschöpfung in die Knie. Immer mehr Männer versammelten sich um ihn. Alfred nahm ihre Worte kaum wahr.

«Er hat ihn gerettet. Unser Kamerad, er hat den Kaiser gerettet!»

«Es ist Wagener, der Flügel vom Major!»

Arme griffen nach ihm, zogen ihn in die Höhe, stützten ihn.

«Er ist ein Held!»

Alfred blickte in lauter strahlende Mienen in grünen Röcken.

*«Der Held von Karansebesch!»*

«WO ISCH ER?»

Alfred sah, wie sich der Major durch die Menschentraube zu ihm durchdrängte.

«Ich glaub's nit», meinte er strahlend, nahm Alfreds Kopf zwischen die Hände und küsste ihn auf die Stirn. «Du

Prachtbursch, dich hat der Herrgott g'schickt! Nicht nur, dass du die ganzen Türken ablenksch, jetzt rettesch auch noch unsern Kaiser!»

«Piruwetz», flüsterte Alfred kraftlos. «Ist er hier?»

Ein kalter Schauer lief über seinen Rücken, als der Major nicht gleich antwortete und die Stirn runzelte.

«Natürlich bin ich hier», erklärte eine raue Stimme.

Alfred drehte sich um, und da stand er, mit einem Grinsen auf der Miene und dem Arm in einer Schlinge, aber ansonsten unversehrt. «Und du auch, du zäher Hund. Wer hätte das von einem Schlaukopf wie dir gedacht?»

Alfred umarmte ihn, so fest er konnte.

*Wir leben*, dachte er, während ihm die Freudentränen über die Wangen rannen. *Wir leben* ...

«EIN HOCH!», hörte er den Major brüllen. «Ein Hoch auf den Helden von Karansebesch!»

# 27. Kapitel

Sobald Grazia die Tür zu ihrem Gemach geschlossen hatte, zog sie sich mit Daumen und Mittelfinger die Spitzenhandschuhe von den Händen und warf sie achtlos auf das Bett. Sie hatte sie so lang getragen, dass ihre Haut bereits zu jucken begonnen hatte. Sie setzte sich unter den goldenen Baldachin, der ihr Bett überspannte, und atmete tief durch. Von draußen schienen bereits die ersten Strahlen der Morgensonne in ihr Gemach.

Sie konnte einfach nicht aufhören zu grübeln, und mittlerweile war es so schlimm geworden, dass es ihr den Schlaf raubte. Vorsicht war die Mutter allen Erfolgs, wenn man ein so heikles und kompliziertes Spiel spielte wie sie. Wenn nur ein winziger Faden in ihrem Netz riss, ein einziges Vöglein nicht mehr zwitscherte, konnte sie das alles kosten – und ein paar ihrer Vöglein hatten sich furchtbar still verhalten in den letzten Wochen. Ihr Gefühl sagte ihr, dass etwas nicht stimmte, und die Ungewissheit darüber raubte ihr fast den Verstand.

Dabei schien vordergründig alles gut zu laufen. Ihre Finanzen blühten, und Helene war, nach einigen Anlaufschwierigkeiten, richtig vernarrt in Graf Auring. Sie fragte bei jeder Gelegenheit betont unauffällig, ob sie etwas von ihm gehört habe. Sie hatte daraufhin ganz die mütterliche Tante gegeben, hatte sich zuerst skeptisch bezüglich Aurings Qualitäten gezeigt und ihr schließlich, scheinbar widerwillig, ihren Segen erteilt, sollte Auring einen Antrag machen. Helene schlug wohl nach ihr, was ihren Männergeschmack anbelangte, allerdings war das Kind manchmal von geradezu herzerweichender Naivität.

Abseits davon hatte Grazias letzte Reise geholfen herauszufinden, wie sich verschiedene Adelshäuser verhalten würden, falls der Kaiser starb. Wenn man wirklich wissen wollte, wer seine Verbündeten und wer seine Gegner waren, dann tat man es, *bevor* man mächtig wurde.

«Eure Berührung muss stets sanft sein», hatte der Kuckuck ihr vor vielen Jahren erklärt. Sie hatten miteinander im Bett ihres Gemachs auf Karschka gelegen, während draußen die Bauern die Apfelernte eingebracht hatten. Er hatte eine Feder von ihrem Pult genommen und strich über ein Champagnerglas, das an der Kante des Nachttischchens stand. «Sanft und unmerklich wie bei einer Feder. Darin liegt wahre Macht.»

Das Glas war über den Rand gekippt und zerbrochen.

«Ich habe eine etwas andere Vorstellung von Macht», hatte sie ihm geantwortet, was ihn dazu veranlasst hatte, ihr zu demonstrieren, welche Freude er ihr bereiten konnte, mit nichts anderem als einer Feder.

Grazia schüttelte lächelnd den Kopf. Sie hatte nie seinen wahren Namen erfahren oder welcher Krone er wirklich diente. Was spielte es für eine Rolle? Sie hatten *einander* hervorragende Dienste geleistet. Vor seiner Abreise nach Osten hatte er etwas seltsam Ernstes gesagt: «*Ich wünschte, ich könnte Euch mitnehmen. In Eurer Gesellschaft fühle ich mich verstanden ... und weniger einsam.*»

Sie hatte es abgetan, obwohl es ungewohnt verwundbar geklungen hatte. Normalerweise verschwendete sie keinen Gedanken mehr an ihre Liebschaften, sobald diese ihr Schlafzimmer verließen. Damals war es anders gewesen. Sie hatte sich tagelang einsam gefühlt und am Ende gar einen armen Landadeligen aus dem Nachbartal in ihr Bett gelassen.

Ein Klopfen riss Grazia aus ihren Gedanken. Sie hatte Heinrich trotz der nachtschlafenden Stunde aufgetragen, ihr die Post nach oben zu bringen. Er verbeugte sich tief, sobald er das Zimmer betreten hatte.

«Ich bringe die Post, Exzellenz.» Er reichte ihr eine Mappe mit Briefen, die sie ungeduldig entgegennahm.

«Was für Neuigkeiten hat Aurelian berichtet?», fragte sie.

Heinrich schürzte die Lippen, als sie Aurelians Namen erwähnte. Sie wusste nicht, was der alte Haushofmeister gegen ihn hatte.

«Laut ihm tratscht man, der Kaiser sei vor seiner Abreise an Schwindsucht erkrankt.»

«Welch ein Unglück», erwiderte Grazia trocken.

Heinrich musterte sie abschätzend. Selbst ihm vertraute sie nicht alle ihre Pläne an. Ganz gleich, wie lang er ihr schon diente, er war von niederer Geburt. Diesen Menschen konnte man nie völlig vertrauen ... nie wieder.

«Und weiter?», fragte sie.

«Er sagt, es gebe seltsame Gerüchte über eine Unbekannte, die im Verborgenen agiert. Sie nennt sich», Heinrich räusperte sich, «*die Gräfin Nachtigall.*»

«Wie amüsant», erwiderte sie. «Und welcher Art sind die Tätigkeiten dieser Gräfin Nachtigall?»

«Sie macht den kleinen Leuten großzügige Geschenke und will im Austausch Auskünfte über dies und jenes.»

«Gewiss eine rührselige Hochadlige, die sich ihr Leben mit einem kleinen Abenteuer versüßen will. Sie sollte allerdings wissen, dass man die kleinen Leute besser kleinhält, sonst werden sie schnell übermütig. Sonst noch etwas?»

«Nein, Exzellenz.»

«Danke, Heinrich.» Sie entließ ihn mit einer beiläufigen Handbewegung.

Sie würde Aurelian heute Abend ohnedies sehen, allerdings würde sich nicht die Gelegenheit für einen Bericht ergeben. Der Pirol hatte klare Anweisungen, was er auf dem Maskenball des Grafen Walsegg zu tun hatte.

Der Graf lud sie zwar stets zu seinen größeren Festen, dennoch hatte er sich ihr gegenüber bisher erstaunlich distanziert gezeigt. Ungewissheit, wie sie einen Menschen einzuschätzen hatte, ärgerte sie mehr als offene Feindschaft – sie war gefährlicher.

Draußen ging bereits die Sonne auf. Sie würde noch ein wenig ruhen, ausnahmsweise vollständig angezogen. Jede Unze Schlaf würde sie stärker machen, ruhiger und die unangenehmen Gedanken vertreiben, die sie plagten ...

Es klopfte heftig an der Tür.

Grazia setzte sich ruckartig auf. In ihrem Gemach war es taghell. Gerade als sie sich fragte, wie lange sie geschlafen hatte, wurde die Tür aufgerissen, und eine völlig aufgelöste Helene stürmte ins Zimmer.

«Täubchen, um Himmels willen, wie siehst du aus?»

Helenes Gesicht war gerötet, ihre Frisur hatte sich beinahe komplett aufgelöst. Ihr herbstlich rotbraunes Kleid war verrutscht, sodass ein Teil ihrer Schulter entblößt war.

Helene warf sich ihr an den Hals und schluchzte wie ein kleines Kind, dem man das Spielzeug weggenommen hatte.

«Na! Na!», meinte Grazia, tätschelte Helenes Rücken und drückte sie bestimmt von sich. «Jetzt beruhigen wir uns. Wieso weinst du denn? Es ist doch nur noch eine Woche, bis ...»

«Es ist so furchtbar», schluchzte Helene. «Es muss eine Lüge sein, eine furchtbare, gemeine Lüge ...»

Grazia reichte ihr ein Taschentuch und wartete so lange, bis Helene sich endlich wieder etwas im Griff hatte.

«So, nun erzähl, Täubchen.»

«Gestern beim Jungdamenkränzchen im Palais Winterfeld. Marianne von Winterfeld und noch drei weitere Komtessen haben getratscht. Sie wussten ja nicht, dass ich für ihn schwärme, deshalb nahmen sie kein Blatt vor den Mund und ...»

«Du plapperst, Täubchen. Drück dich klar aus, wer soll denn sonst aus dir schlau werden?»

«Sie haben gesagt, er ... Sie haben über *meinen Auring* gesprochen. Er war auf Besuch beim Baron Landstein. Und ... und ...» Helene schüttelte nur unablässig den Kopf.

«Nun sag schon!»

«Sie sagten, der Baron habe die Baronin im Bett erwischt. Mit meinem Auring! Angeblich hat er auf ihn geschossen und ihn von seinem Grundstück gejagt. Es heißt, der Baron verlange Satisfaktion, aber Auring sei Hals über Kopf getürmt, auf sein Gut in der Toskana.» Helene sah auf. «Bestimmt lügen sie, nicht wahr, Tante? Nicht mein Auring. So etwas würde er nie tun. Er ist ehrenhaft. Und er hat doch anklingen lassen, dass er an *mir* Gefallen finden würde!»

Grazia fluchte innerlich. Das hier passte viel zu gut zu Auring, um ein Gerücht zu sein.

*Dieser dumme Geck, dabei hatte ich ihn doch gewarnt, sich bis zur Hochzeit zu benehmen!*

Sie verschränkte ihre Finger so fest ineinander, dass es schmerzte. «Wir werden sehen, Täubchen», flüsterte sie.

«Aber wir werden doch trotzdem heiraten, nicht wahr?»

«*Wir werden sehen.* Jetzt geh und schlaf noch ein bisschen. Heute Nachmittag beim Kaffee will ich dich frisch und erholt sehen.»

Helene nickte ergeben und verschwand rasch aus dem Zimmer. Zumindest hatte sie zu schluchzen aufgehört.

Grazia erhob sich, nahm einen silbernen Brieföffner von ihrem Schreibpult und schleuderte ihn mit einem wilden Kreischen nach einem Porträt ihres Bruders, dem letzten, das sie noch nicht abgenommen hatte. Der Brieföffner traf das Bild mit dem stumpfen Ende und prallte wirkungslos ab.

Grazia schnaubte. Sie musste sich ablenken, bevor sie noch etwas Unbedachtes tat. Nach solch einem Eklat würde Auring das Hofrecht und seinen Ruf verlieren. Letzteres hätte man ja noch verschmerzen können, aber ohne Hofrecht … Sie schnalzte mit der Zunge.

Die Post! Sie musste ihr Gemüt kühlen und dann in Ruhe nachdenken. Sie schnappte sich den Brieföffner vom Boden und die Mappe, die Heinrich gebracht hatte, und setzte sich an den Schreibtisch.

Als sie sie aufschlug, glitt ein unscheinbarer Brief heraus. Grazia nahm ihn in die Hand und hob die Augenbrauen. Das rote Siegel war ohne Wappen oder Initialen.

Sie schnitt das Kuvert auf. Während sie die Wörter las, begann ihre Hand zu zittern, zuerst kaum merklich, dann immer heftiger.

*Bereue deine Sünden, Grazia, denn ich komme, um dich zu holen. Ich lauere auf dich, im Schatten jedes Lächelns. Während du zitterst, wiege ich jede einzelne deiner Sünden.*
*Lass nicht deine Vöglein nach mir suchen, sie werden mich nicht finden. Such in deinen Albträumen, dort spiele ich die Hauptrolle!*

༶

Helene hatte im selben Moment aufgehört zu weinen, in dem sie das Gemach der Tante verlassen hatte. Ein zufriedenes Lächeln zog ihre Mundwinkel nach oben. Sie lief hinunter in den Schlossgarten und holte Raubart aus dem Zwinger, der übermütig an ihr hochsprang. Heute würde die Gräfin nichts dagegen haben, dass sie sich mit ihrem Hund *tröstete*.

Helene machte eine ausgiebige Runde mit ihm im Wald vor den Toren, ließ ihn im Herbstlaub schnüffeln und ihn in seinem Übermut eine Gruppe Krähen aufscheuchen, die im Geäst landeten und den Hund aus glänzenden Augen betrachteten.

Wieder zurück in ihrem Gemach, strich sie versonnen über die Blüten des Blauen Eisenhuts, der in einer Vase am Fenster stand.

Ein leises Klopfen an der Tür ließ sie sich aufrichten. Gertraud stahl sich hastig hinein. Sie trug eine große Tasche, aus der ein blutroter Ärmel hing, und stellte sie auf Helenes Bett ab.

«Hab das Kleid in der Stadt geliehen. Eure Tante wird's nicht erkennen, wenn sie es auf dem Ball sieht.»

«Aber mich vielleicht schon», murmelte Helene. «Ich muss ihr aus dem Weg gehen.»

«Und auf jeden Fall das hier tragen», fügte Gertraud hinzu und zog eine goldene Maske aus der Tasche hervor.

Helene nahm sie mit beiden Händen entgegen und besah sie sich neugierig.

«Probier es an!», meinte Gertraud und holte auch das Kleid aus der Tasche. Es wirkte ausgesprochen edel, mit seinem blutrot glänzenden Stoff, der fließenden Form. Besaß die Tante nicht sogar ein Kleid von ähnlicher Farbe und ähnlichem Schnitt? Helene verscheuchte den Gedanken, entkleidete sich und ließ sich von Gertraud in das Gewand helfen.

Danach brachte die Zofe Helenes Frisur mit ein paar geübten Handgriffen in Ordnung, die sie sich für die Vorstellung vor der Tante zuvor selbst zerstört hatte.

«Hat sie's dir abgekauft?»

«Ich denke, ja», erwiderte Helene und setzte sich die Maske auf. Sie bedeckte ihre gesamte obere Gesichtshälfte, nur Kinn und Mund waren frei.

Gertraud machte einen Schritt zurück, betrachtete sie kurz und senkte dann den Blick, als wäre ihr Helenes Anblick unangenehm.

«Was ist?», fragte sie.

«Nix.» Gertraud wrang nervös die Hände. «Aber du siehst aus wie eine Märchenkönigin.»

Helene lachte, nahm die Maske ab und umarmte Gertraud herzlich. «Dann bin ich ja für heute Abend gut verkleidet.»

«Ich mach mir Sorgen um dich», meinte Gertraud und löste sich aus Helenes Umarmung. «Das alles verselbständigt sich. Ich hab Angst, dass wir irgendwas nicht mehr im Auge haben und sie uns auf die Schliche kommt.»

«Wir müssen uns bald keine Sorgen mehr um sie machen», erwiderte Helene kühl. «Hast du das Fläschchen?»

«Ich hab's hier» erwiderte sie und holte ein braunes Glasfläschchen aus ihrer Schürzentasche. «Ich bin nur nicht sicher, ob ich es richtig gemacht habe.»

«Das hast du bestimmt.» Helene nahm das Fläschchen und verstaute es sorgfältig zwischen ihren Kleidern.

«Meinst, sie hat den Brief schon gelesen?» Gertraud flüsterte jetzt.

«Vorhin noch nicht, sie wäre aufgewühlter gewesen. Oder sie ist so kalt, dass nicht einmal so etwas sie erschüttert.»

«Das kann sein.» Gertraud kniff die Augenbrauen zusammen. «Meinst du nicht, wir hätten gleich hineinschreiben sollen, was wir wollen?»

«Nein.» Helene blickte nachdenklich ins Leere. «Zuerst säen wir Ungewissheit, lassen sie von ihrer eigenen Medizin kosten. Dann erst soll sie bluten.»

Gertraud trat nervös von einem Fuß auf den anderen.

Helene ergriff ihre Hände. «Ich versteh, wenn du dich nicht wohl damit fühlst. Du musst nicht mitmachen, wenn du nicht möchtest. Ich würd's dir nicht übel nehmen. Sie hat dir nicht so schlimm mitgespielt wie mir.»

Ein Lachen platzte aus Gertraud hervor, so heftig, dass sie sich die Hand vor den Mund schlug. «Hast du eigentlich eine Ahnung, was deine Tante schon alles getan hat?», flüsterte sie.

Einiges davon hatten die Briefe enthüllt, die Gertraud unter den Holzdielen im Zimmer der Gräfin entdeckt hatte. Helene sah vor ihrem inneren Auge die Blutspritzer auf einem der Papiere, die ganz klar ihren Erbanspruch auf Weydrich bekundeten, dachte an all die anderen Briefe, die scheinbar harmlos waren, aber mit Sicherheit geheime Botschaften enthielten. Es war ihr noch immer nicht gelungen, sie zu dechiffrieren. Sie schüttelte den Gedanken ab. Nicht heute. Heute musste sie konzentriert bleiben. «Was hat sie dir angetan?», fragte sie leise.

Gertraud setzte sich auf die Bettkante. Sie wirkte noch aufgeregter als gerade eben, als wüsste sie gar nicht, wo sie anfangen sollte. «Deine Tante ... war bei mir daheim, im Mährischen, berüchtigt. Mein Bruder und seine Familie waren leibeigene Bauern, zuerst bei ihrem Mann. Er war kein guter Mensch, aber zumindest waren ihm die Bauern und ihre Erträge gleich. Er kontrollierte ihre Abgaben nicht, und sie konnten leben. Dann ist er gestorben, *ein Jagdunfall*, sehr merkwürdige Umstände. Es kam sogar ein Inspektor aus Wien, um die Sache zu untersuchen, und befragte deine Tante. Ist aber nix draus geworden. Dann hat sie das Heft übernommen. Sie bestand darauf, dass die Anteile der Bauern bis auf das letzte Korn und den letzten Apfel abgeliefert werden mussten. Bei kargen Erträgen bedeutete das für die Bauern, im Winter zu hungern. Die Kleinste von meinem Bruder starb zwei Winter nach dem Tod des Grafen. Sie alle waren völlig ausgemergelt, sodass eine leichte Krankheit reichte, um das Mädchen dahinzuraffen. Währenddessen machte deine verdammte Tante das Land urbar, zwang mehr Bauern in ihre Dienste und wurde reicher und reicher. Sie hielt sich kaum noch in Karschka auf. Eine gutaussehende, junge Witwe war sie, ließ sich von dem vielen Geld ein eigenes Palais und alles in Wien bauen. Aber dann kam das neue Gesetz des Kaisers, und sie verlor alles, einfach so!» Gertraud schnippte mit den Fingern.

Helene nickte. Der Kaiser hatte vor einigen Jahren die

Leibeigenschaft im Reich abgeschafft. Damit hatte er sich in Adelskreisen wahrlich nicht beliebt gemacht, egal wie gerechtfertigt es war.

«Plötzlich waren ihre Bauern frei, und viele sind abgehauen. Kaum einer wollte in ihrem Dienst bleiben und ihr alles in den Rachen werfen. Sie ließen ihre Felder unbestellt, nahmen mit, was nicht niet- und nagelfest war. Auch ich hatte plötzlich die Wahl, musste nicht auf unserem Hof bleiben. Also bin ich nach Prag, auf der Suche nach einer Anstellung. Mein Bruder blieb. Er meinte, jetzt wo sie frei seien und geringere Abgaben leisten müssten, würde doch alles besser werden. Aber als der Zahltag gekommen war, verlangte sie genauso viel wie früher von ihm, obwohl er ihr die Treue gehalten hatte. Mein Bruder beschwerte sich, und sie ließ ihn und seine Familie prompt vom Hof jagen. Sie mussten zu mir nach Prag, und am Anfang dachte ich, wir würden alle verhungern, weil mein Lohn nicht für alle reichte. Aber dann fand er auch was, und wir kamen irgendwie zurecht. Ich schicke ihnen immer noch jeden Gulden, den ich entbehren kann.» Gertraud sah auf und lächelte. «Na ja, seit den fünfzig Gulden von dir ist es sehr viel leichter geworden.»

Helene schüttelte ungläubig den Kopf. Sie hatte ja nicht geahnt, was Gertraud und ihre Familie durchgemacht hatten. «Wie konntest du in ihre Dienste treten? Du musst sie hassen.»

«Meine alte Herrin wollte deiner Tante einen Gefallen tun, und ich konnt's mir nicht leisten, nein zu sagen», antwortete Gertraud gleichmütig. «Außerdem», ein Grinsen breitete sich auf ihrer Miene aus, «erinnerst du dich an das Rhabarberkompott letzte Woche? Das, von dem ich dir gesagt habe, du sollst es stehen lassen, wenn es dir und deiner Tante serviert wird? Einer von den Küchenjungen hat sich übergeben. Der hatte davor das *echte* Rhabarberkompott. Ich hab's aufgesammelt und mit ein bisschen Zucker noch mal aufgekocht und dann genüsslich zugesehen, wie sie's auslöffelt.»

Gertraud brach in ein herzhaftes Lachen aus, und Helene fiel mit ein. Die Zofe schüttelte den Kopf und deutete nach oben. «Ich weiß, der Herrgott hat mich hergebracht. Ich habe so oft gebetet, er soll machen, dass sie nie wieder jemandem weh tun kann, und er hat mich zu dir geführt.» Sie nickte mit brennendem Blick. «*Du* wirst dafür sorgen, das hab ich schon gespürt, als wir uns das erste Mal begegnet sind. Dich hat sie genauso hintergangen, aber du bist klüger als sie.»

Helene winkte ab. «Ach, hör auf, ich werd noch rot. Und ohne dich wäre ich gar nichts.»

«Gut, lassen wir das», meinte Gertraud. «Ich werde mit dem Johann sprechen, wo er dich hinfahren soll, während du mit der Gräfin beim Kaffee sitzt. Dem jungen Pagen, dem Wolfgang, hab ich heut *für die gute Arbeit* einen Kirschlikör zugesteckt, den trinkt er heut Abend sicher mit dem Heinrich. Der wird unseren Kutscher also nicht mit zu vielen Fragen bedrängen.»

«Ausgezeichnet», murmelte Helene.

Gertraud griff in die Tasche, in der das rote Kleid und die goldene Maske gelegen hatten, und zog eine weitere schwarz glänzende Maske daraus hervor. Auf den ersten Blick erinnerte sie an eine Harlekinmaske, aber auf den zweiten erkannte Helene, dass sie den Kopf einer Krähe darstellte.

«Für den Johann», meinte Gertraud. «Wenn er bei Walsegg vorfährt, soll ihn niemand erkennen. Und wegen des Maskenballs wird sich keiner wundern.»

«Eine Krähe», murmelte Helene nachdenklich.

*Willkommen bei den Krähen*, hatte Walsegg ihr damals zugeflüstert. Aber es waren keine Krähen gewesen, die sie verletzt hatten.

«*Wir* sollten Krähen sein», flüsterte Helene. «Sie sind klug, und sie halten stets zusammen. Krähen gegen ihre kleinen Vögelchen!»

Gertraud kratzte sich am Kopf. «Solange ich nicht am Kompost nach Schnecken picken muss, soll's mir recht sein.» Sie grinste. «Die Nachtigall und ihre Krähen!»

Helene schmunzelte. «Gertraud …» Sie schüttelte den Kopf. Es gab so viel, was sie hätte sagen wollen, aber irgendwie fand sie keine Worte. «Wenn du dir eine Sache wünschen dürftest, nur für dich, was wäre das? Es muss nichts Sinnvolles sein. Einfach etwas, das dir insgeheim schon immer gefallen hat.»

Gertrauds Augenbrauen hoben sich bis unter ihre Stirnfransen. «Ich weiß nicht.»

«Jeder wünscht sich doch irgendetwas.»

«Na ja.» Gertraud lächelte verschämt. «Diese dicken Pelzmäntel, die die feinen Damen im Winter tragen. Ich hab mich immer schon gefragt, wie das wohl ist, im Winter draußen sein, ohne zu frieren.»

Helene nickte. «Ich verstehe.»

«Ich würde albern in so was aussehen. Die Dinge, die man sich wünscht, sind meistens gar nicht so großartig, wenn man sie wirklich bekommt.»

«Und manchmal sind sie es», erwiderte Helene. «Komm doch nach dem Kaffee zu mir, wenn die Tante weg ist, um mir beim Ankleiden zu helfen.»

Helene dachte an den rauschenden Ball, der sie heute Abend erwartete. Sie sollte sich fürchten, aber sie fühlte nur eine seltsame Erregung. Die Nachtigall und ihre Krähen. Zum ersten Mal seit langer Zeit fühlte sie sich nicht mehr hilflos.

⁂

Die Kutsche hielt vor einem mondänen Stadtpalais in der Schönlaterngasse. Walseggs Erbsitz lag eigentlich auf dem Land, aber dort schien er sich kaum aufzuhalten. Leise Musikklänge und Gelächter drangen an Helenes Ohr.

Sie saß in der Kutsche und spürte, wie sie zu zittern begann. Dabei musste sie sich beeilen. Johann durfte hier mit der Kutsche nicht zu lange warten, sonst bestand die Gefahr, dass die Gräfin ihn – trotz Krähenmaske – oder das Gefährt erkannte. Helene atmete tief durch, dann setzte sie sich ihre goldene Maske auf und stieg aus. Kühle Herbstluft, der Geruch von Eicheln und Laub stiegen ihr in die Nase, während sie entschlossenen Schritts auf den Eingang des Palais zumarschierte.

«Wen darf ich anmelden?», fragte ein Diener am Tor.

«Die Gräfin Nachtigall», murmelte sie.

Der Diener verengte die Augen, als würde er versuchen, zu erkennen, wer sich hinter der Maske verbarg, dann verbeugte er sich. «Mein Herr erwartet Euch und hofft, Ihr mögt Euch heute Abend amüsieren.» Er öffnete ihr die Tür, und entferntes Gelächter und Musik schwappten ihr entgegen.

«Ich danke Euch», erklärte Helene und stolzierte an ihm vorbei.

Im Inneren von Walseggs Palais war es behaglich warm. Sie schritt einen Gang mit dunklem Marmorboden und weißen Wänden entlang. Die Wände waren mit außergewöhnlichen Kunstwerken behängt, die nicht, wie sonst üblich, Walseggs Vorfahren, ihn selbst oder Jagdmotive zeigten, sondern in kräftigen Farben gemalte Szenen aus griechischen Sagen, die Helene sich gerne genauer angesehen hätte.

Ein lautes Lachen erscholl. Helene sah, wie ein Mann und eine Frau in prächtigen Gewändern aus dem Ballsaal am Ende des Gangs gewirbelt kamen. Sie trug eine hoch aufgetürmte Perücke, er einen schwarz-goldenen Rock. Ihre Gesichter waren von ähnlichen Masken bedeckt wie Helenes. Er nahm sie an den Schultern und drückte sie gegen die Wand. Sie kicherte erneut.

«Alles dreht sich», gluckste sie. «Weil Sie mir immer so viel Wein einschenken, Sie Schlimmer. Und dabei weiß ich gar nicht, wer ...»

«Psst!» Er drückte ihr den Zeigefinger auf die Lippen. «Nicht so viel fragen, meine Teure. Ist doch viel schöner so!» Er lachte und küsste sie heftig auf den Hals, was sie erneut losprusten ließ.

«Nicht, ich bin so kitzelig!»

Helene schob sich rasch an den beiden vorbei. Als sie in den Ballsaal eintauchte, war sie für einen Moment überwältigt von all den Reizen um sie herum, der lauten Musik, den unzähligen Stimmen, den herumwirbelnden bunten Kleidern und der Melange aus Schweiß, Parfüm und Wein. Es war ein riesiger Saal mit einem erhöhten Podium, auf dem ein paar Musiker mit ihren Instrumenten wilde Tanzmusik spielten. Die Art, wie dazu getanzt wurde, erinnerte Helene eher an den Abend, an dem sie mit Alfred so leidenschaftlich durch das *Nussgartl* gefegt war, als an die artigen Gesellschaftstänze, die man bei Hof bevorzugte. Dirigiert wurden die Musiker von einem edel gekleideten kleinen Mann mit hervorstehenden Augen und leicht aufgedunsenem Gesicht.

Helene wandte sich ab und ließ ihren Blick über die Festgesellschaft gleiten. Wo war Walsegg? Sie musste ihn so rasch wie möglich finden – und dann schnell hier raus, bevor die Tante oder jemand anderes sie erkannte. Beinahe schade. Helene konnte sich nicht erinnern, je auf einem aufregenderen Fest gewesen sein, und das Beste daran war, man konnte hier sagen und tun, was man wollte, ohne sich Gedanken um seinen Ruf machen zu müssen.

Sie glitt zwischen den Trinkenden und den Tanzenden hindurch, nur nicht zu hastig, um nicht zu viel Aufmerksamkeit zu erregen. Viele, meist männliche, Augenpaare richteten sich unter ihren Masken auf sie, als hätten sie, unerkannt, wie sie waren, weniger Hemmungen zu starren. Sie erblickte einen eher korpulenten Herrn, der auf einer Bank saß, neben ihm ein ranker, gutaussehender Jüngling, der ihm ins Ohr flüsterte. Er trug eine schmale silberne Maske, die nur seine Augen bedeckte. Auf seiner Wange sah Helene ein dunkles Mal, das vage an eine Träne erinnerte. Als sie vorüberschritt, hob der Jüngling den Kopf und folgte ihr mit seinen Blicken.

«Oh, was für eine wunderschöne Blume haben wir denn hier?», fragte eine rauchige Stimme mit italienischem Akzent.

Ein Herr in weinrotem Rock mit einer Harlekinmaske und tiefbraunen Augen hatte sich ihr in den Weg gestellt und musterte Helene von oben bis unten. Die fleckigen Hände und die Haut um Mund und Kinn verrieten, dass es sich um einen älteren Mann handeln musste. Er nahm Helenes Hand und küsste sie.

«Mit wem habe ich das Vergnügen?», fragte sie, während sie ihren Blick weiter über die Gesellschaft schweifen ließ.

Der Herr kicherte. «Ts ts ts, habt Ihr vergessen? Es ist bei diesem Fest gegen die Spielregeln, nach dem Namen zu fragen, Signora.»

«In der Tat, ich vergaß», erwiderte Helene. Wo war Walsegg? Sie hatte ihn immer noch nicht erspäht.

«Ihr wirkt ein wenig verloren, darf ich Euch vielleicht herumführen?»

«Ich suche den Herrn des Hauses.»

«Oh.» Der Mann lachte. «Ich kann Euch zu ihm bringen.»

Er bot Helene den Arm an. Sie ergriff ihn zögerlich. Nicht, dass sie so sehr Wert darauf gelegt hätte, weiter mit diesem Herrn zu plaudern, aber vielleicht würde sie auf diese Weise weniger Aufsehen erregen.

«Ist diese Musik nicht wunderbar? Die Musik des Maestros ist wahrhaft außergewöhnlich. Manche meinen, er habe die Liebe selbst in Noten gebannt. Sie versetzt alles an uns in Schwingung.» Er streichelte wie zufällig über Helenes Handrücken.

Sie beschloss, seine Avancen einstweilen zu tolerieren. Wenn sie Walsegg fand, würde sie ihn ganz schnell stehen lassen. «Der Maestro ...» Helene betrachtete den kleinen Mann auf der Bühne. «Ist das Mozart?»

«Si, Signora, ein wahrhaft guter Freund. Wisst Ihr, dass ich ein Libretto zu seiner neuesten Oper Don Giovanni verfasst habe? Viel davon ist meinen eigenen Memoiren entlehnt.» Er lachte und tätschelte Helenes Hand erneut, während sie dezent mit den Augen rollte.

«Verzeiht, Signore», fragte eine helle Stimme.

Helene wandte sich um und erkannte den Jüngling mit

dem tränenförmigen Mal auf der Wange. «Ich darf die Dame um diesen Tanz bitten?»

Er wartete die Antwort des Herrn nicht ab, sondern befreite Helene mit einer geschmeidigen Bewegung aus seinem Griff und zog sie mit sich auf die Tanzfläche, während hinter ihnen ein paar italienische Flüche erklangen.

Ein einnehmendes Lächeln erschien auf der Miene des Jünglings. Seine Wangen sahen so glatt aus, als würde es kein Barthaar wagen, dort zu sprießen.

«Verzeiht», meinte er. «Aber ich musste die Dame einfach kennenlernen, die alle Blicke in diesem Saal auf sich zieht. Wie ist Euer Name?»

«Habt Ihr die Regeln vergessen?», fragte Helene milde lächelnd.

Der Jüngling drehte sie elegant und holte sie wieder zu sich heran. «Und wenn ich auf einem weißen Ross zu Euch kommen wollte, um Euch auf mein Schloss zu entführen? Ich wüsste nicht einmal Eure Adresse.» Er legte schmollend den Kopf zur Seite.

«Ich bin sicher, Euer Schloss wäre mir ohnedies zu klein!»

«Au, die Schönheit hat Dornen!» Der Jüngling lachte und schüttelte seine Finger, als hätte er sich gestochen. «Ihr kommt mir bekannt vor. Sind wir uns schon einmal begegnet?»

«Wohl kaum», meinte Helene. «Ich komme nicht aus Wien.»

Es war nicht einmal gelogen. Schloss Weydrich lag vor den Toren der Stadt.

«Ich komme ziemlich herum. Seid doch so gütig und klärt mich auf, meine Liebe.»

«Kommt ruhig herum», antwortete Helene kalt. «Aber

kommt mir nicht in die Quere.» Sie entzog ihm ihre Hand, deutete einen Knicks an und entfernte sich raschen Schritts. Innerlich lächelte Helene grimmig. Noch vor ein paar Wochen wäre sie den Schmeicheleien des Jünglings vielleicht auf den Leim gegangen, vor Auring.

«Ein Glas Schaumwein, Gräfin Nachtigall?»

Helene zuckte zusammen.

Ein hochgewachsener Mann stand lässig gegen eine Säule gelehnt und beobachtete das Geschehen auf der Tanzfläche. Er trug eine schwarze Maske, die um die Augen und an den Rändern silbern glitzerte. In seinen behandschuhten Händen hielt er zwei Weingläser.

Helene nahm ihm den rötlichen Schaumwein aus der Hand und stellte sich vor ihn in den Schatten der Säule.

«Ihr hättet es leichter für mich machen können, Euch zu finden!»

«Wo bliebe denn da der Spaß?» Er prostete Helene zu und hob seine Maske einen Moment, um zu trinken. «Aber Ihr solltet mir nichts vorwerfen. Ihr kommt hier herein und verdreht dem ganzen Ballsaal den Kopf.»

«Ich habe nichts anderes getan, als Euch zu suchen», erklärte Helene verärgert und nahm ebenfalls einen Schluck. Der Schaumwein, der kleine Himbeerstückchen enthielt, schmeckte überraschend köstlich.

«Ihr wisst wohl nicht, wie Ihr auf andere wirkt. Ihr kommt nicht einfach in einen Raum, Ihr *erscheint*. Und all meine armen Gäste sind von Euch verflucht. Sucht Euch einen dieser armen Narren aus, falls ihr eine vergnügliche Nacht verbringen wollt. Die, die nein sagen würden, sind für jede Frau außer Reichweite.»

Helene zögerte. «Danke ... falls das ein Kompliment war.»

«War es nicht», erwiderte Walsegg in seiner gewohnt gelangweilt-arroganten Art. «Ihr seid närrisch, das wollte ich damit sagen. Nicht die Begehrenswerteste kommt an die wichtigsten Informationen, sondern die Unauffälligste.»

«Ich spiele auf meine Art.» Selbst wenn Walsegg recht haben mochte, ihm gegenüber würde sie das nie eingestehen.

«Das sehe ich! Und damit riskiert ihr alles. Nicht nur, dass Ihr Euch als ersten Gesprächspartner gerade den Casanova aussucht, Ihr ...»

«Moment! Dieser alte Herr, das war *der Casanova*? Er hat gemeint, er habe ein Libretto für Mozart geschrieben.»

«Er wird wunderlich auf seine alten Tage. Darf nicht mehr heim nach Venedig, der Arme. Sein Libretto war furchtbar, der Maestro hat nicht einmal geantwortet. Aber lenkt gefälligst nicht ab! Wieso in aller Welt, nach allem, was Ihr im Turm gehört habt, lasst Ihr Euch auf einen Tanz mit dem Köter Eurer Tante ein? Seid Ihr noch bei Sinnen? Er weiß, wie Ihr ausseht. Wenn er Euch erkennt, dann ...»

«Wie bitte?» Helene versuchte, ihre Gedanken zu ordnen. «Wollt Ihr etwa sagen ... das dort war *Aurelian*, der Junge, den sie aus dem Narrenturm geholt hat?»

«Ganz recht!», zischte Walsegg. «Und wenn er Euch erkannt hat, wird sie auch mir zu Leibe rücken.» Er schüttelte langsam den Kopf. «Ich dachte wirklich, Ihr würdet Euch geschickter anstellen.»

Helene rann es eisig den Rücken hinunter.

*Wenn er mich erkannt hat, ist alles aus, mit einem Schlag.*

«Ich bin nur hier, um zu erfahren, was mit Alfred passiert ist. Um den Rest kümmere ich mich.»

Walsegg starrte sie eine Weile schweigend an, sodass

Helene sich fragte, ob sie etwas Falsches gesagt hatte. In seinen Augen schien für einen Wimpernschlag etwas Verletztes aufzublitzen.

«Habt Ihr etwas rausgefunden?», fragte sie.

«Mehr, als ich erwartet habe. Aber ich glaube nicht, dass Ihr es hören wollt!», erwiderte Walsegg und wandte sich ab.

«Nein, wartet.» Helene griff nach seinem Arm. «Ich muss es wissen. Was verlangt Ihr?»

«Was bietet Ihr?»

«Was immer Ihr wollt. Ich habe Geld.»

Sie hörte ihn unter seiner Maske gähnen. «Viel zu profan. Wie wäre es mit etwas wirklich Wertvollem?»

«Ich verstehe nicht …»

«Ein Kuss.»

«Ihr seid nicht bei Sinnen», zischte Helene.

«Ein Kuss lehrt einen mehr über einen Menschen als jedes gesprochene Wort, und ich möchte wissen, wie Ihr küsst. Außerdem …», sein Blick schweifte über Helenes Schulter in den Ballsaal, «sehe ich Eure Tante gerade hierherkommen. Gewiss hat ihr Aurelian etwas von der geheimnisvollen Schönheit erzählt, die ihm gerade entflohen ist.»

Helene wollte sich umdrehen, aber Walsegg hielt sie fest. «Ah! Ah! Ah! Sie darf Euch nicht sehen. Sie wird zu uns kommen, es sei denn, Ihr küsst mich und zeigt damit, dass Ihr nur eine Liebschaft seid, die ich mir heimlich eingeladen habe. Vermutlich wird sie das beschwichtigen.»

Helene presste die Lippen zusammen. «Gewiss ist das wieder eine List.»

«Findet es heraus, wenn Ihr so sicher seid», murmelte Walsegg. Sein Blick fixierte noch immer einen Punkt hinter ihr.

«In Ordnung», flüsterte sie. «Küsst mich, Ihr Scheusal!»

Er schob seine Maske über seinen Kopf, zog sie schwungvoll an sich und drückte seine Lippen auf ihre. Sie versuchte, seinen Kuss nicht zu erwidern, obwohl sie feststellen musste, dass Walsegg ein guter Küsser war, dessen Lippen ihre sanft umschmeichelten und ein warmes Gefühl in ihrem Inneren auslösten.

Der Kuss kam Helene ewig vor, und je länger es dauerte, desto weniger konnte sie sich dagegen wehren, es zu genießen, von ihm gehalten zu werden, die wohlige Berührung seiner Lippen zu spüren, sein frisches Parfüm zu riechen.

Irgendwann löste er sich beinahe widerwillig von ihr. Ein überhebliches Grinsen lag auf seiner Miene, das sie ihm am liebsten mit einem Faustschlag ausgetrieben hätte.

«Also doch eine List», zischte sie. Sie drehte sich um – und sah die Gräfin. Ihr kunstvoll verflochtenes rabenschwarzes Haar und ihr nachtblaues Kleid verschwanden gerade zwischen den Tanzenden. «Ihr habt die Wahrheit gesagt», flüsterte sie verblüfft und wandte sich Walsegg zu, der die Maske wieder heruntergezogen hatte.

Helene schüttelte den Kopf. «Ihr habt sie schon kommen sehen, als Ihr den Kuss als Preis verlangt habt. Was ...»

Walsegg sah über sie hinweg, während Helene vergeblich nach Worten suchte. «Warum ... warum versucht Ihr so zwanghaft, widerlich zu wirken?»

Walsegg sah sie nun wieder an. «Wollt Ihr die Information oder nicht?»

Helene nickte wortlos.

«Nun gut», seufzte Walsegg. «Euer Wagener wurde an die Front im Südosten befördert. Den Marsch dorthin hat er anscheinend überlebt. Er verbrachte einige Zeit im Lager der Hauptstreitkraft. Dann wurde er in eine Jägerkompanie aufgenommen, was seltsam ist, da dies normalerweise hervorragenden Berufsschützen vorbehalten ist, die als Jäger oder Förster ihr Brot verdienen. Es kam zur Schlacht zwischen den Türken und unserem Heer – und Euer Wagener, der gescheiterte Medikus, war ein richtiger Held.»

Helene keuchte. «Er ist noch am Leben», flüsterte sie. Sie konnte sich nicht vorstellen, was Alfred durchgemacht haben musste, sowohl den Schergen ihrer Tante zu entkommen als auch im Krieg zu überleben.

«Man sagt, er habe großen Anteil daran gehabt, das Banater Korps zu retten, und habe sogar dem Kaiser selbst einen großen Dienst erwiesen. Nur deshalb konnte ich sein Schicksal überhaupt nachvollziehen.»

«Aber Alfred verachtet den Kaiser.» Helene schüttelte verwirrt den Kopf. «Er findet, alle Menschen sollten gleich an Rechten sein.»

«Das ist interessant.» Walseggs Stimme blieb ungerührt. «Ich empfehle, Euch nicht zu früh zu freuen, Gräfin Nachtigall.» Er schien eine Weile nach den richtigen Worten zu suchen. «Der Kaiser selbst hat ihn geehrt und dann ...»

«Das hätte ich gerne gesehen.» Helene lachte befreit auf. «Es muss ihm so unangenehm gewesen sein.»

«Nun ...» Walsegg schien es immer schwerer zu fallen weiterzusprechen. «Er musste nicht lange mit dieser *Bürde* leben.»

«Was wollt Ihr damit sagen?»

Walsegg atmete tief durch. «Kurz nach seiner Ehrung ... wurde Euer Wagener getötet.»

Es fühlte sich an, als würde all die Luft mit einem Schlag aus Helenes Körper entweichen. Sie wollte widersprechen.

Das musste eine Lüge sein, eine von Walseggs Listen. Alles begann, sich zu drehen. Ihre Hand griff nach der Säule, aber verfehlte sie. Sie fiel, wurde von Walsegg aufgefangen.

Über ihr tauchte seine ausdruckslose Maske auf, seine verunsicherten Augen dahinter ...

«Bringt mich an die Luft», krächzte sie. «Ich muss ... *raus!*»

## 28. Kapitel

«Ich sehe aus wie ein Lackaffe», beschwerte sich Piruwetz und versuchte, mit dem Finger seinen Kragen zu lockern.

Zuerst hatten sie ihre Jägeruniformen, so gut es ging, von Blut und vom Dreck gereinigt, doch dann waren ein paar Boten aus dem Lager aufgetaucht und hatten Piruwetz, dem Major und ihm Paradeuniformen vorbeigebracht, die sie zu ihrer rasch inszenierten Dankesfeier tragen sollten. Der Major hatte seinen Unmut gegenüber den unschuldigen Boten lautstark kundgetan. Es seien Jäger gewesen, die dem Banater Korps die Flucht ermöglicht hatten, also sollte man sie auch als solche ehren. Am Ende hatte es ihnen nichts genutzt.

Alfred war nicht sicher, ob die Order wirklich vom Kaiser stammte, aber sich nach all dem, was passiert war, über so etwas aufzuregen, lag ihm fern. Ja, die prachtvolle rot-weiße Uniform kratzte und drückte am Hals, und er hätte sich in einem bequemen Grünrock wohler gefühlt. Sogar an den albernen Federhut hatte er sich mittlerweile gewöhnt. Aber nun waren sie halt in diesem Aufzug unterwegs ins Hauptlager.

«Selbst schuld», grinste Alfred. «Hättest du nicht das Pulverzelt in die Luft gejagt, wären wir jetzt nicht hier.»

«Als wenn das meine Idee gewesen wäre», murmelte Piruwetz.

Der Major wandte sich zu ihnen um. Sein Schnauzer bekrönte, wie fast immer in den letzten drei Tagen, ein breites Grinsen. «Soll ich dem Kaiser erzählen, dass ich seinen Retter in Unterwäsch' im Wald g'funden hab?» Das Grinsen des Majors wurde noch eine Spur breiter.

«Tut Euch keinen Zwang an. Ich hab ihn ja auch im Wald gefunden, wenn auch etwas besser angezogen.»

Piruwetz und der Major lachten.

Es war seltsam. Wenn er mit dem Major, Baron Klippfels, sprach, hatte er gar nicht das Gefühl, es mit einem Adeligen zu tun zu haben. Er entsprach so gar nicht seinem Bild der näselnden, arroganten Männer mit ihren feinen Röcken, den Perücken und manikürten Fingernägeln. Es fühlte sich fast an, als spräche man mit einem Freund.

«Zugsführer bist du also», meinte Alfred mit einem Blick auf Piruwetz' Rangabzeichen. Zugsführer befanden sich bei den Unteroffiziersrängen irgendwo in der Mitte. Darüber standen noch der Feldwebel und der Stabsfeldwebel. Offiziersposten blieben dem Adel vorbehalten.

«Wen kümmert's», knurrte Piruwetz.

«Ich hoff, du hasch' dich nicht zu sehr d'ran g'wöhnt», meinte der Major. «Der Kaiser wird vielleicht was dran ändern.»

«Der soll mich in Ruhe lassen, ich will nur nach Hause», stöhnte Piruwetz.

*Nach Hause.* Etwas krampfte sich in Alfreds Innerem zusammen. Wenn er sich etwas wünschen dürfte, dann das. Und diesmal würde er die Gräfin nicht mehr unterschätzen. Diesmal würde es anders laufen.

Langsam erreichten sie die Grenzen des Lagers. Alfred erkannte hektische Betriebsamkeit. Soldaten liefen eifrig umher. Zelte wurden in großer Hast abgebaut, Planen, Gestänge und Waffen auf Ochsenkarren verladen. Alfred beobachtete, wie ein paar Fässer aus einem grün gefärbten Zelt gerollt wurden.

«Sieh mal!» Er stieß Piruwetz an und lächelte. «Nicht, dass die Türken unsere Strategie kopieren.»

«Das Lager rundherum ist zu groß. Da müssten sie schon *mitten im* Lager sein, um zu treffen», erwiderte Piruwetz todernst.

Eine Abordnung von Husaren mit ihren geschnürten Pelzwesten und den charakteristischen hohen Hüten ritt an ihnen vorbei, sich lautstark auf Ungarisch unterhaltend.

«Sie schützen das Lager und danach den Tross gegen die heranrückenden Türken», erklärte Piruwetz.

«Die ganze Armee macht sich bereit», mischte sich der Major in ihr Gespräch ein. «Der Türk zieht mit der ganzen Streitkraft in unsere Richtung. Entweder greift der Kaiser sie frontal an, oder sie marschieren Richtung Peterwardein, wo die großen Kanonen stehen. Wenn sie uns dort fordern wollen, bitte.»

«Was passiert mit den Grenzern?», fragte Alfred.

«Keine Ahnung, was er mit uns vorhat. In einer großen Schlacht auf offenem Feld braucht man uns nicht, da geht's um Kanonen, Kavallerie und Courage.» Der Major klopfte sich auf die Brust, während Piruwetz seinen Dialekt nachäffte, ohne dass er etwas davon mitbekam: «*Kchanonen, Kchavallerie und Kchourage.*»

Alfred wurde beim Gedanken an noch eine weitere Schlacht übel. Nach Peterwardein zu marschieren, wäre sicher die angenehmere Alternative. Aber wie der Major gesagt hatte, auf dem offenen Feld oder in einer Festung nutzten Jägertrupps nichts. Wenn sie Glück hatten, würden sie irgendwo weiter nördlich, wo es ruhig war, die Grenze bewachen oder vielleicht sogar nach ...

«Dort vorn!» Piruwetz wies auf das weitläufige Kommandozelt.

Alfred wurde noch unwohler, als er erkannte, wie viele Soldaten im und um das Zelt herum Aufstellung genommen hatten. Überall im weiteren Umkreis des Kommandozelts drängten sie sich. Die grünen Wimpel des Banater Korps wehten im Wind.

Als sie sich näherten, brüllte eine Stimme einen Befehl, und die Soldaten formten rasch einen Korridor, um sie zum Zelt durchzulassen. Während sie hindurchschritten, nahmen die Soldaten des Korps Haltung an und salutierten.

Alfred bekam Gänsehaut. So viele Menschen – und er hatte dazu beigetragen, dass viele von ihnen nach Hause zurückkehren konnten. Als Soldat hatte er Leben gerettet – wie ein Arzt seine Patienten rettete. Er fragte sich, ob es helfen würde, die Träume zu stoppen. Träume, in denen er die Menschen, die er getötet hatte, immer wieder umbrachte – und sie zurückkehrten, um mit ihren klammen Fingern nach ihm zu greifen ...

Er sah zur Seite. Piruwetz schien sich wegen der vielen Respektbekundungen zutiefst unwohl zu fühlen. Sein Blick schoss hierhin und dorthin, als suche er nach einem Fluchtweg. Alfred hatte nie Geschwister gehabt, und Piruwetz war trotz dieser Laune der Natur, die ihre äußere Ähnlichkeit bedingte, nicht verwandt mit ihm. Trotzdem hatte er selten einem Menschen so vertraut wie ihm.

Nachdem sie das Kommandozelt betreten hatten, brauchten Alfreds Augen eine Weile, um sich an die Lichtverhältnisse anzupassen. Auch hier drin war es voll, obwohl man versuchte, ihnen etwas Platz zu schaffen. Auf einer Art Podest standen die höchsten Offiziere der Armee in ihren prunkvollen Uniformen. Ihre goldenen Orden glitzerten im Licht der Öllampen.

Alfred erkannte die faltige Miene des Grafen Lacy, des Generalfeldmarschalls, die schmächtige Gestalt des Thronfolgers, der etwas im Hintergrund stand und ihn anfunkelte, als hätte er ein Verbrechen begangen, den strahlenden Kommandanten des Banater Korps, dessen Namen er nicht kannte, und schließlich den Kaiser selbst. Er sah besser aus als bei ihrem letzten Treffen, aber das war keine große Kunst. Man hatte sich alle Mühe gegeben, ihn stark und gesund wirken zu lassen, wie Alfred bemerkte. Seinen kränklichen Teint hatte man überpudert, und auch sein strahlend helles Seidenhemd mit dem grüngoldenen Rock darüber ließ seine Erscheinung eindrucksvoll wirken. Ihm fiel trotzdem auf, wie rasch und flach sein Atem ging und dass seine Gestalt manchmal leicht zu schwanken schien.

*Er darf niemals Schwäche zeigen. Nicht einmal jetzt, wo er so krank ist, dass er eigentlich das Bett hüten müsste.*

Der Major, Piruwetz und Alfred traten vor das Podest und verbeugten sich tief.

«Es freut mich außerordentlich», begann der Kaiser, «dass ich in dieser schwierigen Kriegsphase drei mustergültige Soldaten bei uns begrüßen darf, deren Heldentaten wir heute ehren wollen. Mein lieber Klippfels!» Er breitete die Arme aus und richtete seine Aufmerksamkeit auf den Major. «Er und seine Jäger haben mir in der Schlacht großartig gedient. Ich erkenne immer mehr den Wert lockerer Infanterieverbände. Ihnen gehört die Zukunft. Ihm will ich für seine langjährigen Dienste mit der Beförderung zum Oberst und mit der Verleihung unserer höchsten Militärauszeichnung danken, dem Maria-Theresien-Kreuz.»

Der Kaiser winkte mit der Hand. Ein Adjutant trat vor und befestigte den schimmernden Orden an der Brust des Majors und neue Rangabzeichen an seiner Schulter. Alfred hatte das Gefühl, der Major – *der Oberst* – würde vor Stolz platzen.

«Und Zugsführer Piruwetz.» Der Blick des Kaisers wanderte für einen Moment verwirrt zwischen Alfred und Piruwetz hin und her. «Na, na, den beiden hat der Herrgott die Tapferkeit anscheinend mit der gleichen Feder ins Gesicht geschrieben.»

Höfliches Lachen erklang aus den Reihen der Offiziere.

«Zugsführer Piruwetz, ich bin umfassend über seinen braven Vaterlandsdienst informiert und seine Rolle bei der Ablenkung der Osmanen. Für diesen Dienst ernenne ich ihn zum Stabsfeldwebel.»

«Es war Wageners Idee, das Pulverlager anzugreifen, Majestät.»

«Und doch hat er sein Leben riskiert, um den Schuss abzugeben.» Der Kaiser erhob mahnend den Zeigefinger. «Er soll seine Qualitäten nicht zu sehr unter den Scheffel stellen!»

Piruwetz wurde rot, während man auch ihm neue Abzeichen an der Uniform befestigte.

Alfred nickte anerkennend. Der höchste Unteroffiziersrang. Eine gerechte Belohnung für jemanden, dem militärische Ehren etwas bedeuteten.

«Und nun zu ihm, Jägersmann Wagener.» In den Augen des Kaisers blitzte es belustigt, während er Alfred fixierte. «Er sieht verändert aus!» Er wandte sich an die Offiziere.

«Als er mir im Wald begegnete, wirkte er wie ein Wilder, voller Blut und Ruß.»

Lachen in den Reihen der Offiziere.

Alfred hätte am liebsten widersprochen. So sah der Kaiser ihn? Als blutiges Ungeheuer, das einen anderen Menschen mit bloßen Händen ermordet hatte?

Kaiser Joseph hob die Hand und brachte die Offiziere damit zum Schweigen. «Aber ebendiesem Mann haben wir zu verdanken, dass unser Heer doch noch einen Korridor schlagen und das Banater Korps befreien konnte. Allein dafür verdient er unseren Dank!» Der Kaiser betrachtete ihn mit ernster Miene.

Alfred fragte sich, ob er sich noch an all die aufrührerischen Dinge erinnerte, die er ihm während ihrer Flucht entgegengeschleudert hatte.

«Unser Heer stand unter schwerem Beschuss durch türkische Kanonen», erklärte der Kaiser. «Ich selbst wurde von meiner Truppe, meinen Offizieren, meinem Pferd und sogar meinem Stiefelknecht getrennt und schlug mich allein durch die Wildnis.»

Alfreds Blick fiel auf den Thronfolger, der gelangweilt auf seine Taschenuhr blickte, wenn er Alfred nicht gerade finstere Blicke zuwarf. Sonderlich froh schien er nicht zu sein, seinen Onkel wiederzuhaben, oder er neidete ihm nur das Lob des Kaisers.

Dass Joseph II. nicht allzu viel von seinem Neffen hielt, war kein großes Geheimnis auf den Straßen Wiens, aber er war nun mal der Thronfolger. Seine eigene Tochter sowie seine beiden Ehefrauen hatten die Pocken dahingerafft. Seither schien der Kaiser kein sonderliches Interesse mehr am Heiraten zu haben.

«Ohne ihn wäre ich türkischen Häschern zum Opfer gefallen. Jägersmann Wagener hat sich dem türkischen Angreifer Mann gegen Mann gestellt und gesiegt.»

Wieso hörte sich das alles so heldenhaft an? In Alfreds Erinnerungen war es vor allem blutig gewesen, ein Kampf ums blanke Überleben. Den Türken mit bloßen Händen zu töten, war eines der schmutzigsten Dinge, die er je getan hatte – und er fühlte sich immer noch schuldig deswegen.

«Ich frag mich noch immer, wieso du deinen Schlaukopf so plötzlich ausschalten konntest», raunte ihm Piruwetz ins Ohr.

«Angst vor meinem Ausbilder», wisperte Alfred, ohne die Lippen zu bewegen.

«Er half mir daraufhin unter Aufbietung all seiner Kräfte, den Weg zurück zu den Unsrigen zu finden. Nun ja, wir hatten auch die Hilfe eines wackeren Pferdes!»

Wieder Gelächter.

Diesmal musste auch Alfred lächeln. Spätestens seit seiner Rückkehr waren Arno und er die besten Freunde. Alfred hatte einen Teil seines Solds gegen Zuckerstückchen getauscht, von denen der Haflinger seither jeden Tag drei bekam.

«Aber Spaß beiseite. Oft steckt mehr hinter einem Mann, als das Auge sieht. So ist dieser Jägersmann auch ein angehender Medikus, und ein tüchtiger noch dazu. Als Herrscher hielt ich es stets für richtig, einen Mann nach seinen Taten und nicht nach seiner Geburt zu messen, und es scheint, als wäre Wageners Talent durch seine einfache Geburt ungewürdigt geblieben. Als Zeichen meines großen Danks lasst mich dies nun berichten.»

Stille folgte diesen Worten.

Alfred wusste nicht recht, was er erwarten sollte. Alle

starrten ihn an. Piruwetz zuckte unmerklich mit den Schultern. Der Oberst sah ihn aus leuchtenden Augen an, als hätte er gerade eine Marienerscheinung – bis er die Stirn runzelte. «Knie nieder, um Himmels willen!»

Alfred gehorchte. Er spürte, wie sich sein Herzschlag beschleunigte. Keiner der anderen hatte knien müssen. Es war bei einer militärischen Beförderung nicht üblich. Was ging hier vor?

Der Kaiser stieg gemessenen Schritts von seinem Podest herunter. «Ich habe vor, ihn zum *Leutnant* zu befördern.»

Alfred runzelte die Stirn. «Majestät, nur ein Mann von Adel kann Leutnant werden.»

«Danke für die Belehrung, Jägersmann.» Das Lächeln des Kaisers war fast schon ein Grinsen. «Und nun erhebt Euch, Alfred, *Freiherr von* Wagener, Leutnant der kaiserlichen Armee, Held von Karansebesch!»

Alfreds gehauchtes *Nein* ging im losbrandenden Applaus unter. Er stand ungläubig da, als ihm die Adjutanten die neuen Rangabzeichen an seiner Uniform anbrachten.

Dann beugte sich der Kaiser zu ihm vor. «Ich gratuliere», meinte er leiser. «Ich hoffe, das hier wird das Gefühl der Ungerechtigkeit in ihm ein wenig mildern!»

Ein weiterer Adjutant trat vor, mit einer Schriftrolle in der Hand, seinem *Adelspatent*. Alfred starrte es an, als wäre es eine giftige Schlange. Erst als Piruwetz sich räusperte, nahm er es entgegen. Der Applaus ebbte etwas ab. Alle Augen schienen erwartungsvoll auf ihm zu liegen.

Alfred bebte. Am liebsten hätte er ihnen das Adelspatent wieder vor die Füße geschmissen. Er fühlte einen dumpfen Zorn, den er sich selbst nicht völlig erklären konnte.

«*Alfred*», zischte Piruwetz.

Der Klang seines Namens brachte ihn zur Besinnung. Er verbeugte sich kurz und murmelte ein «Danke, Majestät!», das in seiner Hast für einen unbeteiligten Beobachter übergroßer Rührung entspringen mochte.

«Ein Hoch», brüllte der Kommandant des Banater Korps. «Ein Hoch auf die Helden von Karansebesch!»

Der Ruf wurde von Hunderten Kehlen im und vor dem Zelt aufgenommen und hallte in Alfreds Ohren nach.

Der Oberst küsste ihn links und rechts auf die Wange, selbst der Generalfeldmarschall Lacy kam zu ihnen und sprach ihnen seinen Dank aus, während der Kaiser, begleitet von seinen Adjutanten, das Zelt verließ. Kurz bevor er verschwand, glaubte Alfred, ein heftiges Husten zu vernehmen.

❧

«Leutnant *und* Freiherr!» Der Oberst kam aus dem Kopfschütteln nicht mehr heraus. «Und ich das Maria-Theresien-Kreuz. Heilige Mutter Gottes!» Alfred sah ihn sich bekreuzigen. Seine Augen waren vor Rührung feucht geworden. «Und du, Piruwetz, Stabschfeldwebel, das hasch dir schon so lang verdient!»

«Ich zittere vor Freude», erwiderte Piruwetz trocken. Dann maß er Alfred mit einem langen Blick. «Du auch, nicht wahr?»

«Wie konnte er mir das nur antun?», flüsterte Alfred, während der Oberst durch das Lager voranging und sich begeistert das prunkvolle Kreuz auf seiner Uniform besah. «Er hat's gewusst. Ich hab ihm gesagt, dass ich die Stände für überflüssig halte. Und jetzt macht er aus *mir* einen ... einen ...» Der Zorn raubte ihm für einen Moment die Worte.

Piruwetz legte ihm die Hand auf die Schulter. «Er hat gar nichts aus dir gemacht. Du bist immer noch derselbe. Und du bestimmst, was für ein Adeliger du sein wirst. Du willst die Welt anzünden? Bitte, in dem Papier da», er wies auf das Adelspatent in Alfreds Fingern, «steht wahrscheinlich sogar, dass das zu deinen neuen Privilegien gehört.» Er kicherte. «Und sieh es so: Zumindest von Rechts wegen kann jetzt niemand mehr etwas gegen eine Ehe mit deiner Helene einwenden.»

«Das war unser kleinstes Problem», murmelte Alfred. Würde Helene sich über den Adelstitel freuen, oder würde sie ihn für einen Verräter an seinen Prinzipien halten? Er blieb abrupt stehen. «Weißt du, was? Lass uns trinken! So richtig!» Er wies auf das Adelspatent. «Ich will das hier vergessen und mich für dich freuen.»

«Oben im Grenzerlager gibt's sicher noch den ein oder anderen Becher Wein.»

«Das ist nicht das, woran ich gedacht habe», erklärte Alfred.

«Hab ich da was von Feiern gehört, Burschen?» Der Major war stehen geblieben und legte ihnen nun die Arme um die Schultern. «Die beschte Idee seit langem. Der Kaiser reist heute schon ab, der Großteil der Armee marschiert erst morgen. Heut Abend geht's hier rund.»

«Das ist nichts für mich», winkte Piruwetz ab.

Normalerweise hätte Alfred ihm beigepflichtet, aber heute war eben alles anders als normal. «Ach komm! Seit ich hier bin, hatten wir noch nie Grund zum Feiern.»

Piruwetz zuckte mit den Schultern. «Was soll's, von mir aus. Aber gebt nicht mir die Schuld, wenn wir uns mit den ganzen besoffenen Idioten hier unten herumprügeln müssen.»

Sie suchten sich etwas zu essen und beobachteten danach

den Abzug eines ersten Teils der Armee, mit dem Kaiser an der Spitze. Ein Adjutant fand den Oberst, als sich die Zuschauer gerade zerstreuten. Er überbrachte ihnen ihre neue Order: Sie sollten mit den Jägern das Grenzerlager verlassen und nach Norden ins Ungarische ziehen, um dort die Grenze zu sichern. Allerdings nur noch bis November. Dann würde sie dort eine andere Jägertruppe aus dem Tiroler Unterland ablösen, und sie durften ... Alfred wagte nicht einmal, daran zu denken. *Nach Hause.*

«Dort verirrt sich sicher kein Türk hin», meinte der Oberst beinahe enttäuscht. «Ich hoff, du spielsch Karten, *Leutnant* Wagener.»

«Ein bisschen.»

Sein neuer Rang würde sich wohl noch lange falsch anhören.

Obwohl es noch weit weg war, allein die Aussicht, wieder nach Wien zu dürfen, löste ein immenses Gefühl der Erleichterung in Alfred aus. Auch wenn es ihn drängte, sofort zurückzukehren, eine Flucht wäre nach allem, was er erreicht hatte, töricht. Wenn er zurückkam, würde er für Helene der Mann sein, den sie verdiente, einer, der sie nicht zu einem Leben auf der Flucht verdammte.

*Du gehst davon aus, dass sie auf dich wartet,* meldete sich eine leise Stimme in seinem Inneren zu Wort. *Dabei wird die Gräfin ihr alle möglichen Lügengeschichten aufgetischt haben. Dass du sie verlassen hast, dass du tot bist ...*

Bei seiner Rückkehr würde sie Helene längst verheiratet haben. An irgendjemanden, der ihre Macht weiter mehrte. Und Helene wusste nicht einmal, dass die Gräfin so gefährlich war, dass sie ihre Vöglein sogar auf den Kaiser losließ.

Alfred hatte mit dem Gedanken gespielt, dem Kaiser

von dieser Verschwörung zu erzählen, aber seine einzigen Beweise waren ein paar Halsketten mit Vogelanhängern. Keiner würde ihm glauben, wenn er eine der einflussreichsten Adeligen bei Hof mit nichts als Indizien des Hochverrats beschuldigte.

Er verscheuchte die Gedanken an zu Hause. Im Moment konnte er nichts tun, als auf seine Entlassung zu warten.

*Und wenn sie glücklich ist? Wenn sie dich längst vergessen hat?*

Alfred schloss für einen Moment die Augen. Er würde vorher Erkundigungen einziehen ... und wenn es ihr ohne ihn besser ging, dann würde er sich ihr nie wieder zeigen. Dann würde er sie glücklich sein lassen, obwohl ihn der Gedanke, ohne sie zu sein, beinahe zerriss.

«Alles in Ordnung?» Piruwetz stieß ihn leicht an. «Du siehst aus, als wärst du woanders. Dort drüben steigt das Fest, auf das du unbedingt wolltest.»

Alfreds Blick fiel auf eine der wenigen Zeltgruppen, die noch nicht abgebaut waren. Von dort schallte seit ein paar Minuten Musik zu ihnen herüber.

«Worauf warten wir», rief der Oberst. Er verwahrte seinen Orden sorgsam in seiner Uniform, damit er ihm beim Feiern nicht abhandenkam. Er winkte sie hinter sich her und marschierte ein Lied summend zum Fest hinüber.

«Wart noch kurz!» Piruwetz hielt Alfred einen Augenblick am Ärmel fest. «Hilf mir bitte!»

Er fingerte im Rock seiner Uniform herum und förderte ein sorgsam gefaltetes Stück Papier zutage, seinen Brief.

Er atmete tief durch. «Ich glaub, ich erkenne alle Buchstaben», murmelte er, während er rot wurde. «Aber ... ich brauch dich fürs Wortezusammensetzen.»

Alfred grinste. «Anscheinend bist du genau so ein Schlaukopf wie ich. Hast dich nur nicht getraut, es jemandem zu zeigen.»

Ein halbes Lächeln erschien auf Piruwetz' Miene, dann begann er zu lesen.

«Llli...e...berr Gerwald!» Er sah zu Alfred auf. «Meinen Namen erkenn ich am besten», meinte er ungewohnt schüchtern.

«Lieber Gerwald», wiederholte Alfred freundlich.

So hangelten sie sich langsam vorwärts, von Wort zu Wort. Jedes Mal, wenn jemand vorbeikam, hielt Piruwetz inne und starrte demjenigen misstrauisch hinterher. Er las wie ein kleines Kind, aber wenn man sich in Erinnerung rief, wie kurz er erst lernte, war es beeindruckend.

*Lieber Gerwald,*

*es tut mir so leid, dass ich dich im Zorn verlassen habe. Und das, wo du mich so sehr gebraucht hättest. Sei dir versichert: Egal wie groß die Gefahr auch ist, wie finster der Krieg, in den sie dich schicken, du hast jemanden, der immer auf dich wartet. Jemanden, der dich liebt. Immer!*

*In Liebe, Paula*

Piruwetz lachte leise, dann immer heftiger. Ein paar Tränen tropften auf das Papier. «In ein paar Monaten sind wir zu Hause», hauchte er und krallte seine Finger in Alfreds Schulter. «In ein paar Monaten sind wir zu Hause, und dort zwingt uns niemand mehr, Leute umzubringen.»

«Nein», erwiderte Alfred. Aber grässliche Dinge geschahen auch dort. Nur wusste er jetzt besser, wie man sich wehrte. «Komm. Lass uns hinübergehen!»

Piruwetz nickte und faltete den Brief vorsichtig wieder zusammen.

Die Soldaten feierten ihren Abzug, als gäbe es kein Morgen, und vielleicht stimmte das für viele von ihnen sogar, schließlich war der Krieg noch nicht vorbei.

Aus dem wenige Kilometer entfernten Dorf Karansebesch waren einige Händler und Musiker hinauf in das Lager gewandert, um die Feierlaune der Soldaten zu nutzen. Tanzmusik spielte auf. Auch ein paar Dirnen aus dem Dorf waren gekommen und wirbelten in bunten Kleidern auf einer improvisierten Tanzfläche herum, was von lautem Grölen und Pfeifen der Soldaten begleitet wurde. Um sich herum nahm Alfred das typische Sprachengewirr der Monarchie wahr, Deutsch, Ungarisch, Böhmisch und Kroatisch.

Der Oberst winkte ihnen zu. Er hatte bereits einen Becher Wein ergattert und unterhielt sich mit ein paar Offizieren.

Alfred und Piruwetz besorgten sich ebenfalls Weinbecher und ließen sich in der Nähe nieder. Die seltsame Ausgelassenheit der Soldaten hatte etwas Ansteckendes. Alfred erzählte Piruwetz Geschichten von der Universität, zum Beispiel, wie er Mayerhofer immer vorgesagt hatte, weil der sich nie auf die Testuren vorbereitet hatte. Einmal war Alfred allerdings so erschöpft gewesen, dass er selbst keine Zeit zum Lernen gehabt und überdies auch noch die Dinge, die er eigentlich wusste, durcheinandergebracht hatte. So hatte er Mayerhofer die falschen Antworten zugebrummt, und der hatte sie aus voller Brust wiederholt – und war damit durchgekommen. Der Anatomieprofessor war schwerhörig und hatte wohl wegen des sicheren Lateins und Mayerhofers Überzeugung angenommen, er wüsste, wovon er redete.

Piruwetz erzählte ihm, wie er mit dem Oberst einem Hirsch nachgestellt hatte, der während der Hatz ins Tal in die Dorfkirche flüchtete. Der Pfarrer war so außer sich, dass er es für ein Zeichen des heiligen Hubertus hielt und verbot, den Hirsch zu schießen. Der verlor daraufhin ziemlich rasch die Scheu und begann, mit Vorliebe das Gemüse im Pfarrgarten zu fressen.

Alfred prustete los und leerte einen weiteren Becher Wein. Er war die heitere Schwere, die der Wein verursachte, nicht mehr gewöhnt und fühlte sich nach dem dritten Becher bereits ordentlich beschwipst.

Er sah, wie der Oberst, merklich schwankend, von einer Frau, deren goldene Haut im nächtlichen Feuerschein glänzte, auf die Tanzfläche gezogen wurde. Nach ein paar ungelenken Tanzschritten fand er in den Rhythmus.

Sein Blick glitt weiter zu ein paar Hausierern, die in einigen hundert Schritten Entfernung Branntwein verkauften. Ein paar Husaren feilschten mit ihnen.

Alfred hörte lauten Applaus und sah wieder zurück zur Tanzfläche. Eine junge Frau in einem mohnblumenroten Kleid trat in die Mitte der Tanzenden. Sie hatte lockiges, schwarzes Haar, das ihr Gesicht wie eine Wolke umhüllte. Langgezogene Geigenklänge ertönten. Das Mädchen erhob sich auf die Spitzen ihrer nackten Füße und begann, ihren sehnigen Körper nach hinten zu beugen, sodass ihre Fingerspitzen für einen Moment den Boden berührten. Die anschwellenden Geigenklänge wurden schneller, das Mädchen wirbelte nach oben, begann, sich rasant zu drehen. Alfred erkannte ein wildes Lächeln auf ihrer Miene.

Piruwetz streckte sich und gähnte. «Weißt du, was, ich bin müde, und wir müssen noch ins andere Lager raufsteigen, also …»

«Noch einen Moment», murmelte Alfred, nahm einen Schluck Wein und folgte dem Tanz des Mädchens gebannt. Sie war so … lebendig. Und seit langem fühlte er sich wieder lebendig.

Und plötzlich war sie bei ihm, schnappte sich seine Hände und zog ihn mit sich auf die Tanzfläche, was von allgemeinem Gejohle seiner Kameraden begleitet wurde.

Alfred tanzte mit ihr, drehte sich mit ihr, versank in ihren Augen. Irgendwo fühlte es sich falsch an, aber er konnte nicht aufhören. Er zog sie an sich. Wenn er die Augen schloss, könnte es Helene sein, mit der er über die Tanzfläche im *Nussgartl* fegte.

Ihre Lippen fanden seine. Es war nicht Helene, nicht dasselbe Glück, das er in ihrer Nähe verspürte, und doch fühlte es sich gut an.

«He, Don Juan!»

Piruwetz zog ihn von dem Mädchen zurück, das sofort wieder ihren Tanz aufnahm und ihre Aufmerksamkeit einem anderen Soldaten zuwandte.

«Was is'», murmelte Alfred. Der Wein setzte ihm mehr zu, als er gedacht hatte.

«Lass uns gehen, da hinten braut sich eine Streiterei zusammen.»

Alfred hob den Blick, um zu sehen, was Piruwetz meinte.

Eine Gruppe kroatischer Infanteristen war ebenfalls zu den Hausierern hinübergegangen, um Branntwein von ihnen zu kaufen, aber die Husaren schienen von der Idee zu teilen nicht begeistert zu sein. Etwa ein Dutzend von ihnen schirmte den Stand des Hausierers gegen die Infanteristen ab. Ihre wütenden Stimmen hallten zu ihnen herüber.

«Komm.» Piruwetz zog ihn am Arm.

«Wo ist der Oberst?», fragte Alfred.

«Mit seiner neuen Freundin irgendwo im Gebüsch, der kommt nach.»

Piruwetz lotste ihn von der Menge weg, während die Musik allmählich von den wütenden Stimmen der streitenden Soldaten übertönt wurde.

«Ich will nach Hause», murrte Alfred und dachte an Wien, die Universität, auf die er nicht mehr gehen konnte, an Helene ... «Ich will heim.»

Piruwetz stieß ein heiseres Lachen aus. «Was glaubst du denn, wo ich hinwill, du Frischling.»

Ein wütender Schrei durchschnitt die Luft. Alfred zuckte zusammen und sah sich um. Zwischen Infanteristen und Husaren war es zu einem Handgemenge gekommen. Ein paar Infanteristen stießen wüste Beschimpfungen aus und warfen sich gegen die Barriere der Husaren. Ein paar von ihnen brachten ihre Gewehre in Anschlag.

«*Turci!*», brüllten die Infanteristen die Husaren an. Der scharfe Knall von Schüssen durchschnitt die Luft, als sie in die Luft feuerten. «*Turci!*»

Die Menge der feiernden Soldaten schien kollektiv zu verstummen. Das tanzende Mädchen ließ den Kragen des Soldaten los, den sie gerade zu sich herangezogen hatte.

«Türken!», ließen sich ein paar Stimmen hören. Dann wurden es mehr. «Die Türken greifen uns an!»

Die Angst schien sich wie ein Windstoß unter den Soldaten auszubreiten. Immer mehr Rufe wurden laut, während die verärgerten Infanteristen noch immer in die Luft schossen. Plötzlich schienen alle auf den Beinen zu sein. Alfred sah im Feuerschein Gewehre aufblitzen ... Dutzende, Hunderte.

«Waffen runter!», schrie Piruwetz zu ihnen hinüber. «Da sind keine Türken!»

Aber niemand hörte auf ihn. Den Husaren schien die Lage zu heiß zu werden. Sie schwangen sich auf ihre scheuenden Pferde und preschten mitten durch das Lager.

«Da sind sie! Ein Überfall! Feuer!», schrie irgendjemand.

Schüsse fielen.

Alfred stieß ein erschrockenes Keuchen aus, als er sah, wie die Husaren reihenweise von ihren Pferden stürzten, während einige das Feuer erwiderten.

«Halt!», brüllte er, doch der Ruf ging im aufwallenden Gewehrfeuer unter.

Von einem Moment zum anderen waren sie in die Hölle gestolpert. Blut spritzte auf. Eine Kugel durchschlug die Brust der Tänzerin. Während sie stürzte, bog sich ihr Rücken elegant nach hinten, als sei das Sterben Teil ihres wilden Tanzes.

Alle brüllten und schrien. In der Dunkelheit glaubten die panischen Soldaten, in fliehenden Kameraden Türken zu erkennen und in jedem verzweifelt ausgestoßenen *Halt!* ein blutrünstiges *Allah!* zu verstehen. Und sie schossen weiter, immer weiter.

Alfred entdeckte den Oberst, wie er mit heruntergelassenen Hosen aus einem Gebüsch hervorstolperte. Im Schein eines Lagerfeuers sah er ihn irgendetwas brüllen – bis unvermittelt ein Ruck durch seine Gestalt ging. Das Weiß in seiner Uniform wich einem roten See über seinem Bauch. Er spuckte Blut und tränkte damit die Spitzen seines üppigen Schnauzers. Bevor er fiel, tastete er vergeblich nach seinem

Jagdhorn, als würde er die Hand nach einem alten Freund ausstrecken.

Piruwetz stieß einen verzweifelten Schrei aus.

«Wir müssen das beenden», murmelte Alfred und begann, auf das Chaos vor ihnen zuzulaufen. «Hört auf!», schrie er und fuchtelte mit den Armen. «Feuer einstellen!»

«Alfred, nicht», zischte Piruwetz hinter ihm.

Er taumelte zwischen den Leichen der Erschossenen hindurch. Obwohl erst seit ein paar Momenten geschossen wurde, schienen sie überall zu sein, als wäre er in ein Meer aus Toten eingetaucht. Die blutende Hand eines Verletzten griff nach seiner Hose und ließ ihn straucheln.

Ehe Alfred begriff, was geschah, fand er sich mitten im Gefecht wieder. Aus allen Richtungen wurde auf ihn geschossen, aus jeder Richtung drang das Schreien und Röcheln der Sterbenden an sein Ohr. In den scharfen Geruch des Schießpulvers mischte sich der süßliche von Blut ...

Und plötzlich wusste er, dass er sterben würde, hier und jetzt. Dass er den einen fatalen Fehler gemacht hatte, der seinen Tod bedeutete. Er hob die Arme, schrie, während eine Kugel an seinem Ohr vorbeizischte, aber niemand schien es zu hören, und jeden Augenblick würde einer der Schüsse treffen.

Eine Hand packte ihn an der Schulter. Piruwetz ... Seine Lippen formten Worte, vermutlich ein *Raus hier*, aber Alfred war nicht sicher. Er zog ihn mit sich. Geduckt liefen sie mitten durch das Schlachtfeld.

Und dann sah er ihn. Einen am Boden kauernden Soldaten, der mit seinem Gewehr panisch auf die Schatten zielte, die um ihn herum durch die Nacht huschten – und dann verharrte, als er auf Alfred anlegte.

«Nicht!» Alfred blieb stehen und versuchte der Logik zum Trotz, den Lärm des Gefechts zu überschreien.

Es war zu spät.

Der Soldat würde ihn auf diese Entfernung nicht verfehlen, nicht einmal mit einem Infanteriegewehr. Für einen Moment schien Alfred eine warme Brise zu streifen, und in all dem Chaos sah er sich neben Helene im Bett liegen. Die Jasminblüte in ihrem Haar ...

«Komm weg da!», hörte er Piruwetz brüllen und drehte sich in seine Richtung. Ein Schuss löste sich, und für einen Moment war es, als sähe er Blutstropfen auf dem weißen Jasmin ...

Er war tot ... oder er hätte es sein müssen, wenn sich nicht eine dunkle Gestalt zwischen ihn und die Gewehrmündung geschoben hätte.

Piruwetz.

Er sackte kraftlos zusammen. Alfred stieß einen erstickten Schrei aus und fing ihn auf, kauerte sich über ihn. Sofort tastete er den Körper seines Freundes nach der Schusswunde ab – auf Piruwetz' Hals spürte er einen warmen klebrigen Strom aus Blut. Viel zu viel, viel zu schnell. Die Kugel hatte seine Kehle zerfetzt.

Verzweifelt versuchte Alfred, die Wunde zuzudrücken. «Nicht», zischte er gepresst. «Bitte nicht ...»

Piruwetz hob seine blutige Hand, schien Alfreds Gesicht berühren zu wollen, krallte sich an seinem Kragen fest. Seine Miene zitterte vor Schmerz, vor Angst. Dabei passte Angst doch gar nicht zu seinem oft so direkten Freund. Seine Lippen schienen Worte zu formen, aber er besaß keine Stimme mehr. Obwohl Alfred die Wunde damit ungehindert weiterbluten ließ, griff er nach Piruwetz' Hand. Für einen Moment spürte er einen leichten Gegendruck – dann schien seine ganze Gestalt zu erschlaffen.

Alfred hielt zitternd seine Hand umklammert. Irgendwo weit weg nahm er wahr, dass noch immer geschossen wurde, dass er in einem Meer von Toten kauerte, aber er konnte sich nicht dazu bringen, sich umzusehen.

Irgendwann entrang sich ein verzweifeltes Krächzen seiner Kehle, und er warf sich über Piruwetz' erkaltenden Körper. Heisere Schluchzer drangen aus seiner Kehle. Er wollte die Zeit anhalten, zurückgehen, die letzten Minuten aus dem Gedächtnis der Welt tilgen. Piruwetz war doch gerade noch lebendig und an seiner Seite gewesen, gerade eben noch …

Irgendwann sah Alfred auf.

Die Morgendämmerung war angebrochen und ließ ihn das Ausmaß der Katastrophe erahnen. Hunderte, vielleicht Tausende Tote. Er konnte das Ende des Leichenfelds nicht ausmachen, und noch immer wurde geschossen. Alfred kauerte in der Nähe des grünen Zelts, an dem sie tagsüber vorbeigegangen waren, das, in das man die Pulverfässer gerollt hatte …

Ein paar Einschusslöcher schwelten in der Bahne des Zelts. Ein brandiger Geruch hing in der Luft. Wie oft hatten sie auf das Zelt der Türken geschossen, bevor es explodiert war? Alfred zählte die Einschusslöcher. Eins. Zwei. Drei …

Ein weiterer Schuss zischte über ihn hinweg. *Vier*, zählte Alfred – und die Welt verwandelte sich in höllenheißes Licht.

## 29. Kapitel

Grazia erwachte mit einem Röcheln und fasste sich an den Hals. Für einen fürchterlichen Moment wusste sie nicht, wo sie war, aber dann zeichneten sich die Umrisse von ihrem Gemach auf Schloss Weydrich im Licht des Mondes ab. Sie atmete ein paarmal tief durch, auch um sich zu vergewissern, dass sie es noch konnte.

Diese Träume ... es wurde immer schlimmer, und immer sah sie das totenblasse Gesicht des jungen Wagener darin.

*Such in deinen Albträumen, dort spiele ich die Hauptrolle!*

Sie schauderte. Mit zitternden Fingern entzündete sie die Öllampe auf ihrem Nachttisch. Ihr Herz hämmerte so hektisch gegen ihren Brustkorb wie ein Specht gegen einen Baumstamm. Der Schlag von Georgs Standuhr ließ sie kurz zusammenfahren. *Ein Uhr ...*

Wieso hatte sie sich überhaupt zu Bett gelegt? Dabei erwartete sie Besuch.

Sie erhob sich und kleidete sich allein an. Sie wählte das herbstlich orange Seidenkleid. Sie hatte es extra zu diesem Zweck schneidern lassen, man schlüpfte einfach hinein, ohne Korsett und Ösen. Unten im Erdgeschoss angekommen, erkannte sie, dass Heinrich den Salon bereits für das Treffen vorbereitet hatte.

Sie betrat den Salon, schlüpfte in die samtenen Pantoffeln, die Heinrich ihr hingestellt hatte, und genoss für einen Moment das angenehme Gefühl an ihren Füßen, als würden sie von flauschigen Häschen umschmeichelt. Warum konnten gesellschaftstaugliche Schuhe nicht auch so bequem sein?

Das Feuer im Kamin flackerte und warf Schatten an die Wand.

*Such in deinen Albträumen!*

Die Angst breitete sich wie kaltes Gift in ihrem Körper aus. Sie hörte ein Knacken und fuhr herum, aber da war nichts ... *natürlich* war da nichts.

Grazia ließ sich nieder, nahm von dem Teegebäck und goss sich eine Tasse dampfenden Kaffee ein. Sie wollte möglichst wach sein, wenn er kam.

Nach einer Weile hörte sie, wie die Eingangstür geöffnet wurde und sich Schritte von der Empfangshalle her näherten. Heinrich erschien in der Tür.

«Exzellenz, der Pirol», erklärte er mit säuerlicher Miene, dann verschwand er rasch.

Aurelian betrat den Salon, lüftete seinen Dreispitz und verbeugte sich tief. «Exzellenz!»

«Aurelian, wie geht es dir, mein farbenfroher Pirol?»

Aurelian schenkte ihr sein attraktives Lächeln. Mit seinem nachtblauen Samtrock sah er aus wie aus dem Ei gepellt. Seit sie ihn im Narrenturm gefunden hatte, war ihr nie auch nur eine einzige Nachlässigkeit in seiner Garderobe aufgefallen. Vielleicht nahm er es so genau, um die Erinnerung an seine kahle Zelle und das fleckige Leinengewand zu vertreiben. Sie winkte ihn gönnerhaft heran und ließ ihn sich setzen.

«Nicht viel Neues seit dem Maskenball in Walseggs Schloss.»

«Hat er einem Treffen zugestimmt?», fragte Grazia und nahm einen kleinen Schluck Kaffee. Sie hielt Walsegg trotz seiner Exzentrik für ein reizvolles Vöglein, das sie gern ihrer Sammlung hinzufügen würde. Sie wusste zwar nicht, welches Spiel dieser modeverliebte Geck spielte, aber sie war sich sicher, *dass* er spielte.

«Er lässt sich entschuldigen. Es gibt eine private Angelegenheit, die ihn bindet.» Er reichte ihr ein Schreiben, zog seine Lederhandschuhe aus und schenkte sich selbst Kaffee ein.

Grazia überflog die Zeilen und hob eine Augenbraue. «Wer hätte das gedacht.» Sie legte den Brief beiseite. «Und sonst?»

Aurelians glatte Stirn legte sich in leichte Falten. Er streckte sich auf dem Fauteuil wie eine Katze.

«Bitte», kommentierte Grazia sein Benehmen augenrollend. «Du führst dich schon auf wie ein verzogener Adelsspross. Maß dir nicht zu viel an!»

Aurelian grinste und setzte sich wieder aufrecht hin. «Natürlich», meinte er unschuldig und ging wieder zum Geschäftlichen über. Der Schein des Kaminfeuers flackerte auf seinem glänzend kastanienbraunen Haar und seinem makellosen Gesicht. «Nach wie vor ist es verblüffend ruhig», stellte er sachlich fest. «Ich fürchte, wir müssen annehmen, dass unsere Vöglein im Osten ihre letzten Flügelschläge getan haben, sogar ...»

«Der Kuckuck.» Grazia legte sich abwesend die Hand auf die Brust. Hatte er sie wirklich gerngehabt, damals, als er sie auf Karschka besucht hatte, um Ränke zu schmieden? Oder war es auch Teil des Spiels gewesen, als er sie gebeten hatte, mit ihm zu kommen?

Aurelian musterte sie mit glänzenden Augen. Sofort ließ sie die Betroffenheit aus ihrer Miene verschwinden.

«Apropos», Grazia versuchte, das Beben aus ihrer Stimme zu verbannen, «können wir sicher sein, dass Wagener tot ist?»

Aurelian schien einen Moment zu zögern. Allein diese Tatsache ließ die Beklemmung, die sie in ihrem Albtraum gespürt hatte, wieder emporwallen.

«Mit größter Sicherheit», meinte Aurelian nachdenklich. «Es gab ein furchtbares Massaker in der Nähe von Karansebesch, mehr als tausend Tote. Dort liegt er wohl begraben.»

«Hat irgendjemand seine Leiche gesehen?»

Aurelian hob eine Augenbraue. «Auf einem Schlachtfeld macht sich niemand die Mühe, die Körper aufzulesen – oder das, was von ihnen übrig ist.»

*Lass nicht deine Vöglein nach mir suchen. Sie werden mich nicht finden. Such in deinen Albträumen ...*

Grazia kratzte sich hinter dem Ohr. «Hast du eine Probe seiner Handschrift aufgetrieben?», fragte sie mühsam beherrscht.

«Nicht hier im Schloss. Wenn die Komtesse noch etwas von ihm hat, hat sie dafür gesorgt, dass nicht einmal ich es finde.»

«Dann sieh zu, ob du an der Universität etwas auftreibst!» Der schrille Ton in ihrer Stimme schien Aurelian misstrauisch zu machen. Obwohl es unelegant wirkte, schlang sie die Hände um ihre dampfende Kaffeetasse, damit er ihr Zittern nicht sah. «Ich will, dass du den Adler aufsuchst. Er soll herausfinden, wer hinter den Briefen steckt. Irgendjemand hat sich gegen uns verschworen, und ich muss wissen, wer.»

«Den Adler?» Ein Hauch von Unbehagen huschte über

Aurelians Miene. Oder war es Angst? Gut. Auch er sollte sich nicht zu sicher fühlen. «Er ist nicht gerade delikat, in seinem ...»

«Er ist effektiv», unterbrach ihn Grazia. «Und er wird unsere Feinde ausfindig machen.»

«Sehr wohl.» Aurelian neigte den Kopf zur Seite. Für einen Moment schien er nach den richtigen Worten zu suchen. «Meint Ihr nicht, die Komtesse ... könnte zu einem Problem werden, wenn sie herausfindet, dass wir ...»

«Sie wird es *niemals* herausfinden», flüsterte Grazia. «Sie wüsste gar nicht, wie. Sie ist wie ich damals, unschuldig und naiv. Und sollte sie je dahinterkommen, ist sie längst verheiratet und jeder Gedanke an ihren Magister Wagener verblasst. Sie würde verstehen, was ich für sie getan habe, dass ich sie *gerettet* habe.»

«Vor was?», fragte Aurelian neugierig.

«Vor dem, was mir widerfahren ist», erwiderte sie rau. «Du bist dir doch sicher, dass dieser Wagener sie nicht entehrt hat, oder?»

«Absolut», erwiderte Aurelian nach kurzem Zögern.

Er hatte ihr damals erzählt, wie er Helene und Wagener am Narrenturm beobachtet hatte, wie er sie verfolgt hatte, als sie durch die Vorstädte flaniert waren.

Sie schüttelte den Kopf und wechselte das Thema. «Was ist mit dieser *Gräfin Nachtigall*, von der man tratscht? Kommt sie uns in die Quere?»

«Das Gefährlichste an ihr ist, dass niemand etwas über sie weiß. Sie ist wie ein Geist, der in den dunklen Ecken der Ballsäle seinen Schabernack treibt. Dilettantischer als Ihr, aber sie lernt rasch. Ich habe einen ihrer Boten abgefangen und ihn ein wenig gekitzelt.» Für einen Moment blitzte ein

Messer zwischen Aurelians Fingern auf, ehe er es wieder in seiner Rocktasche verschwinden ließ. «Er sollte einen Brief für sie zur Post bringen. Dummerweise hatte er den Brief selbst von einer ihm unbekannten Magd, nicht von der ominösen Gräfin selbst.»

«Sie verwischt ihre Spuren», murmelte Grazia. «Erleuchte mich, *mon cher*, was stand in diesem Brief?»

«Es war erstaunlich banal», erwiderte Aurelian und gähnte. «Nicht einmal chiffriert. Er war an eine Reederei in Triest adressiert. Die Gräfin möchte wissen, ob sich eine Überfahrt organisieren lässt.»

«Und wohin?», fragte die Gräfin.

«In die ehemaligen britischen Kolonien, nach Amerika.»

Grazia lachte gedämpft. «Warum würde eine Gräfin so eine gefährliche Reise auf sich nehmen, um an einen Ort zu gelangen, wo die Bauern den Adel abgeschafft haben?»

«Die Frage lautet wohl eher: Warum macht man ein Geheimnis daraus?»

«Flucht vor einem ungeliebten Gatten vielleicht. Ich will jedenfalls mehr über diese Frau wissen, sie beginnt mich zu interessieren!»

Aurelian nickte. «Wegen des Maskenballs …»

«Ich diskutiere das nicht noch einmal mit dir.» Ihr Ton wurde schneidend. «Die Frau dort war *nicht* Helene. Ich kenne jedes ihrer Kleider, und das war keins davon. Sie war Walseggs ungarische Geliebte. Und auch wenn es reizvoll wäre, wir müssen nicht die Geschichte jeder Hur' Wiens kennen.»

«Ich mag mich irren, aber als ich mit ihr getanzt habe, war die Ähnlichkeit eklatant. Die Stimme, die Figur, das Haar …»

Grazia versuchte, das Bild der geheimnisvollen Frau, die jeden auf dem Maskenball verzaubert hatte, wieder heraufzubeschwören. Aurelian hatte nicht unrecht, sie war von Helenes Körperbau gewesen, aber sonst hatte dieses Weibsbild so gar nichts mit ihrer Nichte gemein. Sie hatte den ganzen Raum beherrscht. Grazia war wütend gewesen, als sie gesehen hatte, wie sehr jede ihrer Bewegungen die Männer im Saal in ihren Bann gezogen hatte. Dann der Kuss mit Walsegg und ihre überstürzte Abreise, gerade als sie sich selbst ein Bild machen wollte. Bestimmt war sie verheiratet – und als sie befürchten musste, erkannt zu werden, war sie abgerauscht.

«Ich habe Heinrich befragt, ebenso den Kutscher. Beide sagen dasselbe, wie du weißt: Helene ging an diesem Abend früh zu Bett und ist nirgends hingefahren.»

«Bah!» Aurelian machte eine verächtliche Handbewegung. «Der alte Mistkerl ist nicht so scharfäugig, wie er denkt.»

Grazia musste lachen. Das steckte also hinter dieser Helene-Geschichte. Aurelian wollte Heinrich eins auswischen. «Er ist scharfäugig genug!», erwiderte sie mit einem zuckersüßen Lächeln. «Ich frage mich manchmal, was hinter eurer gegenseitigen Abneigung steckt.»

«Auch den Kutscher könnte man bestechen», presste er heraus, um das Thema zu wechseln.

Grazia tippte sich mit dem Zeigefinger gegen das Kinn. «Du siehst Gespenster, *mon cher*, aber ich habe bereits eine Idee, wie du dich selbst von deinem Irrtum überzeugen kannst.» Sie lächelte. Ja, das würde ganz amüsant werden.

Sie erzählte es ihm. Er lauschte ihr mit hochgezogenen Augenbrauen und nickte schließlich.

«Und was, wenn ich recht habe? Wenn Eure Nichte tatsächlich diese mysteriöse Dame war? Wenn sie von Euren Plänen weiß? Wenn sie hinter diesem Brief steckt...»

«Ich sagte dir schon, es ist lächerlich!» Grazia starrte für einen Moment ins Leere. «Aber wenn sie es wirklich war ... würde ich dich nicht damit beauftragen, sie verschwinden zu lassen.»

Milde Überraschung machte sich auf Aurelians Miene breit, aber Grazia schüttelte nur den Kopf.

«Ich würde es selbst tun.»

❧

Zurück in ihrem Gemach, atmete Grazia tief durch. Es könnte wesentlich schlimmer sein. Der Kaiser würde nicht mehr lange leben, und Helene schien allmählich über die *Auring-Affäre* hinwegzukommen.

Von Tag zu Tag gewann ihre Nichte an Grazie, und vermutlich könnte sie jeden haben, der sie einmal zu Gesicht bekommen hatte. Grazia spürte eine Welle von Neid in sich aufsteigen. So wäre es ihr ergangen, so hätte es ihr ergehen *müssen*, wenn man ihr nur eine Chance gegeben hätte. Sie schüttelte den Gedanken ab. Sie war nicht mehr ganz sicher, ob eine rasche Hochzeit das Beste war.

Der Thronfolger Franz war nur wenig älter als sie ... Natürlich war er bereits verheiratet, aber bei Hof munkelte man, seine Frau wäre mehr dem Kaiser zugetan als ihrem Ehemann. Außerdem war sie von schwacher Konstitution. Eine Kombination mit Potenzial. Sie hatte Helene zu drei Bällen mitgenommen, seit Auring in die Toskana geflohen war, und auf jedem einzelnen davon schien es der Gräfin, als wäre Franz' Blick wie angeleimt an Helenes Gestalt. Als kaiserliche Mätresse könnte Helene ihr vorerst nützlicher sein, als wenn sie sie verheiratete. Aber darüber würde sie morgen genauer nachdenken.

Die Öllampe spendete noch etwas Licht, während sie gähnend das Kleid von ihrer Haut gleiten ließ. Ihr Blick fiel auf ihren Schreibtisch – und sie erstarrte. Es war, als hätte sie das Fenster offen gelassen und kalte Herbstluft würde sie einfrieren, doch es war genauso geschlossen wie zuvor. Es war der Anblick des Briefumschlags, der sie diese Eiseskälte spüren ließ ... Wie in einem Traum hastete sie zu ihrem Tisch und hob den Umschlag auf. Er sah genauso aus wie der erste.

Konnte das Wageners Schrift sein? Nein ... nein, er war tot.

Wie war dieser Brief hergekommen? Niemand hätte ihn während ihres Treffens mit Aurelian hier platzieren können. Er musste schon länger auf dem Tisch liegen, sie hatte ihn nur übersehen ...

Sie atmete tief durch. Dann riss sie den Brief auf und las, was darin stand. Und kaum dass sie den Sinn der Worte erfasste, wusste sie, dass sie heute keinen Schlaf finden würde, vielleicht niemals wieder ...

*Liebe Grazia,*

*ich habe jede deiner Sünden gezählt. Ich habe sie in den vergifteten Winkeln deines Herzens gesucht – und jetzt kenne ich sie alle. Deine Vögelchen werden dir nicht helfen. Längst gehören einige von ihnen mir, während sie noch behaupten, deine treuen Diener zu sein.*
*Es wird Zeit zu zahlen. Ich habe deine Sünden gewogen und ihren Preis bemessen.*

*Was wiegt schwerer? Ein Komplott gegen den Kaiser? Deine vielen Morde an großen Männern wie Reichsinspektoren und kleinen wie Haushofmeistern? Oder das, was du mir angetan hast? Es sind so viele Sünden! Kauf dir ein winziges bisschen Frieden und leere die Konten, die ich dir aufzähle. Lass alles auf das Depot fließen, das ich dir angebe. Sonst drängen die Sünden ans Licht, eine nach der anderen, und der Galgen wartet für deinen Verrat.*
*Ich gebe dir zwei Wochen … und in der Zwischenzeit warte auf mich in deinen Träumen.*

☙

Helene sah in den Spiegel, während Gertraud sie ankleidete. Das sonnenfarbene Kleid übertünchte die Kälte in ihrem Inneren. Ihr Haar war zu langen Locken gedreht, die ihr über die Schulter fielen.

«Etwas Neues?», fragte sie gerade so laut, dass es kein Flüstern mehr war.

Keine Schriftstücke auf Schloss Weydrich, darauf hatten Gertraud und sie sich geeinigt.

«Es gab eine Antwort aus Triest», murmelte Gertraud. «Die Überfahrt ist teuer, aber wenn die neuen Einkünfte da sind, spielt das keine Rolle.»

Helene nickte unmerklich. Es war ihr gelungen, unbemerkt kleinere Geldbeträge von den Konten der Tante abbuchen zu lassen. Es war erstaunlich einfach, wenn man eine Kopie der Kontodaten besaß. Für kleinere Beträge verlangten die Bankinstitute keine Beglaubigung der Identität.

Das Geld reichte, um neue *Krähen* anzuwerben und ihnen

Aufträge zukommen zu lassen, ohne dass diese je erfuhren, von wem sie kamen. Die Aufträge wurden entweder von ihrem Schreiber oder einer Magd, die mit Gertrauds Cousin befreundet war, vermittelt.

Aber es reichte nicht für mehr, nicht für ein neues Leben. Sie brauchte das Vermögen der Tante … *ihr* Vermögen.

In den Wochen seit dem Maskenball hatte Helene kaum etwas anderes getan als Pläne geschmiedet. Es hatte mit den Schriftstücken begonnen, die Gertraud unter der losen Diele im Gemach der Gräfin gefunden hatte. Die meisten Schreiben lasen sich wie sinnfreies Kauderwelsch, aber nicht alle … und die hatten ihr bereits verraten, wie weit der Verrat der Tante an ihrer eigenen Familie reichte. Schon das Erste, was sie zu ihr gesagt hatte, war eine Lüge gewesen. Ihr Vater hatte Helene und nicht der Gräfin sein Erbe überschrieben. Sie fand Schreiben an verschiedene Notare, in denen die Gräfin nach Einzelheiten des Testaments fragte und gleichzeitig zu verstehen gab, dass sie solch eine Information großzügig entlohnen würde. Diese Briefe waren noch vor dem Tod ihres Vaters datiert.

Helene war sich zwar sicher, dass die Gräfin ihren Bruder nicht ermordet hatte, aber sie hatte seine Krankheit genutzt, um sich all seinen Besitz einzuverleiben, auch Helene selbst, das Prunkstück der Sammlung. Das falsche Testament hatte schon bereitgelegen, als ihr Vater noch in Baden geweilt hatte. Und dann war da noch die Sache mit dem Blut … Ein Brief hatte die Handschrift ihres Vaters getragen. Er war an Frantisek adressiert gewesen. Sein Vater hatte ihn in seinen letzten Tagen gebeten, auf Helene achtzugeben, sollte er nicht überleben. Und es stand auch darin, dass er all seine weltlichen Güter ihr überschrieben hatte …

Sosehr sie auch ihr Netzwerk an Informanten ausgedehnt hatte, es gab keine Spur von Frantisek. Und Helene war sich mittlerweile sicher, dass die Gräfin ihn nicht mit einer großzügigen Apanage fortgeschickt hatte, sondern ihn ermordet hatte. Vermutlich hätte sie schon früher darauf kommen müssen, wäre der Gedanke nicht so ungeheuerlich.

«Nicht die Luft anhalten», murmelte Gertraud, die ihr Kleid gerade am Rücken zuschnürte. «Du stehst da wie eine Statue!»

Helene atmete aus und ließ zu, dass Gertraud das Kleid enger anzog.

Nachdem sie sich Frantiseks Schicksal zusammengereimt hatte, hatte sie drei Tage nicht geschlafen. Sie hatte Gertraud an jedem Hof Wiens nach ihrer Gouvernante Adelheid fragen lassen, in der Angst, es sei ihr ähnlich ergangen. Zu ihrer Erleichterung fand sie bald heraus, dass sie in Graz in einem Landadelshaushalt untergekommen war.

«Wir können ihr einen Brief schicken, wenn du willst», hatte Gertraud damals vorgeschlagen. Der Gedanke war verlockend gewesen. Früher hatte sie sich immer in Adelheids Arme geflüchtet, wenn sie unglücklich gewesen war, und irgendwie war danach alles leichter gewesen. Sie ertappte sich bei dem närrischen Wunsch, es jetzt ebenso tun zu können.

«Nein», hatte Helene schließlich erwidert. «Es wäre zu gefährlich, für sie, für uns. Sie wird ein Auge darauf haben, dass Adelheid nichts Dummes macht.»

Sollte sie in Ruhe und Frieden leben. Helene gönnte es ihr von Herzen, sosehr es auch weh tat.

Die anderen Briefe, in denen entweder Kauderwelsch oder völlig belangloses Zeug stand, hatten sie weitere schlaflose Nächte gekostet. Sie hatte schnell erraten, dass es sich um eine

Art Verschlüsselung handeln musste. Hinweise darauf bot ein großes Stück Papier, auf dem in einer quadratischen Tabelle immer wieder die Buchstaben des Alphabets gelistet waren. Auf der Rückseite des Papiers mit der Tabelle fand Helene ein einfaches Wort, das jemand hastig hingekritzelt hatte.

*Aletheia.*

Helene hatte die Briefe nach Hinweisen durchsucht, hatte sie neben das seltsame Buchstabenquadrat gelegt, hatte nach der Bedeutung von *Aletheia* darin gesucht – ohne jeden Erfolg.

*Aletheia.* Irgendwas daran kam ihr bekannt vor. Auf jeden Fall klang es griechisch. Und dann kam sie nach endlosem Grübeln tatsächlich darauf. In einem ihrer Bücherschränke fand sie ein kleines Büchlein. Äsops Fabeln. Ihr Vater hatte sie ihr geschenkt, als sie noch klein gewesen war, Gott sei Dank auf Deutsch. Beim Blättern entdeckte sie, was sie suchte. *Aletheia, die Göttin der Wahrheit, von Prometheus aus Ton geformt …*

Die Wahrheit!

Helene hatte sich sofort an ihren Schreibtisch gesetzt, ein leeres Blatt Papier genommen und eine Zeile von einem Brief kopiert, der nur aus wirren Buchstabenfolgen bestand. Dann schrieb sie *Aletheia* über die Zeichen, sodass das A über dem ersten Buchstaben stand. Einem W. Sie strich sich mit dem Federkiel abwesend über die Wange. *Aletheia. Aletheia zeigt die Wahrheit.* Sie nahm die Tabelle zur Hand.

Vielleicht war es Unsinn, aber manche Dinge musste man einfach versuchen.

Sie bildete in der Buchstabentabelle Koordinaten, trug das *A* von Aletheia auf der waagrechten Achse auf, den Kauderwelschbuchstaben, das *W*, auf der senkrechten. Die beiden Buchstaben wiesen auf ein *D*.

Helene machte weiter und stockte plötzlich. Das hier ergab plötzlich Sinn ... *Der Kaiser* stand auf dem Papier. Sie fuhr fort, begann einfach von neuem, schrieb über das Kauderwelsch immer wieder *AletheiaAletheiaAletheia*. Und bald starrte sie aus großen Augen den ganzen Satz an.

*Der Kaiser muss sterben!*

Das Schlüsselwort hatte ihr all die Briefe enträtselt. Anscheinend hatte die Gräfin nicht damit gerechnet, dass jemand es in ihrem eigenen Haus finden und die Briefe entschlüsseln könnte.

*Für so ungefährlich hält sie mich ...*

Helene hatte sie alle entziffert, ihre Pläne, den Kaiser zu stürzen. Sie hatte ihre Vöglein in der Armee der Erblande und auch welche bei den Türken. Käme es zur Schlacht, bestünde ihre Aufgabe darin, den Kaiser von der Armee und seinen Bediensteten zu trennen – und zu töten. Dafür hatte sie fünf Gruppen zu je fünf Mann in die österreichische Armee eingeschleust, die nichts voneinander wussten, und eine Gruppe ausländischer Agenten, angeführt von einem Mann, den sie immer nur den *Kuckuck* nannte, in das osmanische Heer. Wie sie mit diesen ausländischen Agenten Kontakt aufgenommen hatte, ging aus den Briefen nicht hervor, genauso wenig, wer diese Männer in Wahrheit waren.

Helene war beim Lesen übel geworden. Bei ihrem ersten Ball hatte die Gräfin dem Kaiser noch lächelnd ins Gesicht geblickt – während sie bereits seinen Tod plante. Diese Frau war ein Monster. Ein sehr, sehr mächtiges Monster.

Helene hatte mit dem Gedanken gespielt, die Tante auffliegen zu lassen, aber es gab ein paar Gründe, die dagegen sprachen. Der Kaiser war zwar schwerkrank, aber lebendig nach Wien zurückgekehrt. Helene rechnete sich keine großen Chancen aus, die Behörden von der Richtigkeit ihrer Anschuldigung zu überzeugen. Außerdem bekam sie dadurch nicht automatisch ihren Besitz und ihre Unabhängigkeit zurück. Sie hätte sich vor der Gräfin offenbart, und diese würde alles tun, um sie als verrückt dastehen zu lassen, ein geistesschwaches junges Ding, das sich etwas zusammenphantasiert hatte – und dann würde sie sich furchtbar an ihrer verräterischen Nichte rächen.

*Die Dame offenbart ihre Stärke erst, wenn sie den tödlichen Schlag ausführt.*

Helene war noch nicht am Ende, ganz und gar nicht. Sie hatte erst angefangen. Zwei Briefe, die der Gräfin den Schlaf rauben sollten. Die dafür sorgten, dass sie sich nie wieder sicher fühlte ...

Als sie den zweiten Brief gelesen hatte, wirkte Gertraud beinahe erschrocken. «Das ist furchtbar», hatte sie geflüstert.

«So furchtbar wie ihre Sünden», hatte Helene erwidert. «Sie wird niemals aufgeben, es sei denn, wir zwingen sie dazu. Ich will, dass sie weiß, wie es sich anfühlt, alles zu verlieren. Ich will sie nackt in der Kälte frieren sehen, hilflos und allein ...»

Gertraud hatte sich am Kopf gekratzt. «Na ja, ganz so bös wollen wir doch nicht sein. Eine alte Stalldecke geben wir ihr schon mit.»

Helene hatte lachen müssen. Gertraud war die Einzige, der es noch gelang, einen Funken Wärme in ihrem Inneren zu entfachen. «Aber eine, die müffelt», hatte sie grinsend erwidert.

«Hör mal, ich bekomm deinen Rock nicht zu, wenn du

dich nicht entspannst», schalt sie Gertraud und brachte sie damit zurück in die Gegenwart.

Helene sah das Gesicht ihrer Vertrauten im Spiegel, ihr Blick war hochkonzentriert auf ihren Rücken gerichtet. Das schokoladenfarbene Kleid, die weiße Schürze und die Dienstbotenhaube, die ihr sprödes Haar bedeckte, wirkten matt im Vergleich zu der leuchtenden Seide ihres Kleids. Genauso war es wohl gedacht. In ihrem früheren Leben hatte sie sich über solche Dinge nie Gedanken gemacht, jetzt sprang ihr förmlich ins Auge, wie sehr Kleidung Macht verkörperte – und wie sehr sie jemanden erniedrigen konnte.

«Danke», murmelte Helene abwesend, als Gertraud den Rock geschlossen hatte und ihr in den langärmligen *manteau* half, das die Robe vervollständigte. «Hast du eine Ahnung, warum ich mich schon zum Frühstück so herausputzen soll?»

«Ich weiß nicht mehr als du», murmelte Gertraud. «Vermutlich ist jemand zu Besuch gekommen.»

Helene legte ihre Hände auf ihr voluminöses Kleid und betrachtete sich im Spiegel. «Vielleicht ein neuer Verehrer.» Helene drängte den auflodernden Hass in ihrem Inneren zurück. Wie konnte sie es nur wagen. Sie hatte Alfred ermordet, sie hätte sie an Auring verkauft ...

Sie hob das Kinn und lächelte. «Wenn der Arme nur wüsste, was ihm blüht.»

Sie sah aus den Fenstern, während sie den Gang entlangschritt. Der Nebel schien das leuchtende Gelb des Herbstlaubs zu dämpfen und verbarg auch die nahe Stadt vor ihrem Auge. Sie beobachtete, wie die Gärtner die Rosen mit Jutesäcken einwinterten und die Buchsbäume sorgfältig stutzten, die die Tante an der Vorderseite des Gartens hatte pflanzen lassen, damit Schloss Weydrich anderen fürstlichen Anwesen in nichts nachstand. Aus dem Erdgeschoss drang das Lachen der Gräfin schon von weitem zu ihr herauf. Heißer Ärger fuhr ihr bis in die Zehenspitzen. Hatte ihr Erpresserbrief wirklich so wenig Eindruck gemacht? Sie hatte ihn ihr vorgestern Nacht ins Zimmer geschmuggelt. Mittlerweile musste sie ihn bemerkt und gelesen haben. Wenn es sie kaltließ, wenn sie nicht zahlte, musste Helene eben eine härtere Gangart anschlagen – so lange, bis sie an ihrem Lachen erstickte.

Helene zwang sich zu einem Lächeln und betrat den Salon. Sie würde diesem neuen Verehrer gegenüber artig und höflich auftreten, ganz als würde sie ihn wirklich in Erwägung ziehen, und wenn er sich zu sehr …

Die Tante erhob sich, ihre beiden Gäste ebenfalls. Obwohl sie zu dieser Zeit normalerweise noch schlief, war sie zurechtgemacht, als würde sie zu einem Ball gehen, in einem cremefarbenen Kleid mit aufgestickten Lilien. Meister Ferencz – oder wer auch immer sonst zu dieser frühen Stunde für ihre Frisur verantwortlich war – hatte ein paar goldene Herbstblätter in ihr Haar geflochten. Ein erwartungsvolles Lächeln lag auf ihrer blass geschminkten Miene. Helene suchte nach einem Zeichen für Beunruhigung, aber außer leicht geschwollenen Tränensäcken fiel ihr nichts auf.

Helene ließ ihren Blick zu den schlanken Silhouetten der beiden Gäste gleiten – und erstarrte.

Sie kannte beide Männer, und keinen von ihnen hätte sie an diesem Ort erwartet.

«Guten Morgen, Tante», murmelte Helene hastig und ließ sich in einen Knicks fallen, bevor man ihr die Überraschung anmerken konnte.

«Guten Morgen, liebes Täubchen», meinte die Tante. «Darf ich dir unsere beiden Gäste vorstellen?»

Sie streckte ihre mit einem Spitzenhandschuh bedeckte Hand aus und wies auf den ersten Mann. «Das hier ist Baron Glasbach, ein treuer Freund.»

Aurelian schenkte Helene ein verführerisches Lächeln und verbeugte sich. Sein kastanienbraunes Haar schimmerte selbst in so trübem Tageslicht wie heute.

*Was sollte das? Was tat er hier?*

«Baron, es ist mir ein Vergnügen!» Sie hielt ihm ihre Hand hin und ließ zu, dass Aurelian sie küsste.

Er musterte sie eingehend, als würde er darüber nachdenken, ob das schüchterne Mädchen vor ihm vielleicht die geheimnisvolle Gräfin Nachtigall sein konnte, mit der er auf dem Maskenball getanzt hatte.

Helene wurde übel. Offensichtlich hatte die Tante doch Verdacht geschöpft. Was würde sie mit ihr tun, wenn sie wirklich hinter ihr Geheimnis kam?

«Und mit dem Grafen Walsegg bist du ja bereits bekannt!»

Helene spürte, wie ihr Herz gegen die Schnürung ihres Kleids anpochte. Was sollte das bedeuten? Sie konnte doch nicht wissen, dass ...

Walsegg kam auf sie zu und verbeugte sich. «Ich hatte die Freude, Euch beim Begräbnis Eures Vaters kennenzulernen. Außerdem habt Ihr mir auf dem Frühlingsball in Schönbrunn das Menuett geschenkt.»

«Graf von Walsegg», rief Helene aus, als würde sie sich plötzlich erinnern. «Wie schön, Euch wiederzusehen!»

Wie hatte sie sich nur so sicher fühlen können? Die Tante hatte ein Tribunal versammelt, das ihre Schuld bezeugen könnte – und dann würde sie sie verschwinden lassen, wie Frantisek, wie Alfred.

War Walsegg deswegen hier? Hatte er etwa von Anfang

an mit ihr gespielt? Oder war er erst neuerdings eines der Vögelchen ihrer Tante? Vielleicht besaß sie ein Druckmittel und hatte ihn damit erpresst…

«Setz dich zu uns, mein Täubchen», meinte die Gräfin und wies auf den Platz neben ihr auf der Chaiselongue.

Aurelian und Walsegg nahmen wieder auf den beiden Fauteuils Platz. Obwohl beide Wert auf ein modisches Auftreten legten, schien Walsegg jeden Blickkontakt mit Aurelian zu vermeiden – als wäre er unter seiner Würde.

Helene würde ihnen auf jeden Fall nicht den Gefallen tun, in Tränen aufgelöst zu gestehen. Sie war bereit, bis zum bitteren Ende zu spielen. Bis jetzt hatten die Figuren nur Aufstellung genommen, ohne anzugreifen. Sie raffte ihren Rock und ließ sich mit geradem Rücken nieder.

«Ich habe unseren Gästen gerade Löcher in den Bauch gefragt, geradezu unziemlich neugierig bin ich gewesen», erklärte die Gräfin, während eine Küchenmagd Helene Kaffee einschenkte. Es gab wunderbare Semmeln mit Butter und Marmeladen sowie einen Nussstrudel. «Vielleicht könntest du uns ein bisschen zerstreuen, Liebes. Wie wäre es, du erzählst von deinem letzten Ball? War es ein *ausschweifendes* Fest?»

In Walseggs Miene blitzte etwas auf. Hatte er sich gerade an ihren Kuss erinnert? Helene konnte nicht sagen, ob Aurelian oder die Gräfin seine Reaktion bemerkt hatten. Ihre Aufmerksamkeit schien auf sie gerichtet zu sein.

Wie viel wussten sie? So oder so, Helene durfte sich nichts anmerken lassen und lächelte. «Gerne, Tante!» Sie nahm ihr Porzellantässchen mit zwei Fingern und führte es mit einer eleganten Bewegung zum Mund. Mittlerweile hatte nicht einmal Maître LeBrus etwas an ihren Tischmanieren auszusetzen, was nicht hieß, dass er freundlicher zu ihr geworden wäre.

«Es war tatsächlich ein ausschweifendes Fest», plauderte sie los und kicherte, «ich war erst um elf zu Hause! Es war das Jungdamen- und Herrenkränzchen im Palais Auersperg. Ich wurde zehnmal zum Tanzen aufgefordert, am Ende musste ich dem armen Grafen Grünwald den letzten Contredanse verweigern, weil meine Beine nicht mehr wollten. Es gab ein wunderbares Lustspiel als Unterhaltung, eine Harlekinade über einen furchtbar tollpatschigen Liebhaber, der von einer Hexe verzaubert wird, einen ganzen Bierkrug zu leeren, sobald seine Prinzessin das Wort Liebe sagt.» Helene lachte. «Tanzt Ihr auch gern, Baron Glasbach?»

«Bei jeder Gelegenheit», erwiderte Aurelian lächelnd.

Helene tat, als würde sein Blick sie verlegen machen, und nahm einen Schluck aus ihrer Tasse.

«Tanzen ist für einen Mann nicht das Wichtigste», erklärte die Tante.

Der Gedanke, dass Helene Gefallen an Aurelian finden könnte, schien sie zu verärgern.

«Und Ihr, Graf von Walsegg? Tanzt Ihr?», fragte Helene unschuldig.

«Zuweilen», erwiderte Walsegg und betrachtete gelangweilt seine Fingernägel. Seine aufgesetzte Arroganz machte sie bei aller Vorsicht wütend.

«Ich erinnere mich dunkel an unseren Tanz in Schönbrunn. Ihr wart genauso ernst wie jetzt.» Helene lächelte schüchtern. «Ich weiß noch, wie Ihr den Takt mitgeflüstert habt, um ja keinen Fehler zu machen.»

Walsegg sah auf und bedachte sie mit einem wütenden Blick.

«Verzeiht, ich wollte Euch nicht beleidigen», erklärte Helene reumütig. «Es ist doch gut, wenn ein edler Herr sich nicht scheut, kleine Schwächen zuzugeben, nicht wahr, Tante?»

Die Gräfin musterte sie für einen Moment forschend, während Walsegg sich von dem Nussstrudel nahm, als ginge ihn das alles nichts an.

«Allerdings!»

«Nun, Komtesse», meinte Aurelian. «Gestattet mir die Neugier: Wie würde es Euch gefallen, auf einem Maskenball zu tanzen?»

«Ein Maskenball?» Helene nahm sich eine Semmel und bestrich sie mit etwas Butter und Marillenmarmelade. «Das wäre gewiss ein formidabler Spaß. Obwohl ... am Ende wüsste ich wohl doch gerne, wer mein Gegenüber ist. Veranstaltet Ihr etwa einen Maskenball auf Eurem Schloss, Baron? Oh Tante, dürfte ich dorthin? Ich würde so gerne!»

«Ich denke, die Frage war eher allgemeiner Natur.» Sie bedachte Aurelian mit einem strengen Blick. «Das Schloss des Barons wäre für so eine Veranstaltung zu klein.»

«Wie schade», murmelte Helene. «Aber vielleicht könntet Ihr es vergrößern, im Falle einer vorteilhaften Heirat zum Beispiel.»

Die Tante prustete beinahe in ihren Kaffee, während Aurelians Augen sich ungläubig weiteten. Helene konnte erkennen, wie Walseggs Finger sich wütend um die Lehne seines Fauteuils krallten.

*Wer spielt jetzt mit wem?*

Die Tante klingelte, und kurz darauf erschien die Küchenmagd und kredenzte ihnen Schaumwein in langen Kristallflöten, in die Reliefe von Singvögeln und Weinreben geschliffen waren. Der Schaumwein hatte eine rötliche Farbe und war versetzt mit kleinen Himbeerstückchen. Es war exakt derselbe Wein, wie es ihn auf Walseggs Ball gegeben hatte.

«Santé!», meinte die Tante und hob ihr Glas.

«Santé», antworteten Helene und die beiden Herren.

Sie nippte an dem Glas und hätte das Getrunkene am liebsten wieder ausgespuckt.

«Schmeckt es dir nicht, mein Täubchen?», fragte die Tante freundlich.

«Du weißt ja, Tante, ich vertrag alkoholische Getränke noch nicht so gut.» Sie wandte sich den beiden Gästen zu. Zumindest hatte Walsegg sich jetzt dazu herabgelassen, sie anzusehen. Und seine Miene wirkte noch angespannter als zuvor. «*Ein* Schlückchen, und ich bin beschwipst. Dann neige ich zu jeder erdenklichen Albernheit!»

«Was für Albernheiten wären das, meine Liebe?», fragte Aurelian.

Helene gluckste und hielt sich die behandschuhte Hand vor den Mund. «Ich kann nicht mehr aufhören zu kichern, als wäre ich ein kleines Mädchen. Und dann der Schluckauf. Er ist so heftig, als hätte ich einen hüpfenden Frosch im Magen.»

Jetzt erbarmte Walsegg sich zu einem höflichen Lachen. «Gewiss werden Euch diese Probleme in ein paar Jahren nicht mehr plagen. Sie verschwinden mit der Gewohnheit, doch genau diese bringt *andere* Sorgen mit sich.» Er betrachtete Aurelian und die Gräfin mit wissender Miene, die daraufhin ebenfalls lachten.

*Was hast du ihr verraten, Walsegg, und was nicht? Warum bist du überhaupt hier?*

Helene nahm einen Bissen von ihrer Semmel und kaute

gründlich. Hatte die Tante noch weitere unangenehme Überraschungen vorbereitet?

«Baron Glasbach», meinte die Gräfin. «Ich hörte, Ihr habt gegen Mittag Verpflichtungen in der Stadt?»

«Verpflichtungen, die leider keinen Aufschub dulden», seufzte er und erhob sich mit katzenartiger Eleganz. Helene hoffte, dass sein Aufbruch das Ende dieses Verhörs einläutete.

«Ich werde nach Euch Ausschau halten», meinte Aurelian mit einem verführerischen Lächeln, als er ihr die Hand küsste.

«Unbedingt», erwiderte Helene lächelnd. «Und ich nach Euch!»

Die Tante schnaubte unhörbar und streckte ihm dann die Hand zum Kuss hin. Walsegg reagierte mit dem unmerklichsten aller Nicken auf Aurelians Verbeugung, während die Gräfin nach Heinrich klingelte.

Aurelian zog amüsiert die Augenbrauen hoch, als Heinrichs veilchenfarbener Rock in der Tür auftauchte.

«Sei so nett und eskortiere den Baron zu seiner Kutsche!»

«Sehr wohl», erwiderte Heinrich und bedachte Aurelian mit unverhohlener Abscheu.

«Na dann», meinte Aurelian freundlich, während er dem Haushofmeister folgte. «*Allez, allez*, nicht so trödeln, Monsieur Heinrich! Ich hoffe, Ihr habt meinen Mantel pfleglich behandelt, er ist sehr teuer und …»

Die Tür wurde geschlossen.

«Gut.» Die Tante rieb sich die Hände. «Endlich sind wir unter uns, nicht wahr? Endlich haben wir die Gelegenheit, offen zu sprechen.» Sie nahm einen Schluck von ihrem Schaumwein. «Ich kann gar nicht sagen, wie sehr es mich freut, dass Ihr meine Einladung angenommen habt, Graf von Walsegg, besonders unter diesen Umständen. Ich hoffe, dies ist der Beginn einer wunderbaren Freundschaft!»

Ein halbes Lächeln erschien auf Walseggs Miene, als er das Glas hob. «Die Freude ist auf meiner Seite.»

Es war eine Lüge ... und was für eine. Helene kannte Walsegg gut genug, um zu sehen, wie unwohl er sich hier fühlte.

«Geschätzte Gräfin, wollt Ihr diese Angelegenheit wirklich im Beisein Eurer Nichte besprechen?», fragte Walsegg und wies gönnerhaft auf Helene. «Wir möchten ihr doch nicht die Laune trüben!»

«Ach, Helene tut gut daran zu lernen, dass das Leben mehr ist als ein rauschender Ball, nicht wahr?», meinte sie so süßlich, dass Helene ihr am liebsten die Augen ausgekratzt hätte. Die Gräfin nahm einen Bissen von ihrem Nussstrudel und räusperte sich. «Walsegg, man hört, Ihr habt in aller Stille ein Requiem bei Maestro Mozart in Auftrag gegeben.» Ihre Stimme hatte einen aufgesetzt mitfühlenden Ausdruck angenommen.

«Eine Privatvereinbarung zwischen mir und dem Maestro, die Euch gewiss nicht interessiert», erwiderte Walsegg reserviert.

Die Gräfin lächelte still. Anscheinend gefiel es ihr, einen wunden Punkt gefunden zu haben.

«Wie auch immer, scheint Euch der Zeitpunkt nicht ... *verfrüht?*»

Walsegg schwieg.

Helene hätte gerne gefragt, worum es eigentlich ging, hatte aber Angst, aus dem Salon geschickt zu werden.

«Ihr sagtet, Ihr hättet etwas für mich», stieß Walsegg gepresst hervor.

«In der Tat.» Die Tante wartete einen Moment, als wollte sie sichergehen, dass Aurelian wirklich gegangen war.

Helene unterdrückte ein Augenrollen. Was für eine unnötige Scharade.

Nach einer Weile nahm sie eine andere, größere Glocke aus Gmundener Keramik zur Hand und klingelte. Der tiefere Ton hallte durch den Salon, und kurz darauf erschienen zwei Pagen in ihren nachtblauen Livreen mit silberbestickten Knopfleisten. Jeder von ihnen trug ein rotes Samtkissen. Auf einem lag eine Schriftrolle, auf dem anderen ein Fläschchen aus dunklem Glas. Sie blieben vor der Gräfin stehen, verbeugten sich tief und präsentierten die beiden Kissen.

Helene hätte am liebsten den Kopf geschüttelt. Diese übertriebene Zurschaustellung von Prunk war in ihren Augen peinlich – und Walsegg musste genauso empfinden. Trotzdem wirkte seine Miene nicht überheblich oder gelangweilt wie sonst. Er beobachtete angespannt, wie die Gräfin mit spitzen Fingern das Fläschchen und die Schriftrolle von den Kissen hob. Erst dann richteten sich die Pagen auf und entfernten sich im Gleichschritt.

«Was hat er gesagt?», fragte Walsegg heiser.

«Quarin ist, nun ja, *aus gegebenem Anlass* der erfahrenste Arzt in der Behandlung dieser Seuche. In Eurem Fall dürfte die Krankheit schon zu weit fortgeschritten sein. Er wird keine Wunder wirken können, aber dieser Aderlassplan, kombiniert mit dieser neuartigen Arznei, könne, so sagt er, das Ende ein wenig hinauszögern.»

Was redete die Tante da? War Walsegg etwa krank? Und wieso ließ die Tante Helene dabeisitzen, wenn sie mit Walsegg eine offensichtlich so delikate Angelegenheit besprach?

*Mercurium* stand auf dem Fläschchen.

Walsegg verschränkte seine Finger und beugte sich vor. Seine Miene wirkte auf einmal blass. Helene hatte den Eindruck, er hatte sich mehr erhofft.

«Eine teuflische Krankheit, diese Schwindsucht, macht nicht mal vor einem Kaiser halt», heuchelte die Tante Bedauern, aber ihr Tonfall verriet, dass sie das ganz und gar nicht schade fand.

Gut, es war Zeit herauszufinden, um was es hier eigentlich ging. Helene musste es nur wie das arglose Mädchen tun, für das man sie halten sollte.

«Verzeiht meine Indiskretion, Graf von Walsegg, aber Ihr wirkt so stattlich auf mich. Gewiss werdet Ihr wieder gesund.»

Das Lächeln der Tante wurde eine Spur breiter, aber sie sagte kein Wort.

Walsegg bedachte Helene mit einem langen Blick. «Mir fehlt nichts, danke der Nachfrage!»

«Dring nicht weiter in den Grafen, mein Täubchen, das schickt sich nicht», mischte sich die Tante nun doch ein. Sie reichte Walsegg die Flasche und den Therapieplan.

«Vielen Dank. Ihr werdet verstehen, Gräfin, dass aufgrund meiner Situation Eile geboten ist. Ich darf mich empfehlen!»

«Nur wenn Ihr versprecht, mich nicht zu vergessen!» Die Gräfin streckte ihm die Hand hin.

«Gewiss», erwiderte Walsegg und küsste ihr die Hand. «Komtesse», wandte er sich desinteressiert an Helene und küsste auch ihr kurz die Hand.

Die Gräfin wartete, bis Heinrich auch Walsegg hinausgebracht hatte, dann seufzte sie und biss wieder von ihrem Nussstrudel ab, bevor sie sich zu Helene drehte. «Und? Wie fandest du unsere Besucher, Täubchen?»

Helene wollte die Tante sofort mit Fragen bestürmen, für wen Walsegg die Arznei brauchte, aber eine Stimme in ihrem Inneren warnte sie. Vielleicht wollte die Tante noch immer herausfinden, ob sie auf Walseggs Ball gewesen war, ihn dort geküsst hatte. Und durch zu großes Interesse an ihm würde sie sich schnell verdächtig machen.

«Verzeih, Tante, wenn ich es so geradeheraus sage: Dieser Walsegg ist ein eitler Kerl, beinahe schon unhöflich. Ich hoffe, er kommt uns nicht mehr besuchen!»

«Er ist in der Tat eigen», stimmte die Tante zu. Ihre Gestalt schien sich ein wenig zu entspannen. Vermutlich hatte Helene das Richtige gesagt.

«Aber dieser Baron Glasbach!» Helene lächelte schüchtern. «Ein wirklich eleganter Herr. Und er spricht, als würde er nur mit den edelsten Monarchen verkehren.»

«Ja, ja», meinte die Tante ungeduldig. «Ein ganz drolliger Zeitgenosse, aber nichts für dich, glaube mir.» Sie warf einen Blick auf die große Standuhr. «Du solltest dich noch etwas frisch machen. Um zehn fährst du nach Schlosshof.»

«Natürlich, Tante.» Helene erhob sich, knickste kurz und entfernte sich.

Zurück in ihrem Gemach, klingelte sie nach Gertraud.

«Grüß dich», meinte sie laut, als Gertraud eintrat. «Kannst du mir die Haare ein bisschen richten?» Sie senkte die Stimme. «Die Liste mit den Vögelchen …» Helene zögerte kurz.

Diese Liste war vielleicht das Wertvollste gewesen, das sie unter den geheimen Briefen der Tante gefunden und dechiffriert hatte. Die Auflistung, wer ständig in ihren Diensten stand, für sie spionierte oder anderweitige Drecksarbeit übernahm. Sie hatte sie, wie alle Abschriften, die sie gemacht hatten, Gertraud mitgegeben, die sie bei ihrem Cousin versteckt hatte. Sie hierzubehalten wäre viel zu gefährlich gewesen.

«Hol sie bitte, während ich in Schlosshof bin.»

«Wozu?», wisperte Gertraud.

«Vielleicht fürchtet sie sich, aber noch nicht genug, um so eine Summe zu zahlen.»

Gertraud starrte sie fragend an.

«Du weißt doch, dass du dich für mich umhören solltest, nach rauen Kerlen, Schlägertrupps, die jemandem gegen Geld eine Tracht Prügel verpassen.»

«Das habe ich», flüsterte Gertraud. «Hab einem Dutzend Männer über die Magd und den Schreiber einen Vorschuss zahlen lassen. Wenn wir etwas brauchen, werden sie bereit sein.»

«Die Gräfin wird nicht zahlen», murmelte Helene. «Es wird Zeit für einen Beweis, dass wir es ernst meinen. In einer Woche! Sie müssen gleichzeitig losschlagen, verstehst du? Und wir brauchen die Masken.»

«Willst du das wirklich? So sind wir doch …»

Helene brachte sie mit einer Handbewegung zum Schweigen. Aus den Augenwinkeln sah sie sich selbst im Spiegel, kühl, entschlossen. «Vergiss nicht, was sie uns genommen hat, Gertraud. Ich hol mir nur, was mir zusteht.»

*Mein Geld und meine Freiheit. Und selbst dann wird die Waage zwischen uns nicht ausgeglichen sein, Tante, denn Alfreds Verlust wirst du nie ersetzen können.*

«Die Stunde der Krähen hat geschlagen!»

# 30. Kapitel

Mit jedem Tag schien es kälter zu werden. Innerhalb des Turms fror man ständig. Die Kälte kroch durch die Leinengewänder der Irren und fraß sich bis tief in ihre Knochen. In den Zellen selbst war es noch am erträglichsten. Kleine Öfen spendeten ausreichend Wärme, sodass man am liebsten den ganzen Tag drinnen geblieben wäre.

Den meisten Insassen ließ man diesen Funken von Komfort, aber nicht ihm. Dazu schien Doktor Ofczareks Interesse an ihm zu groß, dem ehemaligen Soldaten mit der verbrannten Gesichtshälfte, der sich nicht erinnerte. Namenlos war er nach einem Monat im Turm allerdings nicht mehr. Die Wärter nannten ihn *Zappelfisch*, weil er sich bei seinen Panikanfällen am Boden wand und nach Luft schnappte wie ein Fisch auf dem Trockenen. Diese Anfälle konnten ihn jederzeit heimsuchen, ein Wort, ein Geräusch, ein Geruch ... und schon war er wieder in einem Meer von Leichen, deren klamme Hände nach ihm griffen und ihm die Kehle zudrückten. In einem Fall war es so schlimm gewesen, dass er die Besinnung verloren hatte. Er war mit schmerzenden Gliedern und Konrads schneeweißer Miene über sich in seiner Zelle aufgewacht.

Dreimal hatte er gegen sein Gefängnis aufbegehrt und verlangt, dass man ihn gehen ließ. Dreimal hatte Ofczarek ihn daraufhin für eine Nacht *ans Kettl* legen lassen.

Man lag dort in völliger Dunkelheit, ohne Wasser oder etwas zu essen, ohne zu wissen, wann jemand einen losmachen würde. In diese Zellen, die sich im obersten Stockwerk befanden, hatte auch niemand einen Ofen gestellt, sodass einem meist zu kalt war, um zu schlafen. Die Schmerzen in den Armen spürte man nach so einer Nacht noch viele Tage lang, genauso wie einen die Angst verfolgte, für immer in dieser Dunkelheit gefangen zu bleiben.

Also hatte er aufgehört, sich zur Wehr zu setzten. Selbst wenn sie ihn freigelassen hätten, hinaus in die Kälte, wo hätte er denn hingesollt? Ohne seinen Namen, ohne sein Leben. Und dann war da noch das erstickende Gefühl, dass er irgendetwas Furchtbares getan hatte, an das er sich nicht erinnern konnte. Dass er es verdient hatte, hier zu sein.

Wenn man nicht randalierte, war das Leben im Turm ein wenig erträglicher. Dreimal am Tag bekamen Konrad und er zu essen. Meist eine dünne Biersuppe in der Früh, eine Schale Eintopf am Abend und mittags eine Brotkruste mit einem Eck trockenem Bauernkäse oder einem Stück Mettwurst.

Manche Insassen, so wie Konrad, ließ man weitgehend in Ruhe, obwohl er keine Ahnung hatte, warum. Ihn hingegen *behandelte* man jeden Tag.

«Heute wieder?», fragte Konrad, als sie hörten, wie sich Schritte ihrer Zelle näherten.

Er hatte gelernt, die Wärter am Schritt zu erkennen. Es waren Josef und Wolfgang. Josef humpelte ein wenig, Wolfgang war so feist, dass sein Gehen eher einem Stampfen gleichkam. Er warf Konrad einen langen Blick zu. «Wieso töten die mich nicht einfach?»

Konrads helle Augen musterten ihn. «Wehr dich nicht. Aber gib ihnen so wenig wie möglich!»

Der Behandlungsraum lag im fünften Stock des Turmes, ohne Fenster, aber mit so vielen Lampen ausgestattet, dass man ihn auch so taghell erleuchten konnte. Es gab einen Holzstuhl, auf den die Wärter ihn setzten und ihm Arme und Beine mit Ledergurten festschnallten.

«Damit du uns nicht davonzappelst!»

In dem Raum standen Regale mit allerlei Arzneien und einer seltsamen Apparatur aus Metall und Glas, deren Funktion er nicht erfassen konnte. An der Wand hing ein großes Holzkreuz und darunter eine fehl am Platz wirkende Stickerei, die schon etwas verblasst war. *Durch Leiden und Dulden zahlt Jesus Adams Schulden. Wer ihm folgt, gefällt dem HERRN.*

Wie immer begannen sie mit einer Aderlasskur. Die Blutegel, die man ihm in viel zu großer Menge ansetzte, waren verhältnismäßig harmlos. Trotzdem ekelte es ihn, als sie die sich windenden Weichtiere mit einer Pinzette aus einem trüben Glasbehälter holten und er ihre glitschigen Körper auf seiner Haut spürte, wo sie sich hastig festsaugten. Am unangenehmsten waren die vier, die sie ihm ins Gesicht setzten. Ihr Saugen juckte, und er musste dem Drang widerstehen, sie sich herunterzureißen. Nach dem Aderlass fühlte er sich meistens erschöpft und elend. Aber dann ging es üblicherweise erst los. Denn dann kam Ofczarek. Er konnte ihn riechen, noch bevor er ihn sah. Allein der Duft seines Colognes reichte mittlerweile aus, um ihm Herzrasen zu verursachen und Angstschweiß ausbrechen zu lassen. Trotzdem versuchte er, sich nichts anmerken zu lassen.

*Gib ihnen so wenig wie möglich!*

Natürlich hatte Konrad recht. Je widerspenstiger oder ängstlicher er sich gab, desto mehr würden sie an ihm herumexperimentieren.

«Na, wenn das nicht unser liebes Zappelfischerl ist.» Ofczarek redete immer mit ihm wie mit einem Kind, dem er erzählte, wie sehr es seit seinem letzten Besuch gewachsen sei.

Er hatte gelernt, sich vor diesem Tonfall zu gruseln. Je süßlicher Ofczareks Ton wurde, umso mehr Grausamkeit versuchte er dadurch zu kaschieren.

«Na dann schauen wir mal, wo's ihn zwickt!»

Er fragte sich, was sie heute mit ihm vorhatten. Würden sie ihm wieder irgendeine Substanz einflößen, die sein Bewusstsein trübte oder die ihn Dinge sehen ließ, die nicht da waren?

Einmal hatten sie ihm etwas verabreicht, das ihn angenehm schläfrig gemacht hatte, jeder Schmerz war wie weggewischt gewesen, und er hatte das absurde Gefühl gehabt, dass einfach alles in bester Ordnung sei. Er vermutete, dass es vielleicht Opium war, aber sicher konnte er nicht sein. Der entspannte Zustand, in den es ihn versetzt hatte, schien jedenfalls nicht das zu sein, was Ofczarek erreichen wollte.

Das nächste Mal hatten sie ihm etwas anderes gegeben. Es hatte ihn in eine grausame Albtraumwelt geworfen, in der Würmer seine Eingeweide fraßen und ein Adler ihm den Kehlkopf herausriss, bevor er schreien konnte. Ständig waren murmelnde Schatten durch ihn hindurchgelaufen, und er hatte abwechselnd das Gefühl gehabt zu verbrennen und zu erfrieren. Wenn es eine Hölle gab, dann hatte diese teuflische Substanz ihn dort hingebracht.

Hinterher – als die Wirkung nachließ und er in Ofczareks grinsende Miene starrte – hatte er versucht zu ergründen, was man ihm gegeben hatte. Aber er hatte nur gesehen, dass Ofczarek den Inhalt verschiedener Fläschchen zusammengemischt hatte, bevor er ihm das Mittel verabreicht hatte.

«Heute probieren wir was Neues! Es wird dir gewiss einen Heidenspaß machen», behauptete der Arzt.

Er sagte nichts und starrte Ofczarek so ruhig wie möglich entgegen.

Der Arzt befeuchtete sich unablässig die Lippen. «Wir werden herausfinden, was die Anfälle verursacht, die ihn so plagen, und endlich einen genaueren Blick in sein Kopferl werfen.» Er lachte und klopfte ihm mit der Faust auf den Kopf. «Wolferl, die Augenbinde bitte.»

Er spürte, wie jemand ihm die Augen verband, bis er nicht mehr das Geringste sah. Das Tuch wurde allerdings nicht hinter seinem Kopf festgebunden. Der Wärter spannte es einfach nur und hielt die Binde weiter in der Hand.

«Josef, den Kopf.» Zwei Hände ergriffen seinen Schädel und zwangen ihn ein wenig nach unten.

«Numero eins», hörte er Ofczarek sagen. «Zeigen!»

Die Augenbinde wurde weggezogen.

Vor ihm stand ein kleines Tischchen, auf dem ein Gewehr mit langgezogenem Lauf lag.

Er blinzelte verwirrt.

«Minimale Reaktion», bemerkte Ofczarek unzufrieden.

Wieder wurde es dunkel, während er hörte, wie der Gegenstand auf dem Tischchen vor ihm gewechselt wurde.

«Numero zwo.»

Wieder wurde die Augenbinde weggenommen, und er sah

einen eleganten Dreispitz mit goldenen Streifen, der zu einer Uniform zu gehören schien. An den Seiten erkannte er ein paar getrocknete Blutflecken.

*Warum zeigt er mir diese Dinge?*

«Minimale Reaktion», bemerkte Ofczarek erneut.

Bei den nächsten Gegenständen war es auch nicht anders. Eine Art Orden und ein langes Messer mit einem Griff aus Geweih, wie es Waidmänner benutzen. Wenn Ofczarek glaubte, dass diese Dinge Panik in ihm auslösen konnten, dann würde das heute ein ruhiger Tag werden.

«Nächste Phase», meinte Ofczarek. «Exempel Numero eins!»

Es dauerte diesmal länger, bis die Augenbinde entfernt wurde. Er roch etwas, verbrannt, schwefelig …

*Schießpulver.* Hatten sie ihm etwas davon unter die Nase gehalten? Plötzlich spürte er Hitze auf seiner Haut. Das wunde Fleisch auf seiner linken Gesichtshälfte begann zu spannen. Etwas brannte, ganz nah an seinem Gesicht. Seine Gestalt versteifte sich. Er wollte sich wegdrehen, aber jemand hielt seinen Kopf fest.

*Feuer … Er sah einen riesigen Feuerball aufleuchten, hörte einen ohrenbetäubenden Knall.*

Sein Herz schlug so heftig, dass es weh tat. Er hörte die Flammen vor seinem Gesicht knistern.

*Sein Körper stand in Flammen!*

Nicht … Er durfte sie seine Angst nicht merken lassen. Sonst würden sie sie gegen ihn benutzen.

Die Augenbinde wurde weggezogen, und er sah sie: Echte Flammen loderten vor seinen Augen. Er stieß einen Schrei aus und zuckte zusammen. Für einen Moment hatte er das Gefühl, die Angst würde ihm die Luft abschnüren, als wäre er wieder in seinem Albtraum. Aber dann erkannte er Josef, der ihm eine Fackel vors Gesicht hielt.

Es gelang ihm, sich etwas zu beruhigen.

«Na, da haben wir endlich eine deutliche Reaktion», bemerkte Ofczarek erfreut. «Schauen wir mal, ob wir das steigern können!»

«Also, wenn man mir eine Fackel ins G'sicht hält, zuck ich auch zusammen», brummte Wolfgang, der noch immer hinter ihm stand.

Ofczarek schien einen Moment über die Bemerkung nachzudenken. «Wolferl, in deiner Einfachheit bist du doch manchmal recht gescheit!», sagte der Doktor mit erhobenem Zeigefinger. Er musterte seinen Patienten kritisch. «Die Reaktion ist vielleicht unspezifisch, ein gewöhnliches Erschrecken. Probieren wir's mit *der anderen Komponente*, wie ich's euch eingeschärft hab.»

Wieder wurde ihm die Sicht verhüllt.

Diesmal wurde es still, kein Feuerlodern, keine Hitze, kein Schießpulver, nur Dunkelheit und das Atmen der Wärter.

Ein metallisches Klacken erscholl, als hätte jemand einen Eimer auf den Steinboden gestellt.

Die Lederriemen um seine Arme wurden gelöst. Die Wärter packten ihn an den Ellbogen und tauchten seine Hände in eine kalte Flüssigkeit. Er bekam eine Gänsehaut. Was passierte hier? Irgendetwas stimmte nicht, dieser Geruch, den er plötzlich roch, er kannte ihn, es war …

Er spürte, wie seine triefenden Hände auf den Tisch gelegt wurden. Seine Finger ertasteten dort etwas, einen rauen Stoff mit erhabenen Verzierungen …

Sein Kopf wurde wieder nach unten gedrückt. Er wollte

gerade etwas sagen, als die Binde von seinen Augen gerissen wurde.

Der Geruch ... dieses süßliche, eisenartige Aroma. Es war dickes Blut, das über seine Hände rann und auf den Tisch tropfte. In seinen Fingern lag ein Soldatenrock – verbrannt und voller Blut ...

*Er sah Finger nach ihm greifen, hörte Schreie. Eine grinsende Fratze tauchte über ihm auf und würgte ihn.*

Panik schoss aus seiner Brust bis in die Spitzen seiner Finger und Zehen. Er krümmte sich zusammen, während er nach Luft schnappte. Sein ganzer Körper schien ein einziger Krampf zu sein. Er wollte atmen, aber das Gefühl der Finger auf seiner Kehle schnürte ihm die Luft ab.

«Na alsdann», hörte er Ofczarek sagen, während er keuchte und dabei quietschende Geräusche ausstieß.

«Jetzt is' er schon arg wild», meinte Wolfgang und kratzte sich am Kopf. «Soll ich ihm vom Äther geben?»

«Wart noch ein bisserl, so eine schöne Reaktion sieht man nicht alle Tag.»

Er griff sich an die Kehle, wollte verzweifelt den Druck lösen, schmierte sich dabei das ganze Blut auf den Hals. Ofczarek stand über ihm und sah mit einem Lächeln auf ihn herab. Die Atemnot fing an, sein Bewusstsein zu trüben. Panisch begann er, sich hin- und herzuwerfen.

Josef lachte. «Schau, wie schön er jetzt zappelt!»

Ofczarek machte eine langsame Handbewegung.

Er vernahm Schritte, dann wurde ihm ein heftig riechendes Tuch über Mund und Nase gepresst. Ein scharf-chemischer Geruch drang in die Atemwege. Er zwang sich einzuatmen, zumindest das bisschen Luft, das durch seine Kehle gelangte. Es fühlte sich an, als würden die Dämpfe aus dem

Tuch durch seinen Körper jagen und seinen Verstand einhüllen. Bevor er zusammensackte, spürte er noch, wie alles sich von ihm löste, die Angst ... und der Druck auf seiner Kehle.

Er fühlte sich benebelt und zittrig, während sie ihn in die Zelle schleiften und auf seinem Lager abluden. Eine Weile lag er einfach nur da. Das Zwielicht der Zelle fühlte sich wohltuend an. Den leichten Geruch nach Stroh und Abort nahm er schon lange nicht mehr als störend wahr. Auch das Stöhnen, das Gemurmel und die Schreie der anderen Insassen blendete er längst aus, als wären sie Insektengebrumm.

«Heute war es schlimm, nicht wahr?»

Konrads samtene Stimme hatte etwas Tröstliches.

«Heute habe ich gedacht, ich entkomm ihnen ...»

«Du hast gedacht, du würdest sterben», murmelte Konrad. «Es wird besser werden, sobald ...»

«Besser?» Er stieß ein krächzendes Lachen aus. «Mein Geist liegt in Trümmern. Der Krieg hat ihn gehäckselt und zum Sterben zurückgelassen. Alles, was uns innerlich ganz sein lässt, ist in mir kaputt ... und alles, was mir bleibt, ist meine Wut darüber.»

Konrad schwieg einen Moment lang. «Wie sieht's mit deinem Namen aus? Fortschritte?», fragte sein Mitinsasse schließlich.

Er schüttelte nur matt den Kopf.

«Das macht nichts. Wenn er nicht wiederkommt, hätte ich schon ein paar Vorschläge für dich. Du wärst zum Beispiel ein ganz passabler *Severin*, weil du immer so ernst bist.»

«Und du ein passabler *Albinus*», entfuhr es ihm. Er schloss die Augen. «Verzeih!»

«Immerhin wissen wir jetzt eines.» Konrad schien nicht

im mindesten beleidigt zu sein. «Du verstehst ein bisschen Latein!»

«Aber ich weiß nicht, warum», wisperte er.

Nach einer Weile hörte er Konrad zu sich rüberkommen. Er setzte sich auf die Kante seines Lagers. Seine schneeweiße Miene wirkte nachdenklich. «Vielleicht erinnert sich dein Verstand nicht, um dich vor den furchtbaren Dingen zu beschützen, die dir widerfahren sind. Du hast mir gesagt, du erinnerst dich an einen Freund. Du sagtest, du hättest ihn umgebracht.»

Er antwortete Konrad nicht gleich. Er hatte das Gesicht des Mannes immer wieder in den seltenen Erinnerungsfetzen gesehen, die in seinem Verstand aufblitzten. Manchmal tauchte es neben dem Gesicht einer jungen Frau mit goldenem Haar auf. Es waren diese Bilder, die eine so heftige Sehnsucht in ihm auslösten, dass es ihm die Tränen in die Augen trieb. Manchmal sah er diesen Mann aber auch mit einem Gewehr in der Hand, sein Gesicht schmäler – und irgendwie verbissener. Während seines Anfalls gerade eben hatte er ihn wieder sterben sehen ... und dieses furchtbare Gefühl von Schuld gespürt. «Was, wenn es wahr ist», murmelte er. «Dann verdiene ich, hier zu sein.»

Konrad schüttelte den Kopf. «Ich weiß nicht, was passiert ist. Aber ich weiß, dass es dir nicht besser gehen wird, solange du dir nicht vergi...»

Die Glocke des Turms läutete.

Sie wussten beide, was es bedeutete. Immer wenn man ihren Klang hörte, war einer der Insassen gestorben. Sie läutete viel zu oft, als dass es sich immer um ein natürliches Ableben handeln konnte.

«Wieder einer», seufzte Konrad.

Er schwieg. Einmal, als man ihn in den Behandlungsraum gebracht hatte, hatte er gesehen, was sie mit denen machten, für die das Gebimmel ertönte. Es hatte den *lustigen Ferdl* erwischt, einen älteren Mann, der nie freiwillig von seinem Lager aufgestanden war und kaum je etwas gesagt hatte.

An diesem Tag hatte der lustige Ferdl nackt auf einem Tisch gelegen. Ofczarek war in dem Raum gewesen, an dem sie ihn vorbeiführten, bekleidet mit einer weißen Lederschürze voller getrockneter Blutspritzer. Blutige Instrumente waren neben dem Körper auf dem Tisch zu sehen. Knochensägen, Zangen und Skalpelle. Die Schädeldecke war aufgeklappt wie eine halbe Walnuss, und man konnte das dunkel angeschwollene Hirn sehen.

«Da sehen Sie's, werte Kollegen», hatte Ofczarek zu einer Gruppe anderer Irrenärzte gesagt. «Das Hirngewebe präsentiert sich markant dunkler als normalerweise. Die schwarze Galle hat, so fürchte ich, bereits alle Organsysteme überschwemmt. Ich bitte, alle Organe zu entnehmen und für weitere Analysen vorzubereiten.»

Bevor man ihn an der Tür vorbei in den Behandlungsraum gescheucht hatte, hatte er gesehen, wie der rechte Fuß des lustigen Ferdls gezuckt hatte. Die Glocke hatte erst zwei Stunden später gebimmelt. Ofczarek hatte ihn an jenem Tag noch zuckersüßer als sonst begrüßt. Vielleicht hatte er sich gefragt, welchen Farbton *sein* Gehirn wohl hatte ...

Er schüttelte den Kopf. «Ich muss schlafen», wisperte er.

«Hast du in der Nacht wieder wach gelegen, wegen ... *der Schritte?*»

Er schloss die Augen. In letzter Zeit hörte er es wieder öfter. Das Geräusch von Schritten, das andere nicht wahrnahmen. Konrad schien ihm nicht zu glauben, aber er war völlig sicher: In manchen Nächten schlich jemand durch die Eingeweide des Turms, nicht durch den Gang oder über die Haupttreppe, nein, irgendwo tief hinter den Steinmauern, wo eigentlich gar nichts sein sollte. Und diese geheimnisvolle Präsenz ließ ihn keinen Schlaf finden. Er hatte dann das Gefühl, der Turm selbst hätte sich in ein finsteres, atmendes Wesen verwandelt, in dessen Bauch er gefangen war.

«Ich ... muss dir noch etwas anderes erzählen.» Konrad lauschte, ob sich jemand der Tür näherte. «Ich hoffe, es wird nicht dazu führen, dass es dir schlechter geht. Aber wenn du es willst, wenn du wirklich wissen willst, wer du bist, dann kann ich dir vielleicht helfen!»

«Wie meinst du das?»

«Ich hatte vorhin Ausgang und habe gesehen, wie sie Gegenstände hinauf in den Behandlungsraum gebracht haben. Wolfgang trug eine halb verbrannte Uniform. Es war die Kleidung, in der du hier eingeliefert wurdest!»

Konnte das stimmen? Er setzte sich auf. Natürlich! Ofczarek hatte die Grauen seiner Vergangenheit heraufbeschwören wollen. Vermutlich hatten all die Gegenstände, die man ihm gezeigt hatte, etwas mit seinen verdrängten Erinnerungen zu tun.

«Der kahle August, du weißt schon, der schielende Junge, hat Wolfgang angerempelt, und da sind ein paar Dinge aus der Uniform gefallen. Ich hab sie mir geschnappt, während Wolfgang auf den August eingeprügelt hat.»

«Du hast sie?», flüsterte er ungläubig.

«So ist es.» Konrad schlich zu seinem Lager zurück und kramte etwas unter seiner Strohmatratze hervor. «Willst du sie sehen?»

Für einen Moment überkam ihn die Angst. Die Uniform,

das Blut – der Anblick hatte ihn in die Hölle gestürzt. Vielleicht würde auch das, was Konrad gefunden hatte, diese Wirkung auf ihn haben. Sich nicht zu erinnern konnte eine Gnade sein. Wollte er wirklich wissen, was ihm widerfahren war? Vielleicht war das Einzige, das ihm Frieden bringen konnte, sich von seiner Vergangenheit zu lösen, sie für immer hinter sich zu lassen.

«Ich will nichts davon sehen!»

Konrad starrte ihn einen Moment verblüfft an. «Ich verstehe», murmelte er dann. Er versteckte die Dinge wieder unter seiner Matratze.

Für einen Moment glaubte er, ein leises Klimpern zu hören, aber er war sich nicht sicher. Er wandte sich ab und starrte in die Glut des kleinen Ofens, den man ihnen in die Zelle gestellt hatte. Angeblich besaß der Turm ein ausgeklügeltes Heizsystem, mit dem von einem zentralen Ofen durch schmale Schächte Wärme in die einzelnen Räume geleitet werden sollte. Anscheinend war es so ausgeklügelt, dass es nicht funktionierte.

«Wieso bist du hier, Konrad?», fragte er irgendwann. «Du bist weder irr noch so zerstört wie ich, und du leidest auch nicht unter angeborenem Wahnsinn, so wie der Muselmann oder Karli.»

Konrad lächelte. «Ich war wie du», erklärte er.

«Du, ein Soldat?» Er schüttelte zweifelnd den Kopf. Sein Zellennachbar drückte sich so gewählt aus. Seine Art zu sprechen war so sanft, dass sie eher an einen Dichter erinnerte. So brachte man bestimmt keine scharfen Befehle hervor.

Konrad senkte den Blick. «Ich bin vom Satan gezeichnet, weißt du. Meine Eltern glauben das ...»

Er musterte Konrad eingehend. Sein schneeweißes Haar, die blasse Haut, seine grauen Augen. Irgendwie sah er aus, als wäre er einem Märchen entsprungen.

«Dann hat der Satan *verdammt* schlechte Arbeit geleistet», erwiderte er aufmunternd.

Ein halbes Lächeln erschien auf Konrads Miene. «Vielleicht hat er mich deshalb noch anderweitig gezeichnet. Ich hatte eine Anstellung als Lektor an der Mainzer Universität. Dort machte er, dass ich mich verliebte, in den Sohn eines Advokaten. Sein Name war Bernhard ...»

Konrad schwieg. Vielleicht wartete er auf eine verächtliche Reaktion. Aber wie sollte er die einzige mitfühlende Seele hinter diesen Mauern dafür verachten, jemanden geliebt zu haben? Als er nichts sagte, sprach Konrad weiter.

«Sein Vater kam dahinter. Er sorgte dafür, dass ich meine Anstellung verlor. Und weil mir der Kerker drohte, entschied ich mich, nach Wien zu gehen.»

«Und Bernhard?»

«Fürchtete sich zu sehr, um mitzukommen.» In Konrads Worten lag keine Bitterkeit, eher liebevolles Verständnis. «Dummerweise nahm ich mein erstes Quartier am Spittelberg. Gleich in der ersten Nacht wurde ich überfallen. Es ging nicht ums Geld. Sie sagten, sie wollten mich *abmurksen und dann ausstopfen*. Sie würden einen kennen, der schon einen ausgestopften Mohren besaß, da würde ich gut dazupassen.» Konrad zog sein Leinenhemd aus.

Im flackernden Licht des Ofens konnte er auf seinem Oberkörper eine lange Narbe erkennen, die sich von der Schulter bis zur Leiste zog.

«Sie wollten gucken, ob mein Blut weiß ist.» Konrad starrte ins Leere. «Sie waren betrunken, deshalb gelang es mir, einem die Pistole wegzunehmen. Dem Ersten schoss ich das Gesicht weg, dem Zweiten in den Bauch. Der Dritte schlug mir die Pistole aus der Hand und wollte mich erwürgen. Ich habe ihm sein eigenes Messer in den Hals gerammt.» Konrad zog sich sein Hemd wieder an. «Die Polizeiwache fand mich, einen halbnackten, blutüberströmten Albino, zitternd und panisch. Es schien, der einzige Ort, den es in dieser *modernen, aufgeklärten* Stadt für mich gab, war der Narrenturm. Meinen ersten Anfall hatte ich in der ersten Nacht hier. Ich wurde von Angstattacken geplagt, so wie du. Ich kenne die Experimente, die sie mit dir machen, jedes einzelne. Die Anfälle wurden erst besser, als ich beschloss, nicht mehr vor der Angst wegzulaufen. Anstatt mich von der Erinnerung heimsuchen zu lassen, durchlebte ich den Überfall mit voller Absicht, ließ die Angst zu, aber immer nur so viel, wie ich aushalten konnte. Nach ein paar Monaten begann es, besser zu werden.»

«Wieso bist du dann noch hier?»

Konrad lachte. «Ich mag als Patient nicht mehr interessant sein, als Kuriosum allemal. Eines Tages finde ich einen Weg hier raus, aber ich weiß, dass niemand von denen mir die Tür öffnen wird.»

«Wie hast du's geschafft, deine Anfälle in den Griff zu kriegen? Wenn sie mich heimsuchen ... dann wischen sie alles hinweg, und ich habe keine Kontrolle mehr.»

Konrad musterte ihn. «Es ist nicht einfach. Du musst dich dem Schrecken, der sie auslöst, stellen, immer und immer wieder, bis deine Seele ihn loslassen kann.»

Er überlegte. Konnte es stimmen? Gab es Hoffnung, wieder ganz zu werden?

«Ich könnte dir helfen, weißt du», meinte Konrad vorsichtig.

Er drehte sich weg und seufzte. «Was nutzt es denn, solange wir hier gefangen sind? Wir können nicht aus dem Fenster klettern. Auf jedem Stockwerk steht eine Wache vor der Gittertür zur Treppe. Der Eingang wird auch noch mal von einem Bewaffneten gesichert. Und selbst wenn wir hinauskämen: Am Tor in der Mauer stehen noch einmal zwei Wächter, Tag und Nacht. Und zum Drüberklettern ist sie viel zu hoch. Es ist nicht möglich, nicht einmal, wenn ich heil wäre.»

«Eins nach dem anderen!», murmelte Konrad.

Die Tür wurde aufgerissen, und Licht drang in die Zelle.

«Auf, Zappelfisch, wirst gewaschen!», tönte die Stimme des Wärters Josef an sein Ohr.

Er hatte sich genug erholt, um selbst gehen zu können, und schlurfte hinter Josef her, der einen kräftigen Holzprügel trug. Für den Fall, dass einer der Irren ihm Schwierigkeiten machen sollte. Unterwegs holten sie noch zwei weitere Insassen aus ihren Zellen. Madeleine, eine kraushaarige, junge Frau, die dafür bekannt war, in schrilles Kreischen auszubrechen, das man selbst bei geschlossener Zellentür hören konnte, und Karli, der sich, im Gegensatz zu allen anderen Insassen des vierten Stocks, die meiste Zeit frei zwischen den Ebenen bewegen durfte.

Der Waschraum lag auf der anderen Seite des Turms. Er hasste den endlosen Kreisgang, der einem das Gefühl gab, in einem wirren Albtraum gefangen zu sein. Sie hatten ihn bewusst so gestaltet, für die Irren. In der sogenannten *Sehne*, dem Mitteltrakt, der den Grundriss des Turms in zwei Hälften teilte, waren die Gänge und Räume rechteckig wie sonst auch. Dort lagen die Quartiere der Wärter und Irrenärzte, *der Gesunden*. Er konnte nicht sagen, woher er das wusste, nur dass es so war.

Es war schön, wieder Tageslicht zu sehen, während sie zum feuchtkalten Waschraum gingen. Vermutlich würde man ihn gleich mit ein paar Eimern kalten Wassers übergießen, damit er das getrocknete Blut auf seinen Armen loswurde.

*In Blut getauft*, hörte er eine raue Stimme in seinen Gedanken sagen. Eine Erinnerung? Oder ein Hirngespinst? Er schüttelte den Kopf.

Sie erreichten den Waschraum. Madeleine war als Erste an der Reihe. Beinahe lammfromm ließ sie sich von Josef das Leinenhemd und die Hose ausziehen, bis sie nackt vor ihm stand. Ihr Blick schien an ihnen allen vorbeizugehen, als wären sie gar nicht da.

Josef betrachtete sie mit einem Grinsen, das seine Zahnstümpfe entblößte. «Ts! Ts! Ts! Da hast du ja schon wieder einen Fleck!» Josef lutschte seinen Zeigefinger ab und begann, an ihrer nackten Brustwarze zu rubbeln, als wäre sie dort tatsächlich schmutzig. «Kleines Dreckspatzerl!»

Der Namenlose spürte Wut in sich aufsteigen. Er machte schon einen Schritt nach vorn, als Madeleine in ein schrilles Kreischen ausbrach und Josef die Hand wegschlug.

Josef sah sich gehetzt um. «Na geh, psst! Psst!», versuchte er, sie zu beruhigen, aber Madeleine kreischte nur noch lauter und kratzte ihn, sobald er die Hand nach ihr ausstreckte.

Wolfgang betrat den Waschraum mit grantiger Miene. «Was soll das, die is' doch sonst brav!»

Josef zuckte nur mit den Schultern.

Gemeinsam packten sie das tobende Mädchen und schleiften es aus dem Waschraum heraus. Josef bedachte Karli und ihn noch mit einem scharfen Blick, dann schloss er die Tür.

Für einen Moment lauschte er, wie sich Madeleines Kreischen langsam von ihnen entfernte, dann seufzte er und trat an eines der Fenster heran. Draußen war schon der erste Schnee gefallen, und Raureif überzog die Äste der Linden und Kastanien vor den Fenstern. Er ertappte sich bei dem Wunsch, frische Luft zu atmen, das Knirschen des Schnees unter seinen Füßen zu spüren, unter Menschen zu sein. Aber dort draußen hatte er nichts mehr verloren, nicht in seinem Zustand. Er gehörte hierher. Er sah sein Spiegelbild als schwache Reflexion in der Fensterscheibe. Es kam ihm nicht sonderlich bekannt vor. Der Großteil seines Gesichtes war von Haar und Bart zugewuchert. Dunkle Augen schienen ihn zu durchbohren. Immerhin, die Brandwunde auf seiner linken Gesichtshälfte schien langsam zu verheilen.

Draußen vor dem Turm kam gerade eine Kutsche an, die von zwei Rappen gezogen wurde, und hielt in der Nähe der äußeren Mauer. Der Kutscher schwang ab und half einer Dame in einer edlen Robe und einem weinroten Mantel beim Aussteigen. Wie eine dem Winter trotzende Rose schritt sie über den Schnee auf den Turm zu.

Was wollte diese Frau hier?

Er legte den Kopf schräg und runzelte die Stirn. Das Gesicht der Dame war kaum zu erkennen. Sie trug einen schwarzen Hut, der an einen Trichter erinnerte. Ein dunkler Spitzenschleier verdeckte ihr Gesicht. Nur hier und da sah er kunstvoll geflochtenes, goldenes Haar in der Sonne schimmern. Sie hielt nicht auf das Tor zu, sondern auf eine scheinbar beliebige Stelle vor der Außenmauer. Kurz vor der Mauer verharrte sie und nahm den Hut ab.

Es fühlte sich an, als würde sich die Welt mit einem Mal auf einen Punkt zusammenziehen – und dieser Punkt, das Einzige, was noch existierte, war ihr Gesicht.

Es war, als wäre er in einen seiner Träume hineingestolpert. Sie war es, die Frau, die er in seinen Erinnerungsfetzen sah. Nur wirkte ihre Miene jetzt kühl, versteinert und auch irgendwie traurig.

Sie bückte sich und legte etwas auf den Boden. Einen weiß blühenden Zweig. Er fragte sich kurz, wo sie ihn im Winter herhatte, doch dann …

*Jasmin.* Er sah sich selbst einen Jasminzweig abbrechen und ihn ihr ins Haar stecken. Sie trug ein helles Kleid mit rosa Seidenschleifen an Schultern und Brust. «Ich wäre so gern wie du. Du bist so frei, du gehörst niemandem, du kannst werden, was immer du willst. Alles an deinem Leben gehört dir.»

«Aber auch das gehört mir nicht mehr allein, oder?»

Er musste nur nach ihr greifen, dann wäre sie da, die wichtigste all seiner Erinnerungen. So wunderbar wie der erste Frühlingshauch nach einem langen Winter. *Sie.* Zwei Tränen lösten sich aus seinen Augen.

«*Helene*», flüsterte er.

Er hörte, wie hinter ihm die Tür zum Waschraum geöffnet wurde, aber er nahm den Wärter und seine Worte kaum wahr.

Sie stand dort unten. Die Blume hatte sie nicht für irgendjemanden dort hingelegt – sondern für ihn. Sie musste ihn für tot halten.

Er sah, wie sie sich erhob, wie sie sich abwandte. «Nein», flüsterte er. «Geh nicht weg!» Alles schien auf einmal über ihn hereinzubrechen. «*Warte!*», brüllte er und hieb mit der Faust gegen das Fenster, doch es war so dick, dass es nicht einmal sprang. «Geh nicht weg», schrie er und schlug erneut gegen die Scheibe.

«Bist närrisch geworden?», zischte Josef und wollte ihn

vom Fenster wegzerren, aber er stieß den Wärter mit einer geschickten Bewegung von sich, als hätte er nie etwas anderes gemacht.

Helene marschierte zurück zur Kutsche, aber das durfte sie nicht, sie musste sich umdrehen. Sie musste ihn sehen, sie musste wissen, dass er noch lebte!

«Komm zurück», brüllte er und hieb noch einmal gegen die Scheibe.

Vor der Kutsche schien sie einen Moment zu verharren. Sie drehte sich halb zum Turm um. Ihre tränenfeuchten Wangen schimmerten im Sonnenlicht.

«Ich bin hier», hauchte er, aber sie wandte sich ab und stieg in die Kutsche. «Nein, nicht», wimmerte er. «Ich bin hier, ich bin nicht tot.»

Ein heftiger Schlag in die Kniekehlen ließ ihn zusammenbrechen. Er stöhnte und fasste sich an die Beine, während Josef über ihm auftauchte und grinsend seinen Holzknüppel schwang. «Sind wir aufmüpfig, Zappelfisch? Na gut, dann waschen wir dich halt so, mir wurst!»

Er schüttete einen Eimer eisiges Wasser über ihn. Und dann noch einen. Und noch einen ...

Er zitterte vor Kälte, als man ihn endlich wieder in die Zelle zurückbrachte. Sofort zog er sein triefnasses Hemd aus und kauerte sich vor den kleinen Ofen.

«Ärger?», fragte Konrad.

Er schwieg, während er die Wärme des Ofens in sich aufsaugte, bis er aufhörte zu zittern. Dann erhob er sich, berührte die Wunde an seiner linken Gesichtshälfte und danach die Stelle, an der ein winziges Eck seiner Ohrmuschel fehlte.

Langsam ging er zu Konrad hinüber und setzte sich zu

ihm auf das Lager. «Bitte, zeig mir, was du für mich aufgehoben hast.»

Konrad runzelte für einen Moment die Stirn. Sein Blick glitt flüchtig über seinen nackten Oberkörper, dann wandte er sich ab und kramte etwas unter seinem Lager hervor. Seine weiße Hand öffnete sich und ließ ein paar glitzernde Gegenstände auf die Matratze rieseln.

Er neigte seinen Kopf und betrachtete sie. Es waren goldene Anhänger in Vogelform. Er besah sie sich, einen nach dem anderen: die Möwe, den Sperber, den Neuntöter, die Dohle. Auf dem Kuckuck klebte eine winzige Spur getrockneten Bluts. Er betrachtete die Elster. Seine Miene verhärtete sich, ehe er sie beiseitelegte.

«Keine Erinnerung?», fragte Konrad verwirrt.

Er antwortete nicht. «War das alles?», wollte er stattdessen wissen.

«Nicht ganz.» Konrad griff noch einmal unter die Matratze und gab ihm ein völlig zerknittertes Stück Papier. Zerrissen in der Mitte. In Blut getränkt an einer Ecke.

Aber man konnte das darauf gemalte Motiv noch erkennen. Einen lebensecht aussehenden Singvogel, mit einem blutroten Halsring.

Ein Schluchzen drang aus seiner Kehle. Mit Helenes Anblick hatte sich ein Riss in dem Damm gebildet, der seine Erinnerungen zurückhielt. Jetzt brach der Damm zusammen, wurde vollkommen überflutet. Erinnerungen stürzten auf ihn ein. Helene in ihrem Garten. Im *Nussgartl*. In seinem Bett. Die Gräfin und ihre Schergen. Der Gewaltmarsch an die Front. Seine Flucht. Piruwetz, der ihn auf so viele Weisen gerettet hatte. Die Schlacht. Der Kaiser … Piruwetz, der ihn zur Seite stieß, der in seinen Armen starb. Und dann das Feuer, nur noch gleißendes Licht und Schmerz ...

Er krümmte sich. Für einen Moment dachte er, er würde wieder einen Anfall erleiden, aber zwischen den Schluchzern, die ihn schüttelten, konnte er atmen. «Er hat mich gerettet», flüsterte er. «Er wollte weg, aber ich hab nicht auf ihn gehört.»

Er spürte Konrads Hand auf seiner Schulter. «Das klingt nicht, als hättest du deinen Freund ermordet.»

«Doch», wisperte er. «Doch, das habe ich. Er ist nur wegen mir dortgeblieben. Alle haben geschossen, und er lief mir nach. Er stieß mich weg und ... die Kugel war für mich bestimmt, verstehst du?» Er sah auf. «*Er* hätte verdient zu überleben, nicht ich. Er war der bessere Mann.»

Konrad lächelte traurig. «Vielleicht hat er das Gleiche von dir gedacht.»

Er schnaubte und vergrub das Gesicht in seinen Händen. Der Schmerz, gegen den er sich so lange gesperrt hatte, schien ihn jetzt aufzufressen. Sie hätten einfach gehen können. Er wäre noch immer ein Held und Piruwetz noch immer am Leben. Jetzt war sein Freund tot und er selbst nicht mehr als ein Zerrbild seines früheren Selbst.

«Schließ deine Augen», bat Konrad ihn und drückte seine Schulter. «Und stell dir eine Sache vor: Was würde er sagen, dein Freund, wenn er dich jetzt sehen könnte?»

Er zögerte, doch dann schloss er die Augen. Ein blutüberströmter Piruwetz tauchte in seinen Gedanken auf. Er zischte etwas Unverständliches aus seiner zerschossenen Kehle und streckte seine klamme Hand nach ihm aus.

Seine ganze Gestalt verkrampfte sich. Das Atmen fiel ihm mit einem Mal schwer.

«Glaubst du das wirklich?», hörte er Konrads Stimme wie von fern.

Tat er das? Piruwetz' rachsüchtige Miene wich etwas anderem ...

*Sein Freund saß unversehrt in seiner Jägeruniform auf einem sonnenbeschienenen Stein auf der Waldlichtung, wo er ihm das Schießen beigebracht hatte. Piruwetz betrachtete ihn kopfschüttelnd. «Da bist du ja endlich!»*

*«Es tut mir so leid», hauchte er. «Es tut mir so unglaublich leid, dass du gestorben bist.»*

*«Wieso?», fragte er mit seiner rauen Stimme. Er erhob sich und kam lächelnd zu ihm herüber. «Du hättest das Gleiche für mich getan, nicht wahr?» Piruwetz legte die Hand auf seine Schulter.*

*«Ja», erwiderte er und fasste nach Piruwetz' Hand. «Für dich wär ich gestorben.»*

*«Dann gibt es nichts zu bereuen.» Piruwetz' Lächeln verbreiterte sich eine Spur. Er stieß ihn von sich. «Außer, dass du dich hier wie ein Häufchen Elend herumschubsen lässt. Du hast alles vergessen, was ich dir beigebracht habe. Du bist ein Medikus. Du bist ein Jäger, in Blut getauft! Du bist mein Freund ... Alfred!» Dann wurde seine Miene ernst. «Es gibt nur eines, um das ich dich noch gebeten hätte.»*

Er erinnerte sich an Piruwetz' verzweifelten Versuch zu sprechen, als er im Sterben gelegen hatte.

*«Ich weiß», antwortete er. «Ich schwöre es dir!»*

*Das Sonnenlicht schien heller zu werden, und die Lichtung in seinen Gedanken verblasste.*

Er öffnete die Augen und sah in Konrads schneeweiße Miene. Dessen Hand lag noch immer auf seiner Schulter, und er hatte sich an ihr festgekrallt, als wären es tatsächlich Piruwetz' Finger. Er lockerte den Griff.

«Ich weiß wieder, wer ich bin, Konrad», erklärte er fest. Er erhob sich und fuhr sich durch sein verfilztes Haar. «Ich erinnere mich an alles.»

«Erzählst du mir deine Geschichte?», fragte sein Zellennachbar.

«Fangen wir damit an», meinte er. «Mein Name ist Alfred, und ich werde mit dir fliehen!»

«Gut», wisperte Konrad. «Da ist nur eine Sache, die du wissen solltest.» Er hob die glitzernden Vogelanhänger von der Matratze und streckte sie Alfred entgegen. «Dr. Ofczarek trägt auch so einen Anhänger um den Hals. Es ist ein Wendehals.»

# 31. Kapitel

Die Komtesse fiel in einen vollendeten Hofknicks, leicht wie eine Schneeflocke, ohne den Hauch von Anstrengung. Nicht, dass Maître LeBrus erfreut gewesen wäre. Sie konnte knicksen, Französisch sprechen und tanzen, so viel sie wollte, dieser adelige Trampel würde immer bleiben, was sie war, *la Paysannesse*.

Er berührte sie mit dem Stock unter dem Kinn, damit sie sich erhob. Sie schlug die Augen nieder und stand auf. Er erhaschte einen Blick auf ihr Dekolleté und verzog indigniert den Mund. Diese vulgäre Kurvigkeit mochte einer Milchmagd oder einer Spittelbergdirne zu Gesicht stehen. Die Mädchen, die er zu unterrichten bevorzugte, waren von ranker Kindergestalt, aufrecht und unschuldig wie junge Baumtriebe.

Dummerweise war *la Paysannesse* auch in aller gebührlichen Eleganz aufgestanden. Er hatte viel zu lange keinen Grund mehr gehabt, sie zu züchtigen. Beim nächsten Mal würde er sich etwas Neues ausdenken, vielleicht einen neuen Tanz, den sie noch nicht kennen konnte. Oder er ließ sie singen. Die Vorstellung amüsierte ihn. Sie mochte aussehen wie ein hübsches Vöglein, aber sie sang wie eine Krähe.

Sie stand vor ihm in einer traumhaft himmelblauen *robe française*. Auf ihrer Frisur, die sie sich stets weigerte zu pudern, saß ein flacher Hut, verziert mit der Spitze einer Pfauenfeder. Sie lächelte ihm kühl entgegen. Etwas an der Art, wie sie ihn ansah, ließ ihn sich unwohl fühlen.

«*Merci pour la leçon*, Maître LeBrus», meinte sie artig. «Ich hoffe, Ihr genießt heute die Früchte Eurer Arbeit!»

Er sah ihr nicht hinterher, als sie den edlen Tanzsaal von Schlosshof verließ und von einem Domestiken in den verschneiten Garten hinausgeführt wurde. Ein Hauch von Winterluft streifte ihn. Hauptsache, sie war fort. Wenn es nicht zu gefährlich gewesen wäre, hätte er niemals eingewilligt, sie zu unterrichten. Aber bei diesem Auftrag war ein Nein unmöglich gewesen. Seine spitz gefeilten Fingernägel spielten nervös mit dem goldenen Anhänger an seinem Hals – einem Pfau.

«Maître?»

LeBrus wandte sich um. Adele, seine Lieblingselevin, stand vor ihm. Eine bezaubernde Erscheinung, von den Spitzen ihrer Damenschuhe bis zum Rouge auf ihren blass geschminkten Wangen.

«Oh, wie *entzückend* du aussiehst, Adele, *ma chère*. Was gibt es denn?»

Er strich ihr mit der Handfläche über die Wange. Dieses wunderbare Geschöpf zu berühren, verursachte ein herrlich warmes Gefühl in seinem Inneren. Am liebsten hätte er sie über und über mit Küssen bedeckt. Vielleicht würde er das, wenn es sich in einer ruhigeren Stunde ergab.

Adeles Miene verfinsterte sich. «Maître, als man mich hereingeführt hat, ist ein schmutziger, kleiner Junge hinter einem Busch aufgetaucht. Er hat eine Grimasse geschnitten und mir einen Schneeball an den Kopf geworfen.»

LeBrus hob eine Augenbraue. «*Allez, allez, ma chère*, isch kümmere mich darum!»

Sie knickste und gesellte sich zu den anderen Mädchen, die weiter hinten im Tanzsaal gerade ein neues Menuett einstudierten, während fünf Eleven auf Geige, Klavier und Flöte dazu musizierten.

Ein schmutziger Junge? Manchmal schlichen sich die Bauernkinder aus den umliegenden Dörfern in die Schlossgärten ein. Nicht einmal eine Tracht Prügel schien sie davon abhalten zu können wiederzukommen. Aber diesen Bengel würde er nicht so leicht davonkommen lassen. Einfach seinen Goldschatz zu bedrängen ... Er ließ seinen Rohrstab in seine Handflächen klatschen und marschierte zum Ausgang.

Es roch nach Schnee, als er auf die Terrasse heraustrat und sich umblickte. Ein paar kleine Flocken kamen aus dem Nebel. *Nebelreißen* nannten sie es hier.

Finster dreinblickend ließ er seinen Blick über die im Winterschlaf befindlichen Gärten schweifen. Von drinnen hörte man noch gedämpft die Tanzmusik. Auf den Wegen sah er Spuren im Schnee, aber welche davon diesem kleinen Streuner gehörten, konnte er nicht sagen. Er runzelte die Stirn, als er etwas auf dem Boden entdeckte. Direkt neben seinen mit weißer Seide bezogenen Stöckelschuhen lag ein Brief. LeBrus hob ihn auf und öffnete ihn.

*Ein garstiges Tier, der Pfau, schreit wie eine rollige Katze und ist dumm wie Stroh. Heute ist Zahltag. Heute wird er gerupft! Willkommen bei den Krähen!*

LeBrus' Finger schlossen sich erschrocken um seinen Anhänger. Seine Augen hafteten ungläubig an dem Brief. Und so dauerte es viel zu lange, bis er sie bemerkte. Zwei Gestalten waren neben ihm aufgetaucht, völlig lautlos, eine zu seiner Rechten, eine zu seiner Linken. Sie trugen schwarze Roben und Hüte. Ihre Gesichter waren unter Krähenmasken verborgen.

«Wer seid Ihr?», fragte LeBrus verunsichert, aber die Gestalten antworteten nicht. Nahezu synchron zogen sie lange, schwarze Stöcke unter ihren Mänteln hervor und schritten auf ihn zu.

«*Non*», flüsterte er. Er wollte zurück hinein, aber sie hatten ihm schon den Weg abgeschnitten. Er begann zu kreischen, als sie ihn auf die Treppe schleuderten und auf ihn eindroschen.

Drinnen im Schloss spielte die Tanzmusik munter weiter.

༺

Helene betrat ihr Zimmer, stellte sich vor den Spiegel und legte ihren Hermelinmuff und den Hut ab, während ihr Gertraud aus dem Mantel half. Die elend lange Fahrt von Schlosshof war zermürbend gewesen. Hoffentlich gab es inzwischen schon Neuigkeiten.

«Wie viele haben die Krähen erwischt?», fragte sie leise.

Gertraud schnaubte. «Leuten auflauern und sie verprügeln! Verbrecher sind wir geworden, wie die schlimmsten Spitzbuben. So bist du nicht, so …»

«Das hab ich nicht gefragt.» Helenes Ton war nicht scharf, aber bestimmt.

Gertrauds Gesicht lief rot an, während sie ihr die Fellstola abnahm.

Helene seufzte. «Wir tun das nicht, weil wir so sein wollen oder weil wir es gut finden. Wir tun es, weil wir es müssen, wenn wir frei sein wollen.»

«Nein», flüsterte Gertraud und schüttelte heftig den Kopf. «Wenn es nur darum ginge, hättest du schon längst fahren können, nach, nach ... *Amerikanien*. Stattdessen verplemperst du deine Zeit hier mit einem Spielchen, das wir nicht gewinnen können.»

«Ich *kann* gewinnen!», erwiderte Helene nun doch scharf.

Gertraud wich einen kleinen Schritt zurück.

Wieso war sie laut geworden? Sie schüttelte den Kopf. «Verstehst du nicht? Bald gehört uns alles, und wenn uns alles gehört, können wir bleiben oder auch nach Amerika fahren, dann steht uns alles offen.» Sie fasste Gertraud an den Schultern. «Wie wär's mit einem eigenen Haus für dich in der Stadt? Es geht um so viel Geld, *alles* wird möglich sein, wenn wir gewonnen haben.»

«Ich ... ein Haus? Ich kann ja nicht mal meine Kammer unterm Dach ordentlich halten.»

Helene lächelte schief. «Ich sage nur *Personal*.»

Gertraud konnte sich ein Kichern nicht verkneifen. «Du bist albern!»

«Und du bist meine beste Freundin. Meine einzige, wenn ich es recht bedenke.» Helene trat an ihren Kleiderschrank heran, öffnete ihn und nahm einen Mantel aus dem Schrank. Er war schwer, aber das flauschige Pelzfutter fühlte sich weich an der Haut an. «Der ist für dich.»

Helene warf einen vorsichtigen Blick zur Tür. Jetzt sollte lieber niemand ins Zimmer kommen, aber die Gräfin war unterwegs, und sie hatte Heinrich eben noch die Ställe inspizieren sehen.

Gertraud streckte verwirrt ihre schwieligen Hände aus und nahm den Mantel entgegen.

Helene hatte keine Kosten gescheut. Er war aus feiner, weinroter Wolle gefertigt, mit schwarzem Pelzkragen und Futter. Natürlich hatte sie Gertraud nicht vermessen können, aber sie hatte dem Schneider ihre Figur genau beschrieben. Sie hatte nicht irgendein Stück gewollt, sondern etwas Besonderes. Etwas, das Gertraud wie eine Gräfin aussehen lassen würde.

«Zieh ihn an!», drängte Helene sie vergnügt.

Gertraud sah unsicher auf. «Der ist nicht für mich», widersprach sie und wollte ihr den Mantel wieder in die Hand drücken.

«Und ob! Ich helf dir hinein.» Helene nahm ihr den Mantel ab und ließ Gertraud hineinschlüpfen. Erleichtert stellte sie fest, dass er wie angegossen passte.

Gertraud betrachtete sich im Spiegel, als würde sie sich vor der Person darin fürchten.

Helene half ihr, ihn zuzuknöpfen, damit man ihre Schürze nicht mehr sah. Dann nahm sie ihr die weiße Dienstbotenhaube ab und tauschte sie gegen eine schwarze Pelzmütze, die sie mit dem Mantel hatte anfertigen lassen. Der Effekt war selbst für Helene atemberaubend.

«Du siehst hübsch aus», murmelte sie. «Wie die Herrin deines eigenen Schlosses.»

Gertraud hielt ihre Arme vom Körper abgespreizt, als hätte sie Angst, den Mantel mit ihren Händen schmutzig zu machen. «So seh ich nicht aus», flüsterte sie. «Der gehört mir nicht. So was kann mir gar nicht gehören.»

«Natürlich kann es», erwiderte Helene streng.

«Wenn man mich so sieht, wirft man mich in den Kerker!»

«Unsinn.» Helene zupfte ihr den Mantel an den Schultern zurecht. «Es gibt schon lange keine Kleiderordnung mehr. Nur hier darfst du ihn vorerst nicht tragen.»

*Bis wir sie endlich in den Schnee hinausgejagt haben!*

«Gefällt er dir denn gar nicht?»

Gertrauds Augen weiteten sich erschrocken. «Der Mantel ist so warm, ich werd im Winter nur noch draußen rumlaufen, weil das angenehmer ist als in meinem Bett. Und dann werden sie denken, die alte Gertraud hat irgendeine feine Dame überfallen und sucht sich schon ein neues Opfer.»

Helene kicherte.

«Danke», flüsterte Gertraud. «Dass du das für mich gemacht hast.»

Helene half ihr wieder aus dem Mantel heraus und legte ihn einstweilen aufs Bett. Morgen war Sonntag, da konnte Gertraud ihn mit in die Stadt nehmen und den ganzen Tag tragen.

Aber nun wollte Helene eine Antwort auf ihre Frage. «Jetzt verrat mir endlich, wie es den Vögelchen ergangen ist.»

«Na ja …» Gertraud druckste herum und rieb die Hände über ihre Schürze. «Außer dem *Pfau* haben sie noch ein Dutzend anderer erwischt. Keine große Zahl, wenn man bedenkt, wie viele die Gräfin insgesamt hat, aber ein paar wichtige Leute waren dabei. Den Postmeister bei der Hofburg, einen Kutschunternehmer. Den Irrenarzt wollten sie heute Morgen vor dem Turm verdreschen, aber er ist ihnen recht schnell entwischt und hat sich zu den Wachen gerettet. Meine alte Herrin hat natürlich ein paar auf den Allerwertesten bekommen, hab ihnen aber gesagt, die sollen sie nicht zu hart rannehmen. Dann eine Dienstmagd, die im Schloss

Belvedere arbeitet, ein Advokat mit einer großen Kanzlei in der Kärntner Straße ...»

*Vermutlich der, der Vaters Testament gefälscht hat.*

Helene ließ sich die Namen der gerupften Vöglein in voller Länge aufzählen. Sie sollte vermutlich ein schlechtes Gewissen haben, aber es fühlte sich großartig an. Spätestens jetzt musste jeder mit ihr rechnen, auch wenn niemand wissen durfte, dass eine Nachtigall hinter den Angriffen der Krähen steckte.

Die Figuren waren in Stellung gebracht. Sie hatte einige ihrer wichtigsten Verbündeten geschlagen. Jetzt war die Gräfin am Zug.

«Und Aurelian?», fragte Helene.

Gertraud zuckte mit den Schultern. «Niemand weiß, wo der wohnt und was der treibt. Schlag dir aus dem Kopf, ihm nachzustellen, das endet nicht gut.»

Helene ballte für einen Moment die Fäuste. Aurelian verdiente es wahrscheinlich wie kein Zweiter, die Rechnung für seine Taten präsentiert zu bekommen. Aber sie musste klug agieren.

«Vielleicht hast du recht. Wir lassen ihn unbehelligt. *Vorerst.*»

«Leider wissen wir noch nicht, wer dieser *Adler* ist, der ganz oben auf ihrer Liste steht», räumte Gertraud ein.

Helene biss sich auf die Unterlippe. Es war das einzige Vöglein auf der geheimen Liste der Gräfin, dem sie keinen Namen zugeordnet hatte. Vielleicht kannte die Tante ihn gar nicht. Aber dass sie ihn an die Spitze ihrer Verbündeten gereiht hatte, sogar noch vor Aurelian, musste bedeuten, dass er wichtig war ... eine Figur, die sie noch nicht ins Spiel gebracht hatte.

«Das lässt sich momentan nicht ändern!»

Helenes himmelblaue Robe raschelte, als sie sich auf das Bett setzte. Sie hatte noch ein paar Stunden Zeit, ehe sie wieder aufbrechen musste. Ihr Blick fiel auf den blühenden Jasminzweig, der in einer kleinen Vase auf ihrem Schreibtisch stand. Einen zweiten hatte sie gestern vor die Mauern des Irrenturms gelegt, für Alfred. Die ganze Zeit hatte sie sich eingebildet, seine Stimme zu hören ... Sie schüttelte den Kopf.

Die Tante war auf dem Weg in die Stadt zu Gertrauds ehemaliger Herrin. Sobald sie dort ankäme, würde sie erfahren, was passiert war.

Helene selbst war später am Tag ebenfalls verabredet. Sollte Heinrich Fragen stellen, würde der Kutscher, Johann, ihm erzählen, dass sie in der Stadt Besorgungen machte.

Sie nahm Gertrauds Hand. «Sie wird uns das Geld geben, ich spür's. Und wenn nicht, schicken wir die Krähen das nächste Mal zu ihr. Dann gehört uns alles – und ihr nichts. Soll sie sich nach Mähren verkriechen und dort leben, ist mir gleich, solange sie die Bauern dort nicht mehr schikaniert.»

«Ein Tier, das man in die Enge treibt, ist das gefährlichste», bemerkte Gertraud.

«Nicht, wenn man ein Gewehr hat», erwiderte Helene trocken.

Gertraud sah sie lange an. Ihre raue Hand fühlte sich angenehm warm an. Mit der anderen strich sie über Helenes Wange. «Weißt du, was ich mir wünsche? Dass die Wunden, die sie dir geschlagen hat, verheilen – nicht vereisen. Dass du wieder ganz wirst!»

Helene wusste nicht, was sie darauf sagen sollte, also stand sie auf. «Nimm dir den Nachmittag frei», meinte sie lächelnd. «Fahr zu deinem Cousin und trag deinen Mantel ein bisschen spazieren!»

Gertraud grinste. «Vielleicht mach ich das! Ich könnt am hohen Markt spazieren gehen und die feinsten Dinge kosten, weil alle glauben werden, dass ich sie auch kauf.»

Helene schmunzelte. Sie druckste einen Moment herum, während Gertraud den Mantel so behutsam aufhob, als wäre er ein Säugling. «Wenn ich doch fahre, nach Amerika, meine ich ... würdest du mitkommen?»

Gertraud war schon an der Tür und drehte sich noch einmal um. «Versteht mich doch keiner dort», sagte sie stirnrunzelnd. Sie schien kurz nachzudenken. «Wobei ...» Sie machte eine abwinkende Handbewegung und grinste. «... wär wahrscheinlich eh das Beste!»

☙

Walsegg schien nicht besonders gesprächig, während sie in Richtung der Stadttore fuhren. Oder er spürte einfach, dass sie gerade nicht mit ihm reden wollte. Sie hatten ihn in der Josefstadt wie verabredet aufgesammelt. Es war nicht mehr so einfach, ihn zu treffen, seit sie wussten, dass die Vögelchen ein Auge auf ihn hatten, und Helene hatte lange gezögert, seiner Bitte um ein Treffen überhaupt nachzugeben.

«Wart Ihr unbeobachtet?», überwand sie sich, ihn zu fragen.

Er legte gerade seinen Umhang ab, der schwarze Rock darunter wirkte schlicht. «Wer würde mir schon in diese gottverlassenen Gassen folgen», meinte er mit hochgezogenen Augenbrauen.

Helene bedachte ihn mit einem strengen Blick.

«*Natürlich* war ich unbeobachtet», fügte er augenrollend hinzu.

«Und sind Euch inzwischen auch keine Federn gewachsen, Graf von Walsegg?»

«Nicht mehr als Euch, *Gräfin Nachtigall*», knurrte er.

Helene beließ es dabei und vermied, ihn anzusehen, während sie die Währinger Gasse hinunterrumpelten.

Die Schneewolken des Morgens hatten sich verzogen, und strahlender Sonnenschein ließ die in Eis und Schnee erstarrte Welt funkeln. Der Krippenmarkt auf der Freyung würde in einigen Tagen aufsperren und den Geruch von gebrannten Mandeln in der Stadt verbreiten. In keiner anderen Zeit roch Wien so betörend wie im Advent, wenn Pferdemist und Abwässer gefroren waren. Helene hätte sich als Kind gern die Krippen angesehen und das Backwerk gekostet, das zwischen den Krippenständen verkauft wurde, aber sie hatte den Markt immer nur von fern gesehen. Das Einzige, was sie in der Stadt kennengelernt hatte, waren die Palais befreundeter Familien.

«Wo fahren wir hin?», fragte Walsegg nach einer Weile.

Sie rumpelten über das verschneite Glacis, auf dem Kinder spielten und Schneemänner bauten.

Helene antwortete nicht, auch nicht, als sie durch das Schottentor in die Stadt einfuhren.

Kurz vor der Freyung ließ sie Johann anhalten.

«Ich möchte spazieren gehen!», erklärte Helene.

Walsegg hob die Augenbrauen.

«Habt Ihr keine Furcht, dass man uns zusammen sieht?»

«Nein. *Ihr* werdet hier warten! Wenn Ihr wirklich wünscht, mit mir zu sprechen, dann müsst Ihr Euch gedulden.»

Walsegg schien vor Wut beinahe zu platzen, aber dann seufzte er nur und sah entnervt aus dem Kutschenfenster.

Sie stieg aus und überquerte rasch die vom zertrampelten Schnee rutschig gewordene Straße. Am Platz vor der Schottenkirche wurden tatsächlich schon die Stände für den Krippenmarkt aufgebaut. Helene marschierte rasch an den arbeitenden Männern vorbei und bog in eine enge Gasse ein. Ein prächtiges Schild aus geschwungenen goldenen Lettern kennzeichnete den Eingang der Bank, *Arnstein und Eskeles*. Helene zog ihren Schleier zurecht und trat rasch ins Gebäude. In der holzgetäfelten Eingangshalle herrschte rege Betriebsamkeit. Wohlhabende Bürger und Adlige schritten gemessen über den marmornen Boden, gaben an wuchtigen Tresen Aufträge an schwarz bemantelte Männer mit säuberlich frisierten Perücken.

Helene erkannte sofort, dass sie die einzige Frau im Raum war. Natürlich. Wer das Geld hatte, hatte die Macht, und Männer teilten ihre Macht nicht gern.

Helene fand einen freien Tresen, an dem gerade ein Mann mit einem *pince-nez* Papiere sichtete.

Helene räusperte sich. Als der Bankmitarbeiter sie bemerkte, schien er zuerst nach ihrem Ehemann Ausschau zu halten, ehe er sich Helene mit hochgezogenen Augenbrauen zuwandte.

«Ich möchte meinen Kontostand erfragen», hauchte Helene und legte die nötigen Papiere auf den Tisch.

«Mhm», meinte der Bankmitarbeiter, nahm die Unterlagen, stand auf und ging provokant langsam in einen der hinteren Räume.

Helene trommelte aufgeregt mit den Fingern auf den Tresen. Es war Nachmittag. Sobald die Tante bei der Baronin angekommen war, musste sie erfahren haben, dass ihre Krähen sie angegriffen hatten. Helene hatte dafür gesorgt, dass man der verprügelten Baronin ein Schreiben für die Gräfin mitgegeben hatte. Eine neue Botschaft.

*Heute! Oder die Totenvögel hacken dir die Augen aus.*

Sie fragte sich selbst, wie sie so grausame Worte finden konnte, aber jedes Mal, wenn sie die Nachrichten für den Schreiber aufschrieb, schienen sie einfach aus ihrer Feder zu quellen.

Der Bankmitarbeiter kam zurück, erheblich schneller, als er zuvor hinausgeschlurft war. Er betrachtete Helene mit neu gewonnenem Interesse und schob ihr ein Kuvert hin.

«Bitte schön, Madame!», erklärte er ehrerbietig.

«Danke», erwiderte Helene. «Und das nächste Mal, hoffe ich, zeigt Ihr Euch etwas hilfsbereiter.»

Sie nahm das Kuvert und wandte sich ab. Im Hinausgehen öffnete sie es mit zitternden Fingern. Ein kleines Lächeln stahl sich auf ihre Lippen. Es fühlte sich an, als wäre ihr ganzer Körper mit einem Mal so leicht wie eine Wolke.

*Jetzt habe ich alles – und du nichts.*

Sie zerriss den Brief und streute ihn auf der Straße aus, während sie zurück zur Kutsche ging.

Walsegg betrachtete ihre zufriedene Miene, nachdem sie eingestiegen war und sich den Schleier von ihrem Gesicht gezogen hatte. Aber er fragte nicht, und sie antwortete nicht.

Johann fuhr los. Nach dem gemeinsamen Frühstück mit der Tante hatte sie zwei von Walseggs Einladungen ignoriert. Diese unerwartete Gegenüberstellung hatte sie mehr mitgenommen, als sie sich selbst gegenüber zugeben wollte. Er hatte versucht, sie in einem Brief zu warnen, den er bei Gertrauds Cousin hinterlegen ließ, aber das Schreiben hatte sie nicht mehr rechtzeitig erreicht. Ein unglücklicher Zufall oder Absicht? Es gab keine Anzeichen, dass Walsegg sie hinterging, aber Helene war in den letzten Monaten so oft und so gekonnt angelogen worden, dass es ihr schwerer fiel, ihm zu vertrauen, als gedacht.

Sie hatten die Stadtmauer bereits wieder hinter sich gelassen. Helene sah aus dem Fenster, während sie in die verschneiten Gassen der Hietzinger Vorstadt eintauchten. Die wenigen Gehöfte, Villen und Kapellen leuchteten sattgelb aus der verschneiten Landschaft hervor, als wären sie kleine Versionen von Schloss Schönbrunn, das ein wenig erhöht über dem Ort thronte.

Wienfluss und Liesing, an den Rändern schon mit Eis bedeckt, mäanderten friedlich durch die stille Landschaft. Helene entdeckte einen Reiher im Wasser, der der Kälte mit Todesverachtung zu trotzen schien.

Zuerst hatte sie mit Walsegg in den Prater gehen wollen. Sie könnten dort dem Treiben auf der Hauptallee zusehen, durch den Auwald flanieren und sehen, ob schon Eisschollen auf der Donau trieben, danach vielleicht gar in eine der vielen Gastwirtschaften einkehren. Doch im Prater, einem ehemaligen kaiserlichen Jagdgebiet, das durch ein Dekret des Kaisers zu einem Ort des Volks geworden war, wären Walsegg und sie zu sehr aufgefallen. Ihr neues Ziel war eher den gehobenen Herrschaften vorbehalten, doch auch die kamen um diese Jahreszeit nicht mehr hinein.

Sie umkreisten das Schloss und dessen weitläufigen Garten, ehe sie an ein schmiedeeisernes Tor gelangten.

Johann half ihr beim Aussteigen, während Walsegg draußen bereits seinen schwarzen Gehstock schwang.

«Der Tiergarten», murmelte er stirnrunzelnd. «Im Winter ist er doch geschlossen.»

Johann lief zu dem Tor hinüber und öffnete es für die beiden.

«Kein Wachmann und ein unverschlossenes Tor, was für ein angenehmer Zufall.» Walsegg schenkte ihr ein Lächeln, aber ihre Miene blieb eisig.

Wie erwartet waren die sorgsam gepflegten Wege des Tiergartens völlig verwaist. Helene hatte immer schon hierherkommen wollen, spätestens seit ihr Vater ihr als kleinem Mädchen erzählt hatte, dass es hier einen leibhaftigen Elefanten zu bestaunen gab. Einen Besuch hatte er trotzdem vermieden. Vielleicht hatte er Helene vor den Raubtieren außerhalb der Gehege schützen wollen.

Sie flanierten durch den Garten zwischen den Gehegen hindurch, von denen die meisten die Form kunstvoll gemauerter Pavillons hatten, die an einer Seite offen und vergittert waren, damit man die Tiere darin bestaunen konnte. Schweigend erreichten sie die Gehege der Wölfe und Bären. Der Bär wirkte traurig und schlief in einer Ecke auf einem Haufen Stroh, während der Wolf in seinem Gehege unablässig am Gitter auf und ab lief. Als in der Ferne Kirchenglocken läuteten, verharrte er und stieß ein lautes Heulen aus.

«Ich hoffe, Ihr habt mich nun genug brüskiert und nehmt endlich meine Entschuldigung an, Gräfin Nachtigall!»

Helene presste die Lippen zusammen. «Dann verratet mir, wie sie Euch ködern konnte. Für wen habt Ihr bei Mozart ein Requiem bestellt? Für wen braucht Ihr die Medizin, die sie Euch beschafft hat?»

Walseggs Lippen bewegten sich einen Moment, als wollte er etwas sagen, doch dann wandte er sich ab und ging mit verkrampfter Miene weiter neben ihr her.

«Information hat ihren Preis, nicht wahr?», erwiderte Helene bissig. «Wie konnte ich nur Eure erste Lektion vergessen.»

Sie flanierten weiter, an Käfigen mit bunten Vögeln vorbei, was Helene auf makabre Weise passend fand.

Als Nächstes kamen sie zum Löwenpavillon. Das Raubtier mit der zotteligen Mähne und den spitzen Reißzähnen funkelte sie aus einer dunklen Ecke heraus an.

«Eine großartige Kreatur», meinte Helene. «Aber sie so zu sehen, hat auch etwas Trauriges.»

«Genau darum geht es», erwiderte Walsegg. «Wer einen Löwen gefangen halten kann, zeigt damit, dass er die Macht hat, *alles* zu tun!»

«Ich habe Mitleid mit ihm», flüsterte sie. «Diese Welt gehört nicht den Löwen, sondern den Schakalen und Geiern, den Zecken und Nattern.» Sie wandte sich Walsegg zu. «Ist Euch das Spiel nun zu gefährlich geworden, da Ihr Euch bei der anbiedert, die scheinbar *alles* tun kann?»

«Nein», erwiderte Walsegg. «Es war eine einmalige Sache. Ich halte mich so weit von ihr fern, wie es mir die Höflichkeit gestattet.»

«Diesen Luxus kann ich mir nicht leisten. Ich musste mich gegen sie stellen, um nicht in dem Leben zu ersticken, das sie für mich vorgesehen hat.»

«Ich muss neidlos anerkennen, dass Ihr viel besser spielt als gedacht. In kürzester Zeit habt Ihr Strukturen geschaffen, die Euch zu einer ernsthaften Bedrohung für sie machen. Für jeden, der sich Euch in den Weg stellt, um genau zu sein, wie man heute miterleben durfte. Und doch weiß keiner Eurer Gegner, mit wem er es zu tun hat.»

*Die Dame entblößt ihre Macht erst im letzten Moment.*

Was würde ihr Vater sagen, wenn er wüsste, was sie getan hatte? Auf welche Weise sie um ihre Freiheit kämpfte ... oder ging es dabei doch nur noch um Rache? Sie wusste es nicht mehr.

«Habt Ihr gerade versucht, mir ein Kompliment zu machen, Walsegg?», fragte Helene mit hochgezogenen Augenbrauen.

Der Graf wirkte mit einem Mal unsicher. «Wäre das so schlimm?»

«Spart es Euch», erwiderte sie. «Ich werde Euch das Intermezzo mit meiner Tante nicht nachtragen. Obwohl mich Eure scheinheiligen Schmeicheleien ärgern.»

Walsegg seufzte frustriert. «Ihr macht mich wahnsinnig, wisst Ihr das? Ihr seht Eure eigene Großartigkeit nicht mal, wenn man Euch darauf stößt. Meint Ihr, ich kam nach Eures Vaters Begräbnis oder auf dem Ball in Schönbrunn zu Euch, um Euch zu verhöhnen? Ihr habt damals schon aus der Beschränktheit des Adels herausgeleuchtet wie eine Rose in einem Gänseblümchenfeld.»

Helene betrachtete ihn überrascht. Eigentlich hatte sie bei Walsegg *immer* das Gefühl, dass er sie verspottete. Seine arrogante Art hatte sie offenbar getäuscht.

«Was wollt Ihr von mir?», fragte sie. «Dass ich mich selbst beweihräuchere?»

«Ich will, dass Ihr Euch durch meine Augen seht!»

Intensiver Tiergeruch stieg Helene in die Nase. Sie hatten ein weitläufiges Gehege erreicht, in dem zwei graue Kolosse standen und sich mit ihren Rüsseln Heu ins Maul schoben. Die beiden Elefanten wirkten zufriedener als die Raubtiere in ihren kleinen Revieren. Sie stießen dröhnende Laute aus, die so tief waren, dass man meinte, den Boden zittern zu spüren.

Sie wandte sich wieder Walsegg zu. «Was seht Ihr denn? Irgendeine exotische Kreatur ...», sie wies auf die beiden Elefanten, «... deren Gesellschaft Eure eigene Extravaganz unterstreicht?»

«Nein», flüsterte er. Er wirkte beinahe verwundbar. Plötzlich beugte er sich zu ihr herunter und drückte seine Lippen auf ihren Mund. Seine behandschuhte Hand ergriff Helenes Wange.

Sie erstarrte vor Überraschung. Doch dann gab sie nach. Es war ein warmer Kuss an diesem eisigen Tag, so sanft ... Sie erlaubte sich, ihn zu genießen. Die Fragen konnten warten, zumindest ein paar süße Momente lang.

Schließlich zog er sich von ihr zurück und betrachtete sie. Seine Maske war gefallen, seine Eleganz, sein eitles Getue, sein Faible für Spiel und Neckereien aller Art war gewichen, und ans Licht gekommen war ein verwundbarer Mann.

«Ich will nicht mehr spielen.»

Helene lächelte und sah ihm in die Augen. Sie waren haselnussfarben, seltsamerweise war ihr das zuvor nie aufgefallen. Sie malte es sich aus. Walsegg und sie, das aufsehenerregendste Paar im ganzen Reich, die, die jeden Raum beherrschten, sobald sie ihn betraten. Oh, und hinter verschlossenen Türen würden sie die Spannung zwischen ihnen durch tiefe Lust aufzulösen wissen. Eine reizvolle Vorstellung.

Sie ergriff seine Hand.

«Und wann wolltest du mir sagen, dass du verheiratet bist, Franz?»

Es war, als würde Walsegg zu Eis erstarren. Er trat einen Schritt zurück und rang vergeblich nach Worten.

Helene verschränkte die Arme. «Ich habe nach deinem Besuch bei meiner Tante Erkundigungen eingeholt. Hast du geglaubt, ich würde es nicht selbst herausfinden? Und sie ist krank, nicht wahr? Schwindsüchtig. Sie ist dein großes Geheimnis.» Helene schüttelte den Kopf. «Ich wollte dir heute die Gelegenheit geben, es mir zu sagen.»

«Du verstehst das nicht!», stieß Walsegg gepresst hervor.

Sie zog die Augenbrauen hoch. «Dass du für deine Frau noch zu Lebzeiten ein Requiem bestellst? Nein, das verstehe ich nicht.»

«Ich *liebe* Anna.» Walsegg fuhr sich in einer beinahe hilflosen Geste mit der Hand übers Gesicht. «Sie ist ein wunderbares Geschöpf. Aber seit eineinhalb Jahren fesselt sie die Krankheit ans Bett. Sie ist kaum mehr sie selbst. Ich habe alles in meiner Macht Stehende getan, um sie zu retten, aber sie *wird* sterben, sehr bald schon, mit kaum zwanzig Jahren.» Walseggs ganze Gestalt schien zu beben. Er presste die Faust gegen seinen Mund. «Als ich mir eingestand, dass ich sie verlieren würde, schwor ich mir, nie wieder zu lieben. Es macht einen verletzbar, nein ... es macht einen *zerstörbar*.» Er senkte seine Faust und sah Helene wieder an. «Und dann warst du plötzlich da, mit deinem eigenen Schmerz, deiner verfluchten Klugheit und deiner Schönheit ... und ich war verloren. Du warst immer schon schnell darin zu richten, aber ich *hätte* dir von Anna erzählt. Und ich ... ich hätte dich erst nach ihrem Tod um deine Hand gebeten.»

Helene betrachtete ihn. Sie verstand ihn, vermutlich sogar besser, als er glaubte. Und dann war sie es, die ihm die Hand auf die Wange legte. «Sie macht dich mir noch lieber, als du mir schon bist. Sie macht dich menschlicher.»

«Du würdest ja sagen?», fragte Walsegg überrascht.

Helene zögerte, und dann schüttelte sie unmerklich den Kopf. «Wir sind uns in gewisser Weise ähnlich. Aber es gibt einen entscheidenden Unterschied zwischen uns: Du lebst, um zu spielen. Ich spiele, um zu leben!»

Helene küsste ihn auf die Wange, dann wandte sie sich ab und ging mit ruhigem Schritt davon.

«Dieser Wagener!»

Helene drehte sich noch einmal zu Walsegg um. Von einem Moment auf den anderen hatte er sich wieder in sein normales Selbst verwandelt. Halb gegen das Geländer des Elefantengeheges gelehnt, auf seinen glänzenden Stock gestützt. Eine Erscheinung, die man nicht ignorieren konnte. Nur sein überhebliches Lächeln, das fehlte noch.

«Wie hat er sich deine Liebe verdient?»

Helene sah ihn schweigend an. Es gab viele Antworten auf diese Frage, und vielleicht traf keine die ganze Wahrheit.

«Er hatte keine Angst, ehrlich zu sein ... zu mir, und zu sich selbst.»

Dann ging sie durch den verschneiten Tiergarten davon.

❧

Helene wusste nicht, ob sie sich glücklich oder traurig fühlte, als sie zurück zu Hause war. Die Sonne ging bereits unter und hing tiefrot über den verschneiten Wienerwaldhügeln.

Sie betrachtete die Fassade von Schloss Weydrich. Ihr Zuhause ... Noch gehörte es ihr nicht wirklich. Aber bald, ganz bald. Sie konnte noch immer nicht glauben, was sie auf dem Zettel in der Bank gelesen hatte. Drei Millionen Gulden. Ihres Wissens nach fast das ganze Barvermögen der Tante. Das Spiel näherte sich dem Ende.

Helene schüttelte ungläubig den Kopf. Konnte das wahr sein? Würde sie sie bald besiegt haben? Nie wieder wäre sie gefangen im eigenen Schloss, sie könnte hingehen, wohin sie wollte, treffen, wen sie wollte. Was würde sie tun, wenn es so weit war? Die Möglichkeiten schienen so unendlich. Aber es musste ja nicht gleich etwas Weltveränderndes sein. Sie würde Raubart endlich aus diesem Zwinger rauslassen. In den letzten Wochen hatte sie ihn sträflich vernachlässigt. Der Wolf heute im Tiergarten hatte sie schmerzlich an ihn erinnert.

Sie nahm den Umweg über den Hundezwinger, um nach ihm zu sehen. Die kleineren Jagdhunde kamen kläffend und jaulend durch den Schnee gesprungen, um sie zu begrüßen. Helene ließ sie ihre Handschuhe ablecken, während sie nach Raubart Ausschau hielt.

Sie entdeckte ihn vor der Hundehütte liegend. Er sah etwas abgemagert aus, obwohl Helene zuletzt den Eindruck gehabt hatte, er hätte sich an sein neues Leben in der Meute gewöhnt.

«Raubart!» Sie pfiff nach ihm, wie sie es auch sonst immer tat.

Raubart spitzte die Ohren und hob den Kopf. Er schien die anderen Hunde der Meute kurz zu betrachten und dann sie ... doch anstatt aufzuspringen und zum Zaun zu laufen, stieß er einen seufzenden Laut aus und bettete seinen Kopf wieder auf die Pfoten.

Helene pfiff erneut, aber diesmal reagierte der Hund gar nicht mehr.

*Als würde er mich nicht mehr erkennen.*

Sie wandte sich mit Tränen in den Augen ab und marschierte rasch in Richtung Schloss. Bald. Bald würde alles wieder gut werden.

Der Page Wolfgang öffnete ihr die Eingangstür. Seltsamerweise war die Empfangshalle nicht warm, als sie eintrat.

«Hier ist es eiskalt», meinte sie zu dem Pagen, während er ihr aus dem Mantel half. «Heiz rasch ein, bevor wir uns alle den Tod holen!»

Wolfgang wirkte blass, und er hatte Ringe unter den Augen, wie wenn er zu wenig geschlafen hätte. Vermutlich hatte Heinrich ihm irgendeine Extraarbeit aufgebürdet.

«Komtesse, vielleicht solltet Ihr …»

«Ich habe dich gebeten einzuheizen», unterbrach sie ihn bestimmt.

«Natürlich, Herrin!»

Sie rieb sich die Handflächen, während Wolfgang verschwand. Die Tante sollte eigentlich schon wieder hier sein. Normalerweise duldete sie es nicht, wenn es im Schloss nicht behaglich war – aber heute war kein Tag wie jeder andere. Vielleicht war sie noch in der Stadt und konferierte mit ihren Vöglein. Hoffentlich würden sie ihr bald davonflattern, jetzt, wo sie gesehen hatten, dass sie sie nicht beschützen konnte. Auch die künftig magerere Entlohnung würde sie nicht gerade ermuntern zu bleiben.

Seltsamerweise kam Heinrich nicht, um sie zu begrüßen. Sonst tauchte er fast immer auf.

Sie ging langsam zur Treppe. Nachdem es schon Abend war, würde Gertraud bald zurückkommen. Helene konnte es kaum erwarten, sie zu sehen und ihr von ihrem Erfolg zu berichten. Sie lächelte.

*Zuerst frag ich sie, ob es in der Stadt ein Palais gibt, das ihr gefällt. Und wenn ihr eins einfällt, werd ich einfach sagen: Na, dann kauf's dir eben!*

Sie malte sich vergnügt aus, wie Gertraud die Augen aus den Höhlen quollen, wenn sie begriff, dass sie nie wieder für jemand anderen arbeiten musste.

Vielleicht war sie ja sogar schon zurück? Helene wandte sich von der Treppe ab und ging in Richtung Küche, um nachzusehen.

«Gertraud?», rief sie. «Ger…»

Es passierte so plötzlich, dass Helene gar nicht begriff, was geschah. Jemand packte sie von hinten und zerrte sie den Gang hinunter in Richtung Salon. Sie schrie überrascht auf, und sofort wurde ihr eine Hand auf den Mund gepresst. Sie wurde in den Salon hineingestoßen und hörte, wie hinter ihr die Tür geschlossen wurde.

Helene fuhr keuchend herum und blickte in die grimmige Miene eines breitschultrigen Kerls, den sie noch nie gesehen hatte. An seinem Hals glitzerte ein goldener Anhänger. Ein Anhänger in der Form eines Adlers.

*Der Adler … ihr mächtigstes Vöglein.*

Erschrocken wich sie ein paar Schritte zurück, hinein in den Salon.

«Grüß dich, mein Täubchen.»

Helene drehte sich ruckartig in Richtung der Stimme. Zwei weitere Personen befanden sich im Salon. Zuerst sah sie Aurelian. Er lag auf der Chaiselongue. Das kecke Lächeln, das seine Lippen für gewöhnlich umspielte, war einer seltsamen Ernsthaftigkeit gewichen. Helenes Blick glitt weiter und fand die Gräfin. Sie stand in der Mitte des Raums, unter dem großen Familienporträt. Ihre Haut wirkte schneeweiß, obwohl sie kein *blanc* zu tragen schien. Auch ihrer eisgrauen Robe fehlte jede Farbe. Selbst ihre hochgesteckte Frisur wirkte erstaunlich schmucklos.

«Tante?», fragte Helene verwirrt. «Wer ist dieser Mann?»

Die Gräfin stieß ein leises Lachen aus. «Setz dich.»

Helene blieb stehen und maß ihre Tante mit festem Blick.

«Setz sie auf den Fauteuil, *mon aigle*!», befahl die Tante und winkte leicht mit der Hand.

Der Adler legte Helene seine Pranken auf die Schultern, schob sie nach vorn und drückte sie in den freien Sessel. Helene hielt den Atem an, als sie getrocknete Blutspuren auf den Fingern des Manns erkannte.

Sie begann zu zittern und ließ zu, dass die anderen es bemerkten. «Tante, was soll das? Ich habe Angst. Baron Glasbach, ist etwas passiert?»

Aurelian hob die Augenbrauen, während die Tante keine Miene verzog.

«Du weißt sehr genau, dass er kein Baron ist. Und auch du bist nicht, was du zu sein scheinst. Kein Täubchen, sondern eine Nachtigall, die andere mit ihrem Lied betört, vor allem ihre *Krähen*!»

*Sie weiß es. Sie weiß alles.*

«Ich versteh dich nicht, Tante», meinte sie zitternd. «Was ist denn passiert? Wo ist Heinrich?»

«Wie passend, dass du nach ihm fragst. Den hast du auch umgarnt, nicht wahr? Genauso wie deine verräterische Zofe.»

Helene hatte das Gefühl, keine Luft mehr zu bekommen. Gertraud. Die Gräfin wusste, dass sie ihr geholfen hatte. Sie musste ihr irgendwie eine Warnung zukommen lassen. Gertraud musste verschwinden, raus aus Wien, so schnell es ging.

«Rausgeschmissen hab ich den alten Narr. Er kann froh sein, dass er mit einer Tracht Prügel davongekommen ist.»

«Du hast Heinrich davongejagt?», wisperte Helene.

«Was für ein *furchtbarer* Verlust», seufzte Aurelian übertrieben.

«Ich dachte, er wäre loyal!» Die Tante ballte ihre Fäuste. Ihre Gestalt schien zu beben, während sie den Blick hob und Helene mit ihren grünen Augen durchbohrte. «Aber man kann keinem Menschen trauen, schon gar nicht denen niederer Geburt. Ihr eigener Vorteil geht immer vor, *immer*. Ich hätte wissen müssen, dass er an meinen Briefen herumgefingert hat, die ganze Zeit über!»

Helene musste sich nicht anstrengen, um verwirrt zu wirken. In ihrem Wahn hatte die Tante ihren ältesten Verbündeten verstoßen, obwohl dieser überhaupt nichts getan hatte.

«Was hast du ihm angeboten?», fragte die Tante scharf. «Wie hast du ihn für deine Krähen angeworben?»

«Was für Krähen?», stieß Helene verzweifelt aus. «Frag Heinrich selbst, ich habe überhaupt nichts mit ihm vereinbart. Tante, du machst mir Angst! Bitte hör auf.»

«Angst?» Die Gräfin neigte den Kopf und kratzte sich hinter dem Ohr. «Dabei ist Angst doch *dein* Geschäft, nicht wahr? Mit deinen Briefen aus dem Grab.»

«Was für …»

«Hör auf, dich dumm zu stellen!», zischte die Tante. «Ich hätte dich nicht unterschätzen dürfen, du bist schließlich von meinem Blut. Aber das hat jetzt ein Ende!» Sie lief zu dem breitschultrigen Mann hinüber, *dem Adler*, und zog ihm eine Pistole aus dem Gurt. «Papier und Feder, Aurelian!», befahl sie.

Aurelian streckte sich, erhob sich dann mit katzenartiger Eleganz und verließ den Salon. Kurz darauf kam er mit Papier, einem Tintenfass und einer Feder zurück. Alles davon gehörte Helene. Aurelian musste die Sachen aus ihrem Gemach geholt haben. Wie oft war er schon darin gewesen und hatte herumgeschnüffelt?

Aurelian legte alles sorgfältig vor Helene auf den Tisch und verschränkte dann die Arme.

«Schreib!», flüsterte die Tante.

«Was willst du von mir?», fragte Helene und war selbst überrascht, wie ruhig sie klang. Die Tante hatte sie durchschaut, was machte es da noch für einen Sinn, sich zu verstellen. «*Was* soll ich denn schreiben?»

«Schreib es», flüsterte die Tante. «Ich bin die Gräfin Nachtigall!»

Helene erhob sich zu ihrer vollen Größe und sah auf die Tante herab. «Nein», erklärte sie bestimmt.

Aurelian sog überrascht die Luft ein.

Die Tante schien für einen Moment sprachlos.

«Du hattest recht, Aurelian», wisperte sie. «Sie ist es wirklich.» Sie spannte den Hahn und richtete die Pistole auf Helene. «Wie konnte ich das nicht sehen? Wie konntest du mich so lange täuschen?»

«Exzellenz», meinte Aurelian und legte seine manikürten Finger auf die Waffe. «Jetzt, wo ich sie so sehe, muss ich gestehen, ich bin nicht mehr sicher. Die Dame auf Walseggs Maskenball sah doch recht anders aus.»

Die Gräfin runzelte überrascht die Stirn. «Aber du warst so überzeugt.»

Aurelian zuckte mit den Schultern. «Manchmal reimt sich mein Verstand etwas zusammen, einfach weil es die spannendere Geschichte wäre. Aber seht sie an, sie ist viel plumper als die Dame dort, und auch die Stimme ist anders. Lasst sie erst schreiben, dann sind wir sicher.» Er maß Helene mit einem spöttischen Blick. «Ich würde Eure Leiche ungern in die Donau werfen, Komtesse, sofern es keinen guten Grund dafür gibt.»

Die Katzenaugen der Gräfin musterten Helenes Gestalt prüfend. «Setz dich und schreib», flüsterte sie, ohne die Pistole zu senken.

Alles in Helene schrie danach, sich zu widersetzen. Aber sie musste vernünftig sein. Sie hatte ihre Karten beinahe zu früh auf den Tisch gelegt. Die Tante hatte sie in die Enge getrieben, aber sie wusste noch nicht alles. Und Aurelian? Was für ein Spiel spielte er? Sie hatte nicht die geringste Ahnung, warum er ihr geholfen hatte.

Sie ließ sich wieder auf den Fauteuil sinken. Die Tante drückte die Mündung der Pistole gegen ihre Schläfe, und Helene zuckte zusammen. Sie nahm die Feder mit zitternden Fingern und dippte sie in das Tintenfass. Sie atmete tief durch. Ein bisschen Tinte tropfte auf das Papier.

«Na los», befahl die Tante. «Schreib es. Schreib: Ich bin die Gräfin Nachtigall!»

Helene setzte die Feder auf das Papier und schrieb. Die Pistole an ihrer Schläfe schien zu beben. Kaum hatte sie den letzten Buchstaben gezeichnet, riss ihr die Gräfin das Papier aus der Hand und reichte es Aurelian.

«Und? Sag schon, *mon cher*, es ist dieselbe Schrift, es muss einfach dieselbe sein. Es war nicht Heinrichs, es war nicht die der Zofe. Es *muss* ihre sein!»

Aurelian hielt Helenes Schriftprobe in der einen und den letzten ihrer Drohbriefe in der anderen Hand.

Helene schwindelte es. Sie krampfte ihre Hände in die Lehnen des Fauteuils, um nicht zur Seite zu kippen.

«Seht selbst», erklärte Aurelian und hielt ihr die beiden Schriftstücke hin.

Alfred hatte ihr einmal gesagt, ihre Schrift sähe aus, als würde sie sich selbst überholen wollen. Der Drohbrief dagegen war in säuberlich geraden Schlaufen niedergeschrieben. Helene atmete erleichtert auf. Den Schreiber zu engagieren, war die beste Idee gewesen, die Gertraud und sie je gehabt hatten.

Die Tante stieß einen frustrierten Schrei aus. «Aber wer dann, zum Teufel? Zwei Dienstboten würden diese Niederträchtigkeiten doch nicht allein aushecken. Dazu fehlt es ihnen an Geist!» Sie wandte sich dem Adler zu. «Was hast du aus der Zofe herausgekitzelt?»

*Der Zofe?* Helene wurde eiskalt.

«Wüst beschimpft hat sie mich, sonst nichts.» Er zuckte grinsend mit den Schultern. «Nicht mal, als ich sie geschnitten hab!»

Helene wurde übel. Wenn dieser Mann Gertraud etwas angetan hatte ... Sie wollte schreien, sie wollte weinen, aber sie durfte sich nichts davon gestatten. Zum ersten Mal betrachtete sie den Adler genauer: ein Berg von einem Mann, kurzes Haar, gekleidet wie ein wohlhabender Bürger.

«Erst als sie schon ziemlich hinüber war», knurrte der Adler, «da hat sie doch was gesagt: dass wir in Wien nicht nach der Nachtigall zu suchen brauchen und dass ihre Krähen uns schon bald finden werden!»

Helene biss sich so heftig auf die Lippen, dass sie Blut schmeckte. *Nichts sagen! Keine Regung ...*

«Ich habe über diese Zofe nachgeforscht. Sie lebte in einer

Bauernfamilie in Eurer mährischen Grafschaft», erklärte Aurelian und streckte einen Finger in die Luft. «Und ratet, wer noch dort gelebt hat: Heinrich!» Er hob einen zweiten Finger. «Die Nachtigall schickt Euch die Krähen aus Mähren, das kann kein Zufall sein! Vielleicht ist's auch gar keine Frau, sondern ein Mann, der uns gekonnt verwirrt.»

«Es gibt auf dieser Welt keinen Mann, der so trickreich vorgeht», murmelte die Gräfin. «Außerdem denken normale Männer nicht wie du, *mon cher*. Ihr Stolz würde verbieten, sich als Frau auszugeben.» Sie tippte sich gegen das Kinn. «Ein mährischer Krähenschwarm also ...»

«Tante?» Helene zwang sich, schüchtern zu klingen. Sie warf dem Adler einen ängstlichen Blick zu. «Ich ... ich möchte bitte gehen. Darf ich in mein Gemach?»

Die Gräfin betrachtete sie sehr lange. «Fein», wisperte sie schließlich. «Aber du wirst es in den nächsten Tagen nicht verlassen, so lange, bis ich Gewissheit habe. Du wirst dafür sorgen!» Mit den letzten Worten hatte sie den Adler angesprochen. Der Hauch eines zufriedenen Lächelns streifte ihre Miene, als sie wieder Helene ansah. «Für dich ist die Zeit der rauschenden Bälle und der hübschen Kleider vorbei. Nachtigall hin oder her, du trägst zu viel von deinem Vater in dir, und ich muss dir gehörig die Flügel stutzen.» Sie wandte sich Aurelian zu. «Wir finden die echte Nachtigall und holen sie vom Himmel. Sie muss sterben ... auf eine Art, die für ihre Taten ziemlich ist, wenn du verstehst.»

Aurelian nickte grimmig.

Der Adler griff Helene am Oberarm und zog sie in die Höhe.

«Bitte schick mir die Gertraud hinauf, Tante», bat Helene

matt. Sie konnte ein Zittern in ihrer Stimme nicht gänzlich unterdrücken.

Die Tante lachte. «Ich fürchte, du musst eine Weile ohne Zofe auskommen, Liebes. Wir sind jetzt arm – dank deiner Gertraud.»

Sie warf Aurelian einen vielsagenden Blick zu. Der schien kurz zu zögern, verschwand dann aber aus dem großen Salon. Kurz darauf kehrte er zurück und warf ein Kleidungsstück auf die Chaiselongue.

*Mein Gesicht ist aus Stein. Mein Gesicht ist aus Stein. Mein Gesicht ...*

Es war Gertrauds Mantel. Das Geschenk, das sie ihr heute übergeben hatte. Sie hatte sie noch ermutigt, in die Stadt zu fahren und ihn zu tragen ...

Die Gräfin schien ihre Reaktion aufmerksam zu beobachten, aber offenbar hatte Helene sich ausreichend im Griff.

«Wir hätten sie nie in Verdacht gehabt. Aber damit hat sie sich verraten. Ein Mantel, der einer Gräfin würdig ist. Wie kriegt eine Zofe etwas so Edles in ihre dreckigen Finger, wenn nicht durch Diebstahl? Und dann trägt sie ihn auch noch frech auf der Kärntnerstraße spazieren. Ein dummer Fehler!»

Helene starrte den Mantel unverwandt an. Sie konnte einfach nicht die Augen davon abwenden.

«Auf jeden Fall wird sie so bald niemandem mehr etwas stehlen», schloss die Tante süßlich.

«Wo ist sie?», fragte Helene leise. Trotzdem durchdrang ihre Stimme den ganzen Raum.

«Sag es ihr, *mon aigle*», meinte die Tante gönnerhaft.

«Pressburg, würd ich meinen», raunte der Mann ihr ins Ohr. «Und bald in Budapest!»

Für einen Moment war sie verwirrt, doch dann erinnerte sie sich an Aurelians Worte. *Ich würde Euch ungern in die Donau werfen.*

«Ihr habt sie umgebracht», flüsterte Helene.

«Sie war eine Diebin – und alt», erklärte die Gräfin, als handle es sich um ein Ross, dem man den Gnadenschuss verpasst hatte.

Helene wollte den Adler von sich stoßen, ihm das Gesicht zerkratzen, ihm die Augen zerdrücken, die Zunge aus dem Schlund reißen. Trotzdem war sie fast dankbar, als er sie aus dem Salon zerrte, denn so sah die Gräfin die Tränen nicht, die ihr auf den Wangen brannten.

Gott, er hielt sie mit den Händen fest, mit denen er Gertraud ermordet hatte, mit denen er ihren toten Körper ins Eiswasser geworfen hatte. Oder hatte sie noch gelebt und war blutend und hilflos in die dunklen Tiefen des Flusses gezogen worden?

Sie begann, unkontrolliert zu zittern, während sie der Adler die Treppe hinaufschleifte.

Oben öffnete er die Tür und stieß Helene in ihr Gemach hinein. «Keine Dummheiten, kleines Fräulein!» Er setzte ein schiefes Grinsen auf. «Obwohl, mir wird gefallen, was ich mit dir machen darf, falls du's doch versuchst!»

Helene bedachte ihn mit einem finsteren Blick und knallte ihm die Tür vor der Nase zu.

In ihrem Gemach war es dunkel. Die Sonne war längst untergegangen. Ihr war, als hinge noch der Geruch von Sauerteig in der Luft, der Gertraud immer anhaftete, wenn sie Brot buk.

Sie ballte die Fäuste, um dem Zittern Herr zu werden, ohne dass es ihr gelang. Langsam schritt sie zu ihrem Bett und hob ein Federkissen auf. Wie in Trance wandelte sie in eine Ecke und ließ sich zu Boden sinken.

*Keine Regung. Jede Regung kann dich verraten.*

Sie drückte sich das Federkissen auf den Mund – und schrie. Sie schrie so lang, bis ihr der Atem ausging. Ihr Körper wurde von Krämpfen geschüttelt. «Gertraud», schluchzte sie in das Kissen hinein.

*Ich bin schuld. Ich hab ihr den Mantel gegeben und hab sie damit als eine meiner Krähen bloßgestellt!*

Sie hätte es wissen müssen. Wie konnte sie so dumm sein, die Gräfin zu unterschätzen? Sie hatte sich zu überlegen gefühlt und einen Fehler gemacht. Dabei hatte es eine Warnung gegeben. Erst letzte Woche hatte die Gräfin sie mit Walsegg und Aurelian konfrontiert. Sie hatte damals schon Verdacht geschöpft. Am selben Tag hätte sie sich Gertraud schnappen und verschwinden müssen. Die Krähen hätte sie auch von einem Versteck aus angreifen lassen können.

Das Schluchzen raubte ihr den Atem. Sie bekam keine Luft mehr. Mit zitternden Fingern riss Helene sich ihre Robe und das Korsett hinunter und atmete tief ein. Aber es half nicht. Sie stolperte zu ihrem französischen Fenster, zog es auf und übergab sich.

Die eisige Winterluft fühlte sich gut an, als könnte sie zumindest einen Teil ihres Schmerzes einfrieren.

Unter ihrem Fenster entdeckte sie einen Mann mit dunklem Mantel und Dreispitz, der angeekelt auf das Erbrochene sah, das direkt neben ihm auf den Boden geplatscht war.

Die Gräfin würde sie nicht entwischen lassen, so viel stand fest. Sie war jetzt eine Gefangene.

Sie riss sich die Spangen und Drähte aus dem Haar, die

ihre Frisur in Form hielten, bis ihr welliges Haar frei über ihre Schultern wogte. Dann stolperte sie zu ihrem Nachttisch. Ihre Finger schlossen sich um den kühlen harten Gegenstand darauf.

Heftig atmend und mit einem grimmigen Lächeln auf dem Gesicht, hob sie die Hand und besah sich die schwarze Dame im Dämmerlicht.

Die Zeit war gekommen.

Die Zeit, ihre wahre Stärke zu offenbaren und ihren letzten Zug zu machen.

## 32. Kapitel

«Atme», flüsterte Konrad. «Konzentriere dich nur darauf!» Manchmal klang er wie Piruwetz, fand Alfred und wischte sich den Angstschweiß von der Stirn. Obwohl es kaum zwei unterschiedlichere Stimmen geben konnte. Langsam wich der Druck von seiner Kehle. Sein Herzschlag beruhigte sich etwas.

Als er sicher war, sich unter Kontrolle zu haben, erhob er sich und ging zum zugenagelten Fenster ihrer Zelle hinüber.

Durch einen schmalen Schlitz konnte er erkennen, dass die Sonne bereits untergegangen war. Von draußen hörte er, wie die Wärter die Freigänger zurück in ihre Zelle brachten wie an jedem Abend.

«Wird das jemals aufhören?», fragte er.

«Ich habe dir gesagt, dass es nicht einfach wird.» Ein Rascheln seiner Strohmatraze verriet, dass Konrad sich aufgesetzt hatte. «Aber dass du nach einer Woche schon so viel Kontrolle hast, ist bemerkenswert. Bei mir hat es zwei Monate gedauert, ehe ich so weit war.»

Alfred wandte sich zu ihm um und lächelte. «Du hattest nicht so einen großartigen Lehrer wie ich.»

Durch seine zurückgekehrte Erinnerung war er in den letzten Tagen wieder weitgehend er selbst geworden. Dass

Dr. Ofczarek sich seit der letzten Behandlung nicht im Turm hatte blicken lassen, war seiner Heilung ebenfalls zuträglich gewesen. In den Gängen murmelte man von einer Verletzung. Alfred konnte es nur recht sein. Vielleicht hatte ihn Ofczarek deshalb so gequält, weil er vermutete, dass er Alfred Wagener war, der Student, der seine Brutalität vor höchster Stelle angeprangert hatte. Obendrein stand er auch auf der Lohnliste der Gräfin. Wenn ihn seine Gesichtsverletzung, sein zotteliger Bart und seine fehlende Erinnerung nicht geschützt hätten, hätte Ofczarek ihn bestimmt schon bei einer seiner Therapien … *versterben lassen*.

Auch so war es nur eine Frage der Zeit. Sie mussten hier weg, bevor es so weit kam. Aber Konrad und er hatten nur kleine Fortschritte in der Planung ihrer Flucht gemacht. Sie konzentrierten sich auf die Schritte in den Wänden. Zwar hatte Alfred das seltsame Tappen erneut in zwei Nächten gehört, aber sie wussten noch immer nicht, woher es kam. Alfred konnte nur sagen, dass die nächtlichen Besucher nicht die regulären Treppen in der *Sehne* benutzten. Konrad hatte die ganze Nacht lang durch die Spalten in ihrem Fenster gelinst und gesehen, dass niemand durch das Haupttor rein- oder rauskam.

Das ließ zwei Schlüsse zu: Entweder das Tappen stammte von Wärtern, die nachts irgendwelchen geheimen Tätigkeiten nachgingen, oder die Besucher benutzten einen unterirdischen Gang, der sie irgendwie in den Turm und zu den geheimen Treppen führte.

Alfred hatte lange über diese Möglichkeiten nachgegrübelt und sich an ein paar Dinge erinnert: Bevor er das erste Mal im Turm gewesen war, hatte er kurz den Eindruck gehabt, eine dunkle Gestalt hätte ihn vom Dach aus beobachtet.

Außerdem konnte man aus größerer Entfernung sehen, dass der Turm einen spitz zulaufenden, hölzernen Aufbau hatte. Aber Alfred hatte während seiner Behandlungen im obersten Stockwerk nirgends eine Treppe gesehen, die noch weiter nach oben führte. Und dann war da die Sache mit den Schwestern im Krankenhaus. Eine von ihnen hatte behauptet, dass sie in manchen Nächten von einem Feuerschein oben auf dem Turm wach gehalten wurde.

«Jemand schleicht sich nachts durch einen geheimen Gang in die Spitze des Turms», hatte Alfred geschlossen. «Und dieser Gang könnte unser Weg nach draußen sein. Wir müssen ihn finden!»

«Wer, glaubst du, ist es?», fragte Konrad. «Und was treiben die da oben?»

Alfred schüttelte ratlos den Kopf.

Konrad überlegte einen Moment. «Für jemanden, der sich mit Mystik befasst, mag der Narrenturm von besonderem Interesse sein. Seine Form und sein Zweck, die Seele zu kurieren ... Es ist ein besonderer Ort, an dem besondere Energien fließen. Eine Art Knotenpunkt, an dem irdische und himmlische Energien aufeinandertreffen. Vielleicht will sich das jemand zunutze machen?»

Alfred hob eine Augenbraue. «So etwas Albernes habe ich noch nie gehört.»

«Ich sagte nicht, dass *ich* das glaube», hatte Konrad spöttisch erwidert. «Und wir könnten etwas himmlische Hilfe gebrauchen, um in diesen Gang zu kommen, der unter den Mauern hindurchführt.»

Alfred wandte sich jetzt vom Fenster ab. Er rieb sich den Nacken und ließ seinen Kopf kreisen. Dabei fiel sein Blick auf den schmalen Heizungsschacht, der knapp über seinem

Kopf in die Zelle mündete. Seit er hier war, war daraus noch nie ein Hauch Wärme in die Zelle geströmt.

«Der Ofen», wisperte Alfred. «Ein riesiger Ofen, der den ganzen Turm heizen soll, es aber nicht tut. Was, wenn das der Gang ist, den unsere Besucher benutzen?»

«Das bringt uns auch nicht weiter», meinte Konrad nachsichtig.

Alfred presste seine Lippen zusammen. «Irgendjemand muss wissen, wo dieser Gang ist. Die Wärter oder Ofczarek.»

«Die würden es uns niemals verraten.»

Alfred schenkte Konrad ein schiefes Grinsen. «Nicht freiwillig. Ofczarek mag sich an seiner Grausamkeit ergötzen, aber was, wenn er selbst das Opfer wäre? *Unser* Opfer?»

«Er nähert sich den Insassen nie allein», warf Konrad ein. «Es sei denn, man ist angekettet.»

Konrad hatte natürlich recht. Aber die Wärter waren keine ausgebildeten Soldaten. Alfred hatte mehrmals um sein Leben kämpfen müssen. Einen von ihnen auszuschalten, traute er sich zu. Nur waren es meist zwei Wärter. Und dass ein Gelehrter wie Konrad einen Rohling wie Wolfgang im Zaum halten konnte, daran zweifelte er.

Alfred begann, in der Zelle auf und ab zu laufen, und grübelte weiter über einen möglichen Ausweg aus ihrem Dilemma nach. Drei Schritte, mehr brauchte man nicht, um die Zelle zu durchqueren, und man musste noch achtgeben, dass man nicht in den Abtritt im Boden geriet und sich das Bein brach.

«Mir wird schwindelig, wenn ich dir zusehe, Joringel.» Konrad ließ sich wieder auf sein Lager sinken.

Alfred blieb abrupt stehen. «Wie bitte?»

«Ich sagte, mir wird …»

«Nein, wie hast du mich genannt?»

«Joringel», antwortete Konrad entspannt. «Du hast das Lied aus dem Märchen gesummt, ist dir das nicht aufgefallen? *Mein Vöglein mit dem Ringlein rot.*»

«Du kennst es?», fragte Alfred erfreut. Alles, was er mit Helene verband, ließ ihn sich ein bisschen froher fühlen.

«Natürlich», erwiderte Konrad. «Im Prinzip war es mein Beruf zu lesen.»

«Weißt du, wie das Märchen endet?» Alfred setzte sich zu ihm aufs Lager. Helene hatte sich nicht mehr an den Ausgang des Märchens erinnert. Für sie beide hatte die Geschichte an der traurigsten Stelle aufgehört. «Jorinde wird von der Zauberin in eine Nachtigall verwandelt und im Schloss gefangen gehalten. Joringel kann dem Schloss nicht mehr nahe kommen. Aber was geschieht weiter?»

«Ich wusste nicht, dass dir so viel an Märchen liegt, aber gut», meinte Konrad. «Joringel geht in die Fremde und verdingt sich dort als Schäfer. Eines Nachts träumt er von einer blutroten Blume, mit einer Perle in der Mitte. Als er erwacht, begibt er sich auf die Suche nach ihr. Auf einem fernen Berg findet er die Blume mit einem glitzernden Tautropfen in der Mitte. Mit der Zauberblume in der Hand kehrt er zum Schloss zurück. Mit ihrer Hilfe kann er es betreten. Im Inneren findet er Heerscharen von Vögeln in goldenen Käfigen. Die Zauberin spuckt Gift und Galle und will Joringel töten, aber all ihre Flüche prallen von ihm ab. Als er sieht, wie sie einen Käfig mit einer singenden Nachtigall davontragen will, entreißt Joringel ihn ihr und öffnet ihn. Das Vöglein legt sein Federkleid ab, und vor ihm erscheint eine freudestrahlende Jorinde. Gemeinsam öffnen sie auch die anderen Käfige. Die Vögel entfleuchen und verwandeln sich in Jungfrauen, die ebenfalls von der Zauberin gefangen gehalten wurden. Überglücklich verlassen Jorinde und Joringel das Schloss und schauen nie zurück.» Konrads samtene Stimme verklang.

«Am Ende doch eine schöne Geschichte», murmelte Alfred. «Wie einfach wäre das Leben, wenn man nichts anderes als eine Blume bräuchte, um sein Glück zu finden.»

«Ich glaube, die Geschichte will uns sagen, dass großes Glück erst verdient werden muss. Dass man manchmal erst durch die Finsternis gehen muss, ehe man ans Licht tritt.»

Alfred lachte leise. «Bist du sicher, dass du kein Priester ...»

Die Tür zu ihrer Zelle wurde aufgestoßen. Wolfgang sperrte die Gittertür auf, während Josef dahinter mit einem Knüppel in der Hand bereitstand. «Herkommen, Zappelfisch!»

Alfred erhob sich von Konrads Lager. «Ist es Zeit für die Therapie?», versuchte er, möglichst ruhig zu fragen, obwohl der Anblick der beiden schon ausreichte, um seinen Puls in die Höhe schießen zu lassen.

«Wirst schon sehen», brummte Wolfgang.

Alfred ging zu den beiden hin.

«Du auch, Gespenst», meinte Josef und zeigte auf Konrad. «Der Doktor will dich sehen.»

Konrad wechselte einen Blick mit Alfred und erhob sich ebenfalls. Gemeinsam traten sie auf den Gang hinaus. Zwei weitere Wärter, die normalerweise in einem anderen Stockwerk Dienst versahen, standen bereit. Ein unbehagliches Gefühl breitete sich in Alfred aus. So viele Wärter rückten normalerweise nur aus, wenn es sich um einen außergewöhnlich gefährlichen Insassen handelte.

Es war seltsam still, während sie Richtung Treppe marschierten. So spät wurde normalerweise niemand mehr zu einer Behandlung geholt.

Auf dem Weg suchte Alfred die Mauer in der Sehne nach einem verborgenen Eingang ab, konnte aber keinen entdecken. Hinter den beiden sichtbaren Türen befanden sich nur die Kammern der Wärter. Er wandte sich zu Konrad um, als sie die Treppe betraten. Wieso hatte Ofczarek auch nach ihm geschickt? Seit er hier angekommen war, hatte man Konrad in Ruhe gelassen. Manchmal hatte er sogar das Gefühl, dass die Wärter wegen seiner ruhigen, selbstsicheren Art ein wenig Angst vor ihm hatten. Die Zelle verließ er nur, wenn er ab und zu Freigang auf dem Stockwerk bekam oder er in den Waschraum geschickt wurde.

In den anderen Stockwerken hörten sie hinter den Türen gedämpfte Stimmen, sahen aber niemanden auf den Gängen. Sie erreichten das oberste Stockwerk. In den Zellen hier waren die Tobenden angekettet, und in einem der anderen Räume wurde Alfred meistens von Ofczarek therapiert.

Zum ersten Mal erwartete der Doktor ihn schon auf dem Gang. Alfred bemerkte auf den ersten Blick, dass etwas nicht stimmte. Ofczarek achtete normalerweise penibelst auf sein Äußeres. Heute hingegen trug er nur eine dicke, graue Wolljacke, die er sich um den Körper geschlungen hatte. Sein goldenes Monokel hatte er durch ein silbergefasstes ersetzt.

Alfred runzelte die Stirn. Irgendwie fehlte etwas an Ofczarek. Es dauerte eine Weile, ehe er begriff, dass es sein Geruch war. Das intensive Cologne. Er hatte es nicht aufgetragen.

Noch etwas anderes fiel ihm auf, während er sich dem Irrenarzt näherte. In seinem rechten Mundwinkel hatte er eine dunkel verkrustete Wunde, die sich bis zum Kinn zog und von einem Bluterguss unterlegt war. Hinter dem Monokel war sein Auge blauschwarz angelaufen und geschwollen.

«Das Gespenst gebt's ans Ketterl», krächzte er und streckte einen zitternden Finger in Richtung einer der Zellen. «Den schau ich mir später an.» Seine Stimme klang rau, als wäre sein Kehlkopf entzündet.

«Herr Doktor, sagt Ihr mir auch, warum ich angekettet werde?» Konrad machte einen Schritt auf Ofczarek zu und blieb vor ihm stehen. «Ich tobe nicht, wie Ihr seht, noch habe ich es vor. Es gibt keinen Grund, grausam zu sein.»

Konrads Stimme klang so ruhig, als wäre er der Arzt und Ofczarek ein verängstigter Patient, den er zu besänftigen versuchte. Die Wärter blickten sich fragend an.

Ofczarek kniff sein gesundes Auge zusammen. Für einen Moment schien er etwas erwidern zu wollen, doch dann wandte er sich den Wärtern zu. «Na los! Bringt's das Gespensterl endlich rein!»

Die beiden unbekannten Wärter packten Konrad und schleiften ihn in die nächste Zelle. Alfred fing noch einen Blick von ihm auf. Konrad sah ihm tief in die Augen, als wollte er ihm noch etwas mitteilen, aber Alfred hatte keine Ahnung, was.

Ofczarek wandte sich ab, und Josef und Wolfgang schoben ihn hinter ihm her. Der Irrenarzt humpelte ein wenig. Ofczarek war in der letzten Woche offensichtlich nicht krank gewesen, irgendjemand hatte ihn übel zugerichtet. Aber wer würde es wagen, ein Vögelchen anzugreifen, das unter dem Schutz der Gräfin stand? Entweder waren es ein paar unwissende Strauchdiebe gewesen ... oder jemand hatte sich ganz bewusst mit der Gräfin angelegt, jemand, der ebenso mächtig war. Alfred lächelte traurig. Was für eine närrische Hoffnung. Wenn er hier nicht rauskam und diese Frau aufhielt, würde es niemand tun.

«Reinbringen, an den Stuhl binden, und dann wartet's draußen, bis ich euch ruf», befahl Ofczarek.

Alfred wurde ohne Umschweife in den Behandlungsraum bugsiert und auf einen Holzstuhl gedrückt. Im Boden waren zwei Eisenringe eingelassen, an denen die Wärter Ketten mit Handschellen anbrachten, die sie Alfred anlegten.

Alfred testete den Spielraum der Ketten. Nicht viel. Er würde sich nicht einmal zu seiner vollen Größe aufrichten können.

Ofczarek betrachtete ihn mit nervösem Blick, während der feiste Wolfgang und der immer humpelnde Josef den Behandlungsraum verließen.

Alfreds Blick fiel auf das Holzkreuz an der Wand und die verblasste Stickerei.

*Durch Leiden und Dulden zahlt Jesus Adams Schulden. Wer ihm folgt, gefällt dem HERRN.*

Wie oft hatte er diese Worte angestarrt, wenn man ihm irgendwelche wahnfördernden Gifte verabreicht oder ihn zur Ader gelassen hatte. Wenn er vor Angst und Panik zu ersticken drohte.

Alfred spürte die Enge auf seiner Kehle, atmete tief durch und ließ die Angst vorüberziehen. Ofczarek durfte nicht bemerken, dass er wieder wusste, wer er war.

«Sitzt er gemütlich, der liebe Herr Zappelfisch?», fragte der Irrenarzt. Alfred hätte am liebsten aufbegehrt, besann sich aber und funkelte Ofczarek stumm an.

«Was glaubst denn, verdient jemand wie ich, der sich mit jeder Faser seiner Seele für seine Schäfchen aufopfert? Hmh?»

Alfred schwieg.

«Die Irrenmedizin ist die modernste aller Sparten, aber sechshundert Gulden sind's im Jahr, nur sechshundert, kann er sich das vorstellen?»

Alfred presste unmerklich die Lippen zusammen. In seinem ganzen Leben hatte er so eine Summe nicht aus der Nähe gesehen.

«Quarin verdient das Zehnfache, mein lieber Zappelfisch, *das Zehnfache*, nur weil er dem Kaiser den Rotz von der Nase putzt. Und ich ... nur weil ich aus dem Dreck komm, hat man gedacht, man kann mich übervorteilen. Pff! Wer könnt mir da verübeln, dass ich mit ihr ...» Ofczarek begann, nervös im Behandlungsraum auf und ab zu laufen, und kaute an seinem Zeigefingernagel. «Narrenfreiheit hat sie mir zugesichert, Narrenfreiheit.» Er deutete mit seinem Zeigefinger auf Alfred. Er war bereits blutig gekaut. «Wer hätte da nein gesagt? Das ganze Geld, nur für ein paar Informationen und dann und wann ein Auftrag, gewisse Patienten hier hereinzuholen und dafür zu sorgen, dass für sie bald das Glöcklein klingelt. Ein paar kleine Gefälligkeiten, mehr nicht ...»

Alfred sagte nichts. Die Tatsache, dass Ofczarek so unbesonnen war, ihm das alles zu erzählen, machte ihm Sorgen. Es wirkte, als sei in seinem Inneren etwas gekippt. Und einen Menschen wie ihn, der sich am Leid anderer ergötzte, machte das noch gefährlicher.

«*Unangreifbar* werd ich sein. Das hat sie gesagt.» Ofczarek kicherte und schüttelte den Kopf, als würde er das alles sehr komisch finden. «Und dann kommt einer von der Front zurück, ein tiefgeschädigter Halbmensch, und sieht ein bisserl aus wie der, von dem sie mir versichert hat, dass sie ihn verschwinden lässt. Ein dummer Zufall, denk ich in meiner Güte. Und dann ...»

Ofczarek streifte sich hastig seine Lederhandschuhe an und packte Alfred am Kopf.

«Zufall?», zischte der Doktor. «Ist es Zufall, dass ich den Turm verlasse und Dämonen in Krähenmasken über mich herfallen? Hast du sie mit deinem irren Geist heraufbeschworen? *Warst du* das?»

Ofczarek hielt seinen Kopf so fest, dass es schmerzte.

«Und wo war er da, der Schutz der gnädigen Frau? Was nützen mir ihre süßen Gulden, wenn ich dafür verreck? Hmh, mein Lieber?»

«Ich weiß nicht, wovon Ihr redet», wisperte Alfred.

Ofczarek strich ihm sein verfilztes Haar aus dem Gesicht und starrte ihn an. «Wissen wir vielleicht schon, wie wir heißen? Kriegst auch einen süßen Strudel, wenn du's verrätst.»

«Es will mir nicht einfallen!»

Ofczarek richtete sich wieder auf und ließ Alfred los. Er musterte ihn misstrauisch, vom Scheitel bis zu den Zehenspitzen.

«Die Energien des Himmels selbst werden zeigen, ob du die Wahrheit sagst», erklärte er und befeuchtete sich die Lippen nervös mit seiner Zunge. «Und meiner Treu, wenn ich falschlieg, werden sie deine brave Seele mit all den anderen Miasmen, die von diesem Turm aufsteigen, zum lieben Gott schleudern.»

Alfred fühlte kalten Angstschweiß ausbrechen. Was für eine neue Tortur hatte Ofczarek für ihn vorbereitet?

«Wolferl! Josef!», rief Ofczarek und wandte sich zur Tür um. «Die Apparatur!»

Es dauerte eine Weile, ehe die beiden Wärter zurückkamen, und als sie es taten, trugen sie zuerst einen massiven Holztisch herein, den sie direkt vor Alfred aufbauten. Danach brachten sie die eigentliche Apparatur auf einer Platte herein. Sie bestand aus acht Elementen, die an riesige Einmachgläser erinnerten, paarweise angeordnet waren und teils mit Metall beschichtet. Die Elemente schienen alle mit Draht verbunden zu sein. An den letzten beiden Gläsern hatte man zwei metallene Griffe befestigt.

Was wollte Ofczarek mit diesem Ding bewirken? Zuerst dachte Alfred an chemische Experimente, aber die Behältnisse schienen leer zu sein.

«Diese Apparatur, mein lieber Zappelfisch, ist ein Wunderwerk der modernen Technik!», erklärte Ofczarek.

Alfreds Finger krallten sich um die Lehne seines Holzsessels. *Technik* ... Er hatte mit einem Mal einen Verdacht, um was es sich bei der Apparatur handelte.

Die beiden Wärter rückten eine weitere heran, die Alfred schon bei seiner letzten Therapie gesehen hatte. Sie bestand aus einer runden Glasscheibe, die mit einer Kurbel gedreht werden konnte und mit mehreren Messingkugeln verknüpft war. Während Ofczarek die Drähte der zweiten Apparatur mit denen der seltsamen Gläser verband, betrachtete Alfred die beiden Griffe.

Eine Erinnerung blitzte auf. Sein erster Besuch im Narrenturm. Das stumme Mädchen, das sich hilfesuchend an ihn gekrallt hatte. Die seltsamen Wunden auf ihren Händen ...

Und dann begriff Alfred. Er hatte von Apparaturen wie dieser gelesen. Man nannte sie Leidener Flaschen. Ein holländischer Wissenschaftler hatte sie entwickelt, um die Macht der Elektrizität zu demonstrieren. Ganze Menschenketten hatten bei Vorführungen sogenannte Erschütterungsstöße erhalten. Und bei einer dieser Vorführungen war ein Mensch gestorben ...

«Kurbel, Wolferl, kurbel», meinte Ofczarek aufmunternd, als der Wärter den Hebel betätigte. Er wandte sich Alfred zu und grinste. «Die himmlischen Energien zu kanalisieren und einzufangen, dafür braucht's ein bisserl Schmalz.»

Josef kicherte, während sein Kumpan vor Anstrengung keuchte.

Ofczarek sah auf seine Taschenuhr und hob schließlich die Hand. «Genug!» Dann sah er Alfred triumphierend an. «So! Eine ganz einfache Frage, Herr Zappelfisch.» Er lächelte süßlich. «Wie ist dein Name?»

Alfred presste die Lippen aufeinander, während sich Wolfgang und Josef dicke Lederhandschuhe anzogen und seine Arme nach oben zwangen. Wenn er Ofczarek die Wahrheit sagte, würde er ihn umbringen. «Zappelfisch», krächzte er verzweifelt.

Aber der Irrenarzt schüttelte nur lächelnd den Kopf.

Alfred hielt seine Hände zu Fäusten geballt, damit sie ihn nicht zwingen konnten, die Eisengriffe zu packen. Aber das brauchte es gar nicht. Die Wärter drückten seine Fäuste gegen die Griffe. Im selben Moment sah er einen Funken aufblitzen, und dann wurde er von einer so intensiven Welle Schmerz überrollt, dass sich sein Körper mit einem Schrei nach hinten bog.

Alfred schnappte verzweifelt nach Luft und sackte in sich zusammen. Seine Arme, sein ganzer Körper schien zu kribbeln. Wo seine Haut die Griffe berührt hatte, warf sie Brandblasen.

«Josef, jetzt du, mein Lieber!»

Alfred versuchte, sich wieder halbwegs aufzurichten, während der andere Wärter die Apparatur lud.

«Die Himmelsenergien richten deine Seele aus, mein Junge, noch ein paar Stößlein, und sie schießt in den Himmel wie ein Pfeil! Wir können natürlich auch aufhören. Wenn du mir sagst, wie du heißt!»

Es fühlte sich an, als würde die elektrische Energie noch immer durch seinen Körper jagen. «Z-Zappelfisch», brachte er zitternd hervor.

Aber wie zuvor half diese Antwort nicht.

Alfred brüllte auf, sobald sie seine Handgelenke gegen die Griffe drückten. Obwohl der Schmerz nur einen winzigen Moment anhielt, fühlte es sich an, als wäre jede Zelle seines Körpers in Agonie. Er krallte sich an den Lehnen seines Stuhls fest, während ihm der Kopf auf die Brust sackte. Sein Herz schien zu schwirren wie eine Hummel. Er hörte ein Schaben, während Wolfgang wieder begann, die Kurbel zu betätigen.

«Es tut weh, nicht wahr?», flüsterte Ofczarek. «Da war einmal ein Mädchen, abgemagert und stumm, die Arme. Erinnerst du dich, Zappelfischerl? Ich wollt der Armen ein bisserl Freude bereiten, ein bisserl Spaß und Wärme in ihrem tristen Leben, großzügig, wie ich bin.»

Einer der Wärter lachte.

Während Alfred versuchte, bei Bewusstsein zu bleiben, stiegen vor seinem inneren Auge die grauenerregenden Verletzungen empor, die er am Unterleib des Mädchens auf dem Engerlwagen entdeckt hatte.

«Aber sie mocht's halt nicht so», meinte Ofczarek schulterzuckend. «Also haben wir sie zur Therapie auch an den Himmelsapparatus geschlossen. Hat am Ende nur drei Stößlein gebraucht, damit sie in den Äther entwich. Aber du bist stärker als sie, vielleicht schaffst du vier. Wir können aber auch aufhören. Sag mir nur, wie du heißt.»

Alfred hob den Kopf und funkelte Ofczarek an. Wenn er ihm die Wahrheit sagte, würde er ihn erst recht umbringen. «Zappelfisch.»

«Gut», wisperte Ofczarek. «Gut, gut, gut!» Er wandte sich Wolfgang und Josef zu. «Wenn er nicht mehr muckt, bringt's mir bitte den Albino herein. Und sagt's dem Wilhelm am Tor, er soll umgehend dem Präparator schreiben. Wir brauchen ihn heut noch.» Er wandte sich Alfred zu. «Ich kenn da einen eifrigen Sammler, der würde sich einen Schneemenschen zu dem Mohren, den er schon besitzt, ordentlich was kosten lassen!»

Konrad! Er würde ihn töten und ausstopfen wie ein Tier. Wieder ein Freund, den er in Gefahr gebracht hatte ... aber nicht diesmal. Er durfte nicht zulassen, dass es Konrad erging wie Piruwetz. Er durfte nicht. Aber viel würde er nicht mehr aushalten, er hatte beim letzten Stoß schon das Gefühl gehabt, sein Herz würde zerbersten.

Er beobachtete, wie die beiden Wärter sich ihre dicken Lederhandschuhe überstreiften. In den Schauexperimenten mit Leidener Flaschen waren Menschenketten gebildet worden ...

Die beiden griffen nach seinen Armen.

«Wartet!», rief Alfred hastig. «Ich will brav sein.»

«Oh, verrätst du es uns, mein lieber Junge?»

Die beiden Wärter verharrten direkt neben ihm.

Alfred begann, leise zu schluchzen. «Mein Name ...» Er griff nach Wolfgangs unbehandschuhter Hand und drückte sie. Der spuckte angeekelt aus und wollte seine Hand zurückziehen, aber Ofczarek gab ihm mit einer raschen Geste zu verstehen, dass er warten sollte.

«Mein Name ...», schluchzte Alfred. Er hob den Blick und bohrte ihn in Ofczareks. «Ist Alfred Wagener!»

Er riss Wolfgangs Hand mit aller Macht nach vor, an den Griff der Apparatur, während er mit der anderen Josefs Handgelenk packte, wo etwas Haut zwischen Handschuh und Ärmel frei lag.

Ein Funken blitzte auf. Alfred brüllte auf, als sich sämtliche Muskeln in seinem Körper zusammenkrampften – aber er war nicht allein. Wolfgang und Josef brachen schreiend zusammen und wanden sich zuckend auf dem Boden.

Alfreds Herz fing sofort an zu flattern. Er schnappte nach Luft. Wenn es nicht gleich wieder normal schlug, würde er sterben. Alles schien sich in seinem Brustkorb zusammenzuziehen. Alfred wurde schwarz vor Augen ... dann ein Schlag, *butupp*, und noch einer, *butupp*. Er atmete tief durch.

Die beiden Wärter waren von der Wucht des Stoßes zusammengebrochen. Josef war bewusstlos, während Wolfgang sich stöhnend hin und her wälzte. Obwohl sein ganzer Körper wild kribbelte und schmerzte, verlor Alfred keine Zeit. Ofczarek konnte ihn jederzeit angreifen, auch wenn er ihn im Moment nur ungläubig anstarrte. Alfred beugte sich vor und löste mit zitternden Fingern den Schlüsselbund von der Kette an Wolfgangs Gurt. Die kleineren Messingschlüssel öffneten die Handschellen, das wusste er von den vielen Malen, wo man ihn angekettet hatte. In wenigen Augenblicken hatte er sich befreit.

Ofczarek starrte ihn immer noch wie erstarrt an. Alfred nutzte die Gelegenheit, um dem stöhnenden Wolfgang sicherheitshalber noch einen kräftigen Tritt zu verpassen, damit er nicht auf die Idee kam aufzustehen. Dann sah er wieder auf.

Ofczarek fuhr herum und griff nach der Türklinke. Er wollte flüchten! Alfred war in ein paar Schritten heran, packte den Irrenarzt am Kragen und riss ihn zurück. Ofczarek stolperte und stürzte auf den Allerwertesten. Sofort war Alfred über ihm.

«Endlich allein, Herr Doktor», wisperte er grimmig. Mit einem Ruck riss er ihm seinen goldenen Wendehalsanhänger vom Hals.

«Bitte, mein lieber Junge», wimmerte Ofczarek. «Sie hat mich all diese Dinge tun lassen. Du weißt nicht, wie sie sein kann, was sie einem antut. Ich kann dir helfen! Was brauchst du? Geld? Ich habe viel Geld, du kannst alles haben. Und ich kann dafür sorgen, dass du wieder Medizin studierst. Selbst ein respektabler Herr Doktor, das wär doch was?»

Alfred zwang Ofczarek in die Höhe. «Ich weiß genau, wie sie ist. Aber für Eure Grausamkeit ist sie nicht verantwortlich.»

Er schleifte ihn an den am Boden liegenden Wärtern vorbei und drückte ihn in den Holzstuhl, auf dem er gerade noch gesessen hatte.

«Bitte, mein Junge, hab Erbarmen, du bist doch ein braver ...»

Alfred sah etwas Metallisches in Ofczareks Hand schimmern, sprang zur Seite und spürte einen flammenden Schmerz auf seinem Oberschenkel, als ihn das Messer streifte. Ofczarek wollte gerade aufspringen. Aber Alfred trat hinter den Irrenarzt, nahm ihn in einen Würgegriff und drückte ihn wieder in den Stuhl.

«Lass es fallen», flüsterte Alfred.

Erst als sein wildes Herumgefuchtele erlahmte und sein Gesicht blau anzulaufen begann, öffnete Ofczarek seinen Griff um die Klinge. Bevor das Messer zu Boden fallen konnte, lockerte Alfred seinen Griff ein wenig, schnappte sich das Messer und rammte es Ofczarek in den Oberschenkel.

Der Irrenarzt schrie auf, während er verzweifelt nach Luft rang.

«Mir scheint, er tobt», flüsterte Alfred. «Mir scheint, er will ans Ketterl!»

Er verpasste dem Irrenarzt einen heftigen Schlag ins Gesicht, sodass dieser zurücksackte, und legte ihm die Handschellen an. Erst dann zog er das Messer heraus und steckte es sich in die Tasche.

Ofczarek stöhnte und begann wieder zu wimmern. «Was hast du mit mir vor?»

Alfred schwieg grimmig, riss Ofczarek seine edlen Handschuhe von den Händen und streifte sie sich selbst über. Sie waren etwas zu klein, aber es würde gehen.

«Habt Ihr Euch nie gefragt, wie es sich anfühlt?» Alfred sah auf seinen Folterer herab. «Ihr wart immer nur auf der Seite des Quälers, nie auf der Seite der Gequälten.»

Er ging zu der Elektrisiermaschine hinüber und begann, die Kurbel zu drehen. Nach etwa einer Minute hörte er auf. Die Leidener Flaschen müssten jetzt wieder voll aufgeladen sein.

«Nein», flüsterte Ofczarek. «Nicht das, das überleb ich nicht.»

Alfred kam wieder zurück und bückte sich zu ihm hinunter. «Jedes Mal, wenn du jemanden quälen willst», flüsterte Alfred, «erinnere dich an diesen Schmerz und an das Gefühl der Machtlosigkeit. Und wenn das nicht reicht, dann denk an die Krähen.» Alfred lächelte. «Ja, ich war's, der sie aus der Finsternis gerufen hat. Und solltest du je wieder eine dieser armen Seelen quälen, dann kommen sie dich holen!» Er packte Ofczareks Handgelenke.

«Warte!» Der Doktor wand sich vergeblich in seinem Sitz. «Ich ...»

Alfred drückte seine geschlossenen Fäuste gegen die Griffe. Ofczarek wurde mit einem Schrei zurückgerissen, bäumte sich auf und sank dann in sich zusammen.

Grimmig betrachtete Alfred seine stöhnende Gestalt. Der Irrenarzt würde überleben ... und hoffentlich für den Rest seines Lebens Angst haben.

Ein leises Stöhnen ließ ihn herumfahren. Josef und Wolfgang begannen, sich wieder zu rühren. Er trat rasch zur Tür, humpelnd wegen der Messerverletzung. Der Stoff seiner Leinenhose hatte sich rot gefärbt. Aber es war kein tiefer Schnitt. Nichts, das nicht noch etwas warten konnte. Er trat auf den verwaisten Gang hinaus und versperrte mit einem der Schlüssel von Wolfgangs Bund die Tür zum Behandlungsraum hinter sich. Für einen Moment stützte er sich an der Mauer ab, um wieder ein bisschen zu Kräften zu kommen, dann humpelte er weiter. Ihm war übel, und jede Bewegung schmerzte, aber er zwang sich, das Gefühl beiseitezuschieben.

Mit etwas Glück hatten sich die beiden Wärter in ihre Quartiere in der Sehne zurückgezogen, bis Ofczarek sie wieder brauchte, und Konrad wäre allein. Alfred schloss seine Zelle auf, zuerst die schwere Holztür, dann das Gitter und stolperte in den dunklen Raum hinein. Während der Gang von Öllampen beleuchtet wurde, war es in der Zelle völlig dunkel.

«Konrad?», flüsterte Alfred.

Für einen Moment war es still.

«Alfred, was für eine überaus schöne Überraschung», antwortete Konrad, als wären sie sich an einem Sonntagnachmittag im Park begegnet.

Alfred atmete erleichtert auf. Seine Augen gewöhnten sich an das Dunkel, und er konnte Konrads Gestalt an der feuchten Steinmauer hängend ausmachen.

Sofort stürmte er hin und sperrte die Handschellen mit dem kleinen Messingschlüssel aus dem Schlüsselbund auf.

«Ich nehme nicht an, dass Ofczarek dich freigelassen und dir den Schlüssel überreicht hat», meinte Konrad und rieb sich seine Handgelenke.

«Nicht ganz», erklärte Alfred trocken. «Wir hatten eine kleine Meinungsverschiedenheit. Er wollte mich töten und dich ausstopfen. Ich war anderer Meinung!»

«Ich verstehe! Ein Umstand, der unsere baldige Abreise wünschenswert machen würde.»

«*Das* kann man so sagen!», erwiderte Alfred. «Ich habe keine Spur von dem Geheimgang entdeckt, du?»

Konrad schüttelte den Kopf.

«Dann müssen wir den normalen Weg nach unten nehmen.» Alfred schloss für einen Moment die Augen. Er hatte zwar jetzt den Schlüssel, der die Gitter zwischen den Stockwerken aufsperrte, aber da waren immer noch Wärter auf jeder Ebene, und selbst wenn sie unbemerkt an denen vorbeikamen, waren am Tor und an der Mauer schwer bewaffnete Wachposten. Spätestens dort würde Schluss sein … Aber einen Weg zurück gab es jetzt nicht mehr.

Ein flüchtiges Lächeln stahl sich auf Alfreds Miene. «Wenn es hart auf hart kommt, denk nicht lange nach, sei einfach entschlossen!»

Konrad nickte kurz. Sie schlichen sich zur Zellentür. Die Luft im Gang war rein.

Alfred huschte mit Konrad hinter sich in Richtung der Treppen. «Du blutest», bemerkte Konrad sachlich. Es war angesichts der Spur von Blutstropfen, die Alfred hinter sich herzog, kaum zu übersehen.

«Was du nicht sagst», zischte er augenrollend.

Sie erreichten den Treppenabsatz unbehelligt, aber dort endete ihr Glück. Alfred hörte ihre Schritte, einen Moment bevor er sie sah. Die beiden Wärter kamen die Stufen heraufgestürmt, hinter ihnen zwei bewaffnete Wachmänner.

«Wenn Ihr uns ohne Grund hier raufhetzt, setzt's Hiebe!», keuchte einer der Wachmänner.

«Ich sag doch, der Doktor erscheint sonst jeden Abend pünktlich bei einer Patientin in meinem Stock. Und erst letzte Woche hat man ihn verdroschen, da war er gar nicht leidlich», brummte einer der Wächter.

Alfred wollte hastig zurückweichen, als der Wärter den Kopf hob und ihn und Konrad erblickte.

«Guten Abend, Herr Peter und Herr Manfred», begrüßte Konrad die beiden Wärter freundlich und schob sich vor Alfred. «Der Doktor hat befohlen, dass wir wieder runter in unsere Zelle gehen sollen!»

Die Mienen der Wachen wirkten verwirrt. Die Blicke der Wärter verengten sich misstrauisch.

«Was fällt dir ein, mich anzureden, Gespenst», zischte der Wärter an der Spitze des Zugs. In seiner Hand lag einer der Holzknüppel, die die Wärter oft benutzten. Er kam ihnen über die Stufen entgegen. «Dir werd ich ...»

Alfred war im Begriff, sich auf ihn zu stürzen, als der Wärter überrascht aufschrie. Konrad hatte ihn blitzschnell in die

Brust getreten, was ihn nach hinten auf seine Kameraden stürzen ließ.

«Ich fürchte, der Weg nach unten ist blockiert», stellte Konrad fest, während sie in den Gang zurückwichen.

Alfred warf ihm einen verblüfften Blick zu.

«Was? Du hast gesagt, einfach handeln, nicht nachdenken!»

Alfred konnte sich trotz ihrer aussichtslosen Situation ein Grinsen nicht verkneifen.

«Wohin?», fragte Konrad.

Eine gute Frage. Der Weg nach unten war der einzige Weg hinaus. Hier oben saßen sie in der Falle. Sollten sie versuchen, sich durchzukämpfen, auch wenn ihre Verfolger zu viert waren und bewaffnet, während sie nur Ofczareks kleines Messer hatten? Alfred verfluchte sich, dass er sich nicht auch noch Wolfgangs und Josefs Knüppel geschnappt hatte, aber das war jetzt nicht mehr zu ändern.

Er brauchte einen Plan ... und zwar schnell.

Für einen Moment glaubte er, in weiter Entfernung das Geräusch von Schritten zu hören, kaum lauter als damals die Schritte seiner Verfolger im dichten Karpatenwald.

«Zurück in die Zelle», zischte Alfred. Hinter sich konnten sie schon die Rufe ihrer Verfolger hören.

«Aber da ist kein Geheimgang», warf Konrad ein.

«Nein ... aber ich glaube, ich weiß, wo er endet.»

Alfred riss die Tür auf, ließ Konrad vor und versperrte sie dann hastig.

Das Versteck würde ihnen ein paar Augenblicke verschaffen, mehr nicht.

«Du weißt schon, dass die vermutlich auch einen Schlüssel haben», flüsterte Konrad.

Natürlich wusste er es.

«Hier drin ist es finster», gab Alfred leise zurück. «Wenn sie hereinkommen, entdecken sie uns nicht gleich, vielleicht haben wir dadurch eine Chance.»

Alfred konnte beinahe sehen, wie Konrad die Stirn runzelte.

«Stell dich hinter die Tür und verschaff mir etwas Zeit.» Alfred rannte zum Fenster. Es war innen mit Holzbrettern vernagelt, damit die Angeketteten in der Dunkelheit das Zeitgefühl verloren.

Alfred trat mit aller Macht gegen die Bretter. Erst beim dritten Tritt begannen sie zu splittern. Er riss die Holzreste herunter und schlug das Glas mit seinem Ellenbogen ein. Eisiger Winterwind wehte ihm entgegen. Für einen Moment konnte er nicht anders, als sich über die frische Luft in seinen Lungen zu freuen.

Bei dem Lärm würden sie spätestens jetzt wissen, wo sie sich verkrümelt hatten. Und wofür? Alfred wusste, wie glatt die Mauern des Turms waren, niemand konnte an ihnen hinunterklettern. Aber sein Ziel lag auch nicht unten.

Er lehnte sich aus dem Fenster. Wie erwartet waren sie viel zu hoch, um einen Sprung zu überleben. Er legte den Kopf in den Nacken, sah nach oben – und stieß ein dankbares Keuchen aus.

Nur eine Mannslänge über ihm, auf dem Dach des Turms, befand sich eine schmale hölzerne Galerie.

Ein dumpfer Schlag erscholl. Vor der Zellentür ertönten laute Stimmen. «Ich stech die Dreckschweine ab!» Das war Wolfgangs Stimme. Anscheinend hatten sie Ofczarek und die beiden Wärter aus dem Behandlungsraum befreit.

«Sie haben zwar keinen Schlüssel, aber sie sind trotzdem gleich drin», stellte Konrad fest.

«Komm», zischte Alfred.

Er hatte sich schon auf den schmalen Fenstersims geschwungen und maß die Entfernung ab. Der Sprung war gefährlich. Wenn er den Rand der Galerie verfehlte, war er tot.

Alfred rückte ein Stück zur Seite, damit Konrad auch hinaussehen konnte. «Wenn wir es an die Spitze schaffen, finden wir vielleicht einen anderen Weg hinunter.»

Konrad schien im Licht des Vollmonds noch blasser als sonst. Oder fürchtete er sich nur beim Gedanken an den Sprung?

«Ich zuerst!» Alfred klopfte Konrad auf die Schulter, obwohl ihm selbst das Herz bis in den Hals schlug.

Er stellte sich mit dem Rücken nach außen auf den Fenstersims und fixierte die Galerie. Er musste sich ein wenig zurücklehnen, um springen zu können. Für einen Moment rutschte sein Fuß ab, es gelang ihm gerade noch, seine Finger um den Rand des Fensters zu krallen.

Ein weiterer Schlag erscholl.

«Sie kommen», flüsterte Konrad.

Alfred sprang.

Für einen Moment segelte er durch die kalte Winterluft. Dann schlossen sich seine Finger um die Kante der Galerie. Aber sein Körper schwang so wild hin und her, dass er beinahe gleich wieder abrutschte. Mit letzter Kraft gelang es ihm, sich hochzuziehen.

Ein Bersten erscholl.

Konrad stand bereits draußen, seine Miene spiegelte Entsetzen.

Alfred streckte ihm die Arme entgegen.

«Spring!», schrie er.

Konrad sprang. Die Hand eines Wachpostens fasste nur einen Wimpernschlag später ins Leere.

Alfred griff nach Konrads Armen – und bekam sie unter dem Handgelenk zu packen. Er schrie, als ihn Konrads Gewicht nach unten riss, aber er ließ ihn nicht los. Das Geländer verhinderte, dass er abstürzte, und dann zog er mit ganzer Kraft und hievte den zitternden Konrad zu ihm herauf.

Für einen Moment blieben sie keuchend auf dem Boden liegen. «Ein bisschen viel Aufregung für einen Tag.» Konrad rang immer noch nach Atem.

Alfred rappelte sich indes schon wieder auf. «Wir müssen uns beeilen!»

Er zog Konrad in die Höhe. Das Ziegeldach des Turms war nur flach gewölbt, und es führte direkt zu einem achteckigen Holzaufbau an der Spitze des Turms hinauf. Von oben drang schwacher Feuerschein zu ihnen hinunter, und davor glaubte Alfred, immer wieder menschliche Umrisse zu erkennen.

*Dort ist irgendjemand.*

«Da sind sie!»

Alfred fuhr herum und sah, wie die Wachen über die Galerie auf sie zugestürmt kamen. Natürlich kannten sie einen einfacheren Weg hierher, als zu springen, vielleicht durch eine Dachluke oder Ähnliches.

Sie rannten auf das Dach des Turms hinauf, vorsichtig, um nicht auszurutschen und in die Tiefe zu schlittern. Wenn es irgendeine Chance auf ein Überleben gab, dann wartete sie dort oben.

Alfred schwang sich über die etwa schulterhohe Wand des Holzaufbaus und ließ sich auf eine achteckige Plattform fallen. Bevor er aufschlug, sah er für einen Moment den Schein von Fackeln und die Umrisse von Gestalten, die überrascht auseinanderstoben, als er in ihre Mitte stürzte.

Aufgeregtes Murmeln wurde um ihn herum laut. Alfred stemmte sich ein Stück in die Höhe, während Konrad neben ihm ebenfalls auf die Plattform plumpste und reglos liegen blieb. Vor ihm bemerkte Alfred eine Öffnung im Boden, von der sich eine schmale Wendeltreppe in die Eingeweide des Turms hineindrehte. Der Geheimgang ...

Als er den Kopf drehte, sah er endlich den ... nein, *die* Besucher, deren Schritte er so oft hinter den Mauern vernommen hatte.

Er war in einen Kreis aus acht Männern hineingepoltert. Jeder von ihnen trug eine Fackel in der Hand. Alfreds Blick glitt ungläubig über ihre erstaunten Mienen – sogar ein Mohr war unter ihnen – und verharrte schließlich auf der letzten. Er brachte kein Wort heraus. Er kannte das Gesicht des Mannes, und unter allen Menschen hätte er ihn hier am wenigsten erwartet.

«Da sind sie, schnappt s...» Die Worte des Wachpostens, der sich gerade über die Brüstung schwang, blieben ihm im Hals stecken, als er den Kreis der Fackelträger erkannte. «Bei der heiligen Mutter», flüsterte er. Offensichtlich hatte er nichts von diesem Treffen gewusst. Mit einer raschen Geste gab er den Nachfolgenden zu verstehen, dass sie hinter der Wand des Aufbaus zurückbleiben sollten.

Alfred war am Ende mit seinen Kräften. Seine Arme und Beine zitterten vor Anstrengung und vermutlich auch infolge der elektrischen Stöße. Aber das hier war ihre letzte Chance, und er würde sie nicht verstreichen lassen.

Unter Schmerzen stolperte er nach vorn und warf sich

dem einzigen ihm bekannten Mann vor die Füße. Er war schlichter gekleidet als sonst, mit weißen Strümpfen und einem schmucklosen, grünen Rock. Seine graublauen Augen bedachten Alfred mit strenger Miene.

«Majestät», keuchte Alfred. Es war, als würde seine Stimme mit jedem Wort an Kraft verlieren. «Ihr müsst uns helfen. Man hat uns gegen unseren Willen in diesen Turm gesperrt. Ich weiß, Ihr wolltet diesen Turm zum Wohl der Irren errichten, aber ...»

Ein paar der Umstehenden waren aus ihrer Erstarrung erwacht, packten Alfred an den Schultern und zogen ihn vom Kaiser weg zu dem Wachmann hin, während Joseph II., offensichtlich entnervt durch die Störung eines wüst aussehenden Irren, den Mund verzog.

«Bitte, hört mich an, ich bin Alfred Wagener. Ich bin ... Ich bin *der Held von Karansebesch!*»

Der Kaiser hatte sich jedoch schon wieder abgewandt und flüsterte leise mit einem der anderen Fackelträger.

«Bitte», flüsterte Alfred, während die Wache ihn ergriff. Er hatte keine Kraft mehr, sich zu wehren. Es war vorbei.

Die anderen Wärter bückten sich gerade über die Brüstung und zogen den bewusstlosen Konrad hoch.

«Für dich überleg ich mir was ganz Besonderes», flüsterte Wolfgang an Alfreds Ohr.

«Wartet!», rief eine unbekannte Stimme. Sie gehörte einem großgewachsenen, schlanken Herrn in einem eleganten Mantel. Seine nach oben gereckte Habichtsnase verlieh ihm etwas Arrogantes, auch wenn sein Blick wirkte, als hätte er einen Geist vor sich.

«Ich glaube, dieser Irre sagt die Wahrheit.»

Der Kaiser wandte sich zuerst dem eleganten Herrn zu

und dann wieder Alfred. Zum ersten Mal erschien Verwirrung auf seiner Miene.

«Majestät verzeihen», murmelte Wolfgang. «Wir sperren die zwei Irren gleich wieder ein. Geistesschwach und manisch, die armen Seelen. S'kommt gewiss nicht mehr vor, nie ...»

Der Kaiser hob die Hand und brachte ihn damit zum Schweigen. «Ich will sein Gesicht sehen», murmelte er und hustete. Seine Stimme klang kraftloser, als Alfred sie in Erinnerung hatte. Bei genauerem Hinsehen erkannte er auch, wie stark der Kaiser seit ihrer letzten Begegnung abgemagert war. Dieser Mann mochte ein ganzes Reich regieren, aber all diese Macht konnte nichts daran ändern, dass seine Krankheit ihn langsam, aber sicher dahinraffte.

Der Wachposten ließ ihn los. Alfreds Beine zitterten so sehr, dass er zu Boden gegangen wäre, wenn der elegant gekleidete Mohr nicht herangeeilt wäre, um ihn zu stützen. An einem seiner dunklen Finger erkannte Alfred einen schlichten Silberring, dessen Siegel ein Winkelmaß und einen Hammer zeigte. Jeder dieser seltsamen Geheimversammlung, selbst der Kaiser, trug anscheinend den gleichen Ring.

Der Mohr half Alfred, zum Kaiser hinzugehen. Der Mann neben Joseph hob seine Fackel und leuchtete ihm damit ins Gesicht.

Der Monarch runzelte die Stirn. Der Mohr strich daraufhin sein Haar nach hinten, damit es Stirn und Gesicht nicht mehr verdeckte. In Josephs grauen Augen blitzte etwas.

«Jägersmann?» Er schüttelte ungläubig den Kopf. «Mir scheint, immer wenn ich ihn seh, starrt er vor Blut und Dreck.»

«Nach Eurer Ehrung gerieten meine Freunde, Piruwetz, der Oberst und ich, in das Massaker von Karansebesch», erklärte Alfred mit rauer Stimme.

Ein betroffener Ausdruck flog über die Miene des Kaisers. Bestimmt hatte er von dem Vorfall gehört. Wie viele mochten dabei umgekommen sein? Tausende? Alfred hatte das Gefühl gehabt, in einem Meer aus Leichen zu kauern.

«Wir wollten es beenden, aber ... meine Freunde sind gefallen. Mich brachte man schwer verwundet hierher. Ihr wolltet wissen, warum ich vor meinem Studienabschluss an die Front geschickt wurde? Ich habe dagegen aufbegehrt, wie manche Menschen in diesem Turm behandelt werden. Und dafür hat man mich der Universität verwiesen. Nun habe ich es am eigenen Leib erlebt. Der Narrenturm ist ein Gefängnis, in dem gefoltert und gemordet wird.»

Joseph betrachtete ihn lange, ohne den Blick abzuwenden. «Dieser Mann», erklärte er schließlich an die Wachen und die Wärter gewandt, «ist ein Held und mein Retter. Wer ihm Leid antut, tut es mir an.» Er maß Alfred mit einem scharfen Blick. «Und muss mit den gleichen Konsequenzen rechnen! Das gilt auch für seinen Freund.»

Sofort ließen die Wärter den noch immer bewusstlosen Konrad behutsam zurück auf den Boden sinken.

«Nun zu ihm, Jägersmann.» Ein schwaches Lächeln stahl sich auf die Miene des Kaisers. «Mir scheint, in meinem Versuch, ihn zu belohnen, habe ich ihm großes Leid angetan.» Seine Gestalt wurde erneut von einem heftigen Hustenanfall gebeutelt, den er mit einem Seidentaschentuch zu ersticken versuchte. Als er es von seinem Mund löste, sah Alfred, dass es blutig war. «Meine Ärzte sehen mich auf die gleiche Weise an wie er», wisperte der Kaiser. «Aber ich weiß auch ohne sie, wie es um mich steht. Lasst mich versuchen, zumindest einen meiner Fehler gutzumachen.»

Er streckte die Hand aus, ließ sich Papier auf einem Brett und eine Feder zum Schreiben reichen. Hastig kritzelte er ein paar Zeilen darauf. Er legte einen glänzenden Gegenstand auf das Papier, rollte ihn darin ein und reichte es einem seiner Begleiter. «Zeit meines Lebens hat man mir nachgesagt, geizig zu sein. Selbst unter so manchen Damen in manch verrufener Vorstadt kursiert das Gerücht.»

Die anderen Männer schmunzelten.

«Das hier soll ihm das Gegenteil beweisen. Man wird es ihm geben, wenn er gebadet und frische Kleidung angezogen hat.» Der Monarch rümpfte die Nase. «Vor allem gebadet.»

Alfred starrte den Kaiser ungläubig an. War das wirklich wahr? War sein Albtraum endlich vorbei? Er wagte nicht, daran zu glauben.

Der Kaiser beugte sich ein wenig vor, sodass nur Alfred ihn hören konnte. Ein trauriges Lächeln erschien auf seiner Miene.

«Ich nenne nicht viele Männer meine Freunde, aber Euch, Alfred Wagener, Jägersmann, nein, *Medikus*, nenne ich einen. Ihr seid der einzige Mann, der mir gegenüber immer die Wahrheit gesprochen hat.»

Alfred wusste nicht, was er sagen sollte. Ihm war, als hörte er Piruwetz' Stimme wie von fern. *Mach endlich dein Maul auf, Wagener!*

«Danke, Majestät», erwiderte er fassungslos.

«Ich bin neugierig», meinte der Kaiser und neigte sein hager gewordenes Gesicht zur Seite. «Wie wird er mich in Erinnerung behalten? Als Despot, der ihn unterdrückt und in den Krieg geschickt hat?»

«Ich nenne keinen meiner Freunde einen Despoten.»

Alfred hätte schwören können, dass der Kaiser für einen Moment grinste, dann richtete er sich auf.

«Ich verfüge», meinte er laut, sodass man seinen Zustand für einen Moment vergessen konnte, «dass dieser Turm fortan wieder das sein soll, als das ich ihn ersonnen habe: eine Einrichtung zum Heil und Trost der Kranken. Ab nun darf niemand mehr gegen seinen Willen hinter diesen Mauern festgehalten werden, mit Ausnahme der Tobenden, die sonst zur Gefahr für sich und andere würden.»

Alfred wollte vor Freude lachen, aber nur ein Krächzen drang aus seiner Kehle. Die Welt begann, sich zu drehen. Bevor er stürzte, spürte er mehrere Hände, die ihn auffingen.

## 33. Kapitel

Es war sieben Tage her, seit man Helene in ihrem Gemach eingeschlossen hatte. Durch das Fenster hatte sie beobachtet, wie man auch den Rest des Personals fortgejagt hatte. Die Küchenmägde, die Gärtner, die Pagen ... Hatte die Gräfin sie weggeschickt, weil sie ihnen allen misstraute oder weil sie sie nicht mehr bezahlen konnte?

Helene vermutete Ersteres. Die Gräfin hätte keine Skrupel, das Personal unbezahlt arbeiten zu lassen.

Das Warten war furchtbar, und die Tage glichen sich wie ein Ei dem anderen. Anscheinend war es ihr durch Aurelians unerwartete Hilfe zwar gelungen, den Verdacht der Gräfin vorläufig von sich abzuwenden, aber wenn sie nur lang genug suchte, würde sie Informationen finden, die sie belasteten.

Die Gräfin war nicht zu ihr gekommen, aber sie hatte vom Fenster aus gesehen, wie der Wachposten am Tor zum Opfer eines plötzlichen Wutanfalls geworden war. Ihr Temperament war tückisch wie die See, konnte von einem Moment zum nächsten von ruhig in stürmisch umschlagen. Hinter jedem Lächeln witterte sie inzwischen Verrat, selbst ihren ältesten Verbündeten hatte sie verstoßen, obwohl Heinrich ihr nach Helenes Wissen immer treu gewesen war.

Helene setzte sich jetzt zu Tisch und löffelte ein wenig

von der Grießnockerlsuppe, die ihr der Adler soeben hingestellt hatte. Den Rotwein dazu ließ sie unbehelligt. Für einen kurzen Moment zeigte sich die Sonne zwischen den schneeschweren Wolken und ließ die blutrote Flüssigkeit in dem geschliffenen Glas aufleuchten. Selbst ohne Wein fühlte sich Helenes Kopf wie Watte an. Sie hatte in den letzten Nächten kaum geschlafen. Immer wenn sie die Augen schloss, sah sie Gertraud und malte sich aus, welchen Schmerz und welche Angst sie in ihren letzten Momenten erduldet haben musste – und sie war daran schuld.

Nach der letzten durchwachten Nacht hatte sie das bange Warten nicht mehr ausgehalten. Heute Morgen hatte sie sich ordentlich zurechtgemacht und ihre waldgrüne Robe angelegt, was ohne Hilfe herausfordernd gewesen war. Ihr Haar hatte sie dementsprechend einfach frisiert, sodass es ihr in glänzenden Wellen über die Schultern fiel. So war sie zwar nicht gesellschaftstauglich, aber immerhin nicht unansehnlich.

Nachdem sie fertig gegessen hatte, stellte sie sich vor ihren Spiegel und betrachtete sich selbst. Der unerbittliche Ausdruck in ihrer Miene machte ihr ein wenig Angst. Gertraud hätte sie irgendwie aufgemuntert, sie zum Lachen gebracht, und dann hätten sie gemeinsam Pläne geschmiedet ... Aber Gertraud war fort. Helene fühlte sich so unendlich einsam. Wie gern hätte sie jetzt mit jemandem geredet, mit irgendjemandem. Die Nähe eines anderen Menschen gespürt ...

Helene machte einen Schritt zur Tür, hob die Hand und zögerte einen Moment. Es erschien ihr falsch. Aber was bedeutete richtig und falsch noch nach allem, was passiert war. Sie wusste es nicht mehr.

Sie klopfte.

Es dauerte eine Weile, ehe der Adler die Tür aufsperrte. Seine große breite Gestalt schien den ganzen Türrahmen auszufüllen. Dunkle Augen blickten aus seinem bärtigen Gesicht auf sie herab.

«Ich bin fertig», murmelte Helene und wies schüchtern auf den leeren Teller.

«Braves Mädel.» Der Adler grinste und betrat ihr Gemach, um das Geschirr mitzunehmen. Er nahm stets alles mit, achtete sogar auf jeden Löffel, obwohl Helene wirklich nicht gewusst hätte, was sie damit anstellen sollte.

«Würdet Ihr ...» Sie druckste etwas herum, neigte den Kopf zur Seite und senkte den Blick. «Ich habe seit zwei Tagen mit niemandem geredet. Würdet Ihr mir Gesellschaft leisten, ein bisschen zumindest?»

«Ich bin nicht deine Zofe», brummte der Adler.

«Nein», erwiderte Helene verlegen. «Aber Ihr könntet meine Einsamkeit ein wenig lindern.»

Der Adler maß Helene mit einem abschätzenden Blick.

«I-ich weiß, es ist eine absurde Regung, aber ich erkenne meine Tante nicht wieder. Sie macht mir Angst. Und obwohl Ihr mich hier gefangen haltet ... dadurch, dass Ihr hier seid, fühle ich mich wohler. Sicherer ...»

Helenes Gesicht glühte vor Scham, sodass sie den Blick abwandte. «Ich habe Euch den Wein aufgespart.» Sie nahm das Glas hastig vom Tisch. «Damit Ihr diesmal nicht gleich wieder geht.»

Auf dem Gesicht des Adlers erschien ein zufriedenes Lächeln, während er Helene musterte. Er drehte sich um, ging langsam nach draußen und prüfte, ob die Luft rein war. Dann kam er zurück und versperrte die Tür von innen.

«Es soll uns doch niemand stören!», meinte er und kam auf

Helene zu. Er strich ihr mit seiner Pranke über das Gesicht, ihren Hals. «Ich kann auch nett sein. Wer weiß, ob du morgen noch da bist. Ein bisschen Spaß schadet da nicht.» Er nahm Helene das Weinglas aus der Hand und leerte es in einem Zug.

«Mach dich frei, Kleines, is' viel bequemer so.»

Zögernd drehte sie ihm den Rücken zu und ließ zu, dass er ihre Robe aufknüpfte und von ihren Schultern riss, dann ihr Korsett auszog. Für einen Moment dachte sie an ihre erste Nacht mit Alfred, aber diese Erinnerung gehörte nicht hierher. Sie verdrängte sie mit aller Macht.

Schließlich stand sie nackt vor ihm. Seine Augen glänzten, als wäre sie ein appetitlich angerichteter Kuchen.

Sich selbst entkleidete er deutlich schneller. Er war ein Berg von einem Mann, seine Arme dicker als Helenes Oberschenkel, seine Brust zweimal breiter als ihre und über und über mit schwarzem Kraushaar bedeckt. Er zog sie an sich, sodass ihr sein scharfer Schweißgeruch in die Nase stieg, pflanzte ihr einen Kuss auf die Lippen, während seine Pranken ihre Brüste drückten. Sein Glied rieb über ihren Bauch.

Sie war ihm ausgeliefert, auf Gedeih und Verderb. Als seine Hand an ihr herunterstrich und sie zwischen ihren Beinen berührte, überkam sie Panik. Oh Gott! Sie hatte einen Fehler begangen.

Er zog sich ein wenig zurück und starrte sie aus glasigen Augen an. Helene atmete tief durch und betrachtete seine grinsende Miene forschend.

«Ja, das *gefllt dr*, du Hur!»

Der Adler runzelte die Stirn. Helene spürte, wie seine Hände auf ihrer Haut zu zittern begannen.

«*Ws?*» Er öffnete und schloss den Mund, aber es schien,

als würde seine Zunge zwischen seinen Kiefern hin und her schlenkern wie ein totes Tier.

«Alles in Ordnung?», fragte sie.

Ein Grunzen drang aus der Kehle des Adlers.

«Taubheit auf Lippen und Zunge?», fragte Helene betroffen.

Der Adler rollte mit den Augen und starrte sie an.

«Ich verstehe deine Verwirrung.» Helene strich ihm zärtlich über die Schläfe. «Lass es mich für dich erklären: Ich habe dich vergiftet.»

Die Augen des Adlers verengten sich vor Wut. Eine verästelte Ader trat an seiner Stirn hervor. Er hob die Hände an Helenes Kehle, wo sie bebend verharrten.

«Nicht doch.» Sie drückte seine Arme ohne besondere Anstrengung hinunter. «Lähmung der Extremitäten!»

Sie lächelte, dann wandte sie sich ab und spuckte ein paarmal auf den Boden. «Nur für den Fall, dass ich bei dem Kuss etwas abbekommen habe.»

Ein tiefes Knurren entrang sich seiner Kehle. Helene sah seine Beine zittern, legte die Hände auf seine Schultern und ließ ihn mit sanftem Druck in die Knie brechen.

«Du fragst dich, wie er vergiftet sein konnte, schließlich hast du ihn mir selbst gebracht.» Helene begann, sich ihre Unterkleider anzuziehen. «Das Gift war die ganze Zeit hier. Blauer Eisenhut. Wunderschön. Und tödlich. Wuchs hier im Garten. Gertraud hat mir das Gift extrahiert. Die Gertraud, die du ermordet hast. Um ehrlich zu sein, hatte ich gehofft, es würde etwas schneller wirken, damit du mir nicht so nahe kommst. So eine Robe wieder anzuziehen ist sehr mühselig.»

Sie ließ das grüne Gewand unbeachtet liegen und holte das einfache Seidenkleid mit den rosa Schleifen, das sie an dem

Abend mit Alfred im Nussgartl getragen hatte, aus ihrem Schrank hervor.

Der Atem des Adlers wurde flacher. Kalter Schweiß stand auf seiner Stirn. Sein Gesicht und die Muskeln auf seinem Hals schienen schmerzhaft verkrampft. In seinen Augen brannte unbändige Wut. Ein gequältes Stöhnen drang aus seiner Kehle.

Helene setzte sich auf ihr Bett und betrachtete ihn. «Schreien wäre sicherlich hilfreich», erklärte sie kühl. «Nur müsste man dazu atmen können. Der Eisenhut lähmt deine Muskeln. Bei Lippen und Zunge beginnt es, dann breitet es sich in Windeseile über deinen Körper aus. Man braucht auch zum Atmen Muskeln, wusstest du das?»

Sie streckte ihr Bein aus und drückte ihre nackten Zehen gegen sein Gesicht. Der Adler verlor das Gleichgewicht und kippte hilflos zur Seite.

Schaum erschien auf seinen Lippen. Seine Gesichtsfarbe ging von Rot in Violett über und dann langsam in Blau. Er begann zu röcheln.

Helene erhob sich, blickte auf ihn herab. «Sie war meine einzige Freundin, eine warmherzige und kluge Frau. Sie hatte etwas Besseres verdient ... als dich.»

Der Adler stierte an ihr vorbei ins Leere.

Sie tauchte ihre Feder in ihr Tintenfass und zeichnete eine grobe Nachtigall auf seine Stirn. Er schien nicht mehr bei Bewusstsein sein, aber sein Körper versuchte noch immer, nach Luft zu schnappen.

«Ich würde dich ja in die Donau werfen, dann wäre die Sache schön rund. Aber du bist mir einfach zu schwer, verzeih!»

Helene zog sich fertig an, während er seine letzten Atemzüge tat. Seelenruhig holte sie ihre Hälfte von Alfreds Zeichnung aus der Lade ihres Nachttisches. Als sie das Zimmer verließ, war es ihr, als sähe sie im Spiegel ein schwarzhaariges Mädchen vorbeischreiten, mit einem kühlen Lächeln auf den Lippen.

❧

«Tante?»

Helene betrat den großen Salon vorsichtig. Das ganze Schloss schien verwaist, als wäre es in dem Schneegestöber, das inzwischen draußen herrschte, zu Eis erstarrt.

Sie saß auf der Chaiselongue in einem taubenblauen Kleid, doch Helene hatte sie im ersten Moment nicht einmal erkannt. Ihr Haar. Es hing ihr in dünnen Strähnen vom Kopf. Weißliche Kopfhaut schimmerte darunter durch. An den Schläfen war es bereits ergraut. Die ganze Zeit über, jeden einzelnen Tag, musste sie sich nur in Perücken und mit Haarteilen gezeigt haben.

Sie schien das Familienporträt der Weydrichs anzustarren.

«Tante, ich wollte mit dir eine Erfrischung einnehmen», versuchte Helene es erneut. «Er hat mich hinuntergelassen, und wenn du einverstanden bist …»

Die Gräfin wandte sich ihr zu. Ohne Schminke wirkte ihr Gesicht wie ausgewaschen. Nur ihre Augen leuchteten daraus hervor. Ihre Miene schien zu beben.

«I-ich weiß nicht, wie man Kaffee braut», meinte Helene schüchtern. «Deshalb habe ich Wein gebracht.»

Sie hob das silberne Tablett mit einer Weinflasche und zwei Gläsern darauf empor.

«Sieh dich an: wie eine Dienstmagd», meinte die Gräfin mit rauer Stimme.

Helenes Gestalt verkrampfte sich.

Ihre Tante rieb sich müde die Stirn. «Verzeih, Kind. Eine reizende Idee. Du warst viel zu lange in deinem Zimmer.»

Helene kam vorsichtig näher, stellte das Tablett auf den Tisch und goss ihnen beiden Rotwein ein. Dann setzte sie sich.

Die Gräfin bedachte ihr Kleid und ihr offenes Haar missbilligend, schien aber zu dem Schluss zu kommen, dass Helenes Aussehen ohne Dienstpersonal verzeihlich war. Sie schnaubte und schüttelte schwach den Kopf. «Was hast du ihm gegeben, dass er dich rausgelassen hat? Er ist nicht leicht zu erweichen. Schmuck? Deine Jungfräulichkeit?»

«Nur meinen Wein», antwortete Helene.

Die Gräfin seufzte. «Ohne Sold wird selbst der mächtigste Adler lasch.»

«Wo ist der Baron, ich meine, dein anderer Freund, Tante?»

Die Gräfin winkte ab. «Flattert in der Stadt umher, versucht zu retten, was noch zu retten ist.» Für einen Moment schwieg sie und starrte ins Leere. «Wir sind nicht mehr reich, Kind, begreifst du das? Fast mein ganzes Vermögen ... Man hat es mir gestohlen. Ich dachte immer, ich würde meine Feinde kennen, aber das war ein Irrtum. Ich jage einem Phantom nach.» Sie schluckte. «Wir werden Schloss Weydrich verlassen.»

Helene schwieg. Einerseits war sie neugierig, was die Gräfin als Nächstes mit ihr vorhatte, andererseits spielte es keine Rolle mehr.

Die Gräfin nahm ihr Glas und nickte Helene auffordernd zu. Erst als sie einen Schluck genommen hatte, trank auch die Gräfin. Helenes Finger umklammerten das Glasfläschchen in der Tasche ihres Kleids. Sie hatte gewusst, dass die Tante in einem Zustand, in dem sie überall Verrat witterte, nicht leicht zu täuschen sein würde.

«Ich habe Fehler gemacht», wisperte die Gräfin. «Ich hätte die Sache mit deinem Wagener anders regeln müssen.»

«Ich verstehe nicht», sagte Helene arglos. «Was hat er damit zu tun? Du hast doch gesagt, er habe gekündigt?»

Die Gräfin betrachtete sie kurz und wandte sich dann ab. «Ich habe dich angelogen, Kind. Ich habe dafür gesorgt, dass er ... *verschwunden* ist. Und irgendjemand weiß davon.»

Helene richtete sich ein wenig auf, sagte aber nichts.

«Ich hätte ihn mächtig gemacht, aber er hat mich ... *mein Angebot* verschmäht. Also habe ich dafür gesorgt, dass er verschwindet und nie mehr wiederkehrt.»

Helenes Gestalt versteifte sich. *Ihr Angebot.* Sie konnte sich lebhaft vorstellen, dass es um mehr gegangen war als nur darum, ihr Vöglein zu werden. Und Alfred hatte abgelehnt, deshalb hatte er den Zeitpunkt ihrer Flucht vorverlegen wollen.

«Ich habe mich von Gefühlen leiten lassen.» Ihr Blick schien auf dem großen Familienporträt zu haften, während sie das Weinglas wieder abstellte.

Helene öffnete den Verschluss des Giftfläschchens mit Daumen und Zeigefinger. Während die Tante in Gedanken versunken schien, schenkte Helene ihr nach. Sie verbarg die zweite Hand unter der Weinflasche, als wolle sie sie stützen, und goss so gleichzeitig das wasserklare Eisenhutgift in ihr Glas. Es war mehr, als sie dem Adler gegeben hatte. Damit ein einziger Schluck reichte.

Helenes Herz begann, wild zu hämmern, aber die Tante

schien nichts zu bemerken. Helene verschloss die Giftflasche mit ihrem Zeigefinger und schenkte sich ebenfalls mit beiden Händen Wein ein.

*Mein letzter Zug. Und dann schachmatt. Bevor du stirbst, werde ich dir alles erzählen. Denn die Dame offenbart ihre wahre Macht erst im letzten Moment.*

Helene lehnte sich zurück und ließ das Fläschchen wieder in ihrer Tasche verschwinden.

«Ich habe im Paradies gelebt, als ich ein Kind war, genau wie du. Vergöttert, behütet. Dein Vater, mein Bruder war mein Ein und Alles. Er passte auf mich auf, ließ nie zu, dass mir etwas Schlimmes widerfuhr. Später bekam ich prächtige Kleider geschenkt, debütierte auf einem märchenhaften Ball in Schönbrunn. Ich war eine gute Partie, wunderschön in meiner Unschuld. Die Verehrer standen Schlange.»

Die Gräfin lächelte und schloss die Augen. «Als ich fünfzehn Jahre alt war, habe ich mich zum ersten Mal verliebt. In keinen der adeligen Jungen, die mir auf dem Tanzparkett den Hof machten. Nein, es war mein Reitlehrer hier auf Schloss Weydrich. Sein Name war Markus. Ich war so glücklich mit ihm. Alles fühlte sich an wie in einem Märchen. Ich war sicher, meine Familie würde verstehen, dass wir füreinander bestimmt waren. Schließlich lasen sie mir sonst jeden Wunsch von den Augen ab. Markus und ich liebten uns das erste Mal im Schatten eines wilden Rosenbuschs am Rande des Schlossgartens. Ich dachte, ich würde für immer so glücklich sein.»

Eine einzelne Träne rann über ihre Wange. «Ich wusste damals nicht, wie es in der Welt zugeht. Ich hätte jedem vertraut, dumm, wie ich war.»

Ihre Miene verhärtete sich. «Meine Eltern bemerkten eher

als ich, was mit mir los war. Ein Arzt kam und verabreichte mir eine Reihe verschiedener Medikamente. Gegen *die Wassersucht*, wie sie sagten. Am selben Tag wurde ich von furchtbaren Krämpfen heimgesucht und begann zu bluten.»

Die Gräfin hielt für einen Moment inne. «Ich habe es gesehen, unser Kind, kleiner als meine Faust, dünn und schwach. Es bewegte sich noch kurz, nachdem es geboren war. Und dann hörte ich nicht auf zu bluten. Ich rief nach Markus, aber man sagte mir, er sei getürmt, als meine Eltern ihn mit seiner Tat konfrontierten. Ich rief nach Georg, aber man ließ ihn nicht zu mir. Zwei Tage kämpfte der Arzt um mein Leben und gewann. Aber in meinem Inneren hatten sich Narben gebildet. Ich konnte keine Kinder mehr bekommen.»

Ihr Blick hob sich wieder zu dem Porträt. «Meine gütigen Eltern waren mit einem Mal kühl und distanziert geworden. Mein geliebter Bruder ging mir aus dem Weg. Was sollten sie denn noch mit der Dirne, die einmal ihre Tochter gewesen war, die niemandem mehr einen Erben gebären konnte. Ich war wertlos geworden, ein Nichts. Um meine Schande zu verbergen, verheirateten sie mich an den Grafen Karschka, einen versoffenen, alten Wittwer im östlichen Mähren, der mich trotz meines Mangels nahm. Sie schickten mich einfach weg, verkauften mich an dieses Monster. Selbst ...» Ihre Stimme brach für einen Moment. «Selbst Georg», beendete sie mit Grabesstimme den Satz. Sie schüttelte unmerklich den Kopf. «Manchmal hasse ich den Menschen, den das alles aus mir gemacht hat.» Sie griff abwesend nach ihrem Weinglas.

Helene hielt den Atem an. Ihre Tante würde trinken, und dann hatte sie endgültig gesiegt, dann hatte sie alles, was sie sich erträumt hatte, ihre Freiheit, Macht und alles Geld der Welt. Eine mächtige, einsame Königin ...

Die Gräfin setzte das Glas zum Trinken an und – Helene warf sich ihr um den Hals.

Das Glas kippte zur Seite, der Wein floss hinab auf die Chaiselongue, deren Stoff ihn sofort aufsaugte.

Helene drückte sie an sich. Durch das enggeschnürte Korsett der Gräfin fühlte es sich an, als würde sie eine Steinsäule umarmen. «Es tut mir leid, was dir geschehen ist, Tante. Du hättest es verdient, glücklich zu werden.»

Für einen Moment hörte Helene einen seltsamen Laut, wie ein Schluchzen, gefolgt von einem langen Seufzen. Ein vorsichtiges Lächeln breitete sich auf ihren Lippen aus, als die Gräfin sie von sich drückte.

«Sieh, was du getan hast, du dummes Ding!», rief sie schrill aus. «Nicht einmal ein Bauer wird dich mehr haben wollen, wenn du dich nicht zu benehmen weißt. Jetzt, wo wir nicht mehr reich sind.»

«Verzeih, Tante», murmelte Helene. «Ich werde wieder nach oben gehen.»

«Wir sehen uns zum *dîner*», erklärte die Tante. «Wir werden besprechen, welche Nachrichten Aurelian aus der Stadt bringt. Ich hoffe in deinem Interesse, dass sie gut sind.» Sie lächelte. «Aber so oder so will ich, dass du ordentlich gekleidet erscheinst, elegant. Nun ja, so elegant du kannst zumindest.»

«Ja, Tante.»

Helene entfernte sich, verließ den großen Salon. Am Treppenabsatz in der Eingangshalle verharrte sie. Sie hatte alles auf ihren letzten Zug ausgerichtet, und dann hatte sie ihn nicht gemacht. Jetzt lebte die Gräfin, und oben lag ein toter Adler mit einer Nachtigall auf der Stirn.

Gertraud hatte recht gehabt. Sie hätte fortgehen sollen, sobald es möglich gewesen war. Frei sein. Nach Amerika …

Ein seltsames Gefühl breitete sich in ihrem Inneren aus, vertraut, warm, als hätte sich ein lang verschlossenes Tor geöffnet, zu dem Menschen, der sie im Grunde war. Auf einer sperrigen Truhe sah sie Gertrauds weinroten Wintermantel liegen. Wahrscheinlich hatte die Tante ihn behalten, um ihn verkaufen zu können. Langsam hob sie ihn auf und schlüpfte hinein. Sie konnte nicht mehr zurück. Die Entscheidung war gefallen.

Helene riss die Tür zur Eingangshalle auf und lief in den Schnee hinaus.

## 34. Kapitel

Alfred setzte sich einen edlen, mit Goldrändern versehenen Dreispitz aufs Haupt und betrachtete dann sein Spiegelbild.

Der Mann hinter dem Glas wirkte vertraut und fremd zugleich. Vertraut, weil durch das Schneiden seines Haars und seines Barts endlich wieder sein Gesicht zum Vorschein gekommen war. Fremd wegen der Narbe, die weite Teile seiner linken Gesichtshälfte überzog, und des Ohres auf der gleichen Seite, von dem ein Eck fehlte. Er wirkte dadurch irgendwie verwegener als früher, trotz der edlen Kleidung, die man ihm gegeben hatte.

Er sah an sich herab, strich über den Rand seines schwarzen, ebenfalls mit Goldnähten verzierten Samtrocks, betrachtete die silberne Seidenweste und das weiße Hemd darunter. Die Kniebundhose war auf Farbe und Schnitt des Rocks abgestimmt. Darunter leuchteten ihm weiße Strümpfe entgegen. Die goldenen Schnallen der Schuhe glänzten so sehr, dass sich seine skeptische Miene in ihnen spiegelte.

Er sah aus wie einer von denen. Genau genommen war er auch einer von denen. Alfred seufzte.

Zwei Tage war es her, dass er hier aufgewacht war, in einem weichen Bett in diesem prächtigen Gemach, ohne sich zu erinnern, wie er hergekommen war. Die Brandwunden auf seinen Händen hatte man verbunden, genauso wie den Schnitt auf seinem Oberschenkel.

Ein Kammerdiener war kurz darauf hereingekommen und hatte ihm erklärt, dass er sich im Stadtpalais eines Grafen befand, der sich in seinen Stammlanden in Niederösterreich befand und lieber anonym bleiben wollte. Er und Konrad, den man glücklicherweise ebenfalls hierhergebracht hatte, konnten so lange bleiben, bis sie sich stark genug fühlten, ihr neues Leben in Freiheit zu beginnen.

Alfred vermutete, dass es sich bei ihrem Gönner um einen der Fackelträger vom Turm handelte. Der Ring, den sie alle getragen hatten … Es mussten Freimaurer sein. Es hatte immer schon Gerüchte gegeben, dass der Kaiser mit diesem Geheimbund in Verbindung stand. Vielleicht hatte Konrad doch recht gehabt, was den Turm anbelangte, und er war neben seiner Funktion als Irrenhaus auch zu einem anderen, mystischen Zweck erbaut worden.

Man hatte Konrad und ihm in den letzten beiden Tagen jeden Wunsch von den Augen abgelesen. Doch niemand vom Personal war darüber hinaus gewillt, mit Alfred zu sprechen. Aber es spielte auch keine Rolle. Sollte ihr mysteriöser Gastgeber seine Geheimnisse behalten. Alfred war bereit zu gehen. Er kontrollierte noch einmal die elegante Ledertasche, die man ihm gegeben hatte.

Seine Habseligkeiten aus dem Turm waren darin: seine Hälfte der Zeichnung und die goldenen Vogelanhänger sowie das Schreiben des Kaisers, das er noch immer nicht gelesen hatte. Ein weiteres Geschenk des Kaisers befand sich auch in der Tasche, die Pistole, mit der er sich bei ihrer ersten Begegnung im Wald verteidigt hatte. Ein besonders edles

Stück mit einem kunstvollen Holster und einem elfenbeinernen Griff, in den eine blutrote Blume graviert war. Alfred musste lächeln. Er wollte gerade die Tasche schließen, als ihm ein Glitzern in einem Seitenfach auffiel. Es war eine goldene Kette mit einem Rubin, der im einfallenden Tageslicht wie ein Herz zu pulsieren schien. Das Schmuckstück kam ihm bekannt vor, aber er wusste nicht, woher. Eine kleine zusammengerollte Notiz war an der Kette befestigt.

*Zurückzugeben!*, war das einzige Wort, das darauf stand.

Alfred runzelte die Stirn. Aber eigentlich war es ihm im Moment egal. Er hatte einfach keine Lust mehr auf Rätsel. Er ließ die Kette wieder in der Tasche verschwinden, verließ das Zimmer gemessenen Schritts und ging die breiten Stufen ins Erdgeschoss des riesigen Palais hinunter.

Er erreichte eine Eingangshalle mit Böden aus weißem Marmor. Farbenfrohe Gemälde, die Szenen aus der griechischen Mythologie zeigten, zierten die Wände. An einer Seite erkannte Alfred den Eingang zu einem gewaltigen, dunkel daliegenden Ballsaal mit riesigen Kronleuchtern, die von der Decke hingen.

Konrad erwartete ihn bereits und besah sich gerade eines der Gemälde, das die Jagd Apollos nach der Nymphe Daphne zeigte. Er hatte einen hellblauen Rock über dunkelblauen Kniebundhosen an. Die edle Kleidung trug er mit derselben Selbstverständlichkeit wie das fleckige Leinengewand im Narrenturm. Sogar darin hatte er auf Alfred immer würdevoll gewirkt.

Konrad drehte sich um, als er Alfred hörte. «Ich muss zugeben, ich habe mich ein wenig an unsere bescheidene Unterkunft gewöhnt», gestand er und sah sich in der prächtigen Halle um. «Mal sehen, wo ich jetzt unterkomme.»

«Mach dir darüber keine Gedanken, mein Freund», erklärte Alfred. «Ich werde dir helfen. Aber vorher muss ich noch etwas tun.»

«Du gehst sie suchen, nicht wahr?»

«Ja», flüsterte Alfred mit gesenktem Blick. «Ich muss.»

Was, wenn er sehen würde, dass sie glücklich war? Mit einem anderen?

*Dann soll sie mich nicht sehen. Dann lasse ich sie glücklich bleiben, ohne ihr Leben noch einmal durcheinanderzubringen.*

«Hast du nicht erzählt, dass man dich beim letzten Versuch, sie zu treffen, beinahe getötet hätte?»

«Ja.»

«Verstehe. Ich wollte nur wissen, auf was ich mich einlasse.»

Alfred hob die Augenbrauen. «Das musst nicht mitkommen. Es ist gefährlich.»

Konrad lächelte ein wenig. «Als wäre das etwas Neues.»

Alfred erwiderte sein Lächeln und nickte. In Wahrheit war er dankbar, nicht allein gehen zu müssen.

«Wir brauchen eine Kutsche nach Währing.»

Ein Page öffnete ihnen die Tür, und sie traten in wildes Schneegestöber hinaus. Die Geräusche der Stadt drangen durch den Schnee seltsam gedämpft an sein Ohr. Bei jedem Schritt hörte er ein Knirschen unter seinen Schuhen. Für einen winzigen Moment schloss er die Augen und genoss die frische Luft in seinem Gesicht und das Gefühl, hingehen zu können, wo immer er wollte.

«Man weiß erst, was Freiheit bedeutet, wenn man ein Gefangener war», meinte Konrad. Er sah fasziniert in den Himmel und ließ sich die Schneeflocken ins Gesicht fallen.

«Der nächste Fiakerstand ist vor der Post in der Dorotheergasse», erklärte Alfred. Er nahm die Pistole aus der

Ledertasche und befestigte sie mit dem eleganten Holster an seinem Gürtel.

Konrad betrachtete den Griff der Pistole amüsiert.

«Was?», fragte Alfred.

«Nichts», erwiderte Konrad. «Es ist nur ... wir ziehen zu deiner Geliebten in ihrem Schloss, und auf dem Griff der Pistole ist eine rote Blume, *Joringel*.»

«Kindskopf», meinte Alfred augenrollend und ging weiter. Es war erstaunlich still auf den Straßen Wiens. Vielleicht waren die Menschen in ihren Stuben zusammengerückt, um der Kälte zu trotzen.

Wie lange es wohl dauerte, bis die Gräfin von seiner Rückkehr erfuhr? Selbst wenn sie Helene bereits verheiratet hatte, sie würde ihn als Bedrohung sehen und ihn ausschalten, so gut kannte er sie mittlerweile.

Aber diesmal würde er bereit sein.

Sie erreichten einen belebteren Platz, die Freyung, wo der Advent- und Krippenmarkt gerade den ersten Tag geöffnet hatte. Es roch verführerisch nach gebrannten Mandeln und Bratäpfeln. Kinder liefen umher und bewunderten die zahlreichen Stände. Ihre edle Kleidung zog die Blicke der einfachen Leute auf sich. Eine Frau bekreuzigte sich, als sie Konrads und Alfreds Gesichter sah. Alfred wandte sich traurig ab und betrachtete die makellosen Mienen der sakralen Holzfiguren an dem Stand neben ihm. Abwesend berührte er die Narben in seinem Gesicht. Würde Helene hier mit ihm flanieren wollen, wenn das alles vorbei war? Selbst wenn die Gräfin ihr Leid zugefügt hatte und Alfred ihr half, würde sie den Menschen lieben können, der er geworden war? Gezeichnet im Gesicht, tief zerrissen im Inneren. Vielleicht war von dem Alfred, den sie gekannt hatte, gar nichts mehr übrig.

Er merkte, wie Konrad ihn von der Seite betrachtete.

«Grübel nicht zu viel», meinte er.

Sie überquerten die Freyung und näherten sich dem Postamt. Alfred ging zu einem Fiaker, der sich hinter seiner Kutsche mit ein paar Kollegen Maronen briet, und wollte ihn gerade ansprechen, als er ein lautes Bellen vernahm.

Ein riesiger Hund schoss aus einem engen Gässchen und sprang direkt auf ihn zu. Alfred keuchte auf und griff nach seiner Pistole, aber da war der Hund schon heran, ein borstiger Riese, bellte ... und stieß plötzlich ein Winseln aus.

Alfred schüttelte fassungslos den Kopf. Das ... das war unmöglich.

«Raubart», flüsterte er.

Der Hund drückte sich zitternd an Alfred, der sich bückte, um seinen Kopf zwischen seine Hände zu nehmen. Er spürte sein drahtiges Fell unter seinen Fingern, während Raubart begann, ihm das Gesicht zu lecken. Es mochte lächerlich sein, aber Alfred war so froh, ihn zu sehen, dass ihm Tränen in die Augen stiegen.

«Ein Freund von dir?», fragte Konrad mit hochgezogenen Augenbrauen.

«Allerdings», wisperte Alfred kopfschüttelnd. «Aber ich verstehe nicht, wie ...» Er hielt inne. Von Raubarts Hinterlauf tropfte Blut in den Schnee. Hastig inspizierte er die langgezogene Wunde. «Ein Streifschuss.» Sofort richtete er sich auf und fasste den Griff seiner Pistole. Ein dumpfes Gefühl der Angst breitete sich in seinem Inneren aus.

«Etwas Furchtbares ist passiert», flüsterte Alfred und lief los, folgte der Blutspur, die Raubart im Schnee hinterlassen hatte. «Bitte, Gott. Lass sie nicht tot sein!»

## 35. Kapitel

Helene lief zuerst zu den Hundezwingern, nachdem sie in den Schnee hinausgeflüchtet war, riss das Tor auf und rief nach Raubart. Der lag jedoch nur melancholisch vor seiner Hundehütte. Helene musterte ihn verzweifelt. Erkannte er sie wirklich nicht mehr? Sie würde ihn zurücklassen müssen, wenn nicht.

«Raubart, du dummer Riesenköter, entweder du kommst jetzt, oder du bleibst hier!», brüllte sie.

Raubart hob ruckartig den Kopf, stieß ein lebhaftes Kläffen aus und sprang auf sie zu wie ein Welpe.

Helene beugte sich zu ihm herab und spürte, wie ihr Tränen über die Wangen rannen, als er ungestüm über ihr Gesicht leckte.

«Komm!», flüsterte sie.

Sie rannte in den Stall, während die Kälte begann, an ihr zu nagen. Eugenio tänzelte in seiner Box nervös auf und ab. Sein Futtertrog war leer, und er musste dringend geputzt werden.

Aber nicht jetzt, nicht hier.

Helene warf ihm Sattel und Zaumzeug über. Sie hatte das kaum je selbst gemacht, aber oft genug zugesehen, um es einigermaßen hinzubekommen.

Am Tor würde sie niemand mehr aufhalten. Das einzige Vöglein, das sich noch im Schloss befand, stand unter ihrem Balkon Wache.

Helene schwang sich noch im Gang des Stalls auf Eugenios Rücken und trieb ihn mit einem lauten Ruf an. Raubart rannte neben ihnen her, als sie zum Tor hinauspreschten, in den verschneiten Winterwald hinaus.

Obwohl Eiseskälte und Schneeflocken auf ihrem Gesicht brannten, atmete sie erleichtert auf, sobald sie draußen waren.

*Frei ...*

Sie musste es nur irgendwie in die Stadt schaffen, Geld abheben, und dann nur fort mit der nächsten Kutsche. Zuerst nach Triest, dann übers Meer ...

Helene preschte in vollem Galopp durch den Wald. Raubart hielt neben ihnen erstaunlich gut mit. Der Schnee stob unter Eugenios Hufen hoch. Helene hatte die Ortsgrenze noch nie so schnell erreicht. Sie ritten um eine Kurve in der Straße, und plötzlich tauchte direkt vor ihnen eine Kutsche auf, die rasend schnell auf sie zuschoss.

Es war zu spät, um auszuweichen. Der Kutscher schrie etwas. Helene riss die Zügel herum. Eugenio scheute, wollte zur Seite springen. Die zwei schwarzen Friesen, die die Kutsche zogen, preschten gerade so an ihm vorbei, aber die Kante der Kutsche traf seinen Hinterlauf mit voller Wucht. Ein schrilles Wiehern erscholl.

Helene wurde in den Schnee geschleudert und rollte ein paar Schritte weit ins Gebüsch hinein. Sie blieb einen Moment liegen. Raubart war beinahe sofort bei ihr und stupste sie winselnd an. Ihr Herz pochte viel zu schnell, aber ihr tat nichts wirklich weh. Bis auf einen Kratzer im Gesicht schien nichts Schlimmeres passiert zu sein. Sie drehte sich um ...

Eugenio war zusammengebrochen und stieß ein klägliches, schmerzerfülltes Wiehern aus, während er vergeblich versuchte, auf die Beine zu kommen. Sein Hinterlauf stand in einem seltsamen Winkel vom Körper ab.

Die Kutsche war nach etwa fünfzig Schritt ebenfalls zum Stehen gekommen. Helene blinzelte. Sie kannte die Kutsche und die Pferde. Das war das Gefährt ihrer Tante. Und das hieß ... Aurelian. Helene konnte sich nicht vorstellen, dass irgendjemand außer Aurelian darin reisen durfte. Der Kutscher war inzwischen abgesprungen und schrie irgendetwas.

Sie richtete sich auf und lief zu Eugenio hin, versuchte, ihn mit den Zügeln in die Höhe zu ziehen, aber es war mit dem verletzten Bein unmöglich. Wahrscheinlich würde er nie wieder aufstehen.

Verzweifelte Tränen stiegen Helene in die Augen.

«Es tut mir leid», wisperte sie und drückte ihre Stirn kurz gegen die des Pferds. «Verzeih!»

Sie wandte sich ab und rannte weiter, durch den Schnee, erbärmlich langsam, während Raubart hinter ihr her trottete.

In der Ferne erscholl der dumpfe Knall eines Schusses.

୧୨

Unzählige Male sah Helene über die Schulter und erwartete, eine Kutsche mit riesigen, schwarzen Rössern hinter ihr auftauchen zu sehen.

Immer wieder überlegte sie, sich zu verstecken, aber dann

lief sie doch weiter. So blieb ihr wenigstens warm. Als sie endlich die Vorstädte erreichte, kam ihr der Gedanke wieder. Vielleicht sollte sie ins Allgemeine Krankenhaus laufen, aber wer wusste, wo die Gräfin noch ein paar Vöglein hatte, die sie nur zu rasch ausliefern würden.

*Nein, kein Verstecken, kein Warten, nur fort ...*

Sie schleppte sich mit letzter Kraft bis zum Glacis. Am Schottentor zwang sie sich, langsamer zu gehen, um nicht zu sehr aufzufallen. Ein zitterndes Mädchen mit windzerzausten Haaren zog schon genug Blicke auf sich.

Sie sah hinunter zu Raubart, dessen Hecheln kleine Wölkchen vor seinem Maul entstehen ließ, und vergrub ihre Finger in sein drahtiges Fell, dann wagte sie sich gemessenen Schritts hinein in das Gewimmel des Krippenmarkts auf der Freyung. Diesmal hatte sie keine Augen für diese lebendige Insel inmitten der frostigen Stadt. Sie musste die Bank erreichen und hoffen, dass man sie, wild, wie sie aussah, überhaupt hineinließ.

Sie drängte sich durch die Menge lachender Kinder und Gewürzwein trinkender Erwachsener. Als sie das Gewirr der kleinen Innenstadtgassen hinter dem Markt erreichte, wurde es sofort still. Als hätte sie durch einen Schleier eine andere Welt betreten. Die Bank lag noch ein paar Gassen entfernt. Helene schlang die Arme um ihren Körper und ging weiter, während sich mehr und mehr Schneeflocken in ihrem Haar verfingen. Sie bog in einen schmalen Durchgang zwischen zwei Straßen ein. Die Häuserfronten hier hatten keine Fenster. Hinter ihr ertönte ein leises Knirschen im Schnee.

Helene drehte sich erschrocken um. Am Eingang der Gasse stand eine aufrechte Gestalt in einem bodenlangen, schwarzen Mantel und mit einem dunklen Dreispitz. Der Mann starrte sie reglos an. Sein Gesicht wirkte blass und hager.

Helene beschleunigte ihren Schritt. Vor sich, wo die Gasse in eine breitere Straße mündete, hörte sie plötzlich das Schnauben von Pferden, das Klappern einer Tür, und dann erschienen vor ihr zwei Gestalten und versperrten ihr den Weg.

Helene erstarrte. Sie wusste nicht, wie die Gräfin es geschafft hatte, sich in so kurzer Zeit wieder in ihr altes Selbst zu verwandeln. Ihr sattgrünes Kleid, mit einem Mantel derselben Farbe, und ihre hohe schwarz glänzende Perücke hoben sich deutlich von der weißen Welt um sie herum ab.

Aurelian stand hinter ihr und betrachtete Helene aus seiner so täuschend unschuldigen Miene.

Das Gesicht der Gräfin wirkte weiß und reglos, wie gefroren. Sie hob ihre Pistole, spannte den Hahn – und schoss ...

Helenes Schrei ging in dem Knall des Schusses unter. Ein schrilles Jaulen erscholl.

Sie sah zu Boden. Raubart drehte sich winselnd zu seinem blutenden Hinterlauf um.

«Nein», wisperte sie.

Die Gräfin presste verärgert die Lippen zusammen und hob ihre Waffe erneut.

«*Lauf!*», brüllte Helene und schlug Raubart mit der flachen Hand auf den Hintern. Raubart jaulte, starrte sie für einen winzigen Moment unschlüssig an und sprang dann los, auf den Mann am anderen Ende der Gasse zu.

Dieser erkannte zu spät, was geschah. Er versuchte noch, seine Waffe zu ziehen, aber da war Raubart schon heran und schnappte zähnefletschend nach ihm. Der Mann zuckte erschrocken zurück, und Raubart lief so schnell an ihm vorbei, als wäre die blutende Wunde an seinem Hinterlauf nichts.

«Lauf, du dummer Köter», wisperte Helene mit einem kleinen Lächeln. Vielleicht würde er irgendwie davonkommen, zumindest er. Sie wandte sich wieder der Gräfin zu, die weder näher gekommen war noch ihre Pistole gesenkt hatte.

«Jetzt sehen wir einander wirklich, mein Täubchen.» Ihre Stimme war klirrend kalt wie die Winterluft. «Meine Nachtigall.»

Die Gräfin spannte den Hahn.

«Exzellenz», flüsterte ihr Aurelian ins Ohr. «Haltet Ihr es für weise, Eure Nichte *hier* zu erschießen? Wir sollten sie nach Schloss Weydrich bringen und verhören. Denkt an Euren Besitz.»

«Weise?», antwortete die Gräfin. «Ich bin jenseits von weise, *mon cher*. Begreifst du nicht, was sie getan hat? Mit welch perfidem Intrigenspiel sie mich hintergangen und gedemütigt hat? Einen Schwarm Krähen schickte sie meinen Vöglein, sie versuchte, mich mit ihrer Boshaftigkeit in den Wahnsinn zu treiben, und all meine Besitztümer, all das, was mir zusteht wie sonst keinem ...» Ihre Gestalt schien vor kaltem Zorn zu beben, bevor sie sich mit sichtlicher Mühe unter Kontrolle brachte. «Nun gut», flüsterte sie und durchbohrte Helene mit ihren grünen Augen. «Du wirst all mein Vermögen wieder auf meine Konten übertragen. Vielleicht lasse ich dich dann entfleuchen, kleine Nachtigall. Von mir aus kannst du dann als Spittelberghure in der Gosse dein Dasein fristen, wenn du das dem Tod vorziehst.»

Ein Lächeln erschien auf ihrer Miene. «Also, was machst du nun?»

Helene starrte ihr ruhig entgegen. Sie wollte nicht sterben, alles andere als das. Solange sie lebte, gab es Hoffnung, selbst wenn sie eine Weile in Armut dahinvegetieren musste. Aber mit einem Mal erinnerte sie sich an Gertrauds Worte.

*Ich habe so oft gebetet, dass sie nie wieder jemandem weh tun kann. Du wirst dafür sorgen.*

Wenn sie der Gräfin ihre Macht zurückgab, dann würde sie niemals aufhören. Dann war Gertraud umsonst gestorben. Das vernarbte Herz ihrer Tante würde sich bis zu seinem letzten Schlag für die erlittene Ungerechtigkeit rächen und Leid verursachen, das wieder den Wunsch nach Rache gebar, immer und immer wieder.

Helene richtete sich auf. «Gar nichts», erklärte sie ruhig. «Ich bin meines Vaters Tochter, nicht deine. Dein Leben war heute in meiner Hand. Der Wein war vergiftet.» Die Pistole in der Hand der Gräfin zitterte immer heftiger. Wo würde ihr Schuss sie treffen, ins Herz, in den Kopf? «Aber ich bin froh, dass ich es nicht getan habe.» In dem Moment, wo sie es aussprach, begriff sie, dass es stimmte. «Lieber sterbe ich, als so zu werden wie du. Also tu, was du tun musst. Es gibt nichts, was ich dir wiedergeben werde.»

«Dann hast du dich entschieden, kleine Nachtigall», flüsterte die Gräfin.

«Mein Name ist Helene.» Sie wusste nicht, wieso, aber es schien ihr wichtig, das zu sagen. Sie wollte nicht als Nachtigall sterben. «Und wenn du je einen echten Funken Zuneigung für mich empfunden hast, dann tu es schnell!»

Der Knall des Schusses ließ Helene zusammenfahren. Jemand schrie. Ihr schwindelte, und sie stürzte zu Boden, in den kalten Schnee. War das die Art, wie der Tod nach einem griff, wenn es so weit war? So sanft, dass man gar keinen Schmerz spürte? Wie von fern drang ein Bellen an ihr Ohr. Ein Lächeln breitete sich auf ihrem Gesicht aus.

*Ich bin bereit. Wartest du auf mich, Alfred? Ich will nie wieder ohne dich sein, nie wieder …*

# 36. Kapitel

Alfred hielt die Waffe fest an den Kopf der Gräfin gepresst. Eiskalter Zorn loderte in seinem Inneren. Er wollte abdrücken, er wollte sie am Boden sehen in einer Lache aus Blut.

Sie waren Raubarts Spur bis zu dieser Gasse gefolgt. Nachdem sie das bewaffnete Vöglein am Anfang des Durchgangs erspäht hatten, hatten sie sich von hinten an die Gräfin und den verräterischen Jungen, der ihn damals verschleppt hatte, herangeschlichen. Alfred hatte den Jungen niedergeschlagen. Daraufhin hatte das Vöglein am anderen Ende der Gasse die Pistole auf ihn gerichtet, aber Alfred hatte zuerst geschossen – und getroffen. Die schwarz bemantelte Leiche des hageren Mannes lag nun im Schnee.

Die Gräfin war erschrocken herumgefahren und hatte bei seinem Anblick einen so markerschütternden Schrei ausgestoßen, dass es Alfred wunderte, dass ihr noch niemand zu Hilfe gekommen war.

Sie stolperte nach hinten, fiel in den Schnee. «Das ist nicht wahr», wimmerte sie. «Das ist nicht wahr!», kreischte sie. «Du bist tot. Bleib weg von mir! Dämon!»

Sie hatte die Waffe hastig auf Alfred richten wollen, aber er entrang sie ihr mit einem gekonnten Griff. Und nun drückte er ihr die Pistole des Kaisers an den Kopf. Sie begann, so heftig zu zittern, dass Alfred Mitleid gehabt hätte, wenn es sich um jemand anderen gehandelt hätte.

Alfred wandte sich kurz nach Konrad um, der dem wieder zu Bewusstsein kommenden Jungen ein Messer abgenommen hatte und es ihm an die Kehle hielt.

«Der hier sieht gar nicht so böse aus», meinte er neugierig. Raubart hockte neben den beiden im Schnee und leckte die Wunde an seinem Hinterlauf.

Alfred wandte sich wieder der Gräfin zu. Langsam griff er in seine Tasche und ballte seine Faust um die kühlen Goldanhänger. «Ihr wolltet mich ins Grab bringen, weil ich keins Eurer Vöglein sein wollte. Dafür bringe ich sie Euch jetzt alle zurück.» Er ließ die Anhänger einzeln in den Schnee fallen, damit sie sie erkennen konnte. Als der Kuckuck an der Reihe war, schien sich etwas in ihrer Miene zu verkrampfen. So viele Tote, so viel Leid. Was gäbe er darum, dass das alles nie passiert wäre, dass er wieder ganz sein könnte, nicht so zerrissen wie jetzt. Sie war diejenige, die ihn hierhingebracht hatte. Sie verdiente es zu sterben. Alfred zog sie in die Höhe. Er wollte sie nicht am Boden kauernd erschießen.

Alfred hörte ein Seufzen. Sein Blick fiel in die Gasse. Helenes Gestalt im Schnee begann, sich sachte zu regen. Alfred hatte sie zu Boden fallen sehen, als er den Mann erschossen hatte, vermutlich vor Schreck, aber sosehr es ihn dazu gedrängt hatte, er hatte nicht gleich zu ihr eilen können. Nicht bevor die Gräfin nicht entwaffnet war ...

Unter ihrem Mantel trug sie das Kleid mit den rosa Schleifen, als wäre sie direkt seiner Erinnerung entsprungen, nur dass sie noch so viel schöner war, wie ein durch das Schneegestöber reisender Engel.

Helene kam langsam wieder auf die Füße und starrte zu ihnen herüber.

Er würde es jetzt tun. Helene würde es verstehen. Vielleicht hätte sie es selbst getan, wenn sie die Gelegenheit gehabt hätte. Die Gräfin wollte sie umbringen. Sie war gerade dabei gewesen abzudrücken. Alfred hatte es gesehen. Die Vorstellung machte ihn halb blind vor Wut.

Er drückte die Gräfin an sich, obwohl ihm ihre Nähe und ihr süßer Geruch Abscheu bereiteten. «Ihr habt verloren», wisperte er. Aus den Augenwinkeln sah er Helene, die einen zögernden Schritt auf sie zumachte. Konnte er es wirklich tun? Wie würde sie ihn ansehen, wenn sie ihn über der Leiche ihrer Tante stehen sah? Und wie würde es ihm selbst gehen? Konnte die Genugtuung dieses Schusses die Wunden in seinem Inneren heilen? Für einen Moment schloss er die Augen. Dann stieß er sie von sich. «Ich schenke Euch Euer elendes Leben. Für den Moment. Aber wenn Ihr nur daran denkt, in ihre Nähe zu kommen, werde ich es wissen. Ich werde der Schatten sein, der jeden Eurer Schritte belauert.» Er richtete die Waffe auf sie. «Und jetzt, lauft!»

Die Gräfin kämpfte sich auf die Füße. Für einen Moment schien der Gesichtsausdruck in ihrer Miene weicher zu werden, geradezu verletzt. Ihre grünen Augen richteten sich auf Alfred. «Bitte», flehte sie leise. «Hast du mein Kind im Fegefeuer gesehen? Kannst du es mir zurückgeben?»

Alfred runzelte die Stirn. Die Gräfin schüttelte den Kopf und schien sich zu besinnen. Als sie Alfred erneut ansah, war jede Verletzlichkeit aus ihrer Miene gewichen. Sie war wieder hart und kalt wie Eis geworden. Mit einem kurzen Schnauben wandte sie sich ab und rauschte durch den Schnee davon.

Alfred sah ihr verwirrt hinterher. Was war da gerade …

«Mein Herr?»

Ihre Stimme. Er hatte fast schon vergessen, wie wunderbar sie klang. Alfred zog sich den Dreispitz tiefer ins Gesicht und trat in den Schatten der Hausmauer.

«Ich bitte Euch, weicht nicht zurück», murmelte sie, während sie sich ihm aus der Gasse heraus näherte.

Alfred spürte, wie seine Hände zu zittern begannen, und steckte die Pistole rasch in das Holster. Als sie aus der Gasse hervortrat, wandte er ihr den Rücken zu.

«Ich möchte Euch danken», murmelte sie unsicher. Eine Weile herrschte Schweigen. Vermutlich betrachtete Helene ihn unschlüssig. «Ihr seht jemandem ähnlich», flüsterte sie und schluckte. «Jemand, den ich verloren glaubte.»

Alfred ballte die Fäuste, um dem Beben seiner Gestalt Herr zu werden. «Was, wenn dieser Jemand gestorben ist», stieß er rau hervor. «Was, wenn die Dinge, die er erlebt hat und die er tun musste, ihn so zerrissen haben, dass er nicht mehr derselbe ist?»

Helene schwieg einen Moment, bevor sie leise antwortete. «Und was, wenn die junge Frau auch nicht mehr dieselbe ist? Wenn sie furchtbare Dinge tun musste und sich dabei beinahe selbst verlor?»

Alfred presste die Augen zusammen, er wurde von einem stillen Schluchzen geschüttelt. «Ich würde sie immer noch lieben!», flüsterte er und drehte sich zu ihr um. Sie stand vor ihm, zitternd vor Kälte, mit blau gefrorenen Lippen und Tränen in den Augen. «Bis zum Ende aller Tage. Sie könnte nichts tun, das jemals etwas daran ändern würde!»

Er wartete darauf, dass sich Schrecken auf ihrer Miene ausbreitete, aber er blieb aus. Sie schritt langsam auf ihn zu und legte ihre Hand auf seine zerfurchte Wange. Selbst durch die Narben hindurch konnte er die Wärme ihrer Berührung spüren. «So wenig, wie ich jemals aufhören könnte, dich zu lieben, Alfred!»

Und plötzlich brach ein Damm. Stürmisch fielen sie einander in die Arme. Alfred drückte sie an sich, weinte vor Glück, küsste ihre Stirn, ihre Lippen, spürte ihre Tränen auf seiner Haut.

«Ich dachte, ich hätte dich verloren, Alfred», schluchzte Helene. «Verlass mich nie wieder!»

«Nein, nie wieder, mein Schatz», lachte er. «Ich hab das glückliche Ende für unser Märchen gefunden!» Er nahm Helenes Gesicht zwischen seine Hände.

«Sie verwandelt sich zurück?»

«Ja», flüsterte er und küsste sie lange.

Er hatte sich geirrt. All die Wunden in seinem Inneren. Er war nicht allein. Ihre reichten genauso tief. Vielleicht konnten sie gemeinsam heil werden, gemeinsam wachsen, wie eine erste Frühlingsblume, die aus dem Schnee brach.

«Bitte verzeiht», meinte Konrad. «Aber was soll ich mit diesem jungen Adonis hier anfangen?»

Helene und Alfred drehten sich zu ihm um. Alfred griff nach seiner Pistole und richtete sie auf den Jungen, den die Gräfin Aurelian genannt hatte.

«Alfred», wisperte Konrad, aber er brachte ihn mit einer Handbewegung zum Schweigen.

«Du weißt nicht, was er mir angetan hat», murmelte er.

«Schön, dich zu sehen, *mon ami*.» Ein unschuldiges Lächeln erschien auf Aurelians Miene. «Und Euch, Gräfin Nachtigall!» Doch dann schien etwas in ihm zu zerbrechen, seine Maske fiel. Eine einzelne Träne löste sich aus seinem Auge. Er sah der Reihe nach in Alfreds, Helenes und dann in Konrads Gesicht.

«Es ist gut», flüsterte er. «So zu sterben steht mir. Umgeben von außergewöhnlicher Schönheit. Mein richtiger Name ist Istvan, das wollte ich noch sagen, bevor ...»

Er lächelte und senkte den Blick.

Alfred spürte, wie Helenes Finger sich auf die Pistole legten. «Er ist ein Lügner und ein kaltblütiger Spion. Aber er hat mir das Leben gerettet.»

Alfred ließ die Waffe langsam sinken. Vielleicht war es wirklich so, vielleicht musste das Töten endlich aufhören.

Konrad nahm das Messer von Aurelians ... von Istvans Kehle. Für einen Moment erwartete Alfred, dass er angreifen würde, blitzschnell wie eine Katze, aber er verbeugte sich nur tief.

«Danke», meinte Istvan schlicht. Er klopfte sich den Schnee von seinem Rock. «Tragt mir meine Taten nicht zu lange nach.» Er lächelte Helene und Alfred traurig an. «Das tue ich schon für Euch!»

«Wieso hast du mich nicht verraten?», wollte Helene wissen.

Istvan lächelte. «Die Liebe ist mir nicht fremd.» Mit diesen Worten wandte er sich ab und schritt davon, als machte er gerade einen Sonntagsspaziergang.

«Wir müssen weg», erklärte Helene mit einem Blick auf die Leiche am anderen Ende der Gasse.

Wie lange würde es dauern, bis jemand sie hier entdeckte und die Polizeiwachen rief?

Alfred nickte. Gemeinsam mit Konrad und Raubart entfernten sie sich von der Gasse. Der Schnee hatte sie schon bald verschluckt.

❦

Sie hatten die beiden Hälften der Zeichnung in eine Schatulle gelegt, um zu schützen, was von ihnen übrig geblieben war. Die Farben auf Helenes Hälfte sahen noch lebendiger aus, obwohl auch ihr Papier zerknittert und mitgenommen wirkte. Auf Alfreds Hälfte fehlte ein Eck, und es war etwas Blut darauf.

Helene hatte nicht mehr nach Schloss Weydrich zurückkehren wollen. Dort wartete nur der Mann, den sie ermordet hatte, und die Gräfin, allein in den kalten und leeren Hallen. Alfred hatte sie zur Bank begleitet, wo sie ausreichend Geld abgehoben hatten, um ein gemütlich beheiztes Palais anzumieten.

Sie hatten endlich Zeit füreinander gehabt, vielleicht zum ersten Mal, seit sie sich begegnet waren, ohne befürchten zu müssen, dass sie jemand entdeckte. Sie hatten sich alles erzählt, vom Krieg, vom falschen Glanz der höfischen Welt, von Freunden und Krähen, von Irren und rauschenden Festen, vom Morden, von Angst, aber auch von unerwarteter Güte. Keiner von ihnen hatte seine Erzählung geschönt und jeder mit dem anderen mitgelitten und ihn verstanden.

«Das Leiden ist jetzt vorbei», hatte Helene tröstend gemurmelt, als Alfred in einer Nacht schreiend und orientierungslos neben ihr erwacht war. Sie hatte ihre Stirn gegen seine gedrückt. «Jetzt können wir neu anfangen!»

Alfred hatte in einer ruhigen Minute auch endlich das Schreiben des Kaisers angesehen – und ungläubig den Kopf geschüttelt.

Joseph hatte sein Versprechen wahrgemacht. Nur hatte er nicht verfügt, dass Alfred zurück an die Universität durfte. Er brauchte das gar nicht mehr. Der Kaiser schrieb, er habe sich von seinen Fähigkeiten ein Bild gemacht und ihn höchstpersönlich zum ausgebildeten Arzt ernannt. Er solle sich sein Diplom in den nächsten Tagen an der Universitätsklinik ausstellen lassen. Zusätzlich hatte er Alfred noch die Kleinigkeit von dreißigtausend Gulden überschrieben. Ein Vermögen, nicht mehr und nicht weniger.

«Vielleicht hätte dein Vater tatsächlich in eine Ehe eingewilligt», hatte Alfred kopfschüttelnd gesagt. «Ich bin zwar im Vergleich zu dir von niederem Adel, aber ich habe etwas Geld und einen Offiziersrang.»

Helene hatte wehmütig gelächelt. «Papa hätte irgendwann auch so ja gesagt, das weiß ich!» Sie erinnerte sich an die Geschichte, die die Gräfin von ihrem Vater erzählt hatte. So wie sie ihn kannte, hatte er sich sein Leben lang vorgeworfen, dass er seiner kleinen Schwester damals nicht geholfen hatte. Als Alfred ihr von den Freimaurern im Narrenturm erzählt hatte, begriff sie endlich, was Walsegg und ihr Vater gewesen waren. Die Ringe hatten ihre Zugehörigkeit gezeigt. Deshalb war Walsegg so oft in der Nähe des Turms gewesen.

Sie hatte an den seltsamen Brief denken müssen, den sie in den Habseligkeiten ihres Vaters gefunden hatte. Es musste eine Einladung zu einem Treffen gewesen sein. *Ordo ab Chao!* Das war vielleicht nicht nur ein Wahlspruch, sondern auch eine Ortsangabe. Ordnung aus dem Chaos. Über den irren Seelen, auf dem Dach des Narrenturms …

Sie hatten sich nach einiger Zeit in ihrem neuen Zuhause dazu entschieden, Helenes Plan in die Tat umzusetzen. Sie würden nach Triest reisen, über das Meer fahren und neu anfangen, in einem Land, wo es keine Kaiser gab und keinen Adel, wo jeder gleich an Recht war.

Vorher gab es aber noch einiges zu erledigen. Alfred hatte

beschlossen, das Geld des Kaisers mit den Leuten zu teilen, die ihn gerettet hatten, mit Konrad und mit Piruwetz. Piruwetz mochte nicht mehr leben, aber seine Verlobte Paula tat es. Sie würden also zuerst nach Tirol reisen und nach ihr suchen. Er hatte Piruwetz versprochen, ihr zu erzählen, was mit ihm passiert war. Und er würde dafür sorgen, dass sie nie Not litt.

Helene hatte bereits etwas Ähnliches getan. Es hatte mehrere Tage gedauert, aber sie hatte Gertrauds Cousin ausfindig gemacht und sichergestellt, dass er und ihr Bruder in Mähren nie wieder für jemanden arbeiten mussten. Gertrauds Cousin hatte geweint und sie gefragt, ob sie ein Engel sei.

Helene hatte nur traurig den Kopf geschüttelt. «Gertraud war einer.»

Alfred hatte nach etlichen Tagen des Zögerns den Gang an die Universität gewagt. Es fühlte sich seltsam an, wieder durch die ihm so vertrauten Höfe des Allgemeinen Krankenhauses zu wandeln. Fast bedauerte er, hier nicht mehr weiter zu studieren.

«Bist du's, Wagener?»

Es fühlte sich an, als wäre er keinen Tag fort gewesen, als er sich zu Aigner umdrehte.

«Ich glaub's nicht», rief Aigner erfreut. «Wie siehst du aus, Freund? Du warst plötzlich verschwunden, und dann erzählte man sich Gerüchte, dass du in den Krieg gezogen wärst. Professor Auenbrugger behauptet inzwischen, der Kaiser selbst habe deine Promotion verfügt *und* dich sogar geadelt. Wie gesagt, wilde Gerüchte!»

Alfred schüttelte lächelnd den Kopf. «Ich fürchte, es ist wahr. Ich hole gerade mein Diplom ab.»

Aigner schnappte ungläubig nach Luft. «Ich wusst's immer

schon, du bist der Gewiefteste von uns allen!» Er klopfte ihm auf die Schulter. «Was für ein Kunststück, du *verfluchter Kerl*, schaffst in ein paar Monaten, wozu wir anderen Jahre brauchen. Du musst mir alles erzählen, du Genie, *alles*. Vielleicht sollte ich auch eine Weile Kriegsdienst verrichten, wenn ich's recht bedenke.»

Alfred räusperte sich. «Es ist …»

«Lass uns morgen im *Nussgartl* bei einem Gläschen Wein darüber plaudern, ich muss in die Vorlesung.» Aigner drehte sich im Gehen noch einmal um. «Und mir wolltest du weismachen, du wärst ein armer Schlucker!» Er lachte und wandte sich ab.

Alfred blickte ihm kopfschüttelnd hinterher. Morgen. Morgen würden Helene und er schon fort sein.

Konrad war der Einzige, der sie verabschieden würde. Nachdem er sich tagelang geweigert hatte, Alfreds Geld anzunehmen, hatte er schließlich doch ja gesagt und bewohnte seither ein schmuckes Appartement in der Stadt – und war dort die meiste Zeit nicht allein, wie er Alfred bald gestand. Aurelian … *Istvan* ging dort regelmäßig aus und ein. Alfred war alles andere als begeistert davon, aber Helene hatte ihn beschwichtigt. Alfred musste auch zugeben, dass beide in der Vergangenheit Ähnliches durchgemacht hatten, und wenn jemand Istvan zur Güte anleiten konnte, dann war es Konrad.

«Einen baldigen Besuch in Boston kann ich euch leider nicht versprechen», meinte Konrad und küsste Helenes Hand. Alfred umarmte er fest.

«Manche Menschen vergisst man nicht, selbst wenn sie am anderen Ende der Welt leben.» Alfred erwiderte die Umarmung ebenso fest.

Schließlich lösten sie sich voneinander, und Alfred und Helene nahmen in der Kutsche Platz, die sie nach Tirol bringen würde. Sie winkten Konrad, sobald sie losrumpelte. Raubart lag auf der Bank ihnen gegenüber. Bis auf ein kaum merkliches Humpeln war seine Verletzung gut verheilt. Helene und Alfred betrachteten die Straßen der Stadt, die sie vermutlich nie wiedersehen würden, während sie auf die Stadttore zu- und schließlich hinausfuhren. Hinter einem Baum tauchte die runde Silhouette des Turms auf, in dessen Schatten sie tiefste Liebe und Verzweiflung erfahren hatten. Als er ihren Blicken entschwand, lehnten sie sich erleichtert zurück.

«Ich habe ein Empfehlungsschreiben von Auenbrugger erhalten», meinte Alfred. «Er kennt einen Professor an einer kleinen Universität in der Nähe von Boston. Sie nennt sich Harvard. Ich kann dort assistieren und Patienten behandeln.»

Helene lehnte ihren Kopf an seine Schulter und spielte versonnen mit der Rubinkette, die Walsegg ihr durch Alfred hatte zurückgeben lassen.

«Ich möchte auch studieren, Alfred», meinte sie leise. «Es gibt so vieles, was mich fasziniert und was ich lernen möchte. Die Pharmazie würde mich reizen. Ich habe das Gefühl, dieses Gebiet beginnen wir erst zu entdecken.» Sie hob den Blick und sah ihn an. «Denkst du … denkst du, dass ich das schaffe?»

Alfred lächelte. «Es gibt nichts, was du nicht kannst, mein Schatz. Und ich werde dir helfen, alles zu werden, was du sein möchtest.» Sein Blick schien in die Ferne zu schweifen. «Erinnerst du dich noch an das Gedicht von Friedrich Schiller?»

Helene nickte versonnen. «Kolumbus», flüsterte sie, während Alfred die Augen schloss.

*«Steure, mutiger Segler! Es mag der Witz dich verhöhnen*
*Und der Schiffer am Steur senken die lässige Hand.*
*Immer, immer nach West! Dort muss die Küste sich zeigen,*
*Liegt sie doch deutlich und liegt schimmernd vor deinem Verstand ...»*

## *Epilog*

Es war mitten in der Nacht, und bis auf das Echo entfernter Schreie war es ruhig im Turm. Ofczarek hatte sich nur rasch einen Rock über sein Schlafgewand geworfen, als man ihn geweckt hatte. *Geweckt* war vielleicht der falsche Ausdruck. Seit mehreren Wochen hatte er nicht mehr ruhig geschlafen, sah immer wieder das wilde Gesicht des Mannes, der ihm den furchtbarsten Schmerz zugefügt hatte, den er je verspürt hatte.

«Es ist eine ganz ungewöhnliche Patientin», murmelte Wolfgang, während Ofczarek ihm die runde Treppe hinunter ins Erdgeschoss folgte. «Muss mal eine reiche Dame gewesen sein. In einem verlassenen Schloss hat man sie gefunden, nachdem die Leut aus dem Dorf sie nächtelang schreien gehört haben.»

Ofczarek hätte so eine Nachricht früher als geradezu erregend empfunden. Jetzt hatte sie einen schalen Beigeschmack. Der Kaiser selbst hatte seine Rechte im Umgang mit den Irren stark beschnitten. Und da war noch die Drohung, die er nicht vergessen konnte. *Solltest du je wieder eine dieser armen Seelen quälen, dann kommen sie dich holen, die Krähen.*

Spitze Schreie wurden vernehmbar, als sie das Erdgeschoss erreichten.

«Lasst mich!», brüllte eine Frau.

Man hatte sie auf eine Trage gebunden. Eine Frau in einem teuren Seidenkleid. Ihr dünnes Haar hing ihr wirr ins

Gesicht. «Er ist tot», heulte sie und wand sich. «Er war doch tot!»

Wolfgang kicherte und kratzte sich an seinem Bauch. «In dem Schloss war ein ganz übler Gestank. Die Polizeiwachen haben im oberen Stockwerk eine verweste Leich gefunden. *Ohne Kleidung.*»

«Soso», brummte Ofczarek.

Er nahm Wolfgang die Fackel ab und leuchtete der neuen Patientin ins Gesicht. Ein Paar panische, grüne Augen richtete sich auf ihn.

Ein mildes Lächeln erschien auf seiner Miene.

«Nein», wisperte die Frau. «Nicht Sie!» Sie bäumte sich auf, aber die Ledergurte hielten sie nieder.

«*Eindeutig* eine Tobende», meinte Ofczarek und schüttelte mitleidig den Kopf. Er fuhr sich mit der Zunge in stiller Vorfreude über die Lippen. «Gebt's ihr ein Ketterl!»

# Nachwort

Vielleicht haben Sie sich beim Lesen dieser Geschichte gefragt, was tatsächlich so geschehen ist und was ich mir als erzählerische Freiheit herausgenommen habe. Ein paar Dinge möchte ich an dieser Stelle hervorheben.

**BEGINNEN WIR MIT DEN FIGUREN:**
In der Beschreibung Kaiser Josephs II. und seiner Persönlichkeit bin ich weitgehend historisch geblieben. Er schaffte die Todesstrafe ab, sorgte für Religionsfreiheit, beendete die Leibeigenschaft der Bauern und beschnitt die Rechte des Adels. Jeglicher Prunk war ihm zuwider. In der Kapuzinergruft der Habsburger liegt sein schmuckloser Sarg seltsam verloren neben dem prunkvollen Grabmal seiner Eltern. Auch als belegt gilt sein Interesse am Narrenturm, dessen hölzernen Aufbau, das Octogon, er oft bestieg, tatsächlich, wie man munkelte, um dort Freimaurertreffen abzuhalten und eine besondere Verbindung zu den himmlischen Mächten zu spüren. Letzteres ist nicht bewiesen, aber er stand den Freimaurern nah, auch wenn er nicht Mitglied einer Loge war. Wie jeder große Reformer war er nicht unbedingt beliebt, auch nicht bei seinem Neffen Franz. Joseph starb 1790, etwa ein Jahr nach dem Ende des Romans. Nach seinem Tod bestieg noch kurz sein Bruder Leopold den Thron, weil man Franz für noch nicht bereit hielt, das große Reich zu regieren. Zwei Jahre später starb auch Leopold, und Franz wurde

Kaiser. Leider machte er viele der Reformen seines Onkels wieder rückgängig.

Bei Quarin muss ich mich ehrlich entschuldigen. Über seine Person ist nichts überliefert, außer dass er ein für seine Zeit brillanter Mediziner und Planer des Allgemeinen Krankenhauses war.

Graf von Walsegg hat es tatsächlich gegeben. Historisch gesehen war er vor allem eines: ein Musikliebhaber, der gerne auch selbst als Genie in die Geschichte eingegangen wäre. So stimmt es, dass er Mozart mit dem fast schon legendären Requiem beauftragt hat. Walsegg hatte den Plan, es als sein eigenes Werk auszugeben, was durch den Tod Mozarts jedoch durchkreuzt wurde. Das Requiem sollte tatsächlich für seine junge Frau Anna sein. Nach ihrem Tod hat Walsegg nie wieder geheiratet.

Graf Khevenhüller hat es wirklich gegeben, und sein Schloss Kammer am Attersee steht dort nach wie vor in voller Pracht. Noch heute nennen die Einheimischen den sanften Wind, der aus Richtung Schloss Kammer über den See weht und die Segler aufs Wasser lockt, den «Rosenwind», weil er angeblich in früherer Zeit die Rosenblätter aus dem Schlossgarten über den See geweht hat.

**DER KRIEG:**
Diesen Krieg hat es leider tatsächlich gegeben, und ich habe versucht, seinen Beginn möglichst akkurat darzustellen, vom Verlauf bis zu der Tatsache, dass viele Soldaten damals tatsächlich an der Malaria starben, die hoffentlich nie wieder in unsere Breiten zurückkehrt. Einzig das große Feldlager im Banat lag tatsächlich vermutlich eher in der Nähe von Belgrad. Als die Türken durch den deshalb *Porta Orientalis*

genannten Pass ins Banat einfielen, hatte Joseph II. die Möglichkeit, eine Entscheidungsschlacht herbeizuführen, die er vermutlich gewonnen hätte. Stattdessen entschied er sich dafür, nur das abgeschnittene Banater Korps zu retten. Ein starkes Indiz dafür, wie wenig er diesen Krieg, zu dem ihn ein Bündnis mit Russland zwang, wollte. Während Josephs Kriegstaktik nur darauf zielte, die Erblande zu schützen, gilt diese Entscheidung heute aus militärischer Sicht als Fehler, von dem ihm seine Berater abgeraten hatten. Es stimmt tatsächlich auch, dass Joseph während eines Gefechts von seiner Armee getrennt wurde und sich eine Zeitlang allein durchschlagen musste. Damals litt er bereits an der Tuberkulose, die ihn schließlich das Leben kosten sollte.

Der Einsatz von Jäger- und Grenzertrupps in diesem Krieg gilt als gesichert, über ihre Rolle ist jedoch wenig überliefert. Fakt ist, dass diese Truppenform damals groß im Kommen war und besonders in schwierigem Gelände der sogenannten Linie mit ihrem straffen Regiment weit überlegen war. Ähnliche Truppenformen führten wenige Jahre zuvor beispielsweise im amerikanischen Unabhängigkeitskrieg zum Erfolg über die Briten. Nach der Rückkehr Josephs II. lief es für das Habsburgerreich und Russland deutlich besser. Auf Druck Preußens schied Österreich jedoch unter dem Interimskaiser Leopold kurz vor Ende des Kriegs aus dem Konflikt aus. Am Ende hatten die Türken weite Teile ihres Reichs, inklusive der Krim, an Russland verloren und mussten auch am anderen Ende ihres Reichs, in Ägypten, Aufstände und Abspaltungen hinnehmen. Ihr tatsächliches Ziel, Konstantinopel, das heutige Istanbul, zurückzuerobern, erreichte die russische Zarin, Katharina die Große, jedoch nie.

Historisch verbürgt ist leider auch das Massaker von

Karansebesch, das durch einen Streit um Branntwein ausgelöst wurde und im Buch ähnlich dem historisch überlieferten Sachverhalt geschildert wird. Darüber, wie viele Soldaten hier durch *friendly fire* getötet wurden, driften die Quellen auseinander. Angeblich fanden die nachrückenden Türken rund zehntausend Tote vor.

**WIEN, DAS KRANKENHAUS UND DER NARRENTURM:**
Die Stadt Wien war damals, wie im Buch geschildert, durch einen breiten Grünstreifen, das Glacis, von den Vorstädten getrennt. Später führte das Aufblühen der Stadt zum Niederreißen der Stadtmauer und zur Eingemeindung der Vorstädte. Die Josefstadt und auch das Dorf Währing sind mittlerweile längst Teile Wiens. Schloss Weydrich existiert nicht wirklich, ich habe es jedoch lose an Schloss Wilhelminenberg angelehnt, das in den Wienerwaldhügeln liegt und die Stadt überblickt. Wo sich das Glacis befand, verläuft heute die Wiener Ringstraße an diversen Prachtbauten vorbei. Auf dem Rathausplatz stehen jedoch noch ein paar besonders alte Bäume, die schon auf dem Glacis gepflanzt wurden.

Tatsächlich gehörten das Allgemeine Krankenhaus und der Narrenturm zur damaligen Zeit zu den modernsten medizinischen Institutionen ihrer Zeit. So gab es im Allgemeinen Krankenhaus bereits fließendes Wasser, während man sich in Schönbrunn noch lange im Schlossgarten erleichterte. Heute sind die mit Bäumen bewachsenen Höfe des ehemaligen Krankenhauses beliebte Treffpunkte der Wiener, die dort in Gastgärten entspannen. In der Weihnachtszeit befindet sich dort ein Christkindlmarkt.

Während uns heute die Zustände im Narrenturm beklemmend erscheinen mögen, so kann es durchaus sein, dass er für einige Menschen auch zur Zuflucht vor einer sehr harten Lebensrealität wurde. Man konnte auch niemanden *loswerden*, indem man ihn oder sie im Turm einlieferte, sondern jeder Fall wurde vor Ort genau geprüft. Wie gut oder schlecht die Geisteskranken dort behandelt wurden, da driften die Quellen auseinander. Bei Dr. Ofczarek handelt es sich glücklicherweise um eine erfundene Figur. Tobende Patienten wurden jedoch tatsächlich angekettet, und nachdem man naturgemäß wenig von Geisteskrankheit verstand, wurden die Insassen oft Opfer medizinischer Experimente, zu denen auch Kettenhaft und Stromschläge gehörten. Ob diese mit Leidener Flaschen (siehe Glossar) erfolgten, ist unklar, ich fand in meiner Recherche jedoch keine andere technische Apparatur, die zu dieser Zeit eine ausreichend hohe elektrische Spannung hätte aufbauen können, um einen Menschen zu verletzen. Der Todesfall, von dem Alfred in der Zeitung liest, ist historisch belegt.

Für die Bevölkerung war der Narrenturm zu Beginn vor allem eine Attraktion. Man ergötzte sich, wie am Anfang beschrieben, an den vor dem Turm zur Schau gestellten Irren. Dem wurde bald Einhalt geboten, indem man den Turm mit einer Mauer umgab.

Der Narrenturm ist immer wieder Gegenstand aller möglichen Verschwörungstheorien. Zentrum dieser Theorien sind die häufigen Besuche des Kaisers im hölzernen Aufbau an der Spitze des Turms, den es heute nicht mehr gibt, dem Octogon.

Tatsächlich gibt es unter dem Turm einen unterirdischen Gang, der Teil des misslungenen Heizungssystems des Turms ist. Dieser Gang führte allerdings nicht, wie im Buch beschrieben, bis an die Spitze des Turms. Es scheint, als habe der Kaiser einfach die Treppe benutzt, um zur Spitze des Turms zu gelangen. Ob er dort einfach nur die Aussicht auf sein geliebtes Wien genoss oder tatsächlich eine *transmutative Verbindung* mit himmlischen Mächten verspürte, werden wir wohl nie erfahren. Was wir jedoch wissen: Aussicht hätte es an vielen Orten eine bessere gegeben.

Als Irrenklinik war der Narrenturm bald zu klein und überholt. Zwar waren darin noch bis in die 1870er Jahre Patienten untergebracht, doch bereits Josephs Neffe Franz begann, das Gebäude auch anders zu nutzen, nämlich für eine der ersten pathologischen Sammlungen überhaupt, die Sie heute noch dort bewundern können. Inzwischen ist der Narrenturm ein Museum. Ich kann Ihnen nur empfehlen, besuchen Sie ihn und machen Sie eine Führung. Aber lassen Sie sich warnen: Es ist nichts für schwache Nerven.

*René Anour*

# *Danksagung*

Wenn man von mir all die Liebe, das Wohlwollen und die Unterstützung, die mir zeit meines Lebens geschenkt wurde, wegsubtrahieren würde, bliebe nicht viel Nennenswertes übrig. Deshalb danke, an die Menschen, auch die nicht genannten, die mir an diesen Punkt geholfen haben. Hier einige davon in alphabetischer Reihenfolge:

Ich danke meiner Agentin, Anja Köseling, die Wunder möglich werden lässt und als Erste in der Welt der Bücher an meine Fähigkeiten geglaubt hat.

Ich danke meiner Lektorin, Anne Rudolph, die Professionalität und Leidenschaft in einer Person vereint.

Ich danke außerdem besonders: Aurelia, Bernhard, Dreli, Helene, Ida, Martin, Micha und Agi, Mirta, meiner Mutter, meinem Papa, Pülchen, Regine, Rosalie, Thomas, Tilly sowie der ganzen T-Runde.

# *Glossar*

**APFELKREN:** mit Apfelmus versetzter Meerrettich.

**AU CLAIRE DE LA LUNE:** französisches Volks- und Kinderlied. Der Ursprung ist unbekannt, vermutlich entstand es im 17. Jahrhundert.

**BANAT:** historische Region, die heute in den Ländern Rumänien, Serbien und Ungarn liegt.

**BIRETT:** vierkantige Kopfbedeckung katholischer Geistlicher. Die Farbe variiert je nach Rang.

**BUSCHENSCHANK:** heute auch *Heuriger*. Traditionelle Schank, in der der eigene Wein verkauft wird. Kiefernzweige vor der Buschenschank zeigen, wann diese ausschenkt.

**FAUTEUIL:** Französisch für Sessel. Das Wort bürgerte sich im 18. Jahrhundert ins Deutsche ein und ist in Österreich und der Schweiz noch heute gebräuchlich.

**FIAKER:** vom französischen *fiacre* für Kutsche. Bezeichnet noch heute eine zweispännige Mietkutsche sowie deren Kutscher.

**FREIMAURER:** bis heute bestehender Geheimbund.

**GAMSBART**: ein Hutschmuck aus den Haaren von Gamswild.

**GILET**: Französisch für Weste. Noch heute in Österreich und der Schweiz gebräuchlich.

**GOLATSCHEN**: gebackene Taschen aus Plunderteig. Meist mit Quark gefüllt.

**HARTER KROPF**: starke Verhärtung und Vergrößerung der Schilddrüse im Kehlkopfbereich. Trat vor allem in Gegenden mit starkem Jodmangel auf.

**HOHE PFORTE**: bezogen auf die Pforte des Sultanspalasts in Istanbul. Wurde synonym für die osmanische Regierung gebraucht.

**JAKOBI-KIRTAG**: von Kirchtag, nach dem Apostel Jakobus genannt. Wird am 25. Juli begangen und im ländlichen Raum mit Festen und Jahrmärkten gefeiert.

**KIMME UND KORN**: Zielvorrichtung bei Schusswaffen. Die Kimme ist eine Aussparung am Lauf, nahe dem Schützen, das Korn ist erhaben und liegt weiter vorne, in Richtung Mündung. Beim Zielen muss das Korn über der Kimme liegen und das eigentliche Ziel über dem Korn. Noch heute redet man davon, «jemanden aufs Korn zu nehmen».

**KRIPPENMARKT**: Vorläufer heutiger Christkindl- und Weihnachtsmärkte.

**LEIDENER FLASCHEN:** frühe Form des elektrischen Kondensators, mit der kurzzeitig starke Stromimpulse abgegeben werden konnten, benannt nach der Stadt Leiden.

**MANTEAU:** Französisch für Mantel, damals oft das Oberteil einer Robe.

**MERCURIUM:** damaliger Name für Quecksilber. Schon seit der Antike sprach man dem hochtoxischen Quecksilber heilende Wirkung zu. Am häufigsten wurde es zur Therapie der Syphilis angewandt, hier sprach man von «Quecksilberkuren». Doch auch für andere Therapiegebiete, wie im Roman beschrieben, fand es Anwendung.

**MARILLE:** Österreichisch für Aprikose.

**PINCE-NEZ:** Zwicker, eine Brille ohne Bügel.

**PUSZTA:** Steppenlandschaft in Ungarn, der Slowakei und dem Burgenland.

**PLANET HERSCHEL:** damalige Bezeichnung für den erst kürzlich (1781) von Herschel entdeckten Uranus.

**POSCHE:** anstelle eines Reifrocks verwendete, an der Taille befestigte Tasche.

**ROBES FRANÇAISES:** Vorherrschende Kleidform im 18. Jahrhundert.

**SPIESS:** umgangssprachlich für Kompaniefeldwebel.

**SCHWINDSUCHT:** heute Tuberkulose, eine bakterielle Erkrankung der Lunge, die im 18. Jahrhundert ihre größte Verbreitung hatte.

**SOMMERFRISCHE:** Erholungsaufenthalt auf dem Land während der Sommermonate.

**SPITTELBERGMARIE:** dieses Lied habe ich frei erfunden. Es existierten allerdings damals (noch erheblich derbere) Spittelberglieder.

**STIEFELKNECHT:** Bediensteter, der in früherer Zeit beim An- und Ausziehen der Stiefel behilflich war.

**SUMPF- ODER WECHSELFIEBER:** heute Malaria genannt, durch Mückenstiche übertragen.

**TOPFEN:** Österreichisch für Quark.

**TURCI:** Serbokroatisch für Türken. Im Roman als Beschimpfung der Husaren durch einfache Soldaten eingesetzt. Historisch belegt, lösten der Streit und diese Rufe das Massaker von Karansebesch aus.

**WASSERSUCHT:** heute Ödem genannt, Flüssigkeitsansammlung im Gewebe.

**ZÜNDKRAUT:** historische Bezeichnung für Schießpulver.

# Ulrike Schweikert
# Die Charité
Hoffnung und Schicksal

Berlin, 1831. Seit Wochen geht die Angst um, die Cholera könne Deutschland erreichen – und als auf einem Spreekahn ein Schiffer unter grauenvollen Schmerzen stirbt, nimmt das Schicksal seinen Lauf. In der Charité versuchen Professor Dieffenbach und seine Kollegen fieberhaft, Überträger und Heilmittel auszumachen. Während die Ärzte um das Überleben von Tausenden kämpfen, führen drei Frauen ihren ganz persönlichen Kampf: Gräfin Ludovica, gefangen in der Ehe mit einem Hypochonder, findet Trost in den Gesprächen mit Arzt Dieffenbach. Hebamme Martha versucht, ihrem Sohn eine bessere Zukunft zu bieten, und verdingt sich im Totenhaus der Charité. Die junge Pflegerin Elisabeth entdeckt die Liebe zur Medizin und – verbotenerweise – zu einem jungen Arzt …

Weitere Informationen finden Sie unter **rowohlt.de**

*496 Seiten*

Das für dieses Buch verwendete Papier ist FSC®-zertifiziert.